KB173977

김정은 시대 북한 문학사

김정은 시대 북한 문학사

김성수

역락

위기는 기회다

이 책은 북한 김정은 시대(2011.12~2023.5) 문학을 시기순, 쟁점별로 정리한 탈정전 문학사이다. 왜 탈정전 문학사인가? 서울의 우리가 기대하고 상상하는 '북한문학사'와 평양의 문학사가가 서술하는 실제 '조선문학사' 정전이 상당히 다르기 때문이다. 주체문학사관에 따른 정전은 문학사를 서술할 때, 반드시 수령의 영도(문예지도), 수령 및 혁명가정 형상, 당 정책 선전, '항일혁명 전통, 조국해방전쟁, 사회주의 건설, 조국통일, 사회주의 현실' 주제 순으로 위계화된 서술체계를 고수하고 있다. 이 책은 수령론 중심의 연역적 '주체문학사' 서술방식을 해체한 후, 인민대중의 현실주의문학을 중심으로 귀납적인 실사구시 문학사로 재구성되었다. 저자가 표방한 탈정전 실사구시 문학사란 각 시기 문예매체에 실린 문학작품을 읽고 정리하되, 이념과 매체, 미학과 형상 등의 의미망으로 엮어서 다시 보겠다는 뜻이다. 특정 시기 문학의 창작과 비평을 관통하는 이념, 노선, 조직, 문예매체, 미학·창작방법, 전형, 대표 시·소설·평론 텍스트, 대표 작가 등을 시기별·쟁점별로 재구성한다.

이 책이 문학사를 표방하면서도 시기별·쟁점별 논문모음인 이유는

'사(史)'를 수많은 작품을 서열화하는 위계적 권력담론으로 서술하지 않으려는 의도 때문이다. 주체문학사의 중앙집권적 서술 방식을 벗어나야 문예정책과 노선, 비평담론, 작품 등 문학장의 다양한 실상을 '있는 그대로' 볼 수 있다. 단, 이념, 미학, 매체, 형상 등 문학사적 의미항의 사적 변모를 중간중간 아울렀다. 가령 이 시기 시, 소설작품에 자주 등장하는 '만리마기수' 형상을 속도, 전형, 창작방법 등 의미항의 사적 계보 속에서 설명하였다. 이를테면 만리마속도는 '평양속도–천리마속도–80년대속도–마식령속도'의 계보 속에서 보았다. 만리마기수는 '천리마기수–3대혁명소조원–선군투사' 형상의 연장에서 서술하였다. 만리마기수를 창조한 주체사실주의 창작방법은 천리마기수를 그렸던 사회주의적 사실주의, 3대혁명소조원을 재현한 주체문예론, 선군투사를 형상화한 선군문학론의 미학적 계보 속에서 파악하였다.

왜 위기는 기회라고 하는가?

위기란 남북관계 악화라는 외적 위기부터 북한연구(자)의 정체라는 내적 위기, 또는 저자 개인의 실존적 위기를 일컫는다. 저자가 17만쪽에 달하는 『조선문학』, 『문학신문』 DB를 구축한 2015년 이후 8년간 펼쳐온 정력적인 활동이 최근 급격하게 정체되었음을 고백한다. 학문 활동의 객관적 정세 악화는 한반도 평화체제를 향한 2018,19년의 남북 화해무드가 깨지고 팬데믹과 정권 교체 후 악화된 남북관계와 신냉전체제라는 반동을 말한다. 주관적 위기는 북한 문예지 DB를 구축한 자신감과 '문화예술 개념의 분단사' 프로젝트를 통한 이론의 효력이 약해졌다는 뜻이다. 2023년 현재, 연구사 진전을 위한 새로운 돌파구가 필요한데 팬데믹(2020~23)발 정보 공백, 자료 부재 탓에 예전의 역사주의적 접근법으로 퇴행하고 있음을 자성한다. 게다가 학자로서의 개인적 위기도 숨길 수 없다. 정년을 앞둔 신체적 한계, 건강 악화, 집안 우환 등으로 연구에 전념할 수 없는 조금은 무기력한 처지가 되었다. 동료 이지순이 늙음 뒤에 숨지 말고 계속 정진하라 했는데도 말이다.

그럼에도 불구하고,

위기에서 기회를 찾겠다. 남북관계 70년을 돌아보면, 상호 적대를 넘어 전쟁 직전까지 몰린 벼랑끝 위기에서 새로운 소통과 대화, 화해와 교류 협력의 물꼬가 극적으로 마련된 적이 많았다. 북한연구(자)의 위기 또한 새로운 방법론이나 정세 변화, 세대교체를 통해 돌파구를 찾곤 하였다. 그렇지 않다면 35년째 한 우물만 판 우행을 진작 반성하고 시장논리가 지배하는 학문장 유행에 맘 편히 편승했을 터이다. 희한한 일은 북한 공부 때문에 스트레스 받아 심신이 고달픈 것이 아니라는 사실이다. 오히려 건강 악화, 집안 우환 스트레스를 북한 공부로 풀고 있다. 주위 분들께 공부를 잠시 쉬거나 그만하라고 진심으로 권유받았다. 실은 병원보다 연구실이 더 좋고 공부가 실존적 위기를 넘긴 카타르시스, 치료제가 되고 있다.

이 책은 북한 김정은 시대 문학을 시기별 씨줄과 쟁점별 날줄로 종횡으로 엮어서 정리하였다. 12년간의 사적 전개를 크게 세 시기로 나눠 정리하되, 각 시기의 문예정책노선, 이념과 미학, 전통과 매체, 대표 전형과 작가 작품 등 쟁점별로 분석하였다. 키워드는 '제7,8차 당대회, 마식령속도, 만리마속도, 사회주의 문명국' 등이다.

김정은 시대의 정세 변화와 문학 동향을 아울러 감안한 결과 문학사적 시기를 셋으로 나눴다. 정세 변화는 제7,8차 당대회(2016, 2021)를 기점으로 1, 2, 3기로 갈랐다. 문학 동향은 선군(先軍)문학의 영향 여부와 '만리마'란 새로운 상징담론의 출현 시기를 기준으로 삼았다. 1기에는 선군문학과 주체문학의 병존 속에 선군 담론의 영향이 점차 줄어들었다. 3대 세습 청년 지도자의 '핵무력과 경제 병진'정책을 반영한 애민담론이 담겨 있다. 2기 문학은 7차 당대회를 계기로 노동계급 중심의 정상적인 당-국가체제로 복귀한 정세를 반영하였다. 선군문학이 퇴조하고 주체사실주의문학이 복원되었다. 문학의 새로운 콘텐츠로 '사회주의 문명국'의 이상을 지향한 '만리마속도' 창조운동과 '만리마기수' 형상이 나타났다. 3기 문학은 8차 당대회를 계기로 '5개년계획'을 통한 인민경제 발전에 기여하는 당 정책 관철에 주력하는 한편, 팬데믹 시기 자력갱생형 '방역대전'에서 승리한 내용이 특징적이다. 대표적 캐릭터로 만리마기수 형상을 구체화한 '과학기술 룡마' 탄 기수와 '붉은 보건전사' 형상이 부각되었다.

이 책을 통해 수령론과 선전물로 점철된 주체문학사관에서 벗어나려 애썼다. 대신 『조선문학』, 『문학신문』, 『청년문학』 등 당대 문예지 콘텐츠를 저인망식으로 훑어 문학텍스트에 나타난 인민생활과 미학을 실사구시로 정리하였다. 북한식으로 말하면, 수령 형상보다 '사회주의 현실 주제' 작품을 리얼리즘의 시각으로 분석, 의미화하였다. 앞으로 평양에서 나올 '조선문학사(2010년대 문학)'와 함께 이 책이 남북뿐만 아니라 전 세계 독자들에게 견주어 읽히길 기대한다.

이 책은 개인 저서가 아니라고 생각한다. 김정은 시대 문학을 실시간으로 함께 읽어낸 남북문학예술연구회의 월례모임 성과를 대표 집필, 대리 저술한 것에 가깝다. 동학인 유임하 선생님(이하 존칭 생략), 전영선, 오태호, 오창은, 임옥규, 이지순, 남원진, 이상숙, 배인교, 홍지석, 그리고 샛별들인 김민선, 고자연, 한승대, 하승희, 오삼언, 조은정, 이예찬에게 감사드린다. 자료를 도와주신 한상언영화연구소의 한상언, 북한자료센터의 이진우, 나광수, 조가영, 윤정원, 한국문화관광연구원의 조현성, 전미소, 북한대학원대학교의 이우영, 구갑우, 김성경 님께 고마움을 표한다. 외국학자 이타가키 류타(도시샤대), 모리 토모오미(세츠난대), 제롬 드 위트(비엔나대), 최민(연변대), 바바라 월(코펜하겐대), 다프너 쥬(스탠포드대), 특히 독립연구자 마틴 와이저 님께 각별한 감사를 드린다. 좋은 책을 만들어주신 역락(亦樂)의 이대현, 이태곤, 강윤경, 최선주 님께 감사드린다. 끝으로 자료 정리, 원문 입력을 도와준 김규나, 오민아에게 진심으로 고마움을 표한다.

건강과 우환 등 더 이상 공부에만 전념하기 어렵겠다는 위기의식이 역설적으로 책 간행을 앞당기게 만든 기회가 되었다. 어머님께 이 책을 바친다.

2023년 10월 백련산 푸르서실에서

김성수 씀

◆ 차례

제3부 '만리마기수'와 '붉은 보건전사' : 8차 당대회(2021) 전후 김정은 시대 3기 문학

김정은 시대(2012~23) 문학(사) 개관

1. 탈정전 실사구시 문학사 구상

이 글은 김정은 시대(2011.12~2023.5) 북한 문학사를 탈정전 실사구시로 서술할 방안을 모색하는 것을 목적으로 한다. 남북한의 기존 문학사 서술성과를 바탕으로 하되, 소통과 통합의 가칭 '코리아 문학사'를 지향한 '북한' 문학사 서술방안을 모색한다. 북한당국의 공식 정전인 '조선문학사'를 해체하여 창조적 다양성을 다원적 가치로 포용하는 '탈정전' 문학사 서술을 도모한다.

북한 특유의 수령 영도 중심의 연역적인 주체문학사 서술체계에서 벗어나려 한다. 인민의 생활상을 그린 현실주의문학 중심의 귀납적인 실사구시 문학사를 쓰려 한다. 평양의 '조선문학사' 저자는 주체문학사관에 따른 문학사를 서술할 것이다. 그는 수령의 영도(문예지도), 수령 및 혁명가정 형상, 당 정책 선전, '항일혁명 전통, 조국해방전쟁, 사회주의 건설, 조국통일' 주제 등 4대 교양, '사회주의 현실' 주제 순으로 엄격하게 위계화된 서술체계를 고수한다. 서울의 '북한' 문학사 저자가 내세운 탈정전 실사구시 문학사란 문학의 역사를 시간순 나열뿐만 아니라 이념과 매체, 미학과 형상 등의 의미망으로 엮어서 보겠다는 뜻이다.

왜 '탈정전' '북한' '문학사'인가?

문예학에서 정전(canon)이란 한 사회의 지배이념, 공식이데올로기를 담은 공식 문학사, 문학전집, 교과서 등을 지칭한다. 탈정전은 기존의 위계적 질서를 갖춘 정전을 해체해서 느슨하게 재구성하겠다는 뜻이다. 구체적으로는, 후대의 유일사상이념과 절대적 잣대에 따라 엄격하게 선별된 2차 사료인 문학사, 문학전집, 교과서가 아니라 문학작품이 처음 세상에 나올 당시의 문예지와 단행본 등에 실린 작품 중심의 1차 사료를 실사구시로 본다는 의미다. 문학사는 역사가의 이념형이기도 하지만 작품 자체가 실재하는 점에서 실체이기도 하다.

'북한'이란 호명은 조선민주주의인민공화국에 대한 우리 한국측의 호칭이다. '조선'이란 공식 담론에 대한 타자의 시선, 대타적 접근이 필요한 이유는 주체문예론에 대한 객관적 접근을 위해서다. 조선을 호명한 순간 주체문예론에 대한 평양 중심적 자화자찬 논리에 빠질지 몰라 경계한다.

'문학사'를 연구 서술하되 '사'라는 개념이 지닌 강박을 내려놓으려 한다. 북한 정전처럼 '역사의 합법칙적 발전'이란 미명 하에 '주체문학으로의 일방적 도정'을 유일사관으로 상정하여 그 의미망에 걸린 작품은 높이 평가하여 문학사에 올리고 그렇지 않은 작품 다수는 배제, 축소, 왜곡하는 억압장치로서의 문학'사'를 경계한다. '역사'보다 '문학' 자체에 방점을 찍겠다.

주체문학사의 중앙집권적 서술 방식을 벗어나야 문예정책과 노선, 비평담론, 작품 등 문학장의 다양한 실상을 '있는 그대로' 볼 수 있다.

가령 북한문학의 역사적 흐름을 기존 관행처럼 시대별 왕조사, 당 정책 변천사, 문예정책노선 등 역사주의적 접근법으로만 정리할 것은 아니다. 문학사를 '이념, 미학, 창작방법, 대표 캐릭터=전형, 속도전' 등의 의미축(paradigmatic structure)으로 횡단적 재구조화를 시도할 수 있다. 예를 들어 사회주의적 경제 생산 구호이자 주체문예 창작지침인 '속도전'이란 키워드로 북한 문학사를 횡단해서 쓸 수 있다. 즉, '평양속도, 천리마속도, 비날론속도, 강선속도, 안주속도, 80년대속도, 90년대속도, 희천속도, 마식령속도, 세포등판속도, 조선속도, 만리마속도' 등의 문학적 형상을 시계열적으로 재구조화하는 서술이 가능하다.

가령 김정은 시대 문학작품에 자주 등장하는 '만리마' 형상을 속도, 전형, 창작방법 등 의미항의 사적 계보 속에서 서술하는 것이 가능하다. 만리마속도는 '천리마속도–80년대속도–마식령속도'의 계보 속에서 볼 수 있다. 만리마기수는 '천리마기수–3대혁명소조원–선군투사' 전형의 연장에서 자리매김할 수 있다. 만리마기수를 묘사하는 주체사실주의 창작방법은 천리마기수를 그렸던 사회주의적 사실주의, 3대혁명소조원을 창조한 주체문예론, 선군투사를 형상화한 선군문학론의 미학적 계보에서 파악할 수 있다.

북한문학은 1967년을 기준으로 이전에는 사회주의적 사실주의문학이, 이후에는 주체문학이 주류를 이룬다. 1948년 이후 초기에는 마르크스레닌주의 미학에 기초한 사회주의적 사실주의문학이 공식원리로 채택되었다. 개인의 서정과 낭만, 상상력의 자유를 부르주아미학사상이라 배척하고 오로지 프롤레타리아 당과 노동계급에 복무하는 정치적 무기로서의 당(黨)문학만을 유일하게 인정하였다. 사회주의적 사실주의 문학의 핵심은 '민중성, 계급성, 당파성(현재는 인민성, 로동계급성, 당성)'이라 하여, 노동계급 등 피지배층을 중심으로 문학을 해야 한다는 것이다. 그 때문에 이른바 '『응향』 사건'(1946) 이후 서정적 낭만적 성향의 순수문학은 아예 설자리를 찾지 못했다.

문학에 대한 북한의 개념 정의 자체가 다르다. 북한 사전에서 문학이란 사람들을 사상 미학적으로 교양하는 사회적 의식의 한 형태로 규정된다. 언어를 기본수단으로 하여 생활을 형상적으로 반영하기에, 추상적인 논리가 아니라 구체적인 형상을 통하여 사회생활과 인간을 종합적으로 반영한다고 정의한다. 특히 '항일혁명문학'의 전통을 계승 발전시켜야 하며, 당 문예정책 또한 혁명사상 구현을 목표로 삼기에 창작과 비평에서 혁명성이 최고 가치로 인정받는다. 개인의 서정과 낭만, 상상력의 자유 대신, 혁명성·사상성의 강조, 개인숭배와 당 정책 선전 도구화 등의 이유 때문에 우리와의 차이를 무시하기 어렵다.

북한의 문예정책은 건국 초에 레닌적 당(黨)문학론과 사회주의적 사실주의 미학을 기반으로 출발하였다. 주체사상의 유일체계화가 시작된 1967년부터 '항일혁명문학예술'의 유일 전통과 '수령론'에 기초한 '주체문예론'으로 단일대오가 되었다. 1980년대 후반 한때 '숨은 영웅'을 형상화하는 현실주의적 세태 문학도 적잖게 나왔으나, 1990년대의 현실 사회주의 몰락과 김일성 사망 후 다시 당성·혁명성이 강화되는 경직 현상을 보였다. 김정일 시대(1994~2011)에는 주체사실주의문학의 변형태인 '선군(先軍)문학'이 주류를 이루었다. 2012년 출범한 김정은 정권 들어 선군의 잔영이 사라지고 이전의 주체사실주의문학으로 복귀하여 정중동 속에 변화를 모색하고 있다.

2. 김일성 시대(1945~1994) 사회주의적 사실주의 문학과 주체문학예술

2.1. 해방과 전쟁, 사회주의 건설기의 사회주의적 사실주의문학

북한의 공식적인 주체문학사 서술[1]은 1945~50년 '평화적 민주 건설기', 1950~53년 '조국해방전쟁기', 1953~60년 '전후 복구건설과 사회주의 기초 건설기', 1960년 이후의 '사회주의의 전면적 건설과 사회주의 승리를 앞당기기 위한 투쟁기' 등 4단계 과정을 거쳤다고 공식화되었다. 1967년 주체사상의 유일체계화 이후에는 '주체문학의 일방적 발전'으로 문학사가 단순화되었다. 이전에는 마르크스레닌주의 보편이념에 입각한 사회주의적 사실주의 미학이 중심이었고, 이후에는 김일성 주체사상에 기초한 주체문예론이 유일한 중심이다. 1970,80년대는 '주체문학의 전성기'라 하여 '사회주의 완전 승리를 앞당기기 위한 시기'와, '사회주의 완전 승리의 결정적 전환 시기'로 구분하기도 하고, 때로는 1994년 김일성 사망 이후 김정일 시대 문학을 '선군(先軍)시대 문학'기로 지칭하기도 한다.[2]

---

1 저자는 북한에서 간행된 18종의 역대 '조선문학사'를 검토한 바 있다. 주체사상의 유일체계화(1967)를 전후해서, 이전의 사회주의적 사실주의 문학사 서술에서 주체문학의 일방적 발전사로 서술방식이 바뀐 사실을 확인하였다. 후자는 수령 담론, 주체사관, 선군 담론에 기초한 '주체문학사'로 통일되어 북한 주민의 다양한 생활상이 풍부하게 드러나지 못했다. 김성수, 「북한 '조선문학사'의 역사—탈정전 북한문학사 연구 서설」, 『민족문학사연구』 80, 민족문학사학회, 2022.12 참조.

2 가령 1990년대 문학을 '선군시대 주체문학'으로 명명했던 김정일 시대 문학사(2006년

김일성 시대(1945~1994) 초기 문학은 사회주의적 사실주의 문학으로 출발하였다. 문학예술이 해방 직후부터 자주적 민족 국가 건설과 사회주의 체제 정착을 위해 사상과 이념에 대한 선전·계몽에 앞장섰다. 1946년 3월에 사회주의 이념의 문학적 실천을 목표로 한 북조선예술연맹이 건설되었다가 10월에 북조선문학예술총동맹으로 확대 개편되었다. 이들 구성원인 작가들이 내세운 당(黨)문학의 현실적 목표는, 6·25전쟁 전 인민민주주의 체제 건설기에는 민주개혁, 6·25전쟁기에는 전쟁 승리를 위한 선전이었다. 1953년 이후에는 전후 복구와 사회주의 기초 건설의 나팔수를 자처하였다. 이 시기에는 작가들이 전후 복구 사업과 경제 발전을 위해 '현지파견사업'이란 이름으로 노동현장에 대거 동원되었다. 자신의 노동체험을 바탕으로 천리마운동을 통해 사회주의 체제를 정착시키는 과정에 대중들이 자발적으로 동원되도록 선동선전하는 데 앞장섰다. 김일성의 항일무장투쟁을 노래하거나 6·25전쟁 당시 전사-인민들의 영웅적 투쟁과 노동계급의 헌신을 선전하는 작품도 많이 창작하였다.

이 시기를 대표하는 시로는 항일무장투쟁을 그린 조기천의 장편 서사시 「백두산」과 4.3항쟁을 다룬 강승한의 「한라산」이 있다. 소설로는 이기영의 『땅』, 『두만강』을 들 수 있다. 『땅』은 북한의 토지개혁운동을 배경으로 한 무산계급의 사회적 성장과 사회주의 체제의 확립을 역사

판)와는 달리 김정은 시대에 나온 2015년판 문학사 2판에서는 '선군의 기치 밑에 사회주의를 수호하기 위한 투쟁시기 문학'으로 재규정되었다. 조선문학강좌, 『조선문학사』, 사회과학출판사, 2006, 6면; 은종섭 김려숙, 『조선현대문학』 2판, 김일성종합대학출판사, 2015.12(2007.10. 초판), 364면.

적인 필연성으로 해석하고자 했고, 『두만강』은 대하소설로서 한국 근대사를 민중세력의 성장과 자주성을 위한 투쟁으로 구체화시켜놓았다. 사회주의체제 기초 건설기(1958~67) 문학은 천리마운동과 관련해서 천리마기수를 형상화하는 데 초점이 모아졌다. 노동계급의 영웅적 성격을 보여준 윤세중의 『시련 속에서』와 석개울의 농업협동화 과정을 3부작으로 그려낸 천세봉의 『석개울의 새 봄』, 김병훈의 「길동무들」, 「해주-하성에서 온 편지」 등이 사회주의 체제의 정립과정과 연관된 대표작이다. 시로는 정문향의 「새들은 숲으로 간다」(1954), 한명천의 「보통로동일」(1955), 이용악의 『평남관개시초』(1956) 등이 전후 복구와 체제 건설을 노래한 대표작이다.

2.2. 주체사상 유일화 이후 주체문학예술
–'항일혁명문학예술'의 전통과 '수령형상문학'

주체사상이 유일사상체계로 확립된 1967년을 고비로 하여, 수령에 대한 충성과 그 문학적 표현이 실질적인 핵심인 주체문학예술이 1970년대 이후 북한문학의 주류가 되었다. 주체문예는 문학사적 전통으로 김일성이 주도한 항일 빨치산 투쟁기의 아마추어 문학예술을 강조했다. 주체문예이론은 문예형식의 민족적 특수성을 내세우는 동시에 내용에서 혁명적 이념이라는 사상의 보편성을 강조하고 있다. 김일성 혁명사상을 바탕으로 혁명적 이념을 구현하고 있는 '혁명적 문예형식'을 민족문학예술의 전형으로 내세우고 있다. 타자의 시선에서 볼 때 비록 '만들어진 전통'이긴 하지만, 이를 '항일혁명문학예술'이라 하여 유일한 문학사 전통이자 예술사 전범으로 받아들였다. 주요 작품으로는 항일무장투쟁기에 김일성의 지도 아래 창조 공연되었다는 혁명연극 〈꽃 파는 처녀〉, 〈피바다〉, 〈한 자위단원의 운명〉, 〈혈분만국회〉 등이 있다.

1970년대 이후에는 위 작품들을 이른바 '혁명적 대작'으로 완성하기 위해 연극·가극·영화·소설 등으로 재창작했다. 〈꽃 파는 처녀〉에서는 농촌의 한 가정을 중심으로 일제의 탄압과 지주들의 횡포로 부모를 잃은 여주인공이 조선혁명군의 대원이 된 오빠의 도움으로 시련을 이겨내고 혁명투쟁에 나서는 과정을 그려냈다. 또한 〈피바다〉는 일제 침략으로 남편을 잃은 아낙네가 공작원을 살리기 위해 아들마저 잃게 되나 강인한 의지로 혁명투쟁에 나선다는 이야기이며, 〈한 자위단원의 운명〉은 일제의 강압으로 친일조직인 자위단에 끌려간 남자 주인공이 소극적이고 순응적인 태도에서 벗어나 일제에 대항하여 유격대에 참여한다는 이야기이다.

또한 김일성, 김정일의 생애 전체를 장편소설 연작 시리즈로 창작하고 있는 '불멸의 력사' '불멸의 향도' 총서는 70년대 이후 김정일이 주도한 4.15문학창작단에서 집체(집단) 창작한 '수령형상문학'의 대표작으로 꼽힌다. 다만 개인숭배가 지나치고 도식적인 고정 틀을 되풀이하기에 통합 민족문학사의 범주에 담기는 쉽지 않다. 특히 혁명적 영웅 주인공, 적대적 인물의 천편일률성, 선악 이분법, 김일성 집안과 주체사상의 무조건적 찬양, 행복한 결말 등의 도식성이 문제이다.

북한문학은 1972~86년 '문학예술혁명'이란 이름 아래 개인숭배 선전물이 집단 창작되는 '주체문학의 전성기'를 맞이하였다. 이후 지금까지 북한 문학은 크게 두 갈래로 나눌 수 있다. 하나는 주체문학의 핵심

축인 수령형상문학이다. 수령형상문학은 김일성 일대기를 그린 '불멸의 력사' 총서 시리즈와 김정일 일대기인 '불멸의 향도' 총서 시리즈가 수십 권씩 나오고 있으며, 김정숙까지를 포함한 수령 송가도 많이 창작되었다.

주체문학의 한 축인 수령형상문학 반대편에는 주민들의 생활상을 사실적으로 그린 '사회주의적 현실 주제' 문학, 즉 당대 세태를 반영한 현실주의문학이 자리잡고 있다. 현실사회의 이면을 사실적으로 묘사하고 생활 속에서 '숨은 영웅'을 찾는 작품으로는 『청춘송가』, 「쇠찌르레기」, 『벗』, 『평양시간』, 『생명수』, 『녀당원』 등이 있다. 남대현의 『청춘송가』나 백남룡의 『벗』을 통해서도 확인되듯이 문학 본연의 내적 자율성과 체제 유지를 전제로 한 내부 비판을 시도하면서 일상생활에 풍부하게 드러나는 애정 갈등, 직장 문제, 민관 갈등, 도농 격차, 세대 차이 등 인간사 전반에도 관심을 기울였다. 195,60년대의 '천리마기수'나 7,80년대의 '3대혁명소조원' 같은 노동영웅, 만능수재 대신 평범한 일상 속에서 누구나 실현 가능한 '숨은 영웅' 캐릭터를 발굴하여 널리 알리고 그를 따라 배우는 데 문학예술 작품이 활용되었다.

이 가운데 가정법원 판사의 이혼 분쟁 해법을 그린 백남룡의 『벗』, 여성의 직장생활과 고부 갈등을 섬세하게 그린 강복례의 「직장장의 하루」, 안홍윤의 「칼도마 소리」도 기억할 만하다. 무사안일주의와 관료주의 비판을 주장한 백남룡의 「생명」, 최성진의 「이웃들」, 한웅빈의 「행운에 대한 기대」 등도 특기할 만하다. 통일 주제 문학은 4.19세대의 5.18 항쟁 참여와 반미의식을 담은 남대현의 「광주의 새벽」도 있지만, 1990년 이후 분단의 아픔을 사실적, 정서적으로 다룬 작품이 많아졌다.

이산가족의 아픔과 통일을 염원하는 림종상의 「쇠찌르레기」, 오영재 시 「어머니」, 「늙지 마시라」, 남한 임수경의 방북 사건을 다룬 리종렬의 「산제비」 등을 대표작이라 할 수 있다.

1990년대 초, 소련 동구권의 몰락으로 현실 사회주의 진영이 붕괴되자 북한 문예계는 새로운 활로를 모색하였다. 김정일의 『주체문학론』(1992)에 입각하여 주체의 문예관, 사회정치적 생명체론 등에 입각한 주체사실주의문학을 내세워 종래의 사회주의적 사실주의 문학과는 질적으로 다른 문학을 지향하였다. 최고지도자를 향한 충성과 효성을 다하는 자기완결적 개인숭배는 여전하지만, 항일혁명문학 전통에만 완강하게 한정시켰던 문학사적 정통성을 진보적 고전문학과 카프 등 진보적 근·현대 작가·작품까지 넓히는 등 유연함을 보였다.

3. 김정일 시대(1994~2011) 주체문학과 선군(先軍)문학

3.1. 수령형상문학과 선군(先軍)문학

1994년 김일성이 사망한 후 주체사상 유일체제로 작동하던 북한 사회는 이전과 많이 달라졌다. 김정일이 단독 통치(1994~2011년)한 17년간 북한 사회의 흐름은, '유훈통치기'와 '고난의 행군, 강행군' 시기를 거치면서 '선군(先軍)시대'로 자기정립했다고 할 수 있다. 90년대 중후반 한때의 체제 붕괴 위기를 거치면서 인민 생활 사정은 대폭 악화되었다. 하지만 노동계급이 주도하는 사회주의 당 대신 군이 주도하는 국방위원회체제로 위기를 돌파한 김정일 유일체제는 더욱 견고해졌다. 그 과정에서 체제 붕괴 위기를 넘기는 데 크게 공헌한 군(軍)의 위상이 절대화되었다. 문학도 '선군(先軍)문학'이란 슬로건 아래 이전의 주체문학예술보다 이념적으로 더욱 경직되었다.

김정일 시대(1994~2011) 북한문학의 전반적인 특징은 '주체사실주의'를 창작방법(미학)으로 한 주체문학과 그 자장 속에서 특히 군의 위상을 절대화한 '선군(혁명)문학'이 주류라는 사실이다. 주체문학론의 핵심은 인민대중의 자주성에 기초한 주체의 문예관에 있다고 주장하지만, 실은 '수령에 대한 충실성'이 가장 중요한 지침이다. 문예 창작과 향유의 유일한 기준으로 수령에 대한 충성을 강조하는 것이다. 게다가 선군이란 담론이 강화되면서 창작의 주체부터 미학적 평가까지 군의 역할이 크게 강화되었다. 수령에 대한 절대적 충성과 군부를 노동계급보다 우위에 놓는 '선군사상'에 기초한 선군문학이 강한 구심력을 발휘하였다. 선군문학의 역사적 추이를 개관해 보면 처음에는 시, 소설 창작에서 군대식 특징이 소재 차원으로 수용되는 정도였다. 하지만 차차 사상적 이데올로기적 차원으로 군 우선 원칙이 관철되다가 나중에는 '총대미학'식으로 비평과 미학 차원까지 '군이 최우선'이란 담론이 전일화되는 방향으로 흘렀다.

수령 형상을 다룬 대표작은 서사시 「영원한 우리 수령 김일성 동지」와 「조국이여 청년들을 자랑하라」, 김일성 생애를 형상화한 총서 '불멸의 력사' 장편소설 『영생』과 『붉은 산줄기』, 김정일 활동을 연대기로 그린 총서 '불멸의 향도' 장편소설 『력사의 대하』와 『평양의 봉화』 등이다. 공식 문학사의 앞 부분에는 김일성, 김정일의 일대기를 대하 연작 장편소설로 그린 총서 『불멸의 력사』, 『불멸의 향도』를 수령형상문학 대표작으로 내세워졌다. 이는 타자의 시선에서 볼 때 「용비어천가」 같은 봉건왕조의 왕실 찬가, 개인숭배 선전물로 평가된다.

이 시기 '수령 형상 주제'를 담은 대표작으로는 김만영의 김일성 추모시, 리종렬의 『평양은 선언한다』, 박윤의 『총대』가 있다. 『평양은 선언한다』는 1990년대 중반 세계사에서 현실 사회주의가 거의 소멸했는데도 자신들이 여전히 세계 사회주의권의 중심이라는 허장성세를 그렸고, 『총대』는 1998년 미 클린턴 정부의 북 체제 전복계획이라는 '5027작전계획'을 '총대정신'으로 폭로한다는 내용이다. "총대, 총대에 모든 것이 달려 있습니다. 선군정치는 우리 당의 전략적인 로선입니다. 그래서 우리는 시종일관 우리의 총대인 병사들 속으로 찾아가는 것입니다."라는 『총대』 주인공의 외침이 선군문학의 상징적 발화라 하겠다. 다만 이들 작품이 김정일 시대를 대표하는 체제 내부 결속을 다졌겠지만 지구촌시대의 개방화 물결과는 큰 차이가 있다.

이러한 맥락에서 선군문학은 독특한 위치에 놓이게 된다. 군대 및 군사용어만 개입되면 만사형통이라는 특권화된 제스처가 글쓰기의 위기를 역설적으로 보여주고 있기 때문이다. 시어, 소설 문장, 심지어 비평문까지 '결사옹위' '총폭탄'이니 하면서, 전투에나 어울리는 '화선식(火線式) 언어'로 점철되어 있다. 가령 한웅빈 단편 「스물한 발의 포성」이나 박윤 장편 『총대』를 보면, 대내외적으로 열악한 환경에서 오로지 '하면 된다'는 돌격대정신으로 문제를 해결하는 주관적 의지의 승리를 찬양하였다. 이는 현장 노동자들의 숱한 희생과 중간관리자들의 무지로 인한 비능률을 초래할지도 모를 상황을 오로지 '총대정신'으로 극복하겠다는 선군사상의 윤리적 미학적 형상화의 산물이라고 할 수 있다.

선군 담론을 통해 1980~90년대 주체문학 전성기에 숱하게 그려졌던 중간관리자의 형식주의, 관료제의 폐해가 선군정치로 인해 일시적으로 봉합되었는지는 모르겠다. 다만, 생산 현장과 사회 운영에는 전문성이 결여된 군대 간부의 민간부문 관리가 더 많은 무리수를 초래할 위험성은 고려하지 않아 문제였다. 더욱이 "붓대는 총대와 같아야 한다," "총알 한 방이 사탕 한 알보다 더 중요하다"는 슬로건 수준의 '총대미학'이 인민대중의 일상적 행복을 희생시킨 점을 은폐한 것은 아닌지 의문이다.

3.2. 김정일 시대 '사회주의 현실 주제' 문학

물론 수령형상문학만 김정일 시대 문학의 전부는 아니다. 또한 선군문학 담론처럼 '혁명적 군인정신'을 소재, 이데올로기, 미학 차원에서 작위적으로 강요하는 은폐시스템만 있었던 것은 아니다. 천변만화하는 다양한 인간들의 삶을 진실하게 그리려는 소박한 인간 묘사 자체, 즉 리얼리즘문학의 존재도 없지 않다. 일반 주민의 생활감정을 다룬 세태소설과 신파조 계몽 드라마도 많다. 주민들의 생활을 형상화한 '사회주의 현실 주제'를 다룬 세태소설 가운데, 식량난과 에너지난 등 체제 붕괴 위기에서 라남지역 탄광의 자력갱생을 그린 『열망』이나, '7.1 신경제관리체제' 이후 변화하는 농촌 현실을 다룬 변창률의 「영근 이삭」, 「밑천」이 그래도 현실을 제대로 드러낸다.

『열망』(1999)은 '라남의 봉화'라고 일컬어지는 나남 지역 탄광지대의 생산 혁신이 이루어진 지역을 배경으로 하고 1990년대 중후반의 체제 위기를 자력갱생으로 극복하는 과정을 보여준다. 거기에서 주된 갈등은 관료주의와 관행주의에 대한 주인공의 비판과 극복 내용이다. 작가의 관료제 비판은 김정일 시대가 안고 있는 문제에 대한 체제 내적 반성의 산물이며, 체제 위기를 외세 탓으로만 돌리지 않고 체제 내에서 문제를 찾아 스스로 극복하려는 작가와 그를 지지하는 주민의 강한 열망에 이어져 있다.

이러한 흐름에 변창률, 렴형미, 김혜성 등 젊은 작가들의 창작도 한몫을 하고 있다. 변창률 단편소설 「영근 이삭」(2004)을 보면 신경제관리체제 이후 변화하고 있는 북의 농촌 현실을 통해 고난의 행군이란 체제 위기를 넘긴 분조장 농민의 희망적 낙관적 현실인식을 흥미롭게 보여주고 있다. 위기를 극복했다는 낙관적 분위기 속에서 홍석중의 역사소설 『황진이』(2002)처럼 이념과 현실의 미세한 균열을 뚫고 빼어난 문학이 탄생하기도 하였다. 이 작품은 조선 시대의 황진이를 통하여 인간의 본능과 이를 인위적으로 억압하는 온갖 금욕주의적 허위의식에 대해 날카롭게 비판하고 있는 것이다. 민중사적 시각을 견지하면서도 멜로드라마적 요소와 민족형식을 떠올릴 문체 수준을 보인 홍석중의 『황진이』, 김혜성의 『군바바』 같은 역사소설이나 비전향 장기수의 북한 정착기라 할 남대현의 『통일련가』 등에서 1967년 이전의 사회주의 리얼리즘 미학이나 80년대 후반기 문학의 유연한 사고를 연상할 수 있어 희망을 갖게 한다.

4. 김정은 시대(2012~23) 주체문학

4.1. 청년 지도자의 애민 이미지

2011년 12월 17일, 김정일 사망으로 3남 김정은이 권력을 승계하였다. 3대 세습 정권이 초기 혼란을 극복하고 체제를 다진 후 자기 시대를 구가하게 되기까지 북한문학의 전반적인 동향은 정중동이라 판단된다. 김정은 시대 문학은 '김일성=김정일=김정은' 명제의 상징을 통해 부조(父祖)의 권위를 성공적으로 승계하고 '인민생활 향상'을 위한 다양한 변화를 꾀하고 있다. 2013년 하반기부터 김정은 캐릭터를 우상화한 소설이 창작되어, 『단편소설집: 불의 약속』(정기종, 김하늘, 윤경찬, 황용남 등 11인 지음, 문학예술출판사, 2014)에 묶였다. 이는 김정은 개인숭배가 본격화되었다는 뜻이다. 이들 소설을 훑어보니, 부조(父祖)의 권위에 편승하고 후계자 승계를 당연시하는 논리가 무한반복된다. 기본 갈등선이 이상화된 절대자에 의해서 해소된다는 '무갈등' 내러티브는 여전히 김일성, 김정일 주인공의 수령형상문학의 공식에서 한 치도 벗어나지 못한 것으로 분석된다.

가령 김영희의 「붉은 감」은 김정은의 군대 시찰 에피소드를 통해 부조의 지도자 권위와 선군정치 현지지도방식을 그대로 재현한다는 내용을 통해 3대 세습 권력의 정당성을 형상화하고 있다. 김정은이 일선 부대를 순시하면서 감나무중대란 명칭의 유래를 확인하고 우연히 최명옥이란 동명이인 3명이 시간을 넘어서 각각 근무한 적이 있다는 기연(奇緣)을 소개한다. 이를 할아버지 김일성과 아버지 김정일의 살아생전 부대 순시와 관련지음으로써 후계구도의 정통성을 '운명적 필연'으로 형상화한다. 표면적 주제는 김정은도 부조(父祖)와 마찬가지로 인민과 병사를 믿고 사랑하는 믿음의 정치, 사랑의 정치를 펼치겠다는 포부이다.

그런데 서사의 무게중심은 후계 구도의 운명적 필연만이 아니다. 더욱 주목할 것은 군부대 순시라는 선군담론과 부조(父祖) 권위에 편승한 후계의 필연성 속에 숨겨진, 10대 여군들의 청년 지도자에 대한 '친혈육' 같은 친근한 감정이다. "그리워하던 친혈육을 만나는 듯 가슴이 뭉클해나시고 이름할 수 없는 기꺼움이 샘처럼 보글보글 솟구치는 것이였다."는 표현에서 보듯이, 젊은 처녀들이 서로 장군님과 사진 찍겠다고 어울리는 편안함과 친숙함이 김정은 형상의 새로움일 수 있다.

이처럼 새로운 청년 지도자는 자기만의 독자 이미지를 문학적으로 구축한다. 부조 같은 투쟁, 혁명, 건설 업적이 적어도 대중에게 어필할 수 있는 가장 손쉬운 소구점이 바로 생물학적 '젊음'에서 나온 미래 담론이다. 새 지도자가 지닌 친근함과 청년·아이들을 향한 미래 이미지란 대중이 절대 권력자에게 쉽게 접근할 수 있다는 착시효과를 불러일으키고 청년과 어린아이들을 통해 미래를 기약하는 메시지를 전달한다. 젊음은 김정은만의 차별화 전략이기에 문학이 일종의 정치적 상징 신화로 작동했던 것이다.

김정은이 부조만큼의 전쟁 경험, 군 통수권 수행 경험이 없기에 역으로 '장군형 지도자' 이미지가 필요했을 터. 그래서 할아버지의 항일 빨치산 이미지와 아버지의 선군장정(先軍長征) 이미지를 모방, 재연하되, 자기만의 개성을 위해 더 적진 깊숙한 최전선까지 시찰하고 그곳

주민 어린애를 안고 웃는 '친근한 청년 장군' 이미지를 연출한 것이다.

항일 빨치산과 6·25전쟁의 투사(김일성), 문예혁명을 통한 선동선전과 선군혁명을 통한 전사(김정일) 이미지를 지닌 강성 이미지 대신 김정은이 택한 전략은 '친근한 지도자'라는 연성 지도자상이다. 그것은 '만성적인 벼랑끝 위기' 전략의 산물인 선군 담론에 매우 피로해 있던 북한 주민들에게 '인민생활 향상'이라는 새로운 돌파구와 함께 활로를 모색한 결과라고 할 수 있다. 할아버지 김일성 시대 문학이 빨치산 투쟁과 건국, 전쟁, 권력 다툼의 승리를 구가하는 투쟁가·혁명가를 노래하는 데 온 힘을 기울이고, 아버지 김정일 시대 문학이 지도자 동상과 기념비 등 혁명 사적지, 고속도로와 발전소, 공장과 기업체 등 거대시설을 건설한 감격의 기념시·행사시를 헌정하는 데 바쳐졌다면, 김정은은 미래를 담보할 어린이·학생·청년들에게 고층아파트와 물놀이장·스키장 등 레저시설에서 일상을 향유하는 생활 찬가 같은 미시 담론에 호소한 셈이다.

4.2. '사회주의 문명국'의 환상

김정은 정권 1기(2011.12~2016.5) 5년간의 문학장을 보면, '사회주의 락원(선경)'의 김정은(체제)식 담론인 '사회주의 문명국' 속 '사회주의적 부귀영화' 담론의 표면적 환상과 이면의 실체를 확인하게 된다. '사회주의 문명(강)국'이란, 사회주의 문화가 전면적으로 개화 발전하여 인민들이 높은 창조력과 문화수준을 지니고 최상의 문명을 최고 수준에서 창조하며 향유하는 나라라고 한다. 최상, 최고란 수식어를 빼면 그 실체는 공원, 유원지, 위락시설 같은 현대적인 문화시설, 후생복지를 늘려 전쟁과 체제 대결에 지친 인민들이 문명한 생활을 마음껏 누리도록 하는 것이다. 이를 가능케 한 것은 상대적으로 적은 군비로 안보를 극도로 강화할 수 있는 핵폭탄과 우주 로켓 개발이다. 그래서 김정은 시대 문학 작품과 담론에서 핵실험과 인공위성 발사 성공 서사가 유독 많다. 우주시대를 구가하는 '사회주의 강성국가 공민의 사회주의적 부귀영화'를 형상화하는 문학작품이야말로 '핵무력과 경제 병진'정책의 예술적 반영물로 풀이할 수 있다.

'핵무력과 경제 병진'정책의 예술적 이미지는, 가령 김정일 시대 말기(2010년 당시) 중화학공업의 16년 만의 복구 재건을 상징했던 '주체철, 비날론폭포, 과수바다' 등의 이미지와는 외연과 내포가 다르다. '세포등판 축산기지, 철령과수농장의 사과바다, 릉라인민유원지(물놀이장, 수영장, 곱등어관, 수중교예), 마식령스키장, 미림승마구락부, 은하과학자살림집, 김일성종합대학교육자살림집, 려명거리…' 등은 이전의 중화학 군수산업이나 국가기간산업, 사회간접자본 시설이 아닌 식의주 중심의 생필품과 보다 윤택한 문명국 생활을 위한 각종 레저시설이기 때문이다.

부조 시대에 "인민들이 누구나 기와집에 살면서 비단옷 입고 이밥에 고깃국을 먹게 하겠다"는 인민 생활의 기본 목표가 김정은 시대에는 좀더 진전된 이미지로 가시화되는데, 그 실체는 최신 주택과 레저시설 향유로 표현된다. '미래과학자거리, 려명거리' 등 고층아파트 건설과 '문수물놀이장, 미림승마장, 마식령스키장, 세포축산기지 치즈, 철령과수 바다'에서 일상을 즐기는 민생 향상을 선전하는 것이 새로운 생활상이다.

이를테면 사회주의 문명국을 살아가는 인민의 일상을 핍진하게 묘사한 박혜란 수필 「휴식날의 이야기」(『조선문학』 2014.12)를 보자. 주부이자 작가인 글쓴이는 아들들이 휴식날이라며 다 같이 배구를 하러 나가자고 조르는 바람에 롤러스케이트장 옆 넓은 공지로 나가게 된다. 내심 아들과 함께하는 이 시간이 설레고 행복한 그녀는 "온 나라에 끓어번지는 체육열풍의 한 화폭"이란 말이 실감나도록 많은 사람들이 다양하게 운동을 즐기는 공터 풍경에 감탄한다. 본래 "일요일이면 한주일간에 쌓인 피로를 풀려고 유원지나 맥주집을 찾던 사람들이 오늘은 저마다 바드민톤채를 잡고 배구공을 안고 곳곳에 새로 생긴 배구장으로 달려오고 일터들에 꾸려진 정구장으로 출근하는 이 랑만적 광경이야말로 이해에 꽃펴난 새로운 풍경이 아닐가" 하고 감탄한다. 공휴일의 체육 열풍 스케치로 사회주의 문명국의 풍광이 상징적으로 묘사된다.

36년 만에 열린 조선노동당 제7차 당대회 이후 안정기에 접어든 김정은 정권 2기(2016.5~2020)의 최근 시, 소설 작품을 살펴보면 아버지 김정일 시대 선군문학과 가장 달라진 것이 바로 이 일상생활의 섬세한 실감 묘사이다. 농촌, 탄광, 공장, 어촌 할 것 없이 북한 전 지역의 전 일상영역, 직장분야에 걸쳐서 자발적 노동동원의 동력이 되도록 '사회주의 강국, 사회주의 문명국'을 만들겠다는 환상을 심는 데 문학이 기여하고 있다. 한마디로 '사회주의적 부귀영화'의 실현이 궁극적인 목표라는 말이다.

가령 황명성의 시 「평양사람의 긍지로!」(『조선문학』 2015.8)를 보면, 평양 시가지를 '사회주의적 부귀영화'의 상징으로 만들려는 건설 노동자의 자부심이 생동감 넘친 실감으로 다가온다.

"나는 건설자 평양사람 …중략… / 원수님의 문명강국 건설의 설계도 / 불멸의 그 작전도 우에 / 결사옹위의 넋을 목숨으로 새겼기에 / 결사관철의 정신을 피가 뛰는 삶으로 정했기에 //

단숨에! / 그 기상으로 땅을 박차고 솟아올랐다 / 아름다운 강반에 닻을 내린 / 교육자들의 살림집 행복의 보금자리 / 육아원 애육원 아이들의 왕궁이 …중략… 꿈처럼 황홀히 눈부시게 솟아나는 / 미래과학자거리며 / 쑥섬을 꽉 채우는 과학기술전당 …중략…

원수님의 숨결이고 진군의 보폭인 / 평양정신 평양속도의 발구름 높이 / 최후승리 총공격의 앞장에서 달려가리라 / 거창한 선군시대의 대기념비들을 일떠세우고 / 경사로운 10월의 경축광장에 들어서리라"

이 시에는 여전히 아버지 김정일 집권기의 선군시대 담론의 잔영인 '불멸의 작전, 결사옹위, 결사관철, 최후승리' 같은 상투적 구호가 남아 있긴 하다. 다만 이들 이미지가 군대와 무기를 중시하는 선군시대 기념비가 아니라 '교육자 살림집, 육아원, 애육원, 과학기술전당' 같은 문명강국의 상징물이라는 것이 달라졌다. 체제 보위가 아니라 민생을 중시함으로써 회복된 일상을 찬양하게 된 것이다.

북한은 김정일 시대 말부터 김정은 시대 초까지 최근 몇 년 동안 인민생활 향상을 중요한 문제로 제기하고, 2012년을 강성대국(요즘에는 강성국가) 진입의 획기적인 해로 삼았다. 이를 위해서 군대 우선 원칙에서 벗어나 주민들의 일상생활 향상을 위한 생필품, 경공업의 발전과 레저 시설의 신축에 노력을 다하고 있다. 사회주의 문명국 건설을 위해서는 선군통치의 그늘에서 벗어나야 한다. 군수산업과 중공업 우선책, 군비 경쟁에서 벗어나 인민생활 향상을 위한 생필품 생산 경공업, 최신 주택 및 레저시설에 투자를 집중하고 그 건설과정과 신축 후 인민의 감격과 환희를 시, 소설로 형상화한다.

예를 들어 『조선문학』 2017년 5월호(통권 835호)를 펼쳐보면 그해 봄 완공된 평양 '려명거리 완공 축하' 기획이 눈에 띈다. 김목란, 「우리에겐 려명거리가 있다」를 비롯하여 김경준, 「큰절을 올립니다」, 류명호, 「우리 집은 려명거리에 있다」, 강문혁, 「더 오르지 못하고…」, 정두국, 「볼수록 서럽습니다」, 리영봉, 「과학과 나」 등의 시와 렴정실, 「만복의 미래를 불러」(시묶음), 장류성, 「축복받은 려명거리」(가사) 등이다. 이들 작품은, 금수산태양궁전과 영흥4거리 사이 룡남산지구에 2017년 4월 13일 조성된 최신식 35~82층 아파트로 이루어진 초미니 신도시 준공을 축하하는 기획이다.

이들 작품에 형상화된 평양 / 사람들의 이미지는 어떨까? '고난의 행군'으로 일컬어지던 90년대 중반의 체제 붕괴 위기를 극복한 후 주민 생활도 이전 김정일 시대보다 훨씬 나아진 풍광을 연출한다. 창전거리와 만수대 언덕거리, 려명거리에 고층아파트가 신축되어 국가 발전에 공이 큰 과학기술자들과 김일성종합대학 교원 등이 '고급살림집'을 배정받았다. 류명호 시, 「우리집은 려명거리에 있다」를 보면, 최고급 고층 아파트 입주의 감격을 다음처럼 노래한다.

> 문을 열고 들어서니 / 고급호텔에 들어선 듯 / 드넓은 방들엔 해빛이 구울고 / 아늑한 침실이며 고요한 서재 / 희한한 식사실이며

정갈한 위생실 / 돌아보는데도 한참이나 걸리는 / 아, 이렇게 황홀한 집이 우리집이란 말인가! //

눈을 뜨고도 꿈만 같다 / 아이들은 축구장 같은 전실에서 / 좋아라 웃고 떠드는데 / 안해는 현대적인 부엌에서 나올 줄 모른다 / 갖가지 세간들을 어루만지며 / 수도를 틀어보며 / 가스곤로를 켜보며 그저 운다 운다 // (하략)

려명거리의 최신식 고층 아파트에 무료로 입주한 교육자, 과학기술자, 그 가족들의 시선으로 '우리 꿈에서나 그려보던 지상락원 / 천하제일 려명거리'라고 한껏 찬양한다. 이렇듯이 김정은 시대 문학은 전통적으로 혁명적 노동자·농민과 군인을 중시했던 부조(父祖)와 달리 청년, 과학기술자를 상대적으로 중시하기에 문명의 혜택을 청년 지도자의 은혜로 받아들인 입주민들은 환희와 감격에 들떠 있다.

김정일 시대(1994~2011)에는 '고난의 행군'이란 체제 붕괴 위기를 벗어나기 위하여 인민의 식의주 생활 기반과 일상적 행복을 희생시키고 거기서 나온 물적 역량을 군대 절대 우위 정책에 오로지하였다. 그에 반해 김정은이 표방한 '사회주의 문명국'은 '인민생활 향상'(민생)과 과학 기술을 중시한 점에서 세상이 달라진 것은 맞다. 마찬가지로 문수물놀이장, 미림승마장, 능라인민유원지(물놀이장, 수영장, 곱등어관) 등 각종 레저시설 덕에 평양 시민의 삶의 질은 분명 이전보다 좋아졌다.

김정은 정권의 변화 가능성은 제7차 당대회(2016.5)를 통해 당 중심 정상국가를 지향하는 가운데 '핵 보유 강소국'이란 자부심 위에서 작동되고 있다. 2006년의 제1차 핵실험과 2012년 '인공지구위성' 발사 성공

이후 2017년에 수소탄(제6차 핵 실험)과 대륙간탄도미사일(ICBM) 발사까지 잇달아 성공하자 자신들이 '지구라는 행성의 주인이고 대표'라는 식이다. 2018년 벽두의 권두시, 박정철의 「조선의 한해」(『조선문학』 2018.1)를 보면 핵 보유, 강소국의 자긍심이 생생하게 느껴진다.

우주만리 날아오른 우리 화성들 / 최후승리의 아침을 향해 / 힘차게 뻗어간 눈부신 그 궤도우에 / 밝아왔구나 / 희망 넘친 강국의 새해 //

황금산 황금벌 황금해의 전구들마다 / 다투어 태여나는 만리마 신화들 / 이 땅 이 하늘아래 불러냈구나 / 사회주의진군가 더 크게 터져오를 / 대기적 대비약의 새해 //

일심단결의 위력으로 / 과학기술의 힘으로 / 무적의 군력으로 / 조국이여 앞으로! / 위대한 당의 호소따라 / 천만심장이 열어제낀 승리의 대통로 / 오, 2018년 //

(중략) 수소탄이며 대륙간탄도로케트… / 이 행성 최강의 힘을 지닌 인민 / 최상의 문명도 최고의 행복도 / 절세의 령장을 모신 / 우리 조선인민의 것이 되리라 //

천리방선 무적의 총대가 뇌성친다 / 북방산악 뒤흔드는 단천 전역의 발파소리 / 백두산기슭 삼지연군엔 / 문명강국 별천지가 태동하는 소리 / 천만심장이 터치는 신념의 메아리여라 / 원수님 따라 우리 또다시 승리하리라 //

2011~19년 김정은 시대 1, 2기의 문학 특징은 김일성~김정일 시대

의 과거를 회상, 기념하여 과거 전통의 계승을 내세우는 한편, 어린이, 청년, 과학자를 중심으로 새 세대에 대한 미래 담론을 부각시키는 것으로 나타난다. 주체와 선군이라는 키워드를 내세웠던 부조의 전통을 계승하되 그들과는 차별화된 김정은 시대만의 '사회주의 강국 / 문명국'으로서의 자신감을 한껏 표출한다.

하지만 문학이란 당과 공식 담론이 허용한 표면적 슬로건만으로 인생사를 설명하는 것이 아니다. 속내를 살펴보면 문제는 심각하다. 50여 년째 표지와 지질, 분량에 변화가 거의 없는 80면짜리 월간 문예지 『조선문학』이나 4면짜리 『문학신문』을 훑어보노라면, 당 정책을 보고하는 사설, 권두언, 정론, 창작 결의, 작품들이 한결같은 단일 담화, 비슷한 콘텐츠를 이구동성으로 발화하고 있다. 여전히 지도자에 대한 고답적인 극찬과 '모란봉악단의 창조기풍', '만리마속도', '70일전투, 200일전투'라는 당 정책에 호응하여 '명작 창작'을 '폭포'처럼 쏟아내겠다는 동어반복을 조건반사처럼 표명한다.

기실 문학이나 예술은 모험적인 형식 실험 없이 새로운 내용을 담기 어려운 법이다. 그래서일까, 최근 작품을 면밀하게 분석하면, 북한 주민들이 '사회주의 강국, 사회주의 문명국'에 진정 살고 있는지는 의문이다. 인민들 모두가 정규 근무시간에 노동현장에서 열심히 일한 후 여가시간에 승마를 하고 물놀이장을 즐기며 스키 타고 치즈 먹는 '문화정서생활'을 누리는 '사회주의적 부귀영화'는 어쩌면 스위스 유학생 출신 청년 지도자의 욕망일지도 모른다. 실현 여부는 여전히 의문이다. 타자의 시선에서 볼 때 김정은 체제가 내건 '사회주의 문명국'이란 언표는 김일성 시대의 '사회주의 낙원'과 김정일 시대의 '사회주의 선경'

의 새로운 이본일 뿐, 그 내용이 크게 달라지지 않았다고도 할 수 있다.

4.3. 청년 과학기술자 중심의 만리마기수 형상

2021년 1월, 제8차 당대회가 개최되었다. 이를 전후로 한 김정은 시대 3기 문학은 당 정책인 '인민경제 5개년계획'을 통한 인민생활 향상 담론과 '코로나19(신종코로나비루스감염증)' 팬데믹 방역을 통한 '인민의 안녕' 담론을 선전하는 것이 표면적 주제이다. 이는 김정은 시대 1기(2012~15)를 대표했던 '핵무력과 경제 병진정책, 모란봉악단의 창조기풍, 마식령속도'[3]이나 2기(제7차 당대회, 2016.5~2020)를 대표했던 '만리마속도, 만리마기수' 형상론과 차별화된 3기 문학만의 특징이다.

8차 당대회 전후(2019~23) 북한의 '사회주의 현실 주제' 문학은 '과학기술, 청년, 방역, 생태'란 키워드를 중심으로 전개되었다. 이전 제7차 당대회(2016.5) 이후 김정은 시대 2기(2016~20)의 '만리마속도 창조운동, 만리마기수 형상'과 달라진 부분은 '과학기술 룡마 탄 기수, 붉은 보건전사' 같은 형상이다. 아동, 청년 등 후속세대 미래세대를 중시하고 교육을 강조하는 것은 김정은 시대 1기(2012~16)와 동일하지만 선군의 잔영이 쇠퇴하고 첨단 과학기술이 강조되며 인민경제 발전과 별도로 방역 현안이 새롭게 등장하였다.

김정은 시대 2기의 문학적 주인공인 만리마기수는 3기에 들어서면서 시대의 선구자이자 "과학기술 룡마 탄 컴퓨터 기사"인 청년 과학기

3 채희원, 원충국, 『김정은 장군과 시대어 1』, 과학백과사전출판사, 2017, 110, 133면.

술자로 다채롭게 그려진다. 가령 김철(김책제철소) 용광로를 관리하는 노동자도 예전처럼 혁명적 열정으로 고난의 행군을 이겨낸 백전노장 지배인 아바이나 근육질의 제대 군인 분조장이 아니다. 청년 기술자, 심지어 처녀 과학기술자가 종합조종실에서 공장 전체를 실시간으로 모니터링하는 액정 화면을 보고 컴퓨터로 계산된 중앙제어처리장치로 생산공정을 관장한다. 고위험 중노동의 상징이던 예전과 달리 CNC로 원료장부터 용광로를 거쳐 철강 생산까지 체계적으로 관리하는 것이다. 가령 박금실의 「김철의 용해공들 속에서」(『문학신문』 2023.1.7)란 시초를 보면, '김철' 노동자를 '룡마 탄 기수'로 형상화하고 있다.

> 로상에 오르니 / 김철의 룡마 저 용광로 / 그 날개 우에 내 높이 오른 듯 //
> 어찌 그렇지 않으랴 / 우리 힘 우리 지혜로 쌓아올린 산소열법 용광로 / 기적과 위훈의 나래로 폈나니 //
> 낮이나 밤이나 쇠물로 막아서는 시련과 난관을 불태우며 / 5개년계획의 승리봉을 향해가는 김철의 용해공들 / 자력갱생 룡마의 기수들이다

'룡마'라는 시각적 이미지로 그려진 용광로이되, 수입산 코크스를 최대한 적게 사용하도록 개량된 산소열법이라는 자력갱생 기술을 강조한 '자력갱생 룡마'이다. 김정은 시대가 요구하는 만리마기수란 이 경우 룡마 탄 기수이되, 토건시대와 차별화된 첨단 과학기술로 무장된 전문직 기술자이다. 수령에 대한 충성과 혁명적 열정만 가지고 위험천

만한 용광로 작업에 뛰어드는 것이 아니라 세심하고 정교한 컴퓨터 제어기술을 가지고 용광로를 비롯한 제철공정 전체에 관여하는 것이다. 김철의 룡마 탄 기수들은, 종합조종실에서 한 벽을 꽉 채운 액정화면을 보면서 용광로 안에 "타끓는 쇠물과 함께 무수한 수자들도 부글부글 끓네 // 헛눈 한번 팔 새 없는 조종공들에 의해 / 로의 온도며 색갈이 달라지고 / 쇠물의 톤수도 오르내린다니 / 이들이 얼마나 자랑스러운가" 하고 노래하는 컴퓨터 조종공들이다. 그들은 현장 노동자처럼 얼굴에 흐르는 땀은 없어도, "보이지 않는 마음속 땀이 보이네 / 과학기술로 로의 숨결 높여가는 이들이 / 산소열법 용광로의 진짜 주인들 아니랴"라고 자부한다.

제철소 용광로는 온도가 매우 높고 불길이 워낙 강해 현장 근로자의 노동강도가 세고 사고 위험에 늘 노출되어 있다. 그런데 만리마 시대에는 제철소 소성로에서 연약한 처녀 기사가 컴퓨터를 활용한 무인시스템으로 공정을 처리한다. 제철 노동자인 서정적 자아 스스로 '만리마 시대의 선구자'라는 추상적 이데아와 '과학기술 룡마 탄 콤퓨터 처녀'라는 구체적 이미지를 결합시켜 자기 목소리를 냄으로써 독자의 폭넓은 공감을 얻는다.

김은경의 단편소설 「보조설계가」(『조선문학』 2022.2)를 보면, 유학파 미녀 과학자가 컴퓨터 3차원모의프로그램으로 시뮬레이션한 기계 설계를 제안하지만 현장 반장에게 수입산이라 반박을 당해 자국산으로 바꾸는 내용이 나온다. 주인공 진아는 기계 제작자로선 희귀한 유학파 출신 미녀로 선망의 대상이다. ㅍ화력발전련합기업소 단열벽돌 생산공정 현대화사업의 성형기계 설계가로 임명되어 실력을 발휘하였다. 하지만 그가 제안한 유압식 성형기 설계안은 생산반장에게 제지당한다. 성형기계의 핵심은 일정압을 유지하는 것인데 국산 전동식은 질을 보장할 수 없어 수입산 유압식을 해야 한다는 주장에 반장이 다음과 같이 반대한다: “번쩍거리는 걸 그대로 가져다 조립해놓고는 이게 현대화라고 하더군요. 그리고는 수명이 다 되면 다시 비싼 값으로 사오고 그 나라들에서 팔지 않겠다면 기계를 멈추고… 그런 식으로 현대화된 기계들이 생산에 막대한 손실을 끼친다는 것은 불 보듯 명백한 사실이예요. 그렇게 하는 현대화라면 그만두는 게 나아요.”

그래서 온갖 고생 끝에 수입산 유압식 기계 대신 자국산 전동식 기계를 만드는 데 성공한다. 이를 통해 ‘과학기술 룡마 탄 콤퓨터 기사’라는 이미지 속에는 수령에 대한 충성과 조국에 대한 애국심을 결합한 자력갱생형 청년 과학기술자의 품성이 자리하고 있음을 알 수 있다.

이들 작품을 보면, 2기까지는 조금 막연하게 파편적 나열적 추상적으로 그려졌던 만리마기수의 형상이 ‘과학기술 룡마 탄 콤퓨터 처녀’라는 보다 가시적이고 구체화된 이미지로 선명하게 그려진다. 그들은 용광로를 다룰 때도 농사를 지을 때도 탄광에서 석탄을 캘 때도, 천리마운동시기(195,60년대) 토건시대 노동영웅 선배들처럼 무조건 삽과 곡괭이를 들고 노동현장에 전투적으로 뛰어들지 않는다. 그들은 방직공이든 농업노동자든 어로공이든 상관없이 첨단 과학기술을 사용하는 공통점이 있다. 가령 어업 현대화를 그린 정철호의 단편 「바다의 꿈」(『조선문학』 2022.8)을 보면, 혁명적 열정만으로 물고기를 잡던 옛날 경험에만 매달려 바다의 변화를 외면한 과거 어로방식을 청산한 ‘과학어업’을 강조한다. 최고지도자 김정은이 태윤진–수정 부녀를 격려하면서, “수산업을 과학화, 현대화하여야 합니다. 첨단과학기술과 선진적인 어로 방법들을 적극 받아들이는 것(중략), 어황조건과 어기철에 맞게 어장 탐색을 과학기술적으로 진행하"라고 강조한다.

김정은 시대 문학의 주인공은 이들처럼 생산과정 전반을 사전에 컴퓨터로 시뮬레이션한 후 생산 현장의 문제점을 미리 보완하는 CNC 기술을 발휘하는 과학기술의 첨병, '룡마 기수'이다. 이들은 사회주의체제 건설의 초기 견인차였던, 삽질 잘하는 토건 노동영웅인 천리마기수의 재판이자 변형이되 그들과 뚜렷하게 차별화된다. 혁명적 열정은 강한데 생산 현장의 기술적 처리나 기계 조작 등 전문성이 모자랐던 60년대 노동영웅 천리마기수에서 진전된 캐릭터가 바로 70,80년대 대표 캐릭터였던 '3대혁명소조원'의 전형이었다. 그들은 생산분야의 기술적 전문교육을 받은 청년 기술자들이었다.[4]

북한 사회는 7차 당대회(2016)를 통해 노동계급이 군(軍) 대신 체제 중심으로 복귀하였다. 문학에서도 2016년에 시작되어 2023년 현재까지 공장, 농장, 어촌뿐만 아니라 제철, 금속 등 중공업 생산 현장까지 뛰어든 청년 노동자를 새로운 시대정신을 대표하는 전형으로 표상하였다. 가령 처녀 노동자 형상을 근육질 남성 못지않은 육체적 기술적 능력이 아니라 컴퓨터 제어 기술을 갖춘 청년[5] 과학기술자로 묘사하였다.

---

4 김성수, 「주체문학 전성기 『조선문학』(1968~94)의 매체전략과 '3대혁명소조원' 전형론」, 『한국근대문학연구』 37호, 한국근대문학회, 2018.4, 193~224면; 「'천리마기수' 전형론과 사회주의 건설의 문화정치」, 『상허학보』 62, 상허학회, 2021.6, 337~372면 참조.

5 송현진, 「김정은 시대의 '청년강국'과 '청년영웅' 연구」, 『북한연구학회보』 25-1, 북한연구학회, 2021.6 참조.

그들은 ‘3대혁명소조원’처럼 컴퓨터로 CNC 기술을 발휘하는 과학기술교육을 받은 데다가 ‘천리마기수’처럼 수령과 당에 대한 충성과 주변의 부정적 인물까지 감화시키는 품성까지 갖췄다. 그들 ‘과학기술 룡마 탄 기수’인 만리마기수의 특징은 천리마기수의 ‘정신’과 3대혁명소조원의 ‘기술’이 결합된 위에 컴퓨터 제어라는 ‘첨단과학’이 더해진 것이라고 할 수 있다.

4.4. ‘붉은 보건 전사’의 ‘방역대전’ 승리 서사[6]

2020년 이후 최근 3년간의 북한문학을 보면 코로나19 팬데믹의 재난을 피하지 못했음을 알 수 있다. 전 인류적 위기인 코로나19 팬데믹(2020~22)으로 한반도 평화시대 구축 노력(2017~19)이 불가항력적으로 중단되고, 평화체제 구축을 통한 개혁개방정책이 좌초된 북한 당국은 이전보다 더욱 폐쇄적인 자력갱생 강경노선으로 회귀하였다. 북한 주민들의 삶도 전면봉쇄형 방역시스템 강화로 일상이 심각하게 훼손되었다.

사태가 그런데도 2020년 초기에는 팬데믹 위기를 외면하였다. 2020년 코로나19 발생 초기 단계의 북한문학에서는 이에 대한 관심을 크게 보이지 않았다. 북한 내 발병 여부와 상관없이 다른 나라의 대재앙을 강 건너 불 보듯 여기면서 자신들은 단합된 봉쇄정책으로 악성전염병

6 이 부분은 다음 두 논문의 요약임. 김성수, 「북한문학의 방역 재현 전통과 팬데믹」, 『국제한인문학연구』 35, 국제한인문학회, 2023.4; 「코로나19 팬데믹과 북한문학」, 『통일정책연구』 35-1, 통일연구원, 2023.6 참조.

에서 안전한 것처럼 일상을 그렸다. 오히려 사회주의적 보건 위생과 주체의학체계의 우수성을 반복 선전하였다.

이를테면 팬데믹 방역을 형상한 박현철의 「우리 당의 붉은 보건전사」(『문학신문』 2020.2.22)와 한평광의 「보건전사 그 영예 빛내여가리」(『문학신문』 2020.3.14)를 읽어보자.

잠 못 드는 밤이다 / 우리 원수님 불러주신 / 로동당의 붉은 보건전사 / 고귀한 그 이름을 외우고 또 외워보며 / 스스로 내 량심을 헤쳐보는 밤이다 //

(중략) 내 아낌없이 바치리라 / 숨져가는 자식을 위해 / 피도 살도 다 바쳐 / 끝끝내 안아 일으키는 어머니처럼 / 인간 사랑의 아름다운 시대를 장식한 / 천리마시대 보건전사들처럼 / 나도 이 제도를 지켜선 초병!

'정성'이란 두 글자가 빛나는 / 이 가슴에 손을 얹고 생각하노라 / 내 심장 인민에 대한 사랑으로 뜨거울 때 / 그것이 보건전사 / 내가 걷는 보답의 길임을 //

(중략) 위대한 수령님들 마련해주신 / 가장 우월한 사회주의보건제도의 혜택 속에서 / 우리 인민 모두가 행복한 삶을 누려가도록 / 나의 진정 다 쏟으리라 //

로동당의 붉은 보건전사로 / 한생을 빛나게 살 맹세 다지며… / 사랑의 불사약 / 정성이란 두 글자를 뜨겁게 외워보며…

두 시는 의료진을 서정적 주체로 삼아 세상에서 '가장 우월한 사회주의보건의료제도'를 인민에게 베푸는 '로동당의 붉은 보건전사'로서의 자부심을 노래한다. 그 시적 상징은 의료진의 팔뚝에 두르는 '정성'이라는 두 글자가 새겨진 붉은 완장으로 이미지화된 소명의식이다. 시에서 북한은 아픈 이가 있으면 언제 어디든 밤잠을 설쳐가며 달려가 정성을 다해 치료해주는 사명감 넘친 보건 전사가 있는 사회주의 의료시스템이 잘 갖춰진 사회로 묘사된다. 질병 치료에서 가장 중요한 것은 명약이나 의료장비, 기술 등 생산수단이 아니라 지도자에 대한 충성심과 인간애로 무장한 '당의 붉은 전사' 의료진이라고 하여, 사람이 제일이라는 주체사상에 기초한 주체의학이 세상에서 가장 우월하다는 정신승리를 서정화한다.

2021년 코로나로 인한 전면 봉쇄기에도 북한 주민들의 일상생활의 심각한 훼손이 추정되지만 문학적 형상은 거의 찾아 볼 수 없었다. 다만, 방역체계 등의 구호와 비문학 캠페인 기사의 일상적 정착 등 간접증거로 추정컨대 당국의 공식 선전처럼 '코로나 청정국, 발병자 0명 통계'에는 의문이다. 2022년 5월 12일의 당 정치국회의에서 발병 사실이 공식화되자 그제서야 그간의 참혹한 현실이 뒤늦게 폭로되었다. 청정국에 '대동란'이 일어난 셈이다. 아니, 청정국이란 허구 속에 은폐되었던 '대동란'의 진실이 비로소 봇물 터지듯 드러났을 뿐이다.

코로나 팬데믹을 재현한 문학작품을 개관해보면 전염병의 참상은 구체적 감각적 이미지로 묘사된 것이 대부분인 반면 방역 승리 찬가는 추상적 문구와 관념적 문장으로 획일화된 것이 많았다. 이는 북한문학 특유의 '수령형상문학'의 규범화된 서사(스토리텔링)인 최고지도자의 전방위적인 현지지도에 의한 고난 극복과 승리 공식이 적용된 사례에 불과하다. 특히 북한문학장에서 '방역대전의 성과작'으로 칭송받은 장시 「고요한 거리에서」(2022.6) 등의 문학작품을 보면 코로나19로 인한 국경 폐쇄, 도시 봉쇄, 주민 이동 금지 정책으로 인한 일상 파괴를 '대동란, 고요'로 형상화하였다. 그 극복과정을 '최대비상방역체계'를 통한 '방역대전'으로 형상하고 지도자의 헌신과 의료진의 '정성'이란 상징어로 3개월(2022.5~8) 만에 방역에 성공했음을 자축하였다.

2022년 5월 12일 이후 코로나 발병 공식화와 '방역대전' 승리를 공표(22.8.10)한 이후 코로나19를 재현한 문학작품이 쏟아져 나왔다. 북한 당국은 당 중앙위원회 제8기 제8차 정치국회의(2022.5.12)에서 발병 사실을 공식화한 이후 하루에도 수십만 명씩 '유열자(발열자, 확진의심자)'가 나오자, '최대비상방역체계'를 통해 봉쇄 조치를 최강도로 유지하였다. 이 회의에서는 국가방역사업을 최대비상방역체계로 이행할 결정서가 채택되었다. 김정은은 "지금 우리에게 있어서 악성비루스보다 더 위험한 적은 비과학적인 공포와 신념 부족, 의지박약"이라고 하면서 당과 정부, 인민이 일치단결된 조직력과 정치의식, 자각이 있기 때문에 비상방역사업에서 승리할 것이라고 확언하였다. 방역의 구체적 세부지침으로 전국 시군의 지역별 봉쇄, 사업단위, 생산단위, 생활단위별 격폐, 비루스 전파공간 완벽 차단, 과학적 집중 검사, 치료 전투, 비축 의료품 예비동원 등을 지시하였다.

북한이 늘 그렇듯, 이 전대미문의 위기를 최고지도자 김정은의 헌신적인 노력으로 "불과 80여 일 만에 악성비루스감염증에 맞선 방역대전에서 승리"했다고 자화자찬하였다. 가령 강도 높은 봉쇄 중에 김정은은 평양시내 약국을 야간시찰한 후 모자란 약을 보충하기 위해 솔선수범으로 가정상비약을 내놓고 태부족한 의료진을 급히 보완하기 위해 군의(軍醫)까지 동원하였다. 가령 석원영 수필「군대 없이 못살아」(『문학신문』 2022.6.18)를 보면 군대의 방역조치를 다음과 같이 찬양한다.

> 예로부터 병 치료는 약 절반, 마음 절반이라는 말이 있다. 이 말의 의미를 나는 방역대전의 나날에 미더운 우리 군대의 모습에서 새삼스럽도록 느껴안게 되였다. 엄혹한 방역위기를 하루빨리 가셔내기 위한 긴장한 방역대전의 날과 날이 흐르는 속에 우리 이웃의 80고령의 후방가족 할머니도 자리를 털고 일어났다. 이 사실을 두고 모두가 제 일처럼 기뻐할 때 할머니는 이웃들에게 이 말부터 먼저 하였다고 한다.
>
> 《고마운 우리 군대 덕이지요. 노래에도 있듯이 자랑하고 싶은 우리 군대, 군대 없이 못사는 우리 인민이 아니겠소.》
>
> (중략) 우리 가정에도 고려치료방법을 또박또박 적은 처방과 함께 의약품을 안고 찾아왔던 군인들에 대한 뜨거운 이야기가 새겨져 있다. 우리 거리의 약국에도 주민들이 군인들에게 전해준 별식이며 부식물들이 고스란히 어렵고 힘든 세대들에 돌려진 가슴 뜨거운 이야기가 전해지고 있다. (중략) 수도의 곳곳에서 꽃펴난 아름다운 이야기를 다 합치면 할머니처럼 누구나 한 목소리로 이렇게 웨칠 것이다. 우리 군대 없이 못살아!

이는 수도의 안전과 인민의 생명을 수호하기 위한 방역대전에서 투입된 군에 대한 인민의 신뢰를 표현한 말이다. 다만 그토록 자랑했던 사회주의적 보건의료시스템과 고려의학·현대의학을 결합한 주체의학의 성과를 자랑하지 못하고 비상조치인 군 동원을 통한 민간의료시스템을 "군민대단결의 크나큰 힘"으로 분식한 것처럼 보인다.

하지만 가정상비약까지 내준 지도자의 헌신과 군대까지 동원한 전염병 치료를 대단한 승리처럼 자화자찬할 것은 아니다. 국제사회의 인도적 도움을 거부하고 자력갱생만으로 초유의 전염병과의 '방역대전'에서 승리했다는 폐쇄체제의 사회적 신화를 문학작품으로 치장한 것은 공허한 정신승리의 노래가 아닐까? '대동란'으로 표상되는 팬데믹의 참담한 현실에 맞닥뜨려, 기본적인 사회보장시설과 보건위생 장비 및 첨단의료시스템 등 물적으로는 도저히 해결하기 힘든 난관 속에서 문학이 정신승리만 강조한 것이리라 풀이된다.

팬데믹 시기 북한문학을 보면, 코로나19를 그린 작품 대부분이 대유행 전염병을 자력으로 막았다면서 지도자의 위대함과 사회주의-주체체제의 우월성을 재삼 확인했다는 상투적 선전에 그쳤다. 북한문학이 폐쇄국가의 대외용 자화자찬에 머문 것으로 추정된다.

5. 김정은 시대 문학의 사적 위상

끝으로 김정은 시대 북한문학사의 쟁점을 정세, 매체, 문예노선과 이념, 전통, 미학, 주체, 전형 등 유의미한 쟁점별로 횡단 분석해 보자. 정세 변화를 보면, 2016년의 7차 당대회를 계기로 이전의 폐쇄형 선군 통치, 선군문학에서 당 중심의 사회주의 국가로 자리잡았다. 그러나 2018,19년의 개혁개방 실패 후 COVID19 팬데믹으로 인한 자력갱생형 폐쇄 국가로 퇴행하였다. 이전과 달라진 것은 핵무기와 우주로켓을 통한 사회주의 강(소)국을 자임하게 된 것이다. 매체사적 변화를 보면, 『조선문학』, 『문학신문』, 『청년문학』 등 문예미디어 6종의 아날로그(종이잡지)와 디지털(pdf파일) 보급 유통이 병행되고 있음을 알 수 있다. 다만 플랫폼 / 미디어의 문명사적 변모에 부합하는 콘텐츠 내용과 형식의 변화가 보이지 않는다.

문예노선과 이념의 변화를 보면, 김정일 시대를 이어 김정은 시대 초까지 풍미했던 선군(문학)담론(1999~2015) 대신 당 중심 사회주의 국가체제로의 복귀를 반영하는 주체사실주의문학으로 복귀하였다. 문학사적 전통 측면을 보면, 2000년대를 풍미했던 선군문학 담론 대신 197,80년대에 전성기를 맞았던 주체문학 및 1990년대의 주체사실주의문학으로 복귀하였다. 1960년대의 천리마 담론이 반세기 만에 소환되어 만리마 담론으로 변형되기도 하였다. 이에 따라 미학도, 선군문학의 '총대미학'이 사라지고 종래의 주체사실주의 창작방법으로 복귀하였다. 문학 주체도, 선군문학 시대의 군인 작가 우위에서 전문 전업 작가 중심으로 복귀하였다.

문학적 전형도 달라졌다. 선군문학 시대의 대표했던 '선군 투사' 형상이 소멸하고, 대신 60년대 노동영웅인 천리마기수를 소환한 2010년대형 과학기술 노동영웅인 '만리마기수' 형상이 김정은 시대 문학을 대표하였다. 2020년대 들어서서 만리마기수 형상은 '과학기술 룡마 탄 기수'와 '붉은 보건전사' 형상으로 구체화되었다. 종전에는 근육질의 힘센 남성 못지않은 중장비 기사로 상징되는 90년대형 만능여성 '준마처녀'에서 2020년대에는 컴퓨터 기사 처녀를 전형으로 이미지메이킹한 셈이다.

과학기술을 통한 '인민경제 5개년계획의 성공'과 코로나19에 대응하는 '방역대전 승리' 등의 정책 이슈를 확인하였다. 특히 코로나19 팬데믹을 형상한 문학작품을 보면, 전염병 참상의 사실적 묘사보다 방역 승리와 리더십 찬양 위주이다. 이러한 당 정책 선전은 사회주의-주체 사상체제 하 당(黨)문학의 표면적 기능일 뿐이다. 김정은 시대 3기 문학의 이면적 변화를 심층 분석하면, 수령 형상이나 정책 선전이 아닌 북한 주민들의 천변만화하는 일상생활상을 '사회주의 현실 주제' 문학작품에서 다양하게 읽을 수 있다.

『조선문학』, 『문학신문』, 『청년문학』 등의 미디어콘텐츠를 미시 분석한 결과, 부조 시대와 차별화된 김정은 시대 문학만의 특징으로 '사회주의 현실 주제'문학의 강화, 인민생활 향상(애민)' 담론과 청년 과학기술자 중시, 일상성 강화 경향을 확인할 수 있다. 노동 생산 현장을 재현하되 토건시대의 혁명적 열정만으로 해결되지 않는 최첨단 과학기술 담론을 강조하고, 세대교체의 주역인 청춘남녀 캐릭터의 애정선 같은 미시적 일상을 중시하며, 등장인물 심리의 섬세한 묘사 등 문체도 변화하였다. 코로나19 펜데믹 시기(2020~23)을 관통하는 김정은 시대 3기 문학은, 김정일 시대 선군(先軍)문학론의 강고한 구심에서 벗어난 1기(2011.12~2016.4)와 '만리마속도, 만리마기수' 형상론을 앞세운 2기(2016.5~2020.12) 특징을 넘어서, '과학기술 룡마 탄 기수'와 '방역대전 전사'라는 새로운 대표 형상과 상징 담론을 모색하는 중이다.

2023년의 현 시점에서 볼 때 김정은 시대 문학은 새로운 출구를 향해 암중모색 중이다. 당장은 '과학기술 룡마'를 탄 청년 과학기술자와 방역대전에서 승리한 '붉은 보건 전사'란 형상을 통해 시대정신을 그렸다. 8차 당대회(2021.1) 이후의 김정은 시대 3기 문학은 인민경제 5개년을 계획의 성공적 달성과 코로나19 팬데믹 위기를 자력갱생으로 극복했다는 '인민생활 향상' 담론을 문학적으로 반영한다고 의미화할 수 있다. 밖으로는 핵무력을 통한 '사회주의 강(소)국'을 외치면서 안으로는 사회주의 문명국을 자부하게 된 것이다. 다만, 김정은 시대 시와 소설에 자랑스레 표현된 '사회주의적 락원(선경)'에 사는 인민대중의 '사회주의적 부귀영화'의 실체가 실은 글로벌시대와 담 쌓은 우물 안 개구리의 환상에 불과한 것은 아닌지 모르겠다.

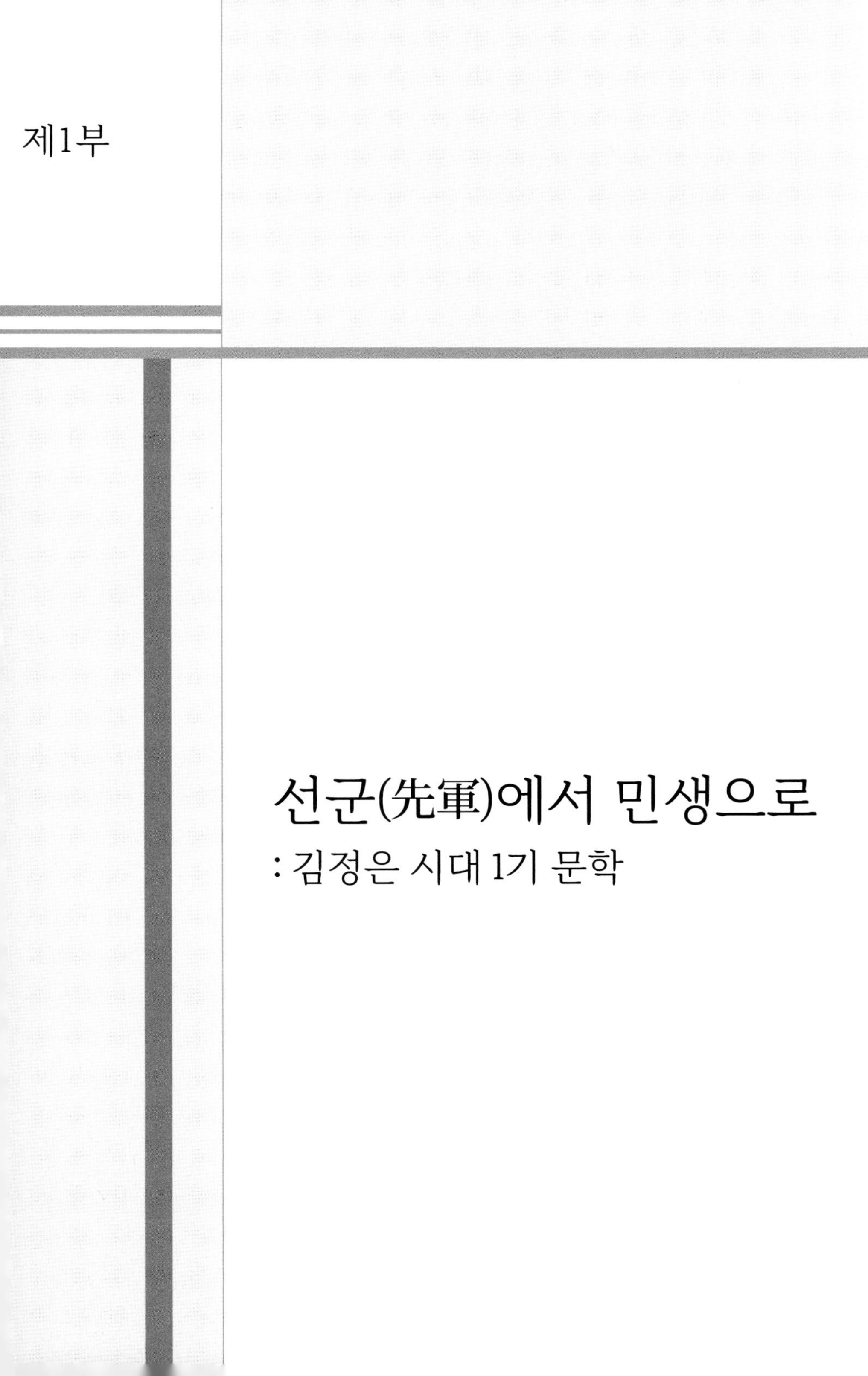

제1부

선군(先軍)에서 민생으로

: 김정은 시대 1기 문학

백두혈통의 권력 승계와 민생 명분 쌓기

-3대 세습 정권 교체기 문학[1]

1. 부조의 전통 계승과 변화 모색

이 글은 2011년 말 김정일의 사망으로 인한 김정은으로의 정권 교체 초기 북한문학의 전반적 동향을 개관하는 데 목적을 둔다. 김정일 시대 말기 주체문학과 선군문학의 추이를 간략히 정리하고 김정은 시대 초기의 선군문학 담론이 어떻게 변모하는지 시, 소설, 비평 등 문학 작품과 수령 담론 등을 통해 분석하고 추후 동향을 전망하고자 한다. 특히 2011~2012년 북한문학에 나타난 새로운 최고 지도자 김정은의 수령 형상과 그를 둘러싼 담론을 분석하여 새 정권 초기 북한문학의 새로운 변화를 심도 있게 검토하려고 한다. 이를 위해 2011년 말 김정일의 사망 전후부터 김정은이 '국방위원회 제1위원장, 조선인민군 최고사령관 및 조선로동당 제1비서'로 활동하고 있는 2012년 11월에 걸쳐 주간 『문학신문』과 월간 『조선문학』에 발표된 시, 소설, 비평, 수필, 정론 등

---

1 이 글은 다음 논문을 단행본에 맞게 개제 개고한 것이다. 「김정은 시대 초의 북한문학 동향」, 『민족문학사연구』 50호, 민족문학사학회, 2012.12, 481~513면.

을 면밀하게 검토 분석하였다. 이를 통해 지난 20여 년간 전개된 김정일 시대 북한문학을 간략히 정리하고 새로운 김정은 시대 초기의 문학적 변화를 살펴봄으로써 궁극적으로 2013년 이후 한반도의 문학적 향방을 전망하고자 한다.

주체사상이 유일사상체계로 정착된 1970년대 이후 현금의 북한문학은 지도자를 그리는 '수령 형상' 문학작품과 주민들의 생활을 반영하는 '사회주의 현실 주제' 문학작품으로 대별될 수 있다. 여기에서는 주체문학의 자장 속에서 선군문학 담론을 새롭게 정립시켰던 김정일 시대 말기의 지도자 이미지와 함께 김정은 시대 초기의 지도자를 새롭게 형상화한 문학적 변모를 추적, 분석하는 '수령 형상' 문학작품을 주로 고찰하고자 한다.[2]

먼저 2012년 북한의 새 지도자인 김정은의 문학적 형상을 다룬 연구사부터 검토하기로 한다. 기실 김정은의 통치가 시작된 지 채 1년이 되지 않았기에 그의 수령형상문학을 다룬 기존 연구는 별로 많지 않다. 정영철은 아버지 김정일에 비해 권력 승계작업이 급속하게 이루어진 김정은의 '대중적 권위 만들기'를 주목한다. 그에 따르면 2012년 북한에서 '김일성=김정일=김정은'의 등식으로 만들어내어, 궁극적으로 김정은의 역사를 신격화하고 그를 중심으로 한 체제를 구축하고자 할 것이다. 하지만 위로부터의 '신화 만들기'와 선전선동이 일정한 수준에서의 설득력을 갖춘다고 할지라도, 중요한 것은 현실에서의 삶의 문제와

2 김정일 시대 북한문학의 결정적 키워드였던 '선군문학'의 추후 전망과, 김정은 시대 초기 전반적인 주민생활상의 변모를 형상화한 '사회주의 현실 주제' 문학은 이 책의 1부 2장에서 별도로 다룬다.

결합되지 못한다면 한계에 직면할 수도 있을 것으로 전망한다.[3] 이지순은 2011년 말의 김정일 사망 이후 김정은 체제의 성격 파악을 위한 서사시 분석을 통해 "발걸음(또는 발자욱소리)" "장군님의 모습 그대로" 등의 담론이 김정은을 문학적으로 상징한다[4]는 논리를 찾고 있다.[5] 「빛나라, 선군장정 만리여!」(2010), 「영원한 선군의 태양 김정일 동지」(2012) 등의 『문학신문』 수록 서사시를 분석하여 문학적 선전 양상의 기조를 맥락화했기에 이 분야의 중요한 성과가 될 터이다. 왜냐하면 북한체제에서 서사시란 단지 영웅을 주인공으로 하는 서사적 이야기라기보다는 북한식 역사 서술의 장이면서 체제 신화의 공간으로 작동되기 때문이다. 따라서 그에 따르면 이 시기 서사시는 일차적으로는 김정일 추모시의 성격을 지니면서, 이차적으로는 새로운 최고지도자가 된 김정은에 대한 대중적 승인을 어떻게 이끌지 잘 보여준다고 하겠다.[6]

다만 기존 연구에서 아쉬운 점은, 정영철의 경우 정치적 사회학적 접근법이라 구체적인 문학예술 작품을 대상으로 하지 않았고 이지순

---

3 정영철, 「김정은 체제의 출범과 과제: 인격적 리더십의 구축과 인민생활 향상」, 『북한연구학보』 16-1, 북한연구학회, 2012.8 참조.

4 이지순, 「북한 서사시의 김정은 후계 선전양상」, 『북한연구학보』 16-1, 북한연구학회, 2012.8, 217~243면.

5 발자욱, 발걸음 담론이 김정은을 암시한다는 주장은 이지순 이전에 이미 북한 전문기자들이 보도한 바 있다. 장용훈, 「北노동신문, 김정은 후계 암시 '장문의 시'-김정은 지칭 '발걸음', '당 중앙' 표현 등장」, 연합뉴스, 2009.8.25. jyh@yna.co.kr(http://blog.yonhapnews.co.kr/king21c/) ; 손원제, 「北후계자 김정은 찬양가요 '발걸음' 공인」, 한겨레 뉴스, 2009.10.26 22:42 (http://www.hani.co.kr/arti/politics/defense/384018.html)

6 이지순, 앞의 글, 218, 240면.

의 경우엔 김정은의 형상을 다룬 다양한 텍스트를 논거로 삼지 않은 채 일반화를 서둘렀다는 사실이다. 가령 김정일이 1960년 8월 25일 '서울 류경수105땅크사단'을 방문하여 이른바 '선군혁명 영도'를 시작한 지 50주년을 기념하는 시 「빛나라, 선군장정 만리여!」의 '발자국' 담론은 김정일의 현지 지도를 상징하는 것인데도 김정은의 자취로 확대 해석하는 등의 논리적 무리수가 보인다. 이에 이 글에서는 김정일 시대 말기와 김정은 시대 초기의 실제 텍스트를 통해 주체문학–선군문학 담론이 어떤 면에서 전통을 계승하고 어떤 점에서 새로운 자기 갱신과 변화를 모색하는지 살펴볼 것이다. 수많은 문헌 텍스트를 종횡으로 고찰하되, 개별 텍스트의 미적 완성도보다는 작품군의 담론 분석적 접근법을 통해 동향 파악과 향후 전망을 추정하기로 한다.

2. 김정일 시대 말기 선군문학의 향방과 승계담론

2.1. 김정일 시대의 선군과 민생 담론

먼저 김정일 시대 말기 주체문학과 선군문학의 추이를 간략히 정리하기로 한다. 김정일 시대(1994~2011) 북한문학의 키워드는 '주체문학'과 '선군(先軍)문학'이다. 1994~2011년까지 17년간을 김정일 시대라 할 때 북한 사회의 흐름은, 초기의 '유훈통치기'와 '고난의 행군, 강행군' 시기를 거치면서 '선군(先軍)시대'로 자기정립을 했다고 할 수 있다. 90년대 중후반 한때의 체제 붕괴 위기를 거치면서 인민 생활은 대폭 악화되었지만 김정일 체제는 선군 담론으로 더욱 견고해졌으며 위기를 넘기는 데 공헌한 군(軍)의 위상이 절대화되었다. 문학도 '선군(先軍)혁명문학'이란 슬로건 아래 이념적으로 더욱 경직되었다.

선군혁명문학은 주체사실주의문학의 '새로운 형태'이다. 작품 주인공도 이전 시대 문학이 노동계급, 프롤레타리아의 문학인 데 반해 '선군(先軍)시대'에는 혁명 주력군이 노동계급이 아니라 인민군대이기 때문에 인민군이 기본주인공이 된다는 논리를 펴고 있다. 군대가 아닌 등장인물까지 포괄하기 위한 미학적 장치로 '군민일치의 전통적 미풍'을 감명 깊게 그려내면 된다고도 한다.[7] 수령에 대한 절대적 충성과 군부를 노동계급보다 우위에 놓는 '선군사상'에 기초한 선군문학이 강한 구심력을 발휘한 셈이다. 선군문학의 역사적 추이를 살펴볼 때 처음에는 시, 소설 창작에서 군대식 특징이 소재적 차원으로 수용되었지만 차차 사상적 이데올로기적 차원으로 받아들여지다가 나중에는 '총대미학' 식으로 비평과 미학 차원까지 '군이 최우선'이란 담론이 전일화되는 방향으로 흐르고 있다.[8]

---

7 송효삼, 「선군혁명문학 창작에로 이끌어 준 위대한 손길」, 『로동신문』 2000.7.18, 5면; 방철림, 「위인의 손길 아래 빛나는 선군혁명문학」, 『천리마』 2000.11; 방형찬, 「선군혁명문학은 주체사실주의문학 발전의 높은 단계이다」, 『조선문학』 2003.3; 김정웅, 「선군혁명문학의 특성과 그 창작에서 나서는 요구」, 사회과학원 주체문학연구소 편, 『총대와 문학』, 사회과학출판사, 2004.

8 김성수, 「북한의 '선군혁명문학'과 통일문학의 이상」, 『통일과 문화』 창간호, 통일문화학회, 2001; 노귀남, 「북한문학 속의 변화 읽기」, 『통일과 문화』 창간호, 통일문화학회, 2001; 김성수, 「선군시대의 북한 문학예술」, 『최근 10년간 북한 문화예술의 흐름과 남북문화교류 전망』, 한국문화관광정책연구원, 2004; 이봉일, 「2000년대 북한문학의 전개양상」, 김종회 편, 『북한문학의 이해 3』, 청동거울, 2004; 김성수, 「김정일시대 문학에 대한 비판적 고찰–선군시대 선군혁명문학의 동향과 평가」, 『민족문학

선군문학은 김정일의 선군 영도업적을 작품에 반영한 것으로 이른바 영도자의 문학으로 특징지어진다. 북한의 문예이론체계에서 '수령 형상'문학론은 주체사상이 마르크스레닌주의와 차별화되듯이 사회주의 리얼리즘 일반의 혁명적 지도자론과 처음부터 거리를 두었다. 문학예술 작품 창작을 할 때 당 최고 지도부로서의 개성적 캐릭터를 구축하는 정도가 아니라 아예 '수령 형상' 자체가 지도자에 대한 충성을 교육하고 당의 유일사상을 전파하는 중요한 수단으로 간주되는 것이다. 북한은 "아버지 / 친애하는 수령님"이라는 인물을 "가장 순수한 인종"이라 할 북한 인민의 보호자로 제시함으로써 통치의 정당성을 확보해왔다.[9] 이와 관련하여 '수령 형상'문학론을 체계화한 문예학자 윤기덕은 김정일이 처음으로 '수령 형상'문학론을 체계화했다면서 "수령의 형상을 창조하는 것은 문학예술을 수령에 대한 충실성 교양과 당의 유일사상 체계 확립을 위한 가장 위력한 수단이 되게 하는 결정적 담보"라고

사연구』 27, 민족문학사학회, 2005.4; 김성수, 「선군사상의 미학화 비판—2000년 전후 북한문학에 나타난 글쓰기의 변모양상」, 『민족문학사연구』 34, 민족문학사학회, 2008.8.

9 Brian Myers, *The Cleanest Race: How North Koreans See Themselves and Why It Matters*, Melville House Publishing, December 20, 2011. (B. 마이어스, 『가장 순수한 인종: 북한 인민들이 자신을 어떻게 보며 그것이 왜 문제인가』)의 요약. Tatiana Gabroussenko, "From Developmentalist to Conservationist Criticism: The New Narrative of South Korea in North Korean Propaganda," *Journal of Korean Studies* (June 2011), 16-1, 30~31면 재인용. 타치아나 가브로우센코의 마이어스 저서 요약에 따르면, 마이어스는 북한 선전물이 전통적으로 남한을 가난하고 오염된 "양키 식민지"로 묘사하며, 마르크스레닌주의보다는 국수주의나 도덕적인 관점에서 비난해왔다고 한다. 여기서 도덕적 관점이란 바로 국가와 '어버이'를 일체로 사고하는 충효이데올로기를 지칭한다고 생각한다. 김성수, 「1990년대 주체문학에 나타난 충효이데올로기」, 『현대북한연구』 5-2, 북한대학원, 2002.6 참조.

규정한 바 있다.[10] 수령 형상을 다룬 대표작은 서사시 「영원한 우리 수령 김일성 동지」와 「조국이여 청년들을 자랑하라」, 김일성 생애를 형상화한 '불멸의 역사' 총서 장편소설 『영생』과 『붉은 산줄기』, 김정일의 활동을 '불멸의 향도' 총서 장편소설 『력사의 대하』와 『평양의 봉화』 등이다.[11]

2000년 전후에 활성화되었던 선군문학 담론은 초기의 군대 최우선 원칙에서 조금씩 변모를 보인다. 김정일의 와병과 김정은으로의 승계 작업이 시작된 2009년 이후에 군 우선 원칙은 원칙대로 슬로건 차원에서 그대로 두긴 하지만 민생을 돌보는 '인민생활 향상'이 새로운 담론으로 부각되기 시작하였다. 가령 김일신의 서사시 「수령복 넘치는 위대한 내 나라」(2010)는 김정일의 68세 생일을 찬양하는 작품이지만 수령 형상과 함께 컴퓨터 제어프로그램으로 산업화가 이루어진 현실을 칭송하는 'CNC기계바다'의 이미지를 새롭게 부각시킨다.[12]

조선작가동맹 시문학분과위원회의 집체작 서사시, 「비날론 송가」(2010)나 주명옥의 서사시 「비날론」(2011), 박선옥 기자의 르뽀 「비날론과 더불어 영원할 이야기」(2010)[13]도 의생활 혁명을 취재하면서 훨씬 나

---

10 윤기덕, 『수령형상문학(주체적 문예리론연구 11)』, 문예출판사, 1991, 8면.

11 북한에서 거의 매년 발간되고 있는 『조선문학예술년감』(1998~2009)에 의하면, 1997년부터 2007년까지 11년 동안 공식적으로 발표된 북한 예술 작품은 총 28,185건에 이르고 있다. 이 중에서 문학의 대표작으로 주로 거론되는 작품들이다.

12 김일신, 「수령복 넘치는 위대한 내 나라」(서사시), 『문학신문』 2010.2.27, 2~3면.

13 조선작가동맹 시문학분과위원회, 「비날론 송가」(서사시), 『문학신문』 2010.3.20, 2면; 주명옥, 「비날론」(서사시), 『조선문학』 2011.9, 40면; 박선옥, 「비날론과 더불어 영원할 이야기」, 『문학신문』 2010.3.13, 2면.

아진 인민생활을 찬양하고 있다. 1960년대 초의 함흥 2.8비날론공장[14]과 이후 건설된 평남 종합화학공업단지 내 순천비날론련합기업소를 통해 북한 주민들의 의복문제를 상당 부분 해결한 공이 있으나 90년대 중반 경제 위기였던 '고난의 행군기' 때 공장 가동이 전면 중단된 바 있다. 이에 따라 인민들의 의생활이 궁핍상을 보였는데 2010년에 자력갱생한 덕에 16년 만에 2.8비날론련합기업소를 통해 '비날론 폭포'가 쏟아져 의복 생산이 재개되었다는 감격을 이들 작품에 담았던 것이다.

김은숙의 장시 「누리에 울려가는 2월의 노래여」(2011)를 보면, 김정일 시대 말기의 민생 관련 치적이 화려하게 나열되고 있다. 즉 발전소를 세우고 의생활을 향상시키며 제철소가 재가동되고 컴퓨터산업화가 일반화되는 등의 새로운 세태를 '희천속도, 비날론 폭포, 주체철(김철)의 불노을, CNC기계바다' 등의 문학적 이미지로 열거하고 있다.[15] 여기서 '선군' 담론은 표면적 구호나 클리셰일 뿐, 시의 무게중심은 '경제강국 건설과 인민생활 향상' 담론에 놓여 있다. 다만 이들 내용을 독자에게 전달하는 시적 문학적 레토릭은 철저하게 '군대식 용어와 상상력'에 일관되게 의존한다는 점에서 여전히 '선군 담론'의 자장을 실감할 수 있을 뿐이다.

표면적으로 선군 담론의 구호 속에서 전기, 건설, 철강, 의식주 생활

14 우리의 인견 섬유에 비견될 비날론은 1960년 전후 북한의 이승기 박사가 세계 최초로 독자 개발한 폴리비닐알콜계 합성섬유이다. 이 시기 '비날론 속도'는 1956년의 '평양속도'(16분마다 집 한 채를 조립했다는 노동 생산성)를 능가한 파격적인 노동 생산성의 문학적 상징이었다.

15 김은숙, 「누리에 울려가는 2월의 노래여」(장시), 『문학신문』 2011.2.26, 3면.

의 향상 등 민생 담론이 활기를 띠는 것은 김정일 시대 말기의 새로운 문학현상이라 하겠다. 최현일은 "폭포처럼 쏟아지는 이 세멘트… 행복의 창조물을 높이 쌓아올리고 있나니"라고 시멘트공장의 재가동을 찬양하고'[16] 황성하 시인은 평양 교외 대동강 과수원 대농장의 사과밭을 두고 "과수의 바다에 햇빛이 쏟아진다"고 노래한다.[17] 이 시기 나온 허수산의 평론 「더 깊은 시적 탐구가 필요하다」를 보아도 '인민생활 향상 주제의 시 작품을 읽고'란 부제에서 알 수 있듯이, 「나는 강성대국의 비단을 짠다」, 「아버지의 사랑」, 「봄맞이 처녀의 노래」 등 인민생활 향상을 위한 경공업 생산 현장의 목소리를 시로 담아내는 민생 담론에 주목하고 있다.[18]

민생 담론이 꼭 일반 주민의 생활감정을 다룬 '사회주의 현실 주제' 작품에만 담긴 것은 아니다. 지도자를 신성시해서 형상화하는 '수령 형상'작품, 심지어 서사시에서도 주체나 선군 대신 민생 담론이 자리잡는 것이다. 가령 김일성 사망 16주기 추모시인 김정덕의 서사시 「인민이 가는 길」(2011.7.9)도 그런 예라 하겠다.[19] 김일성을 추모하는 표면적 슬로건 아래 시의 실상 내용은 김정일 찬가이다. "폭포쳐 흐르는 / 주체철 / 주체비료 / 주체비날론 / 우뚝우뚝 솟아나는 CNC화된 공장들"이란 시구에서 선군 담론 대신 '인민생활 향상' 담론이 더 많은 비중을 차지하며 민생이 대세인 증거가 보인다.

---

16 최현일, 「세멘트-나의 기쁨아」, 『문학신문』 2011.5.21, 2면.

17 황성하, 「해빛 넘쳐라 과수의 바다여」(장시), 『문학신문』 2011.11.12, 2면.

18 허수산, 「더 깊은 시적 탐구가 필요하다」, 『문학신문』 2011.5.21, 2면.

19 김정덕, 「인민이 가는 길」, 『문학신문』 2011.7.9, 2면.

「인민이 가는 길」이 지도자 부자를 찬양하면서도 민생 향상을 자랑스럽게 내세우는 한편으로, 김정일의 건강이 문제된 시기라서 그런지 서사시에 걸맞지 않는 대목도 있다. "소원이 있다면 / 바람이 있다면 / 김정일 장군님께서 부디 건강하시기를!" 같은 건강 기원 담론[20]도 장대한 서사시적 스케일에 어울리지 않게 섞여 있다. 이는 역설적으로 최고 지도자가 와병으로 정상적인 집무나 통치를 영위하기 어려운 현실을 암암리에 반영하고 있다. 그래서 알게 모르게 순조로운 권력 승계를 염두엔 둔 듯 후계자에 대한 충성 맹세까지 시에 담게 된다. 가령 "아, 오직 한마음 / 우리 아버지세대가 따랐고 / 우리 세대가 따르고 / 우리 후대들도 따라갈 길"이라 하여 최고 지도자에 대한 '대를 이은 충성'을 다짐하고 것으로 서사시의 결구를 삼은 것이다. "아버지를 따르는 자식처럼"이란 시적 결구에서 보듯이 김정일의 유고 시 김정은이 통치권을 승계받는 것은 정치 행위 이전에 '인륜도덕적 당위'인 것으로 선동 선전하는 셈이다. 이는 '충효에 근거한 가국(家國) 일치'라는 유교 내지 충효이데올로기의 내면화에 북한문학이 여전히 기여하고 있는 증거가 된다.[21]

---

20 2009~2011년 문학신문과 조선문학 등 주요 문예 매체의 내표지 그림이나 본문과 별도의 헤드 박스 부분에 가령 "위대한 령도자 김정일 동지의 건강을 삼가 축원합니다." 같은 건강 기원 구호가 몇 차례 실리는 것도 이와 무관하지 않다.

21 김성수, 「1990년대 주체문학에 나타난 충효이데올로기」, 『현대북한연구』 제5권 제2호, 북한대학원, 2002.6 참조.

2.2. 김정일 시대 말의 후계자 승계담론

2010년 9월에 김정은이 중앙군사위원회 부위원장이 되면서 북한의 3대 권력 세습이 대외적으로 공식화되었다. 2008년 김정일이 뇌졸중으로 쓰러진 이후 체제와 정권의 동요가 감지되자 후계자로 3남 김정은이 내정되었다. 하지만 문학예술 분야에서 3세대 후계자로 내정된 김정은의 승계를 정당화하기 위한 별다른 선전양상은 드러나지 않았다. 2011년 12월 17일 김정일이 갑자기 사망한 후 모든 상황이 급변하게 되었다. 우선 2011년 12월 31일에 당 중앙위원회 정치국회의는 김정은을 조선인민군 최고사령관으로 추대했다. 다만 할아버지 김일성은 영원한 수령, 주석에 두고 아버지 김정일은 영원한 국방위원장, 당 총비서에 두고 김정은은 국방위원회 제1위원장과 당 제1비서에 머물렀다. 이러한 조치는 김일성, 그리고 김정일에 대한 최고의 예우이자 동시에 이들을 상징적인 역사로 놓고, 그를 계승하는 김정은이라는 이미지를 연출하는 것이라 할 수 있다.[22]

2009년 1월 8일 김정은 생일에 '후계 교시'가 내려온 이후[23] 발표된 신병강의 시 「세계여, 바라보라!」(2009)를 보면 김정은을 암시하는 어구가 "2월의 정기 넘쳐나는 방선천리에 / 발걸음도 척척척… / 태양위업 만대로 받들어갈 맹세 높이"[24]에서 보는 것처럼 표현된다. 인용된 시

22 정영철, 앞의 글 2면.

23 고유환, 「김정은 후계구축 논리와 징후」, 『통일문제연구』 상반기(2010), 103면.

24 신병강, 「세계여, 바라보라!」, 『문학신문』 2009.3.21.

구절은 "발걸음도 척척척"하는 행진곡풍 김정은 찬양가요 〈발걸음〉[25] 과 권력세습을 연상케 한다. 그리고 2010년에 발표된 같은 시인의 서사시 「빛나라, 선군장정 만리여!」에도 "우리 장군님의 담력과 기상이 / 그대로 이어진 씩씩한 글 발걸음소리 / 걸음걸음 따르자, 무장으로 받들자"[26]라는 표현이 있다. 이 시에도 김정은의 외연인 '발걸음'이 등장하고 있다. 이는 암시적으로 김정은을 연상케 하는 요소는 되지만[27] 직접적인 언급이라 할 수는 없다.

발걸음이 김정은만 지칭하는 것이 아니라 김정일의 현지 지도를 상징하는 경우도 없지 않기 때문이다. '발걸음, 발자국'의 김정은 상징성은 반증도 가능하다. 가령 김응조의 「빛나는 자욱 남기리」(2010)이나 박정애의 「축복의 해빛은 눈부시다」(2012)에서는 '발자욱소리'가 여전히 김정일의 상징으로 활용되고 있다.[28] '발자욱'이란 김정일의 선군정치 현지지도 길이가 총 연장 수만 킬로에 이른다는 의미의 '선군 장정 천만리' 담론의 표현이며, 군대와 공장, 농촌 등을 부단히 현지 지도 강행군한 북한 특유의 정치방식을 문학적으로 상징화한 것이지 굳이 김정은'만'의 고유한 상징이라 하기 어렵지 않나싶다. 또한 최남순의 시 「거룩한 발자국」(2011)에서 "오, 최고사령관 김 동지 / 거룩한 그 발자

25 2009년 보급된 김정은 찬가 〈발걸음〉 가사와 의의 평가는 그가 권좌에 오른 다음 글에서 비로소 본격화된다. 권선철, 「'발걸음'의 메아리는 우렁차고 환희롭다」, 『조선문학』 2012.6, 24~26면 참조.

26 신병강, 「빛나라, 선군장정 천만리여!」, 『문학신문』 2010.8.28, 2면.

27 이지순, 앞의 글, 219면.

28 김응조, 「빛나는 자욱 남기리」, 『문학신문』 2010.5.8, 4면; 박정애, 「축복의 해빛은 눈부시다」, 『문학신문』 2012.10.13, 3면.

욱을 / 항일의 옛 전장에 찍으심은 / 수령과 어머님 앞에 / 그리고 조국의 력사 앞에 / 승리를 떨치는 혁명의 전통이 계승됨을 / 다시 한번 확인하신 것 아니더냐"라고 노래하면서, "그이의 거룩한 발자욱을 따라" "김정일 장군님을 따라" "맹세의 발자욱을 남기시고" 등의 시구를 나열하고 있는데, 이는 김정은 아닌 김정일의 현지 지도를 뚜렷하게 상징했던 것이다.[29]

따라서 '발걸음, 발자국(발자욱)' 담론이 김정은'만'을 지칭하거나, 일방적으로 상징하는 것이 아니라 그 시적 소구 대상이 김정일에서 김정은으로 변모했다고 해석하는 것이 논리적으로 온당하다. '발걸음, 발자국(발자욱)'의 시적 상징성은 3남 김정은으로의 권력 승계를 자연스럽게 유도하려는 고도의 담론 전략의 산물로 보는 것이 타당하다는 말이다. 가령, 전혁철, 「그날의 그 모습으로」(2011)의 "주공전선인 경공업의 척후에서 / 인민생활 향상의 더 높은 고지를 / 함께 점령해가는 기대공과 옥양공" "그날에 남기신 그이의 자욱을 따라" "사람들 모두가 / 어버이의 그 자욱만 따라서 걷는다고"라는 시구처럼 민생과 후계 담론을 텍스트에서 한데 아우르려는 노력의 산물인 셈이다. 위 시편에서 보듯이 김정일 시대 말기의 시에 나타난 '발자국(발자국, 발걸음)' '따라' 담론은 후계 김정은 승계론과 관련되며 그가 별다른 우여곡절 없이 후계자로 정착해야 인민생활이 더욱 나아진다는 의미로 풀이된다. 김정은 시대 들어서서 2012년에 전에 없는 유원지가 줄을 이어 건설, 개장, 활기

29 최남순, 「거룩한 발자욱」, 『문학신문』 2011.9.24, 2면.

찬 운영이 지속되고 있는데,[30] 이러한 인민생활의 향상이 실은 "릉라도는 행복의 유원지" "원수님의 자욱 따라 천지개벽 이뤘으니"[31]라고 정권 교체 초기의 놀라운 안정성을 자랑하는 개가라 할 수 있다.

이와 관련하여 주목할 대목이 '사회주의 대가정' 담론이다. 전수철의 시 「영원한 기적소리」(2011)를 보면 "화목한 사회주의 대가정 / 이 땅 우에 꽃펴주지 않으셨던가"하는 대목이 나온다.[32] 사회정치적 생명체 담론을 연상시키는 '화목한 사회주의 대가정'이란 김정일의 유고시 김정은으로 통치권이 승계되는 것이 지극히 당연하다는 논리의 시적 표현이다. 실은 김일성의 후계자로 김정일이 아랫동생인 김평일 등을 제치고 권력을 승계 받은 명분 중 하나가 장자 상속이라면 어째서 장자 김정남과 차남 김정철 등을 제치고 3남 김정은으로 통치권 승계가 된 것인지 그 과정이 석명되어야 한다. 명색이 인민대중의 자발성을 강조하는 '민주주의 인민공화국'의 최고 권력자가 3대 세습하는 것도 납득이 어려운데, 게다가 3남 상속이 당연시되려면 그 이유를 국가 구성원인 주민 또는 외부 세계가 납득할만한 설명을 해야 하는데, 그 해명이 부재한 것이 숨길 수 없는 현실이다. 이에 '화목'이란 유교적 단어를 호명해서 조금은 부자연스러운 권력 교체를 정당화하려고 한 것이 아닐까 한다.

30 박영정은 김정은 시대 초기의 이 현상을 두고 '유원지 공화국'이라고까지 명명한다. 박영정, 「김정은 시대의 북한 문화예술의 현황과 전망」, 『제9차 통일문화정책포럼 자료집』, 문화체육관광부·한국문화관광연구원, 2012년 11월 21일 참조.

31 리권, 「노래하세 우리의 릉라도」, 『문학신문』 2012.10.13, 4면.

32 전수철, 「영원한 기적소리」, 『문학신문』 2011.7.9, 3면.

3. 선군 담론의 구심력과 원심력
–김정은 시대 초기의 수령형상문학

3.1. 추모문학, 부조 권위의 계승

2011년 12월 19일이 되어서야 김정일이 야간열차에서 12월 17일에 급사했다는 소식이 알려졌다. 문학신문 12월 22일자에 변홍영의 첫 추모시 「장군님은 영원히 우리와 함께」가 실린 후 수많은 추모시가 발표되었다. 추도시 「위대한 김정일 동지의 령전에」(조선작가동맹 중앙위원회 집체작), 장시 「장군님 세월은 영원히 굽이쳐 흐르리라」(리태식, 리창식 작), 시 「김정일 장군의 인민이여 일떠서라」(문용철 작), 「인민이여 우리에겐 김정은 대장이 계신다」(김일성종합대학 문학대학 집체작), 「조선의 12월」(윤봉식 작), 「야전차는 멎지 않았다」(백하 작), 「조선은 일어섰다」(류명호 작)를 비롯하여 적잖은 시가 창작되었다.[33]

최초의 추모시 「장군님은 영원히 우리와 함께」는 "(전략) 장군님은 가실 수 없습니다 / 태양의 그 환하신 미소를 지으시며 / 우리와 함께 계십니다 / 더 밝고 창창한 미래를 밝히시며 / 인민의 마음속에 함께 계십니다"[34]라고 하여 김정일의 추모와 그를 상징하는 '주체, 선군' 담론을 김정은이 그대로 계승하리라는 것을 암시하고 있다. 같은 날 같은 매체 같은 면에 실린 주광일의 「조국이여 인민이여 앞으로」는 "아, 분

---

33 김려숙, 「피끓는 심장으로 선군혁명문학의 새로운 포성을 올리자」, 『조선문학』 2012.3, 22~23면.

34 변홍영, 「장군님은 영원히 우리와 함께」, 『문학신문』 2011.12.22, 4면.

하구나 / 무정한 세월이여 가지 말아 / 지구여 자전을 멈추라"라고 과장할 정도로 비보를 전하지만 시의 핵심은 "이 아픔 / 이 슬픔을 / 힘과 용기로 바꾸며 / 인민이여 땅을 차고 일어서자"는 새 희망의 메시지이다. 이는 '추모문학, 단군문학, 태양민족문학' 등이 경쟁하듯 지속되었던 김일성 사망 직후 '유훈통치기(1994~97)'의 문학적 양상[35]과 대비되는 차분함이다.

당시에는 '우리 식대로 살아나가자'는 구호와 '조선민족제일주의' 정신을 통해 열악한 현실을 자기 방식으로 극단적으로 왜곡시켜서 자기만족에 빠져있으니, 그것을 주체성이나 민족주의로 긍정적으로 평가하긴 어렵다. 미국에 대한 이중적 태도, 남한에 대한 지나친 적개심은 민족문학의 대의에서 크게 어긋나는 태도라 아니할 수 없다.[36] 즉, 1994

---

35 단군문학, 태양민족문학이란 김일성 우상화의 일환으로 그를 단군이나 태양에 비견하는 위인, 민족 시조로 찬양하는 것이다. 유훈통치기에는 이른바 '건국 = 김일성'등식을 성립시켜 '조선민족 중흥 = 김정일'이라는 구호가 타당성을 가질 정치적 논리를 내세워 문학담론을 펴나갔다. 김성수, 「체제의 위기와 돌파구로서의 문학–'유훈통치기' 북한문학의 동향」, 『실천문학』 1997년 여름호; 『통일의 문학, 비평의 논리』, 책세상, 2001 (재수록) 참조.

36 김성수, 『통일의 문학, 비평의 논리』, 305면. 그런데 이 대목을 인용한 타치아나 가브로우센코의 논문 「개발론적 비판에서 환경론적 비판으로: 북한 선전물의 새로운 남한 스토리」(2011)는 남한의 북한문학 연구자들이 북한 선전물의 본질을 제대로 이해하지 못했으며, 게다가 이를 논평한 이영미는 원문조차 오독하여 김재용에 대한 가브로우센코의 비판을 김성수와 한데 묶어 비판받았다고 잘못 인용한다. Tatiana Gabroussenko, "From Developmentalist to Conservationist Criticism: The New Narrative of South Korea in North Korean Propaganda," *Journal of Korean Studies* (June 2011), 16-1, 29면; 이영미, 「북한 문학교육의 제도적 형성에 관한 국제연구사적 문제제기」, 『국제어문』 2012.6. 각주 2번 참조. 문제는 한국어 해독력과 논문 독해가 부족한 외국인의 영어 논문이 남한의 북한문학 연구자들을 함부로 매도하고 있는 외국 학계의 실상이다.

년 당시 문학이 새로운 담론보다 죽은 김일성을 기리고 계승하는 데 더 많은 노력을 기울였다면, 2012년의 문학은 죽은 김정일의 유훈만큼이나 새로운 담론 생산에 더 큰 비중을 두고 있다는 심증이라는 말이다. 이 추모시에서 주목되는 부분은 다음 대목이다.

> 우리의 김정은 동지 / 태양조선의 미래를 억척같이 떠이시고 / 우리 앞에 거연히 서계시나니 //
> 우리 장군님의 손길을 따라 / 선군의 천만리를 걸어온 것처럼 / 걸음걸음 김대장의 손길 따라 / 오직 그이만을 끝까지 믿고 받들며 //
> 장군님 한평생 바라시던 / 그 리상이 꽃펴날 / 4월의 봄날로 가자[37]

여기서 죽은 지도자 김정일의 죽음은 '지구 자전을 멈추라'고 시간을 되돌리고 싶을 만큼 슬픈 일이지만 더욱 중요한 것은 건국시조 할아버지 김일성이 상징하는 '태양조선'의 '미래'가 손자 김정은에게 달려 있다는 식의 표현이다. 그는 죽은 '장군님'인 아버지 김정일의 '손길을 따라' 아버지가 '선군의 천만리를 걸어온 것처럼' 선군 영도를 계속 해야 하며, 인민들은 '걸음걸음 김대장' 즉 김정은의 "손길 따라 / 오직 그이만을 끝까지 믿고 받들며" 살아가야 한다는 것이다. 정리하면 이 시는 김정일의 추모와 함께 3남 김정은의 선군 영도와 후계를 독자대중인 인민이 마치 자연법칙인양 자연스레 받아들이라는 메시지를 담고

37 주광일, 「조국이여 인민이여 앞으로」, 『문학신문』 2011.12.22, 4면.

있다. 그러면 '장군님' 즉 김정일이 '한평생 바라시던 / 그 리상이 꽃펴날 / 4월의 봄날' 즉 시조 김일성 탄생 100주년(주체 100년)에 다가올 '강성대국'을 이루어진다는 식의 정치선전 메시지의 전달매체로 작용하는 셈이다.[38]

그렇다면 보통 시인들의 추모 열기는 어떨까? 『조선문학』 2012년 2월호에 실린 '영원한 그리움의 불길' 제하의 추모시 특집 중 하나인 주명옥의 「불길 처녀」를 보자. 이 시는 비날론 공장 여공의 시점으로 김정일의 죽음을 애통해하고 있다.

아, 그 진정 그 소원을
처녀는 한생토록 마음속 불길로 안고 살리라
그 불길 안고 장군님을 그리며
경애하는 김정은 동지를 따라서
세월의 끝까지 가고 가리라
우리 장군님 헌신의 천만로고 깃든 비날론
이런 불같은 처녀의 뜨거운 마음 어린 비날론
어찌 대고조 불길의 뜨거운 나래가 아니 되랴(밑줄 인용자)[39]

---

38 그런 맥락에서 비평가 김려숙도 새 지도자인 김정은의 수령 형상을 최우선시하는 것이 이 시기 문학의 최우선 사명이라고 갈파한다. "우리에게는 경애하는 김정은 동지께서 계신다는 투철한 신념을 안겨주는 혁명적 작품 창작에서 무엇보다 중요한 것은 김정은 동지의 위대성을 형상한 작품 창작을 지상의 과업으로 내세우고 창작적 열풍을 일으키는 것이다. 여기에 수령의 문학, 당의 문학으로서의 우리 문학의 근본사명이 있다." 김려숙, 앞의 글, 24면.

39 주명옥, 「불길 처녀」, 『조선문학』 2012.2, 43면.

1995년 북한의 전반적 체제 붕괴 위기 때 경제난 자재난 등으로 가동을 멈췄던 흥남의 비날론공장이 '함남의 불길'이라는 자력갱생운동에 따라 2010년 재건된 흥분을 채 잊지 못한 비날론공장 여공의 김정일에 대한 추모인 셈이다. "장군님 념원 어린 주체비날론"이란 전형적인 '인민생활 향상' 담론이고 김정일 추모 담론의 산물이다. 하지만 시적 지향은 결국 "경애하는 김정은 동지를 따라서"라는 결구에서 보듯이 새로운 지도자 김정은에 대한 대를 이은 변함없는 충성의 맹세 그 이상도 그 이하도 아니다. 이러한 "김정일을 그리워 하는 만큼 김정은을 따르겠다"는 식의 '따라' 담론은 수많은 시와 수필 등 문학 담론에 반복되고 있다.

새 지도자인 김정은의 수령 형상은 어떻게 이루어질까? 사망 직후 매우 급하게 창작된 변홍영, 주광일 시인이 아니라 국가 대사의 격에 맞게 씌어진 조선작가동맹 중앙위원회 집단창작물인 「위대한 김정일 동지의 령전에-추도시」(2012.1)에도 의례적인 김정일 추모 속에서 "김정은 동지와 함께" "장군님 그대로이신 김정은 동지" "김정은 동지의 모습에서 위대한 태양을 보고 있습니다." "김정은 동지는 ~ 김일성 동지이시며 김정일 동지"라는 표현이 노골적으로 드러난다.[40] 이러한 추모이자 후계 담론은 김일성 탄생 100년을 기념하는 2012년 4월 21일자 노동신문과 문학신문의 기념시에서도 반복된다. 조선작가동맹 시문학분과위원회의 집체작 「주체 100년사는 수령복을 노래한다–이 서사시

40 조선작가동맹 중앙위원회, 「위대한 김정일 동지의 령전에-추도시」, 『조선문학』 2012.1, 11~13면. 밑줄 인용자.

를 위대한 수령 김일성 동지의 탄생 100돐에 드린다」를 보면, "일찍이 아시아의 등불이던 조선 / 그 등불 다시 켜지는 날엔 / 동방의 밝은 빛이 되리라 / 어느 나라 시인은 노래했지만 / 이 조선에 / 등불이 아니라 태양이 솟았다"라며 김일성을 '아시아의 태양'이라 한껏 격을 높인다. 조선이란 나라보다 지도자가 더 상위의 큰 개념이니 형용모순인데도 아랑곳하지 않는가 보다. 시의 주지는 김일성, 김정일이라는 위대한 수령이 있는데 이번에 100주년을 맞아 또 3번째 3대 수령을 맞아 복이 넘친다는 내용이다.

문제는 김정은을 형상화한 시적 발상이 부조(父祖)와 차별성이 없다는 것이다. 즉 "야전차를 밀며 오르신 최전방의 고지 우에서 / 파도 세찬 날바다의 갑판 우에서 / 출격을 앞둔 비행대의 활주로에서 / 병사들의 어깨 우에 손을 얹으시고 / 기념사진을 찍어주신 김정은 장군 / 세상엔 오직 우리뿐이여라"하는 것은, 김정은이 새로운 지도자가 아직 아니라 아버지 김정일의 '선군영도'에서 한 치도 벗어나지 못한 복사판이라는 점이다.[41] 새 지도자를 일러 "인민이 사랑하는 우리의 령도자 / 그이는 친근한 김정은 동지"라고 노래해놓고 그 해설에서는 김정은을 부조와 동일하다고만 한다.

"그이이시다! 강도 일제를 때려부시고 조국 인민들 앞에서 개선연설을 하시던 백두산장군, 조국해방전쟁승리의 열병식광장에서

41 조선작가동맹 시문학분과위원회, 「주체 100년사는 수령복을 노래한다–이 서사시를 위대한 수령 김일성 동지의 탄생 100돐에 드린다」, 『문학신문』 2012.4.21, 4면(『로동신문』 2012.4.22, 5면 재수록).

손들어 답례하시던 우리 수령님이시다. 바로 그이이시다! 당의 기초축성시기 그처럼 정력에 넘쳐 사업하시던 위대한 선군태양 김정일 장군님이시다."[42]

그 내용은 실상 선군 담론과 부조 권위에 편승한 일종의 갇혀 있는 이미지라고 해도 과언이 아니다. 그렇다면 김일성이나 김정일 이름이 노출되지 않은 김정은 찬가의 경우는 어떨까? 송정우의 시 「그이의 모습에서 내 보았노라」[43]는 김정은 통치 초기인 2012년 전반기에 아직 김일성, 김정일의 아우라에서 벗어나지 못한 채 부조의 이미지에 편승하여 시적 면모를 드러낸 시들 중에서 그래도 이름에 편승하지 않은 채 김정은만의 이미지 메이킹을 시도한 드문 작품이다. 하지만 부조의 이름만 텍스트 표면에 노정되지 않았을 뿐 여전히 그들의 그림자에 기대고 있다. 가령, "장군님과 함께 선군의 길 걸으시며… / 장군님과 함께 선군혁명령도의 길을 / 걸으시는 그이의 모습을… / 인민과 함께 그 아픔 나누시던 분" 등의 대목에 드러난 '함께' 담론이 그 예이다. 또한 "그이는 또 한분의 걸출한 위인… / 또 한분의 위대한 선군태양"에서 보듯이 "또 한 분"이란 표현도 부조의 권위에 편승하려는 복사판 담론이라 아니할 수 없다.

그런데 김일성종합대학 문학대학(학장 신영호) 명의의 집체작, 「인민이여 우리에겐 김정은 대장이 계신다」(2012.1)에서는 미묘한 차이가 느

42 정광수, 「위인에게 매혹된 심장은 충정으로 뜨겁다—가요 《인민이 사랑하는 우리 령도자》의 가사 형상을 두고」, 『문학신문』 2012.10.13, 4면.

43 송정우, 「그이의 모습에서 내 보았노라」, 『조선문학』 2012.3, 21면.

껴진다. 무게 중심은 추모가 아니라 새 지도자의 '미래'이다. 즉 "우리의 하늘엔 태양이 빛난다 / 그 태양은 우리의 김정은 동지" "김정은 동지! / 그이는 우리의 김일성 동지 / 그이는 우리의 김정일 동지 / 그이는 우리 당 우리 조국 / 그이는 우리의 태양"[44]이라 한다. 분명 '태양'은 김일성을 지칭하는 문학적 상징인데 '김일성=김정일=김정은'의 등식을 내세워 김정은을 태양이라 지칭하고 있는 것이다. 이러한 노골적인 시적 은유법은 계승담론에선 흔할 법하지만 김일성이 사망하고 김정일이 권력을 계승한 1994,5년에는 보기 드물며, 2012년에도 작가동맹원조차 차마 하지 못할 과감한 발상이라고 판단된다.[45]

김일성종합대학 문학대학생들의 집체작에서 보여준 김정은이 태양이란 정공법적 은유는 선군문학 담론을 대표하는 인민군 작가 박윤에게는 마땅치 않았던 듯싶다. 그의 산문시 「뜨거운 겨울」에서는 김정은이 다만 "또 한 분의 천출위인"일 뿐이다.[46] 김정은은 "수령님께서(…) 나서신 듯(…) 장군님께서(…) 오신 듯"하다고 노래한다. 여기서 김정은의 형상은 그 자체로 독자적 이미지로 구축되지 못하고 철저하게 김일성과 김정일의 복사판, 화신으로 에둘러 직유된다. 오랫동안 북한 문학작품을 읽었던 학자로서 약간의 온도차에 민감한 것일 수도 있겠지만, 젊은 대학생들은 미래를 내다보며 태양을 '은유'하는데 비해 나이든 중

44 김일성종합대학 문학대학 집체작, 「인민이여 우리에겐 김정은 대장이 계신다」, 『조선문학』 2012.1.10, 16면.

45 김남호, 「우리의 태양」, 『조선문학』 2012.1, 38면에서도 "우리의 태양 김정은 동지!"를 반복한다.

46 박윤, 「뜨거운 겨울」, 『문학신문』 2012.1.14, 2면.

견 군인작가는 과거의 '직유'로 새 지도자를 파악하고 있는 미묘한 차이를 포착할 수 있는 대목이라 하겠다.

3.2. 친근한 지도자 이미지 담론

새 지도자인 김정은의 수령 형상은 아버지의 선군 담론이나 민생 담론과 어떻게 차별화를 보일까? 그것은 한마디로 친근함의 이미지와 청년·아이들을 향한 미래 담론에서 드러난다. 「인민이여 우리에겐 김정은 대장이 계신다」나 「최고사령관의 첫 자욱」 등 정권 초기의 서사시·장시·비평 담론에서는 여전히 할아버지와 아버지의 권위에 편승하거나 후계자 승계를 자연스레 합리화·당연시하는 데 주력한 바 있다. 그래서 수많은 서사시들이 일차적으로는 김정일 추모시의 성격을 지니면서 이차적으로 김정은이 부조의 복사판이란 담론을 통한 승계 명분의 합리화였던 것이다.[47]

김정은이 부조의 복사판이란 비난과 매도를 받지 않으려면 독자적인 이미지를 구축해야 하는데 그것은 자연 연령상의 '젊음'에서 나온 미래 담론이다. 가령 소년단 창립 65주년 기념식의 연설과 경축시 「우리는 영원한 태양의 아들딸」(2012.6)을 보면 그만의 개성을 발휘할 수 있게 된다.

"뜻 깊은 설 명절날 / 장군님이 그리워 잠 못드는 / 만경대 원아

---

47 이지순, 앞의 글, 231면.

들을 찾아 한품에 안아주실 때 / 언 볼을 녹이며 흘러드는 / 어버이 뜨거운 사랑 / 머리맡에 깃드는 다심한 그 손길! // 하나의 작은 책상에도 / 강의실의 지형사판에도 / 정 깊게 깃들던 어버이마음 / 허리 굽혀 체육관의 바닥도 쓸어보시며"[48]

유아원 아이들의 눈높이에서 볼 때 김일성이나 김정일은 아버지, 어버이라기보다는 가까이 하기 어려운 할아버지거나 너무나 멀리 높은 곳에 있는 피안의 절대자였을 터이다. 그에 반해 젊은 청년 김정은에게 아이들이 안기면 푸근하고 친숙하단 인상을 받게 될 것이다. 이 시는 바로 이런 점을 소구하고 대중이 접근하기 편한 친근성, 친숙함의 이미지로 아이들에게 다가가는 지도자상을 내세웠다. 이는 부조와 차별되는 김정은만의 '구별짓기' 전략이다.

같은 맥락에서 보면 류동호가 작사하고 전흥국이 작곡한 김정은 찬양가요 「인민이 사랑하는 우리 령도자」에도 친근성 담론이 나온다. "온 나라 대가정을 보살펴주시며 / 꿈 같은 행복만을 안기여주시네 / (후렴) 인민이 사랑하는 우리의 령도자 / 그이는 친근한 김정은 동지"[49]라고 되어 있다. 북한을 비롯한 전체주의 국가에서 지도자가 구성원을 사랑한다는 담론은 너무나 흔한 것이다. 하지만 인민'을' 사랑하는 영도자가 아니라 인민'이' 사랑하는 영도자는 조금은 새로운 발상이다. 왜냐

48 미상, 「우리는 영원한 태양의 아들딸」(경축시), 『문학신문』 2012.6.9, 3면(『로동신문』 2012.6.7, 4면의 재수록).

49 류동호 작사, 전흥국 작곡, 「인민이 사랑하는 우리 령도자」, 『조선문학』 2012.10, 내표지 악보.

하면 '가정, 행복, 인민 사랑, 친근함' 등 김정일 시대 선군 담론에선 어색하기만 했던 표현이기에 더욱 그렇다. '친근함'이란 지표는 김정은의 수령 형상 특징 중 하나로서 심지어 그가 김일성광장에서 행한 군대 열병식장 축하연설에서조차 "친근한 그 음성"[50]을 강조하고 있기까지 한다.

김하늘의 「영원한 품」(2012.3)이야말로 위에서 말한 김정은의 친근성을 가장 잘 보여주는 소설이다.[51] 이 소설은 김정일이 사망하기 직전인 12월 17일 아침에 그가 내려보낸 마지막 지시였던 연말 평양시민에게 생선을 여유있게 공급하도록 원양어선단에 지시했다는 데서 시작된다. 2012년 새해를 맞는 평양시민들에게 물고기를 공급할데 대한 과업이 연포수산사업소 '먼바다선단'에 떨어진다. 약속된 날자는 한 주일, 12월 23일까지! 하여 수산성 부국장 림해철이 책임진 먼바다선단이 공해로 빠진 명태떼를 앞질러나가 '어로전투'를 벌인다. 바로 그때 2011년 12월 19일 낮 12시 한창 명태잡이로 들끓는 공해상에 비보가 전해진다. 12월 17일 저녁에 김정일이 사망했다는 소식이었다. 처음에는 충격 속에 회항하려 했으나 유훈을 지키기 위해 어로작업에 더욱 충실했다는 게 결말이다. 여기서 주목할 대목은 김정은의 장례식날 행동이다. 즉 인민생활 향상이라는 아버지의 유지를 받들어 12월 하순 혹한 속 장례식장에 참여한 수많은 추모 군중들에게 뜨거운 물을 공급하라고 인민을 배려함에 주인공이 감동한다는 에피소드이다.

50 홍민식, 「령장의 선언」, 『조선문학』 2012.10, 10~11면.

51 김하늘, 「영원한 품」, 『조선문학』 2012.3.

김정은 동지께서 오늘 새벽에 친필을 써서 내려보내셨다지 않소. 인민들이 호상 서구 있는데 추운 겨울밤에 떨구 있다는 거 장군님 아시문 가슴 아파하신다구 더운물이랑 끓여주구 솜옷이랑 뜨뜻이 입게 하라구 하셨다오. 물두 맹물 끓이지 말고 사탕가루나 꿀을 풀어서 끓여주라 하셨다는데 어쩌문 그리 자심하시오? 그저 우리 장군님과 꼭같으시오. 우리 인민이야 정말 복을 타구났소![52]

김정일의 사망 직후, 그가 직접 지시하여 김정일 조문을 위해 추운 날씨에 떨어야 하는 인민들을 위해 '더운물 봉사매대'를 만들도록 지시했다는 기사[53]가 등장하고, 이를 인민에 대한 사랑의 표현으로 내세우고 있다. 김정일 장례식장의 온수대 설치 미담 기사야말로 로동신문이 보도한 것을 작가가 취재하여 소설로 만든 지도자의 새로운 이미지 전략의 예로 보인다. 김정은을 인민에게 친숙한 지도자로 보이는 원래 에피소드가 존재하고 그를 신문기사화한 다음 나중에 시와 소설 등 문학예술작품으로 형상화하는 것은 '행위-기사-문예 창작-비평'이라는 수령형상문학의 창작 기제[mechanism] 시스템의 좋은 예라 하겠다.[54] 실제로 소설이 나온 몇 달 후 '친근한 지도자상'을 찬양하는 작품평이 신문에 실리기도 하였다.[55]

---

52 김하늘, 「영원한 품」, 『조선문학』 2012.3, 40면.

53 「장군님의 영원한 동지가 되자」(정론), 『로동신문』 2011.12.25, 8면.

54 정영철, 「김정은 체제의 출범과 과제: 인격적 리더십의 구축과 인민생활 향상」, 『북한연구학보』 16-1, 북한연구학회, 2012.8, 5면.

55 김학, 「인민이 안겨살 영원한 품에 대한 감동깊은 형상-단편소설 「영원한 품」을 두

새로운 지도자의 카리스마는 문학 작품 곳곳에서 '따라' 담론으로 반복된다. 시, 소설, 수필, 평론, 기사 등에서 "경애하는 김정은 동지를 따라"라는 상투어구 표현이 너무 자주 보인다. 가령 6·25전쟁기 1951년 여름부터 가을까지 하기 및 추기 공세에 맞선 고지 전투를 형상화한 '불멸의 력사 총서' 시리즈물인 『푸른 산악』에 대한 비평조차 예의 '따라'담론으로 결말짓고 있다. 즉 김일성의 전쟁기 무용담을 다룬 소설에 대한 원로 비평가 최언경의 비평[56]에서조차 "경애하는 김정은 동지의 령도 따라"(21쪽) 살자는 상투어구가 결론이다. 같은 잡지에 실린 류정실 시 「하나의 모습」[57]에도 "경애하는 김정은 동지를 따라"로 반복되며, 이 상투어구는 함영주 시 「못 잊을 불빛이여」, 권선철 평론, 「선군승리의 불멸의 화폭에 대한 감명 깊은 형상세계–총서 '불멸의 향도' 장편소설 『오성산』을 읽고」에도 동일한 어구가 반복된다.[58]

최주원의 시 「새로운 주체 100년대의 청춘」에서는 아예 "김정은 동지의 발걸음 따라"로 변주된다.[59] 이는 발걸음이라는 승계 담론과 친근한 지도자에 대한 절대적 충성을 결합한 '따라' 담론의 결합형으로 보

고」, 『문학신문』 2012.10.6, 3면. 비평문 참조.

56 최언경, 「1211고지 방위전투를 승리에로 이끄신 불멸의 업적에 대한 대서사시적 화폭–총서 '불멸의 력사' 장편소설 『푸른 산악』에 대하여」, 『조선문학』 2012.7, 17~21면.

57 류정실, 「하나의 모습」, 『조선문학』 2012.7, 68면. 탄광 소대장의 채탄장 막장 휴게실의 노동을 선동하는 선군시이다.

58 함영주, 「못 잊을 불빛이」, 『조선문학』 2012.8, 3면. 권선철, 「선군승리의 불멸의 화폭에 대한 감명깊은 형상세계–총서 '불멸의 향도' 장편소설 『오성산』을 읽고」, 『조선문학』 2012.8, 30면.

59 최주원, 「새로운 주체 100년대의 청춘」, 『조선문학』 2012.8, 34면.

인다. 따라서 "경애하는 김정은 동지(령도)를 따라"라는 상투어구로 상징되는 '따라' 담론이 시, 소설, 정론, 비평, 수필을 가리지 않고 모든 글쓰기에 무한 반복됨으로써 김정은 시대 초기 문학담론의 클리셰로 전화, 고착화되었음을 알 수 있다.

4. 인민생활 향상과 청년 미래 담론 –김정은 시대 초기의 사회주의 현실 주제 문학

4.1. 인민생활 향상 담론

북한은 최근 몇 년간 인민생활 향상을 중요한 문제로 제기하고, 2012년을 강성대국 진입을 위한 해로 선포하였다. 이를 위해서 북한은 주로 생필품, 경공업의 발전에 노력을 경주하고 있다. 신년 공동사설의 최근 몇 년간의 흐름을 보면, 2008년 '인민생활 제일주의'를 내걸면서 농업과 경공업 등 인민생활과 직결되는 문제들을 최우선의 과제로 설정하고 이런 기조를 2013년까지 계속 이어오고 있음을 알 수 있다. 한마디로 '인민생활 향상' 담론이 김정일 시대 말기부터 김정은 시대 초기의 가장 주요한 화두로 떠오른 셈이다.

이런 정세 맥락에서 지난 몇 년 간의 김정은 시대 초기 북한 문단에서는 김일성과 김정일의 후광을 업은 수령(형상)문학의 '승계'담론과 함께 '민생'담론이 주요한 화두로 떠올랐다. 현지에서 '인민생활 향상'으로 명명된 민생 담론은 다음 작품들에서 보이듯이 여전히 이데올로기의 표면에서 강고한 위력을 발휘하는 '선군'담론과 균열, 충돌하기도 한다. 문학적 레토릭으로 표현한다면 '사탕 한 알과 총알 하나'의 상징적 대비가 정중동처럼 문학판 전체에서 역동적으로 펼쳐지고 있는 것이다.

> 나는 우리 아이들에게
> 사탕 한 알 변변히 먹이지 못하는 것이
> 제일 가슴 아픕니다
> 이제 그 애들이 크면
> 사탕알보다 총알이 더 귀중해
> 이 눈보라를 헤쳐가는
> 아버지의 마음을 알거라고 (중략)
>
> 밝게 웃어라
> 마음껏 뛰놀거라
> 사랑의 손풍금도 안겨주시고
> 야외빙상장, 물놀이장
> 이 세상에 제일 좋은 유희장도 주셨습니다[60]

이 시에서 보듯이 김정일 시대의 선군담론에선 '사탕알보다 총알이

60 미상, 「우리는 영원한 태양의 아들딸」(경축시), 『문학신문』 2012.6.9, 3면(『로동신문』 2012.6.7, 4면의 재수록).

더 귀중'했겠지만, 새로 출범한 김정은 시대의 민생담론에선 더 이상 총알 최우선이 아니라 '사랑의 손풍금(아코디언)'도 필요한 시점이 되었다. 군대 최우선 대신 오히려 인민들의 삶의 질을 향상시키는 가시적인 무엇인가가 필요했고, 20대 청년인 새 지도자의 눈에 든 것은 도로 및 철도, 공항, 항만 등 대형 사회시설 대신 도시 경관 재개발과 공공문화시설, 체육시설, 상업시설, 위락시설 등 대중의 일상생활과 밀접한 분야의 획기적인 개건, 개선이었다. 특히 개개인의 생활문화를 바꾸어 나갈 각종 인프라를 전방위적으로 정비하고 있다. 이러한 움직임이 평양 일부지역에 제한되지 않고 평양을 중심으로 하되 각 도 소재지는 물론이고, 시·군지역에 이르기까지 광범위하게 이루어지고 있다. 아마도 북한이 외쳐대던 '강성대국'의 실체가 바로 이러한 것을 말하는 것이었지 않나 하는 생각이 들 정도이다.[61]

물론 평양을 비롯한 전국이 민생 담론에 들떠 있다 해도 선군 담론이 여전히 위력적인 지배이념임을 확인할 수 있는 대목도 적지 않다. 가령 2012년 4월 『조선문학』에 실린 수필 「총대는 이어진다」를 보자. 딸애의 첫 돌 생일날, 예전 군대 동료인 처녀가 돌잔치를 축하하러 찾아와 돌 선물로 내놓은 기념품이 '놀이감총'이어서 다들 놀란다. 그러

61 김정은의 2012년 4월 6일 담화에 의하면 인민생활 향상과 관련 우선적으로 해결해야 할 과제로 ①먹는 문제, 식량문제, ②인민소비품문제, ③살림집문제, ④먹는 물 문제, ⑤땔감 문제를 들고 있다. 이어서 인민경제 선행부문, 기초공업부문으로 전력, 석탄, 금속, 철도운수부문을 발전시키고, 다음으로 과학기술과 생산을 밀착시켜 지식경제강국, 지식경제시대의 요구에 맞는 경제구조를 완비하며, 마지막으로 국토관리사업에 힘을 넣어 '인민의 락원'으로 만들어가야 한다고 강조하고 있다. 박영정의 앞의 글 재인용.

자 대학 입시를 앞둔 제대군인 처녀의 말이 가관이다.

> "분대장 동지나 나나 처녀시절에 총을 메고 군사 복무를 하지 않았습니까. 그 나날의 그 정신을 심어주고 싶은 것은 저나 분대장 동지네도 다를 바 없다고 생각되더군요. 그래서 딸인 줄 알면서도 이 총을 골라잡았습니다." (중략)
>
> 순간 나는 가슴에 뜨겁게 마쳐오는 충격을 느꼈다.
>
> 총!
>
> 이 나라 공민이라면 누구라 없이 총과 인연을 맺고 산다.
>
> 지난날 조국보위 초소에 섰던 경력을 가지고 있든, 아들딸을 인민군대에 내보냈든, 오늘날에 인민군대에서 복무하든 총과 인연이 없는 가정은 아마 하나도 없을 것이다.
>
> 온 나라 가정이 총대가정이고 군대가정이며 후방가족이다. (중략)
>
> 사탕알이 없이는 살 수 있어도 총알이 없이는 살 수 없다는 철석같은 신념을 간직한 우리 인민이기에 장군님 따라 선군의 길을 꿋꿋이 걸어왔고 오늘 우리 조국은 그 어떤 대적도 두려움 없는 정치사상강국, 군사강국으로 거연히 일떠섰다."[62]

"사탕알이 없이는 살 수 있어도 총알이 없이는 살 수 없다"는 말은 민생을 희생시키더라도 군대가 최우선이라는 선군 담론의 상투적인 표현이다. 90년대 중후반 '고난의 행군'이라는 체제 붕괴 위기를 극복

62 서현일, 「총대는 이어진다」(수필), 『조선문학』 2012.4, 66면.

할 때 군대밖에 믿을 집단이 없었으니 당연하긴 하다. 선군은 현실 사회주의의 몰락에 따라 지도자(수령, 장군)에 대한 충성과 '자민족 제일주의'라는 주관적 의지를 강조해서 위기를 돌파하겠다는 전략의 산물이었다. 김정일 시대 북한이 내세웠던 '우리식 사회주의'는 '정치에서의 자유', '경제에서의 자립', '국방에서의 자위'를 통해 다른 나라에 의존하지 않는 자력갱생 체제화로 초점이 맞춰져 있지만, 실제로는 인민대중의 생활을 희생시키고 상대적으로 체제 보위의 근거였던 군의 위상 강화로 드러났던 것이다. 이에 따라 문학도 지도자의 위상을 신성시하고 군(군인과 군대, 군인정신)이 문학 창작의 주체이자 소재이고 이념이자 심지어 미학까지 담론을 장악했던 셈이다.

하지만 앞에서 본 선군 담론의 만성적 피로감[63] 때문인지 겉으로 선군 담론을 앵무새처럼 반복하는 이면에는 인민생활 향상 담론이 속속들이 확인된다. 가령 '총대미학'을 강조한 서현일 수필 「총대는 이어진다」 바로 다음 페이지에 인민생활을 강조한 김경일의 단편소설 「우리 삶의 주로」에서는 기초식품공장 식료기계기사인 진석의 입을 통해 이렇게 이야기하고 있는 것이다.

> 장군님께선 쏟아져나오는 사탕과자와 갖가지 식료품을 만족하게 바라보시며 인민들에게 당과류와 식료품을 마음껏 먹이는 게 자신의 소원이라고, 자신께서는 오늘 인공지구위성을 쏘아올린 것보

63 김성수, 「선군(先軍)사상의 미학화 비판」, 2008 참조.

다 더 기쁘다고 말씀하셨습니다.[64]

현대식 된장 생산 공정을 둘러싼 청춘남녀 과학기술자들의 애환과 사랑을 그린 소설에서 주목되는 점은 민생 담론만이 아니다. 대학을 졸업하고 식료기계기사로 배치된 주인공 진석와 여주인공 신해의 은근히 밀고 당기는 애정담, 간장 생산의 현대화를 추진하는 진석이와 된장 생산의 현대화를 추진시키는 동료 간의 긴박한 경쟁구도, 새로운 생산 공정의 돌파구를 연 주인공의 승리에 찾아오는 성취감, 결말에서 자신의 무능을 뉘우치고 진석이와 함께 이상을 확인하는 신해의 불안과 초조감 등등의 세부 심리 묘사가 탁월하다는 사실이다.

그 과정에서 이른바 '21세기 대고조운동'의 상징이 된 컴퓨터에 의한 생산기술 현대화 문제, 즉 CNC(컴퓨터 제어계측시스템) 찬가도 한몫을 한다. 이에 이 작품은 김정은 시대를 잘 보여주는 대표작으로 고평된다. "낡고 뒤떨어진 것을 과감히 털어버리고 부단히 자신을 채찍질하며 최첨단 돌파의 강행군 주로를 쉬임없이 달리는 진석과 티끌만 한 성과에 도취된 나머지 자기 만족에 빠져 최첨단을 향해 계속 달리지 못하고 다리쉼을 하는 신해를 결승선이 보이는 단거리 달리기와 높은 인내력과 의지가 요구되는 장거리 달리기에 비긴 단편소설"로 높이 평가된다.[65]

김정은은 아버지와 달리 군대 위주로만 순시하는 것이 아니라 각급

64 김경일, 「우리 삶의 주로」, 『조선문학』 2012.4, 78면.

65 김정평, 「작가의 개성과 독창적인 형상수법」, 『문학신문』 2012.10.13, 1면.

생산 현장과 유원지, 학교, 과수원 등을 부단히 현지지도한다. 민생 투어에 나선 젊은 지도자 김정은의 목소리는 대중들에게 세심하고 친근하다. 그래서 인민들은 열광한다. 전업 시인이 아닌 생활인=아마추어 시인들은 다음과 같이 김정은의 민생 투어를 칭송한다.[66]

평양시 제2인민병원 간호장 리명옥은, "우리 보건일군들에게 / 인민의 건강증진을 부탁하시는 / 뜨겁고 절절한 그 음성을 / 듣는다."(「그이의 부탁」) 중앙과학기술통보사 연구원 최선녀는, "정성 다해 가꾼 꽃 판목, 열매나무 / 키높이 자래운 잣나무 / 색깔도 초록빛 모양도 멋지다고 / 원림록화 지휘 경험을 말하라니" 할 말이 없다고 겸양을 보인다(「무슨 말을 하랍니까」). 중앙출판물보급사 노동자 리성희는, "건설장에 흘린 땀이 좋다는 거지 / 돌격대 나날이 좋다는 거지." 하며 동원 노역을 기꺼워한다(「별들도 웃는 밤」). 평양 봉지중학교 교원 류옥화는, 시를 쓸 때 "가벼운 붓대로 쓰지 않는다"면서 "야간지원돌격대원의 심장으로 / 불꽃 튀는 삽날과 모래마대로 쓴다"(「우리는 이렇게 시를 쓴다」)고 한다. 이는 교사 근무 이외에 야간 노동으로 "모래마대를 어깨에 메고 / 초고층살림집" 건설현장에 동원되었음을 알게 한다. 평양시 제2인민병원 간호원 리송숙은, "정성이 명약이라고 하신 / 장군님 말씀"대로 "입원실문 두드리기 전에 / 거울 앞에 먼저 자기 모습 비쳐보며 / 언제나 밝은 얼굴로 환자들 앞에 나서리라."(「밝은 얼굴」)고 다짐한다.

이러한 현장 생활인들의 아마추어 시 모음은 표면적으로는 김정은

66 류옥화, 「우리는 이렇게 시를 쓴다」; 리명옥, 「그이의 부탁」; 최선녀, 「무슨 말을 하랍니까」; 리성희, 「별들도 웃는 밤」; 리송숙, 「밝은 얼굴」, 『문학신문』 2012.6.23, 4면.

찬가를 표방한다. 하지만 알게 모르게 현직 이외의 차출 노동에 상시적으로 동원되고 있는 북한 주민들의 고된 생활상도 알게 한다. 그들은 여전히 노동 현장에 본업과 별도로 동원되고 있는 것이다. 그들의 자발적 동원[67]을 위해 얼마나 더 많은 시와 소설이 씌어지고 노래와 영화가 만들어져야 하는 것일까.

4.2. 청년 미래 담론

김정일은 30세 청년이다. 따라서 80세 넘게까지 살았던 할아버지나 69세에 사망한 아버지처럼 연령 고하를 막론한 모든 인민들에게 자연스럽게 '어버이 / 아버지'로 불리기는 힘들다. 특유의 수령론으로 그런 이미지를 밀어붙일 수는 있지만 여전히 어색하고 생경하다. 따라서 부조에게 전유되었던 '어버이 / 아버지'란 호명이 너무나 자연스러운 '만경대 원아' 같은 어린이, 6.6절을 맞은 소년단원들부터 포근한 '아빠'이미지 메이킹을 시도하는 것이다. 게다가 항일빨치산과 6·25전쟁의 독립투사(김일성), 문예혁명을 통한 선동선전과 선군혁명을 통한 전사(김정일) 이미지를 지닌 강성 이미지 대신 김정은이 택한 전략은 '친근한 지도자'라는 연성 지도자상이다. 그것은 '만성적인 벼랑끝 위기' 전략의 산물인 선군 담론에 매우 피로해 있던 인민들에게 '인민생활 향상'이라는 새로운 돌파구와 함께 동반상승작용을 불러일으킬 것임에 틀

---

67 대중이 지도자의 카리스마를 원하고 독재체제에 자발적으로 동원된다는 발상은 임지현 외, 『우리 안의 파시즘』, 심인, 2000; 임지현 외, 『대중독재』, 책세상, 2004 등을 참조할 수 있다.

림없다.

그런 맥락에서 아이, 소년, 청년들을 대상으로 한 경축시 「우리는 영원한 태양의 아들딸」(2012.6)에서 '만경대 원아, 책상, 강의실 지형사판, 체육관' 등을 호출했던 것이다. 김정은은 '어린이' 대신 '아이, 학생 소년'이란 단어를 선택하여 '우주로케트'와 '기계바다'로 상징되는 '강성조선'을 위하여 공부를 열심히 하고 '사회주의도덕'과 애국을 강조한 바 있다.[68] 이런 맥락에서 미래, 청년, 소년, 아이 등에 대한 관심이 바로 김정은 문학담론의 새로운 면모라 하겠다. 가령, 원로 시인 백하의 시 「강성원은 노래한다」(2012.8)는 김정은만의 독자적 이미지를 구축하기 위한 고심의 산물로 평가된다.[69]

> 현란히도 눈이 부신 강성원의 체육관 / 넘어져도 무릎이 상하지 말라고 / 바닥에 고무판을 깐 체육관(중략) // 공을 받아드신 그이 / 웬일이신가 롱구공을 / 바닥에 치고 또 치신다 / 일군들 서로 얼굴만 마주보는데 / 나직이 하시는 말씀 / —무슨 소리가 들리지 않습니까?(중략) // —들리지 않습니다 / —울림이 전혀 없습니다 // 순간 환히환히 웃으시는 / 경애하는 김정은 동지 / —체육관이 소음방지를 잘했습니다[70]

---

68 김정은, 「조선소년단 창립 66돐 경축 조선소년단 전국련합대회에서 하신 축하연설」, 『문학신문』 2012.6.9, 1면.

69 백하, 「강성원은 노래한다」 제하의 시 3편, 『조선문학』 2012.8, 31~33면.

70 백하, 「사랑의 메아리」, 『조선문학』 2012.8, 31~32면.

최고 지도자가 기껏 한다는 일이 농구장에 공을 튀겨보고 소음방지 시설이 잘되었다고 칭찬하는 정도이다. 하지만 이는 김정은 시대의 청년 미래 담론을 잘 보여주는 예로 판단된다. 강성원은 주민복지센터쯤으로 짐작되는 복합문화공간이다. 「사랑의 메아리」에서는 강성원 실내 체육관의 농구코트 소음시설을, 「약속」에서는 구내 이발소 종업원에게 자기도 이곳에서 이발을 하겠다는 지도자의 약속을 형상화하고 있다. 김정은은 항일투사(김일성)와 문화전사(김정일)와는 다른 생활밀착형 지도자의 이미지를 구축하고 있는 것이다. 어린이와 청소년을 시적 소구 대상으로 삼아 현실생활에 즉감적, 감각적으로 와닿는 조그만 사례들을 통해 자연스레 인민들에게 친근한 지도자로 다가가려는 미래 담론의 표현으로 풀이할 수 있다.

김정일 시대의 문학 담론이 지도자 동상과 대 기념비와 혁명 사적지, 고속도로와 발전소, 공장과 기업체 등 거대한 사회시설을 건설했을 때 감격의 기념시를 헌정하는 데 바쳐졌다면, 김정은은 미래를 담보할 어린이, 학생, 청년들에게 실생활의 질적 향상 같이 피부에 와닿는 미시 담론에 호소하는 셈이다. 그래서일까? 같은 시인은 비슷한 미래 담론을 또 시로 쓴다.

> 그 언제 이런 일 있어봤던가 / 그 어느 다심한 일군도 유치원에 오면 / 귀여움에 겨워 만족해할 뿐 / 그 누구도 열지 못했다 / 아이들의 동심의 문 미래의 문 //[71]

71 백하, 「미래의 문을 여시다」, 『조선문학』 2012.11, 6면.

이 작품에는 평소 아이들을 교육하는 유치원 교사도 제대로 하지 못하는 진정한 소통을 김정은이 해낸다는 내용이다. 역시 작은 일을 섬세하게 해내는 방식이다.[72] 동심의 문을 열 친근한 지도자의 이미지를 구축하고 그가 바로 새 정권 하 국가의 미래의 문을 열 적임자라는 메시지를 담고 있다고 해석된다.

박천걸, 류경철 시인도 같은 방식으로 아이들의 미래에 주목하되, 그런 따뜻하고 섬세한 보살핌이 지도자의 손길이 직접 닿지 않는 산골 오지까지 미친다고 역설한다. "먼 산촌마을의 붉은 넥타이 아이들도 / 김정은 원수님의 품속에서 / 미래의 투사로 영웅으로 더욱 억세게 / 자라리"라고 산골 아이들을 찬양하고, "아, 창성은 두메산골 하늘 아래 있어도 / 위대한 태양의 뜨거운 축복 속에 / 황금산의 주인으로 강성조선의 기둥감으로 / 오늘도 자라는 창성의 미래여" 하며 변방 소년들의 미래를 기약한다.[73] 깊은 산촌마을의 귀염둥이 아들이 6.6절에 평양에 가서 행사에 참석하고 기념사진까지 찍었으니 "선군조선의 나어린 소년 혁명가 / 김일성 김정일 조선의 미래의 주인"이 되었다는 식이다.[74]

어린이, 소년, 학생뿐만 아니라 청년, 청춘에 대한 관심도 각별하다.

---

72 최주원, 「절세위인의 후대관을 노래한 감동 깊은 시형상–서정시 「미래의 문을 여시다」를 읽고」, 『문학신문』 2013.3.9, 3면.

73 박천걸, 「나는 조국의 미래와 이야기한다」, 『문학신문』 2012.8.11, 1면; 류경철, 「창성의 미래」, 『문학신문』 2012.9.22, 3면.

74 박상민, 「축복받은 아들에게」, 『조선문학』 2012.8,22. 이 시의 배경과 관련하여 북한 당국은 전국 각처의 소년단 대표 2만여 명을 평양으로 초청해 소년단 창립 66주년(6월 6일) 행사를 대대적으로 개최한 바 있다.

물론 김정일 시대에도 청년, 청춘 담론은 문학의 주요한 소재였다. 하지만 그것은 백의선, 류동호 공동작 서사시 「조국이여 청년들을 자랑하라」(2000)처럼 식량난과 경제난에 허덕이는 고난의 행군 시기에 별다른 중장비도 없이 오로지 육체노동으로 전투하듯 도로 건설에 온 몸을 바친 청년들을 찬양하는 노동 동원 선전이 주된 이유였다.[75] 그런 점에서 "권양기로 벽돌을 쉽게 들어올릴 수도 있으련만 벽돌의 한 귀퉁이라도 상하여 축로에 지장이 될세라 하루에 세 톤이 넘는 내화벽돌을 등짐으로 져날랐"[76]다는 평범한 처녀들의 땀과 눈물을 기리는 김혜인 수필이나, 희천 발전소 언제와 물길굴 건설과정에서 별다른 장비도 없이 오로지 해머로만 도로를 여는 사회주의 경쟁에서 1등을 한 '곰처녀'를 찬양하는 소설[77]도 여전히 쓰여지고 있다.

하지만 무조건 자발적 육체노동에만 몰두하게 만드는 낡은 청년 담론과 변별되는 새로운 청년, 청춘 담론도 새로이 보인다.

> "새로운 주체 100년대의 첫 아침 / 운명의 태양으로 높이 모신 / 김정은 동지의 발걸음 따라 / 무적의 총검과 마치와 낫 / 과학의 붓대를 새로이 벼려든 대군 / 수백만 젊은 심장이 우러러 따르는 한길 / 당을 따라 곧바로 앞으로만 나아가는 / 조선의 청춘은 이

---

75 「조국이여 청년들을 자랑하라」의 청년 담론 분석과 노동 동원 비판은 다음 글을 참조할 수 있다. 김성수, 「북한의 '선군혁명문학'과 통일문학의 이상」, 『통일과 문화』 창간호, 통일문화학회, 2001.

76 김혜인, 「불꽃」(수필), 『조선문학』 2012.2, 46~47면.

77 임순영, 「희천 처녀」(단편), 『조선문학』 2012.2, 79면.

미 / 강성할 래일의 계주봉을 튼튼히 잡았거니"[78]

즉, 청년절 기념시에서 상투적으로 거론되었던 총검 이외에 '마치와 낫, 과학의 붓대'가 '새로이' 추가되었고, 청춘이 과거세력과 미래세력의 연결고리라는 의미의 '내일의 계주봉'으로 호명되었다는 사실이다. 이는 더 이상 "시키면 한다, 하면 된다"는 군대식 발상에 의한 노동 동원이 아니라, "즐겁게, 자발적으로" 노동에 참여한다는 발상의 전환을 보인다고 해석할 수 있다. 가령 섬유공장 노동자는 "직포공 처녀여!/ 어찌 그대 천만 짠다 하랴 / 그대는 음악가 / 행복의 노래 온 나라에 펼치여라"[79]라고 유희와 결합된 노동을 찬양하며, "데트론 인견천 직장 / 처녀들의 아름다운 작업 모습을 / 그림에 담은 동무여"[80]라고 예술로 승화시킨다.

5. 선군 승계 대신 민생 미래 지향

지금까지 본론에서 김정일 시대 말기(2009~2011) 주체문학과 선군문학의 추이를 간략히 정리하고 김정은 시대 초기(2011.12~2012.11)의 선군문학 담론이 어떻게 변모하는지 시, 소설, 비평 등 문헌 텍스트를 분

78 최주원, 「새로운 주체 100년대의 청춘」, 『조선문학』 2012.8, 34면.

79 박복실, 「직포공 음악가」, 『문학신문』 2012.9.15, 1면.

80 림철준, 「더 밝게 그려라」, 『문학신문』 2012.9.15, 1면.

석하고 추후 동향을 살펴보았다. 분석에 따르면 김정은은 항일투사(김일성)와 문화전사(김정일)와는 차별화된 '생활 밀착형 친근한 지도자'라는 이미지 구축에 성공하였다. 그의 지도자 형상은 먼저 송가, 시가부터 시작하여 서정시, 서사시, 소설 등으로 장르를 확산해갈 터이다.[81] 때문에 대부분의 분석 텍스트는 시와 가요가 많았으며 그러다보니 시 고유의 서정적 함축성과 미적 특징까지 분석하지 못하고 사회 변화의 실증자료로만 다루었다는 아쉬움이 남는다. 앞으로 문학텍스트의 미학적 의미까지 분석하기 위해서 이전의 주체미학체계의 변모나 총대미학으로 대표되는 선군문학 담론의 변모양상을 정치하게 추적할 것이다.

김정은 시대 초기의 주민 생활상을 그린 '사회주의 현실 주제' 문학은 "사탕 한 알과 총알 하나"의 상징적 대비에서 보듯이, 표면적인 선군 담론의 자장이 구심력을 잃고 이면에서 '인민생활 향상'이라는 민생 담론으로 원심력을 보인다. 선군과 민생 사이에서 역동적인 방향 모색 끝에 서서히 정중동으로 민생 담론쪽에 무게중심이 이동하는 것이다. 이는 선군 담론이나 그 자장 속에서 '발걸음'으로 상징되는 후계자 승계 담론을 펴지 않아도 민생과 미래를 자신할 수 있게 되었다는 점을 알게 한다. 김정은 체제의 안정이 아버지 김정일이 구축한 선군 담론에만 의존하지 않아도 될 만큼 비교적 빨리 이루어졌다는 문학적 증거를 확인하는 순간이기도 하다.

81 김려숙, 「피끓는 심장으로 선군혁명문학의 새로운 포성을 울리자」, 『조선문학』 2012.3, 24면 참조.

선군(先軍)과 민생 사이
–김정은 시대 초 '사회주의 현실' 문학[82]

1. 위기의 남북관계

이 글을 쓰던 2013년 겨울 당시 한반도는 한치 앞도 분간할 수 없는 위기 국면이었다. 2011년 12월 17일 김정일의 급사로 새로 등장한 북한 새 지도자 김정은 체제는 집권 2년 만에 1인 절대권력 체제인 유일영도체계를 확립하였다.[83] 이 체제가 김정일 시대의 선군(先軍) 노선을

82 이 글은 단행본에 맞게 다음 논문을 개제, 개고한 것이다. 「'선군(先軍)'과 '민생' 사이–김정은 시대 초(2012~2013) 북한의 '사회주의 현실' 문학 비판」, 『민족문학사연구』 53호, 민족문학사학회, 2013.12.

83 초출 논문의 최종 교정을 보던 2013년 12월 13일, 김정은의 정치적 후견인이자 권력 서열 2위였던 국방위원회 부위원장 장성택이 숙청 직후 처형되었다. 『로동신문』은 12월 9일 「조선노동당 중앙위원회 정치국 확대회의에 관한 보도」 기사에서 전날 김정은 국방위원회 제1위원장이 참석한 회의에서 장성택을 모든 직무에서 해임하는 결정서를 채택했다고 보도했다. 12월 13일자 「천만군민의 치솟는 분노의 폭발·만고역적 단호히 처단」 기사에서는 그의 전격 처형 사실이 보도되었다. 논란의 여지는 많지만, 필자는 김정은 체제의 리더십이 안정화, 공고화되는 과정이라고 판단된다. 김정은의 절대권력을 위협했던 2인자의 제거가 아니라, 김정은의 유일영도체제 확립을 확정짓는 마무리 작업으로 후견인 숙청이 이뤄진 것으로 봐야 한다. 정경분리 원칙으로 민생 행보를 이어가는 것이 그 증거 중 하나이다.–각주 후기. 2023년 현 시점에서 저서를 내기 위해 돌이켜 보니 2013년 12월 당시 정세에서 이 각주 하나가 전망한

그대로 계승할지 아니면 한반도 주변 4강 국제 질서의 재편(2012~13년)과 함께 새로운 활로를 모색할지는 확실하지 않다. 지난 2년 사이에 한반도를 둘러싼 6자 회담 당사국 중 미국 오바마 재선과 중국 시진핑 주석 취임, 일본 아베 수상의 등장, 우리 박근혜 대통령까지 러시아를 제외한 5개국 정상이 교체 또는 제2기를 맞이함에 따라 이전과는 달라진 국제정치 구도를 보이고 있다. 2013년 한반도는 박근혜와 김정은, 검증되지 않은 두 2세 지도자의 새로운 시대가 출발했다고 규정할 수 있다. 긍정적으로 해석하면 냉전체제 하 적대관계로 일관했던 김일성(김정일) 대 박정희(전두환) 시대의 구태의연한 관계에서 벗어날 수 있는 리더라는 뜻도 되지만, 자칫하면 부친의 후광효과에 기대 집권한 탓에 새롭게 남북관계를 혁신하기보다 과거의 관행에 안주할 가능성도 적지 않다는 생각이다.

한 국제정치학자에 따르면, 김대중–노무현 정부의 대북 화해 포용정책('햇볕정책')은 선경후정(先經後政), 선이후난(先易後難), 선민후관(先民後官), 선공후득(先供後得)이 작동 원리였다. 남북관계에 관한 한 박근혜 정부는 선관후민, 선난후이(先難後易)로 접근하고 있기에 이명박 정부의 적대적 폐쇄적 대북관계를 계승하고 있는 것으로 보인다.[84] 이는 2013

김정은 시대의 긍정적 전망이 타당했다는 학문적 자신감이 추후 연구사적 전환의 계기가 되었다.

84 "햇볕정책 작동원리는 정경분리를 떠나서 기본적으로 선경후정, 선이후난, 선민후관, 선공후득이 기본원칙이다. 북한은 객관적인 실체다. 지금 식으로 하면 이명박 정부의 재판이다. 지금은 '선관후민', '선난후이'가 필요하다. 북과 일을 하려면 당국자가 나가면 안 된다. 물밑 접촉을 해서 조율한 후에 당국자들이 나가면 된다." 한반도평화포럼 월례토론회 '위기의 남북관계 출로는 어디인가'(2013.5.22)에서 언급한 문정인 연세대

년 3~5월의 전쟁 직전까지 갔던 남북 간의 긴장과 적대, 그 결과로서의 개성공단 일시 폐쇄, 그리고 '우주발사체'[85] 발사나 3차 핵실험 같은 북한의 도발에 남한 주민의 국민 정서상 반북 거부감이 더욱 커진 데 편승한 결과라 할 수 있다. 남북 모두 한반도 긴장 심화의 책임에서 자유로울 수 없지만 특히 북한은 정권 교체 직후 선군(先軍) 대신 민생을 돌보는 듯하다가[86] 2012년 초의 유화 분위기와 2013년 3~5월의 전쟁 발발 직전의 위기 조성, 다시 2013년 8월의 일시적 유화 국면으로 널뛰기하는 모습을 보여 진정성 담긴 신뢰를 보이지 못했다는 것이 중론이다.

이 글에서는 이러한 정세 인식과 비판적 문제의식을 가지고 김정은 시대 초기 북한의 문학 동향을 미시적으로 살피고자 한다. 2012년 출범한 김정은 체제가 아버지 김정일의 권위와 상징을 그대로 물려받으면서도 '선군'만으로 해결할 수 없는 새로운 방향을 모색하는지 문학적으로 고찰한다. 구체적으로는 김정은 시대 초(2011.12~2013.10) 『조선문학』, 『문학신문』, 『로동신문』 등의 문헌 고찰과 미시적 담론 분석을 방법으로, 문학 동향 파악과 거기 담긴 주민 생활상 및 북한사회 체제의 향방을 전망한다.

교수의 표현이다.

85 이를 두고 북에선 '인공지구위성'인 '광명성-3호' 2호기로, 남에선 핵탄두를 실어 나를 수 있는 로켓으로 호명한다 일종의 '담론 투쟁(전쟁)'이 벌어지는 형국이다. 우리가 3번 만에 간신히 '발사'에 성공한 나로호는 과연 무엇일까 되묻지 않을 수 없다.

86 고유환, 「'인민제일주의' 선경(先經)정치로 전환할 것인가」, 『민족화해』 2012년 9/10월호(통권 제58호) 민화협 참조. (http://www.kcrc.or.kr/?doc=bbs/gnuboard.php&bo_table=z_special&wr_id=263)

2. 청년의 발걸음: 김정일의 유산과 김정은의 승계

먼저 김정은의 수령 형상을 다룬 연구사부터 검토한다. 이지순은 2011년 말의 김정일 사망 이후 김정은 체제의 성격 파악을 위한 서사시 분석을 통해 "발걸음(또는 발자욱소리)" "장군님의 모습 그대로" 등의 담론이 김정은을 문학적으로 상징한다[87]는 논리를 찾고 있다. 「빛나라, 선군장정 만리여!」(2010), 「영원한 선군의 태양 김정일 동지」(2012) 등의 『문학신문』 수록 서사시를 분석하여 문학적 선전 양상의 기조를 맥락화한 바 있다. 그에 따르면 이 시기 서사시는 일차적으로는 김정일 추모시의 성격을 지니면서, 이차적으로는 새로운 최고지도자가 된 김정은에 대한 대중적 승인을 보여준다. 그는 후속 논문에서 김정은의 문학적 외연 '발걸음' 이미지가 서사시 이외의 여러 서정시들에도 집중, 확산되는 것을 추적하고 그를 통해 김정은이란 청년 지도자의 '젊음과 열정의 이미지가 혁명 교체'를 맥락화한다고 분석한다.[88] 이는 정영철이 분석한 바와 같이 김정은의 '대중적 권위 만들기'와 3대 세습에 대한 인민적 동의 및 새로운 신화 만들기와 맥락을 같이 한다고 할 수 있다.[89] 이들 논의는 '김정은 시대'의 권력구조와 리더십에 대한 북한학

87 이지순, 「북한 서사시의 김정은 후계 선전양상」, 『북한연구학보』 16-1, 북한연구학회, 2012.8, 217~243면.

88 이지순, 「김정은 시대 북한 시의 이미지 양상」, 『현대북한연구』 16-1, 북한대학원 북한 미시사연구소, 2013.4, 255~291면.

89 정영철, 「김정은 체제의 출범과 과제: 인격적 리더십의 구축과 인민생활 향상」, 『북한연구학보』 16-1, 북한연구학회, 2012.8, 1~23면.

연구의 성과[90]에 근거한 것이라고 할 수 있다.

비평가 신경애는 2012년 1년간의 문학 성과를 총정리하면서, 김정일 추모문학과 '인민생활 향상'을 겨냥한 '사회주의 현실 주제' 문학의 성과가 특히 빛났다고 하였다.[91] 2012년의 김정일 추모 작품으로는, 조선작가동맹 시문학분과위원회의 추도시 「위대한 김정일 동지의 령전에」, 장시 「장군님 세월은 영원히 굽이쳐 흐르리라」, 시 「김정일 장군의 인민이여 일떠서라」, 추모설화집 「백두산에 지동이 일다」, 작품집 「영원히 함께 계셔요」 등이 거론되었다. 이후 나온 서사시 「인민의 그리움은 영원하리라」 역시 김정일 추모문학의 대표작이라 할 수 있다.[92]

이전보다 주민생활이 나아진 현실 주제 성과작으로는 「재부」, 「우리 생활을 알다」, 「꽃은 열매를 남긴다」, 「아이적 목소리」, 「영원한 품」, 「우리 삶의 주로」, 「아흐레갈이」, 「보이지 않는 증기」 등의 작품을 들고 있다. 가령 단편소설 「아이적 목소리」는 "당 앞에 아이적 목소리처럼 솔직하고 순결해야 한다는 문제를 극적인 인간관계, 회상수법을 활용

90 정성장, 「김정은 후계체제의 공식화와 북한 권력체계 변화」, 『북한연구학회보』 14-2, 북한연구학회, 2010; 고유환, 「김정은 후계구축과 북한 리더십 변화: 군에서 당으로 권력이동」, 『한국정치학회보』 45-5, 한국정치학회, 2011; 이기동, 「김정은의 권력승계 과정과 권력구조」, 『북한연구학회보』 16-2, 2012; 이기동, 「김정일 유일지도체계의 이행 가능성에 관한 시론적 연구: 권력엘리트 간 수평적 균열을 중심으로」, 『한국과 국제정치』 28-2, 경남대극동문제연구소, 2012.

91 신경애, 「새로운 주체 100년대의 첫 장을 빛나게 수놓아온 우리의 선군혁명문학」, 『문학신문』 2012.11.24, 2면.

92 집체작, 「인민의 그리움은 영원하리라」(서사시), 『문학신문』 2012.12.17, 2면. 1994년의 김일성 사후 1995,6년의 추모시는 김만영이 발표한 데 반해, 2012년의 김정일 추모시는 작가동맹 시분과위의 집체작인 점이 주목된다.

하여 밝혀내고 있다"고 한다.[93]

필자는 이미 김정은 정권 초기 1년 간 문학의 전반적 동향에 대해서는 총론을 한번 정리한 바 있다.[94] 즉, 『문학신문』, 『조선문학』(2010~2012)에 발표된 시, 소설, 비평, 사설 등을 분석한 결과, 김정일 시대(1994~2011) 말기 북한문학의 내적 변모와 김정은 시대 초기(2011.12~2012.11)의 수령 문학 담론이 미세하게 달라진 것을 포착하였다. 그에 따르면 김정은은 항일투사 김일성과 문화전사 김정일의 이미지를 모방, 계승하여 권력 기반을 안정시켰다고 보았다. 다른 한편, 할아버지와 아버지 같은 투사 이미지와는 차별화된 '미래를 지향하는 친근한 지도자' 이미지를 구축했다고 분석하였다. 다만 선행 연구에서는 김정은의 수령 형상에 중점을 두고 북한문학 동향을 거시적으로 분석했기에, 이번에는 김정은 시대 초(2011.12~2013.10)의 주민 생활상이 담긴 '사회주의 현실 주제'에 초점을 두고 텍스트를 미시 분석하고자 한다.

김정일 사후 쏟아져 나온 추모문학을 통해 이미 "김정은 동지는 김일성 동지이시며 김정일 동지"라는 표현이 공식화되었다. '김정은=김일성=김정일' 명제는 할아버지와 아버지의 절대적 권위에 편승한 후계 권력자의 전형적인 모방, 승계 방식이다. 「인민이여 우리에겐 김정은 대장이 계신다」나 「최고사령관의 첫 자욱」 등 정권 초기의 숱한 문예 작품에서는 여전히 부조(父祖)의 권위에 편승하고 후계자 승계를 정당화하고 있다. 부조(父祖)의 후광효과에 기댄 김정은의 이미지를 파악하

---

93 신경애, 「새로운 주체 100년대의 첫장을 빛나게 수놓아온 우리의 선군혁명문학」 참조.

94 김성수, 「김정은 시대 초의 북한문학 동향─2010~2012년 『조선문학』, 『문학신문』 분석을 중심으로」, 『민족문학사연구』 50호, 민족문학사연구소, 2012.12, 481~514면.

기 위하여, 그의 통치 1년간을 서정적 이미지로 정리한 박현철, 김석주의 시 두 편을 각각 읽어보도록 한다.

> 말해보자 작은 배를 타시고 그이 / 서해의 최대 열점지역을 또다시 찾으시던 날 / 례사로히 웃으시던 그 모습 우러르며 / 우리 과연 무엇을 생각했던가 / 백두의 행군길 앞장에서 헤치시던 / 항일의 빨치산 김대장 모습이였던가 / 초도의 풍랑을 맞받아 병사들을 찾아가시던 / 그날의 우리 장군님 모습이였던가[95]

> 그이는 / 최대열점 섬초소에서 / 병사들과 다정히 이야기를 나누시며 / 환히 웃으시는 분 / 유치원 아이들 능금볼을 다독여주시며 / 해님같이 웃으시는 분 // (중략)
>
> 무늬 고운 비단이 필필이 흐르고 / 사회주의 대지에 풍년 씨앗을 뿌린다 / 눈 비 바람 세찬 세포등판을 / 인민의 락원으로 꽃피우며 / 풍요하고 아름다운 내일을 가꾼다[96]

위 두 시는 김정은이 당 / 군 / 정의 명실상부한 통치권자가 된 1주년인 2013년 4월을 기념하여 쓰여진 작품이다. 2012년 8월과 2013년 3월, 김정은은 한국과의 분쟁지역인 서해 연평도 부근 북한 섬 장재도와 무도 등 '최전연 초소'를 순시하고 그 앞바다에서 목선을 타고 순찰한

---

95 박현철, 「한 해」, 『조선문학』 2013.4, 29면.

96 김석주, 「령장의 한해」, 『문학신문』 2013.4.25, 3면.

적이 있었다. 나중엔 사진기자 앞에서 어린이를 안고 포즈도 취한 바 있다.[97]

자그마한 목선을 타시고
섬방어대를 찾으신
김정은 원수님

서남전선의 최남단 최대열점지역
바로 그곳에서
우리의 원수님께선
갓난아기를 품에 안으시고
태양처럼 환하게 웃으시였다[98]

위 시를 보면 알 수 있듯이 지도자가 일촉즉발의 최전선을 시찰하자 언론 기사와 사진이 나오고 그 사건을 다시 선전물 시로 형상화한 것이다. '최대열점 섬초소'의 순시 기사가 문학적 이미지로 형상화되고 다시 정치적 신화로 승격되어 지도자의 권위가 공고화되는 메커니즘인 셈이다. 지도자가 최전선을 시찰하고 병사들을 위로하는 군부대 순시는 어느 나라나 당연히 있는 행사이다. 하지만 할아버지나 아버지

---

97 윤일건, 「北 김정은, 연평도 포격한 부대 시찰」, 연합뉴스 2012.8.8. (http://news.hankooki.com/lpage/politics/201208/h2012081807374621000.htm)

98 박성경, 「그날 그 아침」, 『문학신문』 2012.9.22, 4면. 이런 이미지의 김정은 형상물 중에서 가장 먼저 나와서 인용했을 뿐 시적 완성도는 높지 않다.

만큼의 전쟁 경험, 군 통수권 수행 경험이 없는 김정은으로서는 강력한 군사 지도자로서의 이미지 구축이 필요했을 터이다. 그래서 아버지의 '선군' 담론을 가시적으로 실현하되, 자기만의 개성을 위해 어린아이를 안고 웃는 모습을 연출한 셈이다. 따라서 위 시를 '선군과 민생, 미래' 담론의 결합으로 해석할 수 있다.

강력하되 친근하기도 한 선군 지도자의 후계자 이미지는 "거치른 해풍에 트고 / 짠물에 젖으며 / 불과 불이 맞선 최전방에서 / 불보다 더 열렬해진 병사들의 진정을 뜨겁게 안아보시며 / 그날에 옮기시던 발걸음, 발걸음소리 // 그 자욱이 아니던가 / 조국과 인민의 운명을 안고 / 높고 낮은 전선 산발들을 주름잡으시던 / 우리 장군님의 추억 깊은 선군길 우에 / 또 다시 찍혀지는 령장의 자욱"[99]에서 보듯이, 예의 김정은을 상징화한 클리셰로 정착된 '발걸음 / 발자국' 담론[100]으로 마무리된다.

하지만 청년 김정은이 항일 투사 김정일과 문화 전사 김정일의 복사판이란 매도를 받지 않으려면 독자적인 이미지를 구축해야 할 터이다. 그래서 나온 것이 연령상의 '젊음'에서 나온 친근한 청년지도자 이미지이다. 가령 "소년단원 꼬마들을" "한품에 안아주"고, "아이들 능금볼을 다독여주"면서 환하게 웃는 이미지를 동시에 연출하는 것이다. 사회학자 고프먼의 말을 빌리면, 이는 한 개인이 스스로 자신을 규정하

---

99 김동훈, 「노도 치라 폭풍 치라 서해의 파도여!」(장시), 『문학신문』 2013.4.6, 3면.

100 '발걸음 / 발자욱' 담론은 2009년 초의 리종오 작사 작곡 노래 〈발걸음〉에서 기인한 것으로, 『조선문학』 2013년 1월호 내표지에 3절까지 가사가 재수록되었다. 이를 통해 김정은의 문예 이미지가 처음 부각되었다.

는 것이 아니라 사회가 그 개인을 규정해버리는 것이고, 사회에 의해 규정된 개인은 사회라는 무대에서 연극을 하는 배우가 되어 버리는 것이다.[101]

어린이를 안아주며 웃음을 이끌어내는 사랑스러운 어버이의 모습이야말로 청년 지도자의 새로운 차별화 전략이었던 셈이다. 이러한 이미지는 "만경대 원아들을 찾아 한품에 안아주실 때 / 언 볼을 녹이며 흘러드는 / 어버이 뜨거운 사랑 / 머리맡에 깃드는 다심한 그 손길!"[102] 하는 식으로 청년 지도자에게 푸근하고 친숙하게 다가갈 수 있는 대중적 인기인이란 인상을 받게 될 터이다. 이는 할아버지 김일성과 아버지

101 랠프 페브르, 앵거스 밴크로프트 공저, 이가람 옮김, 『스무 살의 사회학』, 민음사, 2013, 229면.

102 미상, 「우리는 영원한 태양의 아들딸」(경축시), 『문학신문』 2012.6.9. 3면 = 『로동신문』 2012.6.7, 4면.

김정일과는 구별되는 손자 김정은만의 이미지메이킹 전략이다. 달리 보면 청년 중시, 후대 중시 사상의 산물이라고도 할 수 있다.

김정일 사망 1주기 추모문학 서사시 「인민의 그리움은 영원하리라」(2012.12)를 보면 이러한 사실이 잘 형상화되어 있다. "그날 우리는 알았어라 / 장군님 서계시던 / 선군혁명 진두의 그 자리는 / 비여있지 않음을 / 우리 장군님의 혁명력사에는 / 단 한치의 공간도 없음을" 이라는 데서, 김정은 체제가 김정일 정권을 권력 공백 없이 승계했다는 정통성이 확보된다. 추모시지만 김정일의 비중보다 후계자 김정은의 치세에 더욱 무게감이 실리는 것은 인지상정일 것이다. "인민은 보았다 / 새로 선 유원지와 공원들에서 / 꽃펴나는 웃음을 보시며 / 그리도 기뻐하시는 원수님 모습에서 / 꿈결에도 그리운 장군님 모습을"하는 데서, 두 가지 이미지가 떠오른다. 하나는 '김정은=김정일'이란 권력승계 담론이며, 다른 하나는 '유원지, 공원, 웃음' 등의 단어에서 떠오르는 민생 담론과 청년 이미지이다. "어제처럼 오늘도 / 오늘처럼 래일도 / 세대를 이어갈 / 선군혁명의 길은 변하지 않으리라(중략)/ 선군의 태양은 무궁토록 빛나리라!/ 인민의 그리움은 영원하리라!"는 데서 보듯이, 김정은 시대 초의 문학담론이 선군과 승계 담론으로 귀결됨으로써, 추모시다운 메시지를 확실히 표출하고 있다.[103]

그런데 김정은의 문학적 형상은 그의 집권이 아직 초기라 그런지 주로 시 장르에만 집중되어 있다. 소설 작품에서 그의 모습은 어떻게

103 조선작가동맹 시문학분과위원회, 「인민의 그리움은 영원하리라」, 『문학신문』 2012.12.17, 2면.

그려졌을까? 김하늘의 「영원한 품」(2012.3)은 김정은의 '젊고 친근한 지도자'라는 차별화된 이미지를 처음으로 보여준 단편소설이다.[104] 김정일 장례식 당시 『로동신문』이 보도한 김정은의 온수대 설치 미담 기사를 작가가 취재하여 지도자의 새로운 이미지를 창출한 예로 해석된다.[105]

2013년 들어 김정은의 풍모를 형상화한 단편소설 「우리의 계승」, 「불의 약속」, 「감사」 등 일련의 작품이 창작되기 시작하였다.[106] 이 중에서 윤경찬의 「감사」(2013.10)를 보자. 이 소설은 북성기계공장에 물놀이장 편의시설을 건설하던 군부대 중대장이 주민으로부터 '원호물자'를 받았다가 직무정지 처벌을 받은 사건을 그리고 있다. 사연인즉 독감에 걸린 부하를 위해 멸치식혜를 구하다가 지배인에게 한 단지를 받게 된 것이 처벌 사유였다. 현지지도 중 우연히 소식을 전해 들은 김정은이 '군민단결'의 미담으로 보고 처벌을 면하게 한다는 내용이다.

> "내 보기엔 누구도 잘못한 사람이 없습니다. 그럼 왜 강철호 중대장이 처벌을 받았는가. 그것은 우리의 군민단결이 그만큼 높은 경지에 올라섰다는 표현입니다. 얼핏 들으면 자그마한 미담 같지만 여기에는 우리 시대가 잘 반영되여 있습니다. 그러니 부대장동무,

---

104 김하늘, 「영원한 품」, 『조선문학』 2012.3.

105 작품 분석은 이 책의 1부 1장 77~78면 참조.

106 "올해 처음으로 경애하는 김정은 동지의 위인적 풍모를 형상한 소설작품이 창작되여 경제강국 건설에 떨쳐나선 온 나라 군대와 인민의 투쟁을 힘있게 고무추동하였다." 황병철, 「경제강국 건설을 힘있게 추동한 우리의 소설문학」, 『문학신문』 2013.11.16, 1면.

오늘은 강철호 중대장의 처벌을 벗겨주어도 되지 않겠습니까?"

"오늘은 5.1절인데 우리 로동계급의 부탁을 존중해줍시다."

"나는 강성원 건설과정에 한 중대장의 처벌사건을 두고 군대와 인민들 사이에 오고간 혈연의 정을 읽으면서 위대한 장군님의 선군사상을 그대로 계승하고 일심단결을 천하지대본으로 하여 곧바로 전진하려는 나의 정치리념이 옳았다는 것을 다시 한번 확인하였습니다.[107]

작품은 북성기계공장의 부대 편의시설인 강성원 건설과정에서 물자를 주고받은 인민군 중대장 사건을 통하여 군대와 인민 사이에 오고간 '혈연의 정'을 그리고 있다. 대민봉사에서 민간인에게 어떤 물자도 도움을 받으면 안된다는 군율과 군민연대의 미풍 사이에서 비적대적 모순이 생긴 것인데, 이를 최고 지도자가 위 인용문처럼 일거에 해결해 준다는 내용이다. 현실적 갈등의 이상화된 해결이기에 서사적 훼손으로 해석되지만, 도식적 방식이 비판되기보다는 김정은의 수령 형상을 찬양하는 에피소드로 평가되기도 한다.[108] 김정은이 생각한 '사회주의 강성국가'란 어떠한 예외도 없이 군율만 엄격하게 적용하는 아버지 시대 식의 선군만 강조하는 것이 아니라, 군민단결의 미풍, 즉 "일심단결

107 윤경찬, 「감사」, 『문학신문』 2013.10.26, 2~3면 = 『조선문학』 2013.10, 21~29면.

108 "원수님께서 얼마나 우리 군대와 인민을 아끼고 사랑하고 계시는가를 감명 깊게 보여준 단편소설 「감사」는 우리가 얼마나 위대한 분을 수령으로 모시고 살며 혁명하는가를 가슴 뜨겁게 절감하게 하였다." 황병철, 「경제강국 건설을 힘있게 추동한 우리의 소설문학」, 『문학신문』 2013.11.16, 1면.

과 불패의 군력에 새 세기 산업혁명을 더하"는 것이 새로운 선군사상이라는 말이다. 따라서 그의 입에서 "이 공장에 와서 그것을 현실로 보았습니다."는 감격의 일성이 나오는 것이다. 여기서 아버지 시대와의 미묘한 차별성을 느끼게 한다.

김정은은 비록 나이도 어리고 경험도 적지만 수령제 덕분에 현직 수령인 김정일이 살아있었을 때에는 후계 수령으로서, 또 김정일 사후에는 자신이 수령이 되어 '절대적인 권위'와 '결정적인 역할'을 할 수 있는 위상을 갖게 되었다. 이러한 김정은의 리더십 스타일은 아버지와 차별화된 '공개성, 투명성, 실용주의'라고 할 수 있다. 게다가 전쟁과 대화, 민생과 선군 사이에서 줄타기를 하면서 일종의 강성과 온건을 결합한 '강온(强穩) 조합'형 통치 행태를 보인다. 김정은이 보여준 새로운 리더십 스타일을 정리하면, 그 특징은 '공개성'과 투명성'을 중심으로 한 '실용주의'적 접근, 그리고 '강온(强穩) 양면의 조합'이라고 하겠다.[109]

3. 민생과 전쟁 사이: 김정은 시대 초기 문학의 주민생활상

3.1. '인민생활 향상' 담론 비판

북한은 최근 몇 년간 인민생활 향상을 중시하고 2012년을 강성대국

---

109 백학순, 「김정은 제1비서의 통치 8개월: 평가와 전망」, 『정세와 정책』 2012년 9월호 참조.

진입을 위한 해로 선포하였다. 이를 위해서 생필품 생산과 경공업 발달에 전에 없는 노력을 기울였다. 2008년 이후 '인민생활 제일주의'를 내걸면서 농업과 경공업 등 '인민생활 향상'을 최우선 과제로 설정하고 이런 기조를 '강성대국 원년'이라는 2012년까지 계속 이어왔다. 한마디로 '민생' 담론이 김정일 시대 말기 2010년부터 김정은 시대 초 2013년까지 주요한 사회적 의제로 떠오른 셈이다.

얼핏 생각하면 김정일 시대는 선군이, 김정은 시대는 민생이 주요 담론인 듯 보이지만 『조선문학』, 『문학신문』 등을 보면 실상은 그렇지만은 않다. 이미 김정일 시대 말기부터 선군은 표면적 슬로건에 그칠 뿐, 내심으로는 민생 담론이 '희천발전소와 룡림언제 건설의 속도전, 비날론공장의 비날론폭포, 김책제철소의 주체철, 컴퓨터 제어프로그램의 CNC 기계바다, 평양과수원의 백리과원' 등의 이미지가 문학예술 작품으로 형상화되었던 것이다. 가령 김은숙의 장시 「누리에 울려가는 2월의 노래여」(2011)를 보면, 김정일 시대 말기의 민생 관련 치적이 화려하게 나열되고 있다. 즉 발전소를 세우고 의생활을 향상시키며 제철소가 재가동되고 컴퓨터산업화가 일반화되는 등의 새로운 세태를 '희천속도, 비날론 폭포, 주체철(김철)의 불노을, CNC기계바다' 등의 문학적 이미지로 열거하고 있다.[110]

김경일 단편소설 「우리 삶의 주로」(2012.4)에서는 기초식품공장 식료기계기사인 진석의 입을 통해 총알보다 사탕알이 중요하다고 역설한다. 전대 지도자 김정일이 "사탕과자와 갖가지 식료품을 만족하게

110 김은숙, 「누리에 울려가는 2월의 노래여」(장시), 『문학신문』 2011.2.26, 3면.

바라보시며 인민들에게 당과류와 식료품을 마음껏 먹이는 게 자신의 소원이라고, 자신께서는 오늘 인공지구위성을 쏘아올린 것보다 더 기쁘다고 말씀하셨습니다."라는 대목에서 보듯이, 선군을 외쳤던 김정일도 말년에 가서는 민생을 돌보려 애썼다는 사실이다.

2012년 1년 간의 김정은 시대 초기 북한 문단에서는 김일성과 김정일의 후광을 업은 김정은의 '수령 후계' 담론과 함께 '민생' 담론이 주요한 화두로 떠올랐다. 김정일 시대 말기의 민생 이미지라 할 '희천속도, 비날론 폭포, 주체철(김철)의 불노을, CNC기계바다' 이외에 김정은 체제 이후 '인민생활 향상(민생)' 담론의 새로운 이미지가 추가된 것이다. 가령 '만수대 언덕 고층살림집의 새집들이, 평양 불장식의 불야성, 세포등판의 선경' 등의 이미지가 그것이다. 평양 시내 창전거리와 만수대 언덕거리의 고층아파트가 신축되어 집들이의 감격을 노래하거나, 2012년 4월의 김일성 탄생 100주년을 기념하는 주체 101주년 기념식을 축하하는 평양시내 네온사인과 불꽃놀이를 찬양하거나, 2013년에 완성된 세포지역 개간지 들판의 미곡 생산을 자랑하는 것이다.

하지만 문제도 없지 않다. 부조(父祖)부터 구두선 격의 슬로건으로만 반복된 채 현실로 실현되지 못한 '유토피아의 환영'[111] 말이다. 구전만 반복된 사회주의 낙원의 실현을 위하여 북한 주민들은 예나 지금이나 여전히 새벽부터 일어나 땀 흘리며 생산노동에 계속 종사하고 있으니 말이다. 그것이 인민대중의 자발적인 노동 동원임을 입증하기 위하

111 재미한인 학자 김수경의 북한 문예 연구서 제목이기도 하다. Kim, Su-kyoung, *Illusive Utopia: Theater, Film, and Everyday Performance in North Korea*, University of Michigan Press, 2010.

여 중견 시인은 여전히 다음과 같은 선동시를 쓰고 있는 것이다.

> "새들도 깨기 전에 먼저 웃으며 / 포전길을 메우는 미곡벌의 주인들 /(중략)//
>
> 옷자락에 소금버캐 하얗게 피도록 / 쌓아온 거름무지 그 얼마더냐 / 이 땅을 더 기름지게 하리라(중략) 미곡벌의 아름다운 선군 10경을"[112]

이 텍스트는 얼핏 보면 북한 주민의 농업노동을 찬양한 범속한 선동시라 하겠지만, 타자의 시선에서 행간 독해를 시도하면 전혀 달리 해석되기도 한다. 인민들은 농업 노동에 동원되어 "새들도 깨기 전에 먼저" 새벽부터 일어나야 된다. "옷자락에 소금버캐 하얗게 피도록" 땀을 뻘뻘 흘리며 거름을 내고 농토를 개간해야 한다. 그리하여 그런 힘든 개간사업과 벼농사 노동에 반강제 동원되고도 스스로를 '미곡벌의 주인'이라 하니 '자발적 동원'임을 자부하도록 자기최면된다. 즉 전형적인 선전문학을 통해 농업 노동자가 동원되고 스스로 주체라고 고무되는 것이다. 타자의 시선에서 이 자부심은 착시, 환영에 불과하지만 말이다.

하지만 권태여가 '아름다운 선군 10경'이라고 이름 붙여 찬양하고 김석천이 "사회주의 선경의 무릉도원엔 / 만복의 열매들이 주렁지리

112 권태여, 「미곡벌의 포전길」, 『문학신문』 2013.3.23, 3면.

라"[113]고 감격해하는 이들 '사회주의 무릉도원'이 과연 북한 주민들에게는 어떤 실상으로 다가갈지는 의문이다. 그들이 상상하는 유토피아의 실제 내용은 과연 무엇인지 비판적 시각으로 텍스트를 면밀하게 분석해보자.

가령 2013년에 새로 개척한 개간지 세포(지명) 벌판을 찬양한 시초 「아름다와라 세포 등판의 래일이여-세포등판 개간시초」에 그려진 낙원의 모습을 보자. 서정적 주인공은 세포 개간지에서 방금 생산된 농산물을 싣고 "자동차들이 경쾌하게 달리고 달리라 / 머지않은 그날엔 / 매대들도 상점들도 언제나 흥성이리 / 집집의 주부들 푸짐한 밥상을 차리며 / 함박꽃 웃음 피워 올리리"라고 노래한다.[114] 하지만 그 시간은 현재가 아닌 미래라는 점이 걸린다. 방금 개척한 개간지에서 농산물이 제대로 생산되려면 짧게는 몇 년에서 길게 몇 십 년까지 걸린다.

'머지않은 그날'이 아닌 서정적 주인공의 2013년 현재 시간을 보면, 자동차들도 제대로 달리지 못하고 상점 진열대에 물건도 적고 손님들로 흥청거리지 않으며, 주부들이 차리는 밥상도 아직은 풍성하지 못하단 반증인 셈이다. 김일성, 김정일 시대로부터 전승된 저 유명한 명제, "인민들 누구나 기와집에 살면서 비단옷 입고 쌀밥에 고깃국을 먹는 사회주의 낙원"의 이미지를 여전히 이미지에 머물 뿐 일상 현실로 실현시키지 못한 셈이다.

그렇다면 사회 기본 시설(SOC)은 어떤가? 1994년부터 1997년 내지

---

113 김석천, 「인민이 드리는 축원의 노래」(시), 『로동신문』 2013.1.1, 6면.

114 리태식, 「아름다와라 세포 등판의 래일이여-세포등판 개간시초」, 『문학신문』 2013.3.23, 2면.

2000년까지의 '고난의 행군' 시기에 식량난, 연료난, 사회 간접 자본의 붕괴는 16여년이 경과한 2010년 경 거의 해소된 것으로 보인다.[115] 이런 맥락에서 김철순의 단편소설 「꽃은 열매를 남긴다」(2012.7)는 김정은 시대 초기의 민생 담론이 어떻게 구체화되는지 참고가 된다. 작가는 1만톤 프레스 현대화체계 설계를 맡아 나선 과학기술자들의 형상을 통해 선군시대 과학자들은 애국의 신념과 열정을 간직해야 한다고 주장한다. 소설은 전반에서 주인공 인석이 자기 설계안의 결함을 인정하고 자기 자신을 돌이켜보는 과정으로 일관시켜오다가 마지막 대목에서 사건을 급전시켜 반대로 동료 과학자 현아가 자기 설계안을 포기하고 인석의 것을 수정 완성하는 것으로 처리함으로써 극적 견인력과 예술적 흥미를 자아낸다.[116]

이처럼 단편소설 「꽃은 열매를 남긴다」는 북한 과학자들의 경쟁이 개인의 명예나 공명을 위한 것이 아니라 강성 조국 건설을 위한 것으로 합쳐질 때 참답게 된다는 것을, 애국의 열정을 안고 과학을 탐구해가는 두 청년 과학자의 형상을 통하여 진실하게 보여주었다.[117] 중요한 것은 이들 주인공이 자력갱생의 과학기술을 실천한 '청년'이며 '침체와 권태를 모르는 진취적 창조기풍'을 실천했다는 점이다. 자신의 잘못을 깨닫고 바로바로 노선과 입장을 바꿀 수 있는 임기응변과 현실 적응력, 기동성을 갖춘 '진취적 청년의 이미지'는 바로 김정은 시대가 요구하는

115 이 책의 1부 1장 59~61면 참조.

116 김철순, 「꽃은 열매를 남긴다」, 『조선문학』 2012.7, 33~41면.

117 김정평, 「애국의 열정으로 불타는 참신한 성격형상-단편소설 「꽃은 열매를 남긴다」를 읽고」, 『조선문학』 2013.1, 68~69면.

새로운 인간형이라 하겠다.

하지만 문제는 여전하다. 고압 송전선을 자랑스레 노래한 다음 시를 보면 우리와 너무나 다르게 차별화된 북한 주민들의 별다른 정서를 읽을 수 있다.

여기는
룡림언제에서 평양의 하늘가로
송전선이 흘러간 산마루
송전선 감시초소
나는 그리움에 젖어
고압선 철탑 아래에 서있다.(중략)

먼 하늘에서부터 높아오는
고압전류의 흐름소리
웅— 웅—(중략)

빛과 열이 흐르는 은빛전선을
조국의 하늘에 걸어놓고
그리움의 송가를 탄주하는 고압선
장엄한 울림소리에 피를 끓이며
고압선 철탑 밑에 나는 서있다[118]

118 정동찬, 「고압선 철탑 아래에서」, 『조선문학』 2013.3, 16면.

주지하다시피 북한에선 '고난의 행군' 시기 이후 오랫동안 전력난을 겪었다. 그래서 금강산, 안변, 희천발전소 등 수많은 중소형 수력발전소를 속도전으로 건설하여 2010년 경 수도 평양만큼은 전력을 차질없이 보급하고 전기시설을 어느 정도 구비한 것으로 보인다. 문제는 급속 개발의 이면적 그늘을 전혀 감지하지 못한다는 사실이다. 위 시에 그려진 것처럼 고압전류의 흐름소리를 자랑스럽게 여겨 고압 송전탑 밑에 일부러 찾아가서 전기의 고마움을 감격스럽게 찬양하고 있다. 서정적 자아가 고압선 철탑 밑에 서서 웅웅거리는 전류소리를 들으며 감격하는 장면을 도대체 어떻게 해석해야 할까… 난감하다.

국가 기구와 사회 기본 시설이 거의 붕괴되어 모든 것이 부족했던 '고난의 행군'시절에 너무나 절실하게 필요했던 에너지원인 전기가 다시 풍부하게 공급되는 사실에 대한 감동 자체는 납득이 된다. 하지만 에너지의 고마움만 생각했지 전자기파의 폐해는 아예 모를 시인의 의도와 그에 공감할 독자 대중들의 반응을 상상하면, 남북한 주민 간의 정서적 괴리감이 커지지 않을 수 없다. 그들에게는 아직 고압 송전탑의 환경 파괴와 생태 오염의 악영향, 주민 건강과 보건에 미치는 위험성이 전혀 감지되지 않기에 비극성은 배가된다.[119] 남한 학자의 타자적 시선에서 볼 때 이러한 반 생태론적 개발주의 담론에 갇혀있는 쇄국적 사회

---

119 고압선 철탑을 안고 전기 들어온다며 그리움을 노래하는 북의 시인과, 발암 위험 때문에 송전탑 건설을 반대하는 2013년 봄 밀양 주민의 반대 투쟁은 극명하게 대비된다. 개발론 대 환경론의 대결 구도와 남북 주민의 시적 정서적 격차가 실감된다. 최병길, 「밀양 송전탑 공사장 9곳으로…곳곳에서 주민과 충돌」, 연합뉴스 2013.5.27, 14:45. (http://www.yonhapnews.co.kr/bulletin/2013/05/27/0200000000AKR20130527123000052.HTML?input=1179m)

주의국가 시인의 세계관적 한계가 안쓰럽게 느껴지지 않을 수 없다.

이와 관련되어 어느 외국 학자의 북한 비판이 상기된다. 러시아 출신 사학자 T. 가브로우센코에 따르면 북한 선전자들은 분단 초기부터 70년대까지는 남한이 개발론, 발전론적 기준에서 근대화, 산업화가 뒤떨어졌다고 비판하다가, 남한이 더욱 발전해서 북한을 추월하자 비판의 방향을 선회하게 된다. 즉 80년대 이후 최근에는 환경 보전론, 생태주의적 기준에서 남한이 생태 파괴와 환경 오염을 불러일으킨다고 비판한다는 것이다.[120] 불행히도 북한 작가와 독자, 주민들은 그들이 한때 그토록 비판했던 개발론 대 환경론(생태주의)의 함정에 스스로 빠져 있는지 모르고 있는 것 같다. 환경과 생태까지 고려한 개발론의 준거가 과거 한때 그들의 반남 구호였는데, 남한 등 다른 나라와의 국가 경쟁력이 현격히 뒤떨어진 현재에 이르러서는 '최소한의 비용으로 최대의 군사 억제력'을 발휘하는 핵개발과 로켓 개발, 무조건적인 개발론이 찬양되고 있는 현실인 것이다.

민생 담론은 아직도 지배이데올로기의 표면에서 강고한 위력을 발휘하는 '선군(先軍)'담론과 균열, 충돌하기도 한다. 상징적으로 표현한다면 '사탕 한 알과 총알 하나'의 극적 대비가 문학장에서 펼쳐지고 있는 것이다. 반면 소년단 창립 65주년 기념식의 연설과 경축시 「우리는 영원한 태양의 아들딸」(2012.6)에서 보듯이, 민생 담론의 전경에 희망적 미래를 상징하는 어린이, 청소년, 청춘을 배치하기도 한다. 이는 김정

---

120 Tatiana Gabroussenko, "From Developmentalist to Conservationist Criticism: The New Narrative of South Korea in North Korean Propaganda," *Journal of Korean Studies* 16-1(June 2011), pp.28~31.

은의 생물학적 나이인 서른 살 청년과 새로운 젊은 정권 출범이라는 시대상과도 맞물린 문학적 상징이기도 하다.

복받은 아이들아 더 밝게 웃어라 //

힘장수 코끼리 귀여운 옥토끼 / 웃음도 절로 나는 놀이터에서 / 마음껏 뛰노는 경상유치원 아이들아 / 너희들의 행복한 모습을 보니 / 이 가슴 못내 뜨거워지는구나 //

푸른 주단인양 펼쳐진 운동장 헤가르며 / 먼 대양으로 항행하려는 듯 / 의젓스레 배그네 몰아가는 / 귀여운 능금볼 어린이 / 바로 너였구나[121]

춤추며 날으는 제비런 듯 / 희망의 나래 편 물새런 듯 / 은반 우를 달리는 아이들아 / 너희들을 바라보는 이 마음도 / 그지없이 즐겁구나 // (중략)

선군조국의 억센 기둥이 되거라 / 한껏 다져온 그 맹세 그 마음으로 / 강성조선의 참된 주인이 되거라[122]

"아이들아 복 받은 아이들아 / 더 활짝 웃어라"라는 어린아이의 웃음에서 '강성부흥 천만년 미래가' 달려 있다고 미래의 희망을 보는 것이다. 물론 '어린이의 웃음' 이미지를 통한 현실 긍정과 낙관적 미래 담

121 리명옥, 「복받은 아이들아 더 밝게 웃어라」, 『문학신문』 2012.11.10, 2면.

122 김진주, 「복받은 아이들아」, 『문학신문』 2013.1.26, 2면.

론은 어느 나라 어느 문학이나 아동시라면 흔한 것일 수 있다. 다만 20여 년 동안 그런 문학적 표현이 부족했던 북한 시로선 김정은 시대 초를 특징짓는 신선한 변모로 감지되기도 한다. 즉, 어린아이가 웃어야 조국의 미래가 밝다는 이 당연한 명제가 실은, 지난 십 수 년 동안 강고하게 자리 잡은 '선군'담론의 묵직한 무게감과 불편함에 맞선 새로운 이미지일 수 있다는 것이다.

김정은 시대의 '후대관, 미래관'은 어린아이의 웃음과 꿈[123]을 활짝 꽃피울 수 있도록 농업과 경공업부문의 생산력을 극대화해서 인민 생활을 가시적으로 향상시키고 선군 구호를 최소한의 비용 대비 효과가 최고인 핵폭탄으로 실체화시키는 일일 터이다. 이와 함께 인민들의 삶의 질을 향상시키는 가시적인 무엇인가가 필요해진 탓에 대안으로 평양 시내 각종 위락시설과 '어린아이의 웃음'이라는 미래 / 청춘 담론이 내세워진 것으로 볼 수 있다는 말이다. 이런 분위기 변화는 새 지도자인 김정은의 지도자 이미지가 아버지 김정일의 선군 담론과 차별화를 보이려는 전략과도 맞물려 있다.

김정은 시대 초기의 주민 생활상을 그린 '사회주의 현실 주제' 문학은 "사탕 한 알과 총알 하나"의 상징적 대비에서 보듯이, 표면적인 선군 담론의 자장이 구심력을 잃고 이면에서 '인민생활 향상'이라는 민생 담론으로 원심력을 보인다.[124] 문제는 민생의 구체적인 내용이 무엇인

123 김경남, 「축복 받는 아이들아」(시)」, 『문학신문』 2013.4.6, 4면.

124 1부 1장 참조. 1장에서는 주로 김정은의 수령 형상을 다루되, 북한 주민들의 생활상을 분석한 '사회주의 현실 주제' 문학은 경개만 대강 썼기에 2장에서 각론으로 구체화한다.

가 하는 점이다. 가령 김정은 시대 초기 문학 담론의 두 방향, 즉 '발걸음'으로 상징되는 승계 담론과 '인민생활 향상'으로 상징화된 민생 담론이 하나로 합쳐진 주광일의 서사시 「만수대 기슭에 우리 집이 있다」와 선군과 민생, 미래 담론이 결합된 박성경 시 「그날 그 아침」 등이 문제작으로 떠올라 있다.[125] '발걸음'으로 상징되는 권력과 권위의 차질 없는 승계와 함께, '평양 시내의 고층살림집 새집들이, 태양절의 불장식' 등의 시각적 이미지가 예술적 형상으로 반복되고 있다.

'인민생활 향상'으로 상징화된 민생 담론이 하나로 합쳐진 서사시로 「만수대 기슭에 우리 집이 있다」가 주목되는 이유이기도 하다. 평양 만수대 언덕 고층아파트를 짓게 되기까지의 내력과 새 아파트 집들이의 감격을 서사시로 노래한 텍스트 내용은 전반적으로 '인민생활 향상'을 찬양하는 것이다. 하지만 민생 담론에도 승계 담론을 잊지 않고 결합시킨다.

> 이런 집을 과연 누가 너에게 주었느냐 / 그분은 / 우리 수령님처럼 / 우리 장군님처럼 / 한치의 드팀도 없이 / 한순간의 공백도 없이 / 인민을 보살피시는 김정은 동지 //
>
> 출근길에서도 / 버스 안에서도 / 어디 가나 전설처럼 / 최고사령관동지 이야기로 꽃을 피웠다 / 그리고 심장으로 들었다 / 그분의 발자국소리를[126]

---

125 주광일, 「만수대 기슭에 우리 집이 있다」(서사시), 『로동신문』 2012.7.1, 4면 = 『문학신문』 2012.7.7, 3면; 박성경, 「그날 그 아침」, 『문학신문』 2012.9.22, 4면.

126 주광일, 「만수대 기슭에 우리 집이 있다」(서사시), 『로동신문』 2012.7.1, 4면 = 『문학

2012년 초에 평양 창전거리에 40층짜리 고층아파트들이 들어섰다. 그러자 집들이의 감동을 드러내는 수많은 작품들이 창작되었고, 어린이의 시선으로 새집들이의 감동을 드러내되, 김정은을 상징하는 '그분의 발자국소리'를 표명함으로써, 수령형상과 민생 담론과 미래 담론의 유기적 결합이 이루어지고 있는 셈이다. 이는 이진주의 수필 「창전거리를 걸으며」에서 다섯 살배기 어린애의 입에서 평양 창전거리 고층아파트 새집들이의 감동을 표현하는 대목에서도 잘 드러난다.

《은경이, 저 불빛을 보니 무슨 생각이 드나요?》

어머니의 물음이였다.

《밝아요》, 《아름다와요》

그런 대답이 소녀애에게 어울릴 것이다.

그러나 한동안 불빛들만 빠끔히 올려다보던 소녀애의 입에서는 정말로 뜻밖의 소리가 울려나왔다.

《장군님의 야전차 불빛!》

부언하건대 그 순간 나의 가슴은 얼마나 높뛰였던가. 이 땅의 그 어디나를 누벼가던 위대한 장군님의 야전차의 불빛이 나의 눈앞에 삼삼히 아려왔다. 오성산의 칼벼랑길, 철령의 굽이길이며 거창한 기념비적 창조물이 일떠서던 건설장들과 농장벌들. 그렇다, 이 땅의 부흥번영은 장군님의 야전차, 야전렬차의 불빛에 실려 더 빨

신문』 2012.7.7, 3면.

리 이룩되였다.[127]

이 수필처럼 민생 및 유아 / 청년 담론과 선군 담론이 합쳐지는 장면이야말로 김정은 시대 초기를 대표하는 전형으로 미루어 짐작할 수 있다. 이를 명제화하면 다음과 같지 않을까: "원수님 품에 안겨 웃는 아기들의 모습에서 / 이 나라 병사들은 목숨 다해 지켜야 할 선군 조선의 미래를 보았다."[128] 새 시대 들어서서 이전보다 향상된 민생을 강조하되 그 주체로 어린이와 청년으로 설정하며 과거 산물이라 할 선군 담론까지 아우르려는 이런 복합적 이미지가 바로 김정은 시대 초의 문학적 표현을 대표하는 담론일 것이다.[129]

3.2. '선군과 전쟁' 담론 비판

2013년 4, 5월, 북한 작가들은 전쟁터에 종군하는 심정과 각오를 다지는 격렬한 슬로건 밑에서 창작활동을 하게 된다. 물론 김정일 시대 이후 최근까지 선군문학의 흔한 슬로건처럼 '붓대는 곧 우리의 총대'

---

127 이진주, 「창전거리를 걸으며」, 『문학신문』 2012.11.10, 4면.

128 김동훈, 「노도치라 폭풍치라 서해의 파도여!」(장시), 『문학신문』 2013.4.6, 3면.

129 김정은 시대를 상징하는 새로운 속도 담론으로 '마식령 속도'가 있다. 김정은, 「'마식령속도'를 창조하여 사회주의건설의 모든 전선에서 새로운 전성기를 열어나가자」(호소문), 『로동신문』 2013.6.5. = 『조선신보』 2013.6.5. = 『문학신문』 2013.6.8, 1면. '마식령 속도'란 원산 부근에 조성 중인 대규모 스키장 건설 공기(工期)를 "10년 세월 한 해로 앞당긴"(리경체, 「마식령 병사는 추억하리」, 『조선문학』 2013.7, 22면)다는 속도 담론이다. '김정은 시대가 창조한 새로운 속도전 이미지'에 대한 문학적 의미 분석은 4장에서 다룬다.

라는 외침이 반복된 것은 사실이다. 하지만 당시에는 그 현실적 위력이 유별났다. 가령 지방 작가들의 취재현장을 보고한 문학신문 기자의 표현처럼 "이들은 종군의 길을 걷는 화선 작가의 심정으로" "조국수호전에 이바지할 일념으로 창작전투"를 벌이고 있다는 것이다.[130] "최후 결전의 시각이 왔"으며, "래일 당장 전쟁이 일어난다 하더라도 오늘밤 12시까지는 사회주의 건설을 순간도 중단하지 않는 것이 우리의 투쟁방식이다."[131]라고 하여 북한 작가 및 주민들을 전쟁 및 사회주의 건설의 재충전 분위기로 몰아가고 있다.

2013년 봄, 한때 한반도를 전쟁 직전까지 몰고 갔던 평양발 전쟁 분위기가 문학작품에는 어떻게 그렸졌을까. 북한 당국은 2013년 2월, 3차 핵실험에 성공하자 "우리는 핵폭음을 울렸다"[132]고 자부한다. 3월의 한미 합동군사훈련을 북침용 핵전쟁 도발이라 하여, "전쟁의 아성에 불벼락 치리"(류동호, 『문학신문』 2013.3.16, 1면)라고 선동한다. 아예 "미제의 멸망을 선고한다"(한광춘, 『문학신문』 2013.3.9, 1면)면서, 시작도 하지 않은 전쟁의 승리 선언까지 한다.

「전쟁의 아성에 불벼락치리」

한초한초 / 핵전쟁의 도화선이 타든다 / '키 리졸브', '독수리'

---

130 김철진 기자, 「붓대를 원쑤 격멸의 총대처럼 틀어쥐고」, 『문학신문』 2013.3.9, 4면.

131 「자주권 수호에 떨쳐나선 천만군민을 추동하는 작품을 더 많이 창작하자」(사설), 『문학신문』 2013.3.16, 2면.

132 주광일, 「우리는 핵폭음을 울렸다」, 『문학신문』 2013.3.9, 1면.

합동군사 연습에 / 미쳐 날뛰는 떼무리들 / 우리의 맑고 푸른 하늘에 / 핵버섯 구름을 몰아온다 //

미제는 오산하지 말라 / 이 땅은 결코 발칸반도가 아니다 / 이라크나 리비아는 더욱 아니다 / 조선은 50년대 미제를 무릎 꿇린 / 전승의 나라 / 오늘은 핵보유국 우주강국 / 천하제일 명장을 높이 모신 백두산 대국(중략) //

조선은 세계 속에 있어도 / 조선이 없는 지구는 없다(하략)[133]

「세계에 격함」

이 세상의 정의로운 사람들이여 / 평화를 사랑하는 사람들이여 / 내 오늘 조선의 평범한 공민으로 / 당신들에게 말하노라 / 저 남녘땅 상공을 미친 듯이 돌아치는 / 'B-52' 핵전략 폭격기들과 / 'B-2A'스텔스 전략폭격기 / 그 아츠러운 폭음소리를 들으며 / 남조선과 그 주변에 쓸어드는 / 핵탄들을 탑재한 흉물스러운 잠수함들을 보며 / 나는 당신들에게 웨치노라(중략) //

세계의 평화와 안정을 위해 / 인류의 자주와 정의를 위해 / 이 세상에 제국주의의 핵탄이 단 한 개라도 남아있는 한 / 조선은 정의의 핵 방패를 억세게 틀어쥐고 / 붉은기 보루 사회주의 성새로 거연히 서있으려니 / 정의를 지켜 불의와 용감히 싸우라 / 자기 민족의

133 류동호, 「전쟁의 아성에 불벼락치리」(시), 『로동신문』 2013.3.10, 4면.

존엄과 자주권을 떨치라(중략)[134]

북한에서는 미국과 남한의 연례적인 합동군사훈련인 '키리졸브와 독수리 합동군사연습'을 북침 핵전쟁 의도로 매도하고 있지만 사실은 그렇지 않다. 2012년이나 이전에는 동일한 연례 훈련에 맞서서 2013년처럼 강화된 전쟁 협박, '조국성전' 같은 격렬한 반발은 나오지 않았다는 것이 반증이다. 그런데도 북한의 당시 기류는 매우 심상치 않았다. 마치 "모든 것을 전쟁의 승리를 위하여!"라는 6·25전쟁기 슬로건을 연상시키기도 하였다. 실제로 "1950년대의 조국수호정신과 투쟁기풍"을 본받자며 당시 종군시까지 재수록할 정도이다.[135] 한마디로 의도적인 과잉 대응으로 해석된다는 말이다.

게다가 광명성 3호 로켓 발사와 3차 핵실험 성공으로 한껏 고무된 북한 작가들은 '핵보유국이자 우주강국'인 자신들과 '지구라는 행성' 또는 '세계'를 문학적 상상계에서 일종의 대척점으로 놓고 대결구도를 즐기기까지 한다. 적잖은 시와 정론에서 "조선이 없으면 지구(또는 행성)도 없다"[136]거나 "조선이 없는 지구는 없다"[137]고 일갈한다.

이때 지구나 세계는 곧바로 미제와 유엔으로 치환되기도 한다. 가

134 김만영, 「세계에 격함」(정론시), 『로동신문』 2013.4.17, 4면= 『문학신문』 2013.4.25, 4면.

135 김북원, 「남해가 앞에 있다!」(1951년작); 오영희, 「병사의 선언」(1952년작), 『문학신문』 2013.3.16, 2면.

136 김석천, 「조선의 웨침」(시), 『로동신문』 2013.2.23, 4면= 『문학신문』 2013.3.9, 1면.

137 류동호, 「전쟁의 아성에 불벼락치리」(시), 『로동신문』 2013.3.10, 4면.

령 백상균의 수필 「조선의 시간」을 보면 북한의 반대편에 유엔과 미국을 상정하고 전쟁을 선언한다. 2013년 봄의 광명성3호기 발사와 3차 핵실험 성공에 대하여 유엔 안보리의 제재 결의가 나오고 곧바로 연례적인 한미 합동군사훈련이 펼쳐지자 북침 핵전쟁 시도라며 위기를 과잉 재생산하고 있는 것이다. "미제의 멸망은 시간문제라고, 그것도 조선의 시간에…"[138]라고 할 때, 여기서 '조선의 시간'은 '선군조선의 시간표'로 규정되고, 상호간 아무도 시작하지도 않은 전쟁을 벌써 승리했다고 자축하기까지 한다. "조선은 세계 속에 있어도 / 조선이 없는 세계는 없다 / 전면 대결전의 참호에서 / 나는 미제의 종국적 파멸을 본다"고 선언하기까지 한다.[139] 그러면서 "1950년대의 [6·25]전쟁 승리에 이어 1960년대의 푸에블로호 사건, EC-121 대형 간첩기 사건, 1970년대의 판문점 사건, 1990년대의 조미 핵대결…"[140]식으로 냉전시대의 군사적 격돌을 주욱 열거하며 과거 역사를 점층법으로 호출하고 긴장을 더욱 고조시킨다. 전형적인 시적 선동방식이다. 2013년 2월 12일의 3차 핵실험에 대해서 스스로도 평화로운 분위기를 다음과 같이 강변할 정도이다.

그러나 이 땅 우에선
창문 하나 흔들리지 않았고

138 백상균, 「조선의 시간」(수필), 『문학신문』 2013.3.23, 3면.

139 조영일, 「선군 총대는 선언한다」, 『문학신문』 2013.3.9, 4면.

140 백상균, 「조선의 시간」, 2013.3.23.

나무가지들에 아름답게 얹혀진

서리꽃 한잎 흐트러지지 않았다

아이들은 여전히 책가방을 메고

춤추듯 학교길 가고

공장들과 협동벌들에선

창조와 혁신의 드높은 숨결소리…(하략)[141]

따라서 '핵보유국이자 우주강국'인 자신들을 인정해달라는 일종의 인정투쟁의 산물로 평가된다. 전쟁을 실제로 일으킬 의도보다는 전쟁 위협을 통한 미국과의 물밑 대화 시도 및 그를 통한 경제 성장과 체제 보전책의 전략적 산물이라고밖에는 해석되지 않는다. 만약에 이러한 해석이 맞다면 적어도 문학작품의 예로 볼진대 그 전략은 성공하기 어렵다고 아니할 수 없다. 선군이 더 이상 현실적 위력을 발휘하기 힘들 것이란 예상이 든다는 말이다. 그런데도 여전히 선군찬가를 외치고 60년 전의 6·25전쟁까지 소환해서 2013년 봄의 전쟁 위기를 반복 보완한다.[142]

북한은 1990년대 중반 이후 15년 가까이 일관되게 '선군(혁명)'이라는 일종의 사회주의적 군정, 또는 군사우선주의를 내세웠다. 선군사상은 "군사를 모든 것에 앞세울 데 대한 군사 선행의 사상이며 군대를 혁

141 김석천, 「조선의 웨침」, 『로동신문』 2013.2.23, 4면.

142 심지어 『조선문학』 2013년 7월호는 '전승 60돐 특간호'란 특집으로 전쟁 담론을 재현하지만 3~5월의 '실제상황' 분위기와는 판이한 복고조 회고 담론으로 일관한다.

명의 기둥, 주력군으로 내세우고 그에 의거할 데 대한 선군후로의 로선과 전략전술"로 정의됐다. 당은 선군사상과 주체사상 모두 김일성이 창시했으며 인민대중의 자주성 옹호·실현이라는 주체사상의 요구가 선군사상에 의해 실현될 수 있다는 식으로 노동당 역사를 정리한 바 있다.[143]

하지만 선군은 문제가 없지 않다. 선군사상에 기반을 둔 선군정치는 '인민생활 향상'이라는 민생담론, 인민경제의 입장에서 지속적 유지가 쉽지 않다. 군은 생산이 아니고 소비, 소모의 장이기 때문이다. 그래서 비용을 줄이고 효율적으로 군사체제를 마련하기 위해 비용 대비 효과가 큰 미사일과 핵무기를 개발하려고 하는 것이다. 때문에 비용이 덜 나가는 정치적 이념적 정신무장(사상진지)으로 물리적 안보를 보완 대체하려고 문학예술을 선동선전 도구로 적극 활용할 수밖에 없는 것이다. 그 결과가 바로 김정은 시대 초기의 선군 및 전쟁 담론이 아닐까싶다. 현실적으로 성공하기 어려운 선군과 전쟁 담론 전략을 어쩔 수 없이 '인민생활 향상, 경제 건설'과 병행하여 반복할 수밖에 없는 것이 바로 2013년 겨울 당시 북한의 현실이 아닐까 한다.

다행히 2013년 가을부터 전쟁 담론은 급격하게 수그러들었다. 2012년 말의 인공위성과 2013년 초의 핵실험 등이 체제 붕괴의 위기감을 벗어나게 만든 탓인지 더 이상의 전쟁 담론을 실체화하지는 않는다. 어쩌면 안으로는 민생 담론을 내실화하면서 밖으로만 전쟁 담론이나 '선군' 담론을 체제 유지용 구호 정도로 반복하고 있는지도 모를 일이다. 때문

143 당력사연구소, 『조선로동당력사』, 조선로동당출판사, 2006, 539면.

에 건국 65주년을 기념하는 공식가요 「조국찬가」[144]에서도 상투적 전쟁 / 선군 담론보다는 '사랑하는 어머니' '정든 고향집 뜨락' '금은보화 가득한 전설' '약동하는 젊음' 등의 이미지를 앞세운 민생 담론을 중시한 것으로 판단된다.

4. '경제와 핵무력' 병진노선의 문학적 반영 비판

앞에서 보았듯이 김정은 시대 초기 북한문학 담론의 특징은 김일성·김정일 시대의 과거를 회상·회고·기념하면서 과거 전통의 계승을 내세우는 한편, 어린이, 청년을 중심으로 새 세대에 대한 미래 희망 담론을 서서히 부각시키는 것으로 나타난다. 2011년 말의 김정일 사망과 2012년 이후 김정은 정권 초기에 한동안 '선군과 민생 사이'에서 오락가락하며 길항관계를 드러내다가 병행 추진으로 입장을 정리한 듯하다.[145] 즉, 2000년 전후의 김정일 시대를 상징하는 '선군후로(군 우선 정책)' 노선의 강고한 구심점에서 벗어나 2013년 김정은 시대 초에는 군(선군)과 민(민생)의 병진관계를 추진하는 것으로 해석할 수 있다. 결국 2012~13년 김정은 시대 초기 2년간의 북한문학 담론은 선군담론의 구

144 집체 작사 설태성 작곡, 「조국찬가」, 『로동신문』 2013.9.11, 1면. 같은 시 텍스트가 『문학신문』 2013.9.14일자 1면에도 실리고 그 해설까지 9월 21일자에 실려 있다. 최남순, 「「조국찬가」는 세세년년 울려퍼질 것이다-「조국찬가」에 대하여」, 『문학신문』 2013.9.21, 1면.

145 「당의 새로운 병진로선 관철에 이바지하는 창작활동을 힘있게 벌리자」, 『문학신문』 2013.5.11, 1면 참조.

심력에서 벗어나 '선군 / 민생의 군민 병진 담론'으로 원심화하는 과정에 있다고 해석할 수 있다. 결국 이 시기 문학작품에 반영된 김정은 체제의 안정성을 읽어낼 수 있다는 말이다.[146]

남북관계는 2023년 현재 여전히 위기이다. 북한은 경제 발전과 핵 개발을 동시에 병행시키겠다는 '경제와 핵무력' 병진(竝進)노선을 천명하고 있다. 2013년 3월 31일 노동당 중앙위원회 전원회의에서 경제 건설과 핵무력 건설을 동시에 발전시키는 새로운 전략적 노선을 채택했다. 2003년 김정일 국방위원장이 '국방공업을 우선적으로 발전시키면서 경공업과 농업을 동시에 발전시키는 선군시대의 경제건설노선'을 제시한 지 10년 만에 북이 새로운 전략적 노선을 내놓은 것이다. '자위적 핵무력'을 강화·발전시키면서 동시에 경제건설에도 주력해 '사회주의 강성국가' 건설을 위한 두 마리의 토끼를 모두 잡겠다는 구상이다.[147] 다만 남한 학자의 타자의 시선에서 볼 때 그러한 선군 / 민생 병진 노선이 성공하기 어렵다고 예측된다. 인민대중의 비자발적 동원과 생태 파괴적 개발론의 한계가 엿보이기 때문이다. 김정은 시대 초기 북한문학, 특히 '사회주의 현실 주제' 작품은 '경제와 핵무력' 병진노선의

146 2013년 12월 3~13일 장성택 숙청 및 처형사건은 남한 다수파의 보수적 해석처럼 취약한 김정은 체제의 안정성이 크게 흔들리는 증거가 아니라, 김정은 리더십이 유일체제로 공고화되는 과정이라고 판단된다. 통치경력이 짧은 청년 김정은의 권력을 위협했던 2인자의 제거가 아니라, '백두혈통' 김정은의 유일영도체제를 확정짓는 중간 작업으로 후견인 숙청이 이뤄진 것이라는 생각이다. 그 증거가 '경제·핵무력 병진노선'의 지속적 견지 아닐까 한다.

147 정창현, 「김정은 시대의 '경제·핵무력 병진노선' 경제발전과 핵무력 강화, 모두 안겨다 줄까」, 『민족화해』 2013년 5/6월호, 28면.

문학적 반영임에는 틀림없지만, 인민생활의 향상에 실질적으로 기여할 지는 여전히 회의적이라 아니할 수 없다.

더욱 안타까운 점은 무력 시위와 경제 건설을 병행하겠다는 2013년 3월의 '한 손엔 총을, 다른 손엔 마치와 낫을 들고'[148]란 구호가 저 70년대의 낡은 슬로건의 반복이란 사실이다. 70년대야말로 '싸우면서 건설하자'란 대응 구호가 남북 간에 적대적 병존을 하면서 1인 독재체제의 기초로 작동하였고, 그 결과 냉전적 적대관계가 가장 극심한 악화일로를 걸었던 시기였다. 그 분단모순은 남북한 민중에게 엄청난 시련으로 실체화된 적이 있었다. 그를 반복할 것인가, 아니면 지혜롭게 극복하고 조건 없는 '신뢰'라는 새로운 통합프로세스 모델을 고민할 것인가 여전히 문제라 아니할 수 없다. 과거 60여 년간의 분단사를 되짚어 보면 남북관계가 극단적 적대에서 대화와 화해 국면으로 극적으로 변한 경우도 적지 않았다. 이 경우 상대적으로 빠른 시간 내에 정치적 부담 없이 추진할 수 있는 문화교류가 선도적인 분야가 되어 남북교류를 활성화시킬 가능성도 없지 않다. 이를 기대하며 꿋꿋하게 작품을 읽고 행간의 의미를 추정하는 작업을 계속해본다.

148 『문학신문』 2013.3.23, 1면. 서정시초의 구호.

청년 지도자의 신화 만들기
–김정은 수령형상문학[149]

1. 김정은에 대한 문학적 접근

2011년 말, 북한 지도자 김정일의 사망에 따라 김정은 정권이 급작스레 출범하였다. 김정은은 그 해 말의 조선인민군 최고사령관 취임을 시작으로 2012년 4월 국방위 제1위원장과 노동당 제1비서, 공화국 원수가 되어 최고 지도자가 되었다. 이미 2010년 9월 조선인민군 대장과 당 중앙군사위 부위원장이 됨으로써 후계자로 공인되긴 했지만 권력 승계기간이 짧고 불투명했다는 사실은 부인할 수 없다. 정권 출범 직후 그가 김정일의 3남인 20대 청년에 불과하고 후계수업도 짧고 당군(黨軍) 기반도 약한 만큼, 안보나 경제 등에서 뚜렷한 업적을 내지 못하면 권력이 급속도로 와해될 것이라는 관측도 적지 않았다. 정권 초기에 후견인 장성택 숙청 등 우여곡절도 없지 않았으나 2년이 지난 2013년 말 당시, 김정은 정권이 어느 정도 안정되었다는 사실은 이견의 여지가 없

149 이 글은 다음 논문을 단행본에 맞게 개제 개작한 것이다.「청년 지도자의 신화 만들기–김정은 수령 형상 소설 비판」,『대동문화연구』86, 성균관대 대동문화연구원, 2014.6.

다. 이젠 '정권'이 '체제'로 안정되었고 '김정은 시대'라는 말도 그리 어색하지 않다.

그런데 우리는 김정은에 대해서 아는 바가 별로 없다. 아예 무관심하거나 관심 있다 해도 안개 속처럼 불안한 '타자(他者)의 시선'으로 지켜볼 수밖에 없다. 북한 매체에 나타난 그에 대한 호칭이 2009년부터 '대장'으로 불리다가 시나브로 '장군, 동지, 원수, 령도자, 령수, 어버이'로까지 호명되었다. 그런데도 그의 출생과 성장, 혁명 경력, 통치 학습, 국가 경륜 등은 별달리 뚜렷하게 소개된 바가 없다. 출생과 성장과정 및 후계자 수업은 어떻게 받았고 물려받은 나라를 유지·발전시키기 위한 능력과 비전을 가지고 있는지 대내외에 제대로 알려지지 않았다. 따라서 단지 김정일 아들이라는 이유만으로 젊은 나이에 지도자가 되었다는 3대 세습에 대한 비판과, 통치 경험이 부족한 그에 대한 우려는 아직도 상당량 잠복해있을 터이다.

저자는 이러한 궁금증 속에 2011년 말부터 2014년 초까지 문학 관련 매체를 꼼꼼히 챙겨 읽었다. 작품에는 '타자의 우려'를 불식시키기에 충분할 만큼 그의 지도자적 자질과 인간적 면모가 탁월하게 형상화되어 있다. 가령 그를 주인공으로 그린 당시 소설의 한 대목을 보면 "세계의 정치, 경제, 문화 등 모든 분야에 대한 해박한 지식을 소유하고 문무를 겸비한 다재다능하신 김정은 동지"[150]로 묘사될 정도이다. 하지만 과연 그럴지는 여전히 의문이다.

따라서 문학작품에 나타난 김정은의 모습을 전반적으로 살펴보고

---

150 백보흠, 「푸른 강산」, 『문학신문』 2014.3.8, 2면.

그를 면밀하게 분석, 평가하는 객관적인 작업이 필요할 터이다. 이 글에서는 이러한 문제의식을 가지고 김정은 시대 초(2012~14년) 『조선문학』, 『문학신문』에 수록된 시, 소설 등 문학작품에 나타난 수령 형상과 그와 관련된 주민생활, 그리고 그들을 언어와 이념으로 추상하는 각종 담론을 분석하고자 한다.

이와 관련한 선행 논의를 검토해보자. 먼저 한해의 문학적 성과를 정리하는 북한 비평가의 연례 보고부터 살펴보자. 『조선문학』 2012년 12월호 「위대한 추억의 해 주체101(2012)년을 보내며–편집부의 말」[151]을 보면, 「재부」(전충일), 「비날론을 사랑한다」(석남진), 「아이적 목소리」(김혜인), 「의리」(오광천), 「꽃은 열매를 남긴다」(김경일), 「아흐레갈이」(강철), 「대지의 노래」(박종철) 등을 성과작으로 거론한다. 그를 꼽는 준거로 "김정일 동지의 유훈 관철로 강성국가 건설의 대고조 성과로 김정은 원수님을 힘껏 받들어갈 신념과 의지의 맹세"를 제시한다. 유훈 관철과 후계 정당성을 매체 편집의 명분과 작품 평가 기준으로 삼는 데서, 김정은의 '권력 승계'와 '선군 시대의 애국자'라는 시대의 전형을 읽을 수 있다. 다만 2012년 소설 중에서는 김정은을 주인공으로 형상화한 작품은 나오지 않았다.

『조선문학』 2013년 12월호 「편집부의 말: 2013년을 보내며」에서는 '수령형상문학'의 주요 성과작을 다음과 같이 열거한다: 시 「만인의 태양찬가」(문동식), 「미래가 보이는 곳」(김덕선), 「절세의 애국자」(류명호), 「장군님처럼 조국을 사랑하자」(김석주), 단편소설 「맑은 시내 흐르는

151 편집부, 「편집부의 말」, 『조선문학』 2012.12, 76면.

곳」(강철), 「해빛삼천리」(허문길), 「사랑의 샘」(최종하). 그런데 이들 작품은 김정은이 주인공이 아니다. 김일성, 김정숙의 항일투쟁·해방·전쟁·전후 건설을 다룬 회상기나, 김정일의 주체시대·선군시대를 다룬 작품이다. 김정은의 지도자적 면모를 그린 '수령 형상 소설' 성과는 따로 정리되어 있다. 2013년 북한문학장에서 "특기할 사변은 우리 『조선문학』 잡지에 처음으로 김정은 위인상을 반영한" 작품이 실렸다고 강조한다. 이를테면 단편소설 「감사」(윤경찬), 「12월의 그이」(황용남), 「우리의 계승」(윤정길), 시 「당 중앙은 위성 발사를 승인한다」(조광철), 「백두령장 따라 열병대오 앞으로!」(오동규), 「영광을 받으시라」(한원희), 가사 「김정은 동지 우러러 인민은 따르네」(리계주)" 등이다.[152] 『문학신문』 편집부에서도 2013년을 마감하면서 김정은의 수령형상을 다룬 김일수 단편소설 「불의 약속」을 성과작으로 언급한다.[153]

김정은 시대 초 북한문학에 대한 우리 학계의 평가는 어떤가? 김성수는 김정은 시대 초의 북한문학이 김정일 시대 말기의 선군 담론과 민생 담론을 승계하면서 동시에 부조(父祖)의 권위 편승 차원을 넘어서서 친근한 청년 지도자로서의 새로운 수령 형상에 성공했다고 분석한다.[154] 선군 담론의 구심력이 수령형상문학에 완강하게 남아 있지만,

152 편집부, 「2013년을 보내며」, 『조선문학』 2013.12, 78~79면.

153 문학신문 편집국, 「시대의 숨결이 맥박치도록-편집국의 말」, 『문학신문』 2013.12.30, 4면.

154 김성수, 「김정은 시대 초의 북한문학 동향-2010~2012년 『조선문학』, 『문학신문』 분석을 중심으로」, 『민족문학사연구』 50, 민족문학사연구소, 2012.12; 김성수, 「선군과 민생 사이-김정은 시대 초(2012~2013) 북한의 '사회주의 현실' 문학 비판」, 『민족문학사연구』 53, 민족문학사연구소, 2013.12.

'인민생활 향상[민생]' 담론과 청년·미래 담론이 '사회주의 현실 주제' 문학의 중심으로 자리잡았다고 한다. 앞으로 '선군과 민생 사이의 길항 관계'에서 '병진노선'으로 가리라 전망한다. 박태상은 2013년 『조선문학』에 발표된 '향토애, 민족애' 주제의 단편소설 네 작품을 통해, 김정일 시대부터 고민했던 식량문제와 농업문제를 김정은 시대 초에 어떻게 해결하는지 분석한다. 특히 조연급인 지배인 '아바이'형상의 미묘한 변화와 청춘으로 호명되는 신세대에 주목하여 김정일의 유훈통치 방식을 답습한 김정은 시대의 전략을 분석한다.[155]

오태호는 『조선문학』 2012년 1년 동안 게재된 단편소설 43편을 미시 분석하여 김정은 시대 초의 주민생활상을 개괄적 실증적으로 보고한다. 그 결과 북한 '사회주의 현실' 문학의 주제를 '김정일 애국주의'의 추구, '최첨단 시대'의 돌파, '긍정적 주인공을 통한 양심과 헌신의 목소리' 등으로 정리한다.[156] 오창은은 2012년 북한소설의 동향을 검토하면서 새 정권의 통치와 안전을 위한 '기억과 재현의 정치행위'로 그들 작품의 의미를 해석해낸다. 특히 '김정일 사망'이라는 '중대보도'의 재현이 갖고 있는 내적 의미를 분석하고, 선군정치와 인민생활을 동시에 강조하는 김정은 통치의 딜레마에 주목한다.[157]

---

155 박태상, 「최근 북한소설에 나타난 '향토애·민족애 주제의 특징: 2013년작 〈대지의 풍경〉·〈사랑〉·〈삶의 뿌리〉·〈달밤〉을 중심으로」, 『한성어문학』 32, 한성어문학회, 2013, 145~178면.

156 오태호, 「김정은 시대 북한 단편소설의 향방–'김정일 애국주의'의 추구와 '최첨단 시대'의 돌파」, 『국제한인문학』 12, 국제한인문학회, 2013.8.

157 오창은, 「김정일 사후 북한소설에 나타난 '통치와 안전'의 작동–인민의 자기통치를 위한 기억과 재현의 정치」, 『통일인문학논총』 57, 건국대 인문학연구원, 2014.

출범한 지 만 2년밖에 되지 않은 김정은 정권 초기에는 자기 시대를 총체적으로 볼 만한 시간적 공간적 거리가 확보되지 않은 탓인지 서사시적 화폭을 보여주는 리얼리즘작품을 찾기 어렵다. 대상의 총체성을 확보한 장편소설은커녕 자아와 세계의 직접적 대결구도를 보여주는 시대 단면도로서의 리얼리즘 단편조차 대표작이 무엇인지 뚜렷하지 않다. 게다가 김정일 시대에 구축된 선군 담론의 자장에 묶인 나머지 서사시, 장시를 포함한 시 장르 이외에는 소설, 비평의 새로움이 제대로 드러나지 않는다. 선행 연구에서 김정은 시대 초기 문학 동향을 개괄한 총론과 '사회주의 현실 주제' 문학의 각론을 보고[158]했지만, 주로 시와 정론 텍스트가 분석 대상이라는 장르적 한계가 없지 않았다. 북한 주민 생활상의 세부를 비교적 상세하게 살펴볼 수 있는 소설과 비평 등은 부수적 논거로밖에 다루지 못하였다.

이제 김정은 시대 초의 체제 성격과 주민생활상을 심층 분석하기 위하여 소설작품과 비평 담론도 본격 검토할 때가 되었다. 여기서는 2012~14년 『조선문학』, 『문학신문』에 게재된 단편소설을 논의 범주로 삼되, 일단 김정은 시대를 직접 배경으로 삼은 텍스트만 분석하기로 한다. 그 중에서 북한 주민생활상을 분석한 '사회주의 현실 주제' 문학은 이미 학계에 보고했기에 이번에는 김정은의 지도자적 면모를 그린 '수령 형상 소설'을 논하고자 한다. 논의 대상인 김정은 형상 단편소설은 다음과 같다: 「불의 약속」(김일수, 2013.8.10), 「우리의 계승」(윤정길, 2013.9), 「감사」(윤경찬, 2013.10), 「붉은 감」(김영희, 2013.11.16), 「12월의

158 1부 1, 2장 참조.

그이」(황용남, 2013.12), 「들꽃의 서정」(김하늘, 2014.1), 「하모니카」(림봉철, 2014.1). 이들 수령 형상 소설을 분석하여 김정은의 면모를 문학적 시선으로 살펴보도록 한다. 연구방법으로는 실증적 문헌 고찰과 문학텍스트의 담론을 미시 분석하기로 한다. 다른 한편 북한 입장에서 텍스트가 어떻게 읽히고 담론 및 행동으로 나타날까 추정하는 내재적 시각과, '타자의 시선'이란 접근법으로 남한 학자의 비판적 외재적 독법도 함께 시도한다.

2. 사랑과 믿음의 후계자 품성론

수령 형상 문학은 기본적으로 수령 형상의 본질을 "수령의 혁명력사와 숭고한 풍모를 진실하고 생동감 있게 예술적 화폭에 그려 수령의 위대성을 예술적으로 감득하게 하는 것"으로 규정하고 있다.[159] 북한사회에서 김일성이라는 수령의 존재가 갖는 절대적 위상 때문에 문학사에서도 수령형상문학의 위치는 대단하다. 가령 대표적인 수령형상문학이라 할 총서 『불멸의 력사』를 두고 오승련은 "로동계급의 수령형상을 가장 높은 사상예술적 경지에서 빛나게 창조한 우리 시대의 위대한 기념비적 대작이며 우리 소설문학의 보물고를 빛내이는 끝없는 귀중한 혁명적 재부"로 규정한다.[160]

159 윤기덕, 『수령형상문학』, 문예출판사, 1991, 157면.

160 오승련, 『주체소설문학건설』, 문학예술종합출판사, 1994, 37면.

수령형상문학은 먼저 송가, 시가부터 시작하여 서정시, 서사시, 소설 등으로 장르를 확산해간다.[161] 새로운 청년 지도자 김정은의 형상화 또한 그런 패턴을 보이고 있다. 즉, "발걸음도 척척척"하는 행진곡풍 찬양가요 〈발걸음〉,[162] 〈인민이 사랑하는 우리 령도자〉[163] 같은 송가·시가로부터 시작하여 김석주의 「령장의 한해」 같은 서정시, 김일성종합대학 문학대학 집체작인 「인민이여 우리에겐 김정은 대장이 계신다」 같은 서사시를 거쳐 점차 「불의 약속」 같은 소설장르로 확산되고 있다. 이들 중 송가, 시가, 서정시, 서사시에 대한 논의[164]는 이미 여러 차례 선행 연구가 이루어졌으나 소설은 아직 본격 논의가 이루어지지 않았다. 왜냐하면 김정은 형상 소설은 2013년 하반기부터 창작되어 시작하여

161 윤기덕, 『수령형상문학: 주체적 문예리론연구 11』, 평양: 문예출판사, 1991; 김려숙, 「피끓는 심장으로 선군혁명문학의 새로운 포성을 울리자」, 『조선문학』 2012.2, 24면 참조.

162 2009년 초부터 보급된 리종오 작사 작곡 노래인 〈발걸음〉의 평가와 자리매김은 2009년 당시에는 이루어지지 않다가 김정은이 권좌에 오른 다음에야 비로소 본격화된다. 그 노래가 원래부터 훌륭한 명곡으로 떠받들어진 것이 아니라 나중에 만들어진 전통, 사후(事後)에 재발견, 재조명, 재평가된 작품이란 뜻이다. 권선철, 「'발걸음'의 메아리는 우렁차고 환희롭다」, 『조선문학』 2012.6, 24~26면 참조.

163 류동호 작사, 전흥국 작곡, 「인민이 사랑하는 우리 령도자」, 『조선문학』 2012.10, 내표지 악보.

164 이지순, 「북한 서사시의 김정은 후계 선전양상」, 『북한연구학보』 제16권 제1호, 북한연구학회, 2012.8; 김성수, 「김정은 시대 초의 북한문학 동향-2010~2012년 『조선문학』, 『문학신문』 분석을 중심으로」, 2012; 이지순, 「김정은 시대 북한 시의 이미지 양상」, 『현대북한연구』 16-1, 북한대학원 북한미시사연구소, 2013.4; 이지순, 「김정은 시대의 애도와 구원의 코드」, 『어문논집』 69, 민족어문학회, 2013; 이상숙, 「김정은 시대의 출발과 북한 시의 추이」, 『한국시학연구』 38, 한국시학회, 2013; 김성수, 「선군과 민생 사이-김정은 시대 초(2012~2013) 북한의 '사회주의 현실' 문학 비판」, 2013.

2014년 상반기인 현 시점에도 지속적으로 나오기 때문이다. 가령 김하늘의 「영원한 품」, 황용남의 「12월의 그이」는 김정일 사망 직후 장례식장에서의 김정은 행적을 그렸고, 김일수의 「불의 약속」, 윤경찬의 「감사」, 김영희의 「붉은 감」, 림봉철의 「하모니카」 등은 군부대 시찰을 소재로 하고 있다. 윤정길의 「우리의 계승」에서는 당군의 세대 갈등 해결사로 등장하고 김하늘의 「들꽃의 서정」에서는 재입북한 탈북자에게 관용을 베풀며 백보흠의 「푸른 강산」에서는 중앙종묘장에서 환경보호를 강조한다. 이들을 일별하면 선군과 민생 투어로 '광폭정치, 인덕정치'를 펼치는 것처럼 보인다. 이들 수령 형상 소설을 분석하여 김정은의 면모를 문학적 시선으로 살펴보도록 한다.

김정은이 주인공인 수령 형상 소설을 본격 논하기 전에 김하늘의 「영원한 품」[165]부터 읽어보자. 왜냐하면 김정일의 사망 전후를 배경으로 김정은의 면모가 편린으로 잘 드러나 있기 때문이다. 이 소설은 '먼바다 선단[원양어선]'의 시선을 통해 김정일 장례식 당시의 사회 분위기를 그려낸다. 소설 표면의 주된 줄거리는 김정일의 살아생전 마지막 지시였던 "수도시민 1인당 물고기 공급량 확보"를 기한 내에 맞추기 위한 원양어선단의 헌신적인 조업과정이다. 하지만 서사의 핵심은 김정일 사망이라는 비극적 소식에도 불구하고 선단을 돌리지 않고 유훈을 충실하게 수행해야 마땅하다는 '대를 이은 충성'의 메시지로 판단된다. 유훈 관철이야말로 3대 세습을 합리화하는 충성 담론의 일환으로 생각되기 때문이다.

165 김하늘, 「영원한 품」, 『조선문학』 2012.3.

그런데 이 작품을 접한 우리 학계의 독자들은 모두 주인공 림해철의 입으로 전하는 다음과 같은 에피소드에 주목하였다.[166]

> 김정은 동지께서(중략) 인민들이 호상 서구 있는데 추운 겨울밤에 떨구 있다는 거 장군님 아시문 가슴아파하신다구 더운물이랑 끓여주구 솜옷이랑 뜨뜻이 입게 하라구 하셨다오. 물두 맹물 끓이지 말고 사탕가루나 꿀을 풀어서 끓여주라 하셨다는데 어쩌문 그리 자심하시오? 그저 우리 장군님과 꼭같으시오.[167]

후계자 김정은이 장례식장 추모객들을 위해 온수대를 설치했다는 미담이 전해진다. 그가 '인민생활 향상'이라는 김정일 유지를 받들어 슬픔에만 빠지지 않고 업무에도 일상적으로 임했는데, 한 예로 혹한 속에 치뤄진 장례식 군중에게 온수를 공급하라는 지시를 내렸다는 것이다. 여기서 지도자적 품성이 잘 드러났다는 평가가 뒤따른다.[168] 실제로 김정은 직접 지시로 '더운물 봉사대'가 설치되었다는 신문기사[169]가 등장하고, 이를 인민에 대한 사랑의 표현으로 의미화되고 그를 소설 소재

---

166 정영철, 「김정은 체제의 출범과 과제: 인격적 리더십의 구축과 인민생활 향상」, 『북한연구학보』 16-1, 북한연구학회, 2012.8. 김성수, 오태호, 오창은 등이 모두 이 대목을 예로 들어 그 의미를 분석하였다.

167 김하늘, 「영원한 품」, 40면.

168 김학, 「인민이 안겨살 영원한 품에 대한 감동 깊은 형상–단편소설 《영원한 품》을 두고」, 『문학신문』 2012.10.6. 3면. 비평문 참조.

169 김정일 장례식장의 온수대 설치 미담 기사는 『로동신문』 2011.12.25, 5면.

로 채택한 셈이다.[170] 새 권력자 김정은의 '친근한 청년 지도자'의 신화적 이미지는 이렇게 만들어지기 시작하였다.[171]

2013년 들어 김정은의 면모를 형상화한 단편소설 「불의 약속」(2013.8.10), 「우리의 계승」(2013.9), 「감사」(2013.10),[172] 「붉은 감」(2013.11.16), 「12월의 그이」(2013.12) 등 일련의 작품들이 창작되었다. 북한문학에서 수령의 형상 창조는 주체문학 건설의 기본의 기본이니 당연한 일이다. 수령이 시대와 인민대중을 대표하는 주체형 혁명가의 최고전형이기 때문이다. 이전까지 송가와 시장르에서 추상적 이미지로만 형상화되었던 김정은이 소설장르에서는 통치 1년 후에야 비로소 새로운 수령의 면모를 단편으로나마 구체적 상으로 드러낸 셈이다. 그전까지 소설에

---

170 「장군님의 영원한 동지가 되자」(정론), 『로동신문』 2011.12.25, 8면. 이슈메이커의 실제 행위, 언론매체의 보도, 그를 모델로 한 시·소설·영화 등 문학예술 창작, 그에 대한 보도와 비평 등이 조직적으로 연계되는 일련의 과정은 '행위-보도-창작-비평-역사'라는 수령형상문학의 전형적인 창작 기제로 해석된다. 정영철, 「김정은 체제의 출범과 과제: 인격적 리더십의 구축과 인민생활 향상」; 김성수, 「김정은 시대 초의 북한문학 동향—2010~2012년 『조선문학』, 『문학신문』 분석을 중심으로」, 2012 참조.

171 이에 대한 다른 해석도 주목된다. "통치와 안전이라는 측면에서, 북한 체제가 김정은이라는 젊은 지도자가 야기할 수 있는 불안정성을 적절히 제어하고 있음을 보여준다. 북한의 통치성 작동 방식은 새로운 지도자인 김정은 체제의 구축이라는 외양을 띠고 있는 것처럼 보인다. 하지만, 김정은 체제의 출범도 '국가 수준의 통치'를 위한 것이라고 할 수 있다. (중략) 김정은 또한 북한 체제의 안정을 위해 적절히 배치된 지도자라고 할 수 있다. 그러므로 김정은 체제의 향방이 아니라, 북한 체제가 통치 메커니즘 아래 '안전'을 목적으로 작동하고 있음에 주목해야 한다." 오창은, 「김정일 사후 북한 소설에 나타난 '통치와 안전'의 작동—인민의 자기통치를 위한 기억과 재현의 정치」, 『통일인문학논총』 57, 건국대 인문학연구원, 2014 참조.

172 이상 3편의 관련 평은 황병철, 「경제강국 건설을 힘있게 추동한 우리의 소설문학」, 『문학신문』 2013.11.16, 1면.

서는 아버지 형상의 극히 일부로만 존재[173]했던 그가 독자적으로 형상화되기 시작한 것이다.

김일수의 「불의 약속」은 김정은이 김정일 말년에 그와 동행한 식품공장 현지지도와 불꽃놀이 창조를 지도했던 에피소드를 그리고 있다. 2011년 초 강원도 문창군의 기초식품공장 지배인 문숙희의 회상을 통하여 김정일이 낡은 실장갑을 끼고 현지지도를 했다는 것과 그와 동행했던 김정은이 주체 100주년 기념 '축포야회'(불꽃놀이) 프로그램을 우리식으로 창조하자는 직접 지도가 있었다는 내용이다. 작품의 무게중심은 김정일 회상보다는 주체 100년을 축하하는 2012년 4월의 평양 '축포야회'가 어떻게 준비되었으며 그 과정에서 김정은이 얼마나 중요한 역할을 했는지 밝히는 데 있는 것처럼 보인다. 이에 대해 문학신문 기자는 김정은이 인민의 내일, 조국의 내일을 '축포야회'(불꽃놀이)로 보여주는 형상을 통하여 그가 인민을 행복하게 해주려고 얼마나 큰 노고와 심혈을 바치는가 잘 보여준다고 평가하였다.[174]

---

173 김정일 일대기를 장편 시리즈로 내는 '불멸의 향도' 총서인 박윤 소설 『오성산』(문학예술출판사, 2012), 400면에 김정은이 처음 등장한다. 2002년 중부전선 시찰 중인 김정일을 보좌하는 20세 전후의 청년 김정은이 신형 장갑차와 군용 직승기를 모는 것을 보고 조명록 대장이 감탄한다. "여보 박동무, 우리 세대가 이젠 마음을 푹 놓게 됐소. 어디 그뿐인 줄 아오? 군사과학과 전략, 작전예술, 집단군공격전술… 백발의 군사학 박사들이 혀를 차오. 앞으로 전선사령관으로 조국통일성전을 지휘하실 거요!…" 중국시민, 「북 문학작품에 처음 등장한 김정은 1위원장」, 자주민보 2012.6.15. (http://www.jajuminbo.net/sub_read.html?uid=9835); 서유석, 「김정은이 등장하는 북한소설 『오성산』」, 『월간 북한』 2012.11 참조.

174 황병철, 위의 글.

다른 나라들의 화려한 번화가의 불장식에 비하면 소박한 것이지만 우리 인민의 무한대한 정신력이 고난을 이겨내고 창조해낸 불빛이여서 그토록 만족해하신 겁니다. 그래서 장군님께서는 장자강의 불야경은 보기만 해도 절로 새 힘이 나고 정신이 든다고 하신 것입니다. 그 불이야말로 우리의 손으로 켜낸 우리의 불입니다. 남이 스위치를 넣었다 껐다 할 수 없는 자기의 불이란 말입니다.

우리의 행복은 우리 손으로! 자력갱생하는 사람에게는 광명한 미래가 있다! 이것이 우리의 창조철학입니다. 축포발사에 바로 우리의 이 정신을 담아야 합니다. 그래야 진정한 제 모습을 가진 우리식의 축포가 될 수 있습니다. 이번에 하자는 축포발사의 의도도 여기에 있고 불의 서사시의 주제와 구성을 결정짓는 핵도 여기에 있습니다.[175]

「불의 약속」에 김정은이 인민들에게 '우리 식 축포'를 보여주려는 염원을 불꽃놀이의 예술화와 조형화를 통해 나름대로 실현하려는 의도가 담겨 있는 것은 사실이다. 작품 주제에 대하여 한 비평가는 "「불의 약속」에는 위대한 대원수님들의 리상과 념원을 꽃피우시여 경애하는 원수님께서 터쳐올리신 축포의 불보라는 우리 조국의 휘황찬란한 래일을 약속한다는 사상적 알맹이가 심어져 있다."[176]고 한다. 김정은이 김일성·김정일의 염원을 담아 쏘아올린 불꽃놀이에 북한의 미래가 상

175 김일수, 「불의 약속」, 『문학신문』 2013.8.10, 2~3면.

176 정광수, 「위대한 김정은 시대에 우리 인민이 터친 위인 칭송의 분출–단편소설 「우리의 계승」과 「불의 약속」에 대하여」, 『문학신문』 2014.2.22, 1면.

징적으로 담겨 있다는 뜻으로 읽힌다.

소설은 김정은이 직접 지도했다는 우리식 불꽃놀이 프로그램의 독창성을 내세운다. 그가 지도한 2009년의 축포야회 '강성대국의 불보라'는 미리 프로그램화된 발사체계를 통해 불꽃이 '예술화·조형화·률동화'되고 〈조선의 행운〉 〈발걸음〉 등의 노래도 적절하게 배합된 것이라 자랑한다. 과연 '우리식 축포야회'가 타자의 시선에서 볼 때 그렇게 대단할까. '평양, 원산, 장자강의 불야경', '불장식(네온사인)'이 중국의 대규모 폭죽놀이나 한국·서방의 화려하기 그지없는 불꽃놀이·전광장식(일루미네이션) 등과 비교해도 손색이 없을지는 의문이다. 다만 '장자강의 불야경'이 부각된 이유는, 도시 전체가 암흑천지였던 과거에 비해 이제는 장자강발전소 덕에 전기 공급이 원활해져서 평양, 원산 같은 대도시 아닌 변방 도시에서도 환한 전깃불 야경을 볼 수 있다는 자부심 때문이리라 짐작된다.

다른 한편 이 작품은 김정일과 김정은을 동등한 비중으로 그린 점에서 후계구도를 잘 보여주는 주목할 만한 수령 형상 소설로도 읽힌다.

> 김형직 선생님께서 아들대에 못하면 손자대에라도 혁명을 끝까지 해야 한다고 하셨는데 혁명은 증손자대에도 계속해야 한다고 하신 장군님의 말씀이 매일, 매 시각 내 심장을 세차게 달구어줍니다.[177]

177 김일수, 「불의 약속」, 『문학신문』 2013.8.10, 3면.

이런 서사방식은 김정은의 후계 구도에 혈통 이상의 필연성을 부여하는 통치학습의 일환이라고도 할 수 있고 김정은의 지도자 자질을 엿보이게 하는 구실도 있다. 여기에 북한 특유의 3대 세습을 합리화하는 논리가 숨어 있다. 수령의 후계자가 어디까지나 인물을 본위로 하여 선출돼야 한다는 점을 강조하고 있는데, 언뜻 인물에 대한 객관적 검증을 강조하는 것처럼 보이는 이러한 주장은 사실은 부자간 권력승계를 정당화하는 논리이다. 즉, 후계자로서의 자질과 품격을 훌륭히 가지고 있는데, 그 사람이 수령과 혈연관계에 있다고 해서 후계자로 추대하지 않아서는 안 된다는 것이다.[178]

김정은의 권력 승계과정에서 가장 문제가 되는 것은 장자 상속이 아니고 후계자 학습기간이 짧았으며 2천4백만 북한 주민들의 지도자가 되기엔 너무 나이가 어려 통치 경험이 일천하다는 '타자의 우려'였다. 1984년생[179] 지도자에게 청년의 진취성은 기대할 수 있을지 몰라도 6·25전쟁부터 고난의 행군기 선군혁명까지 산전수전을 다 겪은 원로·중견 세대를 어떻게 아우를 수 있겠냐는 시선이다. 특히 그가 권력을 잡으면 혹시 노장 세대를 자연스레 권력 핵심으로부터 밀어내지는 않을까 하는 정치권력의 냉혹한 속성도 부인할 수 없는 현실이다. 신세대의 부상에 따른 노장세대의 퇴장이란 자연법칙이 아닌가 말이다.

---

178 안정식, 「지도자-후계구도」, 안정식 기자의 북한포커스(http://www.e-nkfocus.co.kr/bbs/board.php?bo_table=leader05&wr_id=1). '연합뉴스, 자주민보, 북한포커스, 조선중앙통신' 등은 종이문건이 없는 인터넷 디지털 자료가 원문임을 밝힌다.

179 북한의 공식 주장은 1982년 1월 8일생이지만, 많은 학자들은 스위스 베른 유학시의 학적부 기록을 근거로 1984년 또는 1983년으로 추정한다.

이런 맥락에서 윤정길의 「우리의 계승」에서 새 지도자가 비록 서른 살 청년임에도 불구하고 노장청(老壯靑) 세대 간 연대를 부르짖고 '노병 존중 사상'을 재삼 강조하는 것도 지도자가 갖춰야 할 중요한 품성론의 산물이다. 청년 지도자가 원로 세대, 특히 노병들을 절대적으로 존중한다는 메시지를 통해 자칫 은연중에 퍼져있을지 모를 노장 경시를 엄중하게 경계하고 있다. 소설은 은퇴한 노병 오성권의 전쟁 경험을 낡았다고 무시한 채 현대적인 군사학 이론서를 집필하려는 아들 오덕찬의 과오를 김정은이 교정한다는 내용이다.

주인공 오성권은 "조국해방전쟁시기 서울해방작전과 대전대포위전, 락동강 도하작전을 비롯한 여러 전투들에 참가하였던 실전경험"이 풍부한 은퇴 노병이다. 그런데 아들 오덕찬이 현대전쟁에 관한 이론 연구와 도서편찬사업을 책임진단 소식을 들었을 때 느꼈던 희열과 행복감도 잠시, 그는 심한 배신감과 열패감을 맛보게 된다. 아들 오덕찬은 "위성과 각종 비행기와 미싸일들, 지어 핵수단까지 포괄하는 최신 전투기술기재들이 활용되는 현대전쟁을 어떻게 재래식 대포나 땅크에 국한되던 전쟁과 대비하겠습니까?"[180]하면서, 6·25 때부터 쌓인 원로들의 전통적 전쟁론을 낡은 것으로 폄훼한다.

세월이 흐르면 모든 것이 변하고 세대교체가 당연한 것이 자연의 순리이자 법칙이다. 사물과 함께 사람도 세월의 흐름 속에 늙게 되고 늙으면 도태하게 되는 것이 자연스럽다. 마찬가지로 군대가 구비한 전투기술과 기자재들도 커다란 질적 발전을 보였으니 현대전에 맞는 최

180 윤정길, 「우리의 계승」, 『조선문학』 2013.9, 14면.

신 군사학을 이론화하는 새 세대의 사업능력은 높이 평가할 수 있다. 그런데 그보다 훨씬 더 젊은 청년 지도자 김정은은 그의 기계적 세대교체론과 노장 경시를 지적하고 참다운 계승이란 전쟁노병의 경험까지 유기적으로 담아낸 현대전쟁 이론서를 쓰는 일이라 깨우쳐준다.

"전쟁에서 승리하자면 현대적인 무장장비와 전략전술도 필요하지만 더욱 필요한 것은 사랑과 믿음입니다. 사랑과 믿음! 나는 이 말을 좋아합니다. 혁명투쟁은 자기 조국과 민족에 대한 사랑으로 하는 투쟁일 뿐 아니라 자기 위업의 정당성과 자기 군대와 인민, 혁명동지들에 대한 믿음으로 하는 투쟁입니다."[181]

작가는 전쟁의 승패를 가름하는 객관적 준거라 할 현대적 장비와 전략전술도 필요하지만 더욱 중요한 것은 '사랑과 믿음' 같은 주관적 의지라 한다. 주체시대, 선군시대의 인간들에게는 이 세상 모든 유기체들의 운명을 희롱하는 그 어떤 자연법칙이 통하지 못한다고 강조한다. '사랑과 믿음'의 실제 내용이란 다름 아닌 대를 이은 충성이다.[182] 청년 지도자 김정은이 김일성, 김정일의 혈통을 이은 '백두의 선군령장'이기에 '세대와 세대의 참다운 계승'이 당연하다는 논리이다.[183]

---

181 윤정길, 「우리의 계승」, 22면.

182 '사랑과 믿음으로 이어지는 세대와 세대의 참다운 계승'을 이 작품의 주제로 높이 평가한 것으로, 박춘택, 「위대한 김정은 시대 작가의 최대의 사명」, 『조선문학』 2014.1, 11면을 참조할 수 있다.

183 「우리의 계승」 등 일련의 작품은 "김정은의 사랑과 믿음"을 보여주며 "세월이 아무리 흘러도 우리에게만 고유한 전통의 계승, 세대와 세대의 참다운 계승이 있고 태양을

이상에서 보았듯이 「영원한 품」, 「불의 약속」, 「우리의 계승」 등을 통해 작가들은 정권 교체기 새 지도자의 당면과제가 결코 체제 유지를 위한 단순한 권력 강화가 아니라고 강조함을 알 수 있다. 대신 청년 지도자가 갖춰야 할 후계자로서의 품성을 '사랑과 믿음'을 통한 혈연적 연대의식이라고 형상화시킨다. 다만 그 이면을 타자의 시선에서 볼 때 '백두 혈통'이라는 담론을 통해 3대 세습을 합리화하고 대를 이은 충성을 자연스레 요구하는 것처럼 해석될 여지도 없지 않다는 생각이다.

3. 선군 지도자·통일 영수의 감성 논리

김정은의 지도자적 자질은 군 부대 순시를 통한 군민단결 메시지를 담은 「감사」, 「붉은 감」, 「하모니카」 등에도 잘 드러난다. 윤경찬의 「감사」는 북성기계공장의 물놀이장을 건설하려 파견된 군부대 중대장이 주민으로부터 원호물자를 받았다가 사단장에게 처벌 받는 사건을 소재로 한다.[184] 수영장 건설 노동을 하다 병이 난 부하를 위해 민간인이 호의로 구해준 별식을 받은 것이 군율 위반죄라는 것이다. 현지지도 중 이 소식을 전해들은 청년 지도자가 "중대장이 처벌을 받았는가. 그것

옹위하는 별무리처럼 빛나는 원수님의 수천만 동지, 전우들의 위훈과 애국으로 빛나는 영원한 승리, 영광의 력사만이 있게 된다는 것을 감명 깊게 형상하였다." 황병철, 「경제강국 건설을 힘있게 추동한 우리의 소설문학」, 『문학신문』 2013.11.16, 1면; 리정웅, 「혁명의 계승에 대한 형상적 탐구–단편소설 「우리의 계승」을 읽고」, 『문학신문』 2013.12.30, 3면.

184 윤경찬, 「감사」, 『조선문학』 2013.10, 21~29면(= 『문학신문』 2013.10.26. 2~3면)

은 우리의 군민단결이 그만큼 높은 경지에 올라섰다는 표현입니다."라면서, 사건의 본질을 '군률 위반'아닌 '군민단결' 사례로 재규정해서 비적대적 모순을 지혜롭게 해결한다는 내용이다.

현실적 갈등의 이상화된 해결이기에 서사적 훼손으로 해석되지만, 도식적 방식이 비판되기보다는 김정은의 수령 형상을 찬양하는 에피소드로 평가되기도 한다.[185] 김정은이 생각한 '사회주의강성국가'란, 어떠한 예외도 없이 군율만 엄격하게 적용하는 아버지 시대 식의 선군이 아니라, 군민단결의 미풍, 즉 "일심단결과 불패의 군력에 새 세기 산업혁명을 더하"는 선군사상의 창조적 적용이 가능한 체제로까지 확대해석할 수 있지 않을까싶다.[186] 아버지 김정일 시대라면 군율 위반으로 처벌될 사건을 김정은이 군민단결의 미풍으로 재규정했다는 점에서 '낡은 선군사상 대 새로운 선군사상'의 차별화나 '선군사상의 도식적 적용 대 선군사상의 창조적 적용'의 진화형태로 의미를 부여할 수도 있을 터이다.

김영희의 「붉은 감」 또한 김정은의 군대 시찰을 통해 후계 정당성을 그린 단편이다. 2012년 8월 어느날 일선부대인 '감나무중대'에 신입대원 최명옥이 배치된다. 부대 이름이 감나무인 것은 40년 전 김일성이 방문시 기념식수한 감나무에서 유래한 별명이다. 여기서 서사 전개의 핵심은 2012년 8월의 김정은 시찰시 근무 중인 신병 최명옥이란 이

185 김성수, 「선군과 민생 사이」, 419~421면 참조.

186 관련 평으로는 황병철, 「경제강국 건설을 힘있게 추동한 우리의 소설문학」, 『문학신문』 2013.11.16, 1면; 최준희, 「특색있는 문제 설정과 위인의 형상세계-단편소설 「감사」를 읽고」, 『문학신문』 2013.12.17, 3면.

름과 동명이인으로, 1972년 3월 21일 김일성의 군부대 시찰시 중대장과 1995년 2월 김정일의 시찰 때의 중대장이 존재했다는 에피소드이다. 조부손 관계인 최고 지도자 셋의 40년에 걸친 세 번의 부대 방문 때마다 마침맞게 동명이인인 세 명의 최명옥이 근무 중이었다는 기연(奇緣)이 소개된다.

> 흔한 명옥이란 이름이 뭐가 좋다고 저럴가 싶었는데 중대장이 떨떠름해진 그에게 놀라운 사연을 들려주었다.
>
> "명옥동무, 1972년 3월 21일 위대한 수령님께서 우리 중대를 처음 찾아주시였을 때 수령님을 모시였던 중대장의 이름이 최명옥이였구 1995년 2월 중대에 찾아오신 위대한 장군님을 만나뵈온 중대장의 이름도 최명옥이였어요."[187]

김정은이 일선 부대를 순시하면서 감나무중대란 명칭의 유래를 확인하고 동명이인이 대를 이어 근무한 적이 있었다는 기연을 소개한 후 이를 할아버지 김일성과 아버지 김정일의 살아생전 부대 순시와 관련지음으로써 후계구도의 정통성을 '운명적 필연' 차원으로 형상화한다. 표면적 주제는 김정은도 부조(父祖)와 마찬가지로 인민과 병사를 믿고 사랑하는 믿음의 정치, 사랑의 정치를 펼치겠다는 포부이다.

그런데 서사의 무게중심은 후계의 운명적 필연성을 설명하는 내용만이 아니다. 기실 더욱 주목할 것은 군부대 순시라는 선군담론과 부조

187 김영희, 「붉은 감」, 『문학신문』 2013.11.16, 2~3면.

(父祖)의 권위에 편승한 후계의 필연성을 표면에 내세우되, 나어린 여군들이 청년 지도자에게 '친혈육'같은 친근함을 느껴 서로 사진 찍고 싶어한다는 에피소드를 통해 미묘하나마 차별성을 보인 사실이다. "그리워하던 친혈육을 만나는 듯 가슴이 뭉클해나시고 이름할 수 없는 기꺼움이 샘처럼 보글보글 솟구치시는 것이였다."는 표현에서 보듯이, 사회정치적 혈연관계로 맺어진 친근한 인물로 지도자 이미지를 전경화했다는 해석이 가능하다. 젊은 처녀들이 서로 사진 찍겠다고 어울릴 수 있는 편안하고 익숙한 지도자의 친밀성은 부조와 차별화된 김정은 형상의 새로움일 수 있다.[188]

림봉철의 「하모니카」에도 인민에게 친근한 선군 지도자 김정은의 이미지가 잘 드러난다. 작품은 2010년의 연평도 포격사건이 벌어졌던 서해 '열점지역[군사충돌지역]' 재도 방어중대 부중대장 부인인 리은옥의 시선으로 그려진다. 그 내용은 김정은이 2012년 8월 목선을 타고 최전연[최전선] 재도 섬초소 군부대를 불시에 시찰하고 대도 주민들을 위무한 후 은옥의 갓난아기를 안고 기념사진까지 찍었다는 것이다. 최고 지도자의 최전선 방어진지 불시 시찰은 정권 초기의 개혁 개방 분위기

188 물론 이를 두고 작위적 연출이라고 매도하거나 주체사상·주체문학론의 '사회정치적 생명체론'의 반영일 뿐이라고 해석할 수도 있다. 하지만 인민의 어버이를 표방한 김일성·김정일의 대중적 인기나 인민 접근법이 시혜적, 작위적인 데 반해, 어린애를 좋아한 김정은의 대민 접근법은 상대적으로 진정성이 없지 않다는 판단이다. 30세 청년이자 2013년생 딸 주애의 아빠이기도 한 그가 어린이, 청소년에 대할 때 친혈육 같은 감정을 느낄 것은 자연스러운 일이지, 굳이 억지연출한 감성정치적 제스처라고 무조건 매도할 일은 아니라고 본다. 윤일건, 「北 김정은, 김일성 못지않은 '어린이 사랑'」, 연합뉴스. 2012/11/08 10:56. (http://www.yonhapnews.co.kr/bulletin/2012/11/08/0200000000AKR20121108083900014.HTML) 참조.

로 자칫 해이해질지도 모를 선군 메시지를 재차 다지는 것으로 해석되며, 재도 주민들을 만나고 아기를 안은 사진은 인민들과의 친근함을 과시하는 민생 이미지 연출로 풀이된다.

이 소설은 원래 2012년 8월의 실제 사실을 취재한 것이다. 김정은의 서남 최전선 섬 방어진지 전격 방문이 조선중앙통신을 통해 조선중앙TV와 노동신문에 보도되고 며칠 후부터 시편으로 창작되었던 것이 일정 기간이 지나자 비로소 소설로 창작된 셈이다. 당시 보도자료에 의하면 김정은이 서남전선 최남단의 최대 열점 지역, 즉 연평도 포격사건이 벌어졌던 장재도와 무도 방어대를 시찰하고 쌍안경과 자동보총, 기관총을 선물했으며 군인 및 가족들과 기념사진을 찍었다고 한다.[189] 2012년 8월 18일 호위함정도 없이 27마력의 작은 목선을 타고 연평도와 불과 9km 떨어져 있는 섬을 사전예고 없이 현지지도하였다. 최고지도자의 안녕을 최우선시하는 북한의 특수성을 감안하면 매우 이례적이라 할 수 있다.

---

189 윤일건, 「北 김정은, 연평도 포격한 부대 시찰」, 연합뉴스 2012.8.18. (http://news.hankooki.com/lpage/politics/201208/h2012081807374621000.htm)

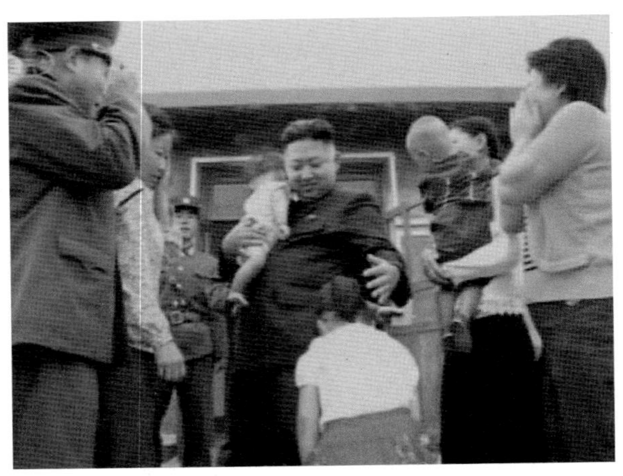

위 언론보도 며칠 후 김일성 사망 때부터 수령 추모시를 도맡아 썼던 김만영의 시가 나왔다.

불과 불이 튀고 / 핵과 핵이 맞부딪칠 듯한 / 최전장 / 다치면 터질 듯 / 공기마저 달아오른 서남전선 / 최남단의 열점지역으로 / 한 척의 작은 목선을 타시고 / 해풍에 옷자락 날리시던 그 모습 / 눈동자 반짝이는 / 섬마을아이의 귀여운 두 볼을 / 다독여주시던 그 모습 //

김정은 원수의 노래로 세상을 / 들썩이며 / 8월을 넘어 더 높은 언덕에 / 조선은 올라서리라![190]

『로동신문』에 실린 위 정론시에서 전쟁 담론이 주된 이미지로 묘사

190 김만영, 「조선의 8월은 웨친다」, 『로동신문』 2012.8.31, 8면.

된 지도자 형상이, 『문학신문』의 다른 서정시들에서는 부조 권위에 편승한 군 통수권자 이미지나 어린애들한테까지 친근한 청년 지도자의 이미지로 변형되기도 한다. 즉, "작은 배를 타시고 그이 / 서해의 최대열점지역을 또 다시 찾으시던 날 (중략) 항일의 빨치산 김대장 모습이였던가 / 초도의 풍랑을 맞받아 병사들을 찾아가시던 / 그날의 우리 장군님 모습이였던가"[191]에서는 김일성, 김정일과 동일시된다. 다른 시편들, 가령 "그이는 / 최대열점 섬초소에서 / 병사들과 다정히 이야기를 나누시며 / 환히 웃으시는 분 / 유치원 아이들 능금볼을 다독여주시며 / 해님같이 웃으시는 분"[192]이나 "서남전선의 최남단 최대열점지역 / 바로 그곳에서 / 우리의 원수님께선 / 갓난아기를 품에 안으시고 / 태양처럼 환하게 웃으시였다"[193]에서는 미래를 창조하는 청년 지도자 이미지를 드러낸다.

이들 시 작품의 예에서도 방증되듯이, 림봉철 소설 「하모니카」에서는 청년 지도자의 안보와 민생 능력을 한껏 보여준다. 최전선 시찰을 통한 군 통수권과 군인 가족의 민생 투어를 통해 강력한 선군 지도자 겸 인민에게 친근한 젊은 지도자란 이미지 구축에 일조하는 것이다. 지도자의 현지지도 사실이 언론 기사와 사진, 텔레비전 영상으로 보이고 그 사건이 곧바로 발 빠르게 선전물 시로 나온 다음, 마침내 일정한 내러티브를 갖춘 소설로까지 장면화된 것이다.

---

191 박현철, 「한 해」, 『조선문학』 2013.4, 29면.

192 김석주, 「령장의 한해」, 『문학신문』 2013.4.25, 3면.

193 박성경, 「그날 그 아침」, 『문학신문』 2012.9.22, 4면.

지도자의 '최대열점 섬 방어대' 시찰이란 사건이 기사화되고 사진과 영상으로 보도되었지만 언론매체 특성상 1회적이고 여운이 그리 오래 남지 않는다. 그래서 다시 시와 소설 등 문학적 이미지로 형상화되고 그것이 일종의 정치적 신화로 정착되어 지도자의 권위가 공고화되는 메커니즘인 셈이다. 부조만큼의 전쟁 경험, 군 통수권 수행 경험이 없는 김정은으로서는 강력한 '장군형 지도자'[194]로서의 이미지 구축이 필요했을 터이다. 그래서 할아버지의 항일빨치산 이미지와 아버지의 선군장정(先軍長征) 이미지를 재연하되, 자기만의 개성을 위해 어린아이를 안고 웃는 선군 지도자의 면모를 첨가한 셈이다.

황용남의 「12월의 그이」에서는 앞에서 분석한 수령 형상의 다양한 방식이 집성되어 김정은의 보다 강력하고 인간적인 풍모가 재현된다. 이 작품은 김정일 장례식장에서 드러난 김정은의 수령 형상을 고 김대중 대통령의 부인 이희호 여사의 문상과 관련지어 흥미롭게 묘사하고 있다.[195] 그 핵심은, 권력 승계과정이 탄탄했던 1994년의 김일성 사망 때보다 2011년 말의 새 지도자 리더십이 의문시되며 따라서 북한이 붕괴될지도 모른다는 우려에 대한 적극적 해명이다.

> "지금 그들은 수령님 서거 때처럼 또다시 '붕괴설'을 떠들고 있습니다. 그때는 오판했지만 이번에는 틀림없다는 것입니다. 이번

---

194 여기서 '선군 지도자'란 바로 '장군형 지도자'을 말한다. "선군정치의 특징은 장군형 지도자의 정치방식이라는데 있다." 朴鳳瑄, 『金正日委員長의 先軍政治硏究』, 東京: 光明社, 2007, 100~107면 참조.

195 황용남, 「12월의 그이」, 『조선문학』 2013.12, 23~36면.

'붕괴설'의 주요 론거로 '지도력의 부재'를 운운하고 있는데 그것은 우리나라의 후계자의 령도체계가 구축되지 않은 상태에서 국상을 당한 것이 94년 서거 때와 다른 점이라는 분석으로부터 나온 것입니다."(중략)

"이 나라의 지도력이 무엇인지, 우리 제도의 불패성이 무엇인지 그들은 이번 우리의 추모행사를 통해 알게 될 것입니다. 일없습니다. 문을 열어놓읍시다. 장군님께서 이처럼 훌륭한 인민을 맡겨주고 가시였는데 두려울 것이 무엇이겠습니까."[196]

김정일의 급사와 이전처럼 상대적으로 충분한 기간 동안의 권력 승계가 이루어지지 못했다는 타자의 시선 때문에 김정은 후계가 과연 순조로울까 외부의 우려와 의문이 많았던 것은 엄연한 역사적 사실이다. 문제는 소설에서 이 점을 비껴가지 않았다는 점이다. 오히려 '지도력의 부재'와 체제 붕괴 우려에 대한 자신감 넘친 해명을 한다. 그 내용인즉, 타자의 시선으로 바라본 국가 지도자의 지도력은 권력과 통치권 안정을 뜻하지만 북한 특유의 국가시스템에는 또 다른 무엇인가가 있다는 해명이다. 즉 제도와 사회가 권력에만 의존해서 유지되는 것이 아니라, "제도의 기초에 혈연의 정이 깔려있고 사회의 중심에 수령, 당, 군대와 인민의 일심단결이라는 위대한 힘이 있"기에 국가 결속과 체제 유지가 더욱 가능하다는 점을 강조한다.

이에 따라 강력한 리더십의 원천이 혈연적 연대에 있음을 잘 그렸

196 황용남, 「12월의 그이」, 『조선문학』 2013.12, 27~28면.

기에 이 작품이 우수하다는 평가도 있다. 즉 "령도자로서의 수령의 위대한 풍모와 위인으로서의 인간적 풍모를 다 같이 생동하게 그려내는" 수령형상문학의 생리에 맞게, "눈물의 철학으로 김정은의 인간적 풍모의 위대성을 감명 깊이 형상할 수 있었다."고 높이 평가된 것이다.[197]

혈연에 기초한 가족 담론은 북한 주민의 민족주의적 감정을 이용하여 이데올로기적 무기로 사용되며 국가주의적 신념을 그들이 체득하게 만들었다. 지도자와 주민이 '상상의 가족(imagined family)'[198]으로 혈연관계처럼 얽혀있고 '눈물'이라는 감성체계로 통치가 이루어지는 것은, 마치 민족이 상상의 공동체인 것처럼 환상의 산물 아닐까? 그럼에도 불구하고 이러한 김정은 육성의 해명이야말로 정권 출범 2년이 지난 2013년 말에는 체제가 안정되었다는 자부심에서 나온 문학적 개가라 아니할 수 없다.

여기에 작가의 상상력이 더해져 소설은 '리희호 녀사의 조문 전말기'를 철저히 자기중심적인 수령론으로 견강부회하기까지 한다. 남한의 '리희호 녀사'와 수행원인 '박수원, 림동훈'[199] 등이, 문상을 교묘하게 방해한 '리명박 정부'를 비난하고 북한 지도부, 특히 지도자 김정은에게 매우 송구스러워했다는 허구적 설정이다. 작가는 이런 가상 상황 묘

---

197 고철훈, 「위인이 지닌 인간적 풍모의 위대성에 대한 빛나는 형상」, 『조선문학』 2014.2, 30~31면.

198 Kim, Suk-Young, *Illusive Utopia: Theater, Film, and Everyday Performance in North Korea (Theater: Theory/Text/Performance)*, University of Michigan Press, 2010, p.17 참조.

199 작중 인물 '박수원'은 박지원 전 문화부장관을, '림동훈'은 임동원 전 국정원장을 가상 인물로 설정한 것으로 추정된다.

사를 통해 과거의 김대중·노무현 정부와 현재의 이명박·박근혜 정부를 화해 대 긴장, 평화 대 전쟁, 환희 대 공포의 도식적 대립구도로 서사를 구성한다. 남남갈등을 조장하는 그런 도식을 완화하는 장치가 김정은의 인간적 면모를 보여줬다는 할머니 에피소드이다. 서울로 돌아온 이희호 여사의 회상을 통해 평양 문상 당시 김정은이 자기를 할머니라 불러준 데 감격해한다는 독백이다.

> "마침내 머리를 든 리희호는 자기를 할머니라 불러주신 그 젊으신 부위원장님의 름름한 안광에도 맑은 눈물이 맺혀있는 것을 보았다. (중략) 이런 분을 또 다시 령수로 모심은 이북동포들의 행운이랄 수밖에 어찌 달리 표현할 수가 있으랴. 김정일 국방위원장님은 가시였지만 통일의 미래는 결코 멀어지지 않은 거야."[200]

김정은 당시 국방위 부위원장이 평양 금수산기념궁전에 조문 온 이희호 여사에게 "할머니!"(33면)라 불렀다는 에피소드는 장유유서의 우리네 전통에서 그리 특이하거나 어색한 설정이 아닐 수 있다. 27,8세 청년이 자기 아버지를 문상하는 80대 노인에게 할머니라 공대하는 것은 현실적 개연성이 있으니 사실적이라 하겠다. 정치 지도자로서의 탁월함과 인간적 면모의 위대함이 제대로 어울렸다는 평가도 가능하다.[201] 게다가 그의 수령 형상을 통일담론과 연결시켜 형상화한 공 때문인지

---

200 황용남, 「12월의 그이」, 『조선문학』 2013.12, 23~36면.

201 고철훈, 「위인이 지닌 인간적 풍모의 위대성에 대한 빛나는 형상」, 『조선문학』 2014.2, 31~32면.

제17차 『조선문학』 축전상까지 수상하였다.[202]

문제는 이희호에 대한 공경 장면이 실은 김정은이야말로 통일 영수로서의 통 크고 너그러운 면모까지 보여주는 '광폭정치'적 메시지 전달 장치로 기능한다는 점이다. 이런 사실은 김하늘의 「들꽃의 서정」[203]에서도 잘 드러난다. 김정은의 한없는 너그러움과 인간적 면모를 최대치로 끌어올리기 위한 예로, 탈북했다가 재입북한 여인에 대한 조건 없는 포용책을 지시했다는 에피소드를 그린 소설이다. 재입북한 여인을 조사 중인 보위부가 '조국을 배신'한 죄로 처벌을 주청한 보고서에 대하여 김정은은 "누구보다 그 허물을 가슴아파하며 하루빨리 씻어주자고 더 정을 쏟아붓는 것이 우리 당의 광폭정치요."[204]라며 처벌 대신 평양 아파트에 집까지 마련해준다는 내용[205]이다. 어느새 김정은은 아버지의 통치술 중 하나였던 '광폭정치, 인덕정치'까지 체득한 셈이다.

「12월의 그이」에서는 급기야 그가 통일 지도자로까지 치켜올려진다. 물론 4.15문학창작단 소속 수령문학 작가 황봉남의 아전인수격 상상력이긴 하지만, '김정은=통일 령수'라는 도식을 노골적으로 언표하는 것은 타자의 시선에서 볼 때 무리라는 판단이다. 허구적 이야기를

---

202 「『조선문학』 축전상 시상 결과」, 『조선문학』 2014.2, 45면.

203 김하늘, 「들꽃의 서정」, 『조선문학』 2014.1.

204 김하늘, 「들꽃의 서정」, 19면.

205 실제로 2013년 재입북한 탈북자 최계순, 박정순 등의 실화를 소재로 한 소설로 판단된다. "(평양 조선중앙통신=연합뉴스) 2013년 12월 20일 북한 고려동포회관에서 재입북한 탈북민들이 좌담회를 했다고 조선중앙통신이 보도했다." 노재현, 「탈북자 또 재입북해 기자회견… "南은 냉혹한 사회"」, 연합뉴스 2013.12.20. (http://www.yonhapnews.co.kr/bulletin/2013/12/20/0200000000AKR20131220203800014.HTML)

사실적 이야기로 보이도록 하고자 했던 소설의 노력은 성공할 수 있을까 의문이다. 「12월의 그이」에서 이희호 여사를 공대하며 평화 통일을 꿈꾼 그가, 「하모니카」에서는 연평도 포격을 일러 통일을 위한 성스러운 전투라고까지 호전성을 드러내니 앞뒤가 맞지 않는다.

김정은이 한반도 전체와 남한은커녕 북한에서조차 혁명과 건설, 통일운동의 경험이 전무하거나 일천한 청년 지도자로서 '백두혈통'이라는 대를 이은 충성 담론에 기댄 세습권력과 그 권위에 편승해 권력을 장악한 것은 부인할 수 없는 사실이다. 그가 소설에서 재입북한 탈북자에게 관용을 베풀고 남한의 80대 문상객과 60대 정객을 감동시켰다고 해서 과연 7천만 한반도 주민의 통합 대표로 추대될 것인지 회의적이라 아니할 수 없다. 다만 북한 내재적 시선에서 이 에피소드를 굳이 긍정적으로 해석한다면 선군 지도자의 강고함만큼 통일 영수로서의 통 큰 인간적 면모도 동시에 갖췄다는 메시지로 받아들일 수 있다. 이는 현실정치의 객관적 논리의 산물이라기보다는 독자인 인민의 감정에 호소하는 이미지에 정치행위를 의존한다는 점에서 일종의 '감성정치' '문화정치'[206]의 세심한 교직물로도 해석된다.

206 박주원, 「마르크스사상에서 감성의 정치 혹은 문화정치의 가능성: 욕구(Bedürfnisse) 개념의 재해석을 통하여」, 『한국정치학회보』 45-5, 한국정치학회, 2011 참조.

4. 수령형상문학에 나타난 김정은(체제)의 특징

지금까지 2012~14년도 문예지에 실린 문학작품 중 김정은의 수령형상을 주로 단편소설 중심으로 분석하였다. 그런데 이들 작품에서 생활을 현실 그대로 반영하는 사실주의, 생활 자체의 언어와 형식으로 표면적 현실 속에 숨겨진 본질까지 통찰하는 리얼리즘 미학의 성취를 찾아보기는 쉽지 않다.[207] 글쓰기에 대한 진정한 자기비판적 글쓰기, 작가의 진성성 담긴 자아성찰, 자의식이 제대로 포착되지 않기 때문이다. 그보다는 정치 지도자인 수령은 절대자이며 무갈등, 무오류의 담지자라는 '수령론'과, 체제 유지와 통치에 군대가 필수적이라는 '선군사상' 내지는 그 하위 담론인 '군민연대의 미풍'에 여전히 강박된 느낌을 지울 수 없다.

김정은 시대 1기(2012~14)의 시, 소설, 정론 등 수령형상문학을 분석한 결과 김정은의 수령형상도 부조와 마찬가지로 발 빠르게 창작되고 있음을 확인하였다. 김정은이 부조와 달리 인민대중에게 쉽게 다가가는 친근한 지도자의 애민 지도자 이미지를 형상화하는 데 성공한 것으로 보인다. 그가 애를 안고 웃는 이미지 연출은 보도사진, 텔레비전 동영상으로 시작해서 서정시, 소설로 무한반복 재생산된다. 육아원, 유치

---

207 타자의 시선으로 '리얼리즘 미학의 성취'를 외재적 준거로 삼은 것이 아니다. 현실 자체의 형식으로 현실을 진실하게 반영하는 미학적 기준은 1950년대부터 지속된 사회주의적 사실주의 미학의 기본이다. 북한 내재적 접근법으로 평가해도 과거보다 쇠락한 미적 성취에 대한 비판일 따름이다. 북한의 현 문예 담론이 과거 준거보다 쇠락, 변질되었다는 식으로 분석할 때 이러한 접근방식을 '내재적-역사주의적 비판' 방법론으로 명명할 수 있지 않을까.

원, 아동병원, 송도원국제소년단 야영소, 위성과학자거리, 과학자휴양소, 섬 방어대 등의 민생 순례를 지속적으로 나열하는 이미지들은 한마디로 '사회주의부귀영화'라는 키워드로 모아진다. 그래서 최고지도자 김정은의 "그 환하신 웃음은 / 조선의 영원한 힘 / 조선의 영원한 미래 / 조선의 영원한 번영이다"[208]는 시적 결구가 부조와 달리 정치적 허상이 아니라 현실적인 소구력과 문화정치적 위력을 발휘하게 된다.

얼핏 보면 권력 승계 전인 2011년부터 김정은을 대표하는 상징으로 정착된 '꼬마대장, 발걸음' 상징처럼 부조의 권위와 영광을 고스란히 승계하여 3대 세습을 합리화한 점도 있지만 정작 보다 중요한 사실은 따로 있다. 투쟁과 혁명, 전쟁과 건설의 연륜이나 통치 경험이 일천한 청년 지도자가 자기만의 통치스타일로 불안했던 '정권'을 안정시키고 '체제'를 유지하는 데 성공하여 '시대'를 구가할 수 있게 되었다는 점, 그 사실의 문학적 반영을 찾을 수 있다는 사실이다. 이런 맥락에서 김정은의 수령 형상 소설의 양가적인 해석이 가능함을 결론짓지 않을 수 없다.

다른 한편 「영원한 품」, 「12월의 그이」, 「하모니카」 등 일련의 수령 형상 소설 대표작을 보면 일종의 창작패턴이 확인된다. 즉 청년 지도자의 통치 행위, 그에 대한 언론매체의 공식 보도, 그 보도를 원형으로 삼은 한 시·소설 등 문학작품화, 그 텍스트에 대한 비평 등이 조직적으로 연계되는 것이다.

208 김덕선, 「원수님의 환하신 웃음」, 『조선문학』 2014.10, 43면.

가령 최봉무의 단편소설 「일곱 번째 상봉」[209]은 수령형상문학의 창작 메커니즘(mechanism)의 사례를 잘 보여준다. 작품은 2013년 김정은의 여성중대 현지지도 중, 8년 전 아버지 김정일의 현지지도 당시 황영진 병사의 연필화 에피소드를 재확인한다는 내용이다. 이를 통해 대를 이은 선군통치의 정당성[210]을 확보한다.

실제로 소설은 2005년 김정일과 황철진 병사의 연필화첩 에피소드를 모델로 한 실화소설이다. 2005년 5월 김정일의 군부대 정례 시찰 중 황철진 병사가 그린 연필화를 관심 있게 보고 화첩으로 제작, 배포하도록 지시한 적이 있었다. 황의 연필화는 『로동신문』, 『민주조선』 등에 「연필화첩 〈병사수첩〉 중에서」라는 제목으로 대대적으로 보도되었

---

209 최봉무, 「일곱번째 상봉」, 『조선문학』 2014.3, 8~16면.

210 김선일, 「병사의 재능도 소원도 꽃펴난 상봉의 세계–단편소설 「일곱번째 상봉」을 읽고」(평론), 『조선문학』 2014.10, 40~42면.

다.[211] 그 후 북한 전역에서 연필화 소묘가 유행하였다. 최봉무의 단편은 이 사실을 2013년 김정은의 군부대 시찰에서 회상한다는 내용이다.

211 리경섭, 「청년들의 교양과 사람들의 재능계발에 좋은 연필화—연필화첩 〈병사생활〉을 두고」, 『로동신문』 2005.7.10, 4면; 박철, 「활발히 벌어지는 소묘 창작활동」, 『로동신문』 2005.8.31, 1면.

김정은의 아버지 김정일은 집권 내내 연중무휴로 일선 군부대를 시찰함으로써 군부를 최우선시하는 선군정치를 상징하는 '선군장정 천만리'를 실천하였다. 그러면 김정은이 선군통치 중 '소묘바람'이란 이름의 연필화 에피소드를 8년 만에 다시 호명한 이유는 무엇일까? 아마도 마식령스키장 건설장에 군대를 건설노동자로 동원한 사실에 뭔가 의미를 부여하고자 한 것이 아닐까 한다. 아버지의 군부대 시찰과 기념사진 촬영, 세심한 칭찬 등의 실무지도를 통해 군의 사기 진작을 꾀했을 것이다. 아버지의 8년 전 방식대로 열악한 환경의 건설노동에 동원된 한 병사의 〈전화의 그날처럼〉(위 그림)을 칭찬함으로써, 멸사봉공 정신으로 스키장 건설에 매진할 동기를 부여한 셈이다. 이는 '수령형상문학 창작과 유통 메커니즘'의 좋은 사례가 된다.

이 과정을 정리하면 다음과 같다.

1단계: 실제 사실은 김정일의 군 부대 시찰(2005.5) 중 황철진 병사의 연필화를 칭찬한 사연

2단계: 『로동신문』, 『민주조선』 등 신문과 조선중앙통신의 '소묘바람' 대대적 보도 후 연필화 유행

2.5단계: 마식령스키장 건설장에서 병사들의 연필화 재유행 기사 보도 (8년 전 소환)
「마식령속도 창조자들의 투쟁과 위훈을 전하는 뜻깊은 화폭」, 『로동신문』 2014.1.19.

3단계: 최봉무의 단편소설 「일곱 번째 상봉」(2014.3)을 통한 예술적 재현

4단계: 김선일의 평론(2014.10)을 통한 정전화 논리 제공

이러한 일련의 창작과정이 '행위–보도–창작–비평–역사'라는 수령형상문학의 전형적인 창작 기제로 작동한 또 다른 예가 될 것이며, 이는 김일성, 김정일의 전례를 반복한 것이다. 마치 공장 생산과정처럼 일종의 예술 창작 매뉴얼을 가지고 시스템 창작을 수행하는 것을 자랑스러워 한다. 창작의 핵심은 독창성, 비반복성인데, 부조대의 재현과 반복을 자랑하니 문제가 없지 않다.

수령형상문학이 그렇듯이 앞에서 분석한 모든 소설 텍스트에서 김정은 캐릭터는 성격 발전을 전혀 보이지 않는다. 사건 전개에 따라 변화하고 성장하는 리얼리즘소설의 일반적인 긍정적 인물과 달리 김정은은 부조와 마찬가지로 완결된 인물이며 무오류의 위인이다. 달리 말하면 성장하지 않는 인물, 처음부터 완성된 인물형으로 설정되어 있다. 주인공 수령에 대한 어떠한 비판적 묘사나 서사적 갈등도 개입할 수 없는 무시간, 무오류성의 소우주라는 점에서, 이들 작품은 소설이라기보다는 영웅담, 위인 서사시에 가깝다.[212]

김정은이 약속한 '사회주의 락원, 사회주의 선경'이란 담론은 일종의 자기완결적 소우주라 하겠지만 환상의 유토피아를 동어반복하는 것처럼 보인다. 때문에 김일성 일대기를 장편소설 시리즈로 그리는 총서 '불멸의 력사'나 김정일 일대기 소설 시리즈인 총서 '불멸의 향도'

212 김성수, 「수령문학의 문학사적 위상–북한 문학사 서술에 나타난 〈불멸의 력사〉 총서의 성격과 관련하여」, 성신여대 인문학연구소 편, 『북한의 문화정전 총서 '불멸의 력사'를 읽는다』, 소명출판, 2009, 353면.

총서가 그러하듯이, 김정은의 수령 형상을 그린 2013년의 단편소설들도 '신화로 퇴행한 역사'[213]라는 혐의로부터 자유로울 수 없다. 심지어 김일성-김정일-김정숙을 3대 장군, 3대 위인으로 칭송하는 신화처럼 허구가 역사를 지배함으로써 다른 어떠한 해석의 여지도 허용하고 있지 않으니 문제는 자못 심각하다. 일종의 3대 세습 영웅신화가 역사를 일방적으로 규정하고 지배하기 때문이다. 신화의 지배력 속에서 역사는 끊임없이 그리로 되돌아가지 않을 수 없다.

문제는 김정은이란 캐릭터가 서른 나이에 벌써 신화 주인공이 된다는 사실이다. 그 영향력이 문학적 상상의 영역 안이라면 그리 큰 문제가 아닐 수 없지만 김정은, 또는 김정은 체제가 정권 초기부터 신성시되고 신화화되니 문제이다. 가진 것이라고는 세습 혈통뿐인 그가 별다른 혁명투쟁 경력 없이 절세 영웅과 최고 위인으로 이미지메이킹될 때 그 신화는 곧바로 화석화되거나 환멸의 대상으로 전락하지 않을까 우려된다. 2014년의 실제 현실에서 3년차에 접어든 김정은 체제가 안보와 경제 등 사회주의 건설과 혁명투쟁에서 인민들을 행복하게 만들 가시적 성과를 내지 못한다면 거꾸로 화석화된 신화가 역사를 지배하게 될지도 모르기 때문이다. 이는 문학예술 작품에서 그 또는 그의 체제가 화석화된 이미지로 형해화되어 남게 된다는 사실을 의미한다.

본론에서 살펴보았듯이 2012~13년간의 김정은 수령 형상 소설과 거기 담긴 담론을 살펴볼 때 김정은 체제의 특징은 꿈과 현실이 뒤섞여 있다. 선행 연구에서 논증했듯이 그 꿈은 야심차다. '한 손엔 총을, 다른

213 신형기, 「〈불멸의 력사〉 연구」, 『경성대학교논문집』 17-1, 1996.2, 45면.

손엔 마치와 낫을 들고'[214]란 구호처럼, 선군의 구심력과 민생의 원심력이 행복하게 공존하는 '핵무력·경제 병진'[215]을 꿈꾸는 것이다. 선군을 통해 강성국가를 이루고 민생을 통해 사회주의적 부귀영화도 누리게 하겠다는 것이다.

그러나 김정은 체제의 향후를 문학적 담론에 한정해서 전망할 때 현실은 그리 녹록치 않다. 김정은 시대 초기 문학 전체가 '경제와 핵무력' 병진노선의 문학적 반영이긴 하지만, 인민생활 향상에 실질적으로 기여할지는 여전히 회의적이다.[216] 더욱이 수령론에 강박된 수령형상문학은 그 정도가 더 심하다. 강성국가의 부귀영화든 통일 수령의 열망이든 환상과 이미지만 넘쳤지 가시적 실상과 그를 반영한 문학적 형상이 보이지 않는다면, 김정은 체제의 안정성은 여전히 회의의 대상이고 의문형으로만 남을 뿐이다.[217]

---

214 『문학신문』 2013.3.23, 1면. 서정시초의 구호.

215 김정은 체제의 핵심정책라 할 병진 슬로건은 노동신문의 노래가사로도 널리 유포되고 있다. 윤두근 작사, 전권 작곡, 〈나가자 조선아 병진 앞으로〉, 『로동신문』 2013.4.13, 행진곡조 노래 1,2,3절의 매 4행 후렴구가 "경제와 핵무력 병진 병진 앞으로"이다.

216 김성수, 「선군과 민생 사이-김정은 시대 초(2012~2013) 북한의 '사회주의 현실' 문학비판」, 437면.

217 김일성, 김정일의 일대기를 수십 편의 장편소설에 담은 총서 '불멸의 력사, 불멸의 향도'에 이어, 김정은 일대기를 그린 총서 '불멸의 려정'도 2020년부터 나오고 있다. 백남룡, 『총서 '불멸의 려정' 부흥』(장편소설), 문학예술출판사, 2020. 김정은의 '새세기 교육혁명' 영도를 그렸다는 텍스트를 구하면 후속 논의를 펼 것이다.

‘마식령속도’와 ‘사회주의적 부귀영화’
–김정은 시대 초 속도전의 문화정치[218]

1. 김정은 체제의 미시담론 분석

2014년 초, 김정일의 급사에 따라 갑작스레 출범한 김정은 정권이 만 2년을 넘겼다. 이젠 ‘정권’이 ‘체제’로 안정되었고 ‘김정은 시대’라는 담론도 어색하지 않을 정도이다. 김정은 체제의 지난 2년을 평가하는 자리를 보면 대체로 정치, 군사, 이념, 경제 등 거시적 접근법으로 분야별 체제 분석과 정책 평가에 치중하는 듯 보인다. 이에 못지않게 중요한 언어와 소통, 물밑 여론 등 북한사회의 미시 담론을 지배하는 기제를 탐구하는 데까지는 나아가지 못하고 있다. 이제 정치 이념과 언어, 정치 담론[219]뿐만 아니라 문학과 예술, 문화현상에 담긴 언어와 이념,

218 이 글은 다음 논문을 단행본에 맞게 개제 개작한 것이다. 「‘단숨에’ ‘마식령속도’로 건설한 ‘사회주의 문명국’–김정은 체제의 북한문학 담론 비판」, 『상허학보』 41집, 상허학회, 2014.6, 545~577면.

219 전미영은 김정은 체제의 정치언어가 지닌 특징은 크게 봐선 김정일의 정치언어를 계승하고 답습했지만, 미묘하게나마 김정일 시대의 지배적 언어였던 민족주의적 언어로부터 국가주의적 언어로의 변화가 감지된다고 주장한다. 전미영, 「김정은 시대의 정치언어: 상징과 담론을 통해 본 김정은의 정치」, 『북한연구학회보』 17-1, 북한연구

담론까지 분석함으로써 김정은 체제의 또 다른 면모를 미시 분석하고 그 의미를 해석할 필요가 있다. 이 글에서는 이러한 문제의식을 가지고 김정은 시대 초(2012~14년) 문학작품에 나타난 수령 형상과 주민생활상을 담론 분석한다. 작품의 주제별 개관[220]이 아니라, '마식령속도'같이 김정은 체제의 성격 일단을 언어와 이념으로 추상한 상징적 미시담론을 횡적으로 논하고자 한다.

먼저 김정은 시대 초의 문학 동향과 관련된 선행 논의부터 검토해 보자. 한 해의 문학적 성과를 정리하는 북한 비평가의 연례 보고부터 살펴보자. 『조선문학』 2012년 12월호 「위대한 추억의 해 주체101(2012)년을 보내며-편집부의 말」[221]을 보면, 「재부」(전충일), 「비날론을 사랑한다」(석남진」), 「아이적 목소리」(김혜인), 「의리」(오광천), 「꽃은 열매를 남긴다」(김경일), 「아흐레갈이」(강철), 「대지의 노래」(박종철) 등을 성과작으로 거론한다.

2013년 12월호 「편집부의 말: 2013년을 보내며」에서는 한 해 성과를 '수령형상문학 작품 창조'와 '사회주의 현실 주제'로 대별한 후, 주요 작품 목록을 제시한다. 이들은 '마식령스키장 건설장, 세포등판 개

학회, 2013.6.

220 김성수, 「김정은 시대 초의 북한문학 동향-2010~2012년 『조선문학』, 『문학신문』 분석을 중심으로」, 『민족문학사연구』 50호, 민족문학사연구소, 2012.12; 김성수, 「선군과 민생 사이-김정은 시대 초(2012-2013) 북한의 '사회주의 현실' 문학 비판」, 『민족문학사연구』 53호, 민족문학사연구소, 2013.12; 김성수, 「청년 지도자의 신화 만들기-김정은 '수령 형상 소설' 비판」, 『대동문화연구』 86집, 성균관대 대동문화연구원, 2014.6. 이 책의 1부 1, 2, 3장 참조.

221 편집부, 「편집부의 말」, 『조선문학』 2012.12, 76면.

간전투장, 청천강계단식발전소 건설장'을 비롯한 이 나라, 이 땅의 각이한 투쟁전구'에서 창작된 것이라 하여 생산과 창작을 모두 군대식 용어로 정리한다.[222] 『문학신문』 편집부에서도 2013년을 마감하면서 김정은의 수령형상을 다룬 김일수 단편소설 「불의 약속」을 성과작으로 언급한다.[223]

김정은 시대 초 문학의 성과를 정리한 이들 문건은 문예지 수록 작품을 주제별로 유형화하여 시간순으로 소개한다. 이제 김정은 정권의 지향과 주민생활상을 횡단면에서 심층 분석하기 위하여, 김정은 시대를 새롭게 열어갈 일종의 시금석이라 할 '마식령속도' 담론을 문학작품 중심으로 논의하고자 한다.[224]

문학 텍스트의 문헌 고찰과 담론 분석을 시도하되, 작품군의 내용별 주제별 시기별 개관이 아니라 작품들의 공통항을 종횡으로 가르는 패러다임 분석을 시도한다. 장르와 주제를 넘나드는 '마식령속도' 담론의 횡단면을 해부하여 그 의미망을 찾는 방식이다. 텍스트에 대한 북한 학계와 비평가, 독자의 입장에서 그것이 어떻게 읽힐까 추정하는 내재적 접근법도 중요하다. 거기에 '타자의 시선'이란 접근법으로 남한 학자의 비판적 외재적 독법도 동시에 더한다. 북한 텍스트에 대한 남한 학자의 중계와 해설이 함께 유기적으로 맞아떨어질 때 앞으로 다가올

---

222 편집부, 「2013년을 보내며」, 『조선문학』 2013.12, 78~79면.

223 문학신문 편집국, 「시대의 숨결이 맥박치도록-편집국의 말」, 『문학신문』 2013.12.30, 4면.

224 시, 수필, 정론 이외에, 2012~14년 3월까지 입수한 소설 중에서 '마식령속도' 담론을 본격화한 작품을 찾지 못했다.

통일된 민족문학사의 통합적 시각도 유의미하리라 믿기 때문이다.

2. '단숨에' 구호와 '마식령속도' 담론의 동력

북한문학에 나타난 주민생활상을 알려면 혁명전통 주제나 수령형상문학보다 '사회주의 현실 주제' 작품을 읽어야 한다. 2012~13년도 작품 중 당대를 배경으로 한 '사회주의 현실 주제' 작품을 일별하면 '인민생활 향상[민생]' 담론의 세태소설이 가장 큰 비중을 차지함을 알 수 있다. 가령 그 해의 문학적 성과를 정리하는 『조선문학』 2012년 12월호 「위대한 추억의 해 주체101(2012)년을 보내며–편집부의 말」[225]을 보자. 2012년도의 성과작으로, "희천발전소 건설장에서 단편소설 「재부」(전충일)가 나왔고 2.8비날론련합기업소에서 「비날론을 사랑한다」(석남진)가 나왔으며, 탄광, 광산들에서 「아이적 목소리」(김혜인), 「의리」(오광천), 강선땅에서 「꽃은 열매를 남긴다」(김경일), 알곡생산의 전투장인 농업전선에서 「아흐레갈이」(강철), 「대지의 노래」(박종철)들이 훌륭히 창작" 되었다고 한다.

『조선문학』 2013년 12월호 「편집부의 말: 2013년을 보내며」를 보자. 2013년에는 '농업전선 현실을 반영'한 단편으로, 「이 땅을 사랑하라」(오광천), 「시대가 주는 이름」(박동칠), 「달밤」(리룡운), 「고향의 백양나무」(리순호) 등을 든다. 실화문학 「그리움에 사는 사람들」(엄성영)이 '선

225 편집부, 「편집부의 말」, 『조선문학』 2012.12, 76면.

군시대 농업근로자'를 잘 그렸다고 한다. '인민경제 선행부문인 석탄전선'을 잘 그린 작품으로, 「샘물은 땅속에서 솟는다」(안명국), 「나는 탄부의 안해이다」(김성희), 「나의 아버지」(홍남수), 「수술」(리경명) 등을 예시한다. 이들은 '마식령스키장 건설장, 세포등판 개간전투장, 청천강계단식 발전소 건설장' 등 주요 건설장과 탄광 및 농촌을 비롯한 '이 땅의 각이한 투쟁전구'에서 창작된 '사회주의 현실 주제' 성과작으로 꼽힌다.[226]

그러나 이들 작품을 다 챙겨 읽었지만 성과작인지는 의문이다. 생활을 현실 그대로 반영하되 생활 자체의 언어와 형식으로 표면적 현실 속에 숨겨진 이면의 본질까지 꿰뚫어 통찰하는 리얼리즘 미학의 성취를 찾아보기란 쉽지 않다. 도식주의를 벗어나자는 상투적 반성 차원을 넘어선 진정한 자기비판적 글쓰기, 작가의 진정성 담긴 자아성찰, 자의식이 제대로 포착되지 않기 때문이다. 그보다는 '선군시대의 노동영웅'을 그리려는 이상에 강박된 상투적 창작과 도식화, 기록주의가 여전히 만연해 있다. 김정은 체제의 성격을 한마디로 웅변해주는 대표작을 아직은 찾기 어렵다. 김정은의 면모를 창조한 수령 형상 소설들이 「12월의 그이」[227] 등 여러 편 나왔지만 서사 구성은 여전히 김일성, 김정일 주인공의 수령형상문학의 공식에서 한 치도 벗어나지 못했다.[228]

이런 맥락에서 김정은의 면모를 수령 형상 소설같이 상투적 클리셰에 빠지기 쉬운 글쓰기에만 전적으로 의존해서 분석하지 말고 다른 방

---

226 편집부, 「2013년을 보내며」, 『조선문학』 2013.12, 78~79면.

227 황용남, 「12월의 그이」, 『조선문학』 2013.12, 23~36면.

228 김성수, 「청년 지도자의 신화 만들기–김정은 '수령 형상 소설' 비판」, 『대동문화연구』 86집, 성균관대 대동문화연구원, 2014.6.

도를 찾는 것도 한 방법일 터이다. 굳이 김정은 시대만의 새로운 언어 담론을 찾는다면, '발걸음' '모란봉악단의 창조기풍' '마식령속도'의 문학적 표현이 그에 해당된다. 그런데 '발걸음' 구호는 김정은 시대만의 새로운 문예 담론으로 규정하기에는 논란의 여지가 있고,[229] '모란봉악단의 창조기풍'도 문예 창작의 구체적 실체를 가늠하기 어렵다.[230] 보다 더 확실하게 김정은 체제 특성을 잘 보여주는 담론은 바로 '마식령속도'이다.

북한처럼 닫힌 사회체제에서 정치적 계몽은 시각적 선동에 많이 의존한다. 북한 인민대중은 당사상 교양이라는 체계적인 교육 공동체 활동을 통하여 시각적 선동의 충실한 관객이자 수용자가 된다. 영상이 주는 환상이 자신의 일상생활을 지배하도록 권한을 내준다. 예를 들어 다

---

229 "'발걸음' 담론이 김정은'만'을 지칭하거나, 일방적으로 상징하는 것이 아니라 그 시적 소구 대상이 김정일에서 김정은으로 변모했다고 해석하는 것이 논리적으로 온당하다. '발걸음, 발자국(발자욱)'의 시적 상징성은 3남 김정은으로의 권력 승계를 자연스럽게 유도하려는 고도의 담론 전략의 산물로 보는 것이 타당하다는 말이다." 김성수, 「김정은 시대 초의 북한문학 동향」, 『민족문학사연구』 50호, 민족문학사연구소, 2012.12, 493면.

230 2012년 7월 11일 저녁 8시 15분부터 '조선중앙텔레비죤 록화실황' 형식으로 방영된 모란봉악단의 공연은 하이힐과 미니스커트 차림의 여성 공연자 10명이 미국영화 〈록키〉 주제곡과 팝송 〈마이웨이〉를 연주하고, 미키 마우스와 백설공주 같은 미국 애니메이션 캐릭터가 출연한 파격적 무대를 보여주어 대내외에 선풍적인 인기를 얻었다. 김정은은 이를 두고 "인민의 구미에 맞는 민족 고유의 훌륭한 것을 창조하는 것과 함께 다른 나라의 것도 좋은 것은 대담하게 받아들여 우리의 것으로 만들어야 한다."고 강조했다고 언론은 그 의미를 전했다. 「모란봉악단이 펼쳐 보인 세계 속의 조선-열린 음악정치의 전면개화기」, 『조선신보』 2012.7.23. 하지만 '대담한 창조기풍'의 실체는 차후 다른 장르나 공연에서 더 이상 재연되거나 이론화하지 못했다. 1회성 해프닝으로 평가절하하지 않을 수 없다.

음 두 사진을 보자. 첫 번째 사진은 김정은 국방위 제1위원장이 마식령 스키장에 방문한 기념사진으로 조선중앙TV가 보도한 것이다.[231]

청년 지도자가 자신의 지시에 따라 1년 만에 속도전으로 완공된 마식령스키장의 드넓은 설원을 배경으로 환하게 웃고 있다. 지도자는 진정으로 기뻐하고 자부심 넘치게 보인다. 그는 '마식령 속도'를 성공시킨 상징적 인물이다. 더욱이 그 뒤에는 화려한 스키복을 입은 주민들이 스키를 즐기고 있다. 이 영상을 조선중앙TV를 통해 본 주민들은 평소 그들이 꿈꾸던 '사회주의 강성국가'의 일원으로 '사회주의 부귀영화'를 누리는 것처럼 환상을 진실과 동일시하게 된다.

그런데 두 번째 사진은 그들에게 보이지 않았다. 2013년 9월 20일,

---

231 북한의 김정은 국방위 제1위원장이 최근 개장한 마식령 스키장을 방문했다고, 북한 관영 조선중앙TV가 12월 31일 보도했다.(http://gdb.voanews.com/004AFFA1-6CB3-45E1-B776-4501CF9EF828_mw1024_n_s.jpg)

AP통신에 의해 촬영되어 한국 언론에 보도된 사진이기 때문이다. 마식령스키장 건설장에서 한 인민군 병사가 맨 손으로 꽤 무거워 보이는 큰 돌덩이 두 개를 등에 메고 가는 모습이다.[232]

인민군 병사는 상부 명령에 따라 건설 현장에 투입되어 무거운 돌덩어리 두 개를 등에 지고 힘겹게 산을 오르고 있다. 그가 최고사령관의 명령을 자랑스레 수행한다는 자부심으로 즐겁게 노동했을 수도 있고, 반대로 고통스럽게 소외된 노동을 하면서 자기 처지를 한탄하거나 누군가를 원망했을지도 모른다. 다만 안쓰럽다는 감정적 판단이 이성적 해석의 양가성을 압도한다.[233] 그 또한 김정은과 마찬가지로 '마식령

232 북한 마식령스키장 건설모습, 온라인 중앙일보, 2013.10.08. [AP=뉴시스] (http://pds.joins.com/news/component/htmlphoto_mmdata/201310/08/htm_2013100813514024002420.jpg)

233 김원식, 북한 '마식령 스키장 건설' 뭐가 그리 급했을까? 〈진실의길〉 사이트, 2014-01-03. (http://www.poweroftruth.net/column/mainView.php?kcat=2021&uid=40&table=

속도'를 성공시킨 선군시대의 상징적 인물일 터이다. 그렇다면 두 장의 사진은 김정은 체제의 현 상황을 상징하는 마식령 속도 담론의 양가적 특징을 잘 보여주는 사례로 심층적 분석 대상이 될 수 있다.

'마식령속도'란 무엇인가? 이는 2013년 말 개장한 마식령스키장의 빠른 건설에서 유래한 명칭으로, 김정은 체제의 새로운 사업 작풍을 상징하는 대표적 담론이라 할 수 있다. 세계적 규모의 마식령스키장 건설 공기(工期)를 "10년 세월 한해로 앞당긴"[234] 속도 담론이다. 마식령스키장은 2013년 12월 31일 개장한 세계적 규모의 스키장으로 2012년 11월 말 착공한 지 대략 1년 남짓에 완공한 것이다.

2013년 12월 31일 열린 마식령 스키장 개장식. ⓒ조선중앙TV 캡처

김정은의 문건에 따르면, '마식령속도'와 관련하여 "우리의 미더운

---

newyork&PHPSESSID=2767674f7b4ac5ed85ab321d13e61b70)

234 리경체, 「마식령 병사는 추억하리」, 『조선문학』 2013.7, 22면.

군인 건설자들은 착공의 첫 삽을 박은 때로부터 불과 1년도 못되는 사이에 천연바위들과 험한 산발들을 깎아내고 수십만㎡의 면적에 총연장길이가 십여만m나 되는 스키주로들을 닦아놓는 놀라운 성과를 이룩하였다."[235] 열 배의 건설속도와 백 배의 노력을 들인, 김정은 시대의 새로움을 상징하는 생산속도로 자부한다. 이를 두고 『로동신문』 정론은 "김정은 시대의 새로운 사회주의 건설 속도, 21세기 사회주의 강성국가 건설의 기준 속도"이며, 10년이 걸려야 하는 건설을 1년 만에 완수하게 된 동력은 '일당백 공격속도' 때문이라고 설명한다.[236]

다만 본격 논의 전에, 마식령속도의 예고편으로 추정되는 '단숨에' 구호부터 먼저 짚고 넘어가자. '단숨에, 단김에'구호는 원래 김정일 시대 말기 군가 〈단숨에〉에서 유래한 담론이다.

훈련장에 나선 병사는 단숨에란 말을 사랑해
걸음마다 그 말 울리며 펄펄 나는 용맹 키우네
산을 넘어도 단숨에 강을 건너도 단숨에
번개같이 불이 번쩍 단숨에 단숨에 단숨에 단숨에[237]

윤두근 작사, 홍영 작곡의 노래 〈단숨에〉는 2009년부터 군인들이

---

235 김정은, 「'마식령속도'를 창조하여 사회주의 건설의 모든 전선에서 새로운 전성기를 열어나가자」(호소문), 『로동신문』 2013.6.5. = 『조선신보』 2013.6.5. = 『문학신문』 2013.6.8, 1면.

236 「21세기 강성국가 건설의 새 시대를 열어나가는 보람찬 대진군」, 『로동신문』 2013.6.23.

237 〈단숨에〉(노래), 『로동신문』 2011년 6월 5일; 『로동신문』 2011년 6월 8일.

주로 부르던 군가였으나 김정일의 지시에 의해 불굴의 정신력을 상징하는 시대어가 되었다.[238] "타격목표도 단숨에, 적함 돌입도 단숨에, 번개같이 불이 번쩍 단숨에 해제낀다"는 2절 가사에서 알 수 있듯이 속도전 담론인 것이다.

군가였던 '단숨에'가 생산 현장에서 노동집약성을 독려하는 구호로 전화된 것은 2011년 6월이다. 2011년 5월 28일 김정일은 중국 방문을 마치고 돌아오는 길로 김정은과 함께 군인들이 동원된 자강도 희천발전소 건설현장을 시찰했다. 당시 김 부자는 군인들이 발전소 건설현장에 새겨넣은 '단숨에'란 구호를 보고 감동을 받은 것으로 알려졌다. 이를 계기로 『로동신문』은 6월 13일자 「단숨에」라는 글에서 "군인정신, 군인 본때가 함축된 하나의 말이 새로운 의미를 갖고 시대를 진동시키고 있다"라고 보도하였다. 정론은 "'단숨에'는 병사의 용어이며 전선의 언어다. 산을 넘어도 단숨에, 강을 건너도 단숨에, 위훈을 세워도, 승리를 떨쳐도 번개같이 불이 번쩍 단숨에 하는 것이 우리 인민군 장병의 기질이며 성격"이라고 밝혔다.[239]

김정일 사후 북한은 '단숨에'의 정신을 김정은 체제의 군인정신으로 부각하며 이 용어가 김정일 시대의 공격정신인 '혁명적 군인정신'을 계승한 것임을 강조하고 있다.[240] 2012년 이후 '단숨에!'란 슬로건을 북

---

238 차수(기자), 「백두산 혁명강군의 군가 돌격의 나팔소리로 메아리친다-희천발전소 군인건설자들이 부르는 노래 〈발걸음〉을 들으며」, 『로동신문』 2011년 6월 24일.

239 「단숨에」(정론), 『로동신문』 2011년 6월 11일.

240 윤일건, 「北 김정은 체제 새 군인정신은 '단숨에 정신'?」, 연합뉴스, 2013/01/14 11:03 (http://www.yonhapnews.co.kr/bulletin/2013/01/14/0200000000AKR20130114073400014.HTML?did=1179m)

한 사회 어디에서나 볼 수 있다. 수도 평양의 살림집 건설장들에도, 인민군대의 훈련장에도, 흥남의 가스화2계열 공사장이며 단천항 건설장에도 이 글발이 발견된다. 이것은 단순히 노동생산성을 제고하기 위한 생활 구호로 그치는 것이 아니다. 그것은 군대의 선제공격과 필승 구호를 경제 생산 현장에 일방적으로 관철시킨 용어이다.

그런데 이 구호가 유의미한 것은 군대 전투 구호나 선군으로 포장한 경제선동에만 머문 것이 아니다. 작가들도 생활과 생산 현장 곳곳에서 이 구호를 발견하고 감격해 한다. 김철이의 수필 「단숨에」에서 보듯이, 전투할 때 선제공격을 통해 한꺼번에 승리를 쟁취하자는 군대식 방식을 사회주의 건설사업 전반의 속도전 담론까지 확대 적용하려 한 것이다.

> 이를 가슴 뿌듯이 느낄 때면 내가 직접 체험했던 우리 인민군대의 '단숨에' 기상이 나래치던 2.8비날론련합기업소의 침전지 공사장이 떠오른다. 그 힘이 몇 개월이 걸려야 한다던 침전지 개건공사를 단 6일만에 성과적으로 끝내는 기적을 창조하였다. 그 나날의 '단숨에'의 공격정신과 기상이 오늘 강성부흥의 전성기가 펼쳐지는 조국땅 곳곳에서 천만군민의 투쟁을 떠밀어주는 숨결로 되었다.[241]

'단숨에, 단김에' 담론이 새로운 것은 생산 현장에서 군 전투식 선제공격으로 집중하고 속도를 내자는 선동성 때문이다. 선제공격과 빠

241 김철이, 「단숨에」, 『조선문학』 2012.4, 40~41면.

른 승리는 김정은 체제의 새로운 속도전 담론으로 진화될 여지도 없지 않았다. 문제는 '단숨에, 단김에'란 군가식 구호가 '천리마속도'나 '희천속도'처럼 구체적인 형상으로 머리 위 그림이 그려지지 않는다는 데 있다. 속도전 이미지로 통치하는 데 '단숨에, 단김에'란 구호는 그리 잘 어울리지 않는다. 일회적인 추상적 구호일 뿐 선동선전성이 보다 강한 형상적 이미지로 승화되지는 않는다. 마치 김정일 시대 말기 노동동원 슬로건인 '김철 정신'과 '희천 속도'가 함께 짝을 이루었듯이.[242] 이런 맥락에서 '단숨에' 구호와 짝을 이룰 형상적 대안이 '마식령속도'가 아닐까 짐작된다.

주지하다시피 북한에서는 사회주의체제 건설의 변곡점마다 속도전 담론을 효과적으로 활용한 바 있다. 1950년대에 '평양속도'(1958년 5개년 계획기간 중 평양시 조립주택 건설), 1960년대에 '비날론속도'(1961.4.1~5.6 흥남비날론공장 건설) 및 '강선속도'(1969년 강선 제강소 건설) 등이 그런 예이다. '속도전'이라는 담론으로 사회주의적 노동 동원을 공식화한 것은 1974년이었다. 속도전이란 1974년 2월 노동당 제5기 8차 전원회의(2.11~13)에서 채택된 사회주의 노력경쟁을 위한 공식 구호였다. 이 회의에서 "달리는 천리마에 더욱 박차를 가하여 새로운 천리마속도, 새로운 평양 속도로 질풍같이 내달아 6개년계획(1971~1976년)을 당 창건 30

242 가령 김정일 시대 말기의 『문학신문』 2011년 4월 23일자 1면을 보면 '희천 속도로, 김철의 정신으로 더 빨리'라는 구호가 박스 처리되어 있다. '김철'이란 김책제철련합기업소의 약칭으로 90년대 중반 경제 위기였던 '고난의 행군기' 때 멈췄던 제철소가 외부의 원조나 도움 없이 자력갱생으로 재가동했기에 그 동력을 일러 '김철 정신'으로 명명한 것이다. 이 때문에 김철은 주로 '주체철'로 호명된다. 김옥분 외, 「장군님과 김철의 녀성들」(시묶음), 『문학신문』 2011.1.15, 3면 참조.

주(1975.10.10)까지 조기완수할 것"을 촉구하면서 "당조직들은 대중의 지혜와 창조적 열의를 적극 발양시켜 사회주의 건설의 모든 전선에서 속도전을 힘있게 벌여 대진군 운동의 전진속도를 최대한으로 높여야 한다"고 강조했다. 또한 "어떤 사업의 집단의 전 성원들이 혁명적 열정을 높이고 일을 짜고 들어 자기의 모든 예비와 가능성을 집중적으로 동원하며 일단 시작한 일은 전격전·섬멸전으로 전개, 속도를 높이는 가장 우월한 혁명적 전투원칙"[243]이라고 설명했다.

속도전 담론은 북한의 사회주의 건설사에서 결정적인 역할을 한 바 있다. 2013년 6월 13일자 조선중앙통신 기사는 '마식령속도'를 김일성 시대의 '천리마 속도' '비날론 속도', '평양 속도' 등에 비견하였으며, 김정일 시대의 '80년대 속도', '희천 속도'에 버금가는 그를 통해 사회주의 건설의 새로운 전환이 일어날 것이라는 자평하고 있다.[244] 김정일 시대 말기의 민생 정책 드라이브 때 비날론속도를 재전유하면서 희천 속도를 호명했듯이, 김정은 시대 초기의 민생 정책 상징으로 또 다시 비날론속도와 희천속도를 호출하면서 그 후계격으로 마식령속도를 창조한 셈이다.

그렇다면 '마식령속도'의 동력은 무엇일까? 세계적 규모의 스키장 건설에서 10년 걸릴 공정을 1년 남짓에 해낸 동인은 무엇일까? 이와 관련하여 차영도 시 「마식령속도 창조자들에게 인사를 드린다!」를 보자.

243 「사설」, 『로동신문』 1974.2.18 참조.

244 「'마식령속도' 창조 투쟁은 새 시대를 여는 대진군」, 『로동신문』 2013.6.23.

가장 어려운 조건에서 / 이름 못할 힘겨운 시련과 말없이 싸우며 / 낮도 없이 밤도 없이 / 결사전을 벌리고 있는 병사들— //

그 땀 젖은 가슴 / 그 터갈린 손과 손들을 뜨겁게 부여잡고 / 젖어드는 눈굽 감춤이 없이 / 마식령속도 창조자들에게 / 인사를 드린다![245]

위 시에서 보듯이 스키장 건설에는 엄청나게 열악한 조건에서 온갖 시련을 극복하고 희생적으로 일할 조직화된 숙련 노동력이 필요했다. 더욱이 최고 지도자 김정은이 제시한 연내 완공이라는 목표 달성이 상식적으로는 불가능하므로 민간 기술자와 노동자들에게만 전적으로 의존하기보다는 군이 노동력 상당부분을 담당하지 않을 수 없다. 열악한 환경에서 변변한 최신식 건설 중장비의 전폭적인 지원과 기술 지원 없이 스키장을 빨리 건설하려면 군 인력이 동원될 수밖에 없다. 당국은 거침없는 군대식 돌격정신이 해결책이라 판단했을 것이다.

군은 "여기서 포성 없는 건설의 격전을 벌리는"[246] 중이다. 그들은 "천년 암반을 깎아내리고 / 한치한치 열어간 그 길은 / 10년 세월 한해로 앞당긴 / 결사관철의 투사들이 열어놓은 / 단숨에 격전의 돌격로!"를 만든다. 그 건설 동력은 충성심이다. "경애하는 최고사령관 김정은동지 / 단숨에 정신으로 / 화약에 불이 달린 것처럼 / 일당백 공격속도로 / '마식령속도' 창조에로"라는 데서 알 수 있듯이, 최고지도자에의

245 차영도, 「마식령속도 창조자들에게 인사를 드린다!」, 『문학신문』 2013.8.10, 1면.

246 주경, 「마식령 스키주로여!」, 『조선문학』 2013.8, 25면.

무한충성이다. 나아가 "김정일 애국주의의 숭고한 정신력 / 당이 번개를 치면 우레를 치는 / 완강한 그 정신 그 기백"이, 초인적 노동의 원동력이다.[247]

엄밀하게 말해서 스키장 건설은 군 작전이나 공병부대가 할 일은 아니다. 그런데 인민군 5사단 연인원 5만여 명이 1년 넘게 동원되어 스키장 슬로프와 삭도(리프트), 호텔 및 부대시설 등을 건설하였다. 여기서 수령에 대한 결사옹위라는 충성 담론과 군민협동체제라는 선군 담론이 군 동원을 합리화하는 기제로 작동한 셈이다.

스키장 건설에서 작가 예술가들은 무엇을 했나? 그들도 민간인 기술자, 노동자들, 그리고 인민군 병사들과 함께 현지에서 노동체험을 하였다. 현지 파견 작가들은 현장에서 노동을 함께 하며 그들을 격려하고 고무하는 예술선동을 통해 노동생산성을 제고한다. 시인 함영주, 주경, 리경체 등이 "당의 원대한 구상에 따라 위대한 전진속도를 창조하며 세계적인 창조물로 완성되여가고 있는 마식령스키장 건설장에서 현실체험"을 하였다. 이들이 군인들의 불굴의 투쟁정신과 투쟁기풍을 반영한 시 「마식령 스키주로여!」, 「병사는 추억하리」를 창작하여 군인 건설자와 인민들을 고무 추동했다는 논평이 뒤따라 나왔다.[248]

리경체 시인은 「마식령 병사는 추억하리」에서 건설노동의 고통을 고향에 두고 온 가족들에게 자랑할 추억 만들기로 전유한다.[249] 분

247 주경, 「마식령 스키주로여!」, 『조선문학』 2013.8, 25면.

248 「조선작가동맹 각 도위원회들에서」, 『문학신문』 2013.10.5, 1면.

249 리경체, 「마식령 병사는 추억하리」, 『조선문학』 2013.8, 22면.

명 "천고밀림 속에 문명국의 상징 / 스키장을"을 건설하는 것은 엄청난 희생을 동반하는 고통스런 노동인데도, "안해와 자식들에게 보여주자 / 고향집 뜰안을 꾸리듯 심은 저 나무가 / 우리 분대 동무들 심은 나무라고" 미화한다. 그 동력은 역시나 "단숨에 정신으로 '마식령속도'로 달리며"라는 마법의 담론이다.

심복실 시인 역시 「마식령바람」(시묶음)에서 '단숨에' 구호를 노동동원의 동력으로 반복한다. 하지만 「마식령바람」(시묶음)의 시편 「마식령 미남자들」에서 보듯이 정서적 환기와 압축적 리듬이 감지된다.

> 소곤소곤 / 호호깔깔 / 첫물과일 따는 과수원 처녀들 / 마식령 미남자 이야기도 무르익었네 / 그런 대장부들이라면 / 그런 일솜씨에야… //
>
> 소곤소곤… / 말들도 쉬여넘었다는 마식령을 / 병사들은 단숨에 타고 앉았대 / 그들이 진짜 사나이지 뭐 / 미남자도 '단숨에' 병사가 제일이지 / 그렇지 정말 그래 호호 하하! // (중략)
>
> 소곤소곤… / 하루에도 그 몇 번 령을 오르내리며 / 십여만 메터 주로를 닦아냈으니 / 그들의 마음은 불이 달린 화약이라지 / 그 정신 그 기백으로 달려나가면 / 분렬의 장벽 무너지고 통일이 오겠지 / 호호 하하[250]

이 시도 마식령 건설 찬가이자 선동선전노래이다. 다만 주경, 리경

250 심복실, 「마식령 미남자들」, 『조선문학』 2013.10, 77면.

체 등 대다수 현지파견 시인의 작품처럼 언론매체의 현장 중계식 보도시가 아니다. 마법 같은 '단숨에' 구호가 다른 시들처럼 단순 구호로 반복되지 않는다. 시적 구성이 도식적 기록주의에 빠지지도 않는다. 군인 건설자를 두고 "미남자도 '단숨에' 병사"라는 식으로 시적 환기를 함으로써 형상화 수준을 보다 제고한다. 과수원 처녀들이 수다 떠는 데서 마식령 건설현장을 이미지로 떠올리게 만드는 서정적 환기와 영상화를 시도한다. 그 서정성의 결말은 통일에 대한 열망으로 이어진다.[251]

건설 동력과 관련하여 현장을 취재한 작가 박혜란의 수필 「마식령의 병사들」을 보면 다음과 같은 흥미로운 구절을 주목하게 된다.

---

251 마식령스키장 건설의 동력 중 하나가 통일 담론이라면 그것이 구호 차원을 넘어선 현실적 근거가 있어야 할 터이다. 그 현실적 개연성은 금강산 관광 연계와 2018년 평창 동계올림픽의 공동 개최라 하겠다. 남한 및 외국인의 금강산 관광이 본격 재개되면 그와 연계된 패키지 관광 상품으로 원산 명사십리 해수욕장과 마식령스키장을 연결할 수 있다는 추정이 가능하다. 또한 국제 규격의 스키 슬로프 3면을 이미 완성하였고 앞으로 10개까지 추가 건설할 예정인데, 그 과정에서 2018년 평창 동계올림픽 공동 개최가 실현되면 당장 국제경기에 사용할 수 있는 급경사 선수용 슬로프가 가동될 수 있다는 추정이다.

대화봉마루에서 령밑을 내려다보면 보름 전에 와보았던 호텔의 내외부와 그 주변의 모습은 또 얼마나 많이도 달라졌는가.

내 곁에서 건설장의 모습을 부감하던 할머니가 혼자소리로 중얼거린다.

"'마식령속도'가 뭔가 했더니 바로 저런 일솜씨야."

"우리한텐 과자봉지보다 마대가 생긴 것이 더 기쁩니다. 이런 마대가 많아야 더 많은 모래와 자갈을 나를 수 있거던요."

이 '마식령속도' 창조자들의 눈에서 불꽃이 튀고 있었다. 아니, 불길이 타번지고 있었다.

이 '마식령속도' 창조자들의 일손에 불타는 적개심과 분노의 나래가 돋쳤다.[252]

민생을 상징하는 '과자봉지'보다 건설을 상징하는 '마대'를 강조하며, 인간의 기본적인 욕망을 억제하고 이토록 강도 높은 노동에 매진하게 만든 동력이 적에 대한 '적개심과 분노'라는 사실이다.[253] 물론 스키장이 완공되면 "이제 북과 남의 형제가 여기 마식령스키장으로 손잡고 달려와 삭도도 함께 타면서 한 민족된 긍지와 통일의 기쁨도 마음껏 터칠 사계절의 풍경을 눈앞에 그리니" 행복하다고 통일에의 열망과 민족

252 박혜란, 「마식령의 병사들」, 『조선문학』 2013.12, 76~77면.

253 이와 관련하여 『로동신문』은 스키장 건설의 동력은 '일당백 공격속도'로 전투식으로 건설작업을 수행했으며 그 내적 동기는 수령에 대한 충성과 적에 대한 적개심에서 나왔다고 주장한다. 즉 "마식령속도를 창조하는 것은 미국과 추종세력들의 반공화국정책을 짓부시는 투쟁"이라 규정한다. 「21세기 강성국가 건설의 새시대를 열어나가는 보람찬 대진군」, 『로동신문』 2013.6.23.

애를 표명하긴 한다.

그러나 건설 노동자, 병사의 노동 동인이 과연 민족애와 통일 열망인지는 의문이다. 그것은 표면적 메시지일 수 있다. 오히려 속내는 "우리가 이 스키주로들을 튼튼히 닦아 새 세기 사회주의 문명국가의 앞날을 하루빨리 당겨오는 것이 박근혜 괴뢰패당의 정수리를 후려치는 것이라고 생각하면 30리터들이 물배낭을 두 개씩이나 등에 져도 무겁지 않습니다."[254]라는 극도의 반남(反南)정서에 있지 않을까.

심복실의 「마식령바람」 구절처럼, "10년을 한해 안에 불같이 당겨온 / 그들이 흘린 땀을 헤아려보았던가 / 십여만 메터의 스키 주로를 닦으며 / 그들이 지여나른 흙과 돌을 계산해보았던가"고 일갈할 만큼, 10년 걸릴 공정을 단 1년 만에 해낸 그들의 피땀 어린 노고와 희생은 적지 않을 터이다. 그런데 그 동력이 "행복과 번영의 불바람속도에 / 이 세상 원쑤들은 전율하리니"라니, 문제라 아니할 수 없다. 군인 건설자, 그들은 왜 물을 마시지 않고 정상까지 60리터 물을 지고 올라가는가? 거기서 일하는 동료를 위해서 희생하는 것이라 한다.[255] 이렇게 힘든 노동을 견디게 한 숨은 동인이 타자에 대한 분노와 적에 대한 적개심이라는 불편한 진실이 드러나는 순간이다.

254 박혜란, 「마식령의 병사들」, 77면.

255 미상, 「김정은, 마식령스키장 건설장 시찰」, 中國網新聞中心 korean.china.org.cn, 2013-08-18 14:55:50 (http://korean.china.org.cn/2013-08/18/content_29752663_5.htm)

물론 스키장 건설의 동력을 분노와 적개심만으로 해석할 수는 없다. 오히려 건설 제1동인은 적과 사생결단 내자는 전투 구호보다는 수령에 대한 충성심일 것이다. 거의 종교적 경지에 이른 지도자에 대한 맹목적 충성이 (비)자발적 동원의 원동력이자 '일당백 공격속도'라는 선군식 노동까지 집약시켜 화학적 상승작용을 일으킨 것으로 풀이할 수 있겠다. 결국 스키장 건설은 새로 등장한 청년 지도자가 커다란 의욕을 보인 '군민협동체제'의 산물로 평가된다.

3. '사회주의 문명국'의 시금석, '마식령속도'의 양가성

북한사회의 역대 속도전 담론들은 '천리마 속도'부터 '희천속도'까지 모두 사회주의 기초 건설과정에서 노동력과 생산성을 최대치로 제고하려는 선동의 수단이었다. 그들 과거의 속도 담론에서는 사회간접

자본(SOC)과 식의주 문제의 생산성 제고라는 의미를 읽어낼 수 있다. 그에 반해 '마식령속도' 담론은 스키장 건설에 활용된 노동 구호에서 출발하였다.

왜 하필 스키장일까? 여기서 우리는 이런 질문을 던지지 않을 수 없다. '사회주의 강성국가'를 표방한 '사회주의 락원(선경)'을 구가하려면 일단 먹고 사는 문제부터 선결해야 할 것 아닌가 말이다. 김일성, 김정일 시대로부터 전해온 저 유명한 과제, "인민들 누구나 기와집에 살면서 비단옷 입고 쌀밥에 고깃국을 먹는 사회주의 낙원"의 구호가 여전히 담론과 이미지에 머물 뿐 일상 현실로 실현시키지 못하고 있지 않나.

여기서 김정은 또는 그의 새 체제가 꿈꾸는 '사회주의 문명국'의 성격이 드러난다. 김일성 때부터 전래된 '사회주의 락원(선경)'의 이념형이 김정은 시대 초에 구체화된 형상적 담론이 '사회주의 문명국'이라 하겠다.[256] 즉 스키장을 물놀이장이나 수족관, 승마장처럼 김정은 시대의 인민생활'향상'을 위한 여가문화의 상징으로 차별화된 의미를 찾을

256 "김정은 동지께서는 주체101(2012)년 4월 6일 조선로동당 중앙위원회 책임일군들과 하신 담화에서 교육, 보건, 문학예술, 체육을 비롯한 문화 건설의 모든 부문에서 끊임없는 혁명적전환을 일으켜 우리나라를 발전된 사회주의문명국으로 빛내여나갈데 대하여 밝혀주시였다. 그 후 경애하는 원수님께서는 주체 102(2013)년 1월 1일 신년사에서 사회주의문명국 건설에 더욱 박차를 가하여 21세기의 새로운 문명개화기를 활짝 열어놓아야 한다고 하시면서 문화 건설의 모든 부문에서 위대한 령도자 김정일 동지께서 제시하신 사상과 로선, 방침을 철저히 관철하여 교육, 보건, 문학예술, 체육, 도덕을 비롯한 모든 문화 분야를 선진적인 문명강국의 높이에 올려세워야 한다고, 거리와 마을, 조국산천을 사회주의 선경으로 꾸리고 인민들을 위한 현대적인 문화후생시설과 공원, 유원지들을 더 많이 건설하여 우리 인민들이 새시대의 문명한 생활을 마음껏 누리도록 하여야 한다고 말씀하시였다." 채희원, 원충국, 『김정은 장군과 시대어 1』, 과학백과사전출판사, 2017, 156면.

수 있지 않나싶다. 가령 김정은 집권 2년차인 2013년을 마감하는 장시 「못 잊을 2013년이여」를 보면 그 해의 성과로 '김일성종합대학 교육자 살림집, 문수물놀이장, 은하과학자거리, 옥류아동병원, 미림승마장, 마식령스키장, 세포등판 방목지' 등이 파노라마 같은 시적 이미지로 나열된다.

"그 자욱자욱 우에 / '마식령속도'의 불바람이 일어 / 억만년 잠자던 대화봉의 산발을 흔들어 깨우며 / 황홀경을 이룬 스키주로가 / 눈뿌리 아득히 뻗어가고 // (중략)

마식령스키바람 / 미림의 승마바람이 / 온 나라에 일어번지고 / 새집들이경사로 거리와 마을들이 들썩할 / 사회주의 문명국이 우리를 부른다."[257]

김정은 정권 들어서서 계속 건설되고 있는 물놀이장, 승마장, 스키장 등은 사회기반시설을 위한 토목공사나 식의주를 위한 생계형 생필품이 아니다. 인민들이 식의주등 생활의 기초 생계를 해결한 후에야 가능한 위락장이자 여가시설이다. 김정은 시대의 새로운 속도전 담론에 담긴 것은 인간다운 생활을 보다 윤택하게 영위할 수 있는 오락과 여가, 유희의 장을 마련한다는 사회적 의미를 읽어낼 수 있다. 가령 〈철령아래 사과바다〉 선전화를 보면 '마식령속도' '결사관철' '단숨에' 구호

257 주광일, 「못 잊을 2013년이여」(장시), 『문학신문』 2013.12.30, 3면.

가 보인다.[258]

이와 관련하여 '세포등판속도'란 담론도 동일한 의미망으로 묶을 수 있다. 세포지역 축산기지를 건설하는 '세포등판'개간사업[259]에서 '마식령속도'에 이은 제2의 속도전인 '세포등판속도'[260]란 담론까지 성급하게 등장하고 있다. 세포등판속도란 우리네 대관령목장 같은 대규모 유럽식 축산시설과 목초지 조성을 독려하는 생산성 제고용 담론이다.

---

258 "북한 조선노동당출판사가 선전화를 발표했다고 조선중앙통신이 21일 보도했다. 선전화에 '마식령속도'를 강조한 문구가 눈에 띈다." 연합뉴스, 2013.8.21.

259 "우리 조국이 걸어온 위대한 년대들에는 기적의 대명사도 많다. 천리마속도, 평양속도, 70일 전투, 혁명적 군인정신, 강계정신, 성강의 봉화, 희천속도… 오늘 화약에 불이 달린 것처럼, 폭풍처럼 내달리는 시대의 기상인 전설적인 '마식령속도'와 함께 세포등판에서 눈부신(하략)" 리동찬, 김철혁, 「젊어지라 복받은 대지여」(정론), 『로동신문』 2013.9.20.

260 현지보도반, 「'마식령속도'에 세포등판속도 창조로 화답하며—전국의 근로자들에게 편지를 보낸 세포등판 군인건설자들과 돌격대원들」, 『로동신문』 2013.6.18.

그 건설속도는 김윤걸, 리태식의 장시 「한껏 푸르러지라 세포등판이여」의 한 대목처럼, "남들이 수십년이 걸려도 못한다는 이 전변 / 우린 단 1년에 안아왔으니 / 2년 또 3년 후면 / 이 세포등판은 그 얼마나 몰라보게 전변될 것인가"[261]하는 식이다. 그 결과는 "철령 아랜 / 인민의 기쁨을 한껏 떠싣고 솟은 마식령 / 만복이 주렁지는 사과바다 / 양이며 젖소가 구름처럼 흐르는 푸른 등판의 바다"로 상상되는 낙농대국이다. 같은 맥락에서 가금(家禽)축산기지인 광포오리공장 찬가 「행복의 노을이 불탄다」에서는 고단백 먹거리인 가금육 생산의 역사를 장시로 노래한다.

> "아득한 세포등판에 울려퍼지는 / 대축산기지 건설의 장엄한 포성이여 / '마식령속도'로 질풍같이 내닫는 / 세포 전역의 불바람을 타고 / 사회주의조선의 축산업은 / 비약의 키를 한껏 솟구나니"[262]

〈철령 아래 사과바다〉 선전화나 세포등판, 광포오리공장 찬가라 할 장편시들은 모두 친환경적 과일과 육류, 유제품으로 인민들의 보다 나은 고급 먹거리를 생산하겠다는 의도에서 나온 선전 담론으로 풀이할 수 있다. 그 건설노동을 독려하는 선동담론은 모두 마법 같은 '마식령속도'이다. 이 역시 단순한 기초식량 해결책이라기보다는 인민들의 보다 윤택한 생활 향상을 위한 육류, 유제품 같은 고가치 식품문제를 속

---

261 김윤걸, 리태식, 「한껏 푸르러지라 세포등판이여」, 『문학신문』 2013.10.19, 1면.

262 한승히, 「행복의 노을이 불탄다」(장시), 『문학신문』 2013.10.26, 1면.

도전으로 해결하겠다는 의지의 표현으로 해석할 수 있다.

마식령과 세포등판 건설에 속도전 담론을 호명한 것은, 부조대(父祖代)의 사회주의 기초건설이라는 공동체적 가치를 넘어서서 '사회주의 문명국의 부귀영화'라는 개인적 가치도 김정은 시대에는 새롭게 부각하고 있음을 반영한다. 이와 관련하여 공화국 탄생 65주년을 기념하여 『로동신문』, 『문학신문』에 동시에 실린 서사시 「내 나라 내 조국」를 보자.[263] 시에는 북한 현대사 65년동안 조부손 3대의 대표적 치적이 3연에 걸친 시적 상징과 장대한 이미지로 나열된다. 1연에서 할아버지 김일성은 "한 세대에 두 제국주의를 때려부신 / 백전백승의 강철의 령장"이라는 투쟁 경력으로 '사회주의 조선의 시조'로 호명된다. 2연에서 아버지 김정일은 세계 사회주의진영의 붕괴에 맞서 '쪽잠에 줴기밥'을 견디며 '조국수호의 최전방'에서 '사회주의 강성국가, 선군조선'을 이룬 '불세출의 애국령장'으로 호칭된다. 3연의 김정은 형상은 어떤가?

> 원수님 사랑 하늘 끝에 닿아 / 인민의 웃음소리도 하늘 끝에 닿을 마식령 / 이 산정의 겨울은 얼마나 아름다울 것이냐 / 동해의 해돋이를 여기서 맞이하며 / 스키를 타고 산발을 날아내리는 / 행복 넘친 인민들의 그 모습

인용한 것처럼 인민의 웃음소리가 그의 시대를 대표하는 상징으로

263 조선작가동맹 시분과위(집체작), 「내 나라 내 조국」(서사시), 『로동신문』 2013.9.9, 7면. = 『문학신문』 2013.9.9, 2면.

떠오른다. 부조와 달리 손자 김정은은 혁명투쟁과 선군이 아니라 인민을 사랑하는 열정 넘친 지도자로 호명되고 '옥류아동병원, 릉라인민유원지, 마식령스키장, 철령 사과바다, 세포등판, 청천강계단식발전소' 등의 민생 이미지로 형상화된다.

같은 맥락에서 2014년 신년사에서는 '마식령속도'의 성공 덕에 은하과학자거리, 문수물놀이장과 마식령스키장 등이 건설되어 조국의 자랑스러운 모습과 인민들의 행복한 웃음소리를 보여주었다고 자부한다.[264] 아동병원, 물놀이장, 승마장, 스키장 등의 공통점은 모두 '인민의 문화정서생활에 이바지하는 대중봉사기지'[265]이다. 이들 시설은 바로 김정은 체제가 꿈꾸는 '사회주의 문명국'의 가시적 예라 할 것이다. 주옥의 시 「꿈은 얼마나 아름다운가」에서 명쾌하게 노래하듯이 마침내 꿈이 현실로 이루어진 셈이다.

나는 꿈을 즐겼다 / 소원하던 모든 것 / 희망하던 모든 것을 / 꿈에 담아 / 아름답게 고이 간직했더니 //

전설의 궁궐처럼 / 황홀한 집에서 살아봤으면 / 진주보석 령롱한 물속에서 / 헤염치며 즐겨봤으면… //

---

264 "'마식령속도'를 창조할데 대한 당의 호소를 받들고 떨쳐나선 인민군 군인들과 건설자들은 불타는 애국의 열정과 헌신적인 투쟁으로 조국해방전쟁승리기념관과 은하과학자거리, 문수물놀이장과 마식령스키장을 비롯한 많은 대상들을 짧은 기간에 로동당시대의 창조물로 훌륭히 일떠세움으로써 날을 따라 새롭게 변모되는 조국의 자랑스러운 모습을 보여주었으며 인민들의 행복의 웃음소리가 더 높이 울려퍼지게 하였습니다." 김정은, 「신년사」, 『문학신문』 2014.1.4, 1면.

265 김효심, 「메아리사격관에서」(수필), 『문학신문』 2014.3.22, 2면.

험한 령 가파로운 산들을 / 네 활개 펼치고 날아넘었으면 / 말발굽소리 쩌렁쩌렁 / 푸른 들을 달려봤으면… //

꿈은 현실로 펼쳐졌거니 / 희한한 창전거리 새집 / 웃음꽃 물에 피는 문수물놀이장 / 천리주로 단숨에 나는 마식령스키장 / 행복의 말발굽소리 울리는 미림승마구락부[266]

과연 그럴까, '마식령속도'의 문제점은 없는지 의문이다. 좋은 집에서 살면서 물놀이도 하고 스키도 타며 승마를 즐기는 생활이라면 굳이 사회주의란 수식어를 붙이지 않아도 중산층의 윤택한 삶, '부귀영화'를 누리는 것 아닌가 말이다. 마식령속도 담론을 인민의 보다 윤택한 여가생활을 상징하는 김정은 시대만의 고유한 특징으로 의미화할 때 논리적 무리는 없을까? 위 인용텍스트를 면밀하게 읽으면 시적 상상만 난무하지 정작 스키를 타는 주민의 실제 느낌이나 승마를 즐기는 구체적인 감성은 생동감 넘치게 표현되지 못하였다. 감성이 휘발된 채 레토릭만 남은 것은 아닌지 모르겠다.[267]

속도전 담론을 다른 한편 타자의 시선으로 볼 때 북한 사회체제에

---

266 주옥, 「꿈은 얼마나 아름다운가」, 『문학신문』 2014.2.16, 4면.

267 그렇다고 반북 매체의 선동처럼, "북한 마식령 스키장은 '인민들에게 사회주의 부귀영화를 마음껏 누리게 해주겠다, 사회주의 문명국을 건설한다'고는 하지만 인민들에게는 그림의 떡이고 이를 통해 외화벌이로 김정은 통치자금을 마련하겠다는 속셈!!!"이라고만 매도할 수는 없다. 김승근, 「北 마식령 스키장 '인민들에게 그림의 떡'」, 인터넷 독립신문, 2014.1.26. 19:49:15 (https://www.independent.co.kr/news/article.html?no=62930)

만연된 때늦은 속도 강박증의 낡은 산물로 평가할 수도 있다.[268] 어쩌면 남한과의 무한 체제 경쟁이 한창이던 저 1970대의 냉전적 대결구도가 빚은 속도 경쟁의 잔영일지도 모른다는 점이다. 남한의 70년대 경제개발 시대의'동양 제일' '빨리빨리'를 방불케 하는 담론 아닌가 말이다. 둘 다 서로를 적대시하면서도 목표 달성에 대한 조급증이 놀랍도록 서로 닮았다는 점에서 '적대적 공존'이나 수렴론, 평행이론의 극명한 예를 보여준다고 할 수 있다. 동일한 유형으로 속도강박증에 걸린 이유는 후진국을 탈피하고자 하는 동인·동력을 상대에 대한 무한대 적개심과 적대감에서 얻으려는 자연파괴적 개발지상주의, 토목 건설 개발론, 성장 지상주의의 상징적 산물이 아닐까 한다.

타자의 시선에서 볼 때 이러한 반 생태론적 개발주의 담론에 갇혀 있는 북한 작가들의 세계관적 한계가 뚜렷하게 확인된다. 이와 관련하여 T. 가브로우센코에 따르면 북한 선전자들은 분단 초기부터 70년대까지는 남한이 개발론, 발전론적 기준에서 근대화, 산업화가 뒤떨어졌다고 비판하다가, 남한이 더욱 발전해서 북한을 추월하자 비판의 방향을 선회하게 된다. 즉 80년대 이후 최근에는 환경 보전론, 생태주의적 기준에서 남한이 생태 파괴와 환경 오염을 불러일으킨다고 비판한다

268 이창현, 「북한 속도전의 특징과 기원에 관한 연구」, 경남대 북한대학원 석사, 2004; 차문석, 「속도전, 무리한 공기단축··실적 과대계상··안전 무시」, 『통일한국』 302, 2009 참조.

는 것이다.[269] 여전히 경쟁에서 뒤처진 북한의 '추격발전체제'[270]의 슬로건이자 담론이 바로 역사의 전환국면마다 반복되는 속도전이 아닌가 한다.

이런 맥락에서 '단숨에' 구호와 '마식령속도' 담론을 자기반성하는 듯한 소설 「푸른 강산」[271]이 나온 것은 주목할 만하다. 김정은이 김정일의 살아생전 함께 현지지도했던 중앙종묘장을 회상하며 발전소 난개발을 자기반성하는 내용이기 때문이다. 김정일 시대에는 발전소 개발 우위론에 휩쓸려 삼림 남벌이 묵인되고 그에 반대한 종묘학자가 좌천되었는데, 김정은 새 시대에는 환경보호도 강조한다는 메시지를 담고 있다. 어찌 보면 마식령스키장 개발론과 대척점처럼 모순되게 보이는 환경보호론을 담은 작품이지만, 생태계를 파괴한 개발지상주의 속도전 담론에 대한 자기비판으로 해석될 여지도 없지 않다.

문제는 그 어느 것도 올바른 방향이나 대안이 뚜렷하지 않다는 것이다. 체제 유지와 민생을 위한 선군과 개발 담론의 우위 속에서 환경보호 메시지가 얼마나 현실적 힘을 얻을 것이며, 둘을 병행하는 지혜는 없을지 그 어느 것도 김정은 체제가 나아갈 길을 확연하게 보여주지는 않는다. 여전히 체제의 공식 슬로건은 '핵무력과 경제' 병진이라는 반

269 Tatiana Gabroussenko, "From Developmentalist to Conservationist Criticism: The New Narrative of South Korea in North Korean Propaganda," *The Journal of Korean Studies* (June 2011), 16-1, Asia-Pacific Research Center (Stanford University). pp.28~31.

270 '추격발전체제'란 개념은, 장인숙, 「1970년대 북한의 추격발전체제와 대중운동노선 재정립에 관한 연구」, 이화여대 대학원 박사논문, 2010을 참조할 수 있다.

271 백보흠, 「푸른 강산」, 『문학신문』 2014.3.8, 2면.

생태적 개발주의 담론이니까 문제인 셈이다.

4. 형해화된 개발담론의 레토릭

지금까지 2012~13년도 북한 문학매체에 수록된 문학작품에 나타난 김정은 체제의 성격 일단을 '단숨에' 구호와 '마식령속도' 담론 중심으로 미시 분석하였다. 그 결과 투쟁과 혁명, 전쟁과 건설의 연륜이나 통치 경험이 일천한 청년 지도자가 자기만의 통치스타일로 불안했던 '정권'을 안정시키고 '체제'를 유지하는 데 성공하여 '시대'를 구가할 수 있게 되었다는 점, 그 사실의 문학적 반영을 읽어낼 수 있다.

하지만 다음과 같은 북한 비평가의 반성을 행간 독해하면서 타자의 시선은 여전히 냉정해질 수밖에 없다. 정권이 바뀌고 청년이 지도자인데도 문학예술에 새로움이 별반 느껴지지 않기에 그렇다. '김정은'이란 담론의 안정성을 단언하기에는 아직도 망설여지는 그 무엇이 엄존한다. 매년 반복되는 것이지만 문학매체 편집진의 자기비판이야말로 문학적 자기반성의 현주소이리라.

> "시인들과 소설가들이 주제에 편중하지 말고 혁명전통주제와 계급교양주제 작품 창작에도 낯을 돌렸으면 하는 것입니다. 그리고 자기의 얼굴들을 가진 작품들을 창작해주십시오. 구태의연한 라렬식 생활반영과 있어도 되고 없어도 무방할 주제물들, 웨침식의 생경한 시들, 개성이 없는 인물형상들, 특이한 묘사 한건 찾아볼 수

없는 작품들을 볼 때마다 우리 편집원들은 가슴이 아픕니다."[272]

문제는 마땅한 대안이 뚜렷하지 않다는 점이다. 수령과 선군 담론의 만성적 피로감은 충분히 감지되는데 출구는 마땅치 않은 셈이다. 관성적 창작과 도식주의를 늘 자기비판하면서도 여전히 "새해에도 김일성-김정일주의 기치를 높이 들고 당의 두리에 굳게 뭉쳐 주체혁명 위업, 선군혁명 위업 완성을 위해 모든 노력을 다할 것"이라 결론내리니 당문학 공식에서 한 치도 벗어날 수 없는 운명인 셈이다. 여기에 북한식 비평담론의 자기완결성이 지닌 비극이 있다.

3대 세습을 합리화한 절대권력이 호명하는 혁명이나 애국이란 무엇일까? '김정일 애국주의'란 명분으로, '당의 동행자·동조자(선동선전)' 작가라는 직무 수행을 충실히 하며 누리고자 하는 심리적 안정, 정치적 평안, 생활적 편리를 누리려는 타협의 산물 아닌가? 북한과 다른 우리 체제에서는 문학이란 불편한 진실을 응시하게 만드는 매개체 구실을 한다. 그것은 진실의 힘을 포기하지 않는 삶과 예술의 관계이기도 하다. 그래서 이명박-박근혜 정부에서 문학은 그리 행복하게 정권과 화합하지 못한다. 그런데 북한에서는 권력이 호출하는 혁명과 애국이란 미명으로, 작가라는 직업인의 직무수행을 충실히 하며 누리고자 하는 평안함이 느껴진다. 현실과 진정 치열하게 부딪치지 않은 채 독자를 감성으로만 격동케 하는 투쟁의 언어와 상투적 담론만 무성하다는 생각이다.

272 편집부, 「2013년을 보내며」, 『조선문학』 2013.12, 79면.

어느 재미 학자의 수사(修辭)처럼 사회주의 리얼리즘은 현실과는 거리가 멀지만 미래에 올 유토피아적 세계관에 대한 미신적인 구조가 있다. 비록 북한 작가들은 리얼리즘의 전통에 따르고자 하겠지만 현실 정치적 신념을 묘사하는데 최선을 더했다. 환상을 사실인 양 다루는 북한의 엄격한 선전시스템 속에서, 혁명적 현실도 포괄하고자 했던 공식적 정치 선언은 사회주의적 리얼리즘에 의해 탄생되고 발전한 유토피아적 시각에 의해 방해받을 수밖에 없다.[273] 문학이 꿈꾸는 환상은 현실에서 출발한 가상이지만 그 자체가 현실은 아니다.

본론에서 살펴보았듯이 2012~14년의 북한문학 작품과 거기 담긴 담론을 살펴볼 때 김정은 체제의 특징은 꿈과 현실이 뒤섞여 있다. 필자의 선행 연구에서 논증했듯이 그 꿈은 야심차다. '한 손엔 총을, 다른 손엔 마치와 낫을 들고'[274]란 구호처럼, 선군을 통해 강성국가를 이루고 민생을 통해 사회주의적 부귀영화도 누리게 하겠다는 것이다. 그러나 김정은 체제의 향후를 문학적 담론에 한정해서 전망할 때 미래는 그리 밝지 않다. 김정은 시대 초기 문학이 '경제와 핵무력' 병진노선의 문학적 반영이긴 하지만, 인민생활 향상에 실질적으로 기여할지는 여전히 회의적이다.[275]

이와 관련하여 김정은 체제의 현 주소를 상징하는 시금석이라 할

---

273 Kim, Suk-Young, *Illusive Utopia: Theater, Film, and Everyday Performance in North Korea (Theater: Theory/Text/Performance)*, University of Michigan Press, 2010, pp.46~47 요약.

274 『문학신문』 2013.3.23, 1면. 서정시초의 구호.

275 김성수, 「선군과 민생 사이-김정은 시대 초(2012~2013) 북한의 '사회주의 현실' 문학비판」, 437면.

'마식령속도' 담론의 전망이 그리 밝지 않다는 데 회의론의 현실적 근거가 더해진다. 2013년 12월 31일 개장해서 두어 달 남짓 스키장이 운영된 중간보고가 보이지 않으니 문제이다. 건설과정의 총력전이나 개장 이후의 장밋빛 전망이라면 당연히 그 위용과 풍광, 향유의 전 면모가 언론 보도와 시, 소설, 수필, 그림, 영상 등 문학예술작품으로 창작되었어야 하는 게 사회주의적 선전체제 특성상 자연스럽다. 그런데 2014년 1~5월에 나온 『조선문학』, 『문학신문』에는 마식령스키장의 예술적 형상이나 문학적 중간결산이 나와 있지 않다. '마식령속도'가 건설 담론만 무성했지 정작 스키장 개장 후 레저를 즐기는 인민들의 환희로 형상화된 작품은 별로 표현되지 않았다.

> 땡볕 내리쬐는 여름철이건만 / 내 마음은 눈 내리는 스키장에 있다 / 장설을 떠이고 선 마식령의 은빛 주로를 / 내 마음은 벌써 달리고 있다 //
>
> 하나와 같은 생각 / 휴가를 미룬다 / 조국 앞에 떳떳이 년간계획 넘쳐하고 / 오는 겨울엔 본때나게 / 마식령스키장을 달려보자누나 //
>
> 제철소 용해공들 / 방직공장 처녀들 / 10톤농장 젊은이들 / 혁신자편대를 무어가지고 / 사랑의 주로 우에 올라서잔다[276]

위 시에서 보듯이 2013년 여름의 상상이 2014년 연초에 실현되었

276 심복실, 「행복이 오는 길 마중가는 길」, 『조선문학』 2013.10, 77~78면.

어야 정상이 아닐까. '마식령속도'나 '세포등판속도' 또는 또 다른 대안으로 추정되는 '조선속도'까지 담론만 무성했지 정작 스키를 즐기는 인민들의 환희나 우유·치즈를 맛있게 즐기는 주민들의 식감이 언론매체에 보도되거나 문학예술작품으로 현현되지 않았다. 눈앞에 체감할 수 있는 구체적 감성이 휘발된 채 슬로건만 형해로 남아있는 형국이다. 건설과정 상의 속도 자체만 강조했지 정작 그를 향유할 인민의 여가생활 면모가 실감되지 않는다는 판단이다. 2013년 6월부터 12월까지 적잖은 문학작품과 담론에서 '단숨에' '마식령속도'를 그토록 반복했건만 정작 스키장 개장 이후 인민대중이 일상적으로 레저 스포츠를 즐기는 장면은 별로 볼 수 없다. '마식령속도'는 군대를 비전투장에 동원한 건설의 속도였지 스키를 타고 인민이 향유하는 활강의 속도가 아니었던 것이다. 그 때문인지 2014년 이후 문학에서 마식령 스키장의 속도감은 별로 형상화된 사례를 찾기 힘들다. 이 사실을 통해 우리는 김정은 체제의 향후를 불안하게 지켜볼 수밖에 없다. 그들 주체문학이 지닌 마법의 언어가 아무리 멋져도 형해화된 개발담론의 레토릭으로는 인민들이 행복을 실감하기 어렵기 때문이리라.

제2부

‘사회주의 문명국’의 욕망

: 7차 당대회(2016) 전후 김정은 시대 2기 문학

선군문학 쇠퇴와 주체문학 복귀

–당(黨)문학 전통과 7차 당대회(2016) 전후 문학[1]

1. 역사주의와 문화연구: 북한문학 연구의 자기비판

오랫동안 북한문학을 공부하다 보니 방법론적 정체성 위기를 자주 느낀다. 북한문학 연구(자) 위기론은 기실 2008년에 시작되었으니,[2] 방법론적 진전이 별반 없어 위기가 고착되고 위기의식이 만성화되었다. 북한문학 연구는 적대적 상호 무시 국면에 고착된 남북관계라는 객관적 여건과 포스트담론 중심의 학문 생태계에 연구자가 방법론적으로 발빠르게 적응하지 못한 주관적 요인이 더해져 부진을 면치 못하고 있다.

정체상태에 빠진 북한문학 연구를 진전시키려면 작품(text)을 둘러싼 당 정책, 문학사, 선집 등 정전(cannon)을 주 대상으로 삼았던 기존 범주를 넘어서야 한다. 정전 밖의 유통망, 가령 문학 출판 정황의 지형도를 그리기 위한 단행본과 정기간행물, 가령 『조선문학』·『문학신문』 같

1 이 글은 다음 논문을 단행본에 맞게 개제 개작한 것이다. 「당(黨)문학의 전통과 7차 당대회 전후의 북한문학 비판」, 『상허학보』 49, 상허학회, 2017.2, 383~415면.

2 김성수, 「불편한 진실, 북한문학 연구의 존재 증명」, 『한국근대문학의 연구방법론- 한국근대문학회 학술대회 발표논문집』, 한양대, 2008.11.

은 문예지 전체도 세밀하게 검토해야 한다.[3] 신문 잡지를 비롯한 정간물의 작품과 기사의 실시간 분석이 필요하다. 그래야 훗날의 사후적 평가 결과물인 『현대조선문학선집』과 『주체문예론』류의 이론서, 『조선문학사』류의 역사적 결정('정전화') 이전의 당대 실상을 있는 그대로 규명할 수 있다. 정간물에 실린 간행 당시의 생생한 기록과 이론서·역사서 같은 후대의 공식 담론 사이의 틈새를 찾아 그 의미를 유추하는 작업이 특히 학문적 위력을 발휘하는 장이 바로 문학장이다.

물론 텍스트의 내적 형식을 분석하고 거기 담긴 메시지를 소개하며 그 사회적 역사적 의미를 찾는 넓은 의미의 역사주의적 접근법은 여전히 유효한 연구방법이긴 하다. 다만 문화(론)연구 시각에서 반성할 점이 적지 않다. 이미 정전으로 걸러진 문학사, 선집, 전집, 교과서를 논의대상으로 한정하면, 검열로 여과된 작품만 사후적으로 분석하게 된다. 힘들여 당대 원전텍스트라 할 『문화전선』·『문학예술』·『조선문학』·『조선예술』·『문학신문』 등을 찾아본다 해도, 매체에 실린 문학작품 외의 비문학 기사, 비문자적 텍스트(광고, 그림, 악보, 목차 등)를 무시하고 작품만 읽는 것도 문제가 있다. 자칫하면 작품의 최초 게재본과 단행본, 선집, 교과서로 재간된 후대본과의 차이점을 찾아 의미를 찾는 이본고, 원전비평에 그친다. 물론 성과도 있다.[4]

---

3 김성수, 「미디어와 북한문학–『조선문학』·『문학신문』 연구 시론」, 『반교어문연구』 40집, 반교어문학회, 2015.8; 김성수, 「매체사로 다시 보는 북한문학: 『조선문학』 연구 서설」, 『현대문학의 연구』 57호, 한국문학연구학회, 2015.10.

4 남원진, 『이야기의 힘과 근대 미달의 양식』, 경진, 2011; 남원진, 「북조선 문학예술 연구의 동향과 첨언」, 『반교어문연구』 41, 반교어문학회, 2015.12; 남원진, 「북조선 정전, 그리고 문화정치적 기획(1)–'현대조선문학선집'연구서설」, 『통일인문학』 67, 건

이제 실증주의적 오류에 빠지기 쉬운 역사주의 접근의 자기비판 위에서 문학제도와 매체연구를 총체적으로 수행할 때가 되었다. 교과서와 전집 등 정전을 해체하고 그들 자료의 역사적 변모와 문화적 배경을 종횡 분석하는 문화론이 새로운 돌파구가 될 수 있다. 가령 시장논리가 작동되지 않는 비자본주의 사회주의체제에서 작가의 등단제도와 사회적 위상, 독자사회학이나 독서의 사회사[5] 같은 제도론적 접근이 가능하다. 시·소설·비평 등 문학텍스트가 개별 매체에서 어떻게 존재하는지 따져보는 콘텍스트의 매체론[6]적 접근도 성과가 적지 않다. 미디어-문학장의 틀 위에서 『조선문학』의 목차나 『문학신문』 편집 체제의 역사적 변모양상을 면밀하게 추적하면 미디어 편집의 특성과 편집진의 의도가 국가 관리 문예정책 및 제도와 어떤 상관관계를 갖고 있으며 문학의 대응 논리는 무엇인지 알 수 있다.

이런 맥락에서 본론에서는 '역사주의와 문화연구'의 상보적 효과를 가능하기 위하여 2016년 5월의 제7차 당 대회를 맞이한 김정은 시대 북한문학을 당(黨)문학론 비판이란 관점에서 조명한다. 7차 당 대회 전후 북한문학의 동향을 단지 2016년 문예매체의 텍스트 분석이란 시공간에 한정하지 않고 1~6차 당 대회의 역사적 전통이라는 70년 전체로

국대 인문학연구원, 2016.9.

5 김성수, 「사회주의 교양으로서의 독서와 문예지 독자의 위상-북한 『조선문학』 독자란의 역사적 변천과 문화정치적 함의」, 『반교어문연구』 43집, 반교어문학회, 2016.8.

6 『문화전선』·『문학예술』·『조선문학』·『문학신문』 등 북한 문예지를 전수 조사하여 미디어론과 제도론적 시각에서 보면 북한문학사를 기존 인식과는 다르게 재구성할 수 있다. 김성수, 「6·25전쟁 전후시기 북한 문예지의 문화정치학: 『문학예술』(1948.4~53.9) 연구」, 『민족문학사연구』 62, 민족문학사학회, 2016.12 참조.

확산해서 문학사적으로 맥락화하려 한다. 즉, 문학 창작·유통이 당 정책을 전달하는 수단화한 레닌적 당(黨)문학 원칙이 전일적으로 관철되는 사회주의 체제에서 역대 당 대회와 문학은 실제로 어떤 대응관계를 맺었는지 과거를 돌아보고 그 패턴 속에서 2016년의 7차 당 대회와 문학적 대응을 입체적으로 평가하겠다. 1~6차 당 대회 당시 북한문학의 당시 대응을 일목요연하게 패턴화하면 현금의 제7차 당 대회와 김정은 시대 문학의 대응이 어떤 특징을 지녔는지 알 수 있을 것이다.

2. 제1~6차 조선로동당 대회와 당(黨)문학의 대응방식

북한문학사 70 여년을 돌이켜볼 때, 김정은 시대(2011.12~) 문학을 바라보는 관점 또한 '거시 / 미시, 통시 / 공시'적 접근법을 통합한 입체적 시각을 요구한다. 1980년 6차 당 대회 이후 36년 만에 제7차 당 대회를 전후한 2016년 북한의 문예지를 검토 분석한 결과, 당 정책에 따라 작가들이 일사불란하게 호응하는 사회주의 / 주체문예의 자동화된 작동 시스템을 어렵지 않게 확인할 수 있다. 당 문예정책을 보고하는 사설, 권두언, 정론이나 당 대회를 맞이하는 각오를 담은 작가 결의, 구체적인 시, 소설, 평론 작품들은 대체로 단일 담화, 비슷한 콘텐츠를 이구동성으로 발화하고 있다. 즉, 집권 5년차에 접어든 3대 세습 청년 지도자에 대한 고답적인 극찬과 '만리마속도' 창조 운동, '모란봉악단의 창조기풍' 따라 배우기, '70일전투, 200일전투'라는 당 정책에 호응하여 '명작 창작'을 '폭포'처럼 쏟아내겠다는 동어반복적 메시지[7]를 무한 반복한다. 저 195,60년대 한때 엥겔스의 리얼리즘적 전형화 명제를 둘러싸고 '사회주의적 사실주의의 규율과 조선적 적용'이라는 쟁점[8]을 두고 당대 1급 작가, 비평가들이 백가쟁명했던 문학장, 학문장의 활기가 도대체 왜 이렇게까지 침체되었을까?

북한문학은 레닌적 당(黨)문학 원칙이 철저하게 관철되는 사회주의 문학이다. 동시에 주체사상에 기초한 주체문학이며 김정일 시대 때 정식화된 선군사상에 따른 선군문학이기도 하다. 북한문학의 역사가 당 문학의 역사라면 당 대회의 변모에 따라 문학사적 변모가 드러난다는 당사–문학사의 일정한 관련성을 일목요연하게 정리할 필요가 있다. 이런 전제 하에 제1~7차 당 대회와 당대 문학의 대응을 간략히 개관해보자.

제1차 당 대회(1946년 8월)는 조선노동당의 전신인 북조선노동당 대회로 개최되어 북조선노동당의 창립을 공식화했다. 제2차 당 대회(1948년 3월)는 1차 당 대회에서 제시됐던 '부강한 민주주의 국가 건설'을 재확인하고, 외세를 엄격히 배격하는 자주통일 노선을 제창했다. 이로써 분단이 사실상 공고해졌다. 북한체제 초창기라 할 이 기간동안 『조쏘문화(朝蘇文化)』(1946.6~)부터 시작하여 『문화전선(文化戰

---

7 미상, 「조선로동당 제7차대회가 열리는 올해에 천만 군민의 심장을 불타게 하는 명작 창작의 최전성기를 열어나가자」(사설), 『조선문학』 2016.3, 3면; 미상, 「만리마시대의 《산울림》 명작들이 폭포처럼 쏟아지게 하자」(사설), 『문학신문』 2016.6.4, 1면; 미상, 「당 제7차대회 결정 관철에로 천만심장을 힘있게 불러일으키는 만리마시대의 명작을 더 많이 창작하자」(사설), 『조선문학』 2016.6, 3~5면.

8 「'조선에서의 사회주의 사실주의 발생 발전'에 대한 연구회」(작가동맹에서), 『조선문학』 1956.6, 210면.

線)』(1946.7~1947.4), 『조선문학(朝鮮文學)』(1947.9~12), 『문학예술(文學藝術)』(1948.4~1953.9)을 거쳐 월간 『조선문학』(1953.10~현재)이 북한문학을 대표하는 문예지로 정착되기까지 7년간의 미디어 전장이 역동적으로 펼쳐졌다.[9]

제3차 당 대회(1956년 4월)는 6·25전쟁 후 전후 복구 건설기에 개최되어 '반종파투쟁'을 기치로 세웠다. 대회 후 1956년 8월에 '8월종파사건'이 일어나 소련파 연안파 등 김일성 반대세력의 숙청이 가해졌다. 3차 당 대회는 스탈린 사후 개인숭배 비판과 집단지도체제로 바뀐 제20차 소련 당 대회의 영향 하에 개최되었다. 이에 따라 북한도 소련의 노선 변경에 발 맞춰 집단지도체제로 전환하고 중공업에의 무리한 집중보다 민생을 위한 농업과 경공업부터 살리자는 일각의 주장이 부각되었다.

이는 빨치산 투쟁 경력을 근거로 개인숭배를 강화하고 중공업 중심의 계획경제를 앞세운 김일성 세력에게 강력한 도전이었다. 격렬한 '반종파투쟁' 결과 반대파들은 '반당, 종파'로 몰려 해외로 도피하거나 숙청당하고 김일성은 권력 기반을 더욱 강화하였다.[10] 이때부터 김일성의

9 남원진, 『이야기의 힘과 근대 미달의 양식』; 이상숙, 「『문화전선』을 통해 본 북한시학 형성기 연구」, 『한국근대문학연구』 제23호, 한국근대문학회, 2011.4; 남원진, 「북조선 시문학 연구를 위한 제언」, 『한국현대문학연구』 41, 2013.12; 남원진, 「해방기 북조선 시문학사의 재구성에 대한 연구」, 『현대문학의 연구』 54, 2014.10; 김성수, 「북한 초기 문학예술의 미디어 전장: 『문화전선』에서 『조선문학』으로」, 『상허학보』 45집, 상허문학회, 2015.10 참조.

10 이종석, 『새로 쓴 현대북한의 이해』, 역사비평사, 2000; Andrei Lankov, "Kim Takes Control: The 'Great Purge' in North Korea, 1956~1960," *Korean Studies* Vol.26, No.1, Hawai'i: University of Hawai'i, 2002 참조.

항일 빨치산 경력이 정통성의 근거가 되며, 문학장에도 보편 담론인 사회주의리얼리즘 문예론에 북한식 특수성이 덧붙여졌다.

이 시기 문학장을 보면 3차 당 대회에서 부각된 '개인숭배와 교조주의' 비판 기조가 반영되었다. '도식주의 기록주의 비판' 담론이 활성화되어 제2차 조선작가대회(1956.10) 결정서로 중간 결산되었다. 『조선문학』, 『청년문학』, 『문학신문』, 『조선어문』 등 문예지 여럿이 족출하여 미디어 지형도 풍부해졌다. 매체적 다양성과 매체간의 역할 분담 및 상호 경쟁을 통해 문학 담론도 풍성해지며 토론이 활성화되었다. 이러한 물적 토대 위에서 창작방법(미학)에 대한 세계관 우월주의와 비속사회학적 좌편향이 비판받았다. 그 대안으로 예술의 상대적 특수성을 수용하는 사회주의리얼리즘의 풍부화, 다양화가 현현되었다.[11]

문학장의 매체적 풍성함에 힘입은 탓인지 3~4차 당 대회 시기에는 창작의 백화제방과 비평의 백가쟁명 양상을 보였다. 가령 '사실주의, 비판적 사실주의, 사회주의적 사실주의'의 발생·발전론, 민족형식과 '민족적 특성'론, '도식주의 비판'론, '수정주의' 비판론, '천리마기수' 전형론, '혁명적 대작 장편' 창작방법론 등 온갖 쟁점이 다양한 문예지, 학술지를 통해 백가쟁명으로 전개되었다.[12]

제4차 당 대회(1961년 9월)는 전후 복구 건설과 사회주의적 집단농장

---

11 한설야 외, 『제2차 조선작가대회 문헌집』, 조선작가동맹출판사, 1956; 김성수, 「전후 문학의 도식주의 논쟁-1950년대 북한 비평사의 쟁점」, 김철 외 공저, 『한국 전후문학의 형성과 전개: 문학과 논리 제3호』, 태학사, 1993 참조.

12 김성수, 『북한문학비평사』, 역락출판사, 2022, '제1부 사회주의적 사실주의 비평사' 참조.

화·공업화에 성공한 북한 당국의 정치경제적 자신감이 가득했던 시기에 개최되었다. 대회에서는 공화국 '북반부에서의 사회주의 완전승리'와 '인민경제발전 7개년 계획'이 선포되었다. 제4차 당대회를 전후로, 사회주의적 경쟁을 통한 자발적 노동 동원책이었던 '천리마운동'[13]을 통해 주민들은 자기 시대의 정치경제적 발전에 대한 자신감을 갖게 되었다.[14]

이런 시대적 배경 하에 3차 당 대회 이후 5년간 역동적으로 펼쳐졌던 '사실주의 대논쟁'은 '항일혁명문학(예술) 담론'[15]과 그를 새로운 유일 전통으로 삼은 '주체문예리론의 형성' 담론으로 귀결되었다. 문학장을 풍부하게 만들었던 토론문화와 비평 논쟁은 사라지고 1960년대 중후반 '항일혁명문학(예술)'의 발견 / 발명과 '혁명(적)문학예술'의 정초 및 그 귀결점으로 '주체문예리론' 형성이라는 단일대오로 1968년 최종 정리되었다.

그렇다면 당 제4차대회가 열렸던 1961년 『조선문학』 잡지 1호에는

---

13 천리마운동은 대중의 자발적 노동동원을 끌어내는 대중운동이면서 동시에 강선제강소 노동자들처럼 '열성노동자', '핵심노동자'를 모범 삼아 모방하는 방식으로 전개되었다. 김일성, 「시, 군, 인민위원회의 당면한 몇 가지 과업에 대하여(1958.8.9)」, 『김일성저작집 12』, 조선로동당출판사, 1981, 400~402면. 정영철, 「1970년대 대중운동과 북한 사회」, 『현대북한연구』 6권 1호, 경남대, 2003 참조.

14 가령 1957년~58년 천리마운동 결과 5개년계획의 공업 총생산액을 2년 반 만에 완수했다고 하며, 1960년의 공업 총생산액은 1956년 대비 3.5배, 알곡 생산량은 1.3배 증가했다고 한다. 당력사연구소, 『조선로동당력사』, 조선로동당출판사, 2004, 290면.

15 과학원 문학연구실 편, 『항일무장투쟁과정에서 창조된 혁명적문학예술』, 과학원출판사, 1960; 현종호, 「『항일무장투쟁과정에서 창조된 혁명적문학예술』에 대하여」, 『문학신문』 1964.6.19, 2면.

어떤 작품이 당대 정세를 반영하였을까? 당시 세간에 널리 알려진 천리마작업반운동의 선구자 진응원이 쓴 수기 「첫 봉화」와 김규엽 단편소설 「소 관리공」이 대표작으로 회상된다.[16] 「소 관리공」 한 대목을 인용한다.

> 이 고상한 정신 앞에 제 집 염소를 사겠다고 짬짬이 일의 여가에 도끼자루를 깎고 그 자루를 팔 생각만 하는 춘보령감의 리기주의가 우등불의 재 모양으로 깡그리 사그라지고 만다.
>
> 내가 쉰세 해동안 일해온 것보다 그 절반밖엔 살지 않았지만 저 친군 나보다 훨씬 값지게 살고 있잖은가. 일에 대한 보람을 알고 있어. 삶의 진리를 아는 친구야. 천리마기수가 돼야 한다고 늘 말을 쌓더니 아마 저 명철이 같은 사람을 두고 말하는가부지. 그런데 대체 난 무엇을 위해 살고 있는가? 밥버러지였지, 그랬어…[17]

당시 작가들은 천리마작업반운동 선구자의 자취를 따라 산골의 군당위원장과 농장관리위원장의 마음속에도 들어가 보고 평범한 축산반원[牧夫]의 마음속도 헤쳐본다. 춘보영감이란 이기적인 노인 시점으로 본 천리마시대 모범농민인 명철이란 캐릭터를 통해 천리마기수 시대정신을 형상적으로 감지할 수 있다. 시나 소설의 미적 완결성을 해치지 않으면서 자연스레 전형을 획득하게 만드는 리얼리즘적 성취를 통해,

---

16 홍철진, 김은희, 「천리마에서 만리마에로!—『조선문학』 잡지에 비낀 당 대회의 나날들을 안아보며」(정론), 『조선문학』 2016.5, 18~19면 참조.

17 김규엽, 「소 관리공」, 『조선문학』 1961.1, 51면.

유별난 지도자 찬양이나 비문학적 정치 구호 없이도 문학적 성취가 대단했다. 이는 당 제4차대회가 열렸던 1961년이야말로 북한체제가 경제 생산성이나 정치적 안정이 고조되어 그 예술적 반영도 고양되었던 시기였음을 확인하게 한다.

제5차 당 대회(1970년 11월)에서는 당 규약이 개정되었다. 당 지도이념은 원래 마르크스레닌주의였으나 여기에 주체사상이 추가되었다. 이는 김일성 유일지도체계를 공고히 하고 당시 중국과 소련의 분쟁 속에서 북한이 자주성을 확보하기 위한 전략이었다.[18] 매체론적으로 볼 때 이 시기는 1956~67년까지의 다종다양한 문예지가 사라진 후 단일 매체가 중심이던 때였다. 따라서 다양한 문학 담론의 백가쟁명 대신 당 정책의 일방적 전달수단으로 문학이 기능하던 시기였다.

문단을 대표하는 문예지 『조선문학』 잡지는 '대고조소식'이라는 고정 표제를 달고 9년 만의 당 대회를 맞아 5개년계획의 생산실적 초과달성에 박차를 가하자는 등의 비문학 구호를 중점적으로 편집되었다. 가령 단편소설 「신념」(1970)에 그려진 ㅅ제강소 노동자들의 제1차 5개년계획의 돌격전 장면을 보면, 지도자에 대한 충성을 노동 생산성 향상으로 전화시키는 주인공의 각오를 엿볼 수 있다.[19]

---

18 홍철진, 김은희의 정론에 따르면, "이 시대는 천리마속도에 이어 새로운 천리마속도 《강선속도》의 날파람을 낳았다」, 「천리마에서 만리마에로!」, 19면.

19 ""조선로동당 제 5차대회를 혁명적 대고조로 맞이하자"는 구호와 더불어 우리 당 력사에 길이 아로새겨질 뜻 깊은 해, 1970년의 아침이 밝아왔다. (중략) 그렇다, 수령의 부름 앞에 모든 것을 바치는 오직 한길이 있을 뿐이다. 지금까지 나는 어디를 헤매며 무엇을 타산하고 있었는가." 리택진, 「신념」, 『조선문학』 1970.6, 39~46면. 홍철진, 김은희, 「천리마에서 만리마에로!」, 20면 참조.

제5차 당 대회 당시 1970년의 문학 동향은 어떠하였는가? 1950년대 말에 촉발되어 10여 년간 지속된 '천리마운동'의 결산이라 할 제5차 당 대회를 맞이하는 1970년 당시 북한 작가들은 근로자들의 혁명화, 노동계급화에 이바지할 작품을 창작하기 위하여 노력하겠다고 다짐한다. 승리자의 대회, 당 제5차대회가 열리게 된다는 소식을 듣고 전체 근로자들은 새로운 천리마속도인 '강선속도'로 '혁명적 대고조'를 더욱 세차게 일으키고 있다. 작가들도 주체사상이라는 당의 유일사상체계를 강화하기 위한 지도자의 어록과 1930년대 빨치산 투쟁 경험을 학습하여 세계관을 일체화하고 농장, 공장, 탄광에서 노동체험을 한 후 취재 내용을 기반으로 창작에 임하겠단다. 가령 소설가 하정히는 강선제강소로 파견되어 분괴압연직장 천리마기수들의 이야기를 취재한 후 다음과 같이 각오를 다진다.

> 경제 건설과 국방 건설을 병진할데 대한 우리 당 대표자회 결정을 높이 받들고 계속 혁신 계속 전진하는 강선제강소 분괴압연직장 천리마기수들의 이야기는 나에게 무한히 큰 창작적 충동을 불러 일으켜주었다. 새로운 집단적 혁신운동에 일떠선 그들의 거세찬 숨결을 자나 깨나 몸 가까이 느끼고 있다. 나에게 투지가 모자라면 그들에게서 투지를 배우고 나에게 지혜가 부족하면 그들에게서 지혜를 배워 새로운 천리마속도 '강선속도'로 강철전사들의 수령에 대한 충성심을 소설에 담아 어머니당 제5차대회에 선물로 드리겠다.[20]

20 하정히, 「정열을 배가하여」(당 대회를 앞둔 작가들의 결의), 『조선문학』 1970.2, 77면.

그런데 5차 당 대회를 앞둔 1970년의 현실은 생산력이 날로 증대했던 60년대와는 많이 달랐다. '천리마속도, 천리마작업반 쟁취운동'이라는 종래의 노동 동원과 사회주의적 경쟁에 기초한 계획경제방식으로는 195,60년대와 같은 초고속 경제 성장 / 발전을 이루지 못하게 된 것이다. 그에 따라 당국은 저성장 / 역성장에 머문 경제분야 대신 정치, 사상분야로 돌파구를 열었고 그것이 '주체사상의 유일체계화'란 주관적 의지 표명으로 현현되었다. 종래의 사회주의적 경쟁방식에 우상화된 지도자(및 지도자 집안, 이른바 '혁명가계')에 대한 충성심을 더하였다. 주체적 인간형이란 또 다른 이름의 자발적 동원책을 통해 그들을 '당의 붉은 강철전사'로 호명하고 생산 현장 동원에 박차를 가했다.

이런 맥락에서 창작을 선도하는 문예노선과 정책을 결정하는 평론가들도 4차 당 대회 때처럼 괄목할만한 경제적 성취를 통계수치 같은 객관적 자료로 자랑[21]하지 않았다 / 못했다. 대신 최고지도자에 대한 무한충성이라는 주관적 의지와 이념적 단합이라는 추상적 구호를 대폭 강화하였다.[22] 이후 1970년대 작가들은 당대 현실을 리얼하게 그리는 사회주의 현실 주제 문학보다는 '혁명(적)문학예술'로 불리는 지도자 찬가와 빨치산 투쟁 전설, 그리고 노동자 의식을 더욱 충성스런 투사로 만드는 선전물 창작에 매진하게 되었다.[23]

---

21 가령 각주 14)의 통계수치 참조.

22 장형준, 「수령의 문예전사된 임무를 다하겠다」(당 대회를 앞둔 작가들의 결의), 『조선문학』 1970.2, 77면.

23 4.15문학창작단의 집체창작으로 김일성 일대기를 수십 편의 장편소설 시리즈로 쓴 '불멸의 력사' 총서, 〈피바다〉 등의 구전 빨치산 문예를 소설, 영화, 가극 등으로 재창작, 각색하는 것이 대표적인 예라 하겠다.

제6차 당 대회(1980년 10월)에서는 당 지도이념에서 마르크스레닌주의가 삭제되고 주체사상이 유일하게 채택되었으며, 김정일이 공식적 후계자로 선포되었다. 지도자에 대한 충성 맹세가 대를 잇고 후계구도를 정당화하는 개인숭배의 선전선동이 문예 창작의 주된 목표로 정해진 것이다.

당시 1980년의 문학 동향은 어떠하였는가? 『조선문학』 1980년 1월호 목차면에서 "당 제6차대회를 승리자의 대축전으로 맞이하자!"는 슬로건을 걸고 작가들의 창작 결의를 특집으로 낸다. 단편 「빛나는 전망」, 장편 『생명수』로 이름을 드높인 변희근은 공장 배경 노동 장편소설을 기획하고 있다.[24] 토지개혁을 둘러싼 김일성 찬가를 다룬 장편소설 『새 봄』(1978)으로 이름을 날린 김규엽은 새로운 농민소설을 기획한다. 즉, 1979년 재령벌에서 갈밭을 개간하여 더 많은 새 땅을 만들고 벼농사에서 선진적인 농법을 받아들인 농민 김제원을 모델로 새로운 주체형 전형 창작을 기획한다. 소설 주인공은 선진 농법으로 풍년 수확의 비결을 널리 알리고 농촌에 학교와 병원, 도서관을 세운다. 작가는 주체시대가 바라는 새 농촌 건설을 위해 모든 힘을 다한 농민혁명가를 형상화하겠다는 구체적인 창작 설계도를 제시한다.[25]

하지만 새해 벽두의 창작 계획은 책상 앞의 탁상공론만이 아니다. 곧바로 현지파견이란 취재 및 노동체험으로 이어진다. 즉 장편소설 『생명수』를 창작하여 독자들을 기쁘게 한 소설가 변희근은 용해공들을

24 변희근, 「당 일군의 빛나는 형상을」(새해 결의), 『조선문학』 1980.1, 21면.

25 김규엽, 「조국과 혁명에 충직한 농민영웅의 형상을 창조하겠습니다(새해결의)」, 『조선문학』 1980.1, 21면.

찾아 제철소로 떠나갔고, 장편소설 『새 봄』을 내놓아 집단농장화된 농촌에서의 치열한 계급투쟁을 탁월하게 그려낸 소설가 김규엽은 펜을 벼려들고 김제원 농민이 살던 재령벌로 달려간다.[26] 아무리 유명한 스타 작가라도 제철소, 공장, 농촌, 탄광 등 생산 현장에서 노동체험을 통해 소시민적 인텔리 근성을 버리고 노동계급화, 혁명화되어야 하기 때문이다. 북에서 1940년대 말부터 시작된 작가, 예술가들의 현지파견, 하방이 7,80년대를 거치면서 제도적으로 정착된 셈이다.

매체사적으로 볼 때 1968년 이후 『조선문학』 외의 별다른 문예지가 없는데다가 그조차 1975년 1월호까지 10년간 유지했던 112쪽 분량도 80쪽으로 대폭 줄었다.[27] 독점체제와 적은 분량 탓에 주민들의 생활상을 사실적으로 반영하는 문예지 기능보다는 개인숭배로 더욱 집중된 선전지 기능이 강화된 셈이다. 여기서 핵심은 전통적인 마르크스레닌주의 이념을 담은 사회주의리얼리즘이 더 이상 현실 적합성을 띠지 못한다는 사실이다. 보편적인 '문학'이 아니라 김일성 주체사상이 오로지 관철된 '혁명(적)문학예술' 내지 '주체문예'만 문학 일반을 대체한다.

이런 당 대회 방침에 따라 원로 시인 정문향은 주체적 시문학의 이론적 기초를 쌓고 전후 복구 건설시기를 시대 배경으로 한 김일성의 지

---

26 「소설가들의 새해 창작전투가 힘있게 벌어지고 있다」(동맹소식), 『조선문학』 1980.1, 33면.

27 1979년 1월호부터 46배판 80쪽 체제가 고정된 월간 『조선문학』은 2023년에 와서야 8쪽 늘어났다. 그전까지 44년 동안 80쪽을 유지한 것이 바로 북한의 정체된 미디어 실상이다. 김일성 부자 사망이나 주체 100주년 기념, 36년 만에 열린 7차 당 대회 할 것 없이 그 어떤 잡지도 '특간호'란 명칭에 걸맞는 파격적인 편집이나 분량 변화가 없었다.

도력을 노래한 서사시를 창작할 것을 계획하였다.[28] 평론가 장형준은 주체적 문예사상과 그 구현인 당 문예정책을 더욱 폭넓고 깊이 있게 연구 학습하여 당 문예정책의 해설자, 선전자로서의 자질을 갖추도록 노력하겠다고 다짐하였다. 주체적 문예사상의 특징, 일반적인 문학예술을 주체사상으로 일원화하려는 당 정책의 정당성과 독창성을 해설하는 논문을 집필하는데 힘을 기울이겠단다.[29] 눈에 띄는 것은 당 문예정책의 해설자, 선전자로서의 자의식을 환기한 장형준의 결의가 10년 전 제5차 당 대회 당시 각오와 비슷한 틀에 담긴 판박이라는 사실이다. 단지 '혁명적문학예술' '김일성의 위대한 천재적 문예사상' 등의 과도기적인 불완전 명명[30]이 10년 후에 '주체문학예술, 주체적 문예사상'으로 정식화되었을 뿐이다.

제6차 당 대회와 관련하여 조선작가동맹도 제3차 작가대회를 개최하였다. 작가동맹의 제1차 작가대회가 1953년 10월, 제2차 작가대회가 1956년 10월에 열렸으니, 1980년 1월 7~10일의 제3차 작가대회는 근 24년 만에 열린 셈이다.[31] 대회에서 수령론과 주체문예이론이 북한문학의 공식적으로 유일한 문예사상이자 정책 노선으로 결정되었다. 이

---

28 정문향, 「주체시대의 작가 대렬에 서있는 영예를 안고」(새해결의), 『조선문학』 1980.1, 22면.

29 장형준, 「당 문예정책의 해설 선전자로서의 영예를 지니고」(새해결의), 『조선문학』 1980.1, 22면.

30 장형준, 「수령의 문예전사된 임무를 다하겠다」(당 대회를 앞둔 작가들의 결의), 『조선문학』 1970.2, 77면.

31 안함광, 「해방후 조선문학의 발전과 조선 로동당의 향도적 역할」, 『해방후 10년간의 조선문학』, 조선작가동맹출판사, 1955, 33면; 한설야 외, 『제2차 조선작가대회 문헌집』, 조선작가동맹출판사, 1956 참조.

는 당의 혁명적 문예노선을 관철하는 투쟁에서 이룩된 성과와 경험을 선전선동분야에서도 공고히 하자는 명분이다. 즉, '온 사회의 주체사상화'를 실현하는 전체 혁명의 요구에 문학 부문도 호응하겠다는 뜻이다.

제6차 당 대회를 앞둔 조선로동당 중앙위원회는 1980년 1월 8~10일 개최된 조선작가동맹 제3차대회에 보내는 축하문에서 문예정책노선을 다음과 같이 '지시'한다. "작가들은 문학에서 주체를 세우기 위한 투쟁을 힘있게 벌려 온갖 이색적인 조류의 침습을 막고 우리의 당적, 혁명적 문학의 순결성을 튼튼히 고수하였으며, 우리 문학을 철저히 우리 시대의 요구와 우리 인민의 정서에 맞고 우리 혁명에 복무하는 주체적이며 혁명적인 문학으로 확고히 발전시켜왔다"고 전제한다. 이에 따라 앞으로도, "주체적 문예사상과 당의 문예방침을 전면적으로 깊이 연구하여 자기의 확고한 신념으로 삼으며 그것을 철저히 관철하여 우리 문학에서 새로운 일대 창작적 앙양을 이룩하여야 한다."[32]고 독려한다. 작가란 창작을 통하여 인민대중을 혁명적, 공산주의적으로 교양하는 당의 문예전사들이라 규정한다. 그러기 위해서라도 빨치산투쟁기 항일혁명문학예술의 전통을 신성시하며 지도자의 사상과 정책을 무조건 추종하는 충성을 다해야 한다는 것이다.

32 조선로동당 중앙위원회, 「조선작가동맹 제3차대회 앞」(축하문), 『조선문학』 1980.2, 10~12면.

3. 제7차 당 대회 전후의 김정은 시대 당(黨)문학 비판

북한은 동구 사회주의가 몰락한 1990년대 초중반 체제 붕괴의 위기를 맞는다. 김일성 사후 '고난의 행군'으로 상징되는 심각한 식량난, 경제난 등으로 체제 붕괴 위기에 놓이자 선군정치로 돌파구를 찾았다. 그 바람에 당보다 군대 우선 정책이 시행되었다. 그로 말미암아 1980년 이후 당 대회를 개최하지 못하고 당대표자회만 몇 차례 열렸다. 2016년 5월이 되어서야 36년 만에 제7차 당 대회가 개최되었으니, 체제 붕괴 위기를 극복했음을 시사한다고 할 수 있다. 즉, 1994~98년 '고난의 행군'기 체제 붕괴 위기를 타개할 일종의 비상조치였던 선군정치가 일정한 성과를 거두어 주체사상 체제를 유지할 수 있었다는 의미이다. 게다가 최고권력자의 3대 세습까지 성공한 집권 5년차 김정은 정권으로서는, 당보다 군을 우위에 두었던 비정상적인 국방위원회 체제 대신 종래의 당 중심 국가 운영으로의 노선 변경이라는 정상화를 꾀한 것이라 할 수 있다.

제7차 당 대회(2016년 5월)에서는 주체사상이 발전한 김일성-김정일주의가 당의 지도이념으로 채택되었다. 김정일 1기(2012-16)의 경제-핵 병진노선이 정책노선으로 재확인되었으며 김정은이 조선로동당 위원장으로 공식 취임하였다.[33] 당국은 당 대회에서 '자위적 국방력 강화,

---

33 정성장, 「7차 당 대회 평가: 권력과 파워엘리트 변동의 특징」; 이수석, 「북한 지도이념의 지속성과 변화–7차 당 대회에서 나타난 '김일성–김정일주의'를 중심으로」, 『김정은 체제와 조선로동당 7차대회 평가와 과제: 현대북한연구회·한국평화연구학회 공동학술회의 발표자료집』, 동국대, 2016.5.18.

경제강국, 문명강국 건설의 사회주의 조선의 본때'를 보여줬다고 자평하였다.[34]

제7차 당 대회 전후 김정은 정권 5년차인 2016년의 문학 동향은 어떠한가? 5월 당 대회 직후 간행된 『문학신문』, 『조선문학』 사설에선 다음과 같은 창작 목표가 설정된다.

> 만리마시대의《산울림》명작을 창작하는데서 또한 중요한 것은 자강력제일주의 기치를 높이 들고 사회주의 강국 건설에 떨쳐나선 우리 군대와 인민의 생활과 투쟁을 격조높이 형상하는 것이다.[35]

> 주체혁명위업수행의 력사적 전환기에 들어선 오늘 우리나라에서는 다계단으로 변이 나고 모든 부문이 만리마의 속도로 내달리고 있지만 문학예술부문은 아직 온 사회를 혁명열, 투쟁열로 들끓게 하고 천만심장에 불을 다는 훌륭한 문학예술작품들을 많이 내놓지 못하고 있다.(중략) 우리 작가들은 만리마시대의《산울림》명작들이 폭포처럼 쏟아지며 메아리를 꽝꽝 울리게 하여야 한다.[36]

이들 사설에서 핵심어는 만리마시대, 명작 창작, 자강력제일주의,

---

34 최철룡, 「전민학습열풍은 세계를 앞서나가는 조선의 기상이다」, 『로동신문』 2016.3.14.(25217호), 2면 참조.

35 미상, 「만리마시대의《산울림》명작들이 폭포처럼 쏟아지게 하자(사설)」, 『문학신문』 2016.6.4, 1면.

36 미상, 「당 제7차대회 결정 관철에로 천만심장을 힘있게 불러일으키는 만리마시대의 명작을 더 많이 창작하자(사설)」, 『조선문학』 2016.6, 3~5면.

사회주의 강국 등이다. 2011년 말 출범한 김정은 정권이 5년차에 종래의 '사회주의 강성대국' '사회주의 대국' '사회주의 문명국'과 함께 호명해온 '사회주의 강국'이란 정치사상강국, 군사강국, 청년강국, 과학기술중시사상이라 한다. 여기서 정치사상은 주체사상과 선군사상, 군사는 선군정치, 청년은 청년지도자, 과학기술은 인공위성 발사와 핵폭탄실험 등을 지칭하는 것이다. 더욱이 그 모든 것을 미국과 남한 등 서방의 경제봉쇄와 유엔의 각종 제재조치 속에서 중국과 러시아 등 외세의 힘조차 빌지 않고 스스로 해냈다는 자신감에서 '자강력제일주의'를 외칠 수 있었다.

이러한 사회주의 강국 목표를 위한 구체적인 수단은 김정은 시대판 천리마운동의 변형태인 '만리마시대, 만리마속도 창조운동'과 그를 위한 단기적 경제선동 구호인 '70일전투, 200일전투'이라 하겠다. 만리마속도 창조운동은 김정은 시대의 새로운 대중적 영웅주의운동이다.[37] '만리마'란 예전 구호 '천리마'를 변형한 것이다. 2013년 이후 인공위성 발사와 잇단 핵실험 성공에 고무되어 이른바 '우주시대'를 맞은 자신감에서 생긴 천리마의 진화형태인 셈이다. 2015,16년에 언론에 부각되어 두 용어가 혼용되다가 2016년 7차 당 대회를 맞아 '만리마'로 정착되었다.

---

37 "그것은 또한 자강력제일주의 기치 높이 과학기술의 힘으로 경제와 문화, 우리 생활의 모든 령역에서 주체의 사회주의 강국 건설의 요구에 맞게 질적 변혁, 질적 비약을 일으키기 위한 전인민적인 자력갱생 대진군운동이며 끊임없이 새 기준과 전형을 창조하고 그것을 따라 배우고 따라 앞서며 최단기간에 당 제7차대회 결정을 최상의 수준에서 관철하기 위한 련속공격, 계속전진, 계속혁신의 사회주의경쟁운동이다」, 「만리마시대의 《산울림》 명작들이 폭포처럼 쏟아지게 하자」(사설), 『문학신문』 2016.6.4, 1면.

주체사상의 한 축인 경제 구호 '자력갱생'의 김정은식 호명인 '자강력제일주의'와 김정은 시대만의 새 특징인 우주시대라는 자신감이 천리마와 결합하여 '만리마'가 된 셈이다. 하루에 4백 킬로 달리는 말, 천리마가 동아시아 중세에 기댄 5,60년대식 상상의 산물인 데 반해 하루에 4천 킬로를 나는 '룡마(龍馬), 만리마'란 기실 대륙간탄도유도탄을 연상시키는 2010년대 상상력의 산물인 셈이다. 따라서 "천리마가 남을 따라 앞서기 위한 비약의 준마였다면 만리마는 세계를 디디고 솟구쳐 오르기 위한 과학기술 룡마이다."[38]라는 선언이 그럴듯하게 들린다. 이에 따라 "작가들은 항일유격대식으로 배낭을 메고 당 제7차대회에서 제시된 전투적 과업을 높이 받들고 만리마속도 창조의 불길 높이 사회주의 완전승리를 향하여 총공격해나가고 있는 장엄한 현실에 뛰여들어 명작 창작 전투를 힘있게 벌려야 한다."[39]고 선언한다.

하지만 만리마시대, 자강력제일주의, 사회주의 강국 등의 비문학 담론이 문학 '명작' 창작을 보장하거나 해결해주는 것은 아니다. 7차 당 대회 전후의 새로운 문학 담론이라 할 키워드는 '명작 창작, 명작 폭포'[40]일 터인데 그 실질적인 내용이 별반 없기 때문이다. 가령 "창작가,

---

38 조학철, 「만리마속도의 본질과 특징」, 『로동신문』 2017.3.21., 22면.

39 미상, 「당 제7차대회 결정 관철에로 천만심장을 힘있게 불러일으키는 만리마시대의 명작을 더 많이 창작하자(사설)」, 『조선문학』 2016.6, 4면.

40 '명작 창작, 명작 폭포' 담론의 기원은 김정은, 「시대와 혁명 발전의 요구에 맞게 주체적 문학예술의 새로운 전성기를 맞이하자–제9차 전국예술인대회에 보낸 서한」(2014.5.17)이다. 「경애하는 김정은 동지께서 제9차 전국예술인대회 참가자들에게 력사적인 서한 〈시대와 혁명발전의 요구에 맞게 주체적 문학예술의 새로운 전성기를 열어나가자〉를 보내시였다」, 『로동신문』 2014.5.17 참조.

예술인들은 경애하는 최고사령관 동지의 명령과 당 정책 결사 관철의 기풍으로 여러 가지 형식의 예술활동을 힘있게 벌려 글폭탄, 노래폭탄, 춤폭탄으로 군인과 인민들에게 힘과 용기를 북돋아주고 그들을 위훈 창조에로 추동해야 한다."[41]는 문학신문 사설은 정치구호 수준일 뿐이다. 구체적 사례나 미학적 논거가 없는 슬로건 정도로 '모란봉악단의 창조기풍'에 버금가는 새로운 창작방법을 유추해내기란 불가능하다. 그렇기에 "력사적 전환기에 들어선 오늘 우리나라에서는 다계단으로 변이 나고 모든 부문이 만리마의 속도로 내달리고 있지만, 문학예술부문은 아직 온 사회를 혁명열, 투쟁열로 들끓게 하고 천만심장에 불을 다는 훌륭한 문학예술작품들을 많이 내놓지 못하고 있"[42]는 것이다.

여기에 김정은 시대 작가, 비평가들의 고민이 있을 터이다. 7차 당 대회를 준비하는 작가들은 예전 4차 당 대회의 「소 관리공」, 5차 당 대회의 「신념」, 6차 당 대회의 『새 봄』, 『생명수』 등에 필적할 자기 시대를 대변한 이렇다 할 대표작을 내놓지 못했다. 새 청년 지도자를 맞아 '만리마시대, 우주시대, 사회주의 강국'을 선언했건만 문학은 그렇지 못한 것이다.

2016년 5월의 7차 당 대회 전후인 1월부터 10월까지 『문학신문』, 『조선문학』에 실린 당 대회와 관련된 사설, 정론, 평론 그리고 시, 소설 등 각종 문건에 실린 '명작 창작의 비결'을 나름 요약 정리하면 다음과 같을 것이다: 당 대회 결정을 관철하려면 지도자에게 충성을 다하고 당

41 미상, 「당 제7차 대회를 전례없는 명작폭포로 맞이하자」(사설), 『로동신문』 2015.12.22.
42 위의 글, 5면.

정책을 정치학습해야 한다. 책상에만 앉아있지 말고 생산 현장에 나가 노동체험을 통해 혁명화해야 한다. 사상성과 예술성을 결합시키기 위해 작가의 실력, 즉 높은 정치적 식견과 창작적 기량을 키워야 한다.

그런데 이러한 내용과 형식은 이미 1961년의 4차 당 대회부터 1970년, 1980년에도 비슷하게 펼쳐진 것을 기억한다.[43] 특히 2016년 5월의 7차 당 대회와의 연관성과 밀접하게 관련된 유의미한 대회라 할 6차 당 대회 당시 문학의 대응방식과 매우 유사한 틀을 보여준다. 당 대회 결정 관철을 위해 새롭게 각오를 다지는 작가들의 창작결의는 저 36년 전의 변희근, 김규엽의 다짐과 그리 다르지 않다. 문제는 당이나 문예총, 작가동맹 같은 문예정책 당국이나 창작을 선도하는 평론가들이 명작 창작의 구호만 요란스레 반복할 뿐 침체된 창작 수준을 돌파할 실질적인 비결이나 별다른 해법을 내놓지 못한다는 데 있다.

이와 관련하여 『조선문학』 2016년 5월호에 실린 역대 당 대회와 문학의 대응과정을 회차별로 회고한 문건의 해당 대목을 잠시 살펴보자. 홍철진, 김은희의 정론, 「천리마에서 만리마에로!」를 보면, 2016년의 당 제7차대회가 인민들을 무한히 흥분시켰고 무한히 격동시켰으며 무한한 정신력을 발휘케 했다고 한다. 여기서 핵심어는 '천리마'라는 57년 전 상징담론을 재호명한 '만리마'란 단어이다. 1961년 김일성 탄생 49돌을 맞아 제막된 천리마동상이 그해 9월 열린 당 제4차 대회를 기념

---

43 홍철진, 김은희, 「천리마에서 만리마에로!—『조선문학』 잡지에 비낀 당 대회의 나날들을 안아보며」(2016.5)라는 회상기식 정론은 7차 당 대회의 역사적 정통성을 확보하려한 의도의 산물이지만, 역으로 4~6차 당 대회와 문학 대응의 유사성을 증명하기도 한다.

한 인민의 선물이었듯이, 2016년에도 '새로운 천리마속도'인 '만리마속도'를 창조하는 '70일전투'에 매진하자는 식이다.[44]

7차 당 대회와 문학적 대응은 어찌 보면 '당 정책, 생산 독려안-문예정책-작가들의 결의-창작을 통한 생산 독려'라는 6차 당 대회의 프레임을 거의 그대로 이어받았다고 해도 과언이 아니다. 기실 국가 운영에 대한 새로운 비전이 결여된 채 초라한 경제적 성취 대신 정치사상을 중시하며 3대 세습한 새 지도자 찬양에 관심을 집중한다. 마르크스-레닌주의의 대체재로 '김일성-김정일주의'를 앞세우고 '핵무력-경제 병진'정책을 통해 현실 사회주의 붕괴와 경제난 속에서도 자력갱생으로 체제 유지에 성공한 자신감을 과시한다.

그러나 제7차 당 대회 전후의 김정은 시대 문학 동향을 보면 실질적인 새로움 없이 당문학 원칙이 고답적 기계적으로 반복 적용됨을 알 수 있다. 대표 문예지인 『조선문학』 2016년 1년치를 일별해도 매체론적 변화를 감지할 특기사항이 별반 없다. 당 대회 개최 이전에는 4월호(822호) 목차면 슬로건처럼 '당 제7차대회를 위대한 승리로!'라는 준비성 기획물이 실렸다. 당 대회 개최 당월인 5월호(823호)에는 '특간호'란 표지와 윤두근 작사, 안정호 작곡, 「영광을 드리자 위대한 우리 당에」라는 기념 악보, 권오준 축시, 「당 제7차대회에 드리는 시」, 동기춘 시, 「당 기발에 대한 생각」, 기타 역대 당 대회와 문학의 대응을 회차별로 회고한 문건이 실려 있다. 하지만 특간호란 말이 무색하게 '조선로동당 제7

44 홍철진, 김은희, 「천리마에서 만리마에로!-『조선문학』 잡지에 비낀 당 대회의 나날들을 안아보며」, 18면.

차대회 만세!' 내표지 슬로건 외엔 별로 새로운 미디어적 변화가 없다. 고답적 편집체제뿐만 아니라 내용상으로도 새롭지 않다.

다만 당 대회 개최 다음 달부터 무려 6개월간(2016년 6~11월호) 목차 제2면에 '당 제7차대회 결정 관철을 위하여'란 동일 구호가 반복된 점이 주목된다. 가령 6월호를 보면, 「당 제7차대회 결정 관철에로 천만심장을 힘있게 불러일으키는 만리마시대의 명작을 더 많이 창작하자」는 사설, 소설가 최성진의 「천만심장에 불을 다는 소설작품을」, 시인 리연희의 「명작, 력작으로 화답할 일념 안고」, 평론가 박춘택의 「벅찬 시대를 향하여」 등의 당 대회 '반향'이란 기획명칭으로 작가 결의가 모여 있다.[45]

어찌 결의뿐인가? 실제로 작가들은 생산 현장에 현지파견되어 노동체험을 하고 당 제7차대회 결정 관철을 위한 '만리마속도 창조운동'을 선전선동한다. 당 정책목표를 달성하기 위한 단기적 경제선동 구호인 '70일전투, 200일전투'가 수행되면 그 장면을 현장중계 묘사한다. 5월 당 대회 전에는 '70일전투'로 각오를 다지고 당 대회 후에는 '200일전투'로 대회 결정사항인 생산목표 초과 달성을 독려하는 선전 시, 수필, 소설을 쓴다. 가령 '200일전투'에 매진하는 탄부의 막장 노동을 독

45 "최성진: 나는 결의한다. (중략) 배낭을 메고 다계단으로 변이 나고 만리마의 속도로 내달리는 벅찬 현실로 나가겠다. 리연희: 나는 우리 작가들을 영원한 동행자라 불러준 당의 크나큰 믿음을 삶의 젖줄기로 간직하고 당 제7차대회 결정 관철에로 끓고 있는 열혈심장들에 뜨거운 불이 되고 맥동을 더해주는 명작, 력작으로 당의 호소에 화답하겠다는 것을 굳게 결의한다. 박춘택: 당의 혁명전사, 문예전사로서의 자부심을 가지고 평론으로 주체적 문예사상의 정당성을 발휘하도록 창작을 선도하고 당 방침을 관철시키도록 하겠다고 다짐한다." 「'반향'란」, 『조선문학』 2016.6, 6면.

려하는 리명의 「여기에 있다」를 보자.

> 탄전– / 여기에 있다 / 밤이나 낮이나 안전등 밝히며 / 탄–뜨거운 그 불씨를 찾아 / 땅속길 걷고 걷는 성실한 사람들 // (중략)
>
> 이 불로 행복의 창가마다에 / 더 밝고 따스한 빛을 주려 / 이 불로 사회주의 강국 건설의 전구마다에 / 더 크고 세찬 창조의 불길 지피려 / 해빛 내리는 땅 우의 길보다 / 석수 내리는 땅속길 더 많이 걷는 이들 // (중략)
>
> 당 제7차대회의 높은 연단에서 / 우리 원수님 믿음으로 불러주신 / 경제강국의 전초전에 좌지 정하고 / 오늘도 천길 땅속 탄맥 헤치며 / 200일전투의 날과 날들을 위훈의 땀으로 빛내여가나니[46]

「여기에 있다」는 당 제7차대회의 진정한 주인공은 집권 5년차에 들어선 청년 지도자가 아니라 '천길 땅속 탄맥 헤치며 / 200일전투의 날과 날들을 위훈의 땀으로 빛내'는 탄광 막장 광부에게 있다는 메시지를 담은 서정시이다. 당 대회 때마다 인민들은 자발적 노동 독려에 동원되는데, 사회주의 강국 건설을 위해 어떤 희생도 무릅쓰고 일하는 탄부들이야말로 당의 참된 애국자, "애국자 중의 애국자들이!"라는 시 결구로 칭송받는 것이 좋은 예다.

마찬가지 방식으로 평양 도심인 려명거리 신도시 건설을 위해 "오늘은 려명거리로 / 녀인들아 나아가자 / 그 이름도 정다운 / 녀맹돌격

46 리명, 「여기에 있다」, 『조선문학』 2016.9, 16면.

대기발 날리며"[47]하면서, 도시 부녀자들까지 노동 동원을 선동한다. 하지만 이러한 시적 호명이 얼마나 신선하며 진정성이 있을지는 의문이다. 기실 당 대회가 열리든 안 열리든 70일전투든 200일전투든 상관없지 않았던가. 현대식 기계장비의 도움을 받지 못한 채 오로지 육체노동으로만 막장에서 탄을 캐는 탄부, 가사일에 건설 노동까지 더하는 부녀자들을 노동영웅, 애국자라 칭송했던 것은 1950년대 이후 60년 이상 무한반복되지 않았는가 말이다.

문제는 동원의 자발성이다. 북한 주민들과 작가들은 당 대회를 맞아 천리마를 10배 뛰어넘는 만리마의 기세로 '70일전투, 200일전투' 즉, 1년의 4분의 3을 비일상적인 생산 '전투'에 온통 매진해야 한다. 이 정도면 '전투'라는 긴장감 넘친 호명이 무색할 정도로 만성적 피로감이 만연하지 않을까 싶다. 매체론적으로 볼 때 문예지 내용과 형식의 구조적 동일성은 이러한 만성적 피로감과 무관하지 않다는 분석이 어느 정도 설득력을 얻는다.

이러한 비판적 추론을 타당하게 만드는 사례는 더 있다. 당 제7차대회 결정 관철을 위한 200일전투 수행과 그를 선동하는 문학 창작이 한창 경쟁적으로 이루어지던 때 함북 두만강변 회령시, 라선시 등지에 기록적인 대홍수 피해가 나자 사태는 돌변한다.[48] 당은 200일전투의 중점

---

47 리연희, 「우리의 기발-시초 '평양 어머니들'의 1편)」, 『조선문학』 2016.8, 74면.

48 조선중앙통신은 9월 3일 "10호 태풍과 북서쪽에 형성된 저기압 마당이 합쳐지면서 지난 8월 29일부터 9월 2일 사이에 함경북도를 비롯해 전반 지역에서 센바람이 불고 비가 내렸"으며, "두만강 유역 관측 이래 가장 큰물이 발생했다"면서, "강이 범람해 회령시, 무산군, 온성군, 경원군, 경흥군, 연사군, 라선시 등에서 극심한 피해를 입었다"고 밝혔다. (http://www.newdaily.co.kr/news/article.html?no =321227)

사업인 평양 려명거리 건설을 즉각 중단하고 두만강 일대 홍수피해 복구에 국가 역량을 투입하면서, 전투의 주 타격 방향을 북부 피해복구 전투로 전환한다. 그러자 이에 발맞춰 당 대회를 기념하여 속도전으로 조성되던 려명거리 건설을 선동하던 문학은 재빨리 수해 복구로 관심을 돌린다. "200일전투의 주타격방향, 최전방을 북부피해복구 전투에로 전환시키고 우리 국가의 인적, 물적, 기술적 잠재력을 총동원, 총집중하여 최단기간에 혹심한 피해후과를 가시고 전화위복의 기적을 창조하자는 것이 우리 당의 결심이다."[49] 하면서, 당명에 따라 수해 복구 노동 지원과 선동으로 작가의 사명을 다하자는 것이다.

어제까지 려명거리 건설의 속도와 장관을 찬양하던 『조선문학』·『문학신문』 수록 시, 소설들도 10~12월치를 보면, 언제 그랬냐는 것처럼 하루아침에 기조를 바꾸어 '북부피해복구 전투'로의 노동 동원 독려 선동에 한 목소리를 낸다.[50] 가령 탁숙본 단편 「탄원」에선 주인공이 결혼식을 미룬 채 두만강변 복구건설현장으로 급히 떠나고, 서현철 단편 「약속」에선 결혼 상견례 약속을 미루고 복구 현장 열차를 타는 주인공

49 미상, 「당의 호소 따라 북부전선에서 작가적 사명을 다하자(사설)」, 『문학신문』 2016.10.8, 3면 참조. (http://www.newdaily.co.kr/news/article.html?no=322046)

50 리연희, 「큰물이 진 뒤」(시); 김철, 「인민의 나라」(수필); 정죽심, 「시대의 격정」(단상), 『문학신문』 2016.9.24, 3면; 탁숙본, 「탄원」(단편소설), 『문학신문』 2016.10.8, 3면; 김경남, 「조선의 전화위복」(시), 『문학신문』 2016.10.15, 3면. 『조선문학』 2016년 12월호에는 '북부전역의 승리자들이 부르는 노래'란 구호 아래 「우리는 승리하였다」란 '시묶음' 9편과 변영옥 수필 「녀인은 어떻게 아름다운가」, 김홍균 실화 「혈맥을 이어」가 특집 기획으로 편집(33~44면)되어 있다. 김경남, 「뿌리」(시), 『조선문학』 2016.12, 33면 외 참조.

을 영웅으로 묘사한다.[51]

결국 당 제7차대회 결정 관철을 위한 200일전투 수행과 그를 선동선전하는 문학 창작의 의미는, 창의적 발상과 다양한 형상을 모색하는 예술의 특수성보다 당 정책의 효과적인 전달수단으로 스스로를 한정하는 당문학론의 기계적 반복과 속류사회학적 답습이라 아니 할 수 없다.

> 북부피해복구전선에 보내는 / 세멘트—이는 총탄이며 포탄 / 당중앙 호소에 심장마다 불을 단 / 소성공—우리는 총포탄 공급수 //
>
> 묻노니 / 북부전선이 멀리 있다고 / 상원이 후방이랴 / 아니다 여기는 최전방 / 소성공 우리는 제1선 병사다[52]

> 순천에서 함북도는 멀어도 / 세멘트를 생산하는 우리의 귀전엔 / 쟁쟁히도 들려온다 //
>
> 세멘트! 세멘트를 달라! / 세멘트 없이는 한 채의 집 / 하나의 다리도 세울 수 없다! //
>
> 오, 북부건설자들의 피끓는 호소 / 꿈속에서도 그 부름 안고 달리는 여기 순천도 북부의 전역이다![53]

렴형미 같은 일류 시인조차 두만강변 회령시, 라선시 복구 지역에

51 탁숙본, 「탄원」, 『문학신문』 2016.10.8, 3면; 서현철, 「약속」, 『문학신문』 2016.10.22, 3면.

52 윤두근, 「우리는 제1선 병사」, 『문학신문』 2016.10.15, 4면.

53 렴형미, 「여기도 북부전역」, 『문학신문』 2016.10.15, 4면.

하루 빨리 보내야 할 시멘트 생산 현장인 순천에 달려가 생산 독려를 위해 이렇게 목청 높여 선동하지 않을 수 없다. "세멘트! 세멘트를 달라!"는 수해지역 복구 건설 노동자들의 처절한 외침은 그 자체로 절실하건만, 평양의 시인에게는 급히 하달된 또 하나의 창작지침 소재에 지나지 않을지도 모를 일이다. 어제까지 평양 미래과학자거리와 려명거리 스카이라인의 화려함을 찬양했던 그가 다음날에는 시멘트가 부족하다는 수해지역 피해주민의 절규를 대변하는, 이것이 바로 2016년 7차 당 대회를 기념하는 김정은 시대 북한문학[54]의 민낯이라 아니할 수 없다. 매체론적으로 볼 때 문예지 목차와 본문 구성의 편집미학적 동일성은 그대로 둔 채 거기 담긴 내용만 그때그때의 정책 전달만 행정 편의적으로 바꿔넣은 점에서 당문학론의 속류화라 풀이하지 않을 수 없다.

4. 당(黨)문학론과 매체연구의 지평

제7차 당 대회를 전후한 김정은 시대 5년차의 문학 동향을 살펴보면 1970년의 제5차 당 대회 시기 문학의 대응이나 36년 전인 1980년의 제6차 당 대회와 문학의 대응 프레임을 거의 그대로 이어받았다고 해

54 "조선로동당 제 7차 대회가 펼친 사회주의 강국 건설의 웅대한 목표를 앞당겨 점령하기 위한 총돌격전이 힘차게 벌이지고 함북도 북부피해복구전선에서 전화위복의 기적적인 승리와 성과들이 련이어 이룩되고 있는 격동적인 시기에 조선작가동맹 창립 70돐을 뜻 깊게 맞이하고 있다." 김영임, 「명작폭포로 우리 당을 받드는 사상전선의 기수가 되자—조선작가동맹 창립 70돐 기념 보고회 진행」, 『문학신문』 2016.10.22, 1면.

도 과언이 아니다. 다시 말하면 북한 당문학은 46년 동안 정체되어 있다는 판단이 가능하다. 여전히 "1970년대 문풍으로 돌아가자, 그때를 배우자!"는 구호가 위력을 떨치고 있기 때문이다.

매 당대회마다 그에 대응하는 문학 주체의 각오와 그들의 당 정책에의 절대 호응 / 복종이라는 프레임은 변한 게 없다. 참가자와 그들이 말하는 틀 속의 스토리만 다를 뿐 그를 풀어내는 행사 주체, 당국자 제작진의 틀은 거의 동일하다. 당대회를 바라보는 주민들이나 그에 호응한 문학을 읽는 독자들에게는 식상한 의례적 행사일 뿐이리라. 판에 박힌듯한 같은 그림을 또다시 반복해서 보고 식상해하면서도 으레 그러려니 하면서 마지못해 영혼 없는 물개박수를 칠 수밖에 없는 상황, 당대회와 문학의 대응에서 보여주는 실상은 그 이상도 그 이하도 아니다. 특히 1970년 5차 당대회 이후 문학의 대응이 더욱 그렇다.

매체론적으로 볼 때 1961년 제4차 당 대회 때는 『조선문학』, 『청년문학』, 『문학신문』, 『조선어문』 등 문예지 여러 종에서 실린 논쟁의 백가쟁명 시대였던 데 반해, 제5, 6차 대회 때는 『조선문학』 단 한 종 매체에 비문학 정론이 주로 실린 선전 우위 시대였다. 같은 선전이라도 제5차 때는 추상적 당 정책이 주 내용이었던데 비해, 제6차 때는 개인숭배적 내용이 당 정책의 중심으로 집중화된 시기였다. 제7차 때 역시 문예지 관련 기사는 로동신문 등 당 정책의 일방적 전달매체로서의 수단일 뿐 문예지만의 독자적인 특집 기획물을 선보이지 못했다. 이는 문예지 특집 기획물의 통시적 분석이라는 매체론적 접근이 일종의 문학사적 패턴을 찾는 데 도움이 된 경우로 판단된다.

제7차 당 대회는 36년 만에 열리는데다가 새 청년지도자가 당 위원장이라는, 당 총비서와 차별화된 회의체 대표직함을 획득했기에 뭔가 기대해볼 만하였다. 가령 새로운 볼거리와 내용을 담은 신선한 당 대회와 '모란봉악단'의 참신한 시도 같은 새로운 내용형식의 문학 / 작품으로 표현하길 기대했으나, 아니었다. 여전히 예술 창작을 생산공정과 전투용어로 은유하는 낡고 식상한 방식을 고수하고 그것을 무한반복 재생하고 있다. 가령 '만리마', 속도전, 70일전투, 200일전투, 북부피해복구 전투로의 방향전환 등의 상징담론이다. 195,60년대 사회주의 건설의 상징인 '천리마기수' 담론의 변형인 '만리마' 담론, 1970년대 주체문예론의 창작방법을 답습한 '속도전', 1980년대식 생산독려책인 '70일전투, 200일전투' 등의 슬로건이 반복되는 것이다. '타자의 시선'으로 보면 우주시대를 자랑하는 2016년에도 여전히 동아시아 중세 또는 1960년대에 상상력의 시계가 멈춘 듯한 문학적 상상력의 빈곤이 아닌가 싶다.

지금까지 제1~6차 당 대회와 북한문학의 당시 대응양상을 통시적으로 정리하고, 그 연장선상에서 제7차 당 대회와 김정은 시대 문학의 대응방식을 문학사적 맥락에서 살펴보았다. 결론적으로 레닌적 당(黨)문학 원칙이 전일적으로 관철되는 과정에서 유일사상과 지도자 개인숭배가 그 내용을 채웠고 문예 창작과 유통에 대한 당 정책의 일방적 지도라는 형식이 고스란히 반복되었음을 확인할 수 있다.

이러한 결론에 도달하기까지 당사(黨史)와 문학사의 상호관계 및 패턴을 찾으려 한 역사주의와 『조선문학』·『문학신문』 기사를 매체론적으로 분석한 문화연구적 접근이 위력을 발휘하였다. 북한문학 연구의 과제와 관련하여 실사구시에 입각한 역사주의와 제도와 매체를 거시분석하는 문화연구는 여전히 유효하다고 본다. 비록 북한학계, 국문학계 양쪽에서 북한문학 연구가 진입 장벽이 높고 전문가중심주의라고 비판받더라도 2차 사료인 문학사, 선집 정도만 보고 북한문학을 함부로 분석·평가·재단하면 안 된다고 '실사구시' 원칙을 환기하지 않을 수 없다. 북한 원전, 특히 1차 사료인 『조선문학』·『문학신문』을 독해하고 사회주의리얼리즘·주체미학의 맥락에서 텍스트를 분석하며 북한체제 특징을 감안한 역사적 해석과 평가를 하지 않는다면 북한문학을 제대로 연구했다고 할 수 없을 터이다. 다만 기존 연구의 역사주의 편중에 대한 자기비판에 논의의 초점을 두려고 하기보다는, 그로 인해 야기되는 학문적 정체성을 타개하기 위한 기초 작업으로 매체론적 보완이 필요하다는 점을 다시한번 환기한다.

결론적으로 볼 때 북한문학 연구 과제와 관련하여 『조선문학』·『문학신문』 등의 매체론·제도론·독자론적 접근을 통한 문화연구는 역사주의로 일원화된 기존 연구에 새로운 활력을 준다고 할 수 있다. 나중에 서술된 승리자의 역사인 공식적 당(黨)문학, 주체·수령·선군문학 담론으로 한정된 정전(문학선집·교과서·문예사전·문예이론서)에서 누락되고 폄하된 실상을 복원하여 민족 문학사를 재구성할 자료 보고(데이터베이스)이기 때문이다. 역대 『조선문학사』류에 나와 있는 기본 전제인 주체문예론의 일방적 규정 대신, 한반도적 시각과 사회주의리얼리즘 미학으로 70년 북한문학을 실사구시·역사주의로 재조명할 자료를 적잖이 찾을 수 있다. 특히 1970년의 5차 당 대회 이전인 1~4차 당 대회 시기의 문학사, 195,60년대 『조선문학』·『문학신문』의 사실주의문학 담론을 실사구시로 검토하여 주체문학사 일변도 시각 탓에 원천 배제된 문학 실상을 복원·재평가하는 것이 가능하다.

북한문학 연구의 과제와 관련해볼 때, 『조선문학』·『문학신문』 등의 매체론적 접근법은 시·소설·비평 등 텍스트 분석·해석에 주력했던 기존의 역사주의적 연구 지평을 한껏 넓힐 것으로 기대한다. 나아가 자료 그 자체가 스스로 말하게 하는 실사구시 원칙을 지키되 드넓은 자료의 바다를 효율적으로 조사·분석·평가하는 매체론·제도론·독자론 같은 새로운 접근법, 문화연구방법이 필요하다. 이제 북한문학 연구는 새로운 자료의 바다를 힘껏 헤쳐갈 신항법(新航法)을 감행할 때이다.

상상의 '사회주의 문명국' 공동체
-김정은 시대 문학에 나타난 인민의 일상적 행복[55]

1. 총알보다 사람이 중요하다-'인민생활 향상' 담론

북한 문예지 『조선문학』(월간), 『문학신문』(주간)이 나올 때마다 실시간으로 꼼꼼하게 챙겨 읽은 지 서른 해가 넘었다. 정보 / 공안당국의 검열로 여과된 정보나 탈북민의 단편적 전언, SNS에 떠도는 풍문 대신 최신 문예지와 단행본 중심의 문학판 실상을 확인하였다. 세월이 한참 지나서야 정전화되는 문학선집, 문학사, 교과서 등 2차 자료로는 헤아릴 길 없는 당대 삶의 섬세한 결을 동시대적으로 감지할 수 있기 때문이다.

문예지 『조선문학』(월간), 『문학신문』(주간) 70년치를 개관해보니 대략 1975년 이후 북한문학장의 동향은 크게 두 주제로 나눠진다. 즉, 대를 이은 개인숭배를 정당화한 '수령형상문학'과 주민들의 생활감정을 담은 '사회주의 현실 주제 문학'으로 대별된다. 따라서 시와 소설, 비평

55 이 글은 다음 평론 2편을 단행본에 맞게 전면 개고한 것이다. 「상상의 '사회주의 문명국' 공동체-김정은 시대(2012~18) 북한 인민의 꿈과 문학적 상상력」, 『21세기문학』 2018. 가을호; 「김정은 시대 북한 청년들의 사랑과 일상의 행복」, 『21세기문학』 2018. 겨울호.

모두 당 정책과 개인숭배에 동원된다. 북한문학은 기본적으로 우리와 결을 달리하는 레닌적 당(黨)문학 원칙이 철저하게 관철되는 사회주의 문학이기 때문이다. 게다가 사회주의 보편 문학에선 사라진 개인숭배 문학이 절대시된 주체사상에 기초한 주체문학이며, 김정일 시대 한때는 군부 중심의 이념과 사상, 미학이 점철된 선군문학인 적도 있다.

북한문학의 주제는 크게 둘로 나뉘는데, 김일성-김정일-김정은의 면모를 이상화한 '수령형상문학'과 주민들의 생활상을 사실적으로 그린 '사회주의 현실 주제 문학'이다. 특히 '사회주의 낙원'의 김정은식 슬로건이라 할 '사회주의 강국, 사회주의 문명국'에 대한 청년 지도자의 욕망과 이면의 실체가 바로 사회주의적 유토피아의 이미지였다. 청년 지도자 김정은은 전통적인 '사회주의 락원(선경)'의 김정은(체제)식 버전인 '사회주의 문명국'을 파마약과 스키, 치즈, 횟집 등으로 표현하려 애쓴다. 이를 위해서 생필품 생산과 경공업, 레저산업 개발에 전에 없는 노력을 기울인다.

김경일의 단편소설 「우리 삶의 주로」(『조선문학』 2012.4)에서는 기초식품공장 식료기계기사인 진석의 입을 통해 총알보다 사탕알이 중요하다고 역설한다. 전대 지도자 김정일이 "사탕과자와 갖가지 식료품을 만족하게 바라보시며 인민들에게 당과류와 식료품을 마음껏 먹이는 게 자신의 소원이라고, 자신께서는 오늘 인공지구위성을 쏘아올린 것보다 더 기쁘다고 말씀하셨습니다"라는 대목에서 보듯이, 선군을 외쳤던 김정일도 말년에 가서는 민생을 돌보려 애썼고 그 기조가 김정은 시대까지 이어졌다. '민생' 담론이 김정일 시대 말기였던 2010년부터 김정은 시대 2기인 2018년까지 주요 사회 의제로 떠오른 셈이다.

1970~1980년대 이후 "싸우면서 건설하자!"란 구호가 전쟁 직전에 대치중인 한반도 분단 양국의 정치 / 통치 슬로건이었다면, 2018,9년은 한반도 평화 체제로 가는 도정을 행복하게 상상한 적도 있었다. 이와 함께 경제 발전과 사람살이의 행복이 문학예술의 중심으로 자리 잡게 되는 것이 인지상정이라고, 2기 문학의 일상 찬가를 낙관하였다.

가령 한철규의 「길을 열라」(실화, 『조선문학』 2018년 5월)처럼, 발전설비 제작소의 자력갱생 노력을 그린 전통적인 사회주의 건설 미담 플롯 속에 처녀 총각의 애정담을 서브스토리로 담는 방식에 주목한 바 있다. 청년 과학기술자인 주인공 광성이 순천음료공장 지배인으로 임명된 것이 넉 달 전이다. 전기 사정이 여의치 않아 쉰 넘은 고참 차정수와 함께 자체 발전 설비를 만들려 애썼지만 계속 실패한다. 가스기관 발전기 제작조 구성원들은 스물여섯 번째 시험도 또 실패하여 낭패한 기색을 지으며 풀썩풀썩 주저앉는다. 결국 갈탄을 정제한 무연탄가스로 발전기를 돌리기까지 온갖 고생 끝에 성공한다.

그 과정에서 숨은 영웅이 등장한다. 누군가 밤마다 몰래 작업량을 더 채우고 가는 것이다. 알고 보니 취사반 처녀 경희가 제작소 노동자 동료들은 맹추위에 야외에서 다들 고생하는데 자기는 편하게 식사 준비만 하고 있어 미안하다고 근무 시간이 끝난 밤에 몰래 일을 도왔던 것이다.

"그는 추위를 느끼는 듯 몸을 옹송그리였다. 순간 광성은 추위를 타는 처녀의 몸을 아니, 뜨거움에 불타는 처녀의 몸을 꼭 감싸주고 싶은 충동이 온몸을 휩쌌다.

온몸을 짓태우는 듯싶은 격동, 뜨겁게 포옹해주고 싶은 강렬한 열망, 소리높이 자랑하고 싶은 충동….

"경희!"

그는 저도 모르게 처녀를 와락 그러안았다….

그때부터 지배인 광성은 퇴근하는 경희를 날마다 집에 태워다주고 결국 사랑의 결실을 맺게 된다. 청춘 남녀의 사랑이 예전처럼 연구개발과 생산 혁신의 곁가지, 조미료만이 아니라 본령이 되는 것이 김정은 시대 서사의 새로운 특징이라고 할 수 있다.

아버지 김정일 시대까지 북한 인민들은 나라가 못 살고 외세의 압박에 맞서야 하기 때문에 일상생활과 개인의 행복은 유보, 희생되어야 한다고 믿었다. 그래서 아이들을 위한 사탕 한 알보다 총알 한 개를 더 생산해야 한다고 '선군'을 외쳤다. 그러나 세상이 달라졌다. 사탕을 먹고 자란 아이들은 나라의 미래이자 기둥감이지만(후대양성론, 인재입국론), 총알은 쏘면 없어지는 소모품일 뿐 다른 가치로 전환될 수 없는 것이란 인식이 확산되었다.

평양 시가만 해도 김정일 시대(1994~2011) 회색빛 중심의 무채색에서 알록달록한 채색화 스타일의 색채 변화가 실감나듯이, '감각의 변화'야말로 김정은 시대 문학예술의 숨겨진 변화 징표라고 하겠다. 가령 '만수대 언덕, 창전거리, 려명거리 고층 살림집의 새집들이, 평양 불장식의 불야성, 세포등판(북한판 대관령 목장)의 푸르른 선경, 마식령 스키장 속도' 등의 이미지가 그것이다. 남는 것은 결국 사람 그 자체다.

이와 관련하여 김정은 수령 형상 소설인 김일수의 단편소설 「피어나는 꿈」(2016)[56]을 읽어보자. 주인공 유명찬은 김정은의 김일성군사종합대학 스승이다. 그에게는 아들이 있는데, 공부는 안하고 그림에만 정신 팔렸다며 속상해한다. 그런데 김정은이 우연히 유의 아들 유강명의 그림 〈새싹〉을 보곤 재능을 칭찬하며 재능을 꽃피우도록 함께 돕자고 한다. 유명창은 김정은의 후대관 및 미래관에 감격하고 이에 동의한다.

김정은은 "사회주의 문명국의 래일은 몇몇 건축가나 전문가들의 힘만으로는 가꿀 수 없소. 이 땅을 밟고 사는 모두가 조국의 아름다움을 가꾸는 원예사가 되고 창조자가 되어야 합니다. 우리의 미래를 창조해 나가는 앞자리에도 응당 젊은 세대가 서야 합니다."라며, "창립 60돐을 맞는 평양건축종합대학이 사회주의 문명국 건설에서 차지하는 위치와 임무가 중요한 것만큼 대학에 나가 건축인재들을 고무"해줘야 한다는 지침을 내린다. "아동병원 장식 그림 전체를 그들에게 맡기자"며 현직 화가가 아닌 미대 학생들의 실습장으로 병원 벽을 아낌없이 내주라고 리주영 부국장에게 지시한다. 결국 옥류아동병원의 내외부에 펼쳐진 어린이 눈높이의 '아동그림세계'에 다들 감격해 한다. 이에 김정은은 이번에는 야영장에 아동그림세계를 펼치도록 대학생들의 실습을 지시한다. 미대생인 유강명도 합세한다.

이러한 강명이의 성장을 지켜보는 유명찬은 적극 조력자로 변모하여 그의 미래를 낙관하며 이를 가능케 한 지도력에 감사한다. 소설은 최고지도자의 위대함을 찬양하는 상투적인 서사지만 중요한 것은 사회주의 문명국 건설에서 청년 학생, 후대중시가 빛나는 대목이다. 결국

56 김일수, 「피어나는 꿈」(단편소설), 『조선문학』 2016.10, 7~20면.

중요한 것은 거대 건축물이나 대기념비가 아니라 사람 그 자체다. 원래 주체사상의 출발도 생산력제일주의를 표방한 마르크스레닌주의를 대신하는 사람 중심의 철학이 기본 바탕(황장엽 주장)이었는데 신앙 차원의 개인숭배물인 수령론으로 왜곡된 면이 있을 것이다. 이전과는 확연하게 달라진 평양 려명거리의 다채로운 색채와 들쑥날쑥한 공간 감각에 어울리는 다종다기한 시, 소설이 풍성하게 나왔으면 하는 바람이 크지만, 아직은 마음에 드는 작품을 찾기 어렵다는 것이 솔직한 심정이다.

다만 평화체제로의 도정에서 '사회주의 문명국'의 '인민생활 향상'에 매진하기에 일상의 행복을 찬양하는 '사회주의 현실 주제'의 수작이 자연스럽게 뒤따를 것으로 전망한다. 지금 평양 청춘남녀의 사랑과 일상적 행복이란 김정삼의 3절 가사 「정다운 축복」(『문학신문』 2018.9.15) 같은 것이 아닐까?

혁신자 소개판에 나란히 붙은 / 선반공 처녀와 총각의 사진 / 사람들 웃으며 소곤소곤 하는 말 / 미더운 그 모습 천상배필이래요 / 라 이걸 어쩌나 / 처녀는 웬일인지 얼굴 붉히고 / 총각은 벙글웃기만 하네 //

년간계획 넘쳐한 장한 그 모습 / 증산돌격운동에도 앞장섰다네 / 온 공장의 축복 속에 사랑 속에 받들리는 / 미더운 그 모습 천상배필이래요 / 라 이걸 어쩌나 / 축하의 무대에서 서로 만나도 / 마음속 고백은 나눈 적 없대 //

혁신자 소개판의 처녀와 총각 / 시대가 맺어주는 인연인가봐 / 만리마를 타고서 비약의 나래 펼친 / 미더운 그 모습 천상배필

이래요 / 라 한쌍의 모습 / 시대가 정담아 축복해주는 / 미더운 그 모습 자랑이래요[57]

2. 북한문학에 나타난 평양 / 사람의 일상

아버지의 선군 담론과 차별화된 애민 이미지를 표방한 청년 지도자의 '사회주의 문명국' 지향은 문학작품에서 어떻게 가시적으로 표현되었을까? 과연 2018,9년 김정은 시대 2기 북한문학에 나타난 인민들의 일상은 어떤가?

"나는 건설자 평양사람 / 해 뜨고 별이 돋는 낮과 밤이 따로 없었다 / 겨울의 추운 계절도 모르고 지났다 / 당의 부름에 물불을 가리랴! / 백날천날 맞잡이로 래일을 앞당기며 / 내 삶의 위훈으로 떨치던 건설의 나날들… //

성실한 로동의 피와 땀만이 아니였다 / 기초의 암반에 혼합물과 함께 다진 것 / 기둥의 휘틀에 철근과 함께 엮은 것 / 원수님의 문명강국 건설의 설계도 / 불멸의 그 작전도 우에 / 결사옹위의 넋을 목숨으로 새겼기에 / 결사관철의 정신을 피가 뛰는 삶으로 정했기에 //

단숨에! / 그 기상으로 땅을 박차고 솟아올랐다 / 아름다운 강

57 김정삼, 「정다운 축복」(가사), 『문학신문』 2018.9.15.

반에 닻을 내린 / 교육자들의 살림집 행복의 보금자리 / 육아원 애육원 아이들의 왕궁이 …중략… 꿈처럼 황홀히 눈부시게 솟아나는 / 미래과학자거리며 / 쑥섬을 꽉 채우는 과학기술전당 …중략… 원수님의 숨결이고 진군의 보폭인 / 평양정신 평양속도의 발구름 높이 / 최후승리 총공격의 앞장에서 달려가리라"[58]

평양의 현실을 노래하는데 건설과 속도만 강조되고 도시사람들의 일상을 영위하는 소박한 행복이 가시적 감각적으로 실감되지 않는다. 이는 초고층빌딩이 여럿 건설된 려명거리를 자랑하는 시 「우리에겐 려명거리가 있다」에도 반복된다.

전설 속의 신비한 세계런가 / 우리 꿈에서나 그려보던 지상락원 / 천하제일 려명거리가 / 화려함을 자랑하며 우뚝 솟았구나 //

인민의 마음을 흐뭇하게 해주며 / 어서 오라 부르는 행복의 거리 / 푸른 하늘을 떠받든 / 저 70층살림집 우에선 / 반짝이는 별도 가깝게 손에 잡을 듯 // (중략)

아침부터 저녁까지 / 끝없이 끝없이 걷고만 싶구나 / 사회주의 문명을 과시하는 / 세상에 둘도 없는 만복의 거리를 / 우리 인민에게 안겨주신 / 원수님 사랑이 너무도 고마워 / 그 사랑 밤이 지새도록 이야기하고 싶구나 // (중략)

인민이 바라는 것이라면 / 전설 속의 신비한 세계도 / 정을 들여

58 황명성, 「평양사람의 긍지로!」(시), 『조선문학』 2015.8, 74면.

현실로 꽃피워주는 / 위대한 로동당시대 / 미래도 앞당겨 꽃피우는 / 신화적인 건설속도를 창조하는 시대 // (중략)

려명거리는 / 세계를 굽어보는 우리 행복의 높이 / 자력자강으로 존엄 높은 / 우리 국력의 높이 //

원수님 계시여 / 천만년 무궁할 우리 행복 우리 미래 / 순간도 잠재울 수 없는 감격이 파도쳐와 / 인민은 목청껏 심장의 웨침 터치노라 / 아, 우리에겐 최후승리를 확신하는 / 눈부신 려명거리가 있다 //[59]

김정은의 바람처럼 사회주의 문명강국을 '단숨에!, 평양정신으로, 평양속도'로 건설하였다고 묘사된다. 여전히 사회주의 개발론의 속도전 담론이 사람들의 숨결을 섬세하게 포착해야 할 문학적 상상력을 뒤덮어 버린다.

기실 우리가 관심을 갖는 것은 김정은 시대의 건설 속도나 속도전 앞에 붙는 명사가 아니다. 7차 당대회 이후 북한 인민들의 생활상과 내면풍경이다. 가령 『조선문학』 2017년 5월호(통권 835호)에 실린 평양 '려명거리 완공 축하' 기획을 통해 평양시민의 삶과 생활감정을 엿보고자 한다. 김목란, 「우리에겐 려명거리가 있다」를 비롯하여 김경준, 「큰절을 올립니다」, 류명호, 「우리 집은 려명거리에 있다」, 강문혁, 「더 오르지 못하고…」, 정두국, 「볼수록 서럽습니다」, 리영봉, 「과학과 나」 등의 시와, 렴정실, 「만복의 미래를 불러」(시묶음), 장류성, 「축복받은 려명거

59 김목란, 「우리에겐 려명거리가 있다」(시), 『조선문학』 2017.5, 5면.

리」(가사) 등이다. 이들 작품은, 금수산태양궁전과 영흥4거리 사이 룡남산지구에 2017년 4월 13일 조성된 최신식 35~82층 아파트로 이루어진 초미니 신도시 준공을 축하하는 기획 창작물이다.

이들 작품에 형상화된 평양 / 시람들의 이미지는 어떨까? '고난의 행군'으로 일컬어지던 90년대 중반의 체제 붕괴 위기를 극복하고 주민 생활도 이전 김정일 시대보다 훨씬 나아진 김정은 시대 평양의 풍광은? 평양 창전거리와 만수대 언덕거리, 려명거리에 고층아파트가 신축되어 국가 발전에 공이 큰 과학기술자들과 김일성종합대학 성원 등이 '고급살림집'을 배정받았다. 문수물놀이장, 미림승마장, 릉라인민유원지(물놀이장, 수영장, 곱등어관) 등 각종 레저시설들 덕에 평양 시민의 삶의 질은 분명 이전보다 좋아졌다.

가령 박혜란의 「휴식날의 이야기」[60]를 보자. 주부이자 작가인 글쓴이는 아들들이 휴식날이라며 다 같이 배구를 하러 나가자고 조르는 바람에 롤러스케이트장 옆 넓은 공지로 나가게 된다. 내심 아들과 함께하는 이 시간이 설레고 행복한 그녀는 "온 나라에 끓어번지는 체육열풍의 한 화폭"이란 말이 실감나도록 많은 사람들이 다양하게 운동을 즐기는 공터 풍경에 감탄한다. 본래 "일요일이면 한주일간에 쌓인 피로를 풀려고 유원지나 맥주집을 찾던 사람들이 오늘은 저마다 바드민톤채를 잡고 배구공을 안고 곳곳에 새로 생긴 배구장으로 달려오고 일터들에 꾸려진 정구장으로 출근하는 이 랑만적 광경이야말로 이해에 꽃펴난 새로운 풍경이 아닐가" 하고 감탄한다. 공휴일의 체육 열풍 스케

60 박혜란, 「휴식날의 이야기」(수필), 『조선문학』 2014.12, 46~47면.

치로 사회주의 문명국의 풍광이 상징적으로 묘사된다. 이처럼 이전과는 다른 풍경 및 체험으로부터 느껴지는 공통 감각, 즉 이러한 새로운 기억과 추억을 함께 공유하는 과정을 통해 새로운 청년세대를 형성하는 데 기여하지 않을까 한다.[61]

마찬가지 맥락에서 류명호 시, 「우리집은 려명거리에 있다」[62]를 보면, 사회주의 문명국의 혜택을 누리며 최고급 고층아파트에 입주한 시적 주인공의 감격을 다음처럼 노래한다.

> 문을 열고 들어서니 / 고급호텔에 들어선 듯 / 드넓은 방들엔 해빛이 구울고 / 아늑한 침실이며 고요한 서재 / 희한한 식사실이며 정갈한 위생실 / 돌아보는데도 한참이나 걸리는 / 아, 이렇게 황홀한 집이 우리집이란 말인가! //
>
> 눈을 뜨고도 꿈만 같다 / 아이들은 축구장 같은 전실에서 / 좋아라 웃고 떠드는데 / 안해는 현대적인 부엌에서 나올 줄 모른다 / 갖가지 세간들을 어루만지며 / 수도를 틀어보며 / 가스곤로를 켜보며 그저 운다 운다 // (하략)

'무너져가는 오두막'과 '고급호텔 같은' '70층 아빠트'의 이분법적 대비를 통해 평양의 최신 아파트를 '우리 꿈에서나 그려보던 지상락원 / 천하제일 려명거리'로 한껏 찬양하는 것이다. 김정은 시대 문학은

61 강민정, 「김정은 체제 북한 시에 드러난 '사회주의 문명국'의 함의」, 『인문학논총』 37호, 2015, 145~174면.

62 류명호, 「우리집은 려명거리에 있다」(시), 『조선문학』 2017.5.

전통적으로 혁명적 노동자·농민과 군인을 중시했던 부조(父祖)와 달리 청년, 과학기술자를 상대적으로 중시하기에 문명의 혜택을 청년 지도자의 은혜로 받아들인 입주민들은 한껏 기쁨에 차 있다. 사회주의적 부귀영화의 가시적 실체가 바로 이런 장면이리라.

유튜브에서 '려명거리 아빠트' 관련 기사와 사진, 동영상을 보면 50~80층짜리 아파트 6개 동을 지은 초미니 신도시에 '가스곤로'(가스렌지)까지 갖춘 입식 주방에 방 3개라고 나오던데, 이만하면 서울에서 10~20억 원짜리일 것이다. 김대 교수아파트처럼 공짜도 아니며 임대료까지 거금을 내야 하는 낡고 낡은 우리 국립대 교수 아파트보다 훨씬 좋아 보인다.

그러나… 그러나 말이다. 같은 지면에 '남조선 한 교수의 고백'이란 부제가 눈에 확 띄는 정두국 시, 「볼수록 서럽습니다」가 문제적이다.

평양 방문의 나날 / 지금도 잊을 수 없어 오늘도 이렇게 / 인터네트 앞에서 못 박힌 듯 / 려명거리 아빠트들을 바라봅니다 //

처음 깜짝 놀랐어요 / 다음엔 의심이 생겼어요 / 저런 집을 나같은 교수들에게 / 글쎄 거저 주었다는 것이 / 간부도 아닌 평범한 사람들이 / 돈 한푼 안 내고 저 집에서 산다는 것이 / 어쩌면 세상일이 그렇게도 될가요? (중략)

교수생활 32년 / 백발을 이고 뒤돌아보면 / 셋방살이 수십 여년에 / 달마다 돈을 쪼개 바치고 / 인생의 황혼기에 차례진 것은 / 덧쌓이는 빚더미 (중략)

볼수록 서럽습니다 / 저 빛나는 집 창가에 / 슬프도록 비쳐보는 나의 한생이 / 려명의 한줄기 빛이라도 / 나의 집 한끝에라도 비쳐 주었으면…

평양 방문 경험이 있는 (최소한 관련 학계의 저명인사거나 진보적인 지식인이리라 추정 가능) 한국 대학교수가 32년 교직생활 후(최소한 50대 후반에서 60대 초반) 백발이 성성한데 여전히 셋방살이를 하면서 월급을 빚 갚는데 쪼개 내는 경우라면 도대체 그 이유가 무엇일까? 일반적이거나 정상적인 상황은 아니다. 교수 수준에 맞지 않는 터무니없는 사업을 벌였다가 망했거나 본인 또는 가족 누군가의 도박, 마약, 불치병 등으로 집안 망하지 않는 한, 교수 월급 30년이면 빚더미에 앉는 게 더 어렵지 않나싶다. 설령 그럴싸한 이유를 찾았다 해도 그를 차치하고서라도 그가 인터넷 기사나 사진, 유튜브로 동영상을 보고 평양 거리의 초고층 아파트를 김일성대 교수에게 무상공급한 것을 두고 자신의 비참한 처지와 비교하여 북한을, 북의 사회주의체제, 주체체제, 무상복지 시스템을 부러워할까 대단히 의문스럽다.

그나저나 남조선 교수의 불쌍한 처지를 십분 이해했거나 혹은 이를 상상하고 시로 쓴 시인(그는 생활비를 감당할 만큼의 원고료도 제대로 받지 못하는 우리네 시인과는 달리, 안정적으로 월급을 받고 창작실에 출근한다!)은 그 예의 '인터네트'를 통해 남조선 교수의 셋방 아파트 풍경을 좀 확인해보면 어떨까? 그런데 차마 웃을 수가 없다. 이 상상력의 거리와 심리적 괴리감을 어떻게 지혜롭게 메워야 하나 말이다. 조만간 남북관계가 급변해서 풀려 서로 왕래하면서 일상을 공유하는 등 '내면의 소통'이 가능하게 서로 역지사지(집 바꿔 살기) 프로젝트를 시도하면 어떻게 될까 궁금하다.

지구촌이 급변하는데도 북한 시인은 요지부동이다. 전수철은 「과학자거리 풍경화」(『문학신문』 2013.10.5)에서 평양의 최첨단 랜드마크를 두고, "이리도 화려한 선경 도시가 펼쳐지지 않았던가"라고 '중세적 상상력, 상투적 이미지'로 해체한다. 기껏 '해금강의 병풍절벽, 전설 속의 무릉도원, 절경, 선경' 등으로 비유할 수밖에 없는 김정은 '최첨단시대'의 '낡은' 문학 담론이 대부분 그렇듯이 말이다. 평양을 노래한 최신 텍스트의 시각 이미지는 저 6,70년 전 김일성 시대의 '사회주의 락원'과 김정일 시대의 '사회주의 선경'의 낡은 상상력과 크게 다르지 않다. 살아있는 로컬리티를 상실하고 추상적인 중세 이상향으로 형해화된 이미지로만 고착되는 느낌이기 때문이다.

인민의 애환이 살아 숨쉬는 사회주의 현실이 휘발된 곳, 그곳은 더 이상 '사회주의 락원'도 최첨단 공간도 아니리라. '무릉도원, 선경' 같은 낡은 비유법의 기표(시니피앙)가 지시하는 기의(시니피에)가 '은하과학자거리' 같은 최첨단 과학 기술자(핵 실험과 인공위성에 성공한)들을 위한 최신 아파트이기 때문이다. 중세와 최첨단의 부조화가 가져온 생경함이 의외로 신선하게 받아들여질 수도 있겠지만 말이다. 낡은 비유의 기표와 새로운 최첨단 시대를 구가하는 기의 사이의 이러한 균열과 층차가 바로 김정은 시대의 '사회주의 문명국' 담론의 한 실체인 셈이다.

최신 북한 문학작품에 나타난 평양의 실상이란 기실 '오래된 미래'라 일컬을 수 있다. 핵과 로켓(인공위성) 발사 성공으로 한껏 고무되어, 세계와 우주의 중심이란 담론을 강변하면 할수록 괴리감이 커진다. 무려 '가스곤로까지' 완비된 '최첨단 고층아빠트'를 사회주의 문명국의 지상낙원이라 자화자찬하지만 실제로는 주민들의 인간다운 삶의 섬세한 생동감이 그리 실감나지 않는다. 다행히도 김주일 시, 「'사랑싸움'」에서 려명거리 새 아파트에 입주한 과학기술자 노교수 부부의 행복을 실감하게 된다. 그들 노부부는, "자식들과 손주들은 문간에 모여 / 입을 막고 웃는 줄 아시는지 모르시는지 // 젊은 시절 그때처럼 옥신각신 / 밤 깊도록 끝날 줄 모르네 / 신혼살림 시작한 듯 정을 들이는 '사랑싸움'[63]을 한다. 신혼을 방불케 하는 노부부의 티격태격하는 정겨운 모습이 눈에 선하다. 북한 시로선 보기 드문 노부부의 정겨운 모습을 노래하는 데서 오히려 평양사람들의 일상적 행복을 실감하게 된다.

청년 지도자가 꿈꾸는 사회주의 문명국의 밝은 이미지 뒤엔 그늘도 있는 법. 화려한 사회주의식 낙원 뒤엔 노동자들의 희생과 동원 규율이 엄존한다. 가령 『문학신문』 2018년 6월 9일자를 보면, '자력갱생의 전통, 과학기술의 위력 떨쳐가는 내 조국의 눈부신 모습'이란 슬로건 아래 시, 수필, 포스터, '과학환상단편소설'(우리의 SF소설)이 3면을 가득 채우고 있다. 5월 말 준공된 동해안 철도선의 '고암 답촌 간 해상 철도 교량' 완공을 기념하는 선전문학 기획이다. 김재명, 「그 사랑 그 믿음이 있어」, 박성일, 「더 높은 곳으로!」, 조경미, 「그 눈빛을 본다」 등의 축시와 건설공사에 헌신한 노동계급의 열정에 감격해하는 안혜영 수필, 「하나, 열, 백…」, 그리고 집단창작된 '선전화(포스터)' 「사회주의경제 건설에 총력을!」이 레이아웃되어 있다. 그 중 가장 인상적인 조경미의 '단시' 「그 눈빛을 본다」를 보자.

---

63 김주일, 「'사랑싸움'」(시), 『조선문학』 2017.5, 52면.

발파소리 / 착암기소리 / 단천 전역의 물길굴 전투장마다에선 / 이 밤도 결사전의 분분초초가 흐른다 //

완공의 그날을 하루빨리 앞당기려 / 낮과 밤 치렬한 전투를 벌리는 병사들 / 착암기를 억세게 틀어잡고 / 물길굴을 열어가는 병사들의 그 눈빛에서 //

나는 본다 / 전화의 그날 한몸이 육탄이 되여 / 불뿜는 적의 화구를 / 피끓는 청춘의 가슴으로 막으며 / 승리의 진격로 열어가던 / 아, 1950년대의 화선병사들의 그 눈빛을. //[64]

외국 수입 기술을 사용하지 않고 변변한 중장비도 없이 해상 철도 교량을 건설하려니 군관민 합동 공사에 노동자들의 자발적 동원이 반드시 필요했을 터. 그래서 노동계급의 희생과 헌신적 기여를 문학이 선동했을 것이다. 그런데 하필 그때 떠올린 상상력이 최전선 전투장면, 그것도 6·25전쟁 때의 고지 점령용 육탄 돌격식이다. '화선(火線)병사의 눈빛'으로 건설노동에 뛰어들라는 예술선동이 너무 고답적 의고적이 아닐 수 없다. 2018년의 철도 건설 공사장 노동자가 무려 67년 전 6·25전쟁 때 백병전의 최전선 병사처럼 '전화(戰火)의 그날 한몸이 육탄이 되'자는 서정적 발상이 신선하기보다는 놀랍고 섬뜩하기까지 하다.

64 조경미, 「그 눈빛을 본다」(단시), 『문학신문』 2018.6.9, 3면.

3. '사회주의 문명국'의 판타지와 '현지파견' 사업의 그늘

김정은 시대 1기에서 2기로 넘어가는 결정적 계기는 2016년 5월에 열린 제 7차 당대회다. 그 전까지의 김정은 시대 1기(2012~15) 문학장을 보면, 아버지 시대의 선군담론의 이념적 구심력이 완강하게 남아 있었다. 여전히 개인숭배적 수령문학과 군부가 주도하는 국방위체제하의 선군 선전을 중시했기 때문이다. 예를 들어 '제9차 전국예술인대회'(2014년 5월)에 김정은이 보낸 공개서한에 따르면, 문학예술 부문 사업이 "당과 혁명, 시대와 인민의 요구를 충족시킬 좋은 명작들이 꽝꽝 쏟아져 나오지 못하고 있다"고 비판하였다.[65] 예술 창작의 침체 원인은 창작 조건의 열악함, 현실체험 외면, 명작 창작을 위한 사색과 열정 없이 시간을 헛되이 보내는 태도 등에 있으며, 창작 지도자와 작가의 수준과 실력이 시대 요구에 따르지 못하는 것도 관련된다고 지적하였다. 김정은의 공개서한이 지적한 문제 해결책으로, '문학예술혁명'의 불길을 피워 인민대중을 투쟁으로 불러일으키는 시대의 명작을 창작해야 한다는 해설들이 뒤를 이었다.[66]

65 김정은, 「시대와 혁명발전의 요구에 맞게 주체적 문학예술의 새로운 전성기를 열어나가자—제9차 전국예술인대회 참가자들에게 보낸 서한」, 『로동신문』 2014.5.17, 1면.

66 「백두의 혁명정신, 백두의 칼바람정신으로 시대의 명작들을 더 많이 창작하자」, 『문학신문』 2015.1.17; 「침체를 불사르고 대중을 투쟁에로 불러일으키는 시대의 명작들을 더 많이 창작하자」, 『조선문학』 2015.3; 「명작폭포로 당의 선군령도를 받드는 것은 사회주의 문명국 건설의 중요 요구」, 『조선예술』 2015.5; 「백두의 칼바람으로 침체를 불사르고 문학예술의 전성기를 열어나가자」, 『로동신문』 2015.5.18; 「당의 선군령도를 명작폭포로 받드는 것은 우리 작가들 앞에 나서는 전투적 과업」, 『조선문학』 2015.6; 「승리의 대축전장을 명작창작의 자랑찬 성과로 빛내이자」, 『문

이들 해설 문건을 정리해볼 때 명작 창작의 '방향' 세 가지, 명작 창작의 '방도' 네 가지가 제시된다. 명작 창작의 '방향'은 첫째, "사회주의 정치사상강국의 불패의 위력을 더욱 강화하는 데 적극 이바지하는 명작들을 창작"하는 데 큰 힘을 넣어야 한다는 것이다. 이를 위해서는 조부손 수령의 "위대성을 형상한 작품"과 "혁명의 사상진지를 철통같이 다져나가는 데 이바지하는 작품" 창작에 주력하자고 한다. 두 번째, "혁명무력 건설과 국방력 강화에서 새로운 전환을 일으켜 군사강국의 위력을 더 높이 떨치기 위한 투쟁을 반영한 명작"을 창작하자고 한다. 세 번째, "과학기술을 확고히 앞세우고 사회주의 경제강국, 문명국 건설에서 전환이 이룩되는 눈부신 현실을 폭넓고 깊이 있게 반영한 명작"을 창작하자고 강조한다.

명작 창작의 '방도'로는, "백두의 혁명정신, 백두의 칼바람정신으로 튼튼히 무장하는 것, 당의 사상과 의도를 민감하게 받아들이고 작품에 철저히 구현하는 것, 시대정신이 나래치는 현실 속에 깊이 들어가 약동하는 시대의 거세찬 숨결을 작품에 잘 담는 것, 모방과 도식, 반복과 유사성을 없애고 끊임없이 새것을 탐구하며 대담하게 혁신하는 창작기풍을 세우는 것" 등 네 가지이다. 하지만 반찬 가짓수만 많고 먹잘 것은 없는 밥상 같다는 것이 '타자의 시선'이다.

때문에 추상적인 문예정책의 무한 반복에 맞춰 매년 연중기획으로 개최되는 새해 창작 결의조차 진정성이 느껴지지 않는다. 문단의 지도

학신문』 2015.8.8; 「당 제7차 대회를 전례 없는 명작폭포로 맞이하자」, 『로동신문』 2015.12.22 등이다.

급 인사들이 연초마다 매번 창작 결의를 다지지만, 새로운 모험보다는 지난해의 저조한 성과에 대한 반성문 분위기가 짙다. 김정은의 "명작 폭포로 당의 선군령도를 받들자!"라는 교시에 부응하는 구체적 창작성과를 내지 못했기 때문인 것 같다. 1970년대 이래 지도자 승계 수단으로 1, 2차 문학예술혁명이라는 선전선동 분야를 주도했던 아버지 김정일에 비해, 김정은은 아무래도 과학기술, 스포츠에 대한 애착만큼 문학예술에 관심과 조예가 깊지 않은 탓인지도 모른다.[67]

결정적 변화의 계기는 7차 당대회 이후의 문예노선 변경이다. 김정은 시대 2기 문학은 아버지 김정일 시대의 선군 담론에 한동안 묶여 있다가 노동계급 중심의 정상 국가체제로 복귀한 당대회 결정을 반영하였다. 선군문학 대신 종래의 주체사실주의문학으로 복귀한 것이다. 7차 당대회 전후 문예정책 담론을 찾아하니 '우주시대, 조선속도, 만리마, 사회주의 문명국, 명작 폭포'란 표현이 주목된다. 그 배경이 되는 2015~18년의 정세 및 미디어 키워드는 '당 창건 70주년', '제7차 당 대회', '주체의 핵 강국', '사회주의 문명국' 등이다. 2015년은 '조국해방과 당 창건 70돐 경축', 2016년은 '제7차 당 대회 경축', 2017년은 '대륙간탄도미싸일 '화성 14호'와 핵실험 성공', 2018년은 '사회주의 경제강국, 공화국 창건 70돐 경축' 등이 정세 분석의 '실마리어'[68]로 떠오른다.

67 김정은은 집권 직후 2012년에는 언론에 보도된 공개 활동의 1/5 넘게 문화예술 분야에 관심을 두었으나, 2016년까지 비율이 계속 감소하여 전체 활동의 1/20 수준이 되었다. 2017년 이후로는 추세를 가늠할 수 없을 정도로 관심이 줄었다. 자세한 통계는 오양열, 「김정은 시대 10년, 북한 문화의 흐름과 2021년도 북한 문화예술계」, 『북한문예연감(2022)』, 한국문화예술위원회, 2023.8, 44면 표 참조.

68 '주제어, 핵심어, 키워드'의 북한 문화어. 2016년 이후에 보인다.

'우주시대'는 핵과 인공위성 등의 최첨단 과학기술의 발달을 상징하고, '조선속도'는 북한 특유의 사회주의적 개발 담론과 속도전의 최신 명명을 의미하며, '만리마'란 저 195,60년대의 '천리마운동'을 반세기 만에 소환한 담론이다.

이들 실마리어는 '주체와 선군'이라는 키워드로 대표되었던 부조와 차별화된 김정은 정권의 특징을 드러낸다. 즉, '핵 무력과 경제 병진' 정책이 성공하여 '사회주의 문명국'으로 안착되고 있다는 의미로 해석할 수 있다. 특히 1980년에 마지막으로 열린 제6차 당 대회 이후 실로 오랜만에 36년 만에 개최된 '제7차 당 대회 경축'이라는 주제가 주목된다. 이는 아버지 김정일 시대(1994~2011) 내내 북한 체제를 떠받친 선군(先軍)정치·선군사상과 그 반영물이었던 선군문학예술의 강고한 구심점이었던 '선군' 담론의 쇠퇴 약화, 그 대체재로 당(黨) 중심으로의 복귀와 그를 통한 정상적인 사회주의체제, 정상 국가로의 회복 욕구를 상징한다고 풀이할 수 있다.

주체사상의 한 축인 경제 구호 '자력갱생'의 김정은식 호명인 '자강력제일주의'와 김정은 시대만의 새 특징인 우주시대라는 자신감이 천리마와 결합하여 '만리마'가 된 셈이다. 하루에 4백 킬로를 쉬지 않고 달리는 준마인 천리마가 동아시아적 중세에 기댄 195,60년대식 낡은 상상의 산물이다. 그에 반해, '룡마(龍馬), 만리마'란 하루에 4천 킬로를 날아갈 수 있는 대륙간탄도유도탄(ICBM, Intercontinental Ballistic Missile)을 연상시키는 2010년대판 상상력의 업그레이드가 아닐까 추축해 본다.

그런데 제 7차 당대회 이후의 문예노선 변경의 뚜렷한 실체를 포착하기 어렵다. 가령 북한 학계의 최고 원로(원사)인 은종섭 김일성대 교수가 쓴 2018년 봄에 문학신문에 쓴 권두 칼럼[69]을 보면, 김정은 시대 2기 문예정책의 방향은 작가들이 제7차 당대회에서 제시된 과업을 받들고 "만리마속도 창조의 기세로 현실에 뛰어들어 명작 창작 전투를 힘있게 벌려야 한다"고 한다. 하지만 '만리마시대, 자강력제일주의, 사회주의 강국' 등의 구호성 비문학 담론이 '명작' 창작을 보장하거나 해결해주는 것은 아니다. 7차 당 대회 전후의 새로운 문학 담론이라 할 실마리어는 '명작 창작, 명작 폭포'일 터인데 그 실질적인 내용이 별반 없기 때문이다.

"창작가, 예술인들은 경애하는 최고사령관 동지의 명령과 당 정책 결사 관철의 기풍으로 여러 가지 형식의 예술활동을 힘있게 벌려 글폭탄, 노래폭탄, 춤폭탄으로 군인과 인민들에게 힘과 용기를 북돋아주고 그들을 위훈 창조에로 추동해야 한다."는 구호 정도로 '모란봉악단의 창조기풍'에 버금가는 새로운 창작방법을 유추해내기란 불가능하다. 그렇기에 "력사적 전환기에 들어선 오늘 우리나라에서는 다계단으로 변이 나고 모든 부문이 만리마의 속도로 내달리고 있지만, 문학예술부문은 아직 온 사회를 혁명열, 투쟁열로 들끓게 하고 천만심장에 불을 다는 훌륭한 문학예술작품들을 많이 내놓지 못하고 있"는 것이다. 여기에 김정은 시대 작가, 예술인의 고민이 있을 터이다. 7차 당 대회를 맞은 작가, 예술가들은 예전만큼 자기 시대를 대변한 이렇다 할 대표작을 내놓지 못했다. 새 청년 지도자를 맞아 '만리마시대, 우주시대, 사회

69 은종섭, 「혁명적인 사회주의문학의 위력을 떨치는 만리마시대의 명작을 창작하는데서 나서는 중요한 문제」, 『문학신문』 2018.3.24, 2면.

주의 강국'을 선언했건만 문화예술부문은 그렇지 못했던 것이다.

이른바 '사회주의 문명국'을 향한 청년 지도자 김정은의 욕망은 끝이 없지만, 예술에 조예가 깊었던 아버지와 달리 그는 과학기술을 중시할 뿐 아버지만큼도 예술의 위력을 인정하거나 미학적 특수성에 그리 큰 관심을 두지 않는다. 비물질적 비가시적인 문학예술의 특성을 무시하고 '상상의 사회주의 문명국' 건설에 적합한 예술 생산실적을 '명작폭포'처럼 쏟아내라고 한다. 결국 타개책은 작가들의 '현실체험'이란 오래된 만능치트키다.

김정은은 2018년 신년사에서 문학예술부문의 과제로, "만리마시대를 반영한 명작을 창작 창조하여 혁명적인 사회주의문학예술의 힘으로 부르죠아반동문화를" 이겨내자고 한 바 있다. 여기서 '만리마시대'란 김정은의 영도 밑에 '김일성-김정일주의'의 기치를 높이 들고 '주체혁명의 새로운 단계를 열어나가는 새시대'라 한다. 작가들은 '만리마시대의 기적'을 생활적으로 생동하게 보여주어야 하며 '만리마속도를 창조'하며 천만 군민(軍民)의 정신세계를 형상적으로 깊이 그려내기 위해 창작적 사색을 기울이고 노력해야 할 것이라 한다. 문제는 문학이 생활을 진실하게 반영하는 데서 굳어진 도식과 틀을 깨고 새로운 전환을 이룩하기 어렵다는 사실이다. 작가, 예술인, 문예부문 종사자들 속에 청년 지도자가 원하는 요구에 즉답하지 못하는 관행과 도식이 남아있다고 본다. 그 틀을 깨고 명작을 내놓기 위해서는 결국 현실에 깊이 들어가야 한다는, 예의 현지체험 만능주의를 반복한다.

결국 은종섭 같은 원로조차 해결책은 '현지파견'이란 구두선뿐이다. 하지만 작가 예술가들이 저 1950년대 천리마운동 시절의 '현지파견'사업처럼 2018년에도 여전히 농촌, 공장, 탄광에 들어가 노동체험을 하면 창작을 잘하게 되는 것인지 의문이 든다. 작가, 예술인들은 당의 명령대로 매년 공장, 농촌, 산골, 어촌, 건설현장, 탄광 등 생산 현장으로 현지파견된다. 작품 구상과 취재차 단기간 다녀오기도 하고 아예 6개월, 1년씩 하방하기도 한다. 2018,9년도 예외가 아니다.

작가동맹 소설분과위원회에서는 '수령형상소설' 창작 전투를 수행하는 소설가들의 창작 열의를 적극 계발하고 취재 조건과 창작 여건을 마련해주려 '현지지도 단위들에 나가 깊이 있는 현실체험을 진행하도록' 하였다.[70] 소설가 최성진은 평양락랑영예군인수지일용품공장, 리정옥은 협동농장 농기계 연구사, 엄호삼, 주병윤 리명순 등을 비롯한 여러 소설가들도 과학기술전당과 평양어린이식료품공장, 평양교원대학 등 방방곡곡에 파견되었다. 득장지구탄광련합기업소의 소설가 오광철은 막장에서 탄부들과 함께 탄을 캐며 단편 실화소설의 초고를 완성하였다.

고향인 수도 평양을 떠나 최전선 낙도 분교의 벽지(僻地) 교사로 자원한 사범대 최우등졸업생을 영웅으로 묘사한 단편 「나의 꿈」(『조선문학』 2017.7)의 작가 김향순은, 창작하기 편한 조선문학창작사나 우산장 창작실 같은 데 배치 받는 보상 대신 탄광으로 현지파견되었다. 더 많은 석탄 증산으로 당 정책을 떠받들어갈 어느 탄광의 중간관료를 형상화한 창작에 착수하려고 현지 취재를 명분으로 간 것이다. 이처럼 오늘

70 김향(본사기자), 「'천만군민의 영웅투쟁과 생활, 아름답고 숭고한 인간미를 작품마다에'_완강한 정신력과 창조기풍으로-소설문학분과위원회에서」, 『문학신문』 2018.4.7, 1면.

이 시간에도 평양을 비롯한 북한 전역에선 작가들이 청년, 미래, 과학기술 소재 작품 창작을 위해 보다 강한 정신력과 창조기풍을 터득하려고 생산 현장에 파견해 있다.

그래서인지 김정은 시대 2기 문학의 지향이 정상적인 사회주의 당국가로 복귀한 국무위원회 체제가 추구하는 '사회주의 문명국과 인민생활 향상 병진정책'의 반영이라 해도, 실제로는 청년 지도자의 욕망의 산물, 상상의 공동체에 머무르지 않나 하는 판단이다.

4. 모란봉악단의 창조기풍을 확대하라

기실 북한 역사 70년 동안 문학장의 이면을 가늠해보니 창작자들은 과거 관행을 적절하게 답습 변형하는 '안전망'을 구가하였다. 이른바 항일혁명, 조국해방전쟁, 사회주의 건설, 주체사상 유일체제, 선군 통치 등등 '영광된 과거' 신화를 소환해서 현재를 다시 보게 하는 식으로, 지난번에 시도해서 성취를 이뤘던 '주체문예' 창작방법을 적당히 수정 보완해서 모방 반복하는 것이 관행화되었다. 비록 당이나 상급 조직, 평론가에게 도식주의로 비판받더라도 전례를 반복하는 것만이 문학장에서 탈락, 퇴출당하지 않는 현실 안주 방식이자 생존법인 것을 이미 오랜 세월동안 온몸으로 체득하였다. 새로운 창작방법의 모험적 시도는 위험이 너무 크기 때문이다.

가령 김정은 시대 공인받은 거의 유일한 새로운 창작 담론은 주체문예도 선군문학도 아닌 '모란봉악단의 창조기풍' 정도이다. 타자의 시선에서 볼 때, '명작 폭포'란 구체적 미학과 창작방법이 없는 일종의 레토릭일 뿐이다. 천리마 담론을 변형한 '만리마 시대 / 속도 / 기수'도 경제생산의 슬로건이지 문학예술장의 창작방법이나 미학은 아니다. 심지어 김정은 시대 예술 창작의 유일한 대표 담론 '모란봉악단의 창조기풍'조차 우리네 '새 정치'처럼 실체가 모호하다. 모란봉악단의 파격적인 공연(2012.7) 때 김정은의 칭찬처럼, "인민의 구미에 맞는 민족 고유의 훌륭한 것을 창조하는 것과 함께 다른 나라의 것도 좋은 것은 대담하게 받아들여 우리의 것으로 만들어야 한다."[71]는 파격적 실험정신은 10년째 보이지 않는다. 저 1970년대 이후의 유일한 창작지침인 '종자론, 속도전' 같은 주체창작론에만 얽매이지 않고 서구 것도 받아들이는 파격이 전혀 불가능할까. 진취적이고 박력 있으며 약동하는 시대정신을 반영한 새롭고 독창적인 작품을 창조하라는 주문이 어찌 모란봉악단의 만능키일 뿐일까.

문학예술 창작이 진정 도식과 유형, 관행에서 벗어나려면 창조적 모험을 해서 실패하더라도, 다시 말하면 당과 수령의 마음에 들지 않아도 아무런 피해를 보지 않게 창작의 자유를 보장해야 한다. 그러나 주체문예론의 창작시스템은 이러한 타자의 시선을 부르주아 반동미학으로 매도한다. 수령에 대한 충실성을 바탕으로 종자를 잘 잡으면 창작이

71 「모란봉악단이 펼쳐 보인 세계 속의 조선-열린 음악정치의 전면개화기」, 『조선신보』 2012.7.23. 문예창작에서'모란봉악단의 대담한 창조기풍'이 재연되거나 이론화되지 못했다는 저자의 비판적 입장과 달리 북한음악 전문가 천현식은 이를 긍정적으로 해석한다. 천현식, 「모란봉악단과 음악정치」, 남북문학예술연구회, 『감각의 갱신, 화장하는 인민: 김정은 시대와 북한 문학예술의 지향』, 살림터, 2020 참조.

잘된다고 단언한다. 이에 김정은과 인민들이 진정 새로운 삶과 문학예술을 구가하고 싶다면, 이른바 모란봉악단의 창조기풍조차 또 하나의 '억압장치'로 이데올로기화시키지 말고 상상력과 실험정신이 더욱 더 확장되었으면 한다. 뭔가 변화를 기대하며 꿋꿋하게 북한 작품을 밑줄 치며 읽고 행간의 의미를 추정하는 작업을 계속한다.

청년 과학기술자의 사랑과 긍지

–여성작가 작품의 (탈)냉전적 일상[72]

1. 여성작가 작품의 일상 재현의 전통

김정은 시대 여성작가 작품에 나타난 북한 인민의 새로운 생활문화와 일상은 어떨까? 이 장에서는 김정은 시대에 존재감이 돋보인 김향순, 렴예성, 심복실 등 여성작가의 소설과 시에 나타난 청년 과학기술자의 일상을 문학사적 맥락에서 독해하고자 한다. 저 195,60년대 사회주의 기초 건설기였던 '천리마시대'의 사업작풍을 본받아 '만리마시대'를 운위하는 2016~19년 북한 사회의 변화를 과학기술자를 형상화한 문학작품을 통해 미시적으로 분석한다. '전민과학기술인재화'라 하여 김정은 시대 들어 특화된 과학기술 우대 정책 기조[73]를 문학을 통해 확인한다.

---

72 이 글은 다음 발표문을 단행본에 맞게 개제 개작한 것이다. 「신진 여성작가 소설의 탈냉전적 일상과 김정은 시대 변화: 렴예성, 김향순 단편을 중심으로」, 『위기와 기회의 한반도, 다시 평화를 생각한다: 북한연구학회 2019년 동계 학술회의 발표문집』, 북한대학원대, 2019.12.20.

73 리광삼, 『경애하는 최고령도자 김정은 동지께서 밝히신 전민과학기술인재화에 관한 주체의 리론』, 사회과학출판사, 2017 참조.

북한에서 문학이란 공산주의적 인간학, 주체적 인간학으로 정의된다. 당과 지도자의 명령체계와 다른 노선이나 정책, 해설, 실행방안, 심지어 담론조차도 이견을 낼 수 없다. 김정은이란 특정 개인이 당–국가–이데올로기, 담론 전체를 장악하고 있기에 그와 다른 생각과 행동, 삶의 방식 생활세계(lebenswelt) 일체를 '이색사상, 수정주의, 부르주아 반동 미학사상'로 밀어낸다. 장기간 지속되어온 남북한 간의 적대적 공존관계는 한반도 남북의 주민 생활세계를 내부냉전으로 왜곡시켜왔다. 상대를 대화와 소통, 교류와 협력의 상대로 정당하게 대하지 않고 '북한 / 남조선' 심지어 '북괴 / 남조선괴뢰'로 호명하는 순간 학문적 논의는커녕 최소한의 우리말 대화조차 전혀 수행할 수 없는 적대관계의 무한반복구조를 보인다.

그럼에도 불구하고 『조선문학』, 『청년문학』, 『문학신문』, 『조선예술』, 『조선음악』, 『조선미술』, 『조선영화』 등의 문예지 연구가 북한 인민의 삶과 생각, 마음을 알아보려는 일이듯이 『천리마』, 『조선녀성』의 기사, 문건, 비문자텍스트 등 콘텐츠를 꼼꼼하게 정리하면 훨씬 풍부한 결과를 얻을 것이라고 기대한다. 북한의 사회체제가 유일사상체계로 결박된 명령 수행 로봇형 인간들만 사는 게 아니라 감정을 가지고 우리말과 한글로 소통 가능한 한겨레라고 본다면, 그 '사람' 자체를 문학이란 매체를 통해 간접적이나마 실감나게 총체적으로 만나보자는 전략이 필요하다.

시, 소설을 통해 인민 생활을 탐구하는 것은 당 정책의 당위적 명제를 축자적으로 해석하는 것이 아니라 이면의 진실을 상상적으로 재구성하는 의도도 깔려 있다. 이때 문학예술연구가 관심 갖는 것은 주체사회주의체제의 선전과 교양 관련 정보에 대한 양적 분석과 시스템 분석이 아니다. 공화국 공민들이 지닌 "수령에 대한 충실성과 당 정책 등 사회적 규율을 모범적으로 지켜가며 살아야 한다"는 당위, 강박 관념의 그늘에 주목한다. 북한 인민들의 삶을 이면적으로 독해할 수 있다는 사실에 주목한다. 이를테면 미시사, 일상사, 생활사적 접근법이다. 미시사, 미시문화사로 유명한 까를로 진즈부르그의 『치즈와 구더기』 같은 방식으로 북한 인민들의 삶을 추적하면 우리가 잘 모르는 이면의 진실을 찾을지도 모른다. 사소한 것처럼 보이는 작은 증거 조각을 실마리 삼아 마치 사냥감을 쫓는 사냥꾼처럼, 환자를 진찰하는 의사처럼, 범인을 추적하는 탐정처럼, 숨겨진 리얼리티의 진면목에 도달하고자 하는 것이 미시사적 접근법이기 때문이다.[74]

북한 문학을 통해 미시사, 일상사적으로 사회상을 분석하고자 할 때 논의의 중심은 '수령, 위인, 영웅, 모범생' 등의 엘리트가 아니다. 그냥 일반인, 보통사람, 평범한 인민대중이다. 중요한 것은 그들의 노동, 비노동 세계이며, 묘사되는 것은 주거, 복장, 식사, 말하자면 일상적인 의·식·주의 양상이다. 또한 관심거리가 되는 것은 사랑과 증오, 불화와 협력, 기억, 두려움 그리고 장래에 대한 희망이다. 일상사는 더 이상 업적(또는 범죄, 죄악)에 주목하지 않는다. 오히려 중요해지는 것은 전승 속의 대다수 이름 없는 사람들이 매일매일 고생해가면서, 또 가끔씩 "과시적으로 소비"해가면서 일궈냈던 삶과 생존이다.[75]

---

74 곽차섭, 「엮은이 서문」, 곽차섭 엮음, 『미시사란 무엇인가』, 푸른역사, 2002.

75 알프 뤼트케, 나종석 외 옮김, 「일상사란 무엇이며 누가 이끌어주는가」, 『일상사란 무엇인가』, 청년사, 2002, 15면.

김정은 시대에 두각을 나타낸 김향순, 렴예성 등 신진 여성작가의 작품에 나타난 일상을 문학사적 맥락에서 보려면 이전 부조 시대에 나온 비슷한 주제의 소설과 비교할 필요가 있다. 그래서 김일성, 김정일 시대 여성 작가의 몇 작품에 나타난 인상적인 일상생활상을 찾아보았다. 수령론이나 선군론의 구심력에서 벗어나 인민의 일상, 특히 여성의 일상, 생활사 세부를 잘 보여준 '사회주의 현실 주제' 세태소설이 적지 않음을 확인할 수 있다. 특히 사회주의 리얼리즘 보편 미학과 결별을 선언했던 저 1967년, 이른바 주체사상의 유일사상 체계화(1967.5) 이후 북한 문학사 전체를 통틀어 이념적으로 두 번째[76]로 유연했던 '주체문예의 이념적 완화기(1986~94)'[77]에 여성의 일상을 사실적으로 그린 수작이 적잖이 나왔다. 가령 최상순, 「보통날에」(1974), 『나의 교단』(1982), 안홍윤, 「칼도마소리」(1987)[78]부터, 강복례 단편 「직장장의 하루」(1992), 최련, 「바다를 푸르게 하라」(2004)[79]까지 여성작가 작품들에서 사회주의적

---

76 첫 번째 이념적 완화기는 1956년이다. 고자연·김성수, 「예술의 특수성과 당(黨)문학 원칙－1950년대 북한문학을 다시 읽다」, 『민족문학사연구』 65호, 민족문학사학회, 2017.12 참조.

77 1967년의 이른바 '5.25교시' 후속조치(1968~1978)로 분서갱유에 가까운 사상통제가 이루어졌다. 적어도 문학예술분야에서 20년간의 봉인이 해제된 결정적 계기는 조선문학예술총동맹 제6차 대회(1986.3)에서 마련되었기에 1986년이 문학예술사적 분기점이라고 판단된다. 조선로동당 중앙위원회, 「조선문학예술총동맹 제6차대회 앞」(축하문), 『로동신문』 1986.3.28, 1면; 미상, 「우리 당이 문학예술사업에서 이룩한 업적을 옹호고수하고 계승발전시키자」, 『로동신문』 1986.3.28, 1면 참조.

78 1987년작이 『조선문학』 2012년 11호와 2020년 9호에 거듭 재수록됨으로써 '정전'이 되었다. 김성수, 「8차 당대회 전후(2019-23) 북한문학 동향과 쟁점」, 『민족문학사연구』 82, 민족문학사연구소, 2023.8, 299~303면 참조.

79 강복례, 「직장장의 하루」, 『조선문학』 1992.8; 최련, 「바다를 푸르게 하라」, 『조선문학』 2004.2.

일상을 다룬 섬세한 시선을 확인할 수 있다.

그 중에서 문학사적 대표작인 최상순, 『나의 교단』(문예출판사, 1982)을 보면, 인민학교 수학 교사 현인순이 전국 수학경시대회 준비 중 성적 우선주의자인 교장의 암기식 교수 방법에 맞서다 불이익을 당하는 장면이 나온다. 전교 1등인 별이가 현인순의 교수 방식에 반발하자 교장 임준식은 현인순을 다른 학교로 보내려 한다. 이 문제는 『인민교육』 잡지에 공론화되고 최우등학급을 받은 동료 교사 선옥이 교장에게 맞서며 문제가 커진다. 결국 이 학교에 김일성이 현지지도를 와서 교장이 자신의 관료적 작태를 반성하며 문제가 해결된다. 이 작품은 북한의 암기식 교육방식의 문제점과 경쟁구도, 성과 위주 교육에 대한 날카로운 비판을 담고 있다.

최련의 단편 「바다를 푸르게 하라」(2004)는 여성 과학자 채연경을 통해 '사회주의적 개발 담론과 바다 생태계 보존' 사이의 딜레마를 섬세하게 그린다. 작품에서는 사회주의적 개발론에 따라 희유광물(희토류) 선별제 원료로 바닷말 조류 자원을 대량 수거해서 국가 경제에 보탬이 되게 하려는 중간 관료가 나온다. 과학자는 푸른 바다를 후손에게 물려주려면 생태계를 함부로 훼손할 수 없다고 맞선다. 개발론과 생태주의의 대결 구도가 주된 플롯이라면, 스토리를 해결해가는 청춘 남녀 캐릭터의 정서적 교감, 육아를 둘러싼 가정 갈등이 보조 플롯이다.

작품의 화자는 현지답사조 책임부원 '박신철'을 수행하는 해양식물학 연구사 '윤해송'이다. 그녀는 바다 자원의 합리적 이용과 자원 고갈 문제로 고민에 빠져 있다. 해조류를 이용한 시약 생산은 외화 획득과 자원 활용에서 긴요한 당면과제다. 국가의 부를 획기적으로 늘리는 국가 시책에 부응하는 사업이기 때문이다. 하지만 시약 생산은 바다 자원의 고갈을 초래하고 생태계 교란을 불러오리라는 것 또한 엄연한 사실이다. 그래서 '련포 앞바다'에 침광시약 시험분 공장을 건설하려는 움직임에 반대한다.[80]

처녀의 다음 말을 기다린 듯 청년의 눈빛은 진지했다. 해송은 땀 배인 손으로 무릎 우에 놓인 손가방 끈을 감아쥐였다.

"전 ㅂ광산에서 이곳 련포 앞바다에 침광시약시험분 공장을 꾸리는 문제로 국에서 현지답사조가 내려왔다는 소식을 들었습니다. 사실입니까?"

"사실입니다. 그런데요?"

"전 그 시약을 생산하자면 이 바다 주변의 바다풀을 련간 수백 수천 톤씩 거두어들여야 한다는 사실을 알았습니다. 만약 그렇게 된다면……."

"……."

청년의 얼굴에 떠오른 의혹의 표정을 보자 해송은 이제 자기가 해야 할 말이 석연히 떠오르는 것을 느꼈다.

"그렇게 되면…… 바다가 수십 년 후에는 황폐해집니다."[81]

해조류의 남획은 수십 년 후 인근 해역을 황폐하게 만들 것이므로

80 유임하, 「여성과학자의 딜레마—최련의 〈바다를 푸르게 하라〉 해설」, 『북한소설선』, 작가와비평사, 2013 참조.

81 최련, 「바다를 푸르게 하라」, 『조선문학』 2004.2, 73면.

바다 생태계의 보존이 역설된다. 천연자원의 합리적 이용을 통해 국가적 이익을 얻으려는 당의 입장(박신철)과 생태계의 파괴를 막고 바다를 지키려는 노력(윤해송)이 대립된다.

주인공 연경은 바닷가 해변에서 우연히 만난 해송의 푸념을 들은 후 자기가 바로 획기적인 시약 개발자임에도 불구하고 고민에 빠진다. 현지답사를 책임지고 당국에서 파견 나온 박신철 책임부원을 수행하는 해송의 주장에 마음이 움직인다. 당의 명령도 중요하지만 어린 아들의 편지에 보듯이 푸른 바다를 물려주고 싶은 모성애 강한 여성 과학기술자이기 때문에 갈등은 깊어진다. 아들 웅이가 엄마에게 쓴 서툰 글씨의 편지에서 "엄마, 아버진 말했어요. 내 생일에 엄마는 나에게 바다를 선물한다고요. 아버지가 그러는데 아주 넓고 새파란 바다래요."라고 했기에 개발을 강행하기 어렵다.

이 작품의 핵심은 가정과 업무 사이에서 갈등하는 여성 과학자의 내면적 갈등 그 자체이다. 특히 천연 원료 시약을 연구 개발한 연경이 자연 생태가 잘 보존된 먼 미래를 위해 당장 어린 자식을 다른 이에게 맡기고 새로운 시약 재료 개발을 위해 멀리 '폐유 단지'로 떠나는 마지막 대목이 인상적이다. 연경은 자신의 빛나는 연구 성과를 '바다의 래일'이라는 대의를 위해 포기하고 또 다른 고난의 행군길로 나섰기에 감동이 커진다. 명분 때문에 또 다시 행복한 가정을 떠나야 하는 주인공의 심정을, 해송은 같은 여성이기에 더욱 공감한다. 이러한 연경을 지켜보는 해송의 목소리에는 여성의 삶에 대한 연민과 동병상련의 연대감이 담겨 있다. 미래를 위해 현재를 희생하는 생태주의 엄마이자 국가 시책을 떠안은 과학기술자 사이의 내면적 갈등이 '중첩된 자기희생'으로 해결되는 장면이 섬세하게 그려진다.

(2중의 짐…) 해송은 속으로 뇌이였다.

(왜 그 훌륭한 녀인은 남자들과 똑같은 일을 하면서도 또 하나의 짐을 더 져야 할가. 더 무겁고 더 힘든 짐을… 연경 언니는 연구사업의 실패와 고민에 대해서는 한마디도 하지 않았지… 그래, 그것은 그가 겪는 마음속 고통에 비해서는 너무도 하찮은 것이야.)[82]

엄마 과학자인 연경이 짊어진 '2중의 짐'은 이념과 체제의 장벽을 넘어 한반도적 시각에서도 우리 독자들에게도 공감대가 생기기에 적잖은 여운을 남긴다.[83] 이렇듯이 북한 여성작가 소설에 나타난 탈냉전적 일상의 모습은 김정은 시대 이전, 심지어 냉전이 강화되었던 '고난의 행군'과 '선군시대'에도 물밑에서 지속되었다고 하겠다.

2. 김정은 시대 1기 여성작가 작품의 '사회주의적 부귀영화'

70여 년 동안 펼쳐졌던 북한의 문학을 시계열적으로 일별하면 사회주의 경제가 좋았던 1950~1960년대에는 '5개년 계획, 6개 고지 점령, 200프로 초과 달성' 같은 수치로 환산되는 실감 나는 통계가 창작을 지

82 최련, 「바다를 푸르게 하라」, 『조선문학』 2004.2, 74면.

83 고인환, 「서로를 의식하는 소통의 물꼬를 트다―『통일문학』에 실린 북측의 단편소설들」, 창비, 2008년 가을호의 특집 기획 〈문학초점, 시선과 시선: 통일을 열어가는 문학의 길―6·15민족문학인협회 『통일문학』 창간호〉 참조.

배한 적이 있었다. 경제가 나빠져 개인숭배와 폐쇄적 자력갱생을 강조했던 1970~1980년대에는 '주체와 수령에의 충성'이라는 추상적 구호로 문학예술 전체를 선전 도구화시켰다. 1980년대 말 한때 이념적 완화기가 있어서 일상의 구체적 형상화가 유행한 적도 있었다. 그러나 1994년 김일성 사망과 '고난의 행군'기로 불리는 체제 붕괴 위기에서 다시 '선군혁명문학예술'이란 군대식 사업작풍이 시대를 압도한 바 있다.

2016년 제7차 당대회를 전기로 해서, 북한은 군대 대신 당이 중심인 정상적인 사회주의 국가로 돌아왔다. 그러자 문학예술에도 변화 바람이 일었다. '선군과 수령' 담론의 구심력이 사라졌다. 선군문학처럼 온갖 통계 수치와 추상적 정치 구호, 충성 슬로건이 남발되기보다 일상의 구체적 형상이 조금씩 전경화되었다. 가령 2017년 말 나온 심복실의 송년 시, 「2017년에 부치여」(『조선문학』 2017.12)나 전명옥의 시, 「인민의 한마음」(『문학신문』 2018.9.22)이 바로 그런 변화를 잘 보여준다. 이전까지 비정상적이었던 선군정치 때문에 희생되었던 인민들의 일상생활이 다시 윤택해져 기쁘다는 일상 찬가를 구체적인 이미지로 잔뜩 나열한다.

> 얼마나 가슴 벅찬 한해인가 / 만리마속도 창조의 고향 려명거리 (…) 강원도정신 (…) 백리과원의 사과바다 향기 (…) 황금해의 바다 향기 (…) 금골의 영웅소대 광부들 (…) 상원의 미더운 로동계급 / 그리고 비단 짜는 처녀들과 / 백두전구의 청년 건설자들 / 또 득장의 탄부들 (…) 우리네 국방과학자들 (…)
>
> —「2017년에 부치여」 부분[84]

84 심복실, 「2017년에 부치여」(권두시), 『조선문학』 2017.12, 4면.

저 하늘이 맑고 푸르러서 / 좋은 날이라 하겠습니까 / 우리의 생활 우리의 재부 / 날마다 늘어가니 / 보통날도 명절처럼 즐거워 / 좋은 날인가 봅니다 //

지금도 막 들려옵니다 / 저기 문수물놀이장 미림승마구락부 / 마식령스키장에서 / 만경대 대성산 / 개성청년공원 유희장들에서 / 인민의 기쁨 커만 가는 소리 //

세상이 보란 듯이 / 우리 눈앞에 쏟아지는 식료품들과 화장품들 / 우리 손으로 만든 멋진 가방과 구두… / 인민생활 날마다 향상되니 / 인민들 모두가 좋아합니다 //

삼지연의 보배감자 / 원수님의 사랑 노래하고 / 전야엔 벼 이삭 설레이는 소리 / 땅 우엔 온갖 과일 향기 풍겨오고 / 동서해에선 / 사회주의 바다 향기 차넘칩니다 // (…)

—「인민의 한마음」 부분[85]

김정은 시대 2기 신진 여성 작가들의 문학작품을 보면, 위의 시구처럼, '평양 려명거리의 시민, 금골 영웅소대 광부, 상원의 로동자, 비단 짜는 처녀, 백두전구의 청년 건설자, 득장의 탄부, 국방과학자' 같은 구체적 장소와 직업이 가시화된 캐릭터가 족출한다. 전명옥의 시에서 보듯이, '문수물놀이장, 미림승마구락부, 마식령스키장, 만경대 대성산 유희장, 개성청년공원 유희장, 식료품과 화장품, 가방과 구두, 삼지연의 보배감자, 백리과원의 사과바다 과일 향기, 황금해의 바다 향기' 등의

85 전명옥, 「인민의 한마음」(시), 『문학신문』 2018.9.22, 3면.

이미지들이 독자로 하여금 시적 대상을 보고 듣고 만지고 냄새 맡을 수 있도록 다섯 가지 감각을 동원하게 만든다. 어쩌면 김정은 시대판 스펙터클을 득의 넘치게 보여주려는 북한식 「경기체가」("이 멋진 풍경 어찌하니잇고!")의 파노라마일 수도 있다.

아버지 김정일 시대까지 북한 인민들은 나라가 못 살고 외세의 압박에 맞서야 하기 때문에 일상생활과 개인의 행복은 유보, 희생되어야 한다고 믿었다. 그래서 아이들을 위한 사탕 한 알보다 총알 한 개를 더 생산해야 한다고 '선군'을 외쳤다. 그러나 세상이 달라졌다. 사탕을 먹고 자란 아이들은 나라의 미래이자 기둥감이지만(후대양성론, 인재입국론), 총알은 쏘면 없어지는 소모품일 뿐 다른 가치로 전환될 수 없는 것이란 인식이 확산되었다.

특히 '사회주의 낙원'의 김정은식 슬로건이라 할 '사회주의 강국, 사회주의 문명국'에 대한 청년 지도자의 욕망과 이면의 실체가 바로 사회주의적 유토피아의 이미지였다. 청년 지도자 김정은은 전통적인 '사회주의 락원(선경)'의 김정은(체제)식 버전인 '사회주의 문명국의 사회주의적 부귀영화'를 자국산 파마약과 스키, 치즈, 횟집 등의 오감을 자극하는 가시적 이미지로 표현하려 애쓴다. 이를 위해서 생필품 생산과 경공업, 레저산업 개발에 전에 없는 노력을 기울인다.

평양 시가만 해도 김정일 시대(1994~2011) 회색빛 중심의 무채색에서 알록달록한 채색화 스타일의 색채 변화가 실감나듯이, '감각의 변화'야말로 김정은 시대 문학예술의 숨겨진 변화 징표라고 하겠다. 가령 '만수대 언덕, 창전거리, 려명거리 고층 살림집의 새집들이, 평양 불장식의 불야성, 세포등판(북한판 대관령 목장)의 푸르른 선경, 마식령 스키장 속도' 등의 이미지가 그것이다. 이전과는 확연하게 달라진 평양 려명거리의 다채로운 색채와 들쑥날쑥한 공간 감각에 어울리는 다종다기한 시, 소설이 풍성하게 나왔으면 하는 바람이다. 하지만 평양 시내의 스카이라인과 색채 다변화를 반영하는 최첨단 문명국 주민의 화려한 면모가 생동감 넘치게 그려진 문학 작품이 그리 쉽게 눈에 뜨지 않는다. 반대로 7차 당대회 이전 문학처럼 수령-당에 대한 충성과 고답적인 애국심을 당위적으로 강요하는 작품은 드물지 않게 볼 수 있다.

가령 김정은 시대 제1기(2011.12~2016.5)를 대표하는 여성작가 작품 중에 김하늘이 전통적인 수령 형상문학을 잘 형상화한 여성작가로 손꼽힌다. 특히 그의 대표작 「들꽃의 서정」(2014)[86]을 보면, '돌아온 탕자'라 할 탈북했다가 한국에서 적응하지 못하고 재입북한 탈북여성이 나온다. 소설은 탈북 후 재입북자를 처벌하지 않고 파격적으로 환대하는 청년 지도자의 통큰 통치술을 찬양한다. 하지만 그의 주제의식이나 세부 묘사 등은 이전 시대 주체문학의 선군 담론, 수령 형상론에서 조금치도 벗어나지 않았다. 「영원한 품」(2012), 「고향의 미소」(2014)[87]도 그렇듯이 새로움이 없다는 말이다.

리지혜의 단편, 「첫날옷」(2014)도 마찬가지이다. 작품에서는 일생에 단 한 번뿐인 결혼식조차 산골 오지 속의 발전소 건설장에서 남루한 돌격대 제복을 입은 채 강행하는 미담을 조국 사랑이라 강변한다. 선봉피복공장 재봉작업반에서 근무하는 여성노동자 유미래와 청천강계단식

86 김하늘, 「들꽃의 서정」(단편소설), 『조선문학』 2014.1.

87 김하늘, 「영원한 품」(『조선문학』 2012.3), 「고향의 미소」(『조선문학』 2014.4)과 마찬가지로 단편 「들꽃의 서정」도 김정은 시대만의 변화된 일상, 새로움이 별로 없다.

발전소 건설돌격대 구역대대 참모장인 강수웅이 바로 그런 캐릭터이다. 나이는 서른두 살, 제대군인이고 건축종합대학 졸업생인 남주인공이 공장 휴게실의 평소 사모하는 유미래의 수첩장에 씌여있는 '무엇이 사랑인가?'라는 글을 보며, 나라 사랑이 곧 남녀 결합이란 전제에 의기투합하여 결혼식 자체는 대충 소박하게 치른다.

> "결혼식은 소박하게 그러나 전투적으로 진행되였다. 돌격대 제복을 입은 신랑, 신부에게 꽃을 안겨주고 대원들의 축복 속에 함께 사진도 찍고…"
>
> "그러고 보면 난 정말 맹꽁이야. 시대의 주인공들이 이처럼 가까이 있는 것도 모르고."
>
> "어때, 미래는 요즘 무엇이 사랑인지 연구한다는데 인젠 사랑이 뭐구 누가 제일 사랑스러운 사람들인지 알겠지?"[88]

여주인공 미래는 지배인의 지적에 얼굴을 붉히면서도, 조국에 대한 사랑이 중요하며 그 사랑을 창조해가는 저들 청년돌격대원들처럼 살겠다고 다짐한다. 그런데 개인이나 가정의 행복보다 애국이 더 중요하거나 애국의 대의 아래 가정사란 희생될 수 있다는 메시지는 중세 봉건논리 아닌가? 북한 사회주의와 주체사상의 담지자가 그토록 악마화했던 봉건 통치배들의 중세적 가국(家國) 일치론이 김정은 시대에도 부조(父祖)대와 동일한 세습 덕목으로 자연스레 받아들여지고 있는 셈이

88 리지혜, 「첫날옷」(단편소설), 『문학신문』 2014.7.26(루계 제2257호), 3~4면.

다.[89] 더구나 결혼식을 대충 치룬 이들에게 '시대의 주인공'이란 상투적 수사로 감싸는 것은 고난의 행군기의 전대 방식을 그대로 답습하는 것에 다름 아니다.

공동체 번영을 위한 개인의 희생을 높이 평가하는 이런 선군시대 덕목은 2015년 전국군중문학작품 현상모집 1등 당선작인 김은경, 「은방울꽃」(2015)[90]에도 마찬가지로 반복된다. 소설을 보면, 송천옷공장 재봉반장인 여주인공 하지연의 생산력 향상을 위한 노력이 그려진다. 지연은 기존의 낡은 재봉기로써 생산목표 100% 달성에만 어떻게든 맞추고 현재 처지에 안주하는 지배인에 맞선다. 기존의 낡은 공장 생산 라인을 중지시키고 기술학습을 시켜 신형 재봉기 도입을 통한 좀더 고급스런 옷을 생산하려고 한다. 거기 더해 식의주 다음으로 필요한 일상용품들인 손전화, 패션, 화장품 등의 소비재, 기호품에 대한 서술이 강화되는 등 변화하는 사회 면모를 일상생활 속에서 보여주고 있다.

3. 김정은 시대 2기 여성작가 작품의 (탈)냉전적 일상

7차 당 대회(2016년 5월) 이후 북한 주민의 변화된 일상, 특히 여성성

89 주체사상체제의 북한, 특히 김정일 시대에 나온 문학작품의 숨겨진 윤리 도덕이 중세 봉건제적 충효이데올로기와 가국(家國) 일치론과 비슷하다는 선행 논의는 김성수, 「1990년대 주체문학에 나타난 충효이데올로기」, 『현대북한연구』 5-2, 북한대학원대, 2002.6 참조.

90 김은경, 「은방울꽃」(단편소설), 『조선문학』 2015.6(루계 제812호), 39면.

을 반영한 문학작품의 변화가 뚜렷하게 감지된다. 청춘남녀의 사랑 등 청년 과학기술자의 고군분투와 애정 갈등 등 평범한 일상을 실감나고 섬세하게 그려내는 여성작가의 작품이 계속 나온다. 2기 들어 주목하는 신진 여성작가는 1기 문학을 거론한 앞 장의 김하늘, 김은경, 리지혜와 차별화된 김향순, 렴예성, 한은희 등이다.

김향순 단편 「나의 꿈」(2017)[91]에서는 김책공업종합대학 출신 동혁이가 프로그램 연구사가 아니라 공장 생산 현장에 자발적으로 취업한다. 그가 맘에 두고 있던 처녀 기자 순영이 양심 고백이라면서 졸업을 앞둔 상황에서 윗선에서 추천 받은 화학공대가 아니라 상업대학에 지망한 사연을 들었기 때문이다. 그 여학생은 대학이 아니라 농촌으로 가서 도전한다. "사람은 권리를 누리기에 앞서 의무에 충실해야 한다."고 말한다.

같은 작가의 후속작 「멀리, 가까이」[92]는 초임 교사가 다들 부임을 꺼리는 벽지인 서해안 무도분교 교사를 자원한 김형직사범대 수석졸업생 봄희의 교육 미담이다. 주인공 처녀교사의 섬세한 심리 묘사가 돋보이는 중간의 '일기'를 인용하면 다음과 같다.

> 평양에서 나서 자란 그가, 김형직사범대학을 최우등으로 졸업한 그가, 여기로 오지 않는다고 나무람할 사람도 없고 여기로 꼭 배치를 받아야 하는 것도 아닌 그가, 더우기 어머니를 잃은 지 1년밖

91 김향순, 「나의 꿈」(단편소설), 『조선문학』 2017.7, 58~66면.

92 김향순, 「멀리, 가까이」(단편소설), 『조선문학』 2018.5, 28~39면.

에 안되는 홀아버지를 모시고있는 외동딸인 그가 어째서 여기로, 친척도 친우도 없는 최전연의 섬마을학교로 자진하여 나섰는가를 그리고 그동안 여기 섬에서 보낸 나날들에 대해 봄희는 대회의 연단에서 전국의 청년들 앞에서 이야기해야 했던 것이다.[93]

김형직사범대학을 최우등으로 졸업한 주인공 봄희는 자기가 나서 자란 평양과 멀리 떨어진 최전선의 섬마을 무도분교로 자진하여 부임해간다. 어릴 적 친구이자 김형직사범대 동기였던 하철만이 연구를 더 하고자 박사원의 연구원으로 진학하면서 같이 가자고 했는데도 홀로 남은 아버지마저 평양에 두고 벽지 학교에 간 것이다. "여기로 오지 않는다고 나무람할 사람도 없고 여기로 꼭 배치를 받아야 하는 것도 아닌 그가, 더우기 어머니를 잃은지 1년밖에 안되는 홀아버지를 모시고 있는 외동딸인 그가" 고향 평양과 아버지를 두고 너무나 멀리 낙도 초급학교 분교로 간 것이다. 하지만 봄희가 택한 최전연 섬마을 무도분교에 김정은이 순시를 와서 함께 기념사진을 찍음으로서, 가장 멀리 간 사람이 "원수님과 제일 가까이에 있"게 된 셈이다. 그래서 작품 제목이 「멀리, 가까이」 인 것이다.

이렇듯 '멀리'가 '가까이'로 전환됨으로써 "최전연 섬마을학교에서 조국의 미래를 키우는 억센 뿌리가 되고 밑거름이 되려는 주인공의 높은 정신세계가 독자들에게 감동깊게 안겨지고 있다."[94]는 상찬을 받는

93 김향순, 「나의 꿈」, 『조선문학』 2017.7, 58면.

94 김정평, 「'멀리', '가까이'에 비낀 철학적 여운–단편소설 「멀리, 가까이…」를 읽고」(단평), 『문학신문』 2018.7.21, 4면.

다. 소설 지문에 나오듯이 기회나 환경과 조건이 영웅을 만들어주는 것은 아니다. 또 수단이나 직업이 영웅을 만들어주는 것도 아니다. 어디서 무엇을 하는가가 중요한 것이 아니라 어떻게 하는가가 중요하다는 말이 있지 않은가. 아버지는 영웅이란 훌륭한 사람이라고 말했다. 수학자도 교원도 군인도 다 영웅이 될 수 있다는 대목에서 이 여성작가의 주제의식을 찾아 읽을 수 있다. 이전에는 군인, 노동자, 농민이 영웅 주인공이었다면 능력이 많아 좋은 직장을 갈 잠재력이 차고 넘쳐도 남들이 가지 않는 불편한 그늘길, 험한 작업장을 묵묵히 가는 숨은 영웅, 캐릭터들이 모험을 마다 않는 새로운 시대적 변화를 상징한다는 사실이다.

이전 천리마 시대에는 생산목표의 몇 백 프로 달성이 중요했다면 김정은 통치기 만리마 시대에는 사회주의적 경쟁체제가 도입되어 1등이 중요해졌다. 그리고 서사적 갈등 해결의 주인공이 예전처럼 항일혁명가, 전쟁영웅, 노동계급-투사나 군인이 아니라 어린 여성이나 교사, 과학기술자, 지식계급도 될 수 있는 것이 주목된다. 25톤 트럭을 모는 간척사업 기수가 가부장 남성이 아니라 어린 처녀라는 사실이 중요하다. 청년 지도자가 특히 각별하게 여기는 청년들에 대한 사랑과 믿음에 호응하고 촉진되는 주인공의 감정적 발전이 자연스럽게 형상화된 부분이 바로 김정은 시대 문학의 주요한 변화라고 하겠다.

이런 방식으로 새로운 작품세계를 선보인 신진 여성작가로는 렴예성이 눈에 딱 띈다. 그의 단편소설 「사랑하노라」(2018)에 나타난 탈냉전적인 일상과 애정 묘사 대목을 보자.[95]

95 「사랑하노라」 분석 부분은 다음 평론을 참조, 「김정은 시대 북한 청년들의 사랑과 일

그때 누군가의 억센 손길이 내 어깨를 왈칵 잡아챘다.

나는 그 사람의 윤기 도는 까만 구두를 보았다.

오늘은 웬일인지 온통 흙투성이로구나….

"누가 이렇게 하라고 했소? 누가?"

정인의 목소리는 아픔에 떨리고 있었다.

나는 조용히 웃었다.

"저 하나의 머리쯤이야 뭐라나요? 나의 모든 것을 다 바쳐서 우리 조선녀성들의 아름다움을 가꿀 수만 있다면 이런 실험은… 백번이라도 하겠어요. 난… 후회하지 않아요…."

눈물이 저도 모르게 한 방울, 두 방울 볼을 타고 흘러내렸다.

"유정이…!"

뜨거운 그 목소리에 몸을 흠칫했다.

타는 듯한 그의 두 눈이 나의 한심해지고 처참해진 머리를 가슴아프게 훑어내리고 있었다.

나의 자그마한 손을 꽉 잡는 그 억센 손의 따뜻함….

심장이 전율하듯 요동쳤다.[96]

얼핏 보면 3류 애정소설의 한 대목 같은 신파조 내용처럼 보인다. 남주인공 정인과 여주인공 유정에게 도대체 무슨 일이 있어서 이리 가슴 떨며 손을 맞잡고 포옹을 하게 된 것일까? 작품 첫 대목을 보자.

상의 행복」, 『21세기문학』 2018년 겨울호.

96 렴예성(인민보안성 작가), 「사랑하노라」, 『조선문학』 2018.3.

나의 꿈은 언제나 1등생이 되는 것이였다.

그 꿈은 아마 내가 학교적으로 제일 체소한 소녀였기 때문에 생겨난 것인지도 모른다.

줄을 지어 걸어가도 맨 뒤에서 따라가고 출석부의 이름마저 제일 마지막에 불리워지는 것이 너무 싫어서 나는 항상 제일 먼저 불리워지는 이름으로 제일 앞에서 걸어가는 사람이 되기를 꿈꾸었다. 이 꿈과 함께 나는 도에 있는 1중학교를 최우등으로 마치고 리과대학 입학시험을 1등으로 치르었다.

봄이다. 무엇인가 꿈꾸게 하는 희망의 봄….

오전 실험이 끝나갈 무렵 손전화 착신음이 울렸다.

소장의 옹글은 목소리가 울려나왔다.

"유정 동무, 11시에 최종합의를 진행하겠으니 모든 실험자료들을 가지고 올라오시오."

불현듯 심장이 활랑거렸다. 한 시간 후면 모든 것이 결정되는 것이다….

홍유정은 어렸을 때부터 1등주의[97]에 사로잡힌 재원이다. 이과대학을 수석으로 졸업하고 유기화학연구소에 배치되어 열심히 근무하였다. 덕분에 일용품연구실 실장으로 내정될 정도였다. 그런데 느닷없이 낙하산으로 대학 때 라이벌이었던 김정인이 실장으로 와서 마음이 편치

97 오태호, 「전쟁과 평화의 변곡점, 1등주의의 지향과 경쟁 담론의 형상화」, 『상허학보』 58, 상허학회, 2020.2 참조.

않았다. 분명 소장은 유정에게 "이렇게 우리는 우리 원료로 우리 식의 파마약을 드디어 만들어냈습니다. 유정 동무, 정말 수고가 많았소." "파마약연구조 조장 홍유정 동문 일용품실뿐만 아니라 연구소적으로 유일한 처녀 조장이요. 리과대학 졸업생이고 석사요"라며 격려와 총애를 보냈는데도 말이다. 더구나 총각 정인은 대학 시절 유정이 농민 출신에 촌스럽다고 깔보았던 기억과 달리, "품위 있게 지은 까만 양복 안에 까만 샤쯔를 받쳐 입고 팔색의 줄무늬 넥타이를 단정하게 맨 청년"에 "처녀처럼 맑아 보이는 얼굴에서 침착하고 리지적으로 빛나는 눈…"을 가진 너무나도 세련된 해외유학파 풍모로 4년 만에 등장했던 것이다.

유정은 실장 정인 밑에서 뭔가 모를 한숨을 몰래 내쉬며 주체형 파마약 개발에 몰두한다.

파마약은 머리카락의 기본성분인 케라틴 섬유의 디슬피드 결합을 화학적으로 끊었다가 감은 상태에서 다시 회복하여 머리카락에 파장을 주는 약이다. 모노클로르초산에 티오류산소다 아니면 수산화나트리움과의 반응을 통해서 최종 결과물이 떨어지는데 현재의 가장 난점은 산가스분해 중 아류산가스가 모액 속에 포함되면서 알지 못할 부산물이 섞이는 것이다. 수입제 보조제를 쓰지 않은 때부터 생겨난 현상이다. 그 때문에 우리 파마약은 냄새가 세게 나고 머리카락의 질을 담보하지 못했다.

3년이라는 세월과 더불어 112번의 실험 만에야 본래보다 냄새가 60프로 이상 적어지고 질 담보는 30프로 이상 상승한 파마약 결과물이 나왔고 다량생산에 넘어가도 되겠다는 의견이 일치되였다.

그 마지막 최종 회의를 유명무실하게 만든 사람이 바로 새 실장인 것이다.

"외국에서는 진공증류해서 뽑는데 생산량이 너무 적어서 우리 실정에 맞지 않습니다. 하지만 진공증류이냐 추출이냐가 문제는 아니지요."

"그러니 역시 보조제 문제로구만…."

실장은 생각에 잠겨 조용히 고개를 끄덕였다.

'주체형'이란 외제 원료를 쓰지 않고 자국 원료로 자국민에게 적합한 일상용품을 만들겠다는 자력갱생형 생산방식을 일컫는다. 북한 소설의 특징을 보다 보면 작가들의 현지체험과 현장취재 덕분인지, 위에서 보듯이 생산 공정에 대한 현장의 전문용어가 자연스레 나오는 등 실감 나는 묘사가 많다. 북한산 파마약이 수입산 보조제를 쓰지 않고 자체 원료로만 배합한 탓에 실용화에 계속 실패했다는 저간의 사정을 설명한다.

주지하다시피 북한이 자력갱생 생산 시스템에 매달릴 수밖에 없는 이유는 사회주의 자체의 문제와 고착화된 경제제재 탓이다. 특히 사회주의 경제 시스템도 한계에 봉착해 1992년 이후 전 세계에서 그 교조적 수행방식을 작동하는 나라가 거의 없어졌는데도 아직도 낡은 사회주의적 생산방식을 고집하니 문제다. 거기 더해 자기들만이 세상의 중심이고 최고지도자를 중심으로 살아가겠다는 폐쇄적인 주체사상 체제 때문에 외국 기술과 자본, 문화를 들여오는 것을 매우 꺼린다. 더욱이 생필품 생산기술의 역량 부족에 겹쳐 핵개발 이후 국제사회의 경제제재로 인한 일상생활의 수준이 상식 이하인 경우가 너무나 많다.

주체형 생필품 연구개발의 첨병이라 할 청년 과학기술자의 임무는 자국산 원료로 북한 주민들에 적합한 최상품 파마약을 개발하는 일이다. 하지만 그 과정에서 사랑과 결혼이라는 개인적 행복을 너무 희생하는 것이 아니냐는 부모의 걱정을 듣는다.

> "아니, 넌 선을 보라는데 왜 그렇게 싫다는 거냐? 파마약이 성공한 다음에 보자는 건 뭐냐? 파마약이 네 결혼 지참품이라도 된다는 거냐?"
>
> 아까부터 어머니는 온통 시약 냄새밖에 나지 않는 딸의 옷에 향수를 치며 지청구를 들이대고 있었다. 집안의 하나밖에 없는 외동딸을 남 못지않게 내세우고 시집을 잘 보내고 싶은 어머니의 소원을 나는 너무나 많이 외면해온 것이다.
>
> "파마약인지 뭔지 성공하길 손꼽아 기다리다가 이 엄마 머리가 희겠구나."
>
> 어머니의 푸념에 나는 조용히 웃었다.
>
> (…) 우리 녀성들을 우리의 것으로 더 아름답게 가꾸어주자고, 그래서 우리 거리가 밝아지고 우리 사회가 밝아지고 우리 래일이 더 밝아지게 해야 한다고….
>
> 이 작은 파마약 하나에도 사랑이 있다는 걸 엄만 모르지요? 뜨거운 사랑이….
>
> 이제 성공한 다음엔 엄마가 하자는 대로 다 할게요….

유정은 파마약과 결혼했냐는 핀잔에도 아랑곳하지 않고 연구개발이란 공적 임무가 결혼이란 사적 행복보다 중요하다고 강변한다. 다른 한편 유정의 마음 한쪽에는 평소 자기에게 살갑게 대해주는 직장 상사 정인에 대한 의구심마저 생긴다. 무엇보다도 대학 때의 라이벌 의식에 더해 그의 유학 경험과 외제 선호가 걸리는 것이다.

이를테면 우중에 우산 씌워주는 정인의 배려를 대하는 유정의 심리 묘사가 매우 섬세하다.

> 문득 커다란 우산이 머리우를 가리웠다. 그 사람이였다.
>
> 까맣고 탄탄한 방수천의 우산을 펼쳐든 정인은 어색함과 미안함과 여러 가지 감정들이 뒤섞인 복잡한 표정으로 나를 내려다보고 있었다.
>
> 그에게서는 연한 향수 내가 풍겨오고 있었다. 대학 시절에는 전혀 느낄 수 없었던 야릇한 냄새가…,
>
> 우산 상표에 눈길이 가자 마음이 아파왔다.
>
> 류학을 갔다 오고 외국물을 먹고 오면 외국 것만 눈에 보이는 이런 사람들 때문에 가슴 아프게도 내 나라의 것이 무시당하고 있다…. 그토록 힘들게 창조해낸 내 나라의 것이!
>
> 나는 입술을 꼭 다문 채 우산 밖으로 한 걸음 비켜섰다.
>
> 설사 뼈 속까지 젖어든 데도 이 홍유정이 동무의 우산 밑에서는 비를 긋지 않을 거예요….
>
> 그의 놀란 눈길을 잔등에 받으며 나는 꼿꼿이 걸어갔다.

평소에도 유정의 옷엔 실험실 시약 냄새가 가득 배어 있었다. 그래서 결혼 채근을 하는 어머니가 값싼 향수를 뿌려 약냄새를 중화시키곤 했다는 표현이 앞에 나온다. 그런데 정인이 씌어준 우산 상표와 향수가 외제품이라 불편함을 느낀다. 이런 식의 후각적 묘사를 통해 외제품에 대한 거부감을 관념적 상투적 구호가 아니라 피부에 와 닿는 감각적 표현으로 실감나게 묘사한 점이 바로 렴예성 소설 문체의 새로움이다.

우산 속의 그에게서 예전에 느껴보지 못한 야릇한 향수 냄새가 연하게 났다는 대목에서, 마치 강신재의 단편 「젊은 느티나무」(1960)가 연상되었다. "그가 학교에서 돌아와 욕실로 뛰어가서 물을 뒤집어쓰고 나오는 때면 비누 냄새가 난다"는 감각적인 표현이 덧칠해져 순간 가슴 설레기도 하였다. 하지만 북한의 현실은 그리 낭만적이지 않다. 유정은 향수 냄새와 외제 상표에 정인에게 그만 정이 뚝 떨어져버린 것이다.

게다가 실장이 자기와는 별다른 상의도 없이 혼자 국산 보조제를 개발하여, "우리 식의 수티롤유탁 방수액 성공! 유기화학연구소 일용품 연구실 실장 김정인 동무 열렬히 축하!"라는 공지가 붙을 정도로 주위의 축하를 온통 받게 되니 더욱 마음이 불편하였다. 유정은 모든 것을 망각한 사람처럼 그 자리에 굳어져버렸다. 요즘 텔레비전과 신문, 방송에서 소개되던 그 수티롤유탁 방수액을 다름 아닌 바로 그 사람이 연구해냈고, 덕분에 수입제를 훨씬 능가하는 국산을 도입하겠다고 수많은 생산 단위 공장, 업소들이 수입 계약을 취소했다는 소식에 마음이 마냥 편치는 않았다…….

유정은 대학 때 물리학과 실험 경연에서 1등을 정인에게 빼앗기자 배전의 노력을 다해서 마침내 수학 경연에서 1등을 되찾은 후 수석 졸업했던 과거 경험을 떠올린다. 유정은 그럴수록 마음을 다잡고 파마약 개발에 몰두한다. 각종 시제품을 만들어 수입제와 번갈아 가며 임상실험을 반복한다. 직접 자기 두발에 여러 제품으로 머리감기를 반복하다 결국 극심한 탈색, 탈모까지 겪는다. 하지만 자가 임상실험을 통해 각 민족마다 머리칼 성질이 다르니 주체형 제품은 외제와 배합비율과 성분이 달라야 한다는 사실을 깨닫는다. 마침내 머리칼을 부여잡고서, "이 파마약의 약점을 알았어. 숟가락을 쓰는 민족이 있고 저가락을 쓰는 민족이 있듯 매 민족성원들의 머리질도 서로 다를 것이다. 그런데 수입 파마약의 배합비률을 무턱대고 그대로 리용했으니… 난… 참 바보야…"라고 진실을 깨닫는다.

그때 실장 정인이 나타나 유정이를 사랑스레 껴안아주었던 것이다. 알고 보니 정인은 일부러 유정이의 호승심을 자극해서 개발 의욕을 격동시키려 했던 것이다. 그리고 "난 동무가… 대학 때처럼 경쟁자가 되길 바랬소. 낮은 것에 만족하는 사람이 아니길 바래서 아팠지만 부정했던 거요. 이렇게 자신을 괴롭히라는 건 아니었소…"라고 사과한다. 그래서 두 라이벌은 새로운 파마약 연구개발도 성공하고 사랑도 익어가게 된다.

> 그의 목소리는 왜 이렇게 떨리는 걸가? 그리고 내 심장은 왜 이다지도 쿵쿵 뛰는 걸가?
>
> "난… 난… 괴롭지 않아요…. 난 행복해요…."
>
> 서쪽 하늘가에서 노을이 황황 불타고 있었다.
>
> 다음 날 새로운 보조제를 첨가한 우리 식 파마약의 공업화를 토

의하는 모임이 있었다.

나는 그를 바라보았다.

그도 나를 바라보았다.

참으로 많은 말을 읽으며 나는 자리에서 일어났다.

(…) "지금 우리 파마약은 다른 나라의 것과 대등한 수준에 올랐습니다. 전 우리가 목표를 좀 더 높여 그들의 것을 릉가하는 세계 제일의 파마약을 만들 것을 제기합니다."

소설 결구에서 둘은 합심하여 자국산 파마약 연구 개발에 성공한다. 그런데 소설 엔딩은 주체형 파마약 개발 성공담으로 그렇게 단순하게 끝나지 않는다. 새로운 보조제를 첨가한 '우리식 파마약의 공업화'에 성공하지만 다른 나라 것과 대등한 수준에 올랐다는 데 만족하지 않는다. 목표를 좀 더 높여 세계 제일의 파마약을 만들자고 다짐한다. 게다가 사족처럼 우주로켓을 동원한다.

이날 우리의 '화성'이 영원한 푸른 행성을 선언하며 날아올랐다.

온 세계가 법석 떠들고 있었다.

"조선의 핵이 부럽다!"

그들은 핵이 없어서 우리를 부러워하는 것일까?

아니, 100프로 우리의 힘, 우리의 기술, 우리의 자재로 했다는 것이 그들을 놀라게 한 것이다. 최대의 속도로 나래쳐 오르는 조선의 위력이 그들을 놀래운 것이다.

(……) 그 사람이 바라보는 푸른 하늘, 우리의 '화성'이 날아간 아

득한 우주의 끝에 닿아 있는 그 사람의 시선에서 나는 세계의 첫자리를 향해 눈부시게 나래쳐 오르고 있는 내 조국의 모습을 보았다.

이 사람이였구나…. 내가 사랑하고 싶었던 사람!

2017년의 국가적 경사인 핵폭탄과 우주로켓 성공소식에 주체형 파마약 개발자인 청년 과학기술자도 크게 고무된 것이다. 소설은 유정이 정인을 사랑한다면서 창문을 열고 우주로켓 '화성'호가 날아간 푸른 하늘을 오래도록 바라보았다고 끝맺음한다.

파마약 같은 생필품·화장품·기호품의 개발을 통해 '사회주의적 문명국'의 자랑스러운 구성원이 된, 김정은 시대를 대표하는 청년 과학기술자들이 '사회주의적 부귀영화'를 누리는 모습을 실감나게 그리는 것이 작가의 주제의식이었을 것이다. 이전에는 '선군' 같은 이념적 경직성 때문에 부르주아적 사상 감정의 잔재로 오해받을 법한 '청춘 남녀의 애정 갈등'도 서사에서 중요한 몫을 한다. 거기 더해 자력갱생형 우주개발 성과를 가시적으로 확인하여 국가적 자부심도 갖게 된다. 바로 이런 발상이 2018,9년 북한문학에 나타난 청춘 남녀의 내면 풍경일 것이다. 수입품에 의존하지 않고 공화국 공민의 머릿결에 잘 맞는 자력갱생형 파마약을 고심 끝에 개발하는 과정에서 애정도 무르익어간다는 과학기술 미담이자 연애서사가 인상적인 이유이기도 하다.

이 작품은 1987년 주체문예의 이념적 완화기에 나온 남대현의 출세작 『청춘송가』를 떠올리게 한다. 북한의 제련공업을 발전시키기 위한 1980년대 중반의 청년 지식인, 과학자, 기술자들의 노력을 통하여 사랑과 혁신을 형상화한 점에서 비슷하기 때문이다. 『청춘송가』에서 주인공 진호는 수입 연료에 의존하지 않고 국내산 연료로 가동할 수 있는 새로운 제강법을 연구한다. 제철소에 들어가 무리한 실험을 거듭하다가 폭발사고로 부상을 입고 대학 때부터의 동료이자 연인인 현옥과의 애정도 위기에 처한다. 결국 주변의 온갖 비난을 무릅쓰고 효율성 높은 새 연료를 개발하고 애정을 되찾는 데 성공한다. 작가 자신이 애정 문제로 구설수에 올라 하방했던 황해제철소에서의 현지체험 덕분인지 박진감 넘치는 생산 현장 묘사와 섬세한 애정 갈등 표현이 사실적이다.[98]

2018년의 「사랑하노라」가 남대현 『청춘송가』(1987)보다 진전된 서사적 지점은 무엇보다도 1등주의에 사로잡혔다가 마침내 경쟁자를 사랑하게 된 연구사 처녀의 섬세한 애정 심리가 실감난다는 사실이다. 2017년 대륙간탄도미사일, 우주로켓 발사 성공을 계기로 '핵무력 완성'을 선언한 김정은 시대의 사회주의 강국(실은 '강소국')이란 자긍심을 후경으로 깔고 '인민생활 향상(민생)'을 위한 경제 발전에 매진하는 김정은 시대 2기의 세태 변화를 잘 보여준다고 평가된다.[99] 외제품을 무조건 배척하거나 남을 모방한 '국산품, 우리의 것'이 아니라 세계를 압도하는 진정한 국산품을 만들자는 「사랑하노라」의 자력갱생 메시지[100]를

98 김성수, 「남대현, 코리아문학 통합의 시금석」, 『문학과경계』 2007년 여름호. 이화여대 통일학연구원 편, 『북한문학의 지형도』(이화여대출판부, 2008) 재수록.

99 30년 넘게 북한 소설을 꾸준히 읽고 글을 썼던 저자로선 작품 자체의 묘사로 가슴이 설레긴 백남룡의 『벗』(1988), 홍석중의 『황진이』(2002) 이후 처음일 정도이다.

100 "작품에서 구체적인 생활적 계기마다에 주어진 세부들은 주인공의 정신세계를 깊이 부각시키는데 이바지하고 있으며 개인적인 1등이 아니라 세계를 앞서나가는 진정한 1등이 되고 남의것이 섞이며 남의것을 모방한 '우리의 것'이 아니라 세계를 압도하는

받쳐주는 애정심리와 세부 묘사도 탁월하다. 청춘 남녀의 사랑이 예전처럼 연구개발과 생산 혁신의 곁가지, 조미료만이 아니라 본령이 되는 것이 김정은 시대 서사의 새로운 특징이라고 할 수 있다.

1970~1980년대 이후 "싸우면서 건설하자!"란 구호가 한반도 분단 양국의 적대적 정치 / 통치 슬로건이었다면, 2018,9년의 평화 시대는 일상 회복의 물적 기반이었다. 경제 발전과 사람살이의 일상적 행복이 문학예술의 중심 소재로 자리 잡는 것이 인지상정이라 할 수 있다. 가령 원영옥 시, 「아이들아 더 밝게 웃어라!」(2018)나 선전화 「경공업부분에서는 인민들이 좋아하는 여러가지 소비품들을 생산보장하자!"」(2019)[101]는 구호처럼, "싸우면서 건설하자"던 1970년대 중공업 군수산업 우선주의와 확 달라진 2018,9년의 특징인 '일상의 회복'이 현재진행형임을 알 수 있다.

4. 일상의 행복을 대표 형상으로

김정은 체제는 2016년 5월 제 7차 당대회를 계기로 집권 제2기로

진정한 우리의 것을 창조해나갈 데에 대한 작품의 사상을 해명하여 작품의 형상적 감화력을 높이는 데 기여하고 있다." 리광국, 「진정한 우리의 것을 뚜렷이 부각시킨 세부형상–단편소설 「사랑하노라」를 읽고」(단평), 『문학신문』 2018.7.14, 3면.

101 원영옥, 「아이들아 더 밝게 웃어라!」(시), 『문학신문』 2018.1.20; 미상, 「경공업부분에서는 인민들이 좋아하는 여러가지 소비품들을 생산보장하자!"」(선전화), 『조선문학』 2019.6, 표지 3면.

안정되었다. 평론가 은종섭의 2018년 문예정책론[102]을 보면, 실마리어로 '만리마시대, 만리마기수, 모란봉악단의 창조기풍, 명작 폭포'란 표현이 나온다. 여기서 '만리마시대, 자강력제일주의, 사회주의 강국' 등의 당 구호가 문학예술 '명작'의 창작을 곧바로 보장하거나 해결해주는 만능열쇠는 아니다. '사회주의 문명국'을 향한 청년 지도자의 욕망은 끝이 없지만 여전히 예술의 상대적 특수성을 인정하지 않는다. 비물질적 비가시적인 문학예술의 특성을 무시하고 사회주의 문명국에 적합한 예술 작품, 그것도 '명작'을 공산품 생산해내듯 '폭포'처럼 마구 창작하라는 것은 무리라고 아니할 수 없다.

그런데 타자의 시선에선 '만리마 시대의 명작 폭포'란 담론 자체가 일종의 억압장치로 느껴진다. 명작이란 과연 무엇인지 실체도 잘 모르겠는데, 명작 창작을 폭포처럼 쏟아내라고 위에서 요구하니 도대체 어쩌란 말인가 하고 내심 의문, 반발, 눈치 보기가 성행하지 않을 수 없다. 때문에 본론에서 상찬한 렴예성 단편「사랑하노라」같은 수작은 잘 눈에 띄지 않는다.

김정은 시대 2기를 대표하는 신진 여성작가 렴예성은 후속작「58년의 봄」(2019)[103]에서 함북(咸北) 라선시(옛 나진과 선봉(웅기) 합친 시)의 굴포리 구석기 유적 발굴 사연을 그리고 있다. 단편의 장르는 김일성의 '수령형상문학'인데도 서사의 중심은 고고학자 정진하 교수에게 맞춰지고 있어 이채롭다. 고고학자 정진하가 사회주의 개발담론을 우선시한

102 은종섭,「혁명적인 사회주의문학의 위력을 떨치는 만리마시대의 명작을 창작하는데서 나서는 중요한 문제」,『문학신문』2018.3.24, 2면.

103 렴예성,「58년의 봄」(단편소설),『조선문학』2019.1, 34면.

고위 경제관료에 맞서 우리 고대 문화유적 발굴에 대한 신념을 가지고 김일성의 후원 아래 구석기 유적지를 우여곡절 끝에 발굴하여 역사 기원을 대폭 상승해서 식민지사관을 극복했다는 사연이다.

북한 문학사 70년을 요약하면 김일성 시대에 빨치산 투쟁과 건국, 전쟁, 권력투쟁의 승리를 구가하는 투쟁가·혁명가를 노래하는 데 힘을 기울였다면, 김정일 시대는 지도자 동상과 거대 기념비, 혁명 사적지, 고속도로와 발전소, 공장과 기업체 등 거대시설을 자랑하는 감격의 기념시·행사시를 헌정하는 데 바쳐졌다. 김정은 시대는 미래를 담보할 어린이·청년·과학자들에게 고층아파트와 물놀이장·스키장 등 레저시설에서 일상을 즐기는 생활 찬가에 주력한다.

돌이켜보면 김일성, 김정일 시대로부터 전승된 저 유명한 명제, "인민들 누구나 기와집에 살면서 비단옷 입고 쌀밥에 고깃국을 먹는" 것이 이른바 사회주의적 유토피아의 이미지였다. 김일성은 사회주의 토대 건설을 위한 협동농장화와 중공업 우선정책에 주력하였고, 김정일은 체제 보위를 위한 군수산업 중심의 선군통치에 매진하였다. 3대 세습에 성공한 김정은은 '핵무력과 경제 병진'정책을 펼친 끝에 비정상적 선군통치를 끝내고 사회주의-주체사상체제를 복원하되 인민생활 향상을 최우선시하였다.

청년 지도자는 부조의 통치이념을 계승하되, 보다 풍요롭고 윤택한 문명생활을 인민들이 '사회주의 부귀영화'로 누리게 가시화하였다. 가령 김옥남의 시, 「'사랑하리라(은하과학자종합병원에서)'_사랑하리라」(시초)를 보면 사회주의적 무상 의료제도에 대한 자긍심을 뽐낸다.

조국이여 / 나의 온몸에 무상치료라는 / 불사의 생명수가 넘치게 흘러 / 내 다시 이 땅을 활보하는 이 시각 / 나는 고백하노라 / 그대를 사랑하리라 //

사랑은 / 뜨거운 심장 온 넋을 바치는 것 / 누가 시키지 않아도 / 그 누가 보는 이 없어도 / 깨끗한 량심의 거울이 되여 / 자신을 깡그리 다하는 것 //

(중략) 인민의 세상 / 사회주의 금방석 우에 / 내 어이 불같이 바친 사랑 없이 / 버젓이 오를 수 있으랴[104]

문제는 '핵무력, 미싸일' 같은 하드파워 이미지가 아니라 일상의 행복을 대표 형상으로 그려내고 한반도 남북한 주민들의 공감대를 확산하는 일일 터이다. 결국에는 새로운 문예정책과 노선, 전형이 이론적으로 뒷받침되어야 할 텐데 그렇지 못하다. 그럼에도 불구하고 김정은 시대 2기 이후엔 '사회주의 현실 주제' 문학의 창작 방향이 일상의 행복을 대표 형상으로 만드는 데 진력했으면 한다. 가령 김정은 시대 1기 문학예술 창작의 한 돌파구였던 '모란봉악단의 창조기풍'처럼 파격적인 실험이 계속되었으면 한다.

104 김옥남, 「'사랑하리라(은하과학자종합병원에서)'_사랑하리라」(시초), 『조선문학』 2018.4, 79면.

제3부

‘만리마기수’와 ‘붉은 보건전사’

: 8차 당대회(2021) 전후 김정은 시대 3기 문학

천리마에서 만리마로

–만리마속도, 만리마기수의 문학적 형상[1]

1. 김정은 시대 11년간의 북한문학

이 글은 2022년말 시점에서 김정은 시대 11년간의 북한문학 동향을 개괄적으로 분석 평가하는 것을 목적으로 한다. 김정은이 조선민주주의인민공화국의 지도자로 집권(2011.12~)한 지 11년이 되었다. 그간의 정세 변화와 문학 동향을 결합시켜볼 때 문학사적 변화를 세 시기로 나눠볼 수 있다. 정세 변화는 제7,8차 당대회(2016, 2021)를 기점으로 1, 2, 3기로 나뉘며 문학 동향은 선군문학의 영향 여부와 '만리마'란 새로운 문학 상징담론의 출현 시기를 기준으로 삼는다.

이 글은 김정은 시대 1, 2기 문학을 논한 선행 연구[2] 성과를 바탕으

1 이 글은 다음 논문을 단행본에 맞게 개제 개작한 것이다. 「천리마에서 만리마로: 김정은 시대 11년간의 문학」, 『반교어문연구』 62, 반교어문학회, 2022.12.

2 남북문학예술연구회, 『3대세습과 청년 지도자의 발걸음: 김정은 시대의 북한 문학예술』, 경진, 2014; 북한연구학회 전미영 편저, 『김정은 시대의 문화』, 한울아카데미, 2015; 남북문학예술연구회, 『감각의 갱신, 화장하는 인민: 김정은 시대와 북한 문학예술의 지향』, 살림터, 2020 참조. 선행 연구는 2019년 이전 자료로 김정은 정권 초기와 7차 당대회 이후 문학예술 동향을 논했을 뿐, 2020년 이후 최신 자료로 8차 당

로 1, 2기(2012~2016~2020) 문학 동향을 간략히 정리하고 제8차 당대회(2021.1~) 이후 3기 문학의 중간보고 성격을 띤다. 코로나19사태로 인한 봉쇄정책으로 매우 어렵게 구한 북한의 최신 문예지 자료의 기사목록 등 데이터베이스를 기반으로 최근 문학 동향을 보고한다.[3] 자료 소개에서 논의를 출발하되, 문예정책과 문예지, 작품의 의미와 가치를 평가하여 2023년 이후의 변화를 전망하고자 한다. 지금은 상호 불신이 강한 적대적이고 충돌 직전의 남북관계지만 추후 소통의 재개와 교류 협력이 복원될 때를 대비하여 다른 분야보다 한걸음 빠른 준비와 대처가 필요하기 때문이다. 2017~22년 최신 문예 자료 정리라는 최소한의 논의 목표부터 출발하되 궁극적으로는 코리아 문학문화사의 기초를 구축하는 원대한 연구사업의 일환인 셈이다.

김정은 시대 제1기(2011.12~2016.4)는 김정일이 사망하고 김정은이 집권한 후 '핵무력과 경제 병진정책'을 내세워 정권을 안정시킨 시기이다. 크게 보면 선군(先軍)문학과 주체문학의 병존 속에 선군 담론의 영향력이 점차 퇴조하고 추모 문학, 청년 지도자의 애민 문학, 선군과 수

대회 전후 동향을 소개한 적이 없다.

3 문학뿐만 아니라 북한의 최신 동향을 조사, 분석, 평가하기 위한 모든 연구의 첫 단계는 자료 수집이다. 코로나19사태로 인해 국내의 모든 북한학 관련 기관과 특수자료 취급기관에서 2020~22년 3년간의 문예 자료 특히 『조선문학』, 『문학신문』, 『청년문학』, 『조선예술』 등 문예지를 전혀 구해볼 수 없어 연구의 완전 공백 상태다. 통일부 북한자료센터, 통일연구원, 통일교육원, 한국문화관광연구원, 서울대, 성균관대, 인하대, 명지대 등도 같은 상황이다. 대안은 구글의 조선언론정보기지(KPM) 사이트를 통한 우회적 입수 방편뿐인데, 국보법으로 그조차 접근 불가이다. 국제학술회의를 통해 자료를 제공해주신 일본 도시샤대학의 이타가키 류타, 세츠난대학의 모리 토모오미, 독일의 마틴 와이저, 비엔나대학의 제롬 드 위트 등 외국인 동료들께 감사드린다.

령 담론이 병행되었다.[4]

제2기(2016.5~2020.12)는 7차 당대회를 통해 김정일 시대의 선군사상, 선군통치, 선군담론이 쇠퇴 소멸되고 당 중심의 사회주의 정상 국가로 복귀한 시기이다. 7차 당 대회를 계기로 '고난의 행군'시기 체제 붕괴 위기를 타개할 비상조치였던 선군통치가 시효를 다하고 당 위원장 중심의 주체체제가 복원되었다. 이에 따라 선군문학이 쇠퇴하고 종래의 주체문예, 주체사실주의문학으로 복귀하였다.[5] 김일성 시대의 주체문학과 김정일의 선군시대 선군문학을 막론하고 가장 큰 비중을 차지했던 수령형상문학은 3대 세습 체제를 상징하듯 김정은 시대에도 고스란히 계승되었다. 장편소설 수십 편으로 기록된 김일성 일대기인 총서 '불멸의 력사'에서 김정일 일대기인 '불멸의 향도'를 거쳐 이제 바야흐로 김정은의 수령 면모를 그려낼 총서 '불멸의 려정'으로 시즌3을 열었다.

다만 주체사실주의문학의 새로운 변모나 자기갱신의 징후는 뚜렷하지 않다. 대내외 정세 악화 탓이다. 이 시기는 북한이 2018~19년 남북 북미 정상회담과 남북교류를 통한 개혁개방을 시도했으나 실패하고 자력갱생형 폐쇄체제가 고착화된 시기이기도 하다. 여기에 '신종 코로나 비루스 감염증'(코로나19) 사태까지 겹쳐, 개혁 개방을 통한 경제성장과 '인민생활 향상' 대신 더 강고한 자력갱생 담론과 일종의 신종

---

4 김성수, 「김정은 시대 초의 북한문학 동향」, 『민족문학사연구』 50호, 민족문학사학회, 2012; 「'선군(先軍)'과 '민생' 사이-김정은 시대 초(2012~2013) 북한의 '사회주의 현실' 문학 비판」, 『민족문학사연구』 53호, 민족문학사학회, 2013 참조.

5 김성수, 「당(黨)문학의 전통과 7차 당 대회 전후의 북한문학 비판」, 『상허학보』 49, 상허학회, 2017 참조.

봉쇄정책이 문화예술 혁신의 부정적 기반으로 작용하였다. 북한 당국이 코로나19 사태에 국경 봉쇄식 폐쇄형 방역시스템을 작동시켜 천재지변형 은둔 국가로 재복귀한 셈이다. 북한의 핵실험 후 고착화된 국제제재, 경제봉쇄 속에 하노이회담 결렬과 뒤이은 코로나19 팬데믹 사태로 한반도 평화체체, 평화시대의 물적 기반을 구축할 절호의 기회는 사라졌다.[6]

제3기(2021.1~)는 8차 당대회 후 이전의 자발적 개혁개방 대신 타의적 은둔형 폐쇄체제가 고착화, 구조화된 시기이다. 자력갱생형 폐쇄노선에서 조금 달라진 것은 이전까지 코로나19 발병자 0명을 고집하던 선전 기조(보도방식)가 변경되어 2022년 5월 12일부터 코로나 '유열자'(발열자, 유증상자) 일일 통계 보도와 방역대책이 전면화된 정도이다. 문화예술에 대한 지도자의 상대적 경시, 무관심 속에 문예 창작의 쇠퇴기미마저 보였다. 작가동맹 지도부의 세대교체[7]에도 불구하고 당 중앙

---

6 2018~2019년 남북 북미 정상회담과 남북교류를 통한 개혁개방 시도는 휴전-냉전-분단체제를 대체할 평화체체 구축의 일환으로 적극 해석할 수 있다. 당시 열기가 계속 이어졌다면 그 문학적 반영이 '통일문학'일 수도 있었다. 그러나 1987~1995년, 2000~2007년의 '통일문학운동의 실질적 전개'와 비교하면 2018,9년은 남북 다 슬로건에만 그쳤지 실질적인 문화예술 성과는 없었다. 남북 문예매체 어디도 '통일문학'이라는 명명에 맞는 문학적 응전은 보이지 않았다. 다만 김정은 시대 28권째 간행 중인 '통일문학작품선집'(2015~2022)은 본격적인 별도 논의가 필요하다. 김성희 편, 『통일문학작품선집(1) 시가집: 통일되는 날에』, 평양출판사, 2015; 전설주, 『통일문학작품선집(28) 장편소설: 새벽길』, 평양출판사, 2022.6(1991년작 재간).

7 북한 조선작가동맹의 2020~22년 보직을 정리하면 다음과 같다. 김인범(미술가) 문예총 위원장, 김혜성 조선작가동맹 위원장, 현승남 석남진 문용철 김덕철 변홍영 차영도 장혜명 부위원장, 박일명 시분과위원장, 박찬수 소설분과위원장, 김석천 실장, 박성일 강원도위원장(시인), 렴형미 평안남도위원장(시인), 정광수 평안북도위원장(평론가), 주명옥 함경남도위원장(시인), 리극 함경북도위원장. 미상, 「조선로동당 창건 75

에서 원하는 '명작 폭포'가 기대만큼 나오지 않은 것은 새로운 문예노선과 이념, 창작방법에 대한 뚜렷한 방향 제시가 없기 때문이라고 풀이할 수 있다.

김정은 시대 11년간의 문학 동향을 거시적으로 보면, 문예정책과 이념, 노선, 창작방법상으로 볼 때 1991~2년에 정립된 주체사실주의문학(론)과 차별화된 특이점을 찾아볼 수 없다. 김정일 시대의 주류였던 선군(혁명)문학, 선군 담론이 퇴조하고 주체문학으로 복귀한 정도다. 다만 김정은은 선대와 달리 혁명가, 투사, 노동영웅에 대한 선동선전이나 문화예술에 대한 관심이 상대적으로 적은 것이 사실이다. 대신 청년과 아동을 중시하고 '핵무력과 인공지구위성' 개발로 상징되는 최첨단 과학기술자와 교육자를 우대한 점이 확인된다. 이 글에서는 이런 정세 인식 아래 김정은 시대 11년간의 북한 문학 특징을 '인민생활 향상, 자력갱생, 만리마기수' 등의 키워드를 중심으로 간략하게 정리하기로 한다.

2. 부조(父祖) 시대의 '천리마기수, 선군 투사'에서 '만리마기수'로

청년 지도자 김정은은 이른바 '백두혈통'이지만 체계적인 후계자 수업을 받지 못하였다. 부조(父祖) 시대의 혁명과 건설의 경험도 부족하

돐 경축 전국문학축전 심사 결과」, 『문학신문』 2020.12.5, 4면; 라디오프레스 편, 『조선민주주의인민공화국 조직별 인명부 2022』, 도쿄: 라디오프레스사, 2022 참조.

였다. 2013년 권력투쟁에서 승리한 후에는 혁명과 전쟁, 체제 건설의 경험이 일천한 청년 지도자로 자기만의 독자 이미지 구축이 절실하였다. 백두혈통이라고 해서 항일 투사 조부와 문화 전사 부친의 후광효과에만 기대선 곤란하다. 인민대중이 피부로 실감하는 가시적 이미지가 필요했는데, 그것이 바로 청년 지도자의 친근한 이미지였다.[8] 가령 아동절 경축시 「우리는 영원한 태양의 아들딸」(2012.6)에서 보듯이 어린아이를 품에 안고 웃음 짓는 젊은 아빠 모습이야말로 청년 지도자의 새로운 차별화 전략이었다. "만경대 원아들을 찾아 한품에 안아주실 때 / 언 볼을 녹이며 흘러드는 / 어버이 뜨거운 사랑 / 머리맡에 깃드는 다심한 그 손길!"[9] 식으로 애민 지도자란 인상을 구축하였다. 이는 아동 청년 중시, 후대 중시 사상의 산물이라고 할 수 있다.

김정은 시대 1기 문학은 선대의 후광에 편승한 '수령 후계' 담론에서 출발했지만 바로 그를 넘어선 '인민생활 향상' 담론을 주요한 슬로건을 내걸었다. 선군(先軍)노선을 계승한 핵실험과 우주 로켓 발사 실험을 거듭했지만, '핵무력과 경제 병진정책'을 내세웠을 때 숨겨진 속내는 선군보다 인민생활 향상을 중시했다고 풀이할 수 있다. '인민생활 제일주의' 구호 아래, 선군이란 명분으로 희생되었던 민생 경제를 되살리기 위한 경공업 중흥과 생필품 생산에 힘을 기울였던 것이다. 때문에

---

8 김성수, 「김정은 시대 초의 북한문학 동향–2010~2012년 『조선문학』, 『문학신문』 분석을 중심으로」, 『민족문학사연구』 50호, 민족문학사연구소, 2012.12, 481~514면 참조.

9 미상, 「우리는 영원한 태양의 아들딸」(경축시), 『문학신문』 2012.6.9. 3면=『로동신문』 2012.6.7, 4면.

선군과 민생이 균열, 충돌하기도 하였다.[10] 선군담론이 2013,4년까지도 영향력을 발휘하였다. 예를 들어, "오늘날에 인민군대에서 복무하든 총과 인연이 없는 가정은 아마 하나도 없을 것이다. 온 나라 가정이 총대가정이고 군대가정이며 후방가족이다." "사탕알이 없이는 살 수 있어도 총알이 없이는 살 수 없다는 철석같은 신념을 간직한 우리 인민이기에 장군님 따라 선군의 길을 꿋꿋이 걸어왔고 오늘 우리 조국은 그 어떤 대적도 두려움 없는 정치사상강국, 군사강국으로 거연히 일떠섰다."[11] 같은 표현이 당연시되었다.

36년 만에 개최된 제7차 당대회를 계기로 막을 올린 김정은 시대 2기(2016~2020)에는 선군사상, 선군담론이 급격하게 퇴조하고 노동계급의 당이 중심인 정상적인 사회주의 국가로 복귀하였다. 그에 따른 선군문학 퇴조와 주체문학 복귀 속에 '선군 투사' 같은 인민군이나 '천리마기수' 같은 노동영웅은 더 이상 문학예술의 중심 주제, 소재가 아니게 되었다. 할아버지, 아버지와는 달리 김정은에게 문학예술 자체가 선동선전 이상의 각별한 관심사가 아니라는 것이다. 그의 관심은 핵폭탄과 우주 로켓 같은 것을 만들어 나라를 빛내는 과학기술자와 후대를 양성하는 김일성대 교수 등 교육자에게 향하였다.

김정은 시대의 새로운 인간형, 예술적 형상의 대표 전형은 한마디로 청년 과학기술자라고 할 수 있다. 새로운 21세기 2000년 전후에 출생, 성장한 청년세대의 꿈과 희망은 선진국의 기술과 자본의 도움 없이

---

10 김성수, 「김정은 시대 초의 북한문학 동향」; 「'선군(先軍)'과 '민생' 사이—김정은 시대 초(2012~2013) 북한의 '사회주의 현실' 문학 비판」 참조.

11 서현일, 「총대는 이어진다」(수필), 『조선문학』 2012.4, 66면.

자력갱생으로 '인공지구위성'을 제작, 발사해서 우주비행을 실현하는 것이다. 비록 서방에선 북한이 개발하는 것이 우주로켓이 아니라 핵폭탄을 미국 본토까지 쏘아보내는 ICBM으로 매도한다고 해도, 청년 과학기술자 지망생들은 지구라는 행성을 내려다볼 수 있는 우주비행의 꿈을 위해 열심히 공부하고 노동한다. 21세기 '최첨단 과학기술의 시대'에 후대에게 요구되는 것은, '과학기술강국, 지식경제강국'을 세우기 위하여 열심히 공부하고 또 공부하는 것이다.[12]

2016년 이후 김정은 시대 제2기를 대표하는 문학적 키워드는 다른 한편 '만리마속도'와 '만리마기수'이다. 사회주의 체제 건설기(1956~67)를 대표하는 '천리마운동, 천리마기수'를 소환한 것이다. 천리마의 김정은 식 버전인 '만리마 시대, 만리마속도, 만리마기수'를 시와 소설로 그리는 것이 문학의 새로운 목표가 되었다. 주광일 시 「우리의 힘으로」(2019)를 꼼꼼히 읽어보자.

그 무엇도 우리를 멈춰 세우지 못한다
빈터에서 천리마를 타고 락원을 세워온
자력갱생 그 정신으로
기적의 만리마를 타고
강국에로 내닫는 영웅인민의 앞길을

---

12 Kim, Seong-su, "Images of Children in North Korean Literature in the Kim Jong-un Era," the "Translation and Children's Literature, Film and Animation in North and South Korea," Virtual Conference to be held on April 22, 2022 at York University in Toronto.(https://bit.ly/koretranslation) 참조.

세상을 놀래우는 신화도
우주만리로 뻗치는 국력도
인민의 웃음소리 높은 사회주의강국도
우리의 힘으로[13]

이 시에서 “그 무엇도 우리를 멈춰 세우지 못한다”고 할 때, ‘조선혁명’으로 상징되는 북한 사회주의체제–주체체제의 역사적 전개과정에서 걸림돌이 된 것은 일제 잔재, 남한, 미제, 사회주의진영 몰락 등일 것이다. “빈터에서 천리마를 타고 락원을 세워”는 사회주의 체제 건설에서 결정적 기여를 한 천리마운동을 지칭한다. “자력갱생 그 정신으로 / 기적의 만리마를 타고 / 강국에로 내닫는”다는 표현은, 동구와 달리 사회주의체제를 포기하지 않고 체제를 유지한 중국과 베트남 식의 개혁개방정책 대신 자력갱생형 체제 유지정책을 계속하겠다는 의미로 풀이할 수 있다.

「우리의 힘으로」에서 ‘빈터’라 표현했던 일제 식민지에서 벗어나, ‘천리마를 타고’ 사회주의 체제를 건설한 것이 할아버지 김일성이었다. 동구 사회주의 진영의 몰락과 김일성 사망으로 ‘고난의 행군’으로 불리는 체제 붕괴의 위기 속에도 ‘자력갱생 그 정신으로’ 체제를 지켜낸 것이 김정일의 선군통치, 선군혁명이었다. 3대 김정은은 그러한 부조의 권위에 기대면서 차별화하기 위한 전략으로, ‘천리마–선군–만리마의 연속선’상에서 ‘우주 만리로 뻗치는 국력’을 과시하는 ‘사회주의강국’

13 주광일, 「우리의 힘으로」(시), 『문학신문』 2019.4.27, 1면.

을 이룩했다고 시적 이미지를 형상한다. 이 시에서 가장 중요한 키워드는 '우리의 힘으로'란 결구로 형상된 자력갱생, 자강론이다.

이와 관련하여 김정은 시대 3기를 대표하는 8차 당대회 이후의 '자립적 과학 발전, 자립적 경제 발전'[14]이란 담론이 주목된다. 8차 당대회 이후 새롭게 내세워진 것이 새로운 국가경제발전 5개년계획이다. 5개년 계획의 첫해인 2021년에 가장 중요한 원칙은 "자립적과학발전관, 자립적경제발전관으로 튼튼히 무장하고 혁명실천에 철저히 구현해나가는 것"이라고 한다. 여기서 '자립적과학발전관, 자립적경제발전관'이란 김정은 시대 들어 괄목할 만한 성과를 보인 최첨단 과학기술 중시사상과 자력갱생정책을 합한 것이다. 즉 핵폭탄과 우주로켓, ICBM 등으로 상징되는 최첨단 과학기술 개발과 경제 성장의 방향을 외국과의 교역과 협력사업에 전혀 의존하지 않고 철저하게 자체 능력만으로 자립하겠다는, 자립할 수 있다는, '주체성 확립에 관한 관점과 립장'이다.

이는 과학기술과 4차 산업혁명, 국민경제를 대외 무역과 대미 협력에 절대적으로 의존하는 우리 한국과 대척점에 놓인 방식이다. 전 세계가 하나로 소통하고 자유롭게 교역, 교류, 여행하는 지구촌시대의 4차 산업혁명의 대세와 인터넷조차 봉쇄한 북한 체제의 폐쇄적 자강책은 극명하게 대립되어 있다. 이러한 북한 현실은 분명 세계적 대세와 보편적인 시대정신이나 동떨어졌지만 그럴 수밖에 없는 이유가 없는 것도 아니다. 한(조선)반도 비핵화 원칙하에 대북 제재를 강화한 국제사회의 봉쇄정책에 북한이 굴종하지 않고 의연히 대응하려면 어쩔 수 없이 과

14 심철옥, 「자립적과학발전관, 자립적경제발전관」, 『문학신문』 2021.11.6, 1면.

학기술의 자체 개발, 제품의 자체 생산과 자체 소비(국산품 애용) 같은 고육책을 견지하지 않을 수 없기도 하다. 그를 두고 과학기술과 경제 발전의 '철두철미한 자력갱생의 원칙'을 견지했다고 자화자찬하는 것이 문제지만.[15]

시 「우리의 힘으로」에서 "세상을 놀래우는 신화도 / 우주만리로 뻗치는 국력도 / 인민의 웃음소리 높은 / 사회주의강국도 / 우리의 힘으로"란 표현이 바로 '자립적과학발전관'의 문학적 형상인 셈이다. 그것은 주체적 입장에서 새로운 과학기술 성과를 "자기 머리로 탐구하고 개발 창조하여 명실공히 우리식의 것"이라고 자랑하는 정책에 호응하는 시적 형상인 셈이다. 이는 주체사상체제를 상징하는 전통적인 경제 슬로건인 '자력갱생'과 인공지구위성이라 부르는 우주로켓 발사에 성공한 최첨단 과학기술의 자신감이 '만리마'란 문학적 상상력으로 수식되었다고 할 수 있다.

195,60년대 사회주의체제 건설기의 문학적 상징이 하루에 천 리를 달리는 천리마였다면, 만리마는 하루에 만 리, 즉 4천 킬로미터를 나는 '과학기술 룡마(龍馬)'를 상징한다. 천리마, 만리마의 김정은 시대 버전이 '과학기술 룡마'인 셈이다. 가령 전설경은 공장의 컴퓨터 기사를 두고 "나는야 과학기술 룡마 탄 컴퓨터 처녀"라고 찬양하고, 김정삼은 "과학기술 룡마 타고 씽씽 달리는 / 자력갱생 앞장선 우리 작업반"을 노래한다.[16] 여기서 만리마란 기실 '대륙간탄도미싸일'(ICBM)을 연상시

---

15 위의 글.

16 전설경, 「'불을 다루는 처녀들'_나는야 콤퓨터 조종공 처녀」, 『청년문학』 2017.2, 48면; 김정삼, 「과학기술 룡마 탄 우리 작업반」(시), 『문학신문』 2022.3.25, 4면.

키는 최첨단 상상력의 산물로 풀이할 수 있지 않을까 한다. 천리마기수가 토건 시대의 노동영웅이라면 만리마기수는 '과학기술 룡마' 탄 컴퓨터 기사의 이미지로 그려지고 있는 셈이다.

3. '만리마속도 창조운동'과 만리마기수 형상

만리마기수의 선조는 천리마기수이며 천리마시대, 천리마운동의 대표적 인간형을 일컫는다. 천리마운동은 인민의 자발적 노동 동원과 생산성 향상을 위하여 '천리마 작업반' 칭호 쟁취 운동이라는 실적 경쟁으로 출발하였다. 그러다가 노동력 향상과 생산량 증대를 넘어서 천리마정신이 일상을 지배하는 시대정신이 되었다. 하루에 천리를 달리는 말이자 주인에게 충성을 다하는 동아시아 중세의 유서 깊은 전통 이미지에 맞춰 사회주의 건설기 인민대중의 의식 개혁 운동이 더해졌다.[17]

문화예술부문의 천리마 작업반 운동은 처음에는 생산분야처럼 창작 분량의 실적 경쟁과 창작 속도전으로 시작되었다. 그것은 예술의 특성을 무시하고 천리마 작업반 운동의 생산방식을 기계적으로 문예부문에 대입한 오류였다. 이에 당 최고지도부가 문학예술의 특성에 맞게 창작 실적 경쟁이나 직장 내의 의식 개조와 차별화된 '천리마기수 전

17 김성수, 「'천리마기수' 전형론과 사회주의 건설의 문화정치」, 『상허학보』 62, 상허학회, 2021, 337~372면 참조.

형' 창조를 지시하면서 방향을 잡았다.[18] 예술 창조는 생산 경쟁과 달리 예술적 형상화, 전형을 통해 실현되기에 천리마 시대를 대표하는 캐릭터 특성을 탐구하여 소련, 중국의 노동영웅과 차별화된 북한 특유의 민족적 특성을 구현한 인물을 그리면 된다는 뜻이었다.

1960년대 초의 '천리마운동, 천리마속도, 천리마기수' 등 세 단어의 관계는 2016~21년 김정은 시대에도 재현된다고 할 수 있다. 처음에 사회주의 선진국의 전례를 모델 삼았던 '천리마 작업반' 칭호 쟁취 운동이 노동계급의 의식개조운동을 더한 천리마운동으로 진전되고 문화예술 창작도 생산량 실적 증산처럼 작품창작 분량 늘이기로 출발했다가 예술의 특수성을 간과한 오류를 깨닫고 천리마기수 형상론으로 진화한 것이 좋은 전례가 되었다. 즉, 김정은 시대 초기에는 '천리마운동'의 김정은 시대 버전인 '만리마속도 창조운동'처럼 경제생산 경쟁으로 출발했으나 '최첨단 돌파, 최첨단 과학기술, 김정은애국주의' 등의 슬로건, 레토릭만으로는 문예 창작의 혁신이 불가능하다는 사실을 자각한 대안이 바로 2016년에 나온 '만리마기수' 형상론이다.

> 주체혁명위업수행의 력사적 전환기에 들어선 오늘 우리나라에서는 다계단으로 변이 나고 모든 부문이 만리마의 속도로 내달리고 있지만 문학예술부문은 아직 온 사회를 혁명열, 투쟁열로 들끓게 하고 천만심장에 불을 다는 훌륭한 문학예술작품들을 많이 내놓

18 김일성, 「천리마 시대에 맞는 문학예술을 창조하자: 작가, 작곡가, 영화부문일군들과 한 담화 1960년 11월 27일」, 조선로동당출판사, 1969 참조.

지 못하고 있다.(중략) 우리 작가들은 만리마 시대의 《산울림》 명작들이 폭포처럼 쏟아지며 메아리를 꽝꽝 울리게 하여야 한다.[19]

김정은 시대 제2기 들어서서 개혁개방정책이 실패하자 '자강력 제일주의'를 통한 '사회주의 문명국' 건설이 당의 정책 목표로 떠올랐다. 문학예술은 당 문예노선에 맞춰 사회주의 문명국에서 사회주의적 부귀영화를 누리고 사는 인민들의 행복을 위한 첨단 과학기술시대를 찬양하고 각 직장, 생산 현장의 자발적 노동 동원을 독려 선전하는 창조 과업이 부여받았다. 그 구체적인 수단은 '천리마운동'의 버전업인 '만리마 시대, 만리마속도 창조운동'과 그 주역인 만리마기수의 형상이다.

만리마속도 창조운동은 김정은 시대의 새로운 속도전 담론이다. 2013년 이후 인공위성 발사와 잇단 핵실험 성공에 고무되어 이른바 '우주시대'를 맞은 자신감에서 생긴 천리마의 진화형태인 셈이다. 그것은 김정은 시대의 영웅주의운동인데, 자강력과 과학기술의 힘으로 '주체의 사회주의 강국 건설'의 요구에 맞게 사회를 질적으로 비약시키기 위한 '전 인민적인 자력갱생 대진군운동'이다. 신문 사설에 의하면 만리마속도 창조운동은, "끊임없이 새 기준과 전형을 창조하고 그것을 따라 배우고 따라 앞서며 최단기간에 당 제7차대회 결정을 최상의 수준에서 관철하기 위한 련속공격, 계속전진, 계속혁신의 사회주의 경쟁운동"이다.[20]

---

19 미상, 「당 제7차대회 결정 관철에로 천만심장을 힘있게 불러일으키는 만리마 시대의 명작을 더 많이 창작하자」(사설), 『조선문학』 2016.6, 3~5면.

20 「만리마 시대의 《산울림》 명작들이 폭포처럼 쏟아지게 하자」(사설), 『문학신문』

이를테면 2016년 두만강변 대홍수 피해(2016.9)를 복구하는 에피소드를 그린 리정옥 단편 「준공검사」를 보면, 만리마속도 창조운동에 나선 사람들이 그려진다. 당이 명령하면 어디든지 찾아가서 주어진 노동 할당량보다 초과달성하는 헌신적인 인민을 영웅으로 호칭하는 것이다.

> (전략) "딸네 집에 갔댔지. 임자들도 알고 있겠지? 작년에 함북도 북부지역에서 혹심한 큰물피해를 입고 한지에 나앉은 사람들에게 한날한시에 새 집을 안겨준 일말이야. (중략) 나라에서 새집을 주고 생활을 보살펴주니 예전보다 더 행복하게 살고 있지. 그 애들이 하늘 같은 은덕에 보답을 하겠다고 애쓰기들 하네만…"
>
> 바로 이런 사람들이 북부전역에서의 대승리를 가져오고 오늘도 만리마속도 창조의 진군길을 힘차게 이어가고 있는 것이다. 이런 사람들, 이런 뜨거운 심장을 가진 사람들이!(밑줄 인용자)[21]

'만리마'란, 북에서 수십 년간 반복되었던 '천리마'를 반세기 만에 10배 부풀려 '개명'한 업그레이드 명명법이다. 2013년 이후 인공위성 발사와 잇단 핵실험 성공에 고무되어 이른바 '우주시대'를 맞은 자신감에서 생긴 천리마의 진화형태인 셈이다. 가령 2017년 9월, 북한의 수소탄 실험 성공 당시 쓰여진 리광운 시, 「나는 위대한 시대에 산다」에서는 '멸적의 활화산을 터뜨리며 최후승리를 향해 천만군민은 내달린다'

2016.6.4, 1면.

21 리정옥, 「준공검사」(단편소설), 『문학신문』 2017.10.14, 3면.

라는 시초 기획 구호 아래 '만리마'를 두고 10년을 1일로 앞당겼다고, 예의 속도전을 자랑스레 구가한다.

(전략) 잠시 귀기울이면 / 지심을 뒤흔든 수소탄의 폭음이 / 이 조선의 공민된 긍지를 더해주며 / 쿵쿵 심장을 울려주고 // 저 하늘을 우러르면 / 우리 '화성'의 찬란한 모습이 / 눈부신 자태로 / 이 가슴에 안기여들 듯 // (중략) 십년을 하루에 당겨놓으며 / 만리마로 달리는 위대한 이 시대[22]

같은 지면의 동일한 시초 기획란에 실린 전수철 시에서는 핵폭탄과 우주 로켓 발사 성공의 감격과 만리마의 속도 이미지를 노동자의 자부심과 생산성 기여로 확대 적용하는 시적 상상을 발휘한다.

맑고 푸른 9월의 하늘가에 / 천만심장 격동시키며 / 뢰성처럼 울려퍼진다 //

—대륙간탄도로케트 장착용 / 수소탄 시험에서 완전성공! //

만장 우에 트라스를 얹던 연공들이 / 안전모를 흔들며 하늘 들썩 만세 부른다 / 발판 우에서 미장칼에 번개 일구던 미장공들이 / 환호를 터친다 / 립체전이 벌어지는 / 온 건설지역이 환희의 열파로 일렁인다 //

가슴 후련하구나 / 어제는 대양을 나는 '화성'의 불줄기들

22 리광운, 「나는 위대한 시대에 산다」(시), 『문학신문』 2017.9.23, 3면.

로 / 원쑤의 무리들을 혼비백산케 하더니 / 오늘은 수소탄 시험 성공으로 / 원쑤들의 숨통을 사정없이 조이는 / 강대한 내 조국의 장쾌한 승전소식이여 //

(중략) 신심이 넘친다 / 용기는 백배하다 / 원쑤들 조이는 제재와 압박의 사슬 / 만리마의 억센 발굽으로 짓부셔버리며 / 자력자강의 기치 높이 질풍쳐 내닫는 / 우리 앞길 막을 자 그 어데 있으랴 //[23]

이처럼 건설 노동자들의 자부심 넘친 활력은 '대륙간탄도로케트 장착용 / 수소탄 시험에서 완전성공'한 환희에서 나온다. 부조 시대의 천리마기수나 선군 투사와 차별화된 김정은 시대의 새로움은 바로 '만리마'라는 우주적 상상력이다.

다음으로 만리마, 만리마속도의 개념과 문학적 형상 말고 시대를 대표한 캐릭터, 전형이 무엇인지 알아보자. 만리마 시대에 만리마속도 창조의 주역은 '만리마기수'이며, 문학적 형상은 2016년부터 지금까지 계속 나타났다.[24] 그 형상의 구체적 특징을 알기 위해 김성철의 가사 「청년들은 척후대」(2019)를 예로 들어보자.

애국으로 불타는 마음을 안고 / 최첨단돌파전의 앞장에 서자 / 나

23 전수철, 「'멸적의 활화산을 터뜨리며 최후승리를 향해 천만군민은 내달린다'_건설장의 환호성」(시), 『문학신문』 2017.9.23, 3면.

24 리연희, 「만리마기수」(시묶음), 『문학신문』 2016.3.12; 리지성 작사, 현경일 작곡, 「우리는 만리마기수」(악보), 『조선문학』 2016.9, 표지2면; 김성철(평양외국어대학 외국어학원 교원), 「청년들은 척후대」(가사), 『문학신문』 2019.5.25, 4면.

래펴고 질풍같이 내달리자 / 청년들은 새 기술의 개척자라네 //

서로 돕고 이끌며 한마음 되어 / 사회주의 우리 생활 꽃피워가자 / 나래펴고 질풍같이 내달리자 / 청년들은 새 문화의 창조자라네 //

단숨에 기상으로 만리마 타고 / 강성조선 이 땅에 우뚝 세우자 / 나래펴고 질풍같이 내달리자 / 청년들은 대비약의 선구자라네 //

김성철의 가사에 의하면, 만리마기수는 '새 기술의 개척자, 새 문화의 창조자, 대비약의 선구자'이다. '새 기술'이란 핵무기, 인공지구위성, 미싸일 같은 최첨단과학기술을 지칭하며, '새 문화'란 사회주의 문명국의 위락시설, 레저를 향유하는 것이며, 대비약이란 핵무력을 통한 사회주의 강국이란 일종의 '강소국'이라 유추, 해석할 수 있다. 다만 이 가사는 만리마기수라는 새로운 인간형을 형상하는 문학적 장치가 부족하다. 시적 비유와 상징 같은 서정적 환기장치 없이 관념어로 가득한 정치 구호를 날것 그대로 리듬만 맞춰 표현한다.

만리마기수의 형상을 문학적으로 그려낸 현장 노동자 전설경의 시초, 「불을 다루는 처녀들」 3편(2017)을 보면, 만리마기수의 형상이 '과학기술 룡마 탄 콤퓨터 처녀'로 눈에 선하게 그려진다.

"나는야 크링카공장의 평범한 콤퓨터 조종공 처녀 / (중략) 전에는 방열복 입은 제대군인 총각들도 / 다루기 힘들어하는 소성로 불을 / 오늘은 연약한 처녀들이 / 컴퓨터에 마주 앉아 한손으로 다루어요 // (중략)

만리마 선구자 그 이름도 / 과학기술 룡마를 타야 하기에 / 시간

을 아껴가며 열심히 배워갑니다 //

—「나는야 콤퓨터 조종공 처녀」

"만리마 시대의 선구자로 / 과학기술 룡마 탄 콤퓨터 처녀로 / 불을 다루는 불같은 처녀로 / 청춘시절을 장식하기 전에는 / 서둘러 처녀시절과 작별할 수 없는 / 이 딸의 마음이예요"

—「이 마음 알아주세요」

과학기술의 룡마 / 만리마의 고삐 억세게 틀어잡고 / 무인화된 공장에서 / 콤퓨터로 크링카를 척척 구워내는 / 처녀들의 심장은 / 소성로의 불보다 더 뜨겁대요

—「불을 다루는 처녀들」[25]

김정은 시대의 대표 캐릭터라 할 만리마기수는 시대의 선구자로 "과학기술 룡마 탄 컴퓨터" 기사로 그려진다. 이들은 용광로를 다룰 때도 공장에서 기계를 돌릴 때도 탄광에서 석탄을 캘 때도 천리마시대 선조처럼 삽과 곡괭이를 들고 노동현장에 전투적으로 뛰어들지 않는다. 그들은 생산 전반을 사전에 컴퓨터그래픽으로 시뮬레이션한 후 현장의 문제점을 보완하는 CNC 기술을 시전하는 과학기술의 첨병이다.

만리마기수의 자긍심 넘친 노래는 흥남질소비료공장의 자국산 설비를 자력갱생으로 제작해낸 룡성 노동자와 과학기술자의 자부심으로

25 전설경, 「'불을 다루는 처녀들'_나는야 콤퓨터 조종공 처녀」, 『청년문학』 2017.2, 48면.

도 표현된다. 가령 송미숙의 시 「나는 룡성의 녀인이다」(2018)을 읽어보자. 딸과 아들을 둔 화자는 '공장 영예게시판'에 붙은 모습으로 아이들에게 만리마 선구자 모습으로 새겨지길 바란다. '룡성의 로동계급', '룡성의 녀인'이라는 표현 등을 통해 "녀인이라고 다르"지 않은 "불붙은 이 심장"을 노래하지만 상투적 과장으로 느껴지지 않는 핍진성이 있다. 가령 옥별이의 신랑을 자랑하는 다음 시구절이 그런 예이다: "인물 곱고 맘씨 고운 우리 공장 옥별이 / 위성을 쏴올린 총각 신랑으로 맞는다고 / 온 동네 소문이 짜하더니 / 버스에서 내리는 신랑감 / 낯익은 비료공장 총각 아닌가 // —아니 위성을 쏴올린 총각이라더니?/ 녀인들 눈이 휘둥그래지는데 / 처녀의 어머니 자랑스레 하는 말 / —위성을 쏴올려구 말구요 / 흥남비료 수소정제탑을 자체로 만들어낸 / 소문난 청년이라오 / 자력갱생기수로 / 만리마를 탄 / 끌끌한 내 사위감이라오."[26]

이러한 만리마기수의 형상은 『조선문학』(2019.12)에 시인 여럿이 만리마 시대의 직장별 대표를 한 사람씩을 노래하는 '만리마시대의 전형'[27]이란 기획 시초로 정리된다. 시초에서 만리마기수로 칭송 받은 캐릭터는, 금골탄광 탄부, 금속공학과 교수, 포장공장 연구사, 나무리벌 농민, 김정숙평양제사공장 지배인 등이다. 주명옥 시인은 금골광산 고경찬 탄부를 두고 "원쑤들 / 천겹만겹의 제재의 사슬 늘였어도 / 우리 당이 안겨준 필승의 신심 드높이 / 드세찬 광물폭포로 짓부시며 노도

26 송미숙, 「'나는 룡성의 녀인이다'_나는 이 땅에서 자랐다, 딸애의 눈동자 앞에, 내 고향의 녀인들」(시묶음), 『조선문학』 2018.5, 57면.

27 해설 지문은 '만리마 시대'로, 원문 인용은 '만리마시대'로 표기한 이유는 '천리마시대'처럼 역사적 명명이 정착되지 않은, 형성 중인 개념으로 판단하기 때문이다.

쳐가는 / 금골의 자랑 만리마기수여"[28]라고 칭송한다. 한광춘은 김책제철소 가열로를 설계하여 금속공업 주체화에 기여하고 대학에서 후대를 양성하는 과학기술자 공대 금속공학과 강좌장인 김인규 교수를 "연구사이면서 설계가 / 그 앞서 그는 참된 교육자"라 칭찬한다.

김영옥은 새로운 포장 설비를 완성하여 박사메달을 받고 만리마기수로 칭송 받은 연구사 조수경를 두고, "어제는 리신자 길확실 영웅이 / 천리마를 타고 날으고 / 오늘은 만리마의 나래에 / 조수경 그 이름이 빛나는구만요"라고 노래한다. 조수경 연구사를 칭찬하길, 천리마운동을 발기한 진응원 영웅과 함께 천리마시대 천리마기수를 대표하는 길확실과 동격으로 영웅시한다. 리영일은 새 농기계를 창안하여 과학농법을 실현한 나무리벌의 다수확농민 윤룡석을 찬양한다.[29]

> 하나는 전체를 위하여, 전체는 하나를 위하여!
> 이 구호를 높이 들고 뒤떨어진 작업반들을 천리마작업반으로 만든
> 길확실 천리마시대의 선구자처럼
> 공장을 만리마기수들이 태여나는
> 정든 집으로 만드는 것이 그의 목표였다 // (중략)
> 더 높이 추켜든 자력갱생의 기치

---

28 주명옥, 「금골의 기수–만리마시대의 전형 고경찬 동무를 노래함」(시), 『조선문학』 2019.12, 61면.

29 리영일, 「나무리벌사람–만리마시대의 전형 윤룡석 동무를 노래함」(시), 『조선문학』 2019.12, 63면.

우리의 힘으로 우리의 기술로
설비의 현대화 고속화를 실현하는
그 앞장에서 내달리는 모습은
만리마시대의 선구자란 어떤 사람인가를
심장 깊이 새겨주던 나날이였다[30]

'만리마시대의 전형'이란 기획 시초의 마지막은 김춘길 시인이 장식한다. 즉, 김정숙평양제사공장 김명환 지배인을 두고, 천리마작업반의 길확실 영웅이 천리마시대의 선구자 호칭을 따냈듯이 만리마기수들을 여럿 길러낸 산파역으로 높이 평가한다. "하나는 전체를 위하여, 전체는 하나를 위하여"는 슬로건은 천리마시대든 만리마 시대든 변치 않는 수령론을 상징하는 문학적 레토릭이며, 천리마시대와 만리마 시대를 차별화한 키워드는 '우리의 힘, 우리의 기술, 현대화, 고속화'라고 할 수 있다.

이제 최근 북한문학에 나타난 만리마기수 형상의 특징을 정리하도록 한다. 이와 관련하여 평론가 박춘택은 만리마 시대를 대변하는 인간형을 두고 '주체문학 전성기'(197,80년대)의 대표 전형과 마찬가지로 당과 수령에 대한 무한한 충실성이라는 덕목부터 우선 기본적으로 갖춰야 한다고 주장한다. 만리마기수는 '수령 결사옹위 전위 투사'이며 '사상과 령도를 충직하게 받들고 유훈을 훌륭하고 진실하고 완벽하게 관

30 김춘길, 「만리마기수들의 집-만리마시대의 전형 김명환 동무를 노래함」(시), 『조선문학』 2019.12, 64면.

철하는 사회주의 강국 건설의 선봉 투사'라고 규정하였다. 다음으로 "자력갱생, 자력자강의 기치를 높이 추켜들고 만난을 과감히 헤치며 대비약, 대혁신을 창조하며 김정일애국주의를 심장에 새기고 과학기술을 원동력으로 만리마속도 창조에서 집단적 혁신을 일으켜나가는 것이 만리마기수"라고 한다.[31]

그는 만리마 시대의 전형적 성격 창조에 성공한 예로 백상균 장편 『강자』[32]의 창전거리 초고층 아파트용 최첨단 펌프를 자력 개발한 동주펌프제조공장 리대철 지배인,[33] 주설웅 단편 「의무」에서 발전소 건설현장의 붕괴사고를 사전에 막은 압축기운전공 처녀 한순희, 김은경 단편 「우리 바다」의 류경수산물가공사업소 오해연 기사[34] 등을 들었다. 이들 모두 수령옹위, 멸사봉공, 자력갱생형 청년 과학기술자를 상징하는 캐릭터들이다.

이들 작품 중 『강자』를 보면, 초대형 기념비적 건축물의 외형적 과시와 속도전 성공 신화 뒤의 작은 세부를 바라보는 섬세한 시선이 특히 주목된다. 소설 맨 처음은 동주기계공장 기사 엄명선이 평양 옥류교를 건너면서 "눈앞에 하늘을 꿰지를듯 키를 솟군 고층아빠트들의 우람한 덩지"를 바라보며 저절로 감탄이 흘러나온다는 대목으로 시작된다.

---

31 박춘택, 「만리마시대 인간의 전형적 성격 창조와 작가의 미학적 리상」(평론), 『문학신문』 2018.3.24, 1면.

32 백상균, 『강자』, 문학예술출판사, 2017.

33 김정철, 「인생관의 견지에서 창조된 시대의 강자에 대한 예술적형상–장편소설 『강자』를 읽고」(평론), 『문학신문』 2018.10.20, 1면 참조.

34 주설웅, 「의무」(단편소설), 『조선문학』 2016.5, 47면; 김은경, 「우리 바다」(단편소설), 『조선문학』 2017.6, 31면.

7,80층 고층아파트의 높이와 "야! 대단하구만. 완전 로케트속도요, 로케트속도!"라면서 불과 1년 만에 건설한 속도에 감탄한다. 2016년 평양 창전거리 초고층아파트 건설 현장의 풍광을 '로케트속도'라면서 속도전에 비유한다. 그런데 숨겨진 진짜 문제는 그동안 "평양에 45층 이상의 초고층아빠트가 없었던 이유 중 하나는 초고층아빠트들에 필요한 첨단급 고양정 뽐프를 만들지 못해서 다른 나라에서 사오기로 했다"는 것이다. 이에 동주기계공장 기사 엄명선의 문제 제기를 받은 동주뽐프공장 지배인 리대철이 외국산 수입을 고집하는 윤상배, 리상민 등 중간 관료의 방해를 물리치고 천신만고 끝에 전량 수입했던 자국산 첨단급 고양정 뽐프를 만드는 데 성공한다.

> 세계적으로 발전했다는 나라들이 저들의 독점물처럼 으시대던 고양정뽐프를 우리의 힘, 우리의 기술로 세상 보란듯이 만들어 평양에 새로 건설된 창전거리 초고층아빠트들의 먹는 물과 난방용수를 보장하게 하였습니다.
>
> 이 얼마나 긍지스럽습니까. 떳떳이 자랑할 수 있는 모든 성과의 비결은 자기 힘을 믿고 떨쳐나서면 세상 무서운것이 없는 강자가 될수 있다는 당의 의지와 배짱을 우리 모두의 심장에 지니였기 때문입니다. 우리에게는 한 일보다 앞으로 하여야 할 일이 더 많습니다.
>
> 경애하는 김정은 동지의 현명한 령도 밑에 천하제일강국으로 일떠설 조국에는 50층, 70층, 100층의 초고층살림집들과 인민생활 향상에 이바지할 현대적인 공장, 기업소들이 수많이 건설될 것입

니다.[35]

김정은 시대를 대표하는 문학적 캐릭터인 만리마기수 형상을 잘 그려낸 장편소설 『강자』의 실제 모델은 '폭포'라는 자국산 브랜드 고압펌프를 자력으로 제작한 기술자 홍남수의 실화이다. 그는 당 제7차대회를 앞두고 진행한 70일전투 이후 200일전투에서 대표적 성과로 떠오른 '폭포' 상표의 펌프 생산 사연을 소개한 수기를 문예지에 실었다. 그는 평양 창전거리 건설용 중주파유도로 만들 수 있는 북창지구청년탄광련합기업소 안주펌프공장의 생산 담당자이다.

소설 『강자』도 그렇고 소설의 실제 소재인 실화문학의 핵심 주제문은 "나라의 형편이 어렵다는 걸 뻔히 알면서 손을 내민다는 것은 로동계급의 량심과 저촉되는 일입니다. 허리띠를 조여매고서라도 우리 힘으로 해야 합니다. (중략) 그것은 자력자강의 힘이 얼마나 위력한가를 현실로 보여준 것이였습니다. 우리 공장에서 생산하는 뽐프들에는 지배인의 발기에 따라 '폭포'라는 이름의 상표를 달았습니다. 아마 지배인은 우리 공장에서 생산되는 제품이 그 어데서나 폭포처럼 물을 퍼올릴 수 있다는 확신에서 그런 상표를 생각해냈을 것입니다."[36]

김정은 시대 문학을 대표하는 장편 『강자』 또한 이 시기 북한 소설에서 흔히 보았던 외제 수입산 배격과 국산품 애호, 자력갱생형 생산미담이지만 미묘한 변화가 있다. 198,90년대 김일성 김정일 시대에는 김

35 백상균, 『강자』, 문학예술출판사, 2017, 332면.

36 홍남수, 「뿌리」(실화), 『조선문학』 2017.9, 43~52면.

일성광장, 인민대학습당, 주체사상탑, 류경호텔 등 초대형 기념비적 건축물의 외형적 과시와 건설과정의 속도전이 자부심의 근거였다. 이 장편에 나타난 김정은 시대의 새로움이란 부조시대의 외형적 성공 신화 뒤의 작은 세부까지 섬세하게 처리하는 인민대중 눈높이의 일상적 성공 미담이다. 흔히 디테일에 강하다는 섬세한 시선이 특히 주목된다.[37]

만리마기수는 사회주의체제 건설의 역군이었던 195,60년대식 천리마기수와 달리 최첨단 청년 과학기술자들이라 197,80년대의 '3대혁명소조원' 전형과 비슷한 점도 적지 않다. 가령 황영일 시 「등불」(2022)을 보면, 자국산 기계를 만든 공장 소조원을 다음과 같이 찬양한다: "멎어선 수입산기계 붙안고 / 모두가 안타까워하던 그날 / 우리식 첨단기계 창안하자 힘을 주던 / 소조원동무 //(중략) 3대혁명의 봉화를 높이 들고 / 우리 당을 앞장에서 받드는 / 혁명의 기수."[38] 이 시에서 수입산 외국 기계가 고장나거나 마모되었을 때 다들 손놓고 있는데, 시적 주인공은 자력갱생정신으로 '우리식 첨단기계'를 만들어 동료들에게 "3대혁명붉은기쟁취운동의 미더운 기수"로 칭송받는다.

가령 김경원의 단막극 「수리공의 일지」(2019)의 주인공 호일의 다음

---

37 만리마가 천리마의 버전업이라는 논거로, 2021,22년치 문예지의 '천리마' 소환과 "천리마시대로 돌아가 당시 명작을 따라 배우자"는 주장을 담은 문건이 늘어난 사실을 들 수 있다. 리명, 「'당 중앙위원회 제8기 제3차전원회의 결정 관철'_천리마시대의 소묘」(수필), 『조선문학』 2021.8, 53면; 김경일, 「천리마는 오늘도 난다」(단편소설), 『조선문학』 2021.8, 42면; 김연, 「천리마시대」(시), 『조선문학』 2021.8, 52면; 김영임, 「'전세대 문예전사들의 투쟁정신과 창작기풍을 따라 배우자'_천리마시대와 작가들」, 『문학신문』 2021.12.4, 4면.

38 황영일, 「등불」(시), 『문학신문』 2022.1.8, 4면.

과 같은 대사가 바로 '천리마기수–3대혁명소조원'의 전통을 잇는 '만리마기수' 형상의 문학사적 계보를 상징한다.

> "수경: 저야말로 우리 조사공들의 밑거름이 되여주는 수리공들을 천시했어요. (…) 수리공들은 과학기술을 몰라도 된다고 생각하는 여기에 수리공들에 대한 천시가 있지 않겠습니까.
>
> 호일: 성배아바이가 경험과 기능으로 조사공들의 밑거름이 되었다면 오늘날에는 제가 과학기술로 만리마기수들의 밑거름이 되겠습니다."[39]

희곡에는 비단실을 뽑는 '조사기(명주실 방직기)'를 다루는 조사공인 수경, 호일과 수리공인 철명이 등장한다. 방직기 수리 경력자인 철명이 '원격대학(사이버대학, 방송대학)'을 졸업하자 애인인 수경뿐만 아니라 주위사람들은 그가 수리 부서가 아닌 생산과 등 다른 부서로 옮겨갈 수순이라고 생각한다. 그런데 그가 계속 수리일을 하겠다고 하자 이유가 궁금하다. 순직한 성배아바이의 수리일지를 호일이 받아보니 사람들이 알던 것과 달리 방직기를 다룬 경력이 많은 성배아바이의 기술적 오류때문임이 밝혀졌다. 즉 아바이가 자신의 오랜 방직기 조작 경험과 실력만 믿고 새로 들여온 조사기 기대를 수리할 줄 몰라서 결국 순직했다는 사실을 알게 된다. 이제 혁명적 열정과 과거 경험에만 의존하던 아바이 세대의 관행을 깨고 과학기술 지식을 갖춘 청년 노동자가 '만리마기수'

39 김경원, 「수리공의 일지」(단막희곡), 『조선문학』 2019.7, 78면.

가 되어야 한다는 시대적 당위를 호일의 입을 통해 외치고 있는 셈이다.

이처럼 만리마기수는, 당과 수령에게 충성을 다하는 혁명정신과 선군사상은 있지만 전문 기술이 태부족한 선배 노동자와 달리 그려진다. 수입산 대신 국산 기계를 창안하는 기술력이 겸비되어 '사상, 문화, 기술'이라는 3대혁명을 완성하는 캐릭터로 형상된다. 197,80년대 문학의 대표 주인공인 3대혁명소조원의 전형은 혁명적 열정만 있고 전문성이 부족했던 '항일혁명투사–천리마기수–선군투사' 계보와 차별화된 인간형인 것이다. 3대혁명소조원들은 단위 생산분야의 전문교육을 사전에 받고 현장에 파견된 청년 과학기술자였는데,[40] 만리마기수의 형상적 특징은 이들과 또 다르다. 만리마기수가 천리마기수와 비슷한 점은 토건시대의 뜨락또르 몰고 삽질 잘하는 노동영웅의 면모보다는 컴퓨터로 CNC 기술을 능수능란하게 다루는 과학기술의 첨병이되 주변 인물들까지 변화시키는 정신개조의 품성을 겸비했다는 사실이다.

4. 최첨단 사회주의 문명국 지향과 중세적 상상력의 괴리

지금까지 김정은 시대 11년간의 문학 특징을 '인민생활 향상' '만리마속도, 만리마기수' 중심으로 살펴보았다. 최근 문학작품에서 자주 보

40 김성수, 「주체문학 전성기 『조선문학』(1968~94)의 매체전략과 '3대혁명소조원' 전형론」, 『한국근대문학연구』 37호, 한국근대문학회, 2018.4, 193~224면; 「'천리마기수' 전형론과 사회주의 건설의 문화정치」, 『상허학보』 62, 상허학회, 2021.6, 337~372면 참조.

이는 만리마기수의 형상은 '과학기술 룡마' 탄 컴퓨터 기사의 이미지로 주로 그려지는 것이 좋은 예라 할 것이다. 만리마기수는 천리마기수와 마찬가지로 자발적 노동 동원의 동인이 수령과 당에 대한 충성이라는 공통점을 가졌다. 다만 전자가 토건 시대의 삽질 잘하는 아날로그 노동 영웅인데 비해, 후자는 컴퓨터를 잘 다루는 첨단 과학기술 지식을 갖춘 청년 과학기술자로 진화한 것이 특징적이다.

그 결과 투쟁과 혁명, 전쟁과 건설의 연륜이나 통치 경험이 일천한 청년 지도자가 자기만의 통치스타일로 불안했던 '정권'을 안정시키고 '체제'를 유지하는 데 성공하여 '시대'를 구가할 수 있게 되었다는 점, 그 사실의 문학적 반영을 확인할 수 있다. 특히 부조 시대의 천리마가 남을 따라 앞서기 위한 비약의 준마였다면 김정은 시대를 상징하는 만리마는 세계를 향한 '과학기술 룡마'라는 문학적 상징이 그럴듯하게 보인다. 195,60년대 사회주의 건설기를 대표하는 문학적 상징인 천리마기수가 사회주의 선진국인 소련과 중국을 따라 앞서기 위한 도약의 이미지였다면, 2010년대 주체사상체제 안정기를 대표하는 만리마기수는 핵폭탄과 우주로켓을 통해 세계만방에 사회주의 강국(강소국?)임을 선언하는 자부심의 표현이라고 풀이된다.

하지만 청년 지도자 김정은 집권 11년 동안 비상시국 돌파용 선군담론의 잔영을 걷어내고 당 중심의 정상국가로 복귀하여 주체문학론이 정착되었건만 새로운 문학작품이나 신선한 비평담론은 이렇다하게 나오지 않았다. 문예 창작과 유통 어느 면에서도 아버지 김정일 시대만큼의 활력과 대표작이 떠오르지 않는다. 한마디로 청년 지도자의 과학기술과 교육, 청년 아동 중시 방침이 문예 분야에서 뚜렷한 성과를 내지 못했다고 하겠다. 서구 유학 경험에서 촉발된 지도자의 최첨단 과학기술 욕망과 그를 수식할 문학적 이미지를 여전히 만리마밖에 찾을 수 없는 한계를 지적하지 않을 수 없다.

선군, 선군문학을 한때의 비상 돌파용 과거 산물로 자연 소멸시킨 것은 특기할 만하지만, 김정은 시대만의 문예노선이나 새로운 비평담론을 찾기 어려운 것은 짚고 넘어가지 않을 수 없다. 가령 '주체문학예술의 새로운 개화기, 전성기'를 맞기 위한 '새 세기 문학예술혁명'을 제안하는 문학신문 사설을 보자.

> 문학예술부문의 일군들과 창작가, 예술인들이 주체문학예술의 새로운 전성기를 열고 새 세기 문학예술혁명의 장엄한 포성으로 오늘의 대고조전투를 힘있게 고무추동하기 위해서는 무엇보다 먼저 위대성 교양, 당에 대한 충실성 교양에 이바지하는 명작들을 창작창조하여야 한다.
>
> 여기서 중요한 것은 주체문학예술 건설의 핵으로 되고 있는 절세위인들의 위인적 풍모와 불멸의 업적을 깊이있게 형상한 명작, 력작들을 창작하는 것이다.
>
> (중략) 이와 함께 새로운 비약과 창조로 들끓는 오늘의 시대정신을 반영한 작품들과 새 세기의 요구에 맞는 다양한 주제의 작품들을 끊임없이 창작함으로써 날로 높아가는 우리 인민의 미학정서적 요구를 훌륭히 실현하여야 한다.[41]

41 「당 제8차대회 결정을 철저히 관철하여 주체문학예술의 새로운 개화기를 펼쳐나가

8차 당대회(2021.1) 이후의 3기 문학에서도 여전히 1970년대의 문학예술혁명을 추억, 소환하고 그를 모방 재현하고자 하는 관료주의적 사업작풍이 반복된다. 가령 8차당대회 이후의 문예노선을 '새 세기 문학예술혁명'이라고 이름붙이고 '주체문학예술의 새로운 전성기를 열'자고 하는데, 무엇이 '새 세기'이고 '새로운'가?

선군이 사라진 자리에 원대복귀해서 자리 잡은 예전의 '주체문학예술의 전성기'에 '새로운'이란 수식어 하나 덧붙인다고 명작이 저절로 창작되는 것이 아닐 터이다. 여전히 창작의 제일 원칙은 지도자가 위대하다는 것을 최우선해서 그려내고 인민들에게 당 정책을 충성을 다해 따르라는 메시지 전달이다.

가령 8차 당대회 이후 열린 후속조치를 구체화, 세부화하는 당 전원회의에서 금속공업, 화학공업이 중요하다고 결정하면, 바로 로동신문에는 사설과 정론, 선동선전 문건이 나오고 문학장에서는 기동력 있게 바로 시, 소설, 평론, 수필 등 작품을 '찍어낸'다. 『조선문학』 2021년 4월호의 특집은 '당 중앙위원회 제8기 제2차전원회의 결정 관철-금속공업'이란 기획 제목 아래, 방하일 단편, 「교수의 시간표」, 지광 시, 「용해장에 봄비가 내린다」, 김정순 시, 「보통날 퇴근길에서」, 장의복 수필, 「로장의 고백」, 윤태종 가사, 「석탄산 높이 쌓아 기쁨 드리리」 등이 실린다. 『조선문학』 표지3면에는 「"강철로 당을 받들자!"」란 제목의 선전화가 곁들여진다. 다음호인 『조선문학』 2021년 5월호에는 '당 중앙위

자」(사설), 『문학신문』 2021.1.23, 1면; 「력사적인 시정연설을 높이 받들고 새 세기 문학예술혁명의 장엄한 포성을 울려나가자」(사설), 『문학신문』 2021.11.6, 2면.

원회 제8기 제2차전원회의 결정 관철-화학공업'이란 기획 제목 아래, 강철국 평론, 「주체섬유에 비낀 절세 위인들의 불멸의 업적에 대한 감명깊은 화폭」, 윤상근 단편, 「나를 부르는 길」, 송혜경 수필, 「건설장의 사진」 등이 실린다. 이렇듯이 레닌적 당문학론은 1946년 이후 더욱 속류화, 정치편의주의가 되었고, 수령형상문학은 3대째 주인공 캐릭터만 바꿔가며 누적적으로 반복, 축적되고 있다.

가령 2021년을 결산하는 작가동맹 중앙위(문예정책 당국)의 판단은 작가들의 충성심, 각성이 부족하다는 것, 예전 선배만 못하다는 진단이다. 김정은 시대의 작가 예술가들이 명작 창작을 기대만큼 못하는 것은, 「길동무들」, 「'해주–하성'에서 보낸 편지」를 쓴 60년대 김병훈이나 「석개울의 새봄」, 「고난의 력사」(1964)을 쓴 천세봉, 「나의 조국」(1979)의 시인 김상오처럼 성과를 내지 못했다며 여전히 정신재무장을 위한 노동현장으로의 '현지파견, 노동체험'을 반복 주문한다.

가령 2021년 말의 문학장을 결산하는 문학신문 기자는, 60년대 김병훈 작가의 대표작 「길동무들」(1960)의 주인공인 처녀 양어공 오명숙의 소설 속 대사를 인용한다.

> "수령님께서 이 '하늘 아래 첫 동네' 인민들에게도 행복을 가져다주시려고 무진 애를 쓰시는데 우리 이 고장에서 태여난 자식들이 '제 고장은 벽지니깐 좀 뒤늦게 락원으로 들어서도 할 수 없습니다.' 이렇게 말할 수 있겠어요?…
>
> 그리하여 어느날 저녁 일기책에다 '나는 이 고장에서 공산주의 노을을 맞이하리라!' 이렇게 결심을 적어넣었지요…"

단편소설 「길동무들」의 주인공 오명숙이 한 이 말은 천리마시대 청년들의 사상 정신상태를 그대로 반영한 대사로서 어버이 수령님께서 가리키신 사회주의 건설의 길 따라 천리마가 나래 펴고 내달리던 격동적인 시대에 대한 작가의 공감과 찬란의 목소리이기도 하였다.[42]

김일성상계관인 로력영웅 김병훈(1929~2013)은 천리마시대에 맞는 문학을 창조하기 위하여 천리마운동 초기에 노동현장으로 뛰어들었다. 그는 함경북도의 협동농장과 해주–하성 간 철도 건설장에 현지 파견되어 천리마기수의 전형적 성격을 탐구하기 위하여 현장 노동체험과 취재, 습작을 병행하는 피나는 노력을 하였다. 그 과정에서 농촌 고향마을에 담수 양어를 실현시켜나가기 위하여 애쓰는 양어공 처녀의 모습을 그린 단편소설 「길동무들」, 200리 구간의 넓은 철길 부설 공사를 단 75일 만에 완공한 청년 건설자의 정신세계를 보여준 단편소설 「'해주–하성'서 온 편지」를 창작하였다.

천리마운동기의 시대정신을 훌륭히 구현했다고 높이 평가받은 문학사적 대표작은 오명숙과 명희라는 주인공 이름과 더불어 60년이 지난 2021년까지도 후대의 귀감이 되었다. 그러므로 김정은 시대 3기를 살아가는 현금의 작가들도 김병훈처럼 천리마 시대의 정신, 기백을 본받으라는 말이다. 기자는 김병훈, 정서촌, 리동춘 등 천리마 시대를 대

42 김영임(본사기자), 「'전 세대 문예전사들의 투쟁정신과 창작기풍을 따라 배우자'_천리마시대와 작가들」, 『문학신문』 2021.12.4, 4면.

표하는 작가, 시인, 극작가를 따라 배우라고 결론짓는다. 그들은 수령이 바라고 인민이 보고 듣고 싶어하는 것이라면 온몸을 불태워서라도 명작으로 창작하여 내놓은 천리마시대의 작가들이라고, 그들의 정신세계, 투쟁기풍이야말로 오늘 시인 작가들이 심장으로 받아들이고 온넋으로 따라 배워야 할 산 모범이라고 하였다.

작가동맹에서 김정은 시대 3기 작가들에게 천리마시대 선배들의 모범적인 태도를 배우라는 이유로, '하나는 전체를 위하여, 전체는 하나를 위하여'라는 집단주의적 창작기풍을 발휘하도록 근거를 들기도 한다. 1920~40년대생으로 혁명과 전쟁, 체제 건설을 몸소 체험하면서 사명감을 가지고 문학을 했던 '전 세대 문예전사들이 발휘한 투쟁기풍, 창조본때'를 따라 배우라고 한다. 그때는 자기가 창작하는 작품에만 전심하던 작가들이 다른 작가들의 작품을 놓고 함께 고심하고 노력하며 하나의 시작품에도 집체적 지혜를 바치는 합평회, 집체 창작이 많았다는 것이다. 또한 관록 있는 중견, 원로들이 신인 작가들을 대담하게 믿고 방조해주는 좋은 기풍도 있었다고 한다.[43]

> 많은 시인들이 황철과 남흥, 강남군을 비롯한 인민경제의 여러 전선들에 달려나가 천하인민을 기적과 위훈에로 고무 추동하는 시들을 창작하였다. 류동호, 문용철, 김춘길, 리명옥, 최광일, 박철명, 방명혁, 리충성 동무를 비롯한 시인들은 시 「강철 생산도표 이야

43 김향(본사기자), 「시대의 사명감을 깊이 자각하고—올해 조선작가동맹 시인들이 거둔 창작 성과를 두고」, 『문학신문』 2021.12.4, 1면.

기」, 「황철은 싸운다」, 「쇠물과 녀인」, 「남흥은 만풍의 가을을 부른다」, 「처녀의 속삭임」, 「실농군의 종자」, 「청년분조폭풍!」, 「가을날의 새봄」 등의 여러 시작품들을 창작하여 우리 인민의 투쟁을 적극 떠밀어주었다.[44]

그런데, 그런데 말이다. 2020년대 현재, 최첨단 과학기술을 자력으로 개발하여 사회주의 문명국을 지향한다면서 여전히 저 195,60년대를 소환하여 '나 때는(라떼는)'을 앵무새처럼 반복하는 '꼰대' 잔소리의 쳇바퀴 속에 있다고 아니할 수 없다.

게다가 가령 문예 창작을 공장 생산과 전투용어로 직유 은유하는 1950년대 방식을 아직도 무한반복하고 있다. 가령 1950년대 사회주의 건설 표상인 '천리마'의 변형인 '만리마', 1970년대 주체문예론 창작방침을 답습한 '속도전', 1980년대식 창작독려책인 '명작 창작' 등의 슬로건이 반복되는 것이다. 최첨단 과학기술이 뒷받침된 '핵무력과 인공지구위성, 대륙간탄도미싸일'을 자랑하는 2020년대에도 여전히 '천리마, 만리마, 락원, 선경' 등 중세적 수사밖에 표현할 줄 모르는 상상력의 한계가 문제이다. 최첨단 과학기술과 문명국의 자긍심, 중세적인 어법과 고루한 상상력 사이의 간극을 어떻게 메꿀 수 있을지 의문이다. 핵폭탄과 우주로켓, ICBM(대륙간탄도미싸일), SLBM(잠수함 발사 탄도미싸일)을 자

---

44 김향(본사기자), 「시대의 사명감을 깊이 자각하고－올해 조선작가동맹 시인들이 거둔 창작 성과를 두고」, 『문학신문』 2021.12.4, 1면. 황철은 황해제철소, 남흥은 평안남도 안주시 남흥동에 위치한 석유화학 및 질소비료공장인 남흥청년화학련합기업소를 말한다.

력 개발하여 지구라는 행성을 눈 밑으로 내려다보며 '우주시대'를 구가 한다면서 아직도 만리마라는 낡은 표현과 상투적 형상밖에 떠올리지 못하는 문화적 지체(cultural lack)가 아쉽다.

자력갱생 성장의 첨병 '과학기술 룡마' 기수[45]

–'5개년계획'과 8차 당대회 전후 문학

1. 8차 당대회 전후 팬데믹 시기(2020~23) 북한문학 동향

이 글은 김정은 시대가 3기에 들어선 제8차 당대회(2021.1) 전후의 북한문학 동향과 쟁점을 간략히 살펴보는 것을 목적으로 한다. COVID19 전염병이 팬데믹으로 선포된 2020년 이후 만 3년이 훨씬 지났지만 북한의 국경 봉쇄와 교역 중단조치로 북한(문예) 자료의 국내 입수가 거의 없었다. 다행히도 해외 경로를 통해 최신 문예지 『조선문학』, 『문학신문』 등을 어렵게 구할 수 있었다. 이에 디지털 콘텐츠로 유통되는 문예지 텍스트의 실증적 분석을 통해 김정은 시대 3기 전후(2020~2023) 문학 동향을 보고한다. 김정은 시대 3기 북한문학의 동향을 크게 당 정책 선전 문학과 '사회주의 현실 주제' 문학으로 나누어 정리한다. 각각의 텍스트를 문예정책노선, 이념과 미학, 전통과 매체, 대표 전형과 작가 작품 등 쟁점별로 분석한다.

---

45 이 글은 다음 논문을 단행본에 맞게 개제, 개작한 것이다. 김성수, 「8차 당대회 전후(2019~23) 북한문학 동향과 쟁점: 『조선문학』, 『문학신문』 매체 분석과 '과학기술 룡마' 기수 형상을 중심으로」, 『민족문학사연구』 82호, 민족문학사연구소, 2023.8.

먼저 김정은 시대 문학을 정리한 최근 연구[46]를 일별하면, 거시담론 중심의 전통적인 역사주의적 접근법과 달라진 새로운 연구경향을 읽을 수 있다. 북한문학의 사회적 정치적 기능을 수령 형상과 당 정책 선전이라는 당 문학론으로 전제하고 역사주의적 접근과 민족문학 원칙에 입각한 남북교류와 통일에 기여하는 문학연구가 필자를 비롯한 1, 2세대 학자의 연구경향이었다. 이에 반해 김정은 시대 문학에 대한 최근 연구를 보면, 기존의 당 정책, 생산 경제, 남북관계 등 정치적 거대담론 대신 일상사, 생활사, 여성, 애정, 생태 등 미시 담론에 더 관심을 두고 있다. 당(黨)문학의 소위 5대 교양 주제라는 '항일혁명 전통 주제 문학, 사회주의 건설 주제 문학, 조국 통일 주제 문학, 조국해방전쟁 주제 문학, 사회주의 현실 주제 문학' 중에서, 과거사 위주인 전자 4대 주제보다 '지금 여기 현실'을 그린 현실주의 문학에 논의가 치중되었다. 또한 '과학환상문학(SF), 정탐문학', 애정소설, 역사소설 등 장르문학으로 논의 범주도 확산되었다.[47] 논의 방법도 당 정책과 텍스트의 상관관계

46 남북문학예술연구회, 『감각의 갱신, 화장하는 인민: 김정은 시대와 북한 문학예술의 지향』, 살림터, 2020; 오태호, 『한반도의 평화문학을 상상하다: 21세기 북한문학의 현장』, 살림터, 2022; 김성수, 「천리마에서 만리마로: 김정은 시대 11년간의 문학」, 『반교어문연구』 62, 반교어문학회, 2022.12 등 참조.

47 고자연, 「김정은 시대 문학에 나타난 여성 형상화 연구–『조선문학』(2016~2019) 수록 단편소설을 중심으로」, 『국제한인문학연구』 30, 국제한인문학회, 2021; 김민선, 「국경을 넘나드는 텍스트의 욕망–'김정은 시대' 북한소설의 재외 과학자들」, 『국제한인문학연구』 30, 국제한인문학회, 2021; 김은정, 「북한의 추리소설 『네덩이의 얼음』에 나타난 미적 용기–동아시아의 일본군 위안부 문제를 중심으로」, 『민족문학사연구』 68, 민족문학사학회, 2018.12; 서동수, 「김정은 시대 북한 과학환상문학에 나타난 수난의 서사와 메시아니즘」, 『스토리앤이미지텔링』 19, 건국대 스토리앤이미지텔링연구소, 2020.5; 서동수, 「김정은 시대 북한 과학환상문학에 나타난 체제 문제와 두 개

에 주목한 역사주의적 접근방식과 달라졌다. 문예 텍스트 자체의 정교한 미시적 분석과 탈문학적 문화연구로 시야를 확장하고 이념적 정치적 해석과 차별화된 탈정전적 해석이 늘어난 것은 성과라 하겠다.

김정은 시대 문학을 다룬 3, 4세대 연구자들의 성과는 매우 크지만 아쉬운 점도 없지 않다. 문예 텍스트가 국가 전체의 시스템과 정교하게 맞물려 있는 북한사회 특유의 사회주의-주체사상체제적 특성을 간과하고 텍스트 예시로 북한사회 변화를 무매개적으로 단순 해석하는 경

의 팔루스」, 『구보학보』 25, 구보학회, 2020.8; 오삼언, 「김정은 시대 문학작품 속 생태담론 고찰」, 『통일과 평화』 11-2, 서울대 통일평화연구원, 2019.12; 오창은, 「김정은 시대 북한 소설에 나타난 평양 공간 재현 양상 연구-사회주의 평등과 사적 욕망의 갈등」, 『한민족문화연구』 71, 한민족문화학회, 2020; 오태호, 「전쟁과 평화의 변곡점, 1등주의의 지향과 경쟁 담론의 형상화-2018년 『조선문학』을 통해 본 북한문학의 변화 양상」, 『상허학보』 58, 상허학회, 2020.2; 오태호, 「김정은 시대 북한 소설의 징후적 변화 양상 고찰-7차 당대회(2016) 이후의 대표 소설을 중심으로」, 『어문학』 103, 어문학연구학회, 2020.3; 오태호, 「2019년 『조선문학』을 통해 본 북한문학의 당문학적 지향성 고찰-자력갱생의 정신, 세계 일등의 지향, 과학기술 강국의 욕망」, 『한민족문화연구』 71, 한민족문화학회, 2020.9; 오태호, 「최근 북한 시에 나타난 '자력갱생'의 다의적 함의 고찰-2018~19년 『조선문학』 1~12월호를 중심으로」, 『국어국문학』 193, 국어국문학회, 2020.12; 오태호, 「김정은 시대 북한문학에 나타난 과학기술자 형상화 고찰-최근 『조선문학』(2020~2022)에 게재된 시와 단편소설을 중심으로」, 『북한연구학회보』 27-1, 북한연구학회, 2023.6; 이상숙, 「김정은 시대 북한시에 나타난 '어머니'의 이미지-『조선문학』(2012~2019)를 중심으로」, 『아시아문화연구』 55, 가천대 아시아문화연구소, 2021; 이예찬, 「소설로 보는 김정은 시대 '인민생활향상'의 의미-리희찬의 『단풍은 락엽이 아니다』를 중심으로」, 『한국현대문학연구』 66, 한국현대문학회, 2022; 이지순, 「김정은 시대의 멘탈리티 위반의 서사-단편소설 「정든 곳」의 국가 윤리와 개인의 욕망 사이」, 『상허학보』 64, 상허학회, 2022.2; 이지순, 「감각에 사로잡힌 몸의 발견과 재현-북한 단편소설 렴예성의 「사랑하노라」를 중심으로」, 『한국예술연구』 40, 한국예술종합학교 한국예술연구소, 2023.4; 전영선, 「북한의 '우리 국가제일주의'와 국기(國旗) 콘텐츠를 활용한 문화예술」, 『국가안보와 전략』 82, 국가안보전략연구원, 2021.

우가 있다. 문예 텍스트 예시를 통한 일상 변화를 포착하려면 미시적 분석과 함께 거시 담론의 추이도 함께 감안해야 한다. 물론 당 정책과 정세 분석이 문예 해석의 선행 필수요소라면 그것은 비속사회학주의 편향이라 할 수 있다. 그렇다고 『조선문학』, 『문학신문』 등 문예지 텍스트의 부분적 예시와 분석으로 북한사회 변화를 별다른 매개항 없이 단순 해석, 과잉 평가하는 것도 문학주의적 편향이다. 당 정책 분석 같은 거시담론을 앞세우지 않되 간과도 하지 않아야 한다. 텍스트와 해석 사이에 '매체와 미학, 전형' 같은 매개항 분석으로 초점화하는 것이 문예 연구의 온당한 접근법이다.

또 하나 지적할 점은 코로나19 팬데믹 시대 3년 반동안 북한 자료의 국내 입수가 불가능한 상황에서 연구 공백과 연구자의 정체성 문제이다. 가령 『조선문학』, 『청년문학』, 『문학신문』의 극히 부분적인 예로써 일반화를 서두는 과잉해석 편향이다. 텍스트의 몇몇 사례로 역동적인 북한체제 변화 전체를 전망하기에는 일반화의 오류 여지가 있다. 문예 노선, 매체, 미학, 전형 분석이 병행되어야 온전한 북한문예 연구가 될 것이다.

이 글에서는 이러한 문제의식을 가지고, 첫째, 미디어 분석법으로 문예지(2020~23) 자료의 기사목록 데이터베이스를 구축한 후, 문헌 고찰과 역사주의적 접근법으로 정세 분석(8차 당대회와 1~7차 전원회의)과 문예지 특집 기획의 호응관계를 분석한다. 둘째, 당문학론을 통한 표면적 쟁점과 '사회주의 현실 주제'문학의 이면적 변화도 따져본다. 『조선문학』, 『청년문학』, 『문학신문』의 특집 기획에 나타난 '인민경제 5개년계획'과 '인민의 안녕' 선전 내용을 정리하고, '전 세대 작가'란과 '재수록'

같은 고정란을 통한 문학사적 매체사적 정전화의 의미도 살펴본다. 셋째, '사회주의 현실 주제' 문학 논의에선 '과학기술 룡마' 탄 기수로 표상된 청년 과학기술자의 형상을 분석한다.[48]

2. '5개년계획'과 '인민의 안녕' 선전: 『조선문학』, 『문학신문』 매체 분석

여기에서는 제8차 당대회(2021.1)를 전후로 한 김정은 시대 3기이자 팬데믹 시기 북한문학 동향을 4개 쟁점별로 개괄한다. 키워드는 '당대회, 인민경제 5개년계획, 인민의 안녕' 같은 정세, '만리마속도 창조, 방역대전' 같은 정책, '만리마기수, 과학기술 룡마 탄 기수, 보건 전사' 같은 전형이다.

『조선문학』, 『문학신문』 미디어 콘텐츠 분석을 통한 북한문학의 최신 쟁점은 다음과 같다.

첫째, 코로나19 팬데믹이 초래한 매체론적 변화.

미디어 분석법으로 『조선문학』, 『문학신문』(2020~23) 기사목록 데이터베이스를 구축하면서 매체사적 변화를 실감하였다. 코로나 팬데믹이

48 김정은 시대 3기의 『문학신문』, 『조선문학』, 『청년문학』 등의 문예지와 함께 분석한 『로동신문』 3년치 기사에 따르면, 제8차 당대회(2021.1) 전후 문예정책은 이 시기 최우선 과제를 COVID19 팬데믹에 대응하는 '방역대전' 승리 선전에 있음을 알 수 있다. 다만, 북한문학과 코로나19 팬데믹 관련은 다음 장에서 별도로 상세히 다룬다. 「코로나19 팬데믹과 북한문학」, 『통일정책연구』 35-1, 통일연구원, 2023.6.

초래한 매체론적 변화는 인쇄매체인 종이잡지의 아날로그식 보급과 전자도서(pdf파일)의 디지털 유통을 병행에서 두드러진다. 코로나 시대 이후 『조선문학』, 『문학신문』, 『청년문학』 등 문예지도 기존의 로동신문 등이 그랬던 것처럼 종이 신문잡지 보급과 병행해서 '국가망(북한 인트라넷)'과 외부세계용 인터넷[49]으로 pdf파일을 제공하고 있다. 문학 텍스트의 존재방식과 유통방식의 커다란 변화를 상징하는 플랫폼 변모가 코로나19 덕분에 예상보다 앞당겨져 이루어진 셈이다.

문학이란 존재가 종이에 활자로 인쇄된 잡지와 단행본이라는 전통적인 아날로그 플랫폼으로만 보급 유통되는 것이 아니라 pdf파일과 동영상이라는 디지털 매체와 구글, 유튜브 같은 인터넷 플랫폼으로 유통되는 문명사적 매체사적 변화에 주목하지 않을 수 없다. 아직 주민들에게 인터넷이 전면 개방되지 않은 채 '국가망'이라 불리는 인트라넷만 허용되는 폐쇄 국가인 북한 문예지라 그런지 종지잡지를 그대로 pdf파일로 변환해서 보급, 유통할 뿐이다. 2023년 5월 현재까지는 편집미학적 자기갱신이 전혀 보이지 않는다. 하지만 앞으로 북한 외의 다른 나라처럼 인터넷 플랫폼에 적합한 하이퍼링크, 댓글, 멀티버스가 가능한 웹진 형태의 도서, 문예지가 나올 것으로 전망한다. 문예 작품을 보급하는 매체와 플랫폼의 변화는 필히 내용과 형식의 변화를 초래할 것이 분명하기 때문이다.

다만 아쉬운 점은, 북한 문예 매체사상 처음으로 구글 같은 인터넷

49 구글로 검색하면 KPM(조선언론정보기지)이 나오는데, 한국에선 접속이 차단되어 있다. 복수의 외국 학자에 의하면 문예지 6종이 산발적으로 불규칙하게 서비스된다고 한다.

플랫폼으로 문학 텍스트가 유통되는 문명사적 변화에도 불구하고, 웹진 방식의 개방형 참여형 편집체제 개편은커녕 종이잡지인 『조선문학』지 자체의 편집 체제는 그대로 둔 채 유통방식만 디지털화했다는 사실이다. 잡지 전반부는 3대 수령형상문학과 그들의 어록이 차지하고, 해당호의 기획 특집과 함께 잡지 후반부에는 '사회주의 현실 주제' 문학이 위계화되어 편집되어 있다. 이는 북한 잡지 전반의 규범적 편집체제이다.[50] 미디어와 플랫폼의 문명사적 변화에도 불구하고 아날로그 시대 레거시 미디어 차원의 낡은 이념과 콘텐츠, 지식정보의 고집은 일종의 문화적 지체현상이기에 조만간 변화는 필연적일 것으로 전망하지 않을 수 없다.

둘째, 팬데믹과 매체사적 변화에도 불구하고 변치 않는 당 정책 선전 기능.

3년간의 최신 문예지에서 여전히 눈에 띄는 것이 조금치도 변치 않는 수령 형상과 당 정책 선전이다. 3대 지도자의 수령 형상을 무조건 앞에 내세우고 인민들에게 당 정책을 충성을 다해 따르라는 메시지 전달 기능이다. 매년 의례적으로 반복되는 2월, 4월의 수령 탄생 특간호가 그런 예이다. 2022년 4월의 김일성 탄생 110주년, 2022년 2월의 김정일 탄생 80주년 기념호를 보면, 표지에 '경 110/80돐 축 특간호'로 표기되어 있다. 마찬가지로 7월, 12월호의 수령 사망 추모 기획도 여전하다. 2021년 7월의 김일성 사망 27주기 추모,[51] 2021년 12월의 김정일 사

50 김성수, 『미디어로 다시 보는 북한문학: 『조선문학』(1946~2019)의 문학·문화사』, 역락출판사, 2020 참조.

51 '절세위인들의 그 업적 천세만세 영원불멸하리'이란 기획명 아래, 김연, 「수령님 음

망 10주기 추모[52] 2022년 2월의 김정일 탄생 80주년 기념[53] 김일성 탄생 110주년 기념[54] 특집, 기획물은 '행사시' 같은 일종의 '연례행사'문학, 그 이상도 이하도 아니다.

그보다 유의미한 콘텐츠는 현실주의 문학이다. 『조선문학』 2020~23년치의 연간 특집 기획물을 일괄해보면, 2020년 10월 '당 창건 75돐 특집', 2021년 1월 '당 제8차대회에 영광을', 3~6월 '당 제8기 제2차전원회의 결정 관철', 7월 『조선문학』 창간 75돐 특집, 2022년 10월 『조선문학』 900호 특간호, 2022~23년 '당 제8기 제2~7차전원회의 결정 관철' 등을 들 수 있다.

성」(시), 『조선문학』 2021.7, 6면. 리창식, 「전우들아 경례드리자」(시), 『조선문학』 2021.7, 4면. 김명성, 「공화국 기발을 우러러」(가사), 『조선문학』 2021.7, 4면. 홍철진, 「보통강의 새 노래」(시), 『조선문학』 2021.7, 5면.

52 '그리움의 10년' 기획 하에, 김선일, 「주체문학에 영원히 아로새겨야 할 고귀한 진리」(론설), 『조선문학』 2021.12, 4면. 김진경, 「고귀한 정」(단편소설), 『조선문학』 2021.12, 9면. 최향, 「영생의 모습 뵈옵네」(가사), 『조선문학』 2021.12, 6면. 주명옥, 「한없는 그리움」(시), 『조선문학』 2021.12, 7면. 곽명철, 「세월은 흘러가도」(시), 『조선문학』 2021.12, 7면. 채동규, 「인민의 념원」(시), 『조선문학』 2021.12, 7면.

53 '천년을 만년을 우리 장군님과 함께'이란 기획명 아래, 미상, 「'위대한 수령님 탄생 110돐과 위대한 장군님 탄생 80돐을 맞는 올해를 혁명적 대경사의 해, 새로운 해로 빛내이자!」(선전화), 『조선문학』 2022.2, 표지 2면. 박금실, 「장군님의 야전솜옷」(시), 『조선문학』 2022.2, 4면. 김정삼, 「생각 깊은 흰눈」(시), 『조선문학』 2022.2, 5면. 로경철, 「장자강물결 우에 배가 뜰 때면」(시), 『조선문학』 2022.2, 5면.

54 '경축 110돐 천만년 영원할 인민의 태양절' 기획 하에, 곽성호, 「압록강 조약돌」(단편소설), 『조선문학』 2022.4, 9면. 곽일무, 「재목」(단편소설), 『조선문학』 2022.4, 33면. 리성식, 「우리 분조장」(단편소설), 『조선문학』 2022.4, 65면. 리용석, 「걸어온 길, 걸어갈 길」(시), 『조선문학』 2022.4, 45면. 김명옥, 「나는 전호가에 선 병사 외 1편」(시), 『조선문학』 2022.4, 62면. 김철웅, 「책가방을 메워주며」(시), 『조선문학』 2022.4, 77면.

선전화 《모두다 당중앙위원회 제8기 제7차전원회의 결정관철에로!》

이들 기획을 보면 김정은 시대 3기(2021.1 제8차 당대회 전후)만의 자기 정체성 확보 노력이 보인다. 즉 8차 당대회의 주요 정책인 '인민경제 5개년계획'을 통한 인민생활 향상 담론과 '신종코로나비루스감염증'으로 불리는 팬데믹 방역을 통한 '인민의 안녕' 담론의 선전이다. 이는 김정은 시대 1기(2012~15)를 대표했던 '핵무력과 경제 병진정책, 마식령속도, 모란봉악단의 창조기풍'이나 2기(제7차 당대회, 2016.5~2020)를 대표했던 '만리마속도, 만리마기수' 형상론[55]과 차별화된 3기 문학만의 특징이다.

다만 코로나19 팬데믹 시대를 상징하는 '방역(대전)' '국가의 안

55 가령 『조선문학』 2019년치의 연간 기획을 보면 '자력갱생의 기치 높이 사회주의 건설의 새로운 진격로를 열어나가자!'(2월) '우리 당기록과 더불어 55년(1964~2019)' '만리마속도창조운동의 불길에서'(6월), '모두 다 만리마속도창조운동에로!'(7월), '자력갱생은 영원한 생명선'(9월), '만리마시대의 전형 ○○○동무를 노래함'(12월) 등이다.

전, 인민의 안녕' 기획과 달리, '5개년계획' 연속 기획물은 당 정책 선전의 연례행사식 반복처럼 평가하지 않을 수 없다. 예를 들어 당 대회에서 결정한 '5개년계획'의 구체적 세부 집행사항을 확정하는 1~7차(2021.2~2023.5) 전원회의에서 금속공업, 화학공업, 농업혁명의 중요성이 결정되면, 신문 사설과 정론, 선동선전 문건이 바로 나오고 창작부문에서는 선전선동 작품을 바로 써낸다.

가령 『조선문학』 2021년 4월호를 보면 '당 중앙위원회 제8기 제2차 전원회의 결정 관철–금속공업'이란 특집 기획 아래 관련 작품이 집중적으로 실린다. 방하일의 단편소설, 「교수의 시간표」, 지광의 시, 「용해장에 봄비가 내린다」, 김정순의 시, 「보통날 퇴근길에서」, 장의복의 수필, 「로장의 고백」, 윤태종의 가사, 「석탄산 높이 쌓아 기쁨 드리리」 등의 문학작품에 「"강철로 당을 받들자!"」란 선전화까지 같은 주제로 묶인다. 『조선문학』 2021년 5월호에는 '당 중앙위원회 제8기 제2차전원회의 결정 관철–화학공업' 기획 하에, 강철국의 평론 「주체섬유에 비낀 절세 위인들의 불멸의 업적에 대한 감명 깊은 화폭」, 윤상근의 단편소설 「나를 부르는 길」, 송혜경의 수필, 「건설장의 사진」이 게재된다.

시 창작의 연간성과를 결산하는 2022년 총화에서도 당 정책 선전은 반복된다. 조선작가동맹 시분과의 창작성과를 정리한 문건에 따르면, 시인들은 당 중앙위원회 제8기 제4, 5차 전원회의 결정을 관철하기 위한 수단으로 공장, 농장 등 생산 현장에 나가 '따라앞서기, 따라배우기, 경험교환운동의 열풍'을 전달하고 '집단주의창작기풍'으로 시를 창작하였다. 성영길, 리명옥, 심복실 시인은 제4차 전원회의 결정에 따라 생산 현장에 나가 시 「전야에 붉은기 바람 분다」, 「붉은 쇠물이 흐른다」

등의 작품을 기동성 있게 창작하고, 시인 박현철, 리창식, 박정철도 '당의 위대성과 우리 국가제일주의를 반영한 사상예술성이 높은' 시를 창작한다.[56]

'집단주의창작기풍'의 현실적 동인은 김정은 시대 3기에도 반복되는 작가, 예술인의 '현지파견' 노동체험이다. 가령 2022년 시분과 총화에서도 시인들의 연간 현지파견-선동선전 사업이 결산된다. 시분과위원장 신문경을 비롯한 문용철, 김춘길, 한광춘, 최원찬, 주광일, 채동규, 김충기 시인들은 황해남도 농장과 금성뜨락또르공장, 김화군 농장으로 현지파견되었다. 그들은 「쾌청한 가을날에」, 「온다, 새 농기계들이 온다」, 「풍요한 가을을 위하여!」 등의 농촌 소재 시 창작을 통해 '사회주의농촌 건설 강령'을 서정화하였다. 리성철, 리충성, 최광일, 양은성, 전옥진 등을 비롯한 신세대 작가들도 선배들의 도움으로 창작역량을 제고하고 있으며, 중견 시인 류동호, 황성하 등도 시 「10월의 승전포성」, 「병사들의 붉은 흙주머니」, 「련포땅의 새 동리」, 「인민들이 좋아합니다」, 「눈물로 쓰는 편지」, 「뜨거운 상봉」 등에서 당 정책을 선전한다.[57] 이렇듯이 속류화, 정치편의주의화된 당문학론은 연례행사 같은 잡지 기획물로 고착화되었다. 수령형상문학도 조부손 3대째 주인공 캐릭터만 바꿔가며 무한반복된다.[58]

셋째, 코로나19 방역과 관련된 비문학 캠페인.

---

56 김향(본사기자), 「혁명의 전진속도와 들끓는 현실에 발을 맞추어—올해 조선작가동맹 시인들이 거둔 창작성과를 두고」, 『문학신문』 2022.12.17, 4면.

57 위의 글.

58 김성수, 「천리마에서 만리마로: 김정은 시대 11년간의 문학」, 2022, 257면.

지난 3년간 『조선문학』, 『문학신문』에 게재된 코로나19 방역 담론 비문학 콘텐츠는 시, 소설 같은 창작보다 캠페인성 단신 기사가 많다. 『조선문학』 고정란인 '국가의 안전, 인민의 안녕' 제하의 상자기사는 3년 넘게 현재진행형으로 연재되고 있다.[59] 아무리 사회주의체제 하의 레닌적 당문학론에 근거한 정책 선전이 당연하다고 해도 문예지에 비문학 캠페인, 그것도 코로나19 방역이라는 단 한 가지 주제로 이렇게 오랜 기간 지속된 적은 북한문학사상 전례가 없다. 70년치 『조선문학』, 『문학신문』을 다 찾아보니 문예지에 방역 캠페인이 1년 이상 연재된 사례는 1958년의 전염병 방역기뿐이었다.[60]

---

59 「사고와 행동의 일치성」(2020.9, 23면), 「서로 방조, 서로 통제」(2020.10, 60면), "우리나라 사회주의보건제도의 우월성을 남김없이 발양시키자!"(선전화, 2020.10), 「각성분발」(2020.12, 35면), 「누구나 주인답게」(2021.1, 6면), 「승리의 담보」(2021.2, 29면), 「비상방역사업의 주체」(2021.3, 27면), 「사상교양의 도수를 강도 높이」(2021.4, 28면), 「책임성과 역할을 백방으로」(2021.5, 6면), 「강철 같은 방역규률」(2021.6, 47면), 「'당 중앙위원회 제8기 제3차 전원회의 결정 관철'_바늘끝만한 틈도 없게」(2021.7, 31면), 「악성전염병사태의 장기화에 철저히 대처하자」(2021.9, 22면), 「'당 중앙위원회 제8기 제3차 정치국 확대회의 결정 관철'_방역의식을 높여주는데 선차적인 힘을」(2021.11, 30면), 「방역강화는 가장 중핵적인 과업」(2021.12, 30면), 「강한 규률준수기풍을 확립하자」(2022.1, 33면), 「'당 중앙위원회 제8기 제4차전원회의 결정 관철'_사활적인 요구, 생활습관」(2022.2, 19면), 「규정준수는 곧 방역전선의 공고화」(2022.3, 36면), 「고도의 긴장상태」(2022.4, 46면), 「순간도 방심하지 말고 비상방역전을 강도 높이」(2022.5, 49면), 「최중대사로 틀어쥐고」(2022.6, 30면), 「방역사업에서 주도권은 생명」(2022.7, 50면), 「국가방역능력건설사상의 본질」(2022.8, 10면), 「'당 중앙위원회 제8기 제5차전원회의 결정 관철'_전인민적인 방역의식과 각성을 견지하자」(2022.10, 60면), 「비상방역의 고삐를 더욱 조이자」(2022.11, 37면), 「방역규정과 질서를 철저히 준수해나가자」(2022.12, 59면), 「전 사회적인 자각적 일치성을 더욱 철저히 보장하자」(2023.1, 75면), 「조국보위의 전초선」(2023.3, 22면), 「우리당 방역정책의 중요한 요구」(2023.4, 68면).

60 가령 1958~60년치 『조선문학』, 『조선예술』, 『조선음악』 잡지의 표지, 내표지, 목차면 상단, 화보, 광고란에 전염병 방역과 관련된 표어, 구호, 선전화, 선전가, 악보 등

여기서 당문학 원칙이란 코로나 팬데믹 시기 작가들은 방역 위기를 타개하고 국가와 인민의 안전을 지키는 인민의 기세를 작품으로 더욱 추동하라는 지침으로 작용한다. 김정은 교시처럼 "악성비루스보다 더 위험한 적은 비과학적인 공포와 신념부족, 의지박약이며 오늘날 이러한 패배주의는 절대로 용납될 수 없다"[61]는 사실을 인민들 마음속에 깊이 새겨주는 기능이다. 방역대전에서 승리할 근본열쇠는 인민이 당 중앙인 김정은과 뜻과 행동을 같이하는 일심단결이라는 점을 문학작품을 통하여 보여주어야 한다는 것이다.

팬데믹 시기 북한의 보건의료체계에서 의료진과 치료약 같은 생산력, 생산도구보다 인민대중의 자발성이란 주관 차원의 주체의식을 더 강조한다. 즉, 다른 나라들처럼 팬데믹을 헤쳐갈 진단키트와 백신, 치료약은 부족하지만 "우리에게는 당과 정부, 인민이 일치단결된 강한 조직력이 있고 장기화된 비상방역투쟁과정에 배양되고 다져진 매 사람들의 높은 정치의식과 고도의 자각성이 있기 때문에 얼마든지 짧은 기간에 이번 위기를 관리, 통제할 수 있으며 국가의 안전을 믿음직하게 지켜낼 수 있다"는 주장이다. 북한 문예당국에 의하면, 문학예술은 바로 이러한 당 정책을 인민에게 전달하는 수단으로 각종 형상 수법을 활

이 게재되었다. 당 정책 선전이 주된 기능인 사회주의 문예지에 정치구호와 정론, 개인숭배물이 실리는 경우는 많다. 다만 위생, 방역을 위해 쥐를 잡자는 식으로 구체적인 세부 주제를 정해 비문학 콘텐츠를 1년씩 집중 홍보하는 경우는 없었다. 문학지의 경우 이런 식의 보건 위생 방역 선전물이 집중적으로 연속해서 실리는 경우는 코로나19뿐이다.

61 본사정치보도반, 「조선노동당 중앙위원회 제8기 제8차 정치국회의 진행」, 『로동신문』 2022.5.12, 1면.

용하여 보여주어야 한다.[62]

넷째, 『조선문학』 특집 기획을 통한 문학사적 정전화 시도.

『조선문학』 창간 75돐 기념(1946.7~2021.7, 루계 885호) 특집과 통권 900호(2020.10) 특집을 통해 북한문학을 대표하는 문예지의 매체사적 정통성을 재삼 확인한다.

편집부 편, 「'창간 75돐'_『조선문학』의 첫걸음」, 『조선문학』 2021.7, 37면.

미상, 「'창간 75돐'_우리 장군님과 『조선문학』」, 『조선문학』 2021.7, 37면.

차영도, 남대현, 허문길, 최성진, 「『조선문학』과 창간 75돐」(수기묶음), 『조선문학』 2021.7, 39면.

편집부, 「'900호 발행 특집'_창간호의 첫 기슭에서부터 900호!」, 『조선문학』 2022.10, 28면.

오영재, 최학수, 김철, 정기종, 석광희, 「'900호 발행 특집'_『조선문학』에서 울려오는 추억의 메아리」, 『조선문학』 2022.10, 30면.(#재수록)

차영도, 「'900호 발행 특집'_900호에 없는 한송이 붉은 꽃」(수기), 『조선문학』 2022.10, 32면.

전홍식, 「'900호 발행 특집'_『조선문학』에 찍힌 나의 발자국」(수

62 미상, 「우리의 신념과 의지, 단결로 방역위기를 타개하는데 이바지하는 작품을!」, 『문학신문』 2022.5.21, 1면.

기), 『조선문학』 2022.10, 33면.

허문길, 「‘900호 발행 특집’_영원한 청춘 『조선문학』」(수기), 『조선문학』 2022.10, 34면.

렴형미, 「‘900호 발행 특집’_고마운 나의 스승」(수기), 『조선문학』 2022.10, 35면.

최학, 「‘900호 발행 특집’_『조선문학』으로 떠올려본 전 세대 작가들(21)」, 『조선문학』 2022.10, 36면.

그러나 여전히 문학사, 매체사적으로 작가동맹과 『조선대백과사전』 등의 공식 입장인 “『문화전선』(1946.6) → 『조선문학(朝鮮文學)』(1947.9) → 『문학예술』(1948.4) → 『조선문학』(1953.10)” 순의 단선적 매체 역사를 되풀이한다.[63] 심지어 회고 특집도 최신 원고가 아니라 오영재, 최학수, 김철, 정기종, 석광희의 글처럼, 예전 원고를 재수록한 경우도 있다. 이는 『조선문학』 5백호, 6백호, 7백호, 8백호 특집에 비해 그다지 진전되지 않은 상투적 기획이거나 퇴행한 수준에 불과하다. 이러한 지경에 이른 숨겨진 이유는 무엇일까? 아마도 이 시기가 코로나 팬데믹이 절정이 이른 때여서 북한 도시 간의 봉쇄와 주민들의 이동 금지가 강력하게 시행되어 잡지 편집자 및 작가들이 정상 근무를 할 수 없었을

63 남원진, 김성수의 실증적 반론과 2원론적 매체사 대안은 여전히 치지도외된다. 참고로, 『조선문학』 1962년 9월 ‘창간 15주년’ 기념 해프닝은 매체사를 분기간(계간) 『조선문학(朝鮮文學)』(1947.9.15)부터 기산한 오류이며, 1964년 4월 통권 200호 기념호도 매체사적 정통성을 둘러싼 대형 편집 사고였다. 자세한 것은 김성수, 『미디어로 다시 보는 북한문학: 『조선문학』(1946~2019)의 문학·문화사』, 역락출판사, 2020, 49~50, 136~141면 참조.

따라서 새로운 특집 기획 원고를 충분히 수합, 검열, 편집, 인쇄, 배본할 수 없었던 불가항력적 상황이었기 때문일 수도 있다.

한편, 문예지 기획을 통한 새로운 정전화는 대표 작가 명단의 재구성과 이전 작품의 재수록을 통해서도 다각도로 시도된다. 이는 다음 장에서 자세히 살펴본다.

3. 문학사적 정전화: ‘전 세대 작가’란과 ‘재수록’의 매체사적 의미

김정은 시대 문학은 현재진행형이며, 과거 문학의 역사를 서술한 문학사 또한 현재진행형이다. 이런 말을 하는 것은 과거 북한문학의 역사를 바라보는 김정은 시대만의 새로운 문학사관을 문예지 고정란을 통해 간접적으로 확인할 수 있기 때문이다. 매년 새로운 문학사를 서술하기 어렵기 때문에 문학사 서술을 위한 중간이정표로 문예지 고정란 연재를 통해 과거 대표 작가와 작품을 새롭게 재구성할 수 있다. 가령 김정은 시대 들어 새로 선보인 『조선문학』지의 ‘『조선문학』으로 떠올려본 전 세대 작가들’과 ‘『조선문학』의 갈피를 번지며’란 고정란이 바로 그러한 예라 하겠다.

첫째, 김정은 시대의 새로운 정전화 시도인 대표 작가론 연재.

2016년에 시작되어 2023년 현재까지 연재 중인 ‘『조선문학』으로 떠올려본 전 세대 작가들(연단)’란을 표로 정리해 보자.

연재번호	필자	작가론	『조선문학』 게재 연월면	비고
1	홍철진	백인준	2016.9, 12면	
2	김은희	천세봉	2016.10, 23면	
3	홍철진	오영재	2016.11, 21면	
4	정동찬	김철	2017.1, 39면	
5	김은희	석윤기	2017.2, 18면	
6	리준호	리종렬	2017.4, 26면	
7	리희남	김문창	2017.9, 58면	
8	정동찬	정문향	2018.1, 54면	
9	한원희	조벽암	2018.3, 55면 / 2018.4, 61면	2회 연재
10	리근세	김병훈	2018.9, 28면	
11	최희건	전동우	2018.10, 42면	
12	허군성	조성관	2018.12, 51면	
13	김철	김조규	2019.4, 45면 / 2019.5, 43면	2회 연재
14	김명진	김북향	2019.10, 49면	아들의 글
15	조인영	김봉철	2020.10, 56면 / 2020.11, 53면	2회 연재
16	로정법	석윤기	2021.1, 44면	5회와 작가 중복
17	김철민	최학수	2021.1, 67면	같은 호에 작가론 2편
18	김봉민	백보흠	2021.7, 32면	
19	리성식	김영길	2021.9, 61면	비행조종사 출신
20	리성식	박찬은	2022.1, 54면	
21	최학	김용부	2022.10, 36면	김형직대 교수

위 목록을 보면, 김정은 시대에 새롭게 정전이 된 대표 작가의 면모를 알 수 있다. 백인준, 천세봉, 오영재, 김철, 석윤기, 리종렬, 김문창,

정문향, 조벽암, 김병훈, 전동우, 김조규, 김북향, 최학수, 백보흠 등의 생애와 문학세계에 대한 상세한 소개가 우선 눈에 띈다. 이들 대부분은 18종에 이르는 북한판 『조선문학사』에서 해방 후 대표 작가로 늘 거론되던 인물이다.[64] 1950~60년대 사회주의적 사실주의 문학사관으로 서술된 문학사(들)에서 해방 후 사실주의 문학의 대표로 꼽은 작가는 리기영, 한설야, 조기천, 천세봉, 김병훈, 정문향 등이다. 1970년대 이후 주체문학사관으로 서술된 문학사(들)에서 해방 후 주체(사실주의)문학의 대표로 꼽은 작가는 조기천, 천세봉, 석윤기, 백인준, 정서촌, 김상오 등이다.[65]

그런데 김정은 시대에 새로 연재되는 대표 작가론의 명단에서 리기영, 한설야, 조기천, 김상오 등은 빠지고, 조성관, 김봉철, 김영길, 박찬은, 김용부 등 비교적 생소한 작가들이 새로 언급되었다. 새 명단 중 오영재, 김문창, 김병훈 등은 생전에 이미 명망이 높았다가 최근 10년 내에 사망해서 대표 작가 반열에 오른 듯하다. 반면, 조성관, 김봉철, 김영길, 박찬은, 김용부 등은 기존의 문학사는커녕 문단이나 문예지에서조차 그리 높이 평가받지 못한 인물들이라 선정 기준이 뚜렷하지 않다. 김봉철의 경우 시인, 소설가, 영화문학작가, 혁명가극작가 등 다방면 장르의 작품을 냈으나 문학사적 대표작이 없고 김형직사범대 교수이자 비평가인 김용부도 주체문예론의 이데올로그인 김하명, 장형준, 한

64 「북한 '조선문학사'의 역사—탈정전 북한문학사 연구 서설」, 『민족문학사연구』 80, 민족문학사학회, 2022.12, 276~288면 참조.

65 위의 글.

중모, 김정웅 등과 비교가 되지 않는다. 김영길은 비행조종사 출신 작가라는 특이점밖에 별다른 대표성을 찾기 어렵다. 어쨌든 7년 넘게 20회 이상 북한문단을 대표하는 문예지의 고정 기획란에 이름을 올린 것은 그들이 문학사적 대표 작가로 새롭게 부각된 인물이라고 아니할 수 없다. '『조선문학』으로 떠올려본 전 세대 작가들'이라는 고정란 연재 자체가 새로운 정전화를 위한 중간이정표이기 때문이다.

둘째, 예전 작품의 재수록 문제.

김정은 시대의 새로운 정전화 징표라 할 대표 작가론 기획과 마찬가지 논리로 예전 작품의 재수록 문제도 주목할 만하다. '『조선문학』의 갈피를 번지며'라는 고정란 연재 또한 김정은 시대 문예지에 새롭게 시도된 대표 작가 재구성과 문학사적 정전화이기 때문이다. 기실 예전 작품의 재수록은 『조선문학』, 『문학신문』 지면에서 종종 볼 수 있었기에 새로운 현상은 아니다. 북한 문예지의 경우 목차면만 봐서는 작품의 재수록 여부를 알 수 없다. 시, 소설, 비평, 심지어 수필의 경우까지 본문의 맨 끝에 가끔 나오는 '주체 53(1964)년' '주체 110(2021)년' 등의 부기를 확인해야 비로소 재수록작임을 짐작할 수 있을 뿐이다.

문제는 2012년에 출범한 김정은 시대 초기에 문예지의 재수록 작품이 유독 많아졌고, 2017년부터는 아예 '『조선문학』의 갈피를 번지며'라는 재수록 고정란이 연재된다는 사실이다. 가령 『조선문학』 2012년 11월호에 실린 소설 4편 중, 변월녀의 「이삭은 여문다」를 빼면 3편 다 예전 작품의 재수록이다. 로정법, 「우리는 친형제로 자랐다」(1976년작), 윤민종, 「영생의 품」(1985년작), 안홍윤, 「칼도마소리」(1987년작) 등이 수작이긴 하지만 특정호에 한꺼번에 재수록할 공통점이 있는지도 의문이다.

매호당 80면짜리 월간지[66] 한정된 지면에 4~7천여 명쯤 되는 작가 동맹원들의 발표 기회도 부족할 텐데 한 호당 4~6편쯤 되는 단편소설 중 절반을 수십 년 전 오래전 작품을 재수록할 때는 뚜렷한 이유가 있어야 하는데 확증을 찾기 어렵다. 우선 추정할 수 있는 것은 코로나19로 인한 창작의 급작스런 위축과 유통 마비 현상의 후과이다. 2022년 5월에서야 당에서 코로나 유열자(확진 의심자)가 하루에도 수십만 명이라고 공식화되었지만 그 이전까지 북한은 코로나 청정국이란 공식 주장을 유지하였다. 물론 코로나 진단키트나 검진 시스템, 의료진의 부족에다가 코로나에 대한 구체적인 내부 정보가 없는데다가 언론 검열과 통제로 확진자 발생 자체를 은폐할 수도 있다. 다만 다른 나라와는 비교가 되지 않을 정도의 국경 폐쇄, 시군 지역 봉쇄, 주민 간의 전면적 이동 금지가 강력하게 시행되었다면 작가들은 창작사로 출퇴근을 할 수도 없고 합평회와 창작총화도 불가능했을 것이며, 몇 단계에 걸친 검열 시스템이 물리적으로 작동되지 않을 수 있다.[67] 코로나 자체가 문예 창작의 전면적인 위축과 공백을 초래하기도 했을 터이다.

다음으로 추정할 수 있는 것은 '모란봉악단의 창조기풍'으로 상징

66 2023년 1호(루계 903호)부터 『조선문학』 총면수가 88면으로 8면 증면되었다. 80면체제가 정착된 1979년 1호 후 44년 만의 첫 증면이다. 김성수, 『미디어로 다시 보는 북한문학: 『조선문학』(1946~2019)의 문학·문화사』, 역락출판사, 2020, 65면.

67 박정철이 2014년에 발표한 농촌소설 「살기 좋은 내 고향」(『조선문학』 2014.12)에 대한 김정철의 단평 「대조되는 인물형상 속에 드러나는 생활의 진리」(『문학신문』 2015.3.14, 4면)가 『문학신문』 2022년 6월 18일자 3면에 재수록된 경우는 정전화는커녕 편집체제와도 거리가 있어서 시기적으로 팬데믹 봉쇄와 관련된 펑크를 급히 대체한 것으로 추정된다.

되는 김정은 체제 문예노선의 미묘한 물밑 변화 요구에 적절하게 적응하지 못한 경우의 대체수단이다. 세상이 바뀌었는데도 여전히 김정일 시대의 낡은 담론인 선군 담론을 기계적으로 답습한 도식적 작품이나 상투적인 글쓰기에 안주한 작가들의 원고가 적절한 변화를 요구한 편집진의 기대와 달라 최종 순간 게재 예정작이 실리지 못하게 되는 경우이다. 편집진으로선 간행일자가 촉박한데 지면이 갑자기 남게[펑크] 되자, 전례가 있겠다 싶어 관행대로 정전으로 검증된 예전 작품을 재수록한 것이 아닐까 짐작해본다.

반면 재수록이 정전화의 징표로 차후 확인되는 경우도 있다. 림봉철의 단편소설 「12월과 12월」은 2010년작인데 불과 5년 후인 2015년에 같은 발표지면인 『조선문학』에 재수록되었다.[68] 처음 발표될 당시에는 김일성에서 김정일로 승계되는 수령 형상의 위대함을 12월이라는 공통점으로 그렸는데, 이 작품이 5년 만에 다시 소환된 것은 김정은으로의 3대 세습 정당성이 필요했기 때문으로 추정된다. 백두혈통인 부조의 권력 승계처럼 김정은의 권력 승계도 당연함을 간접 조명하기 위해 5년 전 작품이 필요했던 셈이다.[69]

비슷한 맥락에서 보면 김영길 작가의 1986년작 단편 「하늘과 땅」은 그동안 거의 주목받지 못했다가 2012년 10월에 느닷없이 『조선문학』

---

68 림봉철, 「12월과 12월」(단편소설), 『조선문학』 2015.12, 12~25면.('2010'부기)

69 부조의 권위 승계를 상징하는 '12월'의 함의는 김정은 수령 형상 소설인 황용남의 「12월의 그이」(2013)에 형상화되었듯이, 부친 장례식장에서 보인 김정은의 겸손하고 포용력 있는 면모로 구체화된 바 있다. 황용남, 「12월의 그이」, 『조선문학』 2013.12, 23~36면. 김성수, 「청년 지도자의 신화 만들기-김정은 수령 형상 소설 비판」, 『대동문화연구』 86, 대동문화연구원, 2014.6 참조.

에 재수록된다.[70] 2021년에 리성식의 작가 소개 연단을 통해 그가 비행 조종사 출신 작가로 공중전 체험을 그린 희귀한 경우라서 그랬음을 알게 되었다.[71] 이런 식의 재수록은 김정은 시대 1기(2012~16)에 집중적으로 늘었거나 지속적으로 보인다는 점에서, 문단과 편집 주체의 변동에 따른 검열기제 및 편집전략의 균열, 변모와 상관관계가 있으리라 추정된다.[72]

다만, '『조선문학』의 갈피를 번지며'란 문예지 고정란에서 예전 텍스트의 재수록을 공식화한 경우[73]는 평가가 달라진다. '전 세대 작가(연

---

70 김영길, 「하늘과 땅」, 『조선문학』 2012.10, 71~79면. '1986년작' 부기.

71 리성식, 「『조선문학』으로 떠올려본 전 세대 작가들(19)」(연단), 『조선문학』 2021.9, 61~68면.

72 안동춘, 「언약」(단편소설), 『조선문학』 2013.2, 53면(1982년작); 정화수(총련), 「조국을 떠나면서」(시), 『조선문학』 2013.5, 50면(2000년작); 로정법, 「내 고향의 작은 다리」(단편소설), 『조선문학』 2013.5, 51면(1987년작); 홍순련(총련), 「광주의 태아」(시), 『조선문학』 2013.5, 78면(1998년작); 정기종, 「기차는 정시로 간다」(단편소설), 『조선문학』 2013.10, 6면(1994년작); 정서촌, 「조국」(시), 『조선문학』 2014.6, 18면(1963년작); 정서촌, 「고향집」(시), 『조선문학』 2015.2, 4면(1991년작); 오영재, 「흰눈 덮인 고향집」(시), 『조선문학』 2015.2, 5면(1987.2); 차승수, 「불세출의 탄생」(시), 『조선문학』 2015.2, 5면(2006.2); 림봉철, 「12월과 12월」(단편소설), 『조선문학』 2015.12, 12면(2010년); 최영조, 「심중의 대화」(단편소설), 『조선문학』 2016.8, 6~10면(2001년작).

73 방금숙, 「조국이여! 너는 어디에 있었느냐」 중에서(서정서사시), 『조선문학』 2017.9, 37면(1992년작); 석윤기, 「장편소설은 몇편의 단편소설로 이루어지는가?」(수필), 『조선문학』 2018.1, 73면(1965년작); 박세옥, 「정일봉」(시), 『조선문학』 2018.2, 5면(1989년작); 홍현양, 「나의 추억」(시), 『조선문학』 2018.3, 76면(1985년작); 김이돌, 「화답편지」(시), 『조선문학』 2018.4, 42면(1988년작); 김봉철, 「수령님과 영웅의 어머니」(수필), 『조선문학』 2018.7, 46면(1988년작); 김철, 「은인」(시), 『조선문학』 2018.8, 3면(1985)년작); 김정곤 외, 「'로동당시대의 랑만을 보여준 시편들'_김정곤, 「비구름만 봐도」(2001), 강옥녀, 「꽃구름 피는 산천」(2002), 문용철, 「돌격대거리」(2006), 황성하, 「숲에 들렀다 가시라!」(1987), 김석주, 「벗들의 축복」(1998), 리창식, 「병사의 휘파람」(1998)」, 『조선문학』 2018.12, 68면; 김준학, 「품」(단편소설), 『조선문학』 2019.4, 79면(2004년

단)'란과 '재수록'을 통한 대표 작가 재구성이 새로운 편집주체에 의한 의도적인 문학사적 정전화라는 증거는 7차당대회 이후 김정은 시대 2기(2017~21)의 매체사적 변화를 보이기 때문이다. 이 경우 선군시대의 잔영이 남긴 1기의 파편적 재수록, 정전화와 달리 2기에는 문예지 고정란을 통한 체계적 재정전화가 의식적으로 시행되었다고 본다. 즉 2017년 이후의 재수록작은 문단이나 매체사적 주체의 변화나 팬데믹으로 인한 기술적 오류를 최소화하기 위한 단순한 편집 대체물이라기보다 새로운 편집 주체의 적극적 편집에 따른 새로운 정전화 과정으로 풀이하는 것이 온당할 것이다.

결론적으로 문예지 재수록의 매체사적 의미는 정전화만으로 오로지 설명할 수 없다. 정권 교체와 문단, 편집 주체의 변화로 인한 편집전략의 변화, 검열체제의 균열, 불가항력적 외인으로 인한 편집상 오류의

작); 전인광, 「5중대 방위 목표」(단편소설), 『조선문학』 2019.5, 20면(1998년작); 오영재, 「인간의 수양을 론함」, 「아기엄마의 사죄」(시), 『조선문학』 2019.6, 58면(1988년작); 권정웅, 「동지에 대한 추억」(단편소설), 『조선문학』 2019.7, 6면(2000)년작); 박종문, 「연길폭탄을 두고」(시), 『조선문학』 2019.8, 5면(1964년작); 변창률, 「한 분조장의 수기」(단편소설), 『조선문학』 2019.10, 35면(2001년작); 김영희, 「왜가리떼 날아들 때」(단편소설), 『조선문학』 2019.11, 23면(2007년작); 정서촌, 「시우에게 보내는 답장-1962년의 시문학을 회고하면서」(평론), 『조선문학』 2020.2, 44면(1962년작); 리광제, 「만경대」(시), 『조선문학』 2020.4, 52면(1974년작); 안홍윤, 「칼도마소리」(단편소설), 『조선문학』 2020.9, 24면(1987년작); 김성우, 「산 심장의 고동소리를 듣다—장편소설 『고요한 행성』을 읽고」(평론), 『조선문학』 2022.2, 49면(2003년작); 석광희, 「우리는 추격을 멈추지 않으리라!」(시), 『조선문학』 2022.2, 74면(1971년작); 석윤기, 「'전 세대 작가들의 목소리'_수기 '회고와 신념'(1975) 중에서」, 『조선문학』 2022.2, 71면; 박태원, 「'전 세대 작가들의 목소리'_수기 '나의 작가수첩'(1981) 중에서」, 『조선문학』 2022.2, 71면; 차승수, 「당을 노래할 때」(시), 『조선문학』 2022.10, 5면(1988년작); 『조선문학』 900호(2022.10) 특집의 천세봉 정론 「당의 작가로서」(『조선문학』 1966.12)와 박세영 수기 「따사로운 당의 품에 안겨 30년」(『조선문학』 1975.9), 김정철 시 「당의 모습」(1988) 등 재수록.

급박한 대체물 등이 복합적으로 작용했으리라는, 파편적인 추정만 가능하다.

4. '과학기술 룡마' 기수: 청년 과학기술자의 문학적 형상

8차 당대회 전후(2019~23) 북한의 '사회주의 현실 주제' 문학은 '과학기술, 청년, 방역, 생태'란 키워드를 중심으로 전개되었다. 이전 제7차 당대회(2016.5) 이후 김정은 시대 2기(2016~20)의 '만리마속도 창조운동, 만리마기수 형상'과 달라진 부분은 '과학기술 룡마 탄 기수, 붉은 보건전사' 같은 형상이다. 아동, 청년 등 후속세대 미래세대를 중시하고 교육을 강조하는 것은 김정은 시대 1기(2012~16)와 동일하지만 선군의 잔영이 사라지고 과학기술이 강조되며 인민경제 발전과 별도로 방역 현안이 새롭게 등장하였다.

김정은 시대 문학사 전개과정에서 시대정신을 대표하는 문학적 전형은 시기별로 변모를 보였다. 첫째, 2000년 이후 북한문학의 역사에서 한 시대를 대표하는 문학적 대표 캐릭터인 전형의 사적 계보에서 본다면, 2000년대 초를 풍미했던 '선군 투사' 형상이 2010년대 '준마 탄 처녀' 같은 이미지로 시, 소설에 형상화된 적이 있었다. 생산 현장이나 언제(댐) 건설, 산림 복구 투쟁에서 근육질 남성인 숙련 노동자와 제대군인 남성 못지않게 덤프트럭, 불도저, 굴삭기 등 건설 중장비를 자유자재로 운전하는 젊은 여성 기사를 '준마기수, 준마처녀'라고 호명한 적이 있었다. 이들 캐릭터는 이전의 선군 투사와 최근의 만리마기수, 청

년 과학기술자 사이의 과도적 형상이라고 할 수 있다.[74]

둘째, 김정은 시대 제2기를 대표하는 문학적 대표 형상은 '만리마기수' 전형이다. 이는 사회주의 체제 건설기(1956~67)를 대표했던 '천리마기수'의 소환이자 재림이라 할 수 있다. 천리마 / 운동 / 속도 / 기수의 김정은 식 버전인 '만리마 시대, 만리마속도, 만리마기수'가 문학 속 청년 이미지와 긴밀하게 연결되었던 것이다.[75]

만리마속도를 창조하여 생산성을 높이는 만리마 시대의 첨병인 만리마기수가 반드시 생산성이 특출한 노동영웅만은 아니다. 한은희 단편소설 「김철녀인」(2019)[76]처럼 지방도시인 "김철(김책제철소) 성원으로 뿌리박는 것이 바로 수도 평양사람이 되는 길"이라는 역설적 메시지를 담은 것도 새로운 시대정신을 대표한다.[77] 이 작품은 남편 따라 김철(김책제철소)에 거주하면서 언제나 평양으로 돌아가길 바라던 주인공 여성이, 평양은 마음에만 담고 김책시에서 '사회주의 강국 건설'이라는 공동체 목적을 위해 열정을 다하는 형상을 보여준다.

소설 첫머리에서 주인공 혜영은 평양으로 다시 올라가게 된 환희 속에 즐거운 나날을 보내는 꿈 많은 녀성으로 등장한다. 대학 졸업 후 지방도시인 김책시 제철소로 배치된 남편을 따라 온 것이었다. 김철에

---

74 한철순, 「준마 기수」, 『조선문학』 2012.6, 50면.

75 김성수, 「천리마에서 만리마로: 김정은 시대 11년간의 문학」, 『반교어문연구』 62, 반교어문학회, 2022.12, 233~264면.

76 한은희, 「김철녀인」(단편소설), 『조선문학』 2019.3, 32면.

77 "한은희의 단편 「김철녀인」은 '김철의 녀인이 되는 길이 평양의 녀인이 되는 길'이라는 사상적 알맹이를 구현하였다." 림창덕, 「'평양녀인'의 의미에 대한 인상 깊은 형상」(평론), 『조선문학』 2019.10, 32면.

서도 혜영이 마음은 언제나 평양에만 가있었다. 남편이 주도한 산소열법용광로시험이 성공하여 다시 평양으로 올라갈 날만 손꼽아 기다린다. 시험만 성공하면 그 공으로 남편이 평양으로 돌아가고 자기가 다시 '평양녀인'이 되기 때문이다.

드디어 시험이 성공하여 기다리고 기다리던 평양행이 결정되었다. 하지만 남편이 산소열법 용광로에서 첫 쇳물을 뽑은 다음에 올라가자고 하여 평양행은 이루어지지 않는다. 첫 쇠물을 뽑기 위한 선행공정으로 진행된 대형기중기 이설 과정에서 혜영이 마음도 바뀐다. 자신이 김철녀인으로 남아 김철사람들과 숨결을 같이하는 진짜 '김철녀인–평양녀인'이 되기로 결심한 것이다. 그동안 '평양녀인'으로 불리며 김철사람들의 사랑 속에 신발을 수리해주던 일, 녀성과외지원대에 참여해서 주체철 생산에 이바지해온 보람찬 나날들이 마음을 묶었던 것이다.

> 혜영은 기중기 우에서 김철을 보았고 평양을 보았다. 평양을 안고 사는 김철의 벅찬 숨결을 다시 한번 똑똑히 보게 된 것이다. 즉 그는 드디어 김철의 하늘 아래에서 '누가 평양과 가장 가까이에 있는가를 배우'게 되었던 것이다.
>
> 퇴근길에서 혜영은 남편에게 자기의 마음속 격정을 토로한다.
>
> "…평양을 떠날…때는 평양사람으로 떠나서 평양사람으로 돌아가자고 했지만…여기서는…진정한 김철의 녀인이 되는 길이 평양의 녀인이 되는 길이라고 말하고 싶어요."[78]

78 한은희, 「김철녀인」(단편소설), 『조선문학』 2019.3, 45면.

작가는 '김철녀인'들의 헌신적 노동을 소재로 하면서 주인공을 평양에서 남편 따라온 '평양녀인'으로 설정하고 그 평양내기가 참된 '김철녀인'으로 성장하는 모습을 통해 김정은 시대가 바람직하게 그리려는 '생활의 론리, 형상의 론리'를 다음과 같이 제시하고 있다:[79] "고유한 성격론리를 가진 인간들의 호상관계속에서 생활은 창조되며 그 생활속에는 역시 원인에 결과가 따르고 결과가 새로운 원인이 되여 또다시 결과를 낳는 엄연한 론리적련결이 있게 된다. 이것이 바로 생활의 론리이다."

북한 주민은 서울에서 살고 싶어 하는 우리처럼 누구나 수도 평양에서 살기를 원한다. 작품에서는 평양에서 살고 싶은 북한 주민의 숨길 수 없는 정신적 지향과 감정 정서에 초점을 모으고 진정으로 지도자를 받드는 길은 평양에서 사는 그 자체에만 있는 것이 아니라 지도자의 구상과 의도가 관철되는 현지(농촌, 공장 등)에 있다는 메시지를 형상화한다. 이처럼 단편소설 「김철녀인」에서는 평양 출신 주인공이 제철소 직장에서 공을 세워 다시 평양으로 복귀하는 것이 '평양내인=피양내기'(토박이)이 되는 것이 아니라, '김철녀인'이 되는 길이 진정한 '평양녀인'이 되는 길이라는 "참신한 종자를 탐구하고 풍만한 화폭으로 보여줌으로써"[80] 김정일 시대 만리마기수의 전형을 형상화하는데서 성과를

79 생활의 논리란 일상생활 속에서 원인에 결과가 따르고 결과가 새로운 원인이 되어 또다시 결과를 낳는 논리적 연결을 말한다. 형상의 논리란 작가가 창작적 사색과정에서 발견하는 극 발전의 논리와 감정의 논리 등을 일컫는다. 방형찬, 『주체적문예리론연구(5) 작가의 창작적 사색과 예술적 환상』, 문예출판사, 1992, 129, 149면.

80 림창덕, 「'평양녀인'의 의미에 대한 인상 깊은 형상」(평론), 『조선문학』 2019.10, 32면.

보여주었다고 판단된다.

셋째, 혜영이가 접했던 김철 노동자의 실제 모습은 어떻던가? 청년 기술자가 종합조종실에서 공장 전체를 실시간으로 촬영한 현황 화면을 보고 컴퓨터로 계산된 중앙제어처리장치로 생산공정을 관장한다. 고위험 중노동의 상징이던 예전과 달리 CNC로 원료장부터 용광로를 거쳐 철강 생산까지 체계적으로 관리하는 것이다. 가령 박금실의 「김철의 용해공들 속에서」(2023)란 시초를 보면, '김철' 노동자를 '룡마 탄 기수'로 형상화하고 있다.[81]

> 로상에 오르니 / 김철의 룡마 저 용광로 / 그 날개 우에 내 높이 오른 듯 //
> 어찌 그렇지 않으랴 / 우리 힘 우리 지혜로 쌓아올린 산소열법 용광로 / 기적과 위훈의 나래로 폈나니 //
> 낮이나 밤이나 쇠물로 막아서는 시련과 난관을 불태우며 / 5개년계획의 승리봉을 향해가는 김철의 용해공들 / 자력갱생 룡마의 기수들이다 //[82]

'룡마'라는 시각적 이미지로 그려진 용광로이되, 수입산 코크스를 최대한 적게 사용하도록 개량된 산소열법이라는 자력갱생 기술을 강조한 '자력갱생 룡마'이다. 김정은 시대가 요구하는 만리마기수란 이

81 박금실, 「'김철의 용해공들 속에서'_룡마의 기수들, 쇠물과 용광로, 종합조종실에서, 출선풍경 한토막, 원료장에 핀 꽃」(단시초), 『문학신문』 2023.1.7, 4면.

82 박금실, 「룡마의 기수들」(단시), 『문학신문』 2023.1.7, 4면.

경우 륭마 탄 기수이되, 토건시대와 차별화된 첨단 과학기술로 무장된 기술자이다. 수령에 대한 충성과 혁명적 열정만 가지고 위험천만한 용광로 작업에 뛰어드는 것이 아니라 세심하고 정교한 컴퓨터 제어기술을 가지고 용광로를 움직이는 것이다. 김철의 륭마 탄 기수들은, 종합조종실에서 한 벽을 꽉 채운 액정화면을 보면서 용광로 안에 "타끓는 쇠물과 함께 무수한 수자들도 부글부글 끓네 // 헛눈 한번 팔새 없는 조종공들에 의해 / 로의 온도며 색갈이 달라지고 / 쇠물의 톤수도 오르내린다니 / 이들이 얼마나 자랑스러운가"하고 노래하는 컴퓨터 조종공들이다. 그들은 현장 노동자처럼 얼굴에 흐르는 땀은 없어도, "보이지 않는 마음속 땀이 보이네 / 과학기술로 로의 숨결 높여가는 이들이 / 산소열법 용광로의 진짜 주인들 아니랴"라고 자부한다.[83]

제철소 용광로는 온도가 매우 높고 불길이 워낙 강해 현장 근로자의 노동강도가 세고 사고 위험에 늘 노출되어 있다. 그런데 만리마 시대에는 제철소 소성로에서 연약한 처녀 기사가 컴퓨터를 활용한 무인 시스템으로 공정을 처리한다. 제철 노동자인 서정적 자아 스스로 '만리마 시대의 선구자'라는 추상적 이데아와 '과학기술 룡마 탄 콤퓨터 처녀'라는 구체적 이미지를 결합시켜 자기 목소리를 냄으로써 독자의 폭넓은 공감을 얻는다. 그래서 평소 얼굴도 들지 않고 겸손하게 일하는 그들을 보고 시인은, "얼굴을 들어라 / 원료장의 콘베아운전공처녀야 // 돌 우에 핀 꽃이런 듯 / (중략) 너야말로 김철의 꽃이로구나."라고

83 박금실, 「종합조종실에서」(시), 『문학신문』 2023.1.7, 4면.

칭송하게 되는 것이다.[84]

이처럼 김정은 시대 2기의 문학적 주인공인 만리마기수는 3기에 들어서면서 시대의 선구자이자 "과학기술 룡마 탄 컴퓨터 기사"인 청년 과학기술자로 다채롭게 이미지메이킹되고 있다.[85] 이들 작품을 보면, 2기까지는 조금 막연하게 파편적 나열적 추상적으로 그려졌던 만리마기수의 형상이 '과학기술 룡마 탄 콤퓨터 처녀'라는 보다 가시적이고 구체화된 이미지로 선명하게 그려진다. 그들은 방직공이든 농업노동자든 어로공이든 상관없이 첨단 과학기술을 사용하는 공통점이 있다.[86]

그들 룡마 기수들은 용광로를 다룰 때도 농사를 지을 때도 탄광에서 석탄을 캘 때도, 천리마운동시기(195,60년대) 토건시대 노동영웅 선배들처럼 무조건 삽과 곡괭이를 들고 노동현장에 전투적으로 뛰어들지 않는다. 생산과정 전반을 사전에 컴퓨터로 시뮬레이션한 후 생산 현장의 문제점을 미리 보완하는 CNC 기술을 적절하게 발휘하는 과학기술

84 박금실, 「원료장에 핀 꽃」(시), 『문학신문』 2023.1.7, 4면.

85 '룡마 기수'는 일반명사이고 '만리마기수'는 김정은 시대 문학의 대표 캐릭터를 형상화한 고유명사이다. 둘이 혼용되거나 전자가 후자의 하위 개념이다. 엄밀하게 말해서 팬데믹 시기(2020~23) 들어서서, 2016년 이후 널리 쓰였던 '만리마기수'가 사라지고 대신 '과학기술 룡마 기수'가 두루 쓰인다. 바로 이러한 미세한 차이점에 주목하여 차별화를 시도한다. 이와 관련된 흥미로운 예증은 2019년의 렴형미 시에선 '만리마'로 표기된 것이 2020년의 문학상 명단에 '룡마'로 바뀐 경우라 하겠다. "렴형미, 「탄전의 룡마」(시), 『조선문학』 주체108(2019년) 11호," 미상, 「제23차 '조선문학'축전상 시상 결과」, 『조선문학』 2020.2, 80면. 원래 시 작품의 제목은 「탄전의 만리마」이다.

86 정철호 단편 「바다의 꿈」은 "옛날의 경험에만 매달려 바다의 변화를 외면한" 과거를 청산한 '과학어업'을 강조한다. 태윤진-수정 부녀를 격려하면서 김정은이, "수산업을 과학화, 현대화하여야 합니다. 첨단과학기술과 선진적인 어로방법들을 적극 받아들이는 것(중략), 어황조건과 어기철에 맞게 어장 탐색을 과학기술적으로 진행하"라고 강조한다. 정철호, 「바다의 꿈」, 『조선문학』 2022.8, 26면.

의 첨병이다.

가령 방직공장 노동자는 재봉기 앞에서 기대(방직기계)를 두고, "기대야 너와 나는 / 하나의 목표 향해 내달리는 / 만리마와 그 기수가 아니던가"[87]하고 노래한다. 흥남비료공장에서 "흥남의 로동계급 열의는 드높다 / 능력 확장된 비료생산공정에서 / 비료산 더 높이 쌓아올리고 / 우리는 또다시 승리자가 되리니"하며 일할 때도 이전과 달리 첨단기술을 발휘한다. 즉 "콤퓨터화면 설계도 우에 / 무수한 점과 선 이으며 / 설계를 작성하는 설계원 봄순아 / 네 모습 오늘따라 커만 보이누나"라고 컴퓨터 기사 형상을 앞세운다.[88] 그들은 국가가 베풀어준 교육을 잘 받은 청년 과학기술자로 자처한다: "어려운 날에도 / 이 몸을 사랑으로 감싸안아주고 / 밝은 등교길 열어준 조국이여 / 과학의 등불을 환히 켜들고 / 시련의 장막 태워버리지 못한다면 / 내 어이 이 나라 청년과학자라 말하랴."[89]

팬데믹 시대 북한문학의 새로운 인물형은 과학기술 지식을 갖춘 청년이되 매사에 자력갱생을 강조한다. 가령 김은경 단편 「보조설계가」(2022)를 보면, 유학파 미녀 과학자가 컴퓨터 3차원모의프로그램으로 시뮬레이션한 기계를 수입산이라 반대하는 에피소드가 나온다. 작품 주인공 진아는 기계 제작자로선 희귀한 유학파 출신 미녀로 선망의 대상이다. ㅍ화력발전련합기업소 단열벽돌 생산공정 현대화사업의 성형

87 최필준(구장봉화피복공장 로동자), 「나의 만리마야」(시), 『청년문학』 2020.1, 63면.

88 박광일(흥남비료련합기업소 설계실 설계원), 「공격작전도」(시), 『청년문학』 2022.5, 40면.

89 심복실, 「가장 밝은 등불이 되리」(시), 『문학신문』 2023.1.7, 2면.

기계 설계가로 임명되어 실력을 발휘하였다. 하지만 그가 설계한 유압식 성형기 설계도안은 생산반장에게 전면부정 당했다. 3차원모의프로그램으로 시뮬레이션까지 해서 많은 사람들이 공감했지만 반장만은 도리머리를 쳤다. 성형기의 생명은 일정 압력을 유지하는 것인데 국산 전동식 기계는 원료 배합비율이나 습도 유지 면에서 제품 질을 보장할 수 없어 수입산이라도 꼭 유압식으로 해야 한다는 진아 주장에 다음과 같은 논리로 반박한다.

> "설계가 동무는 자기가 설계한 성형기의 핵심인 압력수감 및 자동조절장치가 수입산이냐 국내산이냐 하는것이 문제가 아니라고 했는데 전 그게 문제라고 봅니다. (중략) 어떤 공장에서 했다는 현대화는 남의 것이 없으면 안 되는 현대화였기 때문이예요. 그 번쩍거리는 걸 그대로 가져다 조립해놓고는 이게 현대화라고 하더군요. 그리고는 수명이 다 되면 다시 비싼 값으로 사오고 그 나라들에서 팔지 않겠다면 기계를 멈추고… 그런 식으로 현대화된 기계들이 생산에 막대한 손실을 끼친다는 것은 불보듯 명백한 사실이예요. 그렇게 하는 현대화라면 그만두는 게 나아요."[90]

더욱이 진아가 짝사랑하는 보조설계자 정진도 반장 의견에 동의한다. 그래서 온갖 고생 끝에 수입산 유압식 기계 대신 자국산 전동식 기계를 만드는 데 성공하고 그 과정에서 보조설계가 정진을 사랑하게 된

90 김은경, 「보조설계가」(단편소설), 『조선문학』 2022.2, 62면.

다는 내용이다.[91]

김정은 시대 3기 문학작품을 읽다 보면, 개인 수준의 기술 혁신뿐만 아니라 사업장이나 기업소 경영도 CNC체계로 혁신되었음을 알 수 있다. 가령 조훈일 단편 「시대의 부름」(2022) 주인공 림금철처럼 기업경영관리 모의프로그램을 개발하여 기업 경영 전반을 정보화함에 따라 ㅊ제련소의 생산성도 제고한다. 생산과 경영활동을 모두 컴퓨터로 조종 관리하여 기업소는 많은 노동력과 전기와 물자를 절약하면서도 커다란 실익을 보게 만든다. 림금철 소장이 부임하기 전에 자진 사퇴한 이전 소장은 수입원료에 의거한 재래식 경영방법에만 매달려 주먹구구식으로 기업 관리를 하다보니 국가에 막대한 손해를 끼쳤던 구시대 인물이었다. 반면 숱한 과학기술자들, 컴퓨터 전문가들 속에서도 림금철은 '개발창조형, 실천가형의 인재'기 때문에 경영개발과 기술혁신을 동시에 이루어냈던 것이다.[92]

넷째, '과학기술 룡마' 기수의 활동무대가 반드시 제철소, 제련소, 탄광, 건설현장, 공장만은 아니다. 컴퓨터 CNC 기술이 제철소나 공장 생산에만 국한되지 않는 것이 김정은 시대 청년의 문학적 형상이다. 가령 '새시대 농촌혁명 강령'[93]을 종자로 한 일련의 농촌소설들이 이구동

91 대표적인 만리마기수 형상인 리대철(평양 동주펌프제조공장 지배인)은 수입산 대신 자국산 초고층빌딩용 고압펌프를 개발하지만 「보조설계가」처럼 남녀 주인공의 애정선을 보이지는 않는다. 백상균, 『강자』, 문학예술출판사, 2017.

92 조훈일, 「시대의 부름」(단편소설), 『조선문학』 2022.3, 37, 46면.

93 당 제8기 제4차 전원회의(2021.12.27.~31)의 김정은 연설 「우리식 사회주의 농촌 발전의 위대한 새시대를 열어나가자」에서 종래의 주체농법과 차별화된 과학농법을 제창하여 팬데믹 시대의 새로운 농업혁명을 일컫는다.

성으로 이전의 주체농법 대신 컴퓨터 CNC 기술을 활용한 디지털 과학농법을 제창한다. 이를테면 림금녀의 시 「농업과학기술선전실의 밤」(2023.5)을 읽어보자.

하루일 마친 이 저녁 / 떠들썩 웃으며 들어서네 젊은이들 / "쉿, 기술원 순이동무가 제작한 다매체편집물이요!" //

편집물은 하나하나 깨우쳐주누나 / 옥토벌 랭상모판에 / 지난해보다 보름 늦게 씨뿌린 원인을 / 이삭패는 시기를 장마 끝에 놓는 것이 / 다수확의 중요한 방도인 것을 //

"이삭이 늦게 패면 논벼의 적산온도보장은?!…"/ 머리를 기웃하는 철광이를 바라보며 / 조용히 말하네 기술원 순이 / "바다가에 있는 우리 고장은 내륙지대보다 가을철 기온이 높아 얼마든지 적산온도를 보장할 수 있어요!"//

암, 그렇지 거참 신통도 하다 / 이제는 벼모를 튼튼히 길러내자며 / 젊은이들 저마다 탄성 터치는데 / 새로운 모기르기 경험 소개하는 편집물 앞에 / 모판관리공 처녀들 새별눈 반짝반짝 //

이렇게 깊어간다 선전실의 이 밤은 / 장마철 논물관리 가물철 비료주기… / 포전에서 오손도손 나누던 혁신안을 / 콤퓨터에 실으며 잠 못 드는 이 밤 / 과학의 힘으로 더 좋은 래일을 내다보는 밤 //

(중략) 좋구나 하늘에선 별무리 빛나고 / 선전실 창가엔 눈빛들 반짝반짝 / 농사는 땅에서 지어도 / 과학농사의 하늘을 훨훨 날으는 //

새시대 농촌진흥의 주인공들 / 내 고향의 젊은이들 하냥 대견해 / 저 하늘 둥근달도 축복의 빛발 뿌려주고 / 밤바람도 산들산들 속삭여주네 / 암! 과학농사 지어야 풍년이 들구말구![94]

농촌판 '과학기술 룡마 기수'는 '과학농사를 짓는 새시대 농촌진흥의 주인공'으로 형상화된다. 그들은 농사기술을 경험 많은 노인에게 구전으로 전수 받는 것이 아니라, "기술원 순이동무가 제작한 다매체편집물"을 통해 습득한다. 혁신적인 농법을 컴퓨터로 보급 받아 과학의 힘으로 농업혁명을 이루겠다는 새 시대 방식을 적용한다.

다른 농촌소설도 마찬가지이다. 박광 단편 「향기」(2020.11)에서는 학동리협동농장의 처녀 다수확분조장 최은순을 짝사랑하는 흥평협동농장 총각 분조장 박태수가 화학비료 대 대용비료 사용문제로 갈등하는데, 농업대학에서 가져온 '기억기(디스켓 / 유에스비)에 담긴 과학농법기술로 문제를 해결한다.[95] 원철 단편, 「춘희 분조장」(2021.3)에서는 다수확 농업 생산을 위한 '디지털 과학농법'을 강조한다.[96] 황철현 단편, 「신랑동의 주인들」(2022.2)에선, '당 중앙위원회 제8기 제4차 전원회의 결정 관철'이란 기획 아래 태성철 분조장에게 과학농사법이라며 이랑재배 방법 도입을 주장하는 처녀 농군 박은향이 등장한다.[97] 리성식 단편, 「우리 분조장」(2022.4)에서 주인공 봄향이는 류경남 분조장이 가져온 새 '영농과학기술지식편집물'을 휴식시간 때마다 휴대용 콤퓨터로 15분

94 림금녀, 「농업과학기술선전실의 밤」(시), 『문학신문』 2023.5.13, 3면.

95 박광, 「향기」(단편소설), 『조선문학』 2020.11, 64면.

96 원철, 「춘희 분조장」(단편소설), 『조선문학』 2021.3, 9면.

97 황철현, 「신랑동의 주인들」(단편소설), 『조선문학』 2022.2, 37면.

가량 분조원들한테 보급하면서 과학농법을 보급한다.[98]

오광철의 「작별」(2022.10)은, '당 중앙위원회 제8기 제5차전원회의 결정 관철'이란 구호 아래, 새시대 농촌혁명 강령을 종자로 한 소설이다.[99] 작품은 농촌 처녀 라순정의 시점에서 세포비서인 사촌 오빠 순철의 낡은 관료적 사업작풍과 작업반장 최인준의 신농법이 갈등을 겪은 끝에 성공적으로 다수확 작업반을 만드는 과정을 그린다.

위에서 정리했듯이 김정은 시대를 상징하는 새로운 농촌혁명인 다수확 과학농법은 순전히 조상의 경험에만 의존하던 전근대적 농법이나 항일투쟁 정신과 선군혁명 구호에만 관성적으로 의존하던 기존의 '주체농법'과 다르다. 청년 과학기술자들이 축적한 합리적 영농기술지식을 디지털매체를 통해 무한복제하여 전국 단위로 실시간 즉시 보급을 통해 체계적으로 시행하는 과학농사법이다.

끝으로, '과학기술 룡마 탄 기수' 형상의 문학사적 위상은 어떻게 될까?

이들은 사회주의체제 건설의 초기 견인차였던, 삽질 잘하는 토건 노동영웅인 천리마기수의 재판이자 변형이되 그들과 뚜렷하게 차별화된다. 혁명적 열정은 강한데 생산 현장의 기술적 처리나 기계 조작 등 전문성이 모자랐던 60년대 노동영웅 천리마기수에서 진전된 캐릭터가 바로 70,80년대 대표 캐릭터였던 '3대혁명소조원'의 전형이었다. 그들

98 리성식, 「우리 분조장」(단편소설), 『조선문학』 2022.4, 65면.

99 오광철, 「작별」(단편소설), 『조선문학』 2022.10, 45면.

은 생산분야의 기술적 전문교육을 받은 청년 기술자들이었다.[100]

북한 사회는 7차 당대회(2016)를 통해 노동계급이 군(軍) 대신 체제 중심으로 복귀하였다. 문학에서도 2016년에 시작되어 2023년 현재까지 공장, 농장, 어촌뿐만 아니라 제철, 금속 등 중공업 생산 현장까지 뛰어든 청년 노동자를 새로운 시대정신을 대표하는 전형으로 표상하였다. 가령 이전의 '준마처녀' 이미지의 노동자 형상을 근육질 남성 못지않은 육체적 기술적 능력이 아니라 컴퓨터 제어 기술을 갖춘 청년[101] 과학기술자로 묘사하였다. 그들은 '3대혁명소조원'처럼 컴퓨터로 CNC 기술을 발휘하는 과학기술교육을 받은 데다가 '천리마기수'처럼 수령과 당에 대한 충성과 주변의 부정적 인물까지 감화시키는 품성까지 갖췄다. 그들 '과학기술 룡마 탄 기수'인 만리마기수의 특징은 천리마기수의 '정신'과 3대혁명소조원의 '기술'이 결합되었으면서 컴퓨터 시뮬레이션이라는 '첨단과학'으로 업그레이드되었다고 할 수 있다.

---

100 김성수, 「주체문학 전성기 『조선문학』(1968~94)의 매체전략과 '3대혁명소조원' 전형론」, 『한국근대문학연구』 37호, 한국근대문학회, 2018.4, 193~224면; 「'천리마기수' 전형론과 사회주의 건설의 문화정치」, 『상허학보』 62, 상허학회, 2021.6, 337~372면 참조.

101 송현진, 「김정은 시대의 '청년강국'과 '청년영웅' 연구」, 『북한연구학회보』 25-1, 북한연구학회, 2021.6 참조.

5. 인민생활 향상 담론의 문학적 반영

이 글에서는 제8차 당대회(2021.1)를 전후로 한 김정은 시대 3기이자 팬데믹 시기(2020~23) 북한문학의 동향과 쟁점을 개괄하였다. 북한문학의 쟁점으로 코로나19 팬데믹이 초래한 매체론적 변화, 당대회 결정을 관철하는 정책 선전 기능, 코로나19 방역과 관련된 비문학 캠페인. '전 세대 작가'란과 '재수록'란을 통한 문학사적 정전화 등의 특징을 정리하였다. 키워드는 '8차 당대회, 5개년계획, 방역대전' 같은 정세, '만리마속도 창조운동' 같은 정책, '만리마기수, 과학기술 룡마 기수, 붉은 보건 전사' 같은 전형이다.

팬데믹 시기 북한문학 동향을 정세, 매체, 문예노선과 이념, 전통, 미학, 주체, 전형 등의 항목으로 정리해 보자. 정세 변화를 보면, 2016년의 7차 당대회를 계기로 이전의 폐쇄형 선군 통치, 선군문학에서 당 중심의 사회주의 국가로 자리잡았다. 그러나 2018,19년의 개혁개방 실패 후 COVID19 팬데믹으로 인한 자력갱생형 폐쇄 국가로 퇴행하였다. 이전과 달라진 것은 핵무기와 우주로켓을 통한 사회주의 강(소)국을 자임하게 된 것이다. 매체사적 변화를 보면, 문예미디어 6종의 아날로그(종이잡지)와 디지털(pdf파일) 보급 유통이 병행되고 있음을 알 수 있다. 다만 플랫폼 / 미디어의 문명사적 변모에 부합하는 콘텐츠 내용과 형식의 변화가 보이지 않는다.

문예노선과 이념의 변화는, 김정일 시대를 이어 김정은 시대 초까지 풍미했던 선군(문학)담론(1999~2015) 대신 당 중심 사회주의 국가체제로의 복귀를 반영하는 주체사실주의문학으로 복귀하였다. 문학사적 전통 측면을 보면, 선군문학 담론 대신 70년대를 풍미했던 주체문학으로 복귀하고 60년대의 천리마 담론의 소환되어 만리마 담론으로 변형되기도 하였다. 이에 따라 미학도, 선군문학의 '총대미학'이 사라지고 종래의 주체사실주의 창작방법으로 복귀하였다. 문학 주체도, 선군문학 시대의 군인 작가 우위에서 전문 전업 작가로 복귀하였다.

예술적 전형도 달라졌다. 선군문학 시대를 대표했던 '선군 투사' 형상이 소멸되고, 대신 60년대 노동영웅인 천리마기수를 소환한 2010년대형 과학기술 노동영웅인 '만리마기수' 형상이 2기를 대표하였다. 본론에서 논증했듯이 3기에 들어서서 '과학기술 룡마 기사'가 새로운 전형으로 부각되었다. 근육질의 힘센 남성 못지않은 중장비 기사로 상징되는 90년대형 만능여성 '준마처녀'에서 2010~20년대에는 컴퓨터 기사 처녀를 전형으로 내세운 셈이다.

『조선문학』, 『문학신문』, 『조선문학』 등의 미디어콘텐츠를 미시 분석한 결과, 부조 시대와 차별화된 김정은 시대 문학만의 특징으로 '사회주의 현실 주제'문학의 강화, 인민생활 향상(애민)' 담론과 청년 과학기술자 중시, 일상성 강화 경향을 확인할 수 있다. 노동 생산 현장을 재현하되 토건시대의 혁명적 열정만으로 해결되지 않는 최첨단 과학기술 담론을 강조하고, 세대교체의 주역인 청춘남녀 캐릭터의 애정선 같은 미시적 일상을 중시하며, 등장인물 심리의 섬세한 묘사 등 문체도 변화하였다. 코로나19 펜데믹 시기(2020~23)을 관통하는 김정은 시대 3기 문학은, 김정일 시대 선군(先軍)문학론의 강고한 구심에서 벗어난 1기(2011.12~2016.4)와 '만리마속도, 만리마기수' 형상론을 앞세운 2기(2016.5~2020.12) 특징을 넘어서, '과학기술 룡마 탄 기수'와 '방역대전

전사'라는 새로운 대표 형상과 상징 담론을 모색하는 중이다. '과학기술 룡마'를 탄 청년 과학기술자와 '방역대전'에서 승리한 '붉은 보건 전사'[102]란 형상을 통해 김정은 시대 3기 문학의 사회적 기능은 팬데믹 위기를 자력갱생으로 극복, 돌파했다는 '인민생활 향상' 담론을 문학적으로 반영했다고 정리할 수 있다.

102 '방역대전, 보건 전사' 관련 논의는 이 책의 3부 3,4장과 초출 논문인, 김성수, 「북한문학의 방역 재현 전통과 팬데믹」, 『국제한인문학연구』 35, 국제한인문학회, 2023.4; 「코로나19 팬데믹과 북한문학」, 『통일정책연구』 35-1, 통일연구원, 2023.6 참조.

세균전에서 Covid19까지
–김정은 시대 문학의 팬데믹 재현[103]

1. 팬데믹과 북한문학

이 글에서는 북한문학의 방역 재현 전통 속에서 김정은 시대 문학의 팬데믹[104] 재현 양상을 간략히 분석한다. 북한은 세계적으로도 유례없는 철저한 통제 국가이므로 팬데믹이 발생해도 신속하게 국경을 폐쇄하고 도시를 봉쇄하는 등 주민 간의 자유로운 통행과 이동을 통제할 수 있고 실제로 하고 있다. 다만 2020년부터 2022년 5월까지 확진자가 없었다는 당–국가의 공식입장과는 결이 다르게, 북한 역시 전염병의 피해와 엄중한 방역 현실을 간접적으로 보여준 것 또한 사실이다.[105]

103 이 글은 다음 논문을 단행본에 맞게 개제 개작하였다. 「북한문학의 방역 재현 전통과 팬데믹」, 『국제한인문학연구』 35, 국제한인문학회, 2023.4, 11~36면.

104 전 세계적으로 대유행한 전염병을 지칭하는 '팬데믹'이란 용어는 세계보건기구(WHO)에 의해 1968년 홍콩독감과 2009년 신종플루, 2020년 코로나19 등으로 대상이 정해졌다. 그러나 필자는 범유행 초국적 전염병인 스페인독감, 사스, 메르스 등도 넓은 의미의 팬데믹 범주에 넣어 논의한다. 여기서 유의할 점은 필자가 문맥에 따라 혼용한 팬데믹이 곧바로 코로나19만 지칭하는 것은 아니라는 사실이다.

105 "오늘 우리에게 있어서 사상 초유의 세계적 보건 위기와 장기적인 봉쇄로 인한 곤란과 애로는 전쟁 상황에 못지않은 시련의 고비로 되고 있습니다." 김정은, 「전승세

2020년 이후 2023년 현재까지 『로동신문』(pdf)이나 조선중앙통신 등의 대외용 미디어콘텐츠에는 북한의 코로나19(Covid19, 신형코로나비루스감염증) 대처 정황이 시시각각 전해지지만, 주민생활상의 총체적 모습을 엿볼 수 있는 문학작품은 쉽게 찾기 어렵다. 코로나19가 발병, 유행한 2020년 이후 문예지 『조선문학』, 『문학신문』 등의 관련 작품과 『천리마』 등 최신 자료를 구하지 못한 탓인지 팬데믹의 참상과 방역과정을 재현한 문예작품을 논의한 기존 연구는 찾아볼 수 없었다.

그러면 어떻게 할 것인가? 이에 전염병 같은 재해와 방역 재현의 전통을 북한문학사의 역대 문학작품을 통해 가늠해 봄으로써, 팬데믹에 대처하는 북한 당국의 대응방식을 문학사적 맥락에서 간접적으로 가늠해 보고자 한다. 북한사회가 전염병 같은 각종 재난을 어떻게 극복했는지 역대 방역 문학에 나타난 형상을 간략히 짚어보고, 거기 담긴 북한 특유의 사회주의적 보건 위생과 '주체의학'을 살펴보겠다. 김정은 시대 문학에 나타난 팬데믹으로 인한 일상 훼손 정황을 '대동란, 고요'란 시적 상징어로 살펴보고, 자력갱생형 방역 재현 양상을 '수령의 헌신과 의료진의 정성, 전민항전(全民抗爭)의 자발적 동원'이라는 키워드 중심으로 분석, 평가하고자 한다.[106]

대의 위대한 영웅정신은 빛나게 계승될 것이다–제7차 전국노병대회에서 김정은 동지의 연설」, 『로동신문』 2021.7.28, 2면; "지금 우리는 건국 이래 가장 준엄한 국면에 처해있으며 전대미문의 난관을 불굴의 정신력으로 돌파해나가고 있습니다." 김정은, 「경애하는 김정은 동지께서 사회주의 건설의 어렵고 힘든 전선들에 탄원 진출한 미더운 청년들에게 보내주신 축하문」, 2021.8.27.(https://www.youtube.com/watch?v=hk4vTkXwcMA). 조선중앙통신 2021.8.28. 『로동신문』 2021.8.29. 보도.

106 북한문학(2020~23)에 나타난 코로나19 방역의 재현양상만 초점화시킨 글은 다음 장

2. 방역 재현의 전통과 사회주의적 보건 위생 및 주체의학

북한 역사 70년의 역대급 재난으로는 6·25전쟁, 전염병, 홍수, 식량난, 경제 위기 등을 들 수 있다. 전염병으로 인한 각종 참상과 재난현장, 그리고 그를 극복하려는 방역 재현의 문학적 형상은 북한문학사에서 적잖이 찾을 수 있다.

첫째, 코로나19를 상기시키는 전염병과 관련된 전시 재난으로 세균전 폭로와 전시방역이라는 문학적 형상이 있다. 전 세계가 코로나19 팬데믹으로 신음하는데 유독 확진자가 전혀 없다던 2021년 북한 문예지에 6·25전쟁기 세균전 폭로 소재 단편이 실려 있어 주목을 요한다.

김정학 단편소설 「깨끗한 땅」(2021.4)은 '한 벨지끄 녀성 법률가의 수기'란 부제를 단 6·25전쟁기 세균전 폭로 외교 무용담을 그리고 있다.[107] 주인공은 벨기에 수도 브뤼셀에 본부를 둔 국제민주법률가협회 회원 마리 부인으로, "지금 조선사람들은 렬악한 환경 속에서 거의 다 전염병에 걸려있을 거"라는 경고에도 불구하고 세균전의 진상을 밝히기 위한 국제 조사단에 합류한다. 조사단 일행은 두 개 조로 나뉘어 사업에 나섰는데, 한 조는 조선측 방역 전문가들의 안내 속에 세균탄 투하 지역에서 구체적인 피해상황을 수집하고 다른 한 조는 포로수용소의 비행사 출신 포로를 심문하여 증빙자료를 법적으로 기록한다.

그 결과 세균탄 사용이 사실이며 세균전을 벌인 미국 "월가의 전쟁

에서 자세히 다룬다.

107 김정학, 「깨끗한 땅–한 벨지끄 녀성법률가의 수기」(단편소설), 『조선문학』 2021.4, 11면.

사환군"의 죄악을 단죄할 것을 바란다는 미군 포로 공군중위 죠 쿠인의 진술서를 확보한다. 게다가 김일성의 결단으로 적이 퍼뜨린 페스트균에 맞선 예방백신과 치료제를 당 보건일꾼 한정애가 요구한 분량의 10배를 확보해서 '전투적 방역'에 성공한다. 김일성은 전시 중의 세균전 폭로전이 눈에 보이지 않는 세균과의 전쟁일 뿐만 아니라 일부 사람들 속에 남아있는 인간에 대한 불신과 편견과의 심각한 투쟁과정이라는 것을 강조한다.[108] 소설은 조선땅이 전염병 위협에서 안전한 '깨끗한 땅'이라는 마리 부인의 일기를 소개하는 것으로 결말짓는다.

사실 이런 스토리텔링은 북한의 문학사를 돌이켜볼 때 전쟁문학에서 흔한 내용이다. 가령 미군의 세균전을 폭로하는 김북원 시, 「원쑤는 기억하라: 간악한 세균무기도 쓸데없음을」(1952),[109] 백인준 시, 「물러가라! 아메리카」(1963), 리기영 단편소설 「강안마을」(1954) 등이 그런 예이다.

> 천사는 분명 하늘로 날아왔으나 / 삐-29 폭격기 우에 앉아 있었고,/ 아메리카의 예수는 조선의 하늘 우에서 / 성스러운 페스트균을 은혜롭게 뿌려 주었다 // — 「물러가라 아메리카」 부분[110]

> "그런데 대동강 연안에서는 미국놈의 비행기가 요새 또 세균 곤

108 김지원, 「사랑의 이야기로 펼친 '깨끗한 땅'」(평론), 『조선문학』 2022.3, 32면.

109 김북원, 「원쑤는 기억하라—간악한 세균무기도 쓸데없음을」, 『문학예술』 1952.4, 72면.

110 백인준, 「물러가라! 아메리카」, 『단죄한다 아메리카』, 조선문학예술총동맹출판사, 1963.

충을 뿌렸다지 – 파리, 딱정벌레, 거미 등의…… 그 중에도 파리는 눈 우에 새까맣게 기여다니드라니…… 놈들이 나중에는 별별 흉측한 것을 다 하지 않어요–"

"아니 이 치운 겨울에 파리가 어떻게 살아 있나 원!"

"그러니까 놈들이 만들어낸 세균 파리겠지요 – 라디오에서 듣건댄, 그 파리가 과동을 해서 래년 봄에 새끼를 까면 그놈들이 호렬자, 쥐통, 장질부사 등의 전염병을 퍼치게 한답니다."

하고 인민위원장 안병호가 설명하였다.

"천하에 악독한 짐승만도 못한 놈들 같으니 – 아니 전쟁을 했으면 했지…… 후방에서 사는 평화적 주민까지 다아 죽이지 못해서 그런 만행을 한단 말인가?!"[111]

전쟁 초인 1950년의 천연두는 미군 후퇴와 동시에 이루어져 병원균을 직접 살포한 첫 번째 단계로, 1952년에는 좀 더 광범한 지역에 검은 파리를 주로 하는 감염 곤충으로 페스트를 퍼뜨린 두 번째 단계로 구분하여 미군 세균전이 치밀한 계획 하에 이루어졌다고 주장한다.[112] 북에서는 1946년 여름에 이남 접경 지역에서 콜레라가 퍼지자 '비상방역명령' 조치로 '반콜레라방역투쟁'에 성공한 경험이 있다. 미군정 치하의 38선 이남에서는 콜레라로 하여 수만 명이 희생되었으나 이북에서는 "철벽의 방역진을 치고 전 군중적인 방역투쟁"을 벌여 1946년 가을에

---

111 리기영, 「강안마을」(연재 2회), 『조선문학』 1954.8, 29면.

112 김민선, 「생물화학무기와 침묵의 기억들–한국전쟁기 세균전에 관한 텍스트들」, 『동악어문학』 71, 동악어문학회, 2017.5, 49~81면 참조.

콜레라를 "완전히 그리고 영원히 근절하는 빛나는 성과"를 거두었다고 자찬한 바 있다.

그런데 6·25전쟁기에 미군의 세균전으로 전염병이 퍼졌으니 이전에 남한발 전염병의 재해를 경험한 바 있는 북으로선 의심을 하지 않을 수 없다고 판단된다.

> 미제는 1952년 1월 28일부터 3월 31일까지의 두 달 사이에만도 공화국 북반부의 400개소 이상의 지점에 700회에 걸쳐 세균무기를 투하하였으나 이 모든 야수적 만행은 전 인민적 반세균전 투쟁과 철벽으로 다져진 방역진에 의하여 여지없이 분쇄되였다. 반세균방위투쟁을 전 군중적운동으로 힘있게 벌려 적들의 세균전 만행을 철저히 분쇄해버릴 수 있었다.
>
> 그리하여 전시조건에서도 우리는 전염병을 성과적으로 예방할 수 있었다. 1953년 상반년에 전염병 리병률은 해방후 전염병이 제일 적어졌던 1949년 상반년보다 8.6%나 더 낮아지는 전쟁력사에 류례없는 빛나는 승리를 거두었다.[113]

6·25전쟁 중 미군의 세균전이라는 '야수적인 만행'에 대처한 '반세균 방위투쟁, 전 인민적 반세균전 투쟁'에서 '만행과 철벽'이란 선명한 대비적 레토릭보다 더 관심을 끄는 것은 "1952년 1월 28일부터 3월 31일까지의 두 달, 400개소 이상의 지점, 700회 세균무기 투하, 1949년보

113 승창호, 『인민보건사업경험』, 사회과학출판사, 1986, 95면.

다 8.6% 낮아진 전염병 리병률" 같은 구체적 수치이다. 이는 전염병 대처 방안이 '국난 극복 용기, 불굴의 정신력으로 돌파'[114]하는 방역진의 정신승리가 아니라 나름 치밀한 팩트에서 출발한 합리적 과학적 대처였다는 방증이다. 김민선의 적절한 지적대로[115] 전시 중 흔한 대적 선전용, 추상적 정치공세 표현이 아니라 구체적 수치와 팩트로 뒷받침된 서술이라 전쟁 같은 비상시국의 정치선전에 불과하다고 그냥 무시하기는 어렵다.

그렇다면 왜 2021년 작품 「깨끗한 땅」에서 70년 전인 6·25전쟁 당시의 세균전 폭로 외교 무용담을 소환했을까? 그것도 외국 법률가 여성의 시선을 가탁해서, 미군의 만행과 전염병의 참상 고발 및 김일성 주도의 방역 성공담을 그렸을까? 우선은 김일성 탄생 110주년을 기념하는 '천만년 영원할 인민의 봄 명절'이란 매체 기획에 맞게 그의 위대함을 칭송하는 의도였을 것이다. 그러나 2021년 당시 코로나 팬데믹 국면에서 6·25전쟁기 세균전 폭로와 방역 성공담을 소환한 숨겨진 의도는 '확진자 0명의 신화'를 선전하고자 하는 욕망일 것이다.[116] 국경 폐쇄와 도시 봉쇄를 통한 '악성비루스 감염' 방역 실패를 전적으로 외부 책임으로 전가하려는 의도도 없지 않으리라 추정된다.

---

114 김정은, 「경애하는 김정은 동지께서 사회주의 건설의 어렵고 힘든 전선들에 탄원 진출한 미더운 청년들에게 보내주신 축하문」, 『로동신문』 2021.8.27.

115 김민선, 앞의 글 참조.

116 "우리가 전개하게 될 반세균전은 철저히 예방으로 일관되여야 한다, 병원체의 모든 류입통로들을 봉쇄하고 전파경로들을 철저히 차단하여 전염병이 발붙일 수 있는 가능성 자체를 완전히 뿌리 빼는 방역대전으로 돼야 한다." 이러한 소설 문장처럼, 6·25 전쟁기 세균전에 대한 이같은 김일성의 대응방안은 2021년 팬데믹에 맞선 김정은의 방역대전 지침에도 동일하게 적용되었다.

둘째, 전시 세균전과 전투적 방역 형상 다음으로 주목할 것은 자연의 재난인 수해와 가뭄피해, 인간의 재난인 전염병, 산업재해와 그들 극복양상이다. 사회주의체제 건설과 주체사상체제로 이어지는 시대에 자연재해, 인재에서 비롯된 이들 각종 재난을 극복하는 북한 특유의 대응방식은 사회주의적 보건 위생 방역 제도와 '주체의학체계'와 밀접하게 관련되어 있다. 이 시기의 『조선문학』, 『문학신문』, 『로동신문』, 『천리마』 등의 관련 기사를 보면, 전염병 방역과 관련된 표어, 구호, 선전화, 선전가, 악보 등이 집중적으로 게재되었다.[117]

가령 1958년 6월부터 『조선문학』, 『조선예술』, 『조선음악』에 전례 없이 전염병 방역 관련 비문예(非文藝) 콘텐츠가 족출하는데 그 함의가 무엇일까. 사회주의적 선동선전이 주 기능 중 하나인 문예미디어에 정치적 이념적 구호와 정론, 개인숭배 콘텐츠가 실리는 일은 흔하지만 구체적인 세부 주제를 정해 비문학 콘텐츠를 일시적으로 집중 홍보하는

---

117 〈친절한 위생반장〉(악보), 『조선음악』 1958.6; '위생문화 혁신'(구호), 『조선문학』 1958.7, 표지 4면(전염병 방역 구호 1탄); '무서운 전염병을 전파시키는 모기와 파리를 철저히 박멸하자'(선전화=포스터 시원), 『조선문학』 1958.10, 표지 4면(전염병 방역 구호 2탄); '위생 방역 사업 궐기'(구호), 『조선문학』 1958.11, 표지 4면(전염병 방역 구호 3탄); 「발진 티브스를 철저히 예방하자. 활동하는 파리, 번데기를 철저히 잡자!」(위생 관련 표어), 『조선음악』 1958.12; 렴백운 시, 림헌익 곡, '친절한 위생반장'(악보), 『조선문학』 1959.10, 표지 3면; 「춘기 위생 사업을 강화하자!」(위생 관련 표어), 『조선음악』 1959.3; 「춘기 위생 사업을 강화하자! 4월은 도시 위생 월간이다」(위생 관련 표어), 『조선음악』 1959.4; 「위생문화사업을 주제로 한 가요 창작은 부진 상태에 있다」(단평), 『조선음악』 1959.12; 보건성, 중앙위생지도위원회, 작가동맹 중앙위 공동 명의, '문예 및 미술 작품 현상모집 요강'(공고), 『조선문학』 1960.2, 표지3면. (# 전군중적 위생 방역사업); 「위생 문화 사업에서 일정한 개선을 가져왔다」, 『조선음악』 1960.3; 〈담당구역 위생초소 찾아가요〉(악보), 『조선예술』 1970.11; 〈위생선전 가는길〉(악보), 『조선예술』 1973.7.

경우는 흔치 않다. 문학지의 경우 『조선문학』, 『문학신문』에는 2020년 코로나19 전까지 이런 방식의 보건 위생 방역 선전물이 집중적으로 연속해서 실리는 경우를 찾을 수 없다.[118]

이들 보건 위생 방역 선전물이 대부분 1958년에 집중적으로 게재되었다는 의미는 무엇일까? 북한체제에서의 사회주의적 토대 완성(1958.8)이 농업 집단화와 자주적 공장 관리제 같은 사회경제적 토대, 하부구조뿐만 아니라 보건위생, 의학 같은 사회문화 전반까지 동시에 시스템화가 진행되었다는 것으로 풀이할 수 있다. 이러한 분석의 가장 주목되는 근거인 당 정책이 1958년 5월에 공식화되었다는 점이다. 1958년 5월 4일 조선로동당 중앙위원회 상무위원회에서 김일성은 '보건위생사업을 전 군중적운동으로 벌릴데 대하여'라는 교시에서 보건위생사업을 체계화하는 구체적 과업과 그 수행방도를 명확히 규정하였다.[119] 195,60년대 전국적인 전염병 방역 캠페인의 계기가 된 1958년 5월의 보건위생사업의 주민 캠페인과 사회주의적인 위생문화를 창조하는 실천투쟁이 구체적으로 전개되었다. 가령 디스토마를 비롯한 토질병과 전염병을 없애기 위한 전민 동원 투쟁, 위생개조사업, 위생문화사업, 위생검열사업 등의 체계적 제도화이다. 3년 후인 1960년대 초에 들어서면서는 사회주의적 생활양식에 맞게 '대중적 병 예방운동'이

---

118 2020~22년 『문학신문』, 『조선문학』, 『청년문학』 등의 문예지로선 이례적으로 1958~60년의 방역 캠페인 이후 60년 만에 상식, 교양, 표어, 구호란에 방역 선전물이 집중 연속 게재되었다.

119 김일성, 「보건위생사업을 전 군중적운동으로 벌릴데 대하여」, 『김일성 저작집 12(1958.1~1958.12)』, 조선로동당출판사, 1981.

벌어졌다. 주된 내용은 '모범 위생군[郡] 창조운동'과 '병 없는 리[里] 창조 운동'과 자칭 '선진적인 의료봉사제도'인 의사담당구역제이다.[120] 전염병 예방 등 재난 극복을 위한 보건 위생 사업은 사회주의적 원칙뿐만 아니라 북한만의 특수성을 담은 매우 디테일한 현실이 여과 없이 담긴 교시의 숨겨진 전제는 북한 특유의 전 인민 '동원'이라는 메커니즘(mechanism)이다. 이는 2020년대 코로나19 팬데믹에 대응한 '전민항쟁(全民抗爭)'의 전신인 셈이다.

북한당국이 옛 소련, 동유럽식의 사회주의적 근대화를 제도화했던 195,60년대에는 전염병 같은 재난 극복의 시스템을 사회주의적 보건 위생제도로 정착하였다. 당시 『천리마』지를 보면 195,60년대 전염병 방역과 보건 위생 캠페인의 집중적 사례를 알 수 있다.[121] 특히 '위생지

---

120 승창호, 『인민보건사업경험』, 사회과학출판사, 1986, 97~99면.

121 미상, 「봄철의 위생」(단신), 『천리마』 1960.2월 상반호, 30~31면; 미상, 「가스 중독을 예방하자」(목차 '생활 문화', 본문 '위생지식'란), 『천리마』 1961.1, 107면; 미상, 「여름철의 애기 위생–배앓이 예방」, 『천리마』 1961.3, 78면; 「어린이들을 홍역으로부터 보호하자」, 『천리마』 1962.1, 82면; 리유호(부교수), 「'부모들에게 하고 싶은 말'_환절기 어린이 위생」, 『천리마』 1962.9, 134면; 리호근, 「편도선염과 그 예방」, 『천리마』 1962.9, 136면; 리유호(부교수), 「위생지식_어린이들의 폐염과 그의 예방」(목차 '부모들에게 하고 싶은 말', 본문 '위생지식'란), 『천리마』 1962.11, 128면; 「목욕과 위생」, 『천리마』 1963.4, 131면; 김유송, 「살림방의 위생」, 『천리마』 1965.3, 80면; 미상, 「'봄 / 여름 / 가을'과 생활 문화'_위생; 환경 위생에서 어떤 점들에 주의를 돌려야 하는가?」, 『천리마』 1965.4, 144면; 김술극(미생물연구소 학사), 「세균과 위생」, 『천리마』 1967.3, 60면; 「'보건과 위생'란_대장염, 일본뇌염, 식중독, 백날기침, 어린이의 소화불량증」, 『천리마』 1968.6~1968.11.12, 127면; 「'위생초소원수첩'란_ 방안공기를 항상 깨끗이 / 어린이들을 건강하게」, 『천리마』 1968.11.12, 127면; 「'보건과 위생'란_백날기침」, 『천리마』 1968.11.12, 134면; 「'위생초소원수첩'란_이를 언제나 깨끗이」, 『천리마』 1969.3, 124면; 「'보건과 위생'란, 건강의 열쇠–랭수마찰, 약수와 온천, 아침체조와 업간체조」, 『천리마』 1969.8, 109면; 「'보건과 위생'란, 예방접종에 대한 이야기」,

식 / 위생상식'란은 사회주의적 예방의학 정책 실현을 위한 최전선 대중 교양, 계몽, 선전의 현장임을 확인할 수 있다. 당시 사회주의제도의 사회 경제적 토대를 정착시킨 북한 당국으로서는 보건 의료 분야에서도 사회주의체제의 우월성을 선전하고 싶었을 것이다. 그래서 일제 치하와 남조선, 자본주의진영의 돈이 주인 행세하는 비인간적 의료 복지 제도를 맹비난하고 자신들의 사회주의 보건 의료를 자화자찬한다. 가령 "돈밖에 모르는 착취사회에서 병에 걸려도 돈이 없어 병원에도 가지 못하는 저주로운 세상"과 달리 북한은 "질병에 걸려도 누구나 돈 내지 않고 제때에 고칠 수 있으며 사람답게 오래오래 살 수 있는 세상"인 '근로자들의 지상락원'이라는 것이다.[122]

그런데 예방의학을 위주로 한 사회주의적 보건 위생제도만으로는 의료 물자와 첨단 의료기술이 선진국 수준에 이르지 못한 북한 처지에서 어려움이 많았다. 보건 위생시설의 부족뿐만 아니라 거액이 드는 최첨단 의료기기 설비가 필요한 선진의료기술이 없어 인민을 위한 근본적인 질병 치료체계는 갖추기 힘들었다. 그래서 대안으로 부각된 것이 주체의학이다.

셋째, 주체사상의 유일체계화가 전일적으로 확립된 197,80년대 이후 현재까지 북한의 보건 의료와 위생 방역 시스템은 195,60년대 구축된 사회주의적 예방의학의 보편성 위에 1970년대 북한 고유의 특수성을 더한 '주체의학체계'에 근거하고 있다. 예방의학, 무상치료제 등이

『천리마』 1970.4, 117면.

122 한동윤, 『무료로 병을 고치며 오래 살 수 있는 세상』, 조선로동당출판사, 1960, 머리말.

사회주의 보편적 의료 복지라면, 항일혁명투쟁 시기 유격 근거지에서의 보건 위생사업 전통을 유달리 강조하는 북한만의 특성은 의사 담당 구역제와 '동의학과 신의학의 배합' 시스템을 들 수 있다.

주체의학은 1970년대 이후 북한의 의료시스템인, '예방의학, 무상치료제, 동의학 신의학의 결합' 등을 특징으로 한 의학체계이다. 1980년 인민보건법 제정과 1998년 의료법 개정을 통해 주체의학의 법적 근거가 마련되었다. 주체의학이란 "의사담당구역제를 실시하여 의사들이 담당구역 주민들을 찾아다니며 사람들이 병에 걸리지 않도록 예방대책을 철저히 세우고 병이 나면 제때에 무상으로 치료하여 그들의 생명을 보호하고 건강을 증진시키는 것을 기본으로 삼고 있는 가장 우월한 인간 중심의 의학"이라고 정의한다. 주체의학은 "근로자들을 억압하고 착취하는 자본가들의 수중에 장악되어 그들의 돈주머니를 불려주면서 근로자들에게 고통을 주는 자본주의 의학"과는 달리 사람을 위하여 모든 것을 복종시켜야 한다는 주체사상이 구현되었다고 한다. 예방의학은 오직 인민들이 국가와 사회의 주인으로 되고 있는 사회주의 사회에서만 실현될 수 있는 것으로 인간 중심의 주체의학이야말로 가장 인민적이며 독창적인 보건사상을 구현하고 있다고 한다.[123]

하지만 '항일혁명투쟁의 전통을 보건 위생사업의 본보기'로 삼는다는 공식 주장의 이면에는 기실 보건 의료 물자의 절대 부족과 의료기술 수준이 낙후된 열악한 보건 의료 환경의 현실이 엄존한다. 물적 기반의

123 함범돈, 「사람 중심의 의학인 주체의학」, 『천리마』 1996.4; 리성창, 「가장 우월한 우리의 주체의학」, 『천리마』 1999.12 참조.

태부족과 저비용밖에 동원할 수 없는 현실을 일거에 호도할 '고난 극복 서사'의 도구로 '항일혁명 전통'이란 과거 신화를 활용하여 정신승리로 해결하려는 전략으로 풀이된다. 그런 맥락에서 나온 구체적 대안이 침구술 같은 전통 한의학(북한식 표기는 동의학)의 현대화 전략이다. 아무리 의료 물자가 부족한 빨치산 투쟁 현장이라도 수지침이나 침핀 정도는 있었을 테니 가능한 발상이다.

동의학의 현대화는 주체의학의 주된 특징 중 하나인 '동의학과 신의학의 옳은 배합'으로 명명되었다. 이는 전통의학인 동의학(고려의학, 우리의 한의학)과 신의학(현대의학, 서양의학, 우리의 양의학)의 장점을 상호 상승식으로 결합하여 질병 예방과 치료에 적용하는 원칙이다.[124]

> 우리나라에서는 보건사업을 발전시키는 데서 동의학적 방법과 신의학적 방법을 옳게 배합하여 치료예방사업에 구현하는 것을 중요한 원칙으로 내세우고 그것을 철저히 관철하여왔다.
>
> 동의학과 신의학의 우월성을 최대한으로 리용하여 우리 인민의 생활 환경과 습성, 체질적 특성에 맞는 옳은 치료대책을 세우고 치료의 효과를 더욱 높일 수 있게 하는 가장 합리적인 방도이다. (중략)
>
> 동의학과 신의학을 배합하는 문제는 결국 신의학과 함께 우리 인민의 민족의학유산인 동의학을 발전시켜 치료예방사업에 널리 적용함으로써 인민들의 건강을 증진시키는데 이바지하게 하는 문

124 승창호, 「동의학과 신의학의 옳은 배합」, 『인민보건사업경험』, 사회과학출판사, 1986, 131~142면.

제이다.[125]

북한에서는 1974년 의학을 주체성 있게 발전시키라는 김일성 교시에 따라 고려치료과, 고려의학부, 고려제약과를 두어 고려의사·약사를 양성하였다. 이는 현대의학과 전통의학을 병행·발전시켜 자력갱생적인 보건 의료사업체계를 구축하려는 발상에서 나왔다. 고려의학(동의학, 한의학)을 현대화하고 이론으로 체계화하려고 고려의학연구와 제약산업을 강화하고 있다.[126]

주체의학 담론에서 특기한 것은 보건 의료와 위생 방역 사업을 기술혁명이 아닌 문화혁명의 부분으로 규정한 데 있다. 실제 의료시술에서 고려의학(한의학)이 차지하는 비중이 60~70%에 이를 정도다. 질병을 잘 고치는 최첨단 의료기술 발달에 힘을 쏟기보다는 국가적 위생 방역체계 하에 대중위생선전사업과 군중적인 위생방역운동을 펴는 일종의 정신승리가 아닐까. 이는 최신 현대 의약품의 절대적 부족과 의학기술 수준의 낙후성을 보완하려는 방법이기 때문이다. 다만, 보건 의료·과학 사업의 '주체성'을 확립하려는 북한 주체사상체제와 주체의학을 당 정책의 특수성이니 사이비과학, 의술이니 비난만 하고 말 일은 아니다. 가령 예방의학과 자연요법, 대체의학을 중시하는 주체의학이 지닌 장점으로 북한 인민의 경우 우리와 달리 약물 오남용과 의료 중독, 자연 파괴적 근대화와 거리가 먼 사실도 무시할 수는 없다.

125 위의 책, 131면.

126 함범돈, 「사람 중심의 의학인 주체의학」, 『천리마』 1996.4; 리성창, 「가장 우월한 우리의 주체의학」, 『천리마』 1999.12 참조.

김정은 시대의 주체의학이 성과를 보이는 또 다른 보건 의료 현장을 그린 한정아 단편 「이런 사람과 함께라면」(2016)도 눈에 띈다. 고려의학 의사 유금아가 제대군인 출신인 강계사범대학 물리학부 학생 박용준과 함께 초단파전자뜸치료기 같은 최신 현대식 의료기기를 개발하고 '비약물성고려치료' 같은 주체의학을 실천하면서 연정도 품게 되는 의료 현장의 미담을 그린 소설이다.

소설 첫 장면에서 용준은 스케이트를 타다 넘어진 소년 철남의 진료를 위해 금아에게 '뢴트겐 촬영 진단'을 요구한다. 하지만 금아는 '고려의학의 신묘한 치료효과'를 남보다 먼저 터득해 치료하여 성과를 거두었을 뿐만 아니라 자신의 동의학 논문이 《인민보건》 신문에 소개되어 떠들썩하던 때였기에 '고려치료과'에서 '초단파전자뜸치료기'를 꺼내 응급치료를 해 준다.

> 지난날 고려의학치료는 많은 경우 침과 뜸 등으로 하는 것이 상례였다. 침과 뜸은 약으로 잘 낫지 않는 병도 쉽게 고치는 신기한 묘리를 가지고 있었다. 그러나 어차피 피부를 찌르거나 태우기 때문에 현대의학이 발전된 오늘날 사람들은 고려의학치료를 꺼려하는 경우가 없지 않았다. 때문에 새 세기에 들어와 우리의 보건부문 과학자들은 고려의학의 신묘한 치료효과를 내면서도 사람들에게 아픔이나 흠집을 내지 않는 전자침이나 뜸치료기를 발명하여 내놓은 것였다.[127]

---

127 한정아, 「이런 사람과 함께라면」(단편소설), 『조선문학』 2016.6, 50면.

이 작품에는 '고려전자치료기'와 각종 약초를 이용한 새로운 종양 / 암 치료방법을 연구하고 임상실험하는 주체의학의 현장이 그려진다. 금아를 통해 선조들이 창조한 우수한 고려치료법을 연구하고 실천하는 과정에서 신의학이 해명 못한 문제를 고려의학이 수월하게 해결하는 경우를 종종 체험하면서 자기 이상에 대한 확신을 가지게 되었다(52면)고 한다. 물리 전공생 용준은 금아에게 공감하여 홀로 고려의학을 공부며 자신의 손등에 침을 찔러보며 침혈을 연구한다.

> "금아 선생, 나는 몇 년 전에 우리 물리학계의 이름 있는 한 과학자가 불치의 병으로 사망했다는 소식을 듣고 가슴을 쳤습니다. 얼마나 아까운 인재를 잃었습니까? 그 선생은 수천 명의 노력을 대신하는 가치 있는 과학적 발명을 했습니다. 의학이 발전하지 못하면 조국에 얼마나 큰 손실을 주겠습니까? 단 한명의 인재라도 불치의 병 때문에 잃게 된다면…"(중략) 그제야 금아는 그가 물리학과 의학을 함께 배우려던 이유를 알게 된다. "남을 위해 바치는 정성에서 기쁨과 보람을 찾는 동무, 그와 사귀는 날이 늘어갈수록 용준의 인간적인 면모가 더 깊이 안겨왔다."[128]

금아는 용준에게 고려의학 요법을 전수하여 졸업 후 교사생활을 할 때 교육현장에서 유용하게 의료기술을 사용하게 돕고 자신의 의료기기 개발에 기술적 도움도 받으면서 서로의 애정도 확인한다. 이것이 바

128 위의 글, 53면.

로 주체의학의 특징 중 하나인 '동의학과 신의학을 배합하는' 원칙을 문학으로 형상한 예가 될 것이다.

전통 한의학과 현대 양의학을 상호상승식으로 결합하는 '현대화' 문제는 김정은 시대에도 여전히 유효한 보건 의료 전략으로 판단된다. 우리 한국과 마찬가지로 결국 우리 민족의학유산인 한의학을 현대의학과 함께 상생 발전시켜 주민들의 보건 위생과 예방의학, 치료에 협업 개념으로 널리 활용하는 것이 원칙적으로는 올바른 방향일 것이다. 다만 건강보험을 둘러싼 한의학 / 양의학 간의 극심한 갈등을 보였던 우리와 마찬가지로 북한도 현대의학을 전공한 신의사들이 동의학을 홀시하는 현상은 여전하다. 신의사들은 동의학이 비과학적이라 동의치료법을 성실히 배우려 하지 않거나 동의치료는 시간이 많이 걸린다고 하면서 그것을 환자치료예방사업에 받아들이려 하지 않는다.[129] 그래서 더욱 「이런 사람과 함께라면」처럼, 전통 한의학의 경험적 장점과 현대 양의학의 기술적 장점을 사랑과 역할 분담으로 결합시키는 문학적 형상이 필요한 것이다. 이야말로 김정은 시대 문학에 나타난 주체의학 재현의 좋은 사례라 하겠다.[130]

---

129 "당과 국가에서는 보건일군들 속에서 나타나고 있는 동의학을 홀시하거나 그 부족점을 보려고 하지 않는 그릇된 현상들을 철저히 극복하고 동의학에 대한 옳은 관점을 세우기 위하여 적극 투쟁하였다. 우리는 무엇보다도 보건일군들 속에서 동의학에 대한 허무주의적 경향과 복고주의적 경향을 다 같이 경계하도록 하였다." 승창호, 『인민보건사업경험』, 사회과학출판사, 1986, 131~134면.

130 주체의학(고려의학)과 문학에서의 방역 재현양상보다 중요한 것은 코로나19 팬데믹 상황에서 북한 의료당국이 실제로 취했던 대응방식과 방역체계의 괴리였다. 실제 코로나에 대응한 '최대비상방역체계'가 강행된 2022년 작품에서 이전까지 그렇게 자랑하던 사회주의적 보건 의료와 주체의학이 치료에 위력을 보였다는 대목은 찾을 수 없

3. 김정은 시대 문학의 팬데믹 재현: 세균전에서 Covid19까지

김정은 시대 문학 또한 전염병에 맞선 보건 의료와 방역 성공담을 재현하였다. 주체문학이 늘 그렇듯이 지도자의 영도로 사회주의적 예방의학과 보건 위생 체계 및 주체의학의 우수성을 자랑하곤 하였다. 2020년 이후 최근 문학에 나타난 코로나19 시대 주민생활상을 탐색하기 위하여, 먼저 코로나19 직전의 세계적 유행병인 에이즈, 신종플루, 메르스, 사스 등을 그린 북한문학의 응전방식을 보자. 이러한 문제의식에 가장 근접한 작품은 변영건 단편소설 「사랑은 뜨겁다」(2016)이다. 이 작품은 김정은 시대 비루스 방역 연구사의 전쟁기 회상으로 구성된 단편이다. 평양의 미래과학자거리 초고층살림집에 사는 김일성종합대학 평양의과대학 교수인 리지하 박사는 '비루스성 왁찐 분야의 권위 있는 학자'로 '새형의 비루스성간염 예방약을 연구 완성'하였다. 저녁에 '텔레비죤'으로 본 화면들이 머릿속을 떠나지 않았는데, 그 내용은 "조류독감, 에이즈, 각종 비루스성 전염질병으로 생명이 고통을 당하고 있는 피부색이 각이한 사람들의 모습"[131]이다. 소설의 주된 스토리는 '리지하의 수기, 아버지의 수기 중에서'란 소설 내부 액자에서 보이듯이, 전쟁고아 리지하의 시련 극복 성장 스토리와 전쟁 중 의약품 극비 수송을 담당하다가 전사한 어머니 문수련의 무용담이다. 전염병 권위자이자

다. 코로나 이후 앞으로 나올 소설을 통해 북한 의료체계의 실제 수준과 현실의 간극을 비교 분석할 수 있을 것이다.

131 변영건, 「사랑은 뜨겁다」(단편소설), 『조선문학』 2016.5, 66면.

의대 교수인 주인공은 6·25전쟁 때 '최대 극비의 의약품 마팔산 수송' 중 전사한 여군의(女軍醫) 문수련의 자식이다. 전쟁고아로 애육원과 양부모 품에서 외롭고 가난하게 자랐지만 전시 세균전을 펼친 적에 대한 증오와 엄마의 활약에 대한 자부심이 강했다. 엄마는 세균전을 치료할 약을 수송하다 전사했기 때문이다.

"이 '마팔산'은 그냥 주사약이 아니야. 이건 우리 최고사령관의 사랑이야. 우리 화선병사들을 아끼시는 뜨거움이 그대로 약물이 되었단 말이요. 저 바다 건너것들이 감히 세균탄으로 우리와 맞서겠대."

"탄저균이나 콜레라 따위의 비루스를 와글와글 채운 더러운 벌레들이 대양을 건너왔다."[132]

소설에서 주인공인 전염병학 의사 리지하는 "조류독감, 에이즈, 각종비루스성전염질병으로 생명이 고통을 당하고 있는 피부색이 각이한 사람들의 모습"을 6.26전쟁 때 세균전을 펼쳤던 미군의 후예이자 북한 체제 밖의 타자로만 인식한다. "그것은 정권과 인간들 사이에 사랑이 흐르지 않는 사회, 옹근 하나의 유기체가 비루스에 감염된 비참한 현실이였다."라는 언급에서 미루어 알 수 있듯이, 서구와 남한 같은 외부 세계는 국가 권력과 주민 구성원이 사랑으로 연결되어 있지 않기 때문에 전염병 대유행에 취약하다는 것이 전염병 권위자로서의 인식이다. 반

132 위의 글, 72면.

면 수령제와 사회정치적 생명체론으로 일심단결된 북한사회는 “뜨거운 사랑을 뿜어주고 헌신적인 사랑으로 보답하는 자기 고유의 활동으로 연원한 생명력을 지닌” “소중하고 고마운 우리 사회”[133]로 극적인 대비를 하고 있다.

소설에는 주인공이 속한 주체사상체제는 낙원이고 바깥 세계는 전염병이 창궐하는 비참한 사회라는 예의 이분법적 세계관이 지닌 자기 완결적 폐쇄체제의 특성을 고스란히 드러내고 있다. 의대 교수인 병리학자의 회상기 액자에 전제된 이분법은 전쟁 때의 피아 구별법으로 적의 탄저병, 콜레라 세균전에 맞서는 의약품 ‘마팔산’의 극비 수송을 회상하고, 현대에 와선 ‘조류독감, 에이즈, 각종 비루스성전염질병’에 창궐한 외부 세계와 ‘새형의 비루스성간염 예방약’을 갖춘 북한사회를 대비하고 있다. 외부 세계와 타자에 대한 제대로 된 정보가 없는 주체체제의 자기만족감이 김정은 시대에도 여전히 견고한 성채를 채우고 있다는 문학적 증거라 아니할 수 없다.

김정은 시대의 새로운 보건 의료 현장을 실감할 수 있는 문학작품으로 『청년문학』지에 실린 김동호의 단편소설 「밝은 빛」(2018)을 주목할 수 있다. 이 작품은 김정은의 특별 지시로 ‘엑시머레이자치료기, 유리체망막수술기, 눈전기생리검사기’ 등 값비싼 최첨단 설비들을 다 갖춘 평양 류경안과종합병원에서 노의사 한주봉이 고도근시인 량강도의 처녀 연구사 조수림을 성공적으로 수술했다는 애민사상을 담은 의료미담이다. 주인공은 ‘해방동이’(1945년 8월 12일생)인 칠십 고령의 안과

---

133 위의 글, 77면.

전공 의학자 한주봉이다. 그가 고도근시인 량강도 도림업과학연구소 조수림 육종학 연구사를 최첨단 수입 설비인 '엑시머레이자치료기' 없이 재래식 메스시술법으로 각막절개수술을 했는데 실패하였다. 보건성 장준성 부상이 평양산원과 류경치과병원, 류경안과종합병원 등을 현대식 설비와 시스템을 개편하면서, "우리의 주체의학을 빨리 발전시키려면 림상 경험이 풍부한 로의학자들과 재능 있는 신진 의사들을 잘 배합하여야 치료사업에서 성과를 거둘 수 있습니다."라면서 노의사를 중요 직책에 배치했는데 그런 일이 벌어졌다. 최첨단 설비도 중요하지만 그 못지않게 노장청 연합의 세대 결합도 중요하다는 발상이 무색해졌다.

장 부상이 수술 실패 원인을 묻는 김정은에게 "유리체망막수술기계와 눈전기생리검사기 등 최첨단 설비는 막대한 투자를 해야 하므로 나라의 어려운 사정을 고려해서 뺐습니다."고 하자,[134] 김정은은 바로 "유리체망막수술기와 눈전기생리검사기 등 아무리 비싼 것이라 할지라도 세계적인 최첨단 설비들을 다 들여오시오. 인민을 위한 일인데 무엇을 아낄 게 있습니까."라며 수입을 지시한다. 그래서 경험 많은 한주봉 의사가 최첨단 설비의 도움으로 전에는 고칠 수 없었던 조수림의 고도근시를 재수술로 고쳤다는 의료 무용담으로 끝난다.

> 최근 몇 해 사이 문수지구에는 평양산원, 유선종양연구소와 류경치과병원 그리고 옥류아동병원에 이어 류경안과종합병원까지

134 김동호, 「밝은 빛」(단편소설), 『청년문학』 2018.5, 5면(『천리마』 2019.2, 35면 재수록).

새로 일떠세워놓았으니 경개 이름답고 공기가 맑은 문수거리를 병원촌이라 볼 수 있다. (중략) 아직은 모든 것이 풍족하지 못하고 생활이 넉넉지 못하지만 하나같이 〈세상에 부럼 없어라〉의 노래를 부르며 남을 넘보지 않고 하나를 주면 열백을 더 바치고 싶어하는 우리 인민이다.[135]

3대 세습 지도자 김정은이 새롭게 꿈꾸는 사회주의 문명국의 실상이 바로 이러한 주체의학과 최첨단 의료 설비의 결합을 통한 보건 의료의 수준 높은 제공과 노장청 세대의 경험적 연대, 그를 통한 '인민생활향상'(민생)일 터이다.

그러나 2020년부터 전 세계를 강타한 코로나19 방역의 문학적 재현은 차원이 달라졌다. 코로나19야말로 에이즈, 신종플루, 메르스, 사스 등 이전 팬데믹과는 격이 달라, "온 세상을 휩쓰는 악성전염병사태로 / 죽음이 기승을 부리며 생을 위협하고 / 건국 이래 대동란과 맞서 / 전민항전이 벌어지고 / 최대비상방역체계가 가동된 그때"[136] 유행병이기 때문이다. 북한 당국은 코로나 발병 초기 1,2년동안 확진자 0명의 코로나 청정국임을 대내외에 과시했으나 실상은 달랐던 것 같다. 진단키트와 백신, 치료제 등을 제공하겠다는 국제사회의 제의를 거부하고 봉쇄와 통제를 통한 자력갱생형 방역체계를 고집하였다. 다만 앞에서 분석한 변영건 단편 「사랑은 뜨겁다」(2016)에서 자랑했듯이, '비루스

135 위와 같은 곳.

136 정철학, 「10월에 부르는 봄노래」(시), 『조선문학』 2022.10, 7면.

성 왁찐 분야의 권위 있는 학자'가 만들었다는 '새형의 비루스성 감염병' 치료제가 실제로 활용되기는커녕 소설적 허구에서조차 자취를 볼 수 없다는 사실이다. 세계 최고 수준이라던 사회주의적 보건 위생과 주체의학의 실체가 정작 인민들에게 가장 절실하게 필요했던 코로나19 팬데믹 국면에서는 아무런 효력도 발휘하지 못한 구두선에 그쳤다.

북한은 2022년 5월 12일 이전까지 코로나19가 확진자가 한 명도 발생하지 않았다고 하였다. 그러나 당 중앙위원회 제8기 제8차 정치국회의(2022.5.12)에서 발병 사실을 공식화[137]한 이후 하루에도 수십만 명씩 '유열자(발열자)'가 나오자, '최대비상방역체계'를 통해 봉쇄 조치를 최강도로 유지하였다.[138] 강도 높은 봉쇄 중에 김정은이 가정상비약을 내놓았다거나 종군의사까지 동원해서 인민대중의 건강 회복을 위해 최선을 다한 결과, '건국 이래 대동란'을 '80여 일' 만에 자력갱생으로 극복했다고 공표하였다. 2022년 8월 10일 전국비상방역총화회의를 통해 '최대'비상방역체계를 '정상'방역체계로 낮추면서 코로나19 종식을 선언한 것이다.[139]

여기서 중요한 사실은 코로나19에 대응하는 북한 당국의 태도가

---

137 제8차 당대회(2021.1.8)와 조선혁명군 창군 90주년 기념 행사(2022.4.25) 당시도 코로나19 발생자가 없다고 공표하였지만 2022년 5월 12일 당 정치국회의에서 처음으로 코로나19 발생을 공식화하였다. 본사정치보도반, 「조선로동당 중앙위원회 제8기 제8차 정치국회의 진행」, 『로동신문』 2022.5.12, 1면.

138 위와 같은 곳; 「조선로동당 중앙위원회 정치국 협의회 진행」, 『로동신문』 2022.5.14, 1면.

139 「방역전쟁에서의 승리를 공고히 하여 국가와 인민의 안전을 더욱 믿음직하게 담보하자—전국비상방역총화회의에서 하신 경애하는 김정은 동지의 연설: 주체111(2022)년 8월 10일」, 『로동신문』 2022.8.10, 2~4면.

과거 발생한 사스, 메르스 등의 팬데믹 대응과 차원이 달랐다는 점이다.[140] 「사랑은 뜨겁다」에서 큰소리쳤듯이 세계적인 의료수준을 과시할 수는 없었지만 그렇다고 신종플루, 사스, 메르스 유행 때처럼 국제사회의 인도적 지원을 바라지 않았다. 팬데믹으로 국가적 대동란을 겪고 위기에 빠졌지만 자력갱생으로 코로나19 방역에 성공했다고 자화자찬하였다. 특히 2022년 5월부터 8월까지 전 인민적으로 전개된 코로나19 '방역대전'의 문학적 재현은 당시 주민생활상을 속 깊이 엿볼 수 있기에 주목할 만하다. 가령 장시 「고요한 거리에서」(2022.6)에서 코로나19로 인한 국경 폐쇄, 도시 봉쇄, 이동 금지로 인한 일상 파괴를 '대동란, 고요, 정적' 등의 상징어로 형상하였다.[141]

> 아직도 잠들었는가 고요한 거리여 / 아침노을 기발처럼 타오르고 새들은 깃을 치며 노래하는데 / 봄잔디 파릇이 깨여나 고운 해살 반기고 / 어서 오라 정류소는 기다려 서있는데– / 아직도 잠들었는가 인적없는 거리여 / 평양역 시계탑은 새날을 가리키고 광장

140 "북한은 2000년 이후 발생한 사스(2003년), 신종인플루엔자(2009년), 에볼라(2014년), 메르스(2015년) 등의 초국적 전염병에 대한 인도적 지원을 수용했던 사례가 존재한다. 과거 전염병 사례를 보면 국경 통제 강화 등 전염병 유입 차단에 주력하는 가운데 북한 내 발병 여부에 민감 대응하면서도 국제기구 등 국제사회에 지원을 요청하기도 했다." 황수환, 권재범, 『북한의 코로나19 대응과 국제사회의 대북협력』(KINU 연구총서 22-10), 통일연구원, 2022.12 참조.

141 "「고요한 거리에서」는 돌발적인 최악의 방역위기로 지역별, 단위별 봉쇄조치가 취해진 비상방역체계 하에서 인민 사수의 최전방에 서있는 당 중앙의 현명한 령도를 따라 우리 인민이 진행한 방역전쟁과정을 감동 깊게 시화한 성과작이다." 신정수, 「억센 의지와 완강한 분발력으로 주체문학예술 발전의 새로운 개화기를 펼쳐나가자」(론설), 『조선문학』 2022.9, 3~6면.

의 종소리는 새 아침을 알리는데 / 너의 창문은 분명 눈을 뜨고 너의 모습은 창공에 높이 빛나는데– / 남보다 할 일이 많아 저녁문 늦어 닫기던 거리 / 남들보다 이룰 꿈도 커서 해솟기를 기다려본 적 없던 거리 / 언제고 어느때고 희망이고 기쁨인 내 삶의 보금자리여 / 시련의 눈보라 창을 때리고 모진 괴로움이 네 가슴에 파몰아쳐도 / 아들딸 천만을 정 깊이 품어안고 황홀한 래일에로 끓으며 고동치며 / 순간도 고요란 몰랐던 전진의 거리 약동의 거리여 / 오랜만에 너 굳잠에 들었느냐 / 봄맞아 싱싱히 파랗게 웃는 5월의 훈향에 묻혔더냐 취했더냐 / 어이하여 이 아침 묵묵히 서서 한적한 고요의 바다에 / 바닥없는 정적만 숨막힐듯 쏟고있느냐 // (1연)[142]

여기서 '고요'란 '건국 이래 대동란'인 '악성전염병사태'에 대응하는 전면적 주민이동 금지와 봉쇄정책의 문학적 표현이다. 하지만 이 장시가 북한 당국에서 팬데믹 시기의 성과작으로 꼽히는 이유는 사회주의적 일상의 훼손과 파괴만 잘 그렸기 때문은 아니다. 1장의 고요와 정적으로 상징되는 봉쇄 참상을 딛고, 2장에서 "죽음을 물고 덮쳐드는 / 악성병마와의 피어린 대전이 이 땅에 일었거니(중략)/ 온 거리는 그대로 / 생사를 판가리하는 결전의 성새! / 들리지 않느냐"면서, '최대비상방역체계로 이행!'을 강렬하게 외치기 때문이다. 악성전염병과의 총력투쟁을 벌이는 인민대중의 모습을 진실하게 형상하여 독자 대중

142 김남호, 「고요한 거리에서」(장시), 『문학신문』 2022.6.11, 1면.

의 커다란 반향을 불러일으켰다는 것이다.[143]

> 거리는 잠든듯 고요하나 / 아니다 / 거리는 한시도 잠든 적 없었다 / 최대비상방역체계로 이행! / 생의 박동 드높던 우리의 생활 속에 / 가슴 떨리는 죽음을 물고 덮쳐드는 / 악성병마와의 피어린 대전이 이 땅에 일었거니 / 첩첩산발 아아한 고지와 련봉에서 전선을 찾지 말라 / 차단띠 빗장처럼 드리운 거리와 거리, / 집과 집들이 통채로 참호와 전선으로 화한 전쟁 / 우박치는 철과 불의 소나기 / 피가 튀는 백병전의 함성이 아닌 우리의 생명을 위해 / 우리가 목숨 걸고 지켜가는 고요의 철진속에서 / 온 거리는 그대로 / 생사를 판가리하는 결전의 성새! 들리지 않느냐 //(후략)

또한 3장에서 김정은의 지도와 헌신으로 방역 성공을 기원한 결과, 마지막 7장에서 "이슬 머금은 기쁨의 꽃송인양 / 다함없는 감사로움을 안고 / 우리의 거리는 / 환희로이 일어선다 일어선다"고 방역 성공을 자축한다. 고요의 거리에서 죽은듯이 지내며 봉쇄되었던 근로자들의 일상도 회복되었다. 그들은 "세상에 부럼 없어라!"라는 아이들의 노래소리를 안고 출근 채비를 서두르는 활기찬 모습을 보이며, 팬데믹에 맞서 싸워 이긴 긍지와 일상을 지켜낸 삶의 자부를 한껏 외친다. 그래서 그들은 고요의 거리를 '승리의 거리 인민의 거리'로 되돌렸다고 자부한

143 차수(본사 기자), 「전 인민적 진군에 활력을 더해주는 명작들을 내놓아야 한다」, 『로동신문』 2022.6.13, 6면.

다. 자력으로 전염병 방역에 성공하겠다는 기원을 전쟁에 임해 승리를 염원하는 출전가, 영웅신화로 비유한다.

영웅조선의 새로운 전승신화는 / 먼먼 세월 끝까지 우리의 후손들을 고무하리 / 준엄한 봄을 이겨낸 / 우리의 긍지와 신심은 하늘을 찔러 / 더욱 우렁찬 전진의 우뢰를 일구리라 / 동이 터지듯 거리와 거리를 메우며 / 창조와 행복의 격류는 / 도도히 흐르리라 굽이치리라 // (중략) 강용한 인민이여 / 가슴펴고 솟는 해를 맞이하자 / 손과 손에 더 튼튼히 격동의 세월을 틀어쥐자 / 가장 준엄한 력사의 언덕을 우리 넘었거니 / 이제 무엇이 두려우랴 / 그 어떤 역풍이 몰아쳐와도 / 우리의 거리가 고요하든 고요치 않든 / 원수님 따르는 오직 한길에 / 승리는 언제나 우리의것! / 고요 속에 억세인 생의 웃음 주렁 지우며 / 백배하는 강철의 신념 / 불굴의 투지로써 / 우리의 전진은 불가항력 / 당을 따라 노도치는 인민의 진군길에 / 천만년 무궁할 행복을 불러 번영을 불러 / 오, 우리 삶의 노래는 / 영원히 아름답고 또 아름다우리라 / 길이 우렁차리라!

그런데 이상하다. 이 시가 발표된 2022년 6월이면 아직 방역대전 승리가 불투명할 때였다. 그런데도 결구에서, "그 어떤 역풍이 몰아쳐 와도 / 우리의 거리가 고요하든 고요치 않든 / …승리는 언제나 우리의 것!"이라고 노래한다. 발병 사실을 공식화한 초기부터 이미 방역 성공을 미리 선언하는 식으로, '전민항전(全民抗爭)'을 독려한 점이 눈에 띈다.

그래서일까? 이 시는 김정은의 "악성비루스보다 더 위험한 적은 비과학적인 공포와 신념 부족, 의지박약"[144]이라는 교시를 전해 듣고 방역대전의 승리를 기약, 다짐하기 때문에 '주체문학의 성과작'으로 높이 평가 받았다. 게다가 방역대전의 승리가 공표된 2022년 8월 이후에나 흔하게 나올법한 찬가를 이 작품은 5월 12일 봉쇄가 시작된 때로부터 보름 정도밖에 안되고 아직 봉쇄가 해제되지 않은 상태에서 '선도적'으로 창작되었다는 점에서, '기동성 보장의 중요성을 실증'한 사례로 고평되었던 셈이다.[145]

2022년 8월 10일, 코로나19에 맞선 전민항전 끝에, 방역대전에서 승리했다고 당에서 공표하자, 기다렸다는 듯이 방역 성공 찬가들이 쏟아져 나왔다. 가령 『조선문학』 2022년 8호를 보면, '우리가 무엇 때문에 필요한 사람들인가 우리가 누구를 위해 목숨까지 바쳐 싸워야 하는가'라는 제목의 방역대전 승리를 자축하는 기획 시초가 게재되었다.[146] 그 주된 내용은 이 전대미문의 위기를 지도자의 헌신적인 영도 덕에 불과 '80여 일' 만에 방역대전에서 승리했다는 자화자찬 일색이다. 「10월에 부르는 봄노래」처럼 방역 성공의 공을 오로지 지도자의 헌신 덕으로 돌리는 작품이 대부분이라는 사실을 외면할 수 없다.

---

144 「조선로동당 중앙위원회 제8기 제8차 정치국회의 진행」, 『로동신문』 2022.5.12, 1면.

145 신정수, 「억센 의지와 완강한 분발력으로 주체문학예술 발전의 새로운 개화기를 펼쳐나가자」(론설), 『조선문학』 2022.9, 3~6면.

146 심복실, 「기쁠 때도 힘들 때도」(가사), 『조선문학』 2022.8, 5면; 최향, 「인민이 안겨사는 품」(가사), 『조선문학』 2022.8, 6면; 김봄향, 「또 가야 합니다 외 1편」(시), 『조선문학』 2022.8, 8면; 김히선, 「약국의 밤」(수필), 『조선문학』 2022.8, 9면; 미상, 「국가방역능력건설사상의 본질」('국가의 안전, 인민의 안녕'란), 『조선문학』 2022.8, 10면.

(전략) 하늘이 무너지고 땅이 꺼진다 해도 / 인민의 안녕 무조건 지켜내실 의지로 / 우리의 어버이께서 / 국가비상방역사령부를 찾으신 소식에 / 온갖 비상조치들을 다 취해주신 소식에 //

눈물의 동 터뜨렸습니다 / 가정에서 긴히 쓰셔야 할 상비약품마저 / 인민들에게 다 안겨주신 총비서동지 / 깊은 밤 자신의 위험은 아랑곳하지 않으시고 / 수도의 약국들을 돌아보신 그 걸음(후략)[147]

시를 읽어 보면 북한 밖의 세계는 아직도 코로나19 팬데믹으로 인한 지옥인 데 반해 북한은 가정상비약까지 흔쾌히 내준 지도자의 헌신과 당군민(黨軍民)의 노력으로 모든 문제가 해결된 낙원으로 대비된다. 가령 평양 시민의 전면적인 이동 금지 같은 최고수준의 봉쇄책도 지도자의 애민 우선원칙 앞에서는 중요치 않다. 지도자는 당 간부의 만류에도 불구하고 민생을 보살피기 위해 감염 위험을 뚫고 시내 약국을 돌아본다. 약국에 약이 없다는 사실을 목도하고 백두혈통의 상비약까지 내주며, 의사가 부족하다는 말에 군의를 긴급 동원한다. 이런 식의 각종 애민형 미담을 엮어 의료시스템이 붕괴된 취약한 현실을 덮어 버린다.

4. 팬데믹 극복 신화의 문학적 형상

코로나19 팬데믹 시기(2020~23년) 북한문학은 '신형코로나비루스감

147 정철학, 「10월에 부르는 봄노래」

염증'과 방역 정황을 어떻게 재현했을까, 처음에는 국경 폐쇄와 지역 봉쇄, 주민 이동 금지령 등 강력한 예방적 봉쇄정책으로 청정국가를 천명하였다. 이미 국제사회의 제재(경제봉쇄)와 김정은의 개혁개방정책 좌절(2019.2)로 인해 타의적 폐쇄국가가 된 북한으로서는 다른 나라들과 달리 팬데믹의 블랙홀에서 상대적으로 동떨어져 있었다. 그러나 코로나19 발병을 공식화한 2022년 5월부터 8월까지 "악성비루스 감염이라는 / 건국 이래 대동란과 맞서 / 전민항전"을 펼친 결과 "최대비상방역체계로써 방역대전에서 승리"했다는 스토리텔링으로 팬데믹 극복 신화를 문학적으로 형상화하였다.

지금까지 북한문학사 70년 동안 벌어진 방역 재현의 전통을 일별한 결과, 6·25전쟁기의 세균전 폭로와 전투적 방역, 1950~60년대 사회주의체제 건설기의 사회주의적 보건 위생 방역, 1970~80년대 주체사상 체제기의 '주체의학체계'를 통한 방역 정황을 간략하게 살펴볼 수 있었다. 이러한 방역 재현의 전통 하에 김정은 시대 10년간의 문학 역시 사스, 메르스, 신종 플루 같은 세계적 유행병에서 북한사회가 상대적으로 안전함을 묘사했음을 확인할 수 있다. 가령 단편소설 「사랑은 뜨겁다」(2016)에서는 에이즈, 사스, 메르스 같은 팬데믹의 철통 방역과 사회주의 보건의료 및 주체의학의 우수함을 자랑하였다.

그러나 사스, 메르스, 신종 플루 등 기존의 세계적 유행 전염병과는 차원이 다른 역대급 팬데믹인 코로나19 방역의 문학적 재현에서는 내용이 달라졌다. 특히 2022년 5월부터 8월까지 전 인민적으로 전개된 코로나19 '방역대전'의 문학적 재현은 특기할 만하다. 가령 장시 「고요한 거리에서」(2022.6)에서 코로나19로 인한 국경 폐쇄, 도시 봉쇄, 이동 금지로 인한 일상 파괴를 '대동란, 고요'로 형상화하였다. 서정시 「10월에 부르는 봄노래」(2022.10)에서는, 코로나 극복과정을 '최대비상방역체계'를 통한 '방역대전'으로 형상하고 지도자의 헌신과 '붉은 보건전사'인 의료진의 '정성'이란 상징어로 3개월(2022.5~8) 만에 방역에 성공했음을 자축하였다.

그러나 사스, 메르스, 코로나19 같은 팬데믹에 맞선 자력갱생 방역을 재현한 김정은 시대 문학 대부분이 지도자의 위대함과 주체사상체제의 우월성을 재삼 확인했다는 상투적 선전, 신화의 문학적 형상에 그쳐 아쉽다. 팬데믹을 막아낸 방역대전의 문학적 재현에는 일정한 공식이 있기 때문이다. 지도자의 헌신적인 애민-위민 통치행위, 그 퍼포먼스에 대한 조선중앙통신, 로동신문 등 언론매체의 보도, 그 보도를 원형 삼아 시와 가사, 수필, 단편소설로 창작하는 선전 문학, 그에 대한 찬양성 비평 등이 연계되어 있다. 이러한 일련의 과정은 새삼스러울 것도 없다. '행위-보도-창작-비평-역사'라는 수령형상문학의 전형화된 창작 매커니즘[148]이 작동한 또 다른 예일 뿐이다.

148 구체적 사례와 상세한 논증은 이 책의 1부 1장 78면, 3장 161~163면 참조.

‘방역대전’ 승리와 ‘붉은 보건전사’
–코로나19 재현의 은폐된 진실[149]

1. 팬데믹 시기 북한문학과 코로나19(‘신형코로나비루스감염증’)

이 글에서는 코로나19[150] 팬데믹 시기(2020~23) 북한문학이 ‘신형코로나비루스감염증’를 어떻게 그렸는지 다각도로 보고한다. 이 시기 북한 문예지 『조선문학』, 『문학신문』 콘텐츠의 실증적 분석을 통해 ‘신종코로나비루스감염증’의 문학적 재현 양상을 살펴본다.

2020년 이후 2023년 현재까지 『로동신문』(pdf)이나 조선중앙통신 등의 대외용 미디어콘텐츠에는 북한의 ‘신형코로나비루스감염증’ 현황

---

149 이 글은 다음 논문을 단행본에 맞게 개제 개작한 것이다. 「코로나 팬데믹과 북한문학」, 『통일정책연구』 35-1, 통일연구원, 2023.6.

150 ‘코로나19’는 2019년 11월 중국 우한에서 발견된 변종 바이러스 SARS-CoV-2에 의해 발병한 급성 호흡기 전염병이다. 세계보건기구(WHO)에서 2020년 2월 11일 공식명을 ‘Covid-19’로 정한 후 신종 플루처럼 세계적 범유행 전염병(팬데믹)으로 규정하여 국제적 협력 하에 관리하고 있다. 우리는 ‘코로나바이러스감염증-19’, 줄여서 ‘코로나19’라 하고 북한은 ‘신형코로나비루스감염증’, 문맥에 따라선 ‘악성전염병’으로 부른다. ‘코로나19’는 논문 지문에 쓰고 ‘신형코로나비루스감염증’은 원문 인용 때 사용한다. 세계보건기구의 팬데믹 선언 사례는 1968년 홍콩독감과 2009년 신종플루, 2020년 코로나19 등이지만, 어떤 경우엔 스페인독감, 사스, 메르스 등을 포함하기도 한다.

과 예방부터 방역까지의 추이가 공개되었다. 그러나 북한 문학작품에 재현된 코로나19의 감염 현실과 방역 정황은 거의 찾기 어려웠다. 코로나19 팬데믹이 일상에 끼친 영향과 방역과정을 재현한 문예작품을 논의한 연구도 없었다. 필자는 3년 만에 해외 경로를 통해 디지털 자료로 유통되는 최신 문예지 『조선문학』, 『문학신문』 pdf를 어렵게 구할 수 있었다. 이에 디지털 콘텐츠로 유통되는 문예지 텍스트의 분석을 통해 김정은 시대 3기 전후(2019~2023) 문학 동향 및 코로나19의 문학적 재현 양상을 보고한다.

이와 관련된 연구는 거의 없지만 다행히도 필자와 자료를 공유한 이지순에 의해 온라인 정책보고서가 먼저 나와 궁금증을 다소 해결할 수 있었다. 그에 따르면 2020년~2022년의 북한문학에서 코로나19 방역정책과 담론, 팬데믹을 횡단하는 북한 주민들의 경험을 징후적으로 찾을 수 있다. 문학장에서 펼쳐진 방역 선전과 문학 텍스트를 분석한 보고서에서 그는 북한문학의 팬데믹 재현 양상을 셋으로 정리하였다. 첫째, 비상방역체계가 가동된 2020년에는 코로나19를 사회주의 제도에 대한 위협으로 보고 문학장에서도 비상방역 선전을 전면화했다. 둘째, 2021년에는 6·25 전쟁기의 '세균전'을 호명한 수령형상문학을 통해 Covid 제로의 북한을 '깨끗한 땅'으로 환유하면서 김정은의 방역정책의 정당성을 문학적, 이념적으로 확보하고자 했다. 셋째, 2022년 코로나19 대유행 시기에 겪은 봉쇄의 경험은 '고요'로 표현되었으며, 부족한 물자와 열악한 의료 인프라를 인민들의 '덕과 정'으로 이겨내는 서

사는 김정은의 재난 리더십으로 표상되었다.[151]

기존 논의에서 보듯이 북한 문학은 코로나19 관련 정책과 담론을 내면화하면서 주민들의 심리적 동요를 수습하고 위기를 통과하는 데 주안점을 두었다. 그러나 '방역대전 승리 서사'를 좀더 깊이 따져보면 팬데믹 경험을 재현한 문학텍스트에 담긴 북한 주민의 불안한 감정과 위태로운 현실인식이라는 은폐된 진실도 독해해낼 수 있다. 논의를 심화하려면 문예 텍스트 예시를 통한 일상 변화를 포착할 때 미시적 분석과 함께 거시 담론의 추이도 아울러 감안했으면 하는 점이다. 『조선문학』, 『문학신문』 등 문예지 텍스트의 부분적 예시와 분석으로 북한사회 변화를 별다른 매개항 없이 단순 해석, 과잉 평가하는 것은 문제다. 당 정책 분석 같은 거시담론을 앞세우지 않되 간과, 외면하지 않고 정세 분석을 아울러 서술하면 된다.

이 글에서는 이러한 문제의식을 가지고, 첫째, 미디어 분석법으로 문예지(2020~23) 자료의 기사목록 데이터베이스 구축, 둘째, 문헌 고찰과 역사주의적 분석법으로 정세와 문예지 특집기획, 캠페인란의 호응관계 분석, 셋째, '신종코로나비루스감염증'의 문학적 재현을 둘러싼 당 정책 선전이라는 표면적 기능과 '사회주의 현실'의 은폐된 진실 추구라는 문학 고유의 이면적 기능의 길항관계 순으로 논의를 펴겠다.

151 이지순, 「북한 문학의 팬데믹 재현: 재난 리더십과 코로나19 경험」, 『KINU 현안분석 온라인 시리즈』 23-12(통일연구원, 2023.3.28.) (https://kinu.or.kr/www/jsp/prg/api/dlV.jsp?menuIdx=351&category=53&thisPage=1&searchField= &searchText=&biblioId=1551102).

2. 코로나19 팬데믹 재현의 문학사적 전통과 매체론적 의미

필자는 김정은 시대 북한문학 전반에 대한 기왕의 연구와 최근 코로나 팬데믹 문학 논의 성과를 바탕으로 해서, 이 시기(2020~23) 북한문학이 '신형코로나비루스감염증'를 어떻게 대했는지 좀더 입체적으로 살펴보기로 한다. 입체적 분석이란 쟁점을 문학사적, 매체론적으로 확산, 심화시켜 아우르겠다는 뜻이다. 기실 코로나19에 대한 북한문학의 응전방식을 간접적으로 살펴볼 우회적 방편으로 과거 전염병 유행에 북한문학이 어떻게 응전했는지 방역 재현의 문학적 전통을 보고한 바 있다.[152]

2.1. 방역 재현의 문학사적 전통

첫째, 김정은 시대 3기(2020~23) 문학의 코로나19 재현은 어떤 문학사적 전통과 관련되는가 하는 문제이다. 북한문학사에서 역대 전염병과 관련된 방역 재현의 전통을 보면 전염병으로 인한 각종 참상과 재난 현장, 그리고 그를 극복하려는 방역 형상을 적잖이 찾을 수 있다. 특히 인상적인 작품은 코로나19를 상기시키는 전염병과 관련된 전시 재난

---

152 필자는 과거 북한문학이 어떻게 세계적 유행 전염병(팬데믹)에 대처했는지 분석한 글을 통해, 북한 정보 공백 시기(2021)에 간접적으로 코로나19 방역 양상을 추정한 바 있다. 「재난 극복의 전통과 북한문학의 응전」, 『재난의 상상력과 포스트 코로나 시대 북한 문학예술』, 남북문학예술연구회 2021년 가을 학술회의 발표논문집, 2021.10.30. 당시 발표문을 보완한 이 책의 3부 3장과 초출 논문인, 「북한문학의 방역 재현 전통과 팬데믹」, 『국제한인문학연구』 35, 국제한인문학회, 2023.4 참조.

극복 서사로써 세균전 폭로와 전시 방역투쟁을 중첩해서 그려낸 단편소설 「깨끗한 땅」(2021.4)이다. 이 작품은 마리라는 '한 벨지끄 녀성 법률가의 수기'란 부제를 단 6·25전쟁기 세균전 폭로 외교전을 줄거리로 삼았다.[153] 전 세계가 코로나19 팬데믹으로 신음하는데 유독 확진자가 전혀 없다던 2021년 북한 문예지에 6·25전쟁기 세균전을 폭로하는 단편이 실려 주목을 요한다.

코로나 방역이 한창이던 2021년에 왜 70년 전인 6·25전쟁 당시의 세균전 폭로전을 그린 「깨끗한 땅」이 나왔을까? 코로나 팬데믹 국면에 무방비상태를 노출된 엄혹한 현실에서 70년도 더 지난 전쟁기의 세균전을 다시 폭로하고 지도자의 헌신으로 전투방역에 성공했다는 무용담의 소환을 통해 정신승리를 꾀한 것이 아닐까. 2021년 현금의 전염병 원인도 외부 세계에 있고 국경 폐쇄와 도시 봉쇄를 통한 '악성비루스 감염' 방역에 성공해서 '확진자 0명의 신화'를 유지했다고 대내외에 과시하고 싶었을 것으로 풀이된다.[154]

이러한 숨겨진 의도는 아직 코로나19 참화를 겪지 않은 5년 전에 나온 변영건 단편소설 「사랑은 뜨겁다」(2016)에서 더욱 노골적인 체제 우위성 선전으로 드러난 바 있다. 이 작품은 김정은 시대를 대표하는 방역 권위자의 전쟁기 회상물이다. 평양의 미래과학자거리 초고층살림집에 사는 김일성종합대학교 평양의대 교수인 리지하 박사는 '비루스성

153 김정학, 「깨끗한 땅—한 벨지끄 녀성법률가의 수기」(단편소설), 『조선문학』 2021.4, 11면.

154 「북한문학의 방역 재현 전통과 팬데믹」, 『국제한인문학연구』 35, 국제한인문학회, 2023.4 참조.

왁찐 분야의 권위 있는 학자'로 '새형의 비루스성간염 예방약을 연구완성'하였다.

"조류독감, 에이즈, 각종 비루스성 전염질병으로 생명이 고통을 당하고 있는 피부색이 각이한 사람들의 모습"[155]을 보고 자신의 연구성과물로 그들을 구하겠다는 신념을 가진 의인이다. 그는 조류독감, 에이즈, 비루스성 전염질병으로 고통받는 유색인들이 바로 6.26전쟁 때 세균전을 펼쳤던 미군의 후예이자 타자로 인식한다. 그가 보기에 구미, 남조선 같은 서방 세계는 북한처럼 국가와 주민이 하나된 사랑으로 긴밀히 결속되지 않았기에 대유행 전염병에 취약하다. 인민이 수령을 어버이로 모셔서 가족처럼 단합된 북한체제는 "뜨거운 사랑을 뿜어주고 헌신적인 사랑으로 보답하는" "소중하고 고마운 사회"[156]로 자부한다.

소설에서 흥미로운 스토리는 '리지하의 수기, 아버지의 수기 중에서'란 내부 액자에서 보듯이, 전쟁 중 세균전을 막을 치료약을 수송하다가 전사한 어머니 문수련의 사연이다. 2016년의 세계적인 비루스감염병 권위자이자 의대 교수인 주인공이 실은 6·25전쟁 때 세균전을 막아낸 여군의(女軍醫)라는 서사가 바로 김정은 시대 북한문학의 특징을 상징적으로 잘 보여준다. 소설에는 지도자와 주민이 가족처럼 유대감을 가진 주체체제는 지상낙원이고 돈이 인간을 지배하고 인종차별이 심한 서방 세계는 전염병이 대유행할 수밖에 없는 사회라는 이분법이 깔려 있다. 회상기 액자에 전제된 이분법은 전쟁 때의 피아 구별법으로

155 변영건, 「사랑은 뜨겁다」(단편소설), 『조선문학』 2016.5, 66면.

156 위의 글, 77면.

적의 탄저병, 콜레라 세균전에 맞서는 치료약 '마팔산'을 대비시키고, 현재 시점에선 조류독감, 에이즈 등이 창궐한 서방 세계와 '새형의 비루스성간염 예방약'을 충분히 갖춘 북한사회를 대비하고 있다.

코로나19 이전까지 북한의 역대 전염병과 관련된 방역 재현 문학의 사적 전통을 보면 1950년대 세균전에 맞선 전투방역, 1960년대 사회주의적 보건 위생체계를 통한 예방의학, 197,80년대 고려 동의학 전통과 현대 신의학을 결합시킨 주체의료체계 등을 찾을 수 있다. 무엇보다도 사회정치적 생명체론으로 국가 구성원이 가족처럼 하나된 특유의 단합력 등으로 언제나 '최선의 보건 위생 의료체계'를 구가한 것처럼 선전한 것이 방역 문학의 변치 않는 전통이었다. 그러나 외부 세계와 타자에 대한 제대로 된 정보가 없는 주체체제의 자기만족감이 김정은 시대에도 여전히 견고한 성채를 채우고 있다는 문학적 증거라 아니할 수 없다. 이러한 자부심 넘친 체제 우월감의 성채는 코로나19 방역 문학에 와서 미묘하게 균열된다.[157]

2.2. 문예지의 비문학 방역 콘텐츠

북한은 세계적으로 유례없는 통제 국가이므로 팬데믹이 발생해도 국경을 폐쇄하고 도시를 봉쇄하고 주민 간 이동을 전면 통제할 수 있어서인지, 2022년 5월[158]까지 코로나19 확진자가 1명도 없다고 공식화하

157 김성수, 「북한문학의 방역 재현 전통과 팬데믹」 참조.

158 제8차 당대회(2021.1.8)와 조선혁명군 창군 90주년 기념 행사(2022.4.25) 당시도 코로나19 발생자가 없다고 공표하였다.

였다. 다만 코로나 청정국이라는 공식 주장과 달리 코로나19가 북한 주민들의 일상에 엄청난 위협이 되었음을 알 수 있는 간접 정보는 문예지에서도 적잖이 찾을 수 있다. 가령 전염병의 참상과 극복과정을 직접 그린 문학작품은 아니지만 전염병 방역 관련 캠페인성 기사가 문예지로선 이례적으로 3년간 지속 게재되었기 때문이다.

코로나 시대 3년간의 『조선문학』, 『문학신문』 기사를 찾아보니 '신형코로나비루스감염증'에 대한 캠페인성 기사를 적잖이 찾아 볼 수 있었다. 가령 문예지에 '신형코로나비루스감염증을 철저히 막자'란 구호가 처음 나온 『문학신문』 2020년 2월 8일자 4면 기사부터 기획물이 동일 위치에 연중 계속 나왔다.[159] '신형코로나비루스감염증을 철저히 막자'란 구호가 처음 나온 2020년 2월 이후 방역 관련 대중상식이라 하여 보건 위생 식사 환경 개선, 금연을 통한 예방법부터 코로나 치료제로 국제기구에서 공인되지도 않은 그라펜스크, 오존, 비타민, 페노피브라드 등 치료법까지 "어느 나라 의료진에 따르면~" 등의 전언(傳言)기사로 소개되어 있다.

---

159 「신형코로나비루스감염증을 철저히 막자」, 『문학신문』 2020.2.8; 「신종코로나비루스방역과 관련한 대중상식」, 『문학신문』 2020.3.14; 「신형코로나비루스감염증을 철저히 막자_사람들이 지켜야 할 위생상식」, 『문학신문』 2020.3.21; 「'신형코로나비루스감염증을 철저히 막자'-잘못된 인식 몇 가지」, 『문학신문』 2020.4.25; 「신형코로나비루스감염증을 예방하려면」, 『문학신문』 2020.5.9; 「새로 개발된 그라펜마스크」, 『문학신문』 2020.5.23; 「전염병 예방과 식사 환경」, 『문학신문』 2020.6.20; 「오존이 신형코로나비루스를 불활성화시킨다는 것을 확인」, 『문학신문』 2020.7.4; 「신형코로나비루스감염증을 방지하는데 도움을 줄 수 있는 비타민K」, 『문학신문』 2020.7.18; 「신형코로나비루스감염증과 여름철의 열파」, 『문학신문』 2020.7.25; 「신형코로나비루스감염을 증대시키는 흡연」, 『문학신문』 2020.8.15; 「신형코로나비루스감염 치료에 도움을 줄 수 있는 페노피브라드」, 『문학신문』 2020.8.22.

『조선문학』 또한 2020년 9월호부터 최근까지 '국가의 안정, 인민의 안녕'이란 제목의 고정란, 박스 단신 기사가 연속 게재되고 있다.[160] 코로나 발병자가 없다던 2020~21년에는 비상방역사업의 주체인 인민대중이 주인의식을 가지고 서로 방조하고 서로 통제하는 사회주의 보건제도의 우월성을 발휘하자고 한다. 악성전염병이 퍼지지 않게 바늘 끝만한 틈도 없게 강철 같은 방역규율을 강화하되 방역 승리를 확신하는 사상교양을 드높이자고 한다. 이러한 캠페인의 이면을 따져보면, 비상방역사업의 주체가 당-국가, 의료진이 아니라 인민대중이며 방역사업의 실행방식이 방역마스크, 진단키트와 적정 치료제 제공이 아니라 방역 규율의 강화와 승리를 확신하는 정신무장으로 난관을 헤쳐가려는 안간힘이 감지된다.

그러나 유례없는 악성전염병인 코로나19가 인민의 자발적 예방과

---

160 「사고와 행동의 일치성」,(고정란-'국가의 안전, 인민의 안녕') 『조선문학』 2020.9, 23면; 「서로 방조, 서로 통제」, 『조선문학』 2020.10, 60면; 「"우리나라 사회주의보건제도의 우월성을 남김없이 발양시키자!"」(선전화), 『조선문학』 2020.10, 표지3면; 「각성분발」, 『조선문학』 2020.12, 35면; 「누구나 주인답게」, 『조선문학』 2021.1, 6면; 「승리의 담보」, 『조선문학』 2021.2, 29면; 「비상방역사업의 주체」, 『조선문학』 2021.3, 27면; 「사상교양의 도수를 강도 높이」, 『조선문학』 2021.4, 28면; 「책임성과 역할을 백방으로」, 『조선문학』 2021.5, 6면; 「강철 같은 방역규률」, 『조선문학』 2021.6, 47면; 「'당 중앙위원회 제8기 제3차전원회의 결정 관철'-바늘 끝만한 틈도 없게」, 『조선문학』 2021.7, 31면; 「악성전염병사태의 장기화에 철저히 대처하자」, 『조선문학』 2021.9, 22면; 「'당 중앙위원회 제8기 제3차 정치국 확대회의 결정 관철'-방역의식을 높여주는데 선차적인 힘을」, 『조선문학』 2021.11, 30면; 「방역 강화는 가장 중핵적인 과업」, 『조선문학』 2021.12, 30면; 「강한 규률 준수기풍을 확립하자」, 『조선문학』 2022.1, 33면; 「'당 중앙위원회 제8기 제4차전원회의 결정 관철'_사활적인 요구, 생활습관」, 『조선문학』 2022.2, 19면; 「규정 준수는 곧 방역전선의 공고화」, 『조선문학』 2022.3, 36면; 「고도의 긴장상태」, 『조선문학』 2022.4, 46면.

사상의식을 높인다고 저절로 방역되는 것은 아니다. 결국 2021년 7월엔 악성전염병사태의 장기화에 철저히 대처하자면서 방역 승리가 되지 않았음을 간접 시인하고, 방역이 사람 목숨이 달린 사활적인 문제인 만큼 더욱 강한 방역의식, 규율 준수, 생활습관 개선을 독려한다. 2022년 3월에는 방역 규정을 준수하는 것이 바로 '방역전선'을 공고화하는 것이라고 전쟁에 준하는 고도의 긴장상태를 요구하기에 이른다. 이제 인민의 자발적 예방과 방역 규율 준수, 사상 교양 정도로 수십만 명의 '유열자'(코로나19 의심 환자인 발열자) 확산을 막을 수도 숨길 수도 없게 되었다. 북한 당국은 2022년 5월 12일 이전까지 코로나19가 확진자가 한 명도 발생하지 않았다고 하였다. 그러나 당 중앙위원회 제8기 제8차 정치국회의(2022.5.12)에서 발병 사실을 공식화[161]한 이후 하루에도 수십만 명씩 '유열자(발열자)'가 나오자, '최대비상방역체계'를 통해 봉쇄 조치를 최강도로 유지하였다.[162]

2022년 5월의 코로나19 발병 공식화 이후 『조선문학』지의 '국가의 안정, 인민의 안녕'란 캠페인의 내용도 기조가 달라진다. 이전까지 코로나 예방에 주력하고 막연한 두려움과 공포를 이겨내자고 정신무장을 강조했던 것과 결이 달라졌다. 코로나 발병을 기정사실화하고 '방역대전'의 구체적 지침을 선전한다. 가령 한 순간도 방심하지 말고 비상

161 제8차 당대회(2021.1.8)와 조선혁명군 창군 90주년 기념 행사(2022.4.25) 당시도 코로나19 발생자가 없다고 공표하였지만 2022년 5월 12일 당 정치국회의에서 처음으로 코로나19 발생을 공식화하였다. 본사정치보도반, 「조선로동당 중앙위원회 제8기 제8차 정치국회의 진행」, 『로동신문』 2022.5.12, 1면.

162 위와 같은 곳; 「조선로동당 중앙위원회 정치국 협의회 진행」, 『로동신문』 2022.5.14, 1면.

방역전을 강도 높이 진행하자면서(2022.5) 방역대전을 선전 독려한다. 방역사업에서 주도권은 생명 보전이라면서 주민 이동권 등 개개인의 일상을 희생하더라도 전면 봉쇄책을 통한 최대 방역체계를 가장 중대한 최우선 사업으로 틀어쥐고, 전 인민적인 방역의식과 각성을 견지하는 것이 '국가 방역 능력 건설사상의 본질'이라 홍보한다. 이는 인민경제 5개년계획의 관철을 위한 금속공업, 화학공업의 강화가 '당 중앙위원회 제8기 제2차전원회의 결정 관철을 위한 구체적 지침이듯, 방역대전 승리가 제3, 4, 5차전원회의 결정 관철을 위한 실행지침으로 규정된다.[163]

이상에서 보듯이, 『문학신문』은 '신종코로나비루스감염증을 철저히 막자'는 기획 제목 하에, 『조선문학』은 '국가의 안정, 인민의 안녕'이란 고정란을 통해 코로나19 팬데믹의 문학적 응전의 한 양상을 잘 보여주었다. 즉, 악성전염병의 예방과 방역, 치료까지 전 방위적인 대처법이 문예지의 비문학 캠페인으로 3년 가까이 계속 실리는 이례적인 현상임을 알 수 있다. 그 구호의 시기별 추이를 면밀하게 분석하면 코로나 청정국이라는 대내외 공식 입장과 달리, 전대미문의 악성 전염병에 대처하는 민간요법의 지속적 정보 제공 등을 무한반복할 수밖에 없는 급박한 저간의 사정을 미루어 짐작할 수 있다.

---

163 「순간도 방심하지 말고 비상방역전을 강도 높이」, 『조선문학』 2022.5, 49면; 「최중대사로 틀어쥐고」, 『조선문학』 2022.6, 30면; 「방역사업에서 주도권은 생명」, 『조선문학』 2022.7, 50면; 「국가방역능력건설사상의 본질」, 『조선문학』 2022.8, 10면; 「'당 중앙위원회 제8기 제5차전원회의 결정 관철'-전인민적인 방역의식과 각성을 견지하자」, 『조선문학』 2022.10, 60면.

그렇다면 『조선문학』, 『문학신문』, 『청년문학』 등이 『로동신문』, 『근로자』 같은 정책 선전지나 『천리마』 같은 대중교양지가 아닌 문예지인데도, 3년 연속해서 전염병 방역 캠페인을 전례 없이 게재했을까? 북한 문예지 역사에서 '국가의 안정, 인민의 안녕'이란 명분으로 '신종코로나비루스감염증을 철저히 막자'란 식의 비문학 캠페인 기사가 3년간 지속적으로 실린 전례는 없다. 『로동신문』에 2020년부터 팬데믹 관련 보도와 방역 캠페인이 계속 실린 것과 거의 동일한 시기[164]라서, 시, 소설, 수필, 정론 등이 아닌 비문학 콘텐츠를 굳이 부족한 문예지 지면까지 할애해서 반복 연재할 특별한 이유가 있을 터이다. 70년치 문예지를 전수 조사해보니 문예지에 비문학 방역담론, 콘텐츠가 1년 넘게 게재된 전례는 1958년의 전염병 방역 때뿐이었다.[165]

이런 기사가 당 기관지인 『로동신문』, 『근로자』, 대중교양지인 『천

164 『로동신문』지의 2020년 3월부터 2022년 말까지 6면 고정란인 '확대되고 있는 신형코로나비루스감염증 피해' 상자기사에서 전 세계 일일 발병 사망자 총계를 지속적 보도하였다. 2022년 5월에는 6면에 어른용, 어린이용, 임산모용 등 '신형코로나비루스감염증 치료안내지도서'가 총 6회 연재되었다. 문예지인 『문학신문』지의 '대중상식, 위생상식', 『조선문학』지의 '국가의 안전, 인민의 안녕' 같은 비문학 방역 캠페인 기사가 고정란으로 연재되었다.

165 가령 1958~60년치 『조선문학』, 『조선예술』, 『조선음악』 잡지의 표지, 내표지, 목차면 상단, 화보, 광고란에 전염병 방역과 관련된 표어, 구호, 선전화, 선전가, 악보 등이 게재되었다. 문예 미디어에 전례 없는 전염병 방역 관련 캠페인 콘텐츠가 집중 게재되었다. 선동선전이 주기능인 사회주의 문예지에 정치구호와 정론, 개인숭배물이 실리는 전례는 많다. 다만 위생, 방역을 위해 쥐를 잡자는 식으로 구체적인 세부 주제를 정해 비문학 콘텐츠를 일시적으로 집중 홍보하는 경우는 흔치 않다. 문학지의 경우 『조선문학』지에는 더 이상 이런 방식의 보건 위생 방역 선전물이 집중적으로 연속해서 실리는 경우를 찾을 수 없다. 그 함의는 「북한문학의 방역 재현 전통과 팬데믹」 참조.

리마』 등에 실리는 것은 당연하지만 굳이 문예지면에까지 실리는 이유는 당 정책 선전매체로서의 문예지 정체성이 재강화되었다고 풀이할 수 있다. 창작의 전문성과 어느 정도의 집필기간이 필요한 시, 소설, 수필, 비평 같은 문학작품과 달리 캠페인성 기사는 당 정책 발표와 동시에 기동력 있게 독자인 인민대중에게 전달되는 선전수단에 적합하기 때문이다. 그나마 캠페인 내용의 수준은 코로나19를 전담 방역할 마스크와 적절한 치료제가 없어 민간요법 수준의 예방과 위생의식 강화만 반복할 뿐이다. 가령 2020년에는 마스크를 깨끗이 세탁해서 사용하라고 잘못 알리던 것이 2022년에 와서야 재사용이 불가하다고 바로잡거나, 초기엔 일반 생리식염수로 콧속을 소독하라더니 나중에는 삼투압이 높은 식염수인 '코함수'로 콧속을 소독하라고 한다. 음식이나 접촉물을 56℃ 조건에서 30분동안 열처리하여 쓰거나 알코올, 염소계소독제, 요드계소독제, 과산화초산소독제 등을 이용하라 안내하는데, 이는 코로나 전문 치료제가 없는 경우 민간 차원의 상식적인 예방책일 뿐이다.[166]

166 「신형코로나비루스감염증 치료에 도움을 줄 수 있는 코함수」, 『청년문학』 2022.8, 58면; 「소독방법 몇 가지」, 『청년문학』 2022.8, 70면.

3. 코로나19 팬데믹과 문학의 응전: '대동란, 고요, 정성'이라는 키워드

이제 코로나19 팬데믹 시기 『조선문학』, 『문학신문』, 『청년문학』 수록 문학작품의 실증적 분석을 통해 '신종코로나비루스감염증'의 문학적 재현 양상을 정리, 분석해보자. 이 과정을 시기순으로 정리하면 첫째, 2020년 코로나 초기 단계, 둘째, 2021년 코로나 은폐 단계, 셋째, 2022년 5월 12일 이후 코로나 발병 공식화와 '방역대전' 승리(2022.8.10) 단계로 나눠볼 수 있다.

앞에서 밝혔듯이, 실제 문학텍스트의 분석과 의미 부여, 평가에서는 당문학적 선전기능만 소개하지 않고 은폐된 진실 추구라는 문학 고유의 이면적 기능까지 감안할 생각이다. '신종코로나비루스감염증'의 문학적 재현을 통해 지도자 찬양과 방역대전 승리 찬가라는 당 정책을 선전하는 것이 북한문학의 표면적 공식기능임은 부인할 수 없다. 다만 문학의 본질이 인간과 세상의 총체적 반영이기에 현실을 있는 그대로 반영하다 보면 은연중에 은폐된 진실까지 드러낼 수 있다는 이면적 함의까지 찾아보려 한다. 둘의 길항관계를 따지다 보면 반북 선입견에 경도된 편향된 분석이나 과잉해석의 위험이 없지 않지만 그래도 진실의 파편을 모을 생각이다.

3.1. 코로나19 초기 단계의 북한문학

첫째, 2020년 코로나19 초기 단계의 북한문학에서는 이에 대한 관심을 크게 보이지 않았다. 북한 내 발병 여부와 상관없이 다른 나라의 대재앙을 강 건너 불 보듯 여기면서 자신들은 단합된 봉쇄정책으로 악성전염병에서 안전한 것처럼 일상을 그렸다. 오히려 사회주의적 보건위생과 주체의학체계의 우수성을 반복 선전하였다. 당시 나온 시 중에서 「우리 당의 붉은 보건전사」(2020.2), 「보건전사 그 영예 빛내여가리」(2020.3)를 읽어보자.

잠 못 드는 밤이다 / 우리 원수님 불러주신 / 로동당의 붉은 보건전사 / 고귀한 그 이름을 외우고 또 외워보며 / 스스로 내 량심을 헤쳐보는 밤이다 //

때없이 아픔을 호소하며 찾아오는 사람들 / 그들이 정녕 누구이던가 / 병력서에 씌여진 / 이름과 주소는 서로 달라도 / 부름은 하나 우리 원수님 사랑하시는 인민 / 사는 곳도 하나 고마운 사회주의 제도의 품 //

(중략) '정성'이라는 붉은 글발을 / 늘 가슴에 달고 일한다 해도 / 인간애가 없으면 백약도 무효 / 이 가슴 사랑으로 불타지 않는다면 / 명약으로도 생명을 건질 수 없는 것 //

평범한 보건전사 나의 눈빛에서 / 그들은 사회주의 모습을 보고 / 피부에 와닿은 나의 손길에서 / 사람들은 고마운 제도의 따뜻한 체온을 느끼나니 //

내 아낌없이 바치리라 / 숨져가는 자식을 위해 / 피도 살도 다 바쳐 / 끝끝내 안아 일으키는 어머니처럼 / 인간 사랑의 아름다운 시대를 장식한 / 천리마시대 보건전사들처럼 / 나도 이 제도를 지

켜선 초병! (후략)[167]

저 하늘의 별들도 하나둘 꺼지고 / 이밤은 끝없이 깊어가는데 / 환자를 위해 바쳐가는 / 보건전사 나의 이 열정 //

(중략) '정성'이란 두 글자가 빛나는 / 이 가슴에 손을 얹고 생각하노라 / 내 심장 인민에 대한 사랑으로 뜨거울 때 / 그것이 보건전사 / 내가 걷는 보답의 길임을 //

뜨거운 사랑과 정성 / 이것이 바로 명약이기에 / 사랑과 정성을 바쳐가는 이 마음에 받들려 / 얼마나 많은 환자들 / 재생의 기쁨 안고 병원문을 나섰던가 //

(중략) 위대한 수령님들 마련해주신 / 가장 우월한 사회주의보건제도의 혜택 속에서 / 우리 인민 모두가 행복한 삶을 누려가도록 / 나의 진정 다 쏟으리라 //

로동당의 붉은 보건전사로 / 한생을 빛나게 살 맹세 다지며… / 사랑의 불사약 / 정성이란 두글자를 뜨겁게 외워보며… //[168]

두 시는 의료진을 서정적 주체로 삼아 세상에서 '가장 우월한 사회주의보건의료제도'를 인민에게 베푸는 '로동당의 붉은 보건전사'로서의 자부심을 노래한다. 그 시적 상징은 의료진의 팔뚝에 두르는 '정성'이라는 두 글자가 새겨진 붉은 완장으로 이미지화된 소명의식이다. 시

---

167 박현철, 「우리 당의 붉은 보건전사」(시), 『문학신문』 2020.2.22, 3면.

168 한평광, 「보건전사 그 영예 빛내여가리」(시), 『문학신문』 2020.3.14, 3면.

에서 북한은 아픈 이가 있으면 언제 어디든 밤잠을 설쳐가며 달려가 정성을 다해 치료해주는 사명감 넘친 보건 전사가 있는 사회주의 의료시스템이 잘 갖춰진 사회로 묘사된다. 질병 치료에서 가장 중요한 것은 명약이나 의료장비, 기술 등 생산수단이 아니라 지도자에 대한 충성심과 인간애로 무장한 '당의 붉은 전사' 의료진이라고 하여, 사람이 제일이라는 주체사상에 기초한 주체의학이 세상에서 가장 우월하다는 정신승리를 서정화한다.

다만 우주로켓을 쏘아올린 첨단 과학기술을 우대하는 최첨단 돌파시대에 '숨져가는 자식을 위해 피도 살도 다 바친 어머니, 친누이의 마음' 같은 중세적 모성애와 '인간 사랑의 아름다운 시대를 장식한 / 천리마시대 보건전사' 같은 토건시대 노동영웅담을 이상적 모델로 삼은 것은 그리 설득력 있게 들리지 않는다. 약이 모자라고 최신 의학장비, 의료기술이 없어도 지도자에 대한 충성과 인민에 대한 사랑, '정성'이라는 붉은 완장으로 정신무장한 의료진만 있으면 된다는 주체의료의 심각한 한계가 은폐되어 있다.

기실 코로나 발병 초기에는 문학의 사회적 기능이 그리 돋보이지 않았다. 당시 '코로나 청정국, 발병자 0명 통계'를 내세우면서도 『로동신문』 2020년 3월부터 2022년 8월까지 6면에는 고정란인 '확대되고 있는 신형코로나비루스감염증 피해' 상자기사가 상설화되었다. 전 세계 일일 발병 사망자 총계를 지속적으로 보도하였다. 발병을 공식화한 2022년 5월 중순부터는 6면에 어른용, 어린이용, 임산모용 등 '신형코로나비루스감염증 치료 안내 지도서'를 총 6회 연재 고정란을 두기도 하였다.

2020년 북한문학은 코로나19시대의 이면의 진실조차 에둘러 묘사하지 않았 / 못했다. 이지순의 주장처럼 비상방역전을 선전하는 방송원의 목소리가 일상을 장악했고 주민들은 세계 확진자와 사망자 숫자를 보면서 대재앙을 '대리' 체험했다. 로동신문과 조선중앙통신, 평양방송이 재난 보도로 긴장감을 고조시키는데도 문학은 세계의 디스토피아적 상황을 '직접' 증언하지 않았다. 오히려 2020년의 북한 문학은 자국의 조치가 생명과 안전을 담보하는 것임을 강조함으로써 심리적 동요와 불안을 단속하고 파국의 '상상력을 통제'했다.[169]

3.2. 코로나19 전면 봉쇄기의 북한문학

둘째, 2021년 코로나로 인한 전면 봉쇄기. 일상생활의 심각한 훼손이 추정되지만 문학적 형상은 거의 찾아 볼 수 없다. 다만, 방역체계 등의 구호와 비문학 캠페인 기사의 일상적 정착 등 간접 증거로 추정컨대 당국의 공식 선전처럼 '코로나 청정국, 발병자 0명 통계'에는 의문이다.[170] 2022년 5월 12일의 당 정치국회의에서 발병 사실이 공식화되자 그제서야 그간의 참혹한 현실이 뒤늦게 폭로되었다. 청정국에 '대동란'이 일어난 셈이다. 아니, 청정국이란 허구 속에 은폐되었던 '대동란'의 진실이 비로소 봇물 터지듯 드러났을 뿐이다.

가령 윤학명 수필 「9월의 밤」(2022.9)에서 보듯이, '악성비루스 류입

169 이지순, 앞의 글, 3면. 인용자가 문구를 수정했다.

170 황수환, 권재범, 『북한의 코로나19 대응과 국제사회의 대북협력』(KINU 연구총서 22-10, 통일연구원, 2022.12) 참조.

이라는 대동란'이 일어나 세계를 휩쓰는 대유행 전염병과의 전쟁에서 얼마나 많은 생명들이 촛불마냥 꺼졌던가 말이다. 하루에도 수많은 사망자수를 기록하는 세계의 참혹한 광경이 눈앞에 펼쳐진다고 생각하니 순간 앞이 캄캄했다[171]는 식의 솔직한 고백이 많이 나왔다.

오혜심 수필 「향기」(2022)에서도, 지역별 봉쇄기간 악성전염병으로 고충을 겪었던 잊을 수 없는 나날을 다음과 같이 진솔하게 회상하고 있다: "봉쇄와 격리가 시작된 그날부터 나는 고열로 앓아누웠다. 집에 있는 약은 불과 몇 알뿐. 나의 머리속에는 지금까지 TV로 보아오던 세계의 악성전염병 피해상황이 주마등처럼 흘러가며 저도 모르게 불안과 공포에 휩싸였다."[172] 상황이 이런데도 인민대중은 방역 마스크와 진단키트조차 알지 못한 채 전염병 감염 위험으로부터 무방비한 상황과 해열제 같은 가정상비약조차 구하지 못한 현실에 무기력해 한다.

사회주의적 보건 의료시스템과 주체의학의 구조적 문제점을 인지하지 못하고 평소 감염 예방에 소홀했거나 약을 미리 준비하지 못한 개인문제로 자책할 뿐이다. 가령 최경복의 단편, 「한 가정」(2022.10)을 보면, 주인공은 해열제를 찾아 밤새 약국을 찾아다녔지만 약을 구할 수 없어 "다 내 탓이야"라며 절망한다.[173] 그가 인민반장의 도움으로 약을 구하고 군의가 방문하자 지도자의 헌신과 희생에 마냥 감격해 한다. 이런 서사를 통해 못난 백성과 현군의 대립구도를 통한 중세적 애민, 위

171 윤학명, 「9월의 밤」(수필), 『청년문학』 2022.9, 25~26면.

172 오혜심, 「향기」(수필), 『조선문학』 2022.9, 63~64면.

173 최경복, 「한 가정」(단편소설), 『문학신문』 2022.10.22, 3면.

민이념이 빛바랜 감동과 찬사를 강요한다.

하지만 『조선문학』, 『문학신문』 같은 작가동맹 정맹원의 발표지면보다 격이 떨어지지만 상대적으로 검열시스템이 느슨해서인지 『청년문학』에 실린 박정혁 수필 「친혈육」(2022.8)은 코로나19로 인한 일상의 훼손과 인민생활의 숨겨진 진실을 비교적 실감나게 서술한다. 함흥시 흥남구역 덕동 15인민반에 주소지를 둔 작가동맹 후보맹원인 필자는 전 세계를 휩쓰는 악성전염병이 경내에 들어와 '최대비상방역체계'로 이행한 2022년 5월, '건국 이래 대동란' 시기에 집을 떠나 먼곳에 있었다. 그런데 몸이 아파도 집에 갈 수 없었다. 전국적인 봉쇄조치로 하여 집으로 돌아갈 길까지 막혀버린 그는 할 수 없이 낯선 타향 여관에 머무르게 되었다. 몸에서 벌써 병증이 나타났는데도 아픔보다도 집을 떠난 근심이 더 컸다. 변변한 약도 없이 앓고 있는데 고맙게도 여관 손님이 약을 나눠줘서 살았다는 미담이다.[174]

> 나는 열이 내렸다면서 약을 먹지 않았다. 내 이마를 짚어보던 그는 아직 열이 있는데 왜 약을 먹지 않는가고 하였다. 나는 아직까지 참을 수 있으니 일없다고 일이 어떻게 될지 모르니 약을 남기고 봐야 한다거니, 그는 빨리 약을 써야 낫는다거니 하면서 우린 서로 옥신각신하고 있었다.
>
> 이때 려관을 돌아보던 군당위원회 일군이 우리한테로 왔다. 자초지종 사연을 듣게 된 그는 걱정하지 말라고 경애하는 김정은 동

174 박정혁, 「친혈육」(수필), 『청년문학』 2022.8, 27~28면.

지께서 보내주신 약품이 우리 군에도 도착하였으니 빨리 약을 쓰자면서 의사를 데려오는 것이였다. 이윽하여 몸상태를 진찰한 의사는 그 자리에서 치료대책을 세웠다. 방울방울 온몸에 약이 흘러들었다. 아픔도 점차 숙어들기 시작하였다. 나는 감격에 겨워 눈물을 흘리며 고맙다고, 이 은혜를 어떻게 갚겠는지 모르겠다고 목메이는 말을 더듬기만 하였다.

수필 뒷부분은 "경애하는 총비서동지께서 집 떠나 외지에서 고생하는 나와 같은 사람들을 어떻게 아시고 이렇게 의사까지 보내주시였단 말인가."하며 감격해 한다. 지도자가 보낸 약과 군당위에서 보낸 의사의 '링겔' 덕분에 완쾌되어 지도자와 당 사회주의제도에 감사하다는 결구로 되어 있다.

그런데 문학의 본질이 인간과 세상사를 총체적으로 그려내기에 가치가 더욱 빛난다고 생각되는 점이 있다. 글을 쓴 수필가의 충성스런 의도와는 상관없이 시대의 진실을 무의식적으로 증언하는 숨겨진 기능이다. 굳이 리얼리즘의 승리라는 문구를 떠올릴 필요도 없이, 글을 보면 지역 봉쇄와 주민 이동 금지조치가 최소한의 의료대책과 생필품 제공, 가족간 연락 등의 보장이 결여된 채 기계적으로 강제된 극한상황을 보여준다. 누군가 여행 중 코로나19로 병이 났을 때 적절한 대책이 별반 없단 반증일 수도 있다. 타인인 여관 투숙객의 감염을 무릅쓴 헌신적 돌봄이 없었다면 필자가 완쾌될 수 있었을까? 기실 인용문 중 은폐된 핵심은 환자에게 절박한 약을 애써 거절하면서, "일이 어떻게 될지 모르니 약을 남기고 봐야 한다"는 대목이다. 자력갱생 방역대전 승리 신화의 이면에 숨겨진, 보건 의료 방역시스템의 붕괴라는 은폐된 진실 말이다.

비슷한 독해법으로 김정은의 위민정책을 찬양한 최근 도서의 코로나19 관련 대목을 읽어보자.

> "국가비상방역사령부 일군들은 자신들의 무경각과 해이, 무책임으로 하여 2년 3개월이나 굳건히 지켜오던 비상방역전선에 파공이 생기고 끝내 악성비루스가 이 땅에 류입된 것으로 하여 머리를 들 수 없었다. 하루에도 수십만 명씩 감염자가 급증하는 눈앞의 현실은 나라의 운명이 이대로 결딴나는가 하는 최악의 경우까지도 내다보아야만 하는 매우 다급한 국가 최대의 위기사태였다. 처음 겪는 위기사태 앞에서 일군들은 누구라 할것없이 다 벙어리가 되였다. 엄청난 대재난을 과연 어떻게 헤쳐나가야 하겠는지 당혹감을 금할 수 없었다."[175]

코로나19 유행 초기부터 2년 3개월동안 확진(의심)자가 없다가 어느 날 갑자기 수십만 명이 발병할 수는 없다. 상당 기간동안 확진(의심)자에 대한 진단–확인–통계–발표과정이 은폐되었을 것이다. 2021년 자료에는 찾아볼 수 없는 이런 반성과 참상이 2022년 5월 이후의 문건에 와서는 그리 드물지 않게 나타난다.

175 림이철, 「인민의 생명안전수호를 최중대사로」, 『위민헌신으로 빛나는 성스러운 려정』, 평양: 평양출판사, 2023.2, 57면.

이와 관련하여 역시 김정은 시대 10년의 치적을 찬양 일색으로 정리한 장시 「승리의 10년」를 읽어보자.

> 벅차게도 흘러왔구나 / 힘차게도 달려왔구나 / 어버이장군님 유훈을 안고 / 원수님 받들어 줄기차게 달려온 / 내 조국의 10년 승리의 10년이여!
>
> (중략) 온 세계를 휩쓴 악성전염병으로 / 수많은 사람들 혈육을 잃고 / 한숨과 절망, 비애에 울 때 / 그이의 사랑으로 덕과 정을 나누며 / 세상이 보란듯이 사회주의화원을 꽃피웠다
>
> (중략) 돌이켜보면 시련은 많았어도 / 그이 따라온 길은 승리의 길 / 제국주의와의 총포성 없는 전쟁에서도 / 횡포한 자연과의 전쟁에서도 / 오직 승리만을 력사에 아로새겼다 (후략)[176]

이 역시 김정은 시대 10년의 치적을 김정일의 선행 업적을 계승하고 3대 세습한 사회주의체제 유지에 성공했다고 승리를 자랑하고 있다. "제국주의와의 총포성 없는 전쟁에서도 / 횡포한 자연과의 전쟁에서도 / 오직 승리만" 했다고 자부한다. 여기서 '횡포한 자연과의 전쟁'이 바로 코로나19의 참상과 '방역대전'을 지칭하는 것이다. 그것도 고비용 최첨단 의료약과 장비가 아니라 지도자의 사랑과 인민의 덕, 정 같은 사회주의적 품성으로 시련을 극복했다고 자찬한다.

감상자에 따라선 원래부터 위대했던 지도자가 이번에도 위대함을

176 백광명, 「승리의 10년」, 『사랑의 무게』(작품집), 평양: 평양출판사, 2022.

발휘해서 미리 예정된 승리를 당연히 했다는 정답 찾기보다, "악성전염병으로 / 수많은 사람들 혈육을 잃고 / 한숨과 절망, 비애에" 빠진 그 정황 자체가 깊이 각인되기도 한다. 대중독자의 입장에서 볼 때 평소 보건위생규율을 철저하게 지키지 못하는 등 내가 뭔가 잘못해서 염병에 걸려 당과 지도자, 이웃에게 폐를 끼쳐 황송했는데, 알고 보니 이번 질병의 전염력이 워낙 악성이라 손쓸 새도 없이 많은 사람들이 감염되고 죽어서 한숨과 절망, 비애에 운 것은 당연했구나 하고 안도할 수 있다.

당과 국가, 사회의 공식 언술은 위대한 지도자 덕분에 악성전염병을 미리 막거나 병에 걸려도 나라가 다 치료해주고 일상생활 영위도 보장해주니 방역 승리를 찬양할 만하다. 그러나 은폐된 현실은 코로나19 진단키트와 백신은커녕 방역마스크나 해열제 정도의 치료약도 부족하고, 첨단진료시스템 같은 현대의학기술과 의료기기는커녕 일상적인 의료진도 부족해서 군대 의사들까지 민간영역에 긴급 투입할 수밖에 없는 참상이다.

3.3. '최대비상방역체계'를 통한 '방역대전' 시기 북한문학

셋째, 2022년 5월 12일 이후 코로나 발병 공식화와 '방역대전' 승리를 공표(22.8.10)한 이후 코로나19를 재현한 문학작품이 쏟아져 나왔다. 북한당국은 당 중앙위원회 제8기 제8차 정치국회의(2022.5.12)에서 발병 사실을 공식화[177]한 이후 하루에도 수십만 명씩 '유열자(발열자, 확진 의심자)'가 나오자, '최대비상방역체계'를 통해 봉쇄 조치를 최강도로 유지하였다.[178] 이 회의에서는 국가방역사업을 최대비상방역체계로 이행할 결정서가 채택되었다. 최대비상방역체계의 기본목적은 신형코로나비루스의 전파를 억제하며 감염자들을 빨리 치유시켜 최단기간 내에 없애자는 것이다. 김정은은 "지금 우리에게 있어서 악성비루스보다 더 위험한 적은 비과학적인 공포와 신념 부족, 의지박약"이라고 하면서 당과 정부, 인민이 일치단결된 조직력과 정치의식, 자각이 있기 때문에 비상방역사업에서 승리할 것이라고 확언하였다. 방역의 구체적 세부지침으로 전국 시군의 지역별 봉쇄, 사업단위, 생산단위, 생활단위별 격폐, 비루스 전파공간 완벽 차단, 과학적 집중 검사, 치료 전투, 비축 의료품 예비동원 등을 지시하였다.[179]

북한이 늘 그렇듯, 이 전대미문의 위기를 김정은이 진두지휘해 불과 80여 일 만에 악성비루스감염증에 맞선 방역대전에서 승리했다고 자화자찬하였다. 가령 강도 높은 봉쇄 중에 김정은은 평양시내 약국을 야간시찰한 후 모자란 약을 보충하기 위해 솔선수범으로 가정상비약을 내놓고 태부족한 의료진을 급히 보완하기 위해 군의(軍醫)까지 동원

---

177 제8차 당대회(2021.1.8)와 조선혁명군 창군 90주년 기념 행사(2022.4.25) 당시도 코로나19 발생자가 없다고 공표하였지만 2022년 5월 12일 당 정치국회의에서 처음으로 코로나19 발생을 공식화하였다. 본사정치보도반, 「조선로동당 중앙위원회 제8기 제8차 정치국회의 진행」, 『로동신문』 2022.5.12, 1면.

178 위와 같은 곳; 「조선로동당 중앙위원회 정치국 협의회 진행」, 『로동신문』 2022.5.14, 1면.

179 본사정치보도반, 「조선노동당 중앙위원회 제8기 제8차 정치국회의의 진행」.

하였다. 최고 지도자의 헌신과 희생으로 '건국 이래 대동란'을 80여 일 만에 자력갱생으로 극복했다고 공표한 것이다. 즉, 2022년 8월 10일 전국비상방역총화회의를 통해 '최대'비상방역체계를 '정상'방역체계로 낮추면서 코로나19 방역 성공을 선언하였다.[180] 이런 정세 하에서 박현철 시, 「드리노라 다함없는 고마움의 인사를!」(2022.8) 같은 시가 나왔다.

(전략) 최대비상방역전의 그 하루하루 / 1년, 10년 맞잡이로 / 자신을 깡그리 다 바치신 분 / 인민은 앓아도 복속에 앓고 / 령도자는 그 인민을 살붙이처럼 돌보시느라 / 상상 못할 심혈을 쏟으신 미증유의 려정이여

(중략) 악성전염병과의 싸움에서 / 세계방역사상 최장의 신기록을 아로새긴 / 무혈, 무사의 2년 3개월 / 덮쳐든 병마를 80여 일 만에 완전히 털어버린 / 세계보건사가 알지 못하는 이 기적은 / 위대한 인민사랑의 령도가 안아온 승리! 대승리! (후략)[181]

김정은의 2022년 5월 12일 발언, "악성비루스보다 더 위험한 적은 비과학적인 공포와 신념 부족, 의지박약"이란 언급을 뒤집어 보면, 진단키트, 치료약, 첨단진료시스템 같은 현대의학기술과 의료기기, 의료진 등 물적 기반이 절대 취약한 북한사회로선 개인위생과 가정 내 자가

---

180 「방역전쟁에서의 승리를 공고히 하여 국가와 인민의 안전을 더욱 믿음직하게 담보하자—전국비상방역총화회의에서 하신 경애하는 김정은 동지의 연설: 주체111(2022)년 8월 10일」, 『로동신문』 2022.8.10, 2~4면.

181 박현철, 「드리노라 다함없는 고마움의 인사를!」(시), 『문학신문』 2022.8.20, 1면.

치료, 정신승리밖에 대책이 없었던 저간의 사정을 고스란히 드러낸 셈이다. 그 엄혹한 현실을, "세계를 공포와 전률에 몰아넣은 / 그 악마의 전염병, 죽음의 악성병마"(「드리노라 다함없는 고마움의 인사를!」) 같은 시구에서 읽어낼 수 있는 것이다.

여기서 중요한 사실은 코로나19에 대응하는 북한 당국의 태도가 과거 발생한 팬데믹 대응과 차원이 달랐다는 점이다.[182] 변영건 소설 「사랑은 뜨겁다」(2016.5)에서 큰소리쳤듯이 세계적인 의료수준을 과시할 수는 없었지만 그렇다고 신종플루, 사스, 메르스 유행 때처럼 국제사회의 인도적 지원을 바라지도 않았다. 팬데믹으로 국가적 대동란을 겪고 위기에 빠졌지만 자력갱생으로 코로나19 방역에 성공했다고 자화자찬하였다. 특히 2022년 5월부터 8월까지 전 인민적으로 전개된 코로나19 '방역대전'의 문학적 재현은 당시 주민생활상을 속 깊이 엿볼 수 있기에 주목할 만하다.

방역대전 승리를 구가하는 문학 텍스트의 이면에는 주민들이 겪었던 / 겪고 있는 전염병의 고통과 의료시스템 절대부족 현실이 숨겨진 듯 반영되었다. 가령 코로나19 시기 대표작으로 북에서 손꼽는 김남호의 장시 「고요한 거리에서」(2022.6)를 보면, 국경 폐쇄, 도시 봉쇄, 주민 이동 금지로 인한 일상 파괴를 '대동란, 고요, 정적' 등의 상징어로 형

---

182 "북한은 2000년 이후 발생한 사스(2003년), 신종인플루엔자(2009년), 에볼라(2014년), 메르스(2015년) 등의 초국적 전염병에 대한 인도적 지원을 수용했던 사례가 존재한다. 과거 전염병 사례를 보면 국경 통제 강화 등 전염병 유입 차단에 주력하는 가운데 북한 내 발병 여부에 민감 대응하면서도 국제기구 등 국제사회에 지원을 요청하기도 했다." 황수환, 권재범, 『북한의 코로나19 대응과 국제사회의 대북협력』(KINU 연구총서 22-10, 통일연구원, 2022.12) 참조.

상하였다.[183]

아직도 잠들었는가 고요한 거리여 (중략)
아직도 잠들었는가 인적 없는 거리여 (중략)
순간도 고요란 몰랐던 전진의 거리 약동의 거리여(중략)
어이하여 이 아침 묵묵히 서서 한적한 고요의 바다에
바닥없는 정적만 숨막힐듯 쏟고 있느냐 [184]

여기서 '고요, 정적'이란 '건국 이래 대동란'인 '악성전염병사태'에 대응하는 전면적 이동 금지와 봉쇄정책의 문학적 표현이다. 하지만 이 장시가 북한 당국에서 팬데믹 시기의 성과작으로 꼽히는 이유는 사회주의적 일상의 훼손과 참상을 사실적으로 묘사했기 때문은 아니다. 1장의 고요와 정적으로 상징되는 참상을 딛고, 2장에서 "죽음을 물고 덮쳐드는 / 악성병마와의 피어린 대전이 이 땅에 일었거니(중략)/ 온 거리는 그대로 / 생사를 판가리하는 결전의 성새! / 들리지 않느냐"면서, '최대비상방역체계로 이행!'을 강렬하게 외치기 때문이다.

「고요한 거리에서」를 보면 봉쇄정책과 최대 수준의 비상 방역과정을 전쟁에 비유하고 있다. 가령 2장에서 통제용 바리케이드를 두고 "빗

183 "「고요한 거리에서」는 돌발적인 최악의 방역위기로 지역별, 단위별 봉쇄조치가 취해진 비상방역체계 하에서 인민 사수의 최전방에 서있는 당 중앙의 현명한 령도를 따라 우리 인민이 진행한 방역전쟁과정을 감동 깊게 시화한 성과작이다." 신정수, 「억센 의지와 완강한 분발력으로 주체문학예술 발전의 새로운 개화기를 펼쳐나가자」, 『조선문학』 2022.9, 3~6면.

184 김남호, 「고요한 거리에서」(장시), 『문학신문』 2022.6.11, 1면.

장처럼 드리운 거리와 거리, 집과 집들이 통채로 참호와 전선으로 화한 전쟁"으로 비유한다. 특히 4장에 그려진 '전민항쟁'의 방역대전은 드라마나 영화몽타주처럼 스펙터클하기까지 하다.

> 무서운 고열의 극한 / 자리에 누운 식솔들 한가슴에 붙안고 / 며느리 홀로 마음 태우던 집에 / 어떻게 밝은 웃음 다시 피여났던가 / 집안에 앓는 오누이를 뉘인 채 / 마지막 약을 갈라들고 이웃으로 달려간 / 그 위생반장은 누구였던가 //
>
> 자식 셋을 군대에 보낸 / 후방가족 어머니에게 / 자기집의 덜어낸 식량을 쏟아주며 / 어서 병을 털고 잔치를 크게 차려보자 / 마음을 울리던 그 인민반장은 누구였던가 //
>
> 온밤 곁에서 정성을 고일 땐 / 혈육의 따뜻한 웃음을 주고 / 씻은듯 자리 털고 일어난 그 아침엔 / 오히려 환희에 눈물짓던 녀의사 //
>
> 불러도 빈 집마냥 대답 없는 집에서 / 딸인듯 손녀인듯 지켜앉아 / 미음 쑤어 떠넣어준 이름 모를 그 처녀 대학생… //

코로나19를 치료하는 의사, 간호사 등 사회주의의 붉은 보건 전사가 맹활약했던 것이 2020년 1단계 문학작품 속의 보건 영웅이었다면, 2022년 3단계에 오면 그들 전문가만큼이나 일반인들까지도 보건 의료와 방역 전선에 뛰어든다. 장시 제4장의 서정적 캐릭터들인 위생반장, 인민반장, 여의사, 처녀 대학생 등이 바로 전민항쟁기의 방역 영웅인 셈이다.

아, 한송이 꽃향기에도 취한다 하거니 / 그 고운 마음들이 / 아픔을 함께 하고 기쁨을 같이하며 / 날마다 날마다 / 더욱 아름다운 생의 노래를 떠올리는 / 우리의 거리여 삶의 화원이여 / 누가 전쟁은 / 아름다움과 인연이 없다 하는가 / 희생도 불사할 헌신과 인정미로 / 병마를 눕히며 / 고결한 인간정신의 승리를 웨치는 거리여 / 분명 악성병마는 강적이였건만 / 죽음은 꿈에도 우리의것이 아니였다 / 우리에겐 약도 식량도 부족했으나 / 마음속 간직한 사랑만은 넘쳐났으니 / 사랑의 대군단! 그것은 불패였다 /

2022년 5월 시점의 북한사회에서 '악성병마'인 코로나19 팬데믹을 막아낼 수 있는 힘은 이전까지 그토록 자랑했던 사회주의 보건시스템이나 예방의학, 주체의학이 아니었다. '붉은 보건전사'로 영웅시되었던 의사와 간호사 등 의료진의 헌신적인 방역, 치료도 아니었다. 치료제는 커녕 보건마스크와 진단 키트조차 부족한 사회에서 방역 치료의 주체는 '인민대중'이었다. 시에서 '사랑의 대군단'으로 미화 분식되는 위생반장, 인민반장, 여의사, 처녀 대학생 등 전민항쟁의 구성원이다. 이런 이유 때문일까. 이 장시는 '전쟁'을 방불케 하는 악성전염병과의 총력투쟁을 벌이는 인민대중의 모습을 진실하게 형상하여 커다란 반향을 불러일으켰다고 높이 평가받았다.[185]

또한 3장에서 김정은의 지도와 헌신으로 방역 성공을 기원한 결

185 차수(본사 기자), 「전 인민적 진군에 활력을 더해주는 명작들을 내놓아야 한다」, 『로동신문』 2022.6.13, 6면.

과, 7장 결구에서, "이제 무엇이 두려우랴 / 그 어떤 역풍이 몰아쳐 와도 / 우리의 거리가 고요하든 고요치 않든 / 원수님 따르는 오직 한길에 / 승리는 언제나 우리의 것!"이라고 방역 성공을 선취한다. "악성비루스보다 더 위험한 적은 비과학적인 공포와 신념 부족, 의지박약"이기에 시인이 이를 전해 듣고 방역 성공을 전쟁 승리처럼 기약, 다짐하기 때문에 코로나19 시대 '주체문학의 성과작'으로 고평[186]되었다.

「고요한 거리에서」는 코로나19 발병을 공식화한 2022년 5월 말, 최대비상방역체계 공표 시점의 대표작이라면, '전민항전, 방역대전'에서 승리를 공식화한 2022년 8월이 되자 방역 성공의 전승(戰勝) 찬가가 쏟아져 나왔다. 박현철 시, 「드리노라 다함없는 고마움의 인사를!」도 방역 성공으로 일상을 회복했다는 데 찬양의 초점을 맞춘 작품이다.

> 마침내 밝아왔구나 / 죽음의 악성병마를 말끔히 걷어내치고 / 빛나는 승리를 선포한 / 내 나라의 맑은 아침이 //
>
> 2년 수개월 얼굴을 가리웠던 마스크를 벗고 / 사람들은 활기차게 출근길에 오른다 / 어른들은 정다운 일터로 / 아이들은 학교와 탁아소와 유치원으로… //
>
> 너무도 례사롭구나 / 례사로운 그만큼 눈물겹구나 / 아무 일도 없었던듯 / 평온하고 행복한 저 모습들 //
>
> (중략) 평범한 인민들에게 차례지던 / 한알한알의 그 약들을 / 번

186 신정수, 「억센 의지와 완강한 분발력으로 주체문학예술 발전의 새로운 개화기를 펼쳐나가자」

> 쩍이는 금덩이에 어이 비기랴 / 그것은 이 행성에서 / 천금 주고도 살 수 없는 정의 응결체 //
>
> 가슴마다 파고들던 뜨거운 그 정이 / 또 하루밤 지나면 피줄을 타고 / 심장마다 흘러들던 불같은 그 사랑이 / 쓰러졌던 우리를 일으켜세웠거니 //
>
> (중략) 누가 믿으랴 바로 저들이 / 준엄한 방역전쟁을 겪은 사람들이라고 / 누가 믿으랴 아름다운 이 거리와 마을들이 / 세계를 공포와 전률에 몰아넣은 / 그 악마의 전염병이 누벼간 곳이라고 //
>
> 오히려 수도 평양엔 / 또 하나의 새 거리가 자태를 드러낸다 / 저 멀리 련포에는 새 온실이 덩실 키를 솟군다 / 전야에는 벌써 푸르른 포기들이 / 알찬 이삭들을 영글린다.(후략)[187]

박현철 시에서도 코로나가 쓸고간 고요와 정적의 거리를 두고 「고요한 거리에서」처럼, "세계를 공포와 전률에 몰아넣은 / 그 악마의 전염병이 누벼간 곳이라고" 노래한다. 하지만 방역에 성공하여 고요와 정적에서 벗어나 활기를 되찾은 거리 풍경을 두고, "죽음의 악성병마를 말끔히 걷어내치고 / 빛나는 승리를 선포한 / 내 나라의 맑은 아침이"라고 찬양한다. 무엇보다도 전쟁에 버금갈 만큼 염병으로 훼손되고 철저하게 파괴되었던 일상의 회복에 주목한다. 주민 간 이동이 억제되고 생필품과 상비약까지 모자라 전쟁 가까운 대동란을 치렀던 일상생활이 빠르게 복원되었다는 사실 자체를 감격해 한다. "너무도 례사롭

---

187 박현철, 「드리노라 다함없는 고마움의 인사를!」

구나 / 례사로운 그만큼 눈물겹구나 / 아무 일도 없었던듯 / 평온하고 행복한 저 모습들"이라는 시구에서, 체제 특유의 대단한 치적이나 영웅적 성취보다 소박하고 평온한 일상을 되찾은 데서 행복을 느낀다는 이면적 진실을 읽어낼 수 있다. 일상 찬가, 이는 영웅 찬가가 지배적이었던 부조 시대 문학과는 차별화된 김정은 시대 문학만의 새로움이라 할 수 있다.

그러나 2022년 하반기 문학의 코로나19 재현 대부분은 일상 파괴와 인민의 희생을 후경화하고 방역 성공의 공을 오로지 지도자의 헌신 덕으로 전경화한다. 가령 김해연 시 「머리말」(2022.8)을 보면, 지도자는 "악성비루스의 보이지 않는 병마가 시시각각 떠도는 위험한 곳에" 감염 위험을 감수하고 병문안을 직접 간다. 그리고 시적 화자에게 "가까이 더 가까이 다가가" "다정히 물으셨다." 코로나19 확진(의심)자 집까지 직접 방문해서 환자에게 세부사항을 묻기까지 한다.

> 약값은 얼마인가 / 어떤 치료가 제일 적합하다 생각되는가 / 열이 나는 주민들이 물어보면 어떻게 해설하겠는가 / 실지로 자신께 설명해보라고 //
>
> 온 나라가 전염병으로 고통을 겪고 있으니 / 힘들어도 맥을 놓지 말자고 / 인민을 위해 정성을 다하자고 / 힘을 주고 용기를 주신 그때는 / 내 단잠 든 깊은 밤 //[188]

188 김해연, 「머리말」(시), 『청년문학』 2022.8, 40면.

지도자가 전염병 감염 위험을 무릅쓰고 환자를 만나 직접 치료를 위한 세부까지 묻고 정책 시행에 반영하겠다는 저 중세 군주식 만기친람(萬機親覽)은 당-국가 지도자를 어버이로 떠받드는 북한체제에서 애민-위민 통치의 상징적 그림이라 아니할 수 없다. 그러니 시적 화자인 병자는 "몸은 아파도 마음은 아프지 않았네 / 어버이의 다심하신 그 사랑이 / 나를 지켜 한밤을 지새우시니 / 가슴엔 행복의 눈물이 흘렀네"라고 감격해하게 된다.

2022년 8~10월 문예지에는 위와 같은 지도자의 헌신적 영도로 방역에 성공하여 감격, 고마워하는 인민의 찬가가 넘쳐난다. 하지만 국제사회의 도움이 전혀 없이 자력갱생만으로 초유의 팬데믹과의 '방역대전'에서 승리했다는 폐쇄국가체제의 사회적 신화를 문학작품으로 치장한 것은 공허한 정신승리의 노래가 아닐까? '대동란'으로 표상되는 팬데믹의 참담한 현실에 맞닥뜨려, 기본적인 사회보장시설과 보건위생 장비 및 첨단의료시스템 등 물적으로는 도저히 해결하기 힘든 난관 속에서 문학이 정신승리만 강조한 것이리라 풀이된다. 지도자의 헌신과 인민대중의 자발적 동원(이 경우 개인과 일상의 훼손을 감내하는 전면 봉쇄책에 대한 아무런 불만 없는 무조건적 동참)만 상투적으로 반복하는 선전선동을 통한 정신적 위로라도 필요할 만큼 고통스런 현실을 반영하는 것이 아닌지.

4. '방역대전' 승리 신화와 은폐된 진실

이 글에서는 코로나19 팬데믹 시기(2020~2023) 북한문학이 '신형코로나비루스감염증'를 어떻게 그렸는지 다각도로 고찰하였다. 이 시기 북한 문예지 콘텐츠의 실증적 분석을 통해 김정은 시대 3기 전후(2019~2023) 문학 동향과 쟁점, 특히 '신종코로나비루스감염증'의 문학적 재현 양상을 살펴보았다.

2020년 이후 최근 3년간의 북한문학을 보면 코로나19 팬데믹의 재난을 피하지 못했음을 알 수 있다. 전 인류적 위기인 코로나19 팬데믹(2020~2022)으로 한반도 평화시대 구축 노력(2017~2019)이 불가항력적으로 중단되고, 평화체제 구축을 통한 개혁개방정책이 좌초된 북한 당국은 이전보다 더욱 폐쇄적인 자력갱생 강경노선으로 회귀하였다. 북한 주민들의 삶도 전면봉쇄형 방역시스템 강화로 일상이 심각하게 훼손되었다.

이러한 사회 변화와 맞물려 문예 창작의 위축과 공백도 예상할 수 있다. 다른 나라와는 비교할 수 없을 정도로 강력한 지역 봉쇄와 주민 이동 금지가 시행되면서 작가들은 창작사로 출퇴근할 수없고 합평회와 창작총화도 불가능했을 것이며, 몇 단계에 걸친 검열시스템도 중단되었을 것이다. 코로나 자체가 문예 창작의 전면적인 위축과 공백을 초래하기도 했을 터이다.

이 글의 본론에서 『조선문학』, 『문학신문』 수록 문학작품의 '신종코로나비루스감염증' 재현 양상을 시기순으로 정리하였다. 첫째, 2020년 코로나 초기 단계, 둘째, 2021년 코로나 은폐 단계, 셋째, 2022년 5월 12

일 이후 코로나 발병 공식화와 '방역대전' 승리 선언(2022.8.10) 단계.

2020년 코로나19 초기 단계의 북한문학에서는 병에는 관심을 두지 않고 사회주의적 보건 위생과 주체의학체계의 우수성을 반복하였다. 2021년 코로나로 인한 전면 봉쇄기에는, 일상생활의 심각한 훼손이 추정되지만 문학적 형상은 거의 찾아 볼 수 없다. 다만, 문예지로선 이례적으로 방역을 강조하는 비문학 캠페인 기사가 많아졌다. 2022년 5월 12일의 당 정치국회의에서 발병 사실이 공식화된 후 그간의 참혹한 현실이 뒤늦게 폭로되었는데, 코로나19 청정국이란 허구 속에 은폐되었던 '건국 이래 대동란'의 참상이 봇물 터지듯 드러났다.

3단계인 2022년 5월부터 8월까지 전 인민적으로 전개된 코로나19 '방역대전'의 문학적 재현은 특기할 만하다. 가령 장시 「고요한 거리에서」(2022.6)에서 코로나19로 인한 국경 폐쇄, 도시 봉쇄, 이동 금지로 인한 일상 파괴를 '대동란, 고요'로 형상화하였다. 「드리노라 다함없는 고마움의 인사를!」(2022.8)을 비롯한 수많은 작품에서 코로나19에 맞선 방역과정을 '최대비상방역체계'를 통한 '방역대전'으로 묘사하고 최고지도자의 헌신과 의료진의 '정성'이란 상징어로 '불과 80여 일 만'에 승리했음을 자축하였다.

끝으로 코로나19 팬데믹 시기(2020~2023) 북한문학이 '신형코로나비루스감염증'을 어떻게 그렸는지 시간순으로 통시 분석한 중간결론에, 공시적 미시 분석을 덧붙여 본다. 수십 편의 텍스트를 개괄해보면 전염병의 참상은 구체적 감각적 이미지로 묘사된 것이 대부분인 반면 방역 승리 찬가는 추상적 문구와 관념적 문장으로 획일화된 것이 많았다. 한편, 시가와 산문의 장르적 차이도 주목할 만하다. 당 정책의 즉시적 반영과 기동력 있는 재현이 가능한 시 장르에선 코로나의 일상 훼손과 방역 성공 찬가가 주를 이룬다. 코로나19로 인한 일상의 훼손과 파괴 정황은 전면 봉쇄된 거리로 형상된 '고요'라는 단어가, 방역대전에서 승리한 의료진의 헌신은 '정성'이란 붉은 완장 마크가 상징한다. 반면 소설, 희곡, 서사시 등 서사장르에선 아직 코로나19 팬데믹의 서사시적 재현성과가 보이지 않는다. 다만 「한 가정」(2022.10), 「친혈육」(2022.8) 등 일부 수필과 단편에서 은폐된 이면적 진실이라 할 전염병의 참상과 일상 훼손이 사실적 구체적으로 파편화되어 묘사되었을 뿐이다.

물론 북한문학은 사회주의 당문학이자 수령론이 작동하는 주체문학이기에 당 정책을 반영하고 수령 형상을 찬양하는 기존 틀에서 조금도 벗어나지 않는 것은 당연하다고 할 수 있다. 어찌 보면 2022년 5월 중순 이후 2023년 초까지 나온 코로나19 '방역대전'의 문학적 재현 텍스트는 '제8기 제8차 정치국회의 결정서'의 선전물 일변도라고 폄하할 수 있을 정도이다. 코로나19를 그린 작품 대부분이 세계적인 대유행 전염병을 자력갱생으로 막았다면서 지도자의 위대함과 사회주의-주체 체제의 우월성을 재삼 확인했다는 상투적 선전에 그쳤기 때문이다. 국제사회의 도움 없이 자력으로 세계적 유행병을 막아냈다는 일종의 사회적 신화의 문학적 형상이라 그리 큰 감동을 주지는 못한다. 팬데믹으로 인한 주민생활의 총체적 실상을 비판적 산문정신과 내재적 성찰로 형상한 소설, 서사시 등 본격 리얼리즘 작품을 찾아보기 어려워, 코로나19를 그린 북한문학이 폐쇄국가의 대외용 자화자찬에 머문 것으로 추정된다. 전례 없는 대동란인 코로나19 팬데믹에 맞선 북한의 방역을 동시기 문학작품에 한정해서 평가한다면, '과학방역 대 정치방역'의 대립을 넘어선 일종의 감성방역, 이념방역으로 규정할 수 있을 터이다. 정신승리의 노래는 선전선동을 통한 정신적 위로가 필요한 참담한 현실을 역설적으로 반영하는 것이 아닌지 모를 일이다.

[보론]

김정은 시대 문학의 대표 전형

1. 북한문학의 전형사적 전통

이 글은 북한문학에 나타난 전형적 형상의 역사에서 김정은 시대 문학의 대표 형상을 분석하는 데 목적을 둔다. 북한 역사에 매번 등장하는 예의 속도전 '명명'과 그와 연계된 대표 형상, 전형의 역사적 전통 하에서 김정은 시대 문학의 대표 캐릭터를 탐색한다. 가령 『문학신문』, 『조선문학』, 『청년문학』에 게재된 시, 소설, 비평에 등장하는 '만리마속도, 만리마기수'를 속도전과 전형 형상의 산물로 보고, 전형사적 계보 속에서 그 면모를 분석 평가한다. 북한의 주체문학사를 보면, 각 시기의 정세를 전제한 후 관련된 속도전과 전형적 캐릭터를 명명하고 대표작과 대표 캐릭터를 순차적으로 서술하는 것을 볼 수 있다. 가령, 6·25 전쟁이 끝난 1950년대 중후반의 '전후 복구 건설' 정책이 시행되던 시기에 '평양속도'를 창조한 '천리마기수' 형상이 그 시대를 상징하는데, 최학수 장편소설 『평양시간』(1974)의 주인공 상철이가 바로 그 주인공이라는 식이다.

왜 전형인가? 서사문학 창작에서 기본은 한 시대를 대표하는 새로운 인간형을 실감나게 그리는 것이다. 시대를 대표하는 주인공의 성격 창조란 단순히 새로운 인물 캐릭터를 창조하는 것을 의미하지 않는다. 새로운 캐릭터를 창조하려면 형상의 핵심을 이루는 사상적 심리적인 메시지를 구체적인 인물형으로 성격화시키는 것이다. 작가가 문학작품을 창작할 때 독창적인 인물 성격을 설정하면서 그의 사상적 정서적 심리적인 면모를 가시적인 행동과 사건, 심경으로 묘사하는데, 그것이 개성적으로 구현되었을 때 주인공을 비롯한 등장인물들의 성격 형상이 뚜렷이 살아난다. 문학작품이 독자에게 세상에 대한 새로운 인식과 교양, 감동을 주는 기능은 이처럼 실제 텍스트에서 형상의 중심을 이루는 주인공의 면모, 즉 '전형'적 형상으로 실현된다.

주체문예론에 따르면, "문학예술의 인간학적 본성의 하나는 산 인간의 성격형상을 창조하여 사람들의 사상교양에 전적으로 복무"시키는데 있다.[1] 주체문학사 70년을 돌아보면, 노동자, 농민을 비롯한 인민대중의 형상을 기본적으로 그리되, 그들 중 대표성을 지닌 예외적 개인을 '공산주의적 인간형'이라 불리는 전형으로 재현하였다. 가령, 해방 직후 아직 사회주의체제가 정착되지 못한 인민민주주의체제기(1946~50)의 '긍정적 주인공'과 사회주의 기초 건설기(1953~66)의 '천리마속도'를 창조한 '천리마기수'가 혁명투사적 감성을 지닌 공장 노동자, 협동농장 분조원이었다면, 주체문예론 형성기(1966~75)의 '주체형 인간'은 빨치산 투쟁의 간고분투 정신을 모범 삼은 항일혁명투사형 노동계

1 리동원, 『주체적문예리론연구(3) 작품의 주인공』, 문예출판사, 1990, 18면.

급이라는 식이다.[2]

이들이 항일혁명투사, 전쟁영웅과 함께 성장하거나 최소한 실체를 목격한 선배 세대라면, 주체문예 전성기(1975~94)의 후배 세대들은 선배 '주체형 인간'의 활약상을 구전·전설로만 주입받아 배웠기에 선배들 같은 공감을 요구하기 어려웠을 것이다. 이에 수령에 대한 충성을 새로운 덕목으로 무장한 신세대, 열악한 환경 속에서 체험과 의욕으로만 혁명을 수행했던 선배와 달리 정규교육을 받아 어느 정도의 논리와 이론으로 무장한 청년세대가 등장하였다. 직업으로는 지식인·과학자·기술자, 또는 전문 기술교육을 제대로 받은 청년 노동자·농민이 바로 '3대혁명소조원'(1976~91)이었다.[3]

그런데 3대혁명소조원의 문학적 형상은 청년 엘리트 출신의 만능 천재형지만 부족한 연륜과 경험 때문에 생산 현장과 일상적 실감이 떨어졌다. 주체문학 전성기의 후반부인 1980년대 내내 '숨은 영웅' 형상이 대안으로 제시되었다. 일상을 영위하는 평범한 인민대중 중에서 앞에 나서지 않으면서 수령–당–국가 정책을 묵묵히 실천하는 인간형을 숨은 영웅으로 호명하고 그를 새로운 전형으로 삼았던 것이다. 가령 혁명, 투쟁, 전쟁, 속도전, 선군의 선구자, 투사, 영웅이 아닌 일상 속의 '평범한 인민'이 서사의 중심에 등장하였다. 남대현의 『청춘송가』(1987), 백남룡의 『벗』(1988), 최상순의 『나의 교단』(1982), 김교섭의 「생활의 언

---

2 위의 책, 10면.

3 김성수, 「주체문학 전성기 『조선문학』(1968~94)의 매체전략과 '3대혁명소조원' 전형론」, 『한국근대문학연구』 37, 한국근대문학회, 2018(『북한문학비평사』, 역락, 2022 수정 게재) 참조.

덕」(1984)의 주인공 같은 일상형 영웅이 바로 이러한 캐릭터라 할 수 있다.[4]

북한문학의 전형사적 전통을 돌아보면, 해방 직후 '민주개혁기' 문학의 '긍정적 주인공'부터, '공산주의적 인간형, 천리마기수, 투사–인간, 항일혁명투사, 주체형 인물, 3대혁명소조원, 숨은영웅, 선군 투사' 등 수많은 인간형들이 명멸하였다. 이들은 '천리마 속도, 평양 속도' 외에도 김일성 시대의 '비날론 속도, 강선속도, 안주 속도', 김정일 시대의 '80년대 속도, 희천 속도, 90년대 속도' 등 사회주의적 근대–공산주의적 미래를 앞당기기 위한 수많은 속도전을 창조한 주역이었다.

이제 김정은 시대(2012~23) 문학의 대표 형상을 살펴보기 위하여 이 시기 간행된 『문학신문』, 『조선문학』, 『청년문학』 12년치에 실린 시, 소설, 비평 등을 분석한다. 이 시기는 공식 문학사, 작품선집, 교과서 등 정전이 아직 확정되지 않은 현재진행형이다. 그래서 북한문학장을 대표하는 주요 문예지의 미디어콘텐츠를 전수 조사하는 문헌 고찰법과, '선군 투사, 만리마기수, 과학기술 룡마 탄 기수' 등의 문학적 캐릭터, 서사적 주인공 형상을 조사, 분석, 평가하는 질적 연구 접근법으로 논의를 편다.

---

4 김성수, 『북한문학비평사』, 432~436면.

2. '철령 아래 사과바다', '마식령속도' 창조의 주역 '선군 투사'를 넘어서

2011년 12월 17일, 김정일 사망으로 3남 김정은이 권력을 승계하였다. 3대 세습한 정권이 초기 혼란을 극복하고 체제를 다진 후 자기 시대를 구가하게 되기까지 북한문학 12년의 전반적인 동향은 정중동이라 거시적으로 평가할 수 있다.

2012,3년 정권 교체 초기의 북한문학, 특히 '수령형상문학'부문은 '김정은이 바로 김일성이자 김정일'이라는 후광효과에 편승하는 이미지를 만드는 것으로 출발하였다. 가령 김영희 단편 「붉은 감」[5]이 그런 작품이다. 김정은의 일선 군부대 시찰과 현지지도를 통해 부조(父祖)의 권위와 선군통치를 재현하는 내용이다. 그가 어느 부대를 찾아가 그곳 '감나무중대'에서 최명옥이란 나이 어린 여전사를 만난다. 알고 보니 최명옥이란 이름을 가진 여성 병사가 수십 년 사이에 시기를 뛰어넘어 같은 부대에 근무한 적이 있다. 그러니까 김일성, 김정일도 감나무중대에서 최명옥이란 동명이인을 만난 기연이 있었던 것이다. 이는 부조의 선군통치방식을 계승한 후계구도의 정통성을 우연이 아닌 필연적 운명으로 미화한 것이다. 김정은의 수령 형상 면모를 그리기 시작한 2013년 하반기부터 그런 단편소설이 창작되어 이듬해 『불의 약속』(2014)[6]으로 묶였는데, 그 중의 한편이다.

---

5 김영희, 「붉은 감」, 『문학신문』 2013.11.16, 2~3면.

6 정기종, 김하늘, 윤경찬, 황용남 등 11인 지음, 『불의 약속』, 문학예술출판사, 2014.

새로운 청년 지도자는 '백두혈통'이라는 중세적 명분과 부조(父祖)의 후광에 힘입어 권력을 성공적으로 계승하였다. 다음 단계로 자기만의 독자적 이미지를 구축하기 위하여 부조의 혁명과 선군 구호와 달리 '인민생활 향상' 담론으로 차별화를 꾀했다. '일상의 전시화(戰時化)'가 내재된 동원체제에 극도의 피로감을 느낄 인민들에게 '사회주의 문명국'의 환상을 심어주었다. 추상적 정치구호로 점철된 혁명과 선군 대신 피부에 와닿는 가시적 이미지로 새롭게 달라진 일상의 모습을 핍진하게 묘사한 '철령 아래 사과바다', '세포등판 축산기지', '마식령속도' 등을 제시하였다.

가령 우리의 대관령 목장, 임실치즈공장에 비견될 '세포등판 축산기지' 건설을 노래한 장시 「한껏 푸르러지라 세포등판이여」(2013)를 보면, '세포등판속도, 철령 아래 사과바다, 마식령속도' 등의 이미지가 나열된다.

> 남들이 수십 년이 걸려도 못한다는 이 전변 / 우린 단 1년에 안아왔으니 /
> 2년 또 3년 후면 / 이 세포등판은 그 얼마나 몰라보게 전변될 것인가 /
> 내 조국의 모습은 그 얼마나 아름다울 것인가 //
>
> 철령 아랜 / 인민의 기쁨을 한껏 떠싣고 솟은 마식령 /
> 만복이 주렁지는 사과바다 /

양이며 젖소가 구름처럼 흐르는 푸른 등판의 바다[7]

세포등판은 대규모 국립 축산기지를 축성할 지명이다. 한국식의 대관령목장을 만들려면 10년 넘게 걸릴 것을 북한에서는 1년 내에 토지 기반을 닦고 2,3년 내에 초지를 조성하겠다는 뜻이다. 속도전으로 축산, 낙농업을 발전시켜 이른 시일 안에 젖소와 양에서 나온 질 좋은 국산우유와 치즈, 유산품을 인민들에게 빨리 공급하겠다는 말이다. '철령 아래 사과바다'란 김정일의 선군통치를 상징하는 유서 깊은 장소인 철령 기슭에 있는 고산사과농장을 대규모 과수원 단지로 확장 개발하여 사과 등 과일을 대량 공급하겠다는 뜻이다. 마식령에는 세계적 규모의 스키장을 만들어 인민들의 레저시설로 활용하겠다는 의도가 담겨 있다.

김정은 정권 초기의 민생 안정책은 식의주등 생필품의 무한한 보급을 보장하는 데 그치지 않았다. 최소한의 먹거리 보장 차원을 넘어선 과일, 담배, 우유, 치즈, 녹차 등 기호식품까지 시야를 확대한 점이 위 시에서 드러난다. 시에서 "남들이 수십 년이 걸려도 못한다는 이 전변 / 우린 단 1년에 안아왔으니"라고 한 것처럼, 북한에서는 2013년 당시 축산기지의 초지 기반 조성공사를 단 1년 만에 성공하여 한때 '세포등판속도'[8]란 신조어까지 나왔을 정도였다. 하지만 목초지가 조성된 2, 3년 후면, "양이며 젖소가 구름처럼 흐르는 푸른 등판의 바다"로 초지가 조성되어 몰라볼 정도로 천지개벽될 것이라던 대규모 축산기지는

7 김윤걸, 리태식, 「한껏 푸르러지라 세포등판이여」(장시), 『문학신문』 2013.10.19, 1면.

8 현지보도반, 「'마식령속도'에 세포등판속도 창조로 화답하며-전국의 근로자들에게 편지를 보낸 세포등판 군인건설자들과 돌격대원들」, 『로동신문』 2013.6.18.

끝내 뉴스로 보도되지 않았다. 당연히 낙농천국이라는 현실을 반영한 시, 소설도 등장하지 않았다. 목초지가 있어야 젖소를 키우고 거기서 우유가 나오고 치즈를 만들어 햄버거, 피자까지 나올 텐데 10년이 지난 지금까지 여전히 북한 시, 소설에 치즈 향과 피자 맛이 표현되지 않는다. 축산산업과 낙농가공업의 혜택을 듬뿍 누렸던 스위스 유학 출신 청년 지도자의 어릴 적 치즈 피자 먹던 추억과 상상이 세포등판에선 아직도 실현되지 못한 듯하다.

'세포등판속도'는 그렇다 치고, '철령 아래 사과바다'는 어떠한가? 김정은은 2013년 6월 3일 고산과수농장을 현지 지도하였다. 부친의 선군장정 정서가 깃든 철령 전선시대 고산땅에 대규모 과수원 풍광을 흡족해하며 '사회주의선경'을 떠올리면서 '철령 아래 사과바다'라고 명명하였다. 이는 선친 시대의 키워드인 선군과 자기 시대의 새로운 '시대어'인 인민생활 향상, 행복을 둘 다 아우르는 적절한 이름으로 보인다. 당대 '시대어'를 정리한 김영범의 뜻풀이처럼, "철령이 선군혁명령도의 상징이라면 사과바다는 사회주의만복의 상징이다." 철령 아래에 굽이치는 사과바다 선경은 부친의 위업인 선군을 위에 두고 그 후광 아래에서 사과바다로 상징되는 인민을 행복하게 만들겠다는 김정은의 애민 정서를 보여준다. 비록 "당의 선군정치가 낳은 또 하나의 선경"[9]이라고 해설함으로써, '철령 아래'라는 수식어에 방점을 찍었지만, 무게중심은 '사과바다'에 있다고 달리 해석할 수 있다.

'철령 아래 사과바다'는 2013년까지 아직 영향력이 남아있는 선군

9 김영범, 『인민사랑의 시대어』, 평양출판사, 2016, 33면.

정치의 잔영과 그로부터 벗어나 노동계급 중심의 당–국가체제로 되돌리고 싶은 청년 지도자의 애민 욕망이 절묘하게 맞아떨어진 가시적 이미지라고 풀이할 수 있다. 부친의 선군 통치이념의 장소적 상징성을 띤 철령에서 자신의 애민, 민생을 상징하는 사과바다 과수원의 스펙터클을 구가하는 것은 선군 이념과 인민의 행복을 위한 자기만의 통치스타일을 동시에 아우를 수 있게 하는 이미지 메이킹이 될 수 있다.

위 시에서 앞의 두 이미지보다 더욱 뚜렷하게 가시화된 것은 세 번째 시상(詩想)인 "인민의 기쁨을 한껏 떠싣고 솟은 마식령"이다. 10년이 지난 지금까지도 김정은 시대 1기[10]를 가장 생동하게 보여주는 건설속도와 민생, 관광, 스포츠 분야에서 성과로 보인 것이 '마식령속도'와 '스키바람'이기 때문이다. '마식령속도'란 국제규격의 대규모 스키장 건설 공기(工期)를 "10년 세월 한해로 앞당긴"[11] 속도 담론이다. 세계적 규모란 국제경기를 치를 수 있는 10개의 스키주로와 풍치에 잘 어울리는 최신 호텔과 스키 대여 및 숙소건물, 여러 노선의 삭도(리프트)와 설상차 등 설빙시설을 포함한 방대한 규모의 스키장을 말한다.

2013년 김정은이 마식령스키장 건설에 참가한 군인 건설자에게 강조한 비약과 혁신의 속도이다. 인민군 군인들은 '단숨에'의 정신으로 스키장 건설을 화약에 불이 달린 것처럼 폭풍처럼 전격적으로 밀고 나감으로써 새롭게 창조한 속도를 일컫는 시대어이다. 당의 명령이라면

---

10 김정은 시대의 정세 변화와 문학 동향을 아울러 감안한 결과 문학사적 시기를 셋으로 나눴다. 정세 변화는 제7, 8차 당대회(2016, 2021)를 기점으로 1, 2, 3기로 나눴다. 자세한 것은 이 책의 3부 1장 「천리마에서 만리마로」 서두 참조.

11 리경체, 「마식령 병사는 추억하리」(시), 『조선문학』 2013.7, 22면.

산도 옮기고 바다도 메우는 군인 건설자들이 10년이 걸릴 방대한 스키장 건설을 1년 남짓한 기간에 완공함으로써[12] 12월 31일 '마식령속도' 창조에 성공하였다.

마식령스키장의 건설 동력은 과연 무엇일까? 군인 건설자들에게 김정은은 최고사령관이라서 그의 명령에 무조건 따르는 '충정과 결사관철의 투쟁정신'으로 건설노동에 동참했을 것이다. 그들은 스키장 건설을 고무 선동하는 시 「마식령 스키주로여!」[13]의 한 구절처럼, "'단숨에' 정신으로 / 화약에 불이 달린 것처럼 / 일당백 공격속도로," '마식령속도'를 창조하였다. 시인이 찾아낸 건설 노동의 동력은, "내 여기서 보노라 / 일당백정신이 창조한 '마식령속도'/ 김정일애국주의의 숭고한 정신력 / 당이 번개를 치면 우레를 치는 / 완강한 그 정신 그 기백"이라고 한다. 다만 타자의 시선에서 볼 때 수령에 대한 무조건적인 충성심과 인민에 대한 애정만으로 극한 노동에 참여한 것은 아니라고 본다. 당시 보도 기사가와 대남방송을 종합해 볼 때, 군인이 건설투쟁을 참여할 때 민간 노동자와 다른 군인만의 동인(動因)이라 할 '적에 대한 적개심'이 더한 것이 아닌가 싶다.[14]

이처럼 '철령 아래 사과바다', '세포등판 축산기지', '마식령속도' 같은 김정은 시대 1기를 대변하는 시대어[15]가 바로 문학 창작의 모티브가

---

12 채희원·원충국, 『김정은 장군과 시대어 1』, 과학백과사전출판사, 2017, 62면.

13 주경, 「마식령 스키주로여!」(시), 『조선문학』 2013.8, 25면.

14 자세한 것은 김성수, 『북한문학비평사』(역락출판사, 2022), 506~511면 참조.

15 "당의 부름 따라 산악같이 일떠선 군인 건설자들은 고결한 충정과 결사관철의 투쟁으로 국제규격의 대규모 스키장과 호텔 등 부대시설을 빠른 기간에 끝내는 혁혁한 위

되었다. 기실 김정은 시대 1기 문학의 대표 캐릭터는 김정일 시대 문학의 잔영인 '선군 투사'였다. '핵무력과 경제 병진책'을 실현한 '마식령속도'의 창조자인 군인 건설자가 그 예이다. 그들 군인 건설자의 성격적 특징은 선군 투사형이라 할 수 있다. 선군시대의 돌격정신은 '당의 호소를 심장에 쪼아박고 만사를 제치고 달려나가는' '곧바로'의 정신이었다. '작렬하는 폭약 같이 일격에 산도 허물고 강줄기도 막는 공격정신이며 어떤 악조건에서도 동지적 우애와 집단의 위력으로 난관을 뚫고나가는' 자력자강 정신이었다.[16]

기실 군인, 병사가 전시도 아닌 평시에, 천재지변이 나서 대민지원에 나서거나 민간부문 건설장에 동원되는 것은 문제가 있다. 더욱이 군사작전을 위한 도로나 토목공사 같은 SOC도 아닌 유원지 위락시설 건설에 동원될 노동력 자원은 더욱 아니다. 비록 군 최고사령관의 명령에 따랐다지만 물자도 태부족한데 일선 병사들이 그토록 고생해서 예의 '마식령속도'로 스키장을 건설했다면, 그 스키장은 당연히 인민들의 행복을 위해서 운영 관리되어야 할 터이다. 이와 관련하여 한해를 마무리하는 장시의 한 구절, 스키장 개장을 축하하는 대목을 보자.

그 자욱자욱 우에 / '마식령속도'의 불바람이 일어 / 억만년 잠

훈을 세웠다." 채희원·원충국, 『김정은 장군과 시대어 1』, 과학백과사전출판사, 2017, 133면.

16 "선군시대의 청년돌격정신은 당의 호소를 심장에 쪼아박고 만사를 제치고 달려 나가는 '곧바로'의 정신이다." 채희원·원충국, 『김정은 장군과 시대어 1』, 과학백과사전출판사, 2017, 62면.

자던 대화봉의 산발을 흔들어 깨우며 / 황홀경을 이룬 스키주로가 / 눈뿌리 아득히 뻗어가고 //

전승 60돐과 / 공화국 창건 65돐의 열병 광장 〈조국찬가〉 노래 / 세포등판 방목지 / 김정은조선은 백배천배로 강해졌거니 //

마식령 스키바람 / 미림의 승마바람이 / 온 나라에 일어번지고 / 새집들이 경사로 거리와 마을들이 들썩할 / 사회주의 문명국이 우리를 부른다 //

가자 / 우리 가자 / '마식령속도'의 불바람을 / 대건설의 열풍 / 비약의 열풍으로 터쳐올리며 / 건설의 대번영기가 펼쳐질 / 2014년으로 가자 //[17]

시에서 보듯이 군인들이 건설한 스키장에서 인민대중들이 급강하가 가능한 국제 규격의 급경사 주로를 스키를 타고 내려오면서 '황홀경을' 느끼는 것이다. 그것이 위 시에서 노래한 마식령 스키바람의 가시적 실감이다. 이는 '사회주의 문명국'의 시각적이자 촉각적인 공감각이기도 하다. 바로 김정은 시대를 상징하는 키워드, '스키바람'이다. '스키바람'이란 현대식으로 건설된 세계 일류급의 마식령스키장에서 스키를 즐겨 타는 인민들의 모습을 그린 시대어이다. 당이 바라는 세계적 기준, 국제규격으로 만들어진 스키장에서 인민들과 청소년들이 마음껏 운동을 하게 하였다. 2013년 12월 31일 세계 일류급의 마식령스키장 개장식이 진행된 후 2014년 2월부터 청소년 학생들의 스키 캠프가 개설

17 주광일, 「못 잊을 2013년이여」(장시), 『문학신문』 2013.12.30, 3면.

되어 스키장에 행복의 웃음소리가 울려퍼지게 되었다고 한다.[18]

이처럼 새로운 청년 지도자는 자기만의 독자 이미지를 문학적으로 구축한다. 그는 이른바 '항일혁명'으로 부르는 민족해방무장투쟁부터 시작하여, '조국해방전쟁', 사회주의체제 건설, '문학예술혁명', '선군혁명'에 이르기까지 '조선혁명'의 지난 과정에 직접 참여하거나 결정적으로 기여한 바가 없다. 조부의 항일빨치산투쟁 경험에 기초한 주체사상 창시자 이미지와 부친의 주체사상 유일체계화를 위한 문화혁명과 선군장정(先軍長征) 이미지를 후광 삼아 '백두혈통'이라는 명분으로 승계했을 뿐이다. 그러나 혈연적 직계라는 중세적 명분으로 부조의 정치적 성과를 모방, 재연하는 것만으로는 인민대중 및 외부세계에 면이 서지 않았다. 그래서 민생을 강조하는 '인민에게 친근한 애민' 지도자 이미지를 연출한 것이다.

3. '사회주의 문명국' 실현을 위한 '만리마속도 창조운동'의 주역 '만리마기수'

김정은 정권 1기(2011.12~2016.5) 문학을 보면, 인민들이 '사회주의 문명국'에서 '사회주의적 부귀영화'를 누리면서 살아가는 일상 찬가가 이전보다 대폭 늘었다. '사회주의 문명국'이란, 사회주의 문화가 전면적으로 개화 발전하여 인민들이 높은 창조력과 문화수준을 지니고 최상

18 채희원, 원충국, 『김정은 장군과 시대어 1』, 181면.

의 문명을 최고 수준에서 창조하며 향유하는 나라[19]이다. 최상, 최고란 수식어를 빼면 그 실체는 공원, 유원지, 위락시설 같은 현대적인 문화 시설, 후생복지를 늘려 전쟁과 체제 대결에 지친 인민들이 문명한 여가 생활을 마음껏 누리도록 하는 것이다. 이를 가능케 한 것은 상대적으로 적은 군비로 안보를 극도로 강화할 수 있는 핵폭탄과 우주 로켓 개발이다. 그래서 김정은 시대 문학작품과 담론에서 핵실험과 인공위성 발사 성공 서사가 유독 많다. 우주시대를 구가하는 '사회주의 강성국가' 공민의 '사회주의적 부귀영화'를 그린 작품은 '핵무력·경제 병진'책의 예술적 반영물로 볼 수 있다.

36년 만에 열린 조선노동당 제7차 당대회 이후 안정기에 접어든 김정은 정권 2기(2016.5~2020)의 시, 소설을 보면 선군 시대 문학과 가장 달라진 것이 바로 일상생활의 생동감 넘치고 섬세한 묘사이다. 공장, 제철소, 탄광, 농어촌, 사무실 할 것 없이 북한 전 지역의 전 일상영역, 직장분야에 걸쳐서 자발적 노동동원의 동력이 되도록 '사회주의 강국, 사회주의 문명국'을 만들겠다는 환상을 심는 데 문학이 기여하였다. 문학작품에 나타난 사회주의 문명국을 건설할 주역, 시대정신을 표상할 새로운 인간형은 누구인가? 바로 '만리마속도' 창조운동을 이끄는 '만리마기수' 형상이다.

'만리마'는 김정은 시대 1기에 숱하게 열거되었던 정책 슬로건이나 가시적 이미지를 당 제7차 당대회 이후 통합한 이미지(UI)라고 할 수 있다. 처음에는 생산 현장의 슬로건인 "천리마, 만리마가 달리는 자세

19 위의 책, 156면.

로" 노동에 매진하자는 정도였다가 어느 순간 '만리마시대'를 자기 시대를 규정하는 시대어, 키워드로 삼았다. '만리마'란 예전 구호 '천리마'를 변형한 것이다. 만리마시대의 선구자인 '만리마기수'는 저 195,60년대 사회주의 건설기 천리마운동의 주역이었던 천리마기수의 후예라 하겠다. 이는 단순한 노동영웅의 모방, 재현이 아니다. 북한식으로 말하면, "앞선 사람, 앞선 단위가 뒤떨어진 사람, 뒤떨어진 단위를 솔선 맡아 도와주며 이끌어주는 것이 전 사회적 기풍이던 천리마대고조 시기처럼, 당-국가의 중간관료들이 항일유격대식으로 배낭을 메고 인민대중의 생산 현장, 생활 속으로 들어가 군중을 발동시키고 혁신의 불길을 지펴올리는 것이다. 이는 노동력 제고만 독려한 것이 아니라 인간개조와 정신력 발동의 모범이 온 나라에 가득차도록 하려는 당의 의도이다.[20]

'만리마속도' 창조운동을 당 정책으로 공식화한 것은 제7차 당대회 이후이다.[21] 당시 당대회를 즈음한 시기에 나온 시 「나래치자 만리마속도로」(2016.5)를 보자.

> (전략) 십 년을 한 해에! / 우리 대에 민족의 대업을! / 강산을 떨치는 만리마의 호용소리 / 그것은 제힘을 믿는 강자들 / 래일을 안고 불타는 열의 인간들이 / 시대를 진감하는 산울림소리 //

---

20 채희원, 원충국, 「조석으로 강산이 변하는 새로운 천리마시대, 만리마시대」, 『김정은 장군과 시대어 1』, 119면.

21 물론 당의 공식화 이전에도 '만리마 기수' 형상이 작품화되었다. 리연희, 「만리마 기수」(시묶음), 『문학신문』 2016.3.12, 1면.

날으자 만리마여 / 우리 당이 가리키는 리정표 따라 / 기적과 대비약의 기념비들을 이 땅에 안아올리며 / 과학전선의 첨단돌파로 / 지식경제의 모양을 멋지게 그리며 / 이 땅 이 하늘 아래 / 만복의 향기를 가득 채우며 //

주체철이 사품치는 용해장에서 / 발전소와 지하막장 / 우쩍우쩍 솟구치는 려명거리 층막 우에서 / 이 땅의 주인들이 번개쳐 내닫는다 / 승리의 룡마 / 총진군의 준마를 타고 //

위대한 당 중앙의 부름에 화답하여 / 백만천만이 / 만리마 선구자가 되리라 //[22]

시에서 만리마속도란 '십 년을 한 해에!'는 시구처럼 목표 대비 10배의 생산실적을 내도록 독려하는 것이다. 그 주인공은 "제 힘을 믿는 강자들 / 래일을 안고 불타는 열의 인간들"이란 시구처럼 외부의 도움이나 외제 수입품 없이 자력갱생으로 혁명적 열정을 가지고 자발적으로 노동력을 제공하는 만리마기수이다. 이들이 천리마기수와 다른 점, 나아진 지점은 '과학전선의 첨단돌파로 / 지식경제의 모양을 멋지게 그리'는 첨단 과학기술과 정보화 시대의 지식을 갖춘 인재라는 사실이다. 청년 과학기술자들이 제철소, 발전소, 탄광, 고층건물 건설장 등에서 '당 중앙'으로 불리는 김정은의 명령에 화답하여 자발적 노동에 힘쓰는 것이다. '만리마속도 창조운동'의 주역인 '만리마 선구자'들은 '승리의 룡마 / 총진군의 준마를'를 탄 '만리마기수'로 형상된다.

---

22 박정철, 「나래치자 만리마속도로」, 『문학신문』 2016.5.21, 1면.

7차 당대회를 계기로 북한문학장에서 만리마 형상이 족출하였다. 박정철 시 「나래치자 만리마속도로」가 본격 창작의 신호탄이 된 듯, 비슷한 내용과 형식의 텍스트가 다양한 장르로 확산되었다. 「만리마의 진군길」, 「만리마병사」 같은 시, 「우리는 만리마 세대」, 「만리마 달린다」, 「만리마 타고 자강력 떨쳐가자」 같은 가사, 「우리는 만리마 기수」 같은 노래, 「천리마에서 만리마에로!」, 「폭풍쳐 달리자 만리마시대의 사상전선의 기수로!」 같은 정론, 「만리마선구자」 같은 수필이 계속 나왔다.[23] 만리마속도 창조의 기원이 되었던 2016년의 평양 려명거리 건설장을 자랑스레 그린 찬가 「아, 만리마속도 창조의 고향이여」에서도 건설 노동자를 형상하였다.[24] 이전까지 선군 투사일 것 같은 인민군 병사도 '만리마병사'란 이름을 새로 얻어 만리마 탄 기세로 나라를 지키고 있다고 형상화되었다.[25] 다만 박혁의 시, 「나래치라 만리마여, 강원도정신으로!」처럼 만리마가 '강원도정신'을 강조하는 문학적 수사로 전락하면 전형적 형상이라고 할 수는 없다. 이 경우엔 만리마가 하늘

---

23 손경주, 「만리마의 진군길」(시), 『문학신문』 2016.5.28; 홍철진 외, 「천리마에서 만리마에로!」(정론), 『조선문학』 2016.5; 하복철, 「우리는 만리마 세대」(가사), 『문학신문』 2016.7.16; 안혜영, 「폭풍쳐 달리자 만리마시대의 사상전선의 기수로!」(정론), 『문학신문』 2016.8.6; 김영임, 「만리마의 속도는 창작전투에서도」, 『문학신문』 2016.8.13; 최성혁, 「만리마 타고 자강력 떨쳐가자」(가사), 『문학신문』 2016.9.10; 리효태, 「만리마 달린다」(가사), 『문학신문』 2016.11.19; 리지성 작사, 현경일 작곡, 「우리는 만리마 기수」(악보), 『조선문학』 2016.9; 박복실, 「만리마 선구자」(수필), 『문학신문』 2017.3.11; 김태종, 「만리마속도로 내 조국 빛내자」(가사), 『문학신문』 2017.11.25; 리영민, 「'가사 3편'_만리마선구자의 노래」(시), 『문학신문』 2017.6.17.

24 우광영, 「'려명거리에서 우리가 산다'_아, 만리마속도 창조의 고향이여」(시초), 『문학신문』 2017.5.13, 1면.

25 방명혁, 「만리마병사」(시), 『문학신문』 2017.2.25, 1면.

높이 날아오르는 생산력 향상을 수식하는 관형어에 불과하기 때문이다.[26]

문학작품에 나타난 만리마 형상 중 이채로운 것은 말이 하늘 높이 날아오를 것이라는 통념적 이미지와 달리 지하막장 광부를 격려하면서 하늘과 땅, 천지가 전도(轉倒)된 독창적인 비유를 담은 경우이다. 당연히 하늘만 날 것 같은 만리마기수가 탄광의 지하막장에서도 초인적 노동력을 발휘하는 막장 광부의 영웅적 면모를 그린 서정시이다.

> 만리대공으로 솟구쳐 오르는 것이 / 만리마라 하더라 / 허나 영웅소대 만리마는 / 네 굽을 안고 날아내렸구나 / 깊이 천길 땅속 더 깊이로 / 무한한 하늘로 나래쳐오르기도 / 정녕 헐치 않다만 / 얼마나 억센 불패의 나래 펼쳤으면 / 어두운 땅속 천연암반을 걷어차며 / 천리만리를 내달렸으랴 // (중략) 그대들의 만리마는 지치지도 주저앉지도 않았구나 / 한치한치 보화의 장벽을 열어제끼며 만리마의 기세찬 호용소리는 / 천길 지심을 뒤흔들었어라[27]

흔히 만리마기수라 불리는 노동영웅들은 만리마의 우렁찬 울음소리를 상상으로 들으면서 날개 돋친 용마가 하늘 높이 날아오르는 기상을 떠올린다. 그런데 탄광의 영웅적 채탄소대원들은 하늘로 날아오르는 통념과 달리 땅속 깊이, “천길 땅속 더 깊이로” 파고든다. 일반 공장

26 박혁, 「나래치라 만리마여, 강원도정신으로!」, 『문학신문』 2017.5.6, 1면.

27 전승일, 「땅속을 나는 만리마」(시), 『조선문학』 2017.11, 47면.

노동자들이 만리마 탄 기세로 노동에 종사할 때도, "무한한 하늘로 나래쳐 오르기도 / 정녕 헐치 않다." 그에 비해 노동강도가 훨씬 센 지하막장의 영웅적 탄부들이 만리마식 노동을 두고, "얼마나 억센 불패의 나래 펼쳤으면 / 어두운 땅속 천연암반을 걷어차며 / 천리만리를 내달렸으랴" 하고 자랑한다. 서정적 자아는 그들 천길 땅속 지하막장을 파내려가는 영웅적인 탄부들의 각오에 찬 기합과 외침을 두고, "천길 지심을 뒤흔들," "만리마의 기세찬 호용소리"로 환기한다. 천 길 땅속 깊이 파고드는 탄부의 이미지를 통해, 만리마 이미지가 얼마나 다양하고 풍부하게 그려졌는지 알 수 있다.

평소보다 배가된 생산속도를 강조하는 '만리마 탄 기세' 이미지는 공장, 농장, 탄광, 제철소 같은 생산 현장에만 적용되는 것이 아니다. 시, 소설, 노래 같은 문학예술 창작에도 속도가 강조된다. 작가 예술인들이 매년 연초에 세운 창작계획을 연말에 총화할 때도 계획 대비 창작 생산량의 배가와 원래 계획했던 창작 일정보다 앞당겨 작품을 제출하는 '창작 독려'에도 만리마속도가 적용되었다. 작가들은 시, 소설 창작을 전투적으로 수행할 때 만리마속도를 적용하고 명작을 창작하여 만리마선구자대회에서 면을 세우며, 4.15문학창작단 소속 작가들도 수령형상을 장편소설로 쓰는 총서 창작에도 적용하였다.[28] 만리마기수라 할

28 김영임, 「만리마의 속도는 창작전투에서도」, 『문학신문』 2016.8.13(루계 제2331호); 본사기자, 「눈부신 명작창작성과로 만리마선구자대회를 자랑스럽게 맞이하자—조선작가동맹 중앙위원회 제3기 39차전원회의 진행」, 『문학신문』 2017.5.13; 김향(본사기자), 「만리마선구자대회를 자랑한 창작성과로 천만군민의 심장을 울려주는 총서작품들을 더 많이—4.15문학창작단에서」, 『문학신문』 2017.5.20; 미상, 「격동하는 만리마시대를 선도하는 명작창작열풍을 세차게 일으켜나가자」(사설), 『문학신문』

공장 노동자들도 자신의 경험을 글로 써서 작가가 되는 군중문학작품을 잘 쓸 수 있다고 하였다. 문학신문 기자가 평양 시내의 김정숙제사공장에서만난 노동자들이 바로 만리마기수 자신이라서 그들이 소속한 군중문학소조에서 써낸 군중문학 창작이 바로 만리마기수 형상 작품이 되는 것이다.[29]

김정은 시대를 대표하는 이상은 '사회주의 강국', '사회주의 문명국' 실현이며, 그를 가능케 하는 대중운동은 '만리마속도 창조운동'이다. 그것은 또한 자력갱생을 제일로 삼고 과학기술의 힘으로 경제 생산뿐만 아니라 사회 문화, 생활의 전 부문에서 질적 비약을 일으키기 위한 "전 인민적인 자력갱생 대진군운동"이기도 하다. 그러려면 이전 선군 시대와는 달라진 기준과 전형을 창조하고 그를 모범 삼아 따라 배워야 한다. 2016년을 기준으로 삼는다면 당 제7차대회 결정을 "최단기간에 최상의 수준에서 관철하기 위한 련속공격, 계속전진, 계속혁신의 사회주의경쟁운동"이다.[30]

천리마가 만리마로 배가된 데는 또한 인공지구위성 발사와 잇단 핵실험 성공에 고무되어 이른바 '우주시대'를 맞은 자신감도 한몫을 했다고 평가된다. 리광운의 시 「나는 위대한 시대에 산다」(2017)에서 "십년을 하루에 당겨놓으며 / 만리마로 달리는 위대한 이 시대"라고 노래하

2017.8.26.

29 김향(본사기자), 「더욱 활기를 띠는 만리마기수들의 군중문학 창작활동—김정숙평양제사공장 군중문학소조에서」, 『문학신문』 2017.11.25, 4면.

30 「만리마시대의 《산울림》 명작들이 폭포처럼 쏟아지게 하자」(사설), 『문학신문』 2016.6.4, 1면.

는 자부심의 원천은 "지심을 뒤흔든 수소탄의 폭음이 / 이 조선의 공민된 긍지를 더해주며," "하늘을 우러르면 / 우리 《화성》의 찬란한 모습이 / 눈부신 자태로 / 이 가슴에 안기여들"기 때문이다.[31] 만리마는 천리마의 진화형인 셈이다. 상상력을 발휘한다면 만 리는 4천 킬로미터인데 만리마는 ICBM처럼 대륙을 넘나드는 '최첨단 과학기술 룡마'인 셈이다.

4. 자력갱생형 청년 과학기술자 '과학기술 룡마 기수'

2021년 1월, 제8차 당대회가 개최되었다. 이를 전후로 한 김정은 시대 3기는 또한 '신종코로나비루스감염증(코로나19)' 광풍이 '대동란'을 일으킨 팬데믹 시대이기도 하였다. 따라서 이 시기 문학은 급변한 정세를 반영하지 않을 수 없다. 제8기 당 정책인 '인민경제 5개년계획'을 통한 인민생활 향상 담론은 당연한 창작 소재이지만, 코로나19 방역을 통한 '인민의 안녕' 담론을 선전하는 것 또한 문학예술 창작의 중차대한 임무가 되었다. 이는 김정은 시대 1기(2012~15)를 대표했던 '핵무력과 경제 병진정책, 모란봉악단의 창조기풍, 마식령속도'[32]이나 2기(제7차 당

31 "잠시 귀기울이면 / 지심을 뒤흔든 수소탄의 폭음이 / 이 조선의 공민된 긍지를 더해주며 / 쿵쿵 심장을 울려주고 // 저 하늘을 우러르면 / 우리 《화성》의 찬란한 모습이 / 눈부신 자태로 / 이 가슴에 안기여들 듯 // (중략) 아, 세인을 놀래우는 위대한 창조자로 / 인민이 거인처럼 우뚝 선 이 땅 / 십년을 하루에 당겨놓으며 / 만리마로 달리는 위대한 이 시대." 리광운, 「나는 위대한 시대에 산다」(시), 『문학신문』 2017.9.23, 3면.

32 채희원, 원충국, 『김정은 장군과 시대어 1』, 110, 133면.

대회, 2016.5~2020)를 대표했던 '만리마속도, 만리마기수' 형상론과 구별되는 3기 문학의 특징이다.

김정은 시대 2기의 문학적 주인공인 만리마기수는 3기에 들어서면서 시대의 선구자이자 "과학기술 룡마 탄 컴퓨터 기사"인 청년 과학기술자로 다채롭게 그려진다. 청년 과학기술자를 김정은 시대를 대표하는 전형으로 내세운 데는 이유가 있다. 선군시대 문학에서는 한웅빈의 「스물한 발의 '포성': 안변청년발전소 군인 건설자의 일기 중에서」,[33] 박윤의 『총대』[34] 등에서 보이듯이, 주객관적 여건을 보면 도저히 불가능한 정황임에도 불구하고 "무조건 하면 된다"는 식의 혁명적 군인정신만 강요했던 선군시대 투사를 전형으로 내세웠다. 당시엔 첨단장비와 생산설비는커녕 물자생산을 위한 원료와 연료 등 생산수단이 태부족한 열악한 현실에서 오로지 혁명적 군인정신을 강조한 (반강제 동원) 노동력으로만 경제 성장을 무리하게 추진해서 문제가 많았다. 그조차 "사탕 한 알보다 총알 한 방이 중요하다"는 식으로, 생필품을 위한 경공업 생산을 희생하고 군수산업, 중공업 우선주의였다. 이제 체제 붕괴라는 최악의 급변사태를 극복해서 정상적인 인민계획경제를 수행하는 2020년 전후의 달라진 환경에서 제대로 된 경제 발전을 이루려면 최소한의 지식정보를 지닌 노동자와 관리자가 생산 현장을 지켜야 했다.

그래서 나온 구호가 '전민과학기술인재화'이다. 이는 북한 사회 구성원 모두를 대학 졸업 정도의 지식을 소유한 '지식형 근로자, 과학기

33 한웅빈, 「스물한 발의 포성」, 『조선문학』 2001.6.

34 박윤, 『총대』, 문학예술출판사, 2003.

술 발전의 담당자'로 만들겠다는 당 사업이다. 지식경제시대의 요구에 맞게 전체 인민을 첨단 과학지식과 기술기능에 정통하고 과학기술 강국을 비롯한 사회주의강국 건설과정에서 나타나는 문제를 과학적 기술적으로 담보할 수 있는 학술형 인재, 실천형 인재로 키우자는 사업이다.[35]

가령 제철소 용광로에서 일하는 노동계급도 예전처럼 혁명적 열정으로 고난의 행군을 이겨낸 백전노장 지배인 아바이나 근육질의 제대군인 분조장만 중심이 아니다. 청년 기술자, 심지어 처녀 과학기술자가 종합조종 제어실에서 폐쇄회로 화면을 보고 공정 전반을 실시간 모니터링한다. 컴퓨터로 계산된 중앙제어처리장치, CNC 시스템으로 생산공정을 관장한다. 남성 위주의 중노동, 고위험 생산 현장의 상징이던 제철소 용광로나 탄광의 지하 막장까지도 컴퓨터로 제어하는 첨단과학공정이 체계화된 것이다. 김남호의 「김철의 용해공들 속에서」(2023)란 시초를 보면, 김책제철소 용광로에서 중노동에 종사하는 노동자를 '과학기술 룡마 탄 기수'로 형상화하고 있다.

> 좋구나 / 그제는 반장이 / 어제는 전공이 / 오늘은 수리공이 / 그렇게 온 작업반이 발명명수가 되어 / 과학기술 룡마에 넝큼 뛰여오르니 //
>
> 사람은 수십이여도 / 백만대군 못지 않다고 / 온 공장이 사랑 담

35 채희원, 원충국, 『김정은 장군과 시대어 1』, 161면; 김미란, 김기철, 『인민중시, 인민존중, 인민사랑의 새 전설』, 과학백과사전출판사, 2018, 110면.

아 지어준 / 그 이름도 자랑 높은 명수작업반 //

피어린 항일의 불길 속에 태여난 / 자력갱생의 전통을 / 피로 넋으로 훌륭히 이어가면 / 무엇이든 맡겨달라! / 배심 든든히 슬기로운 이마 빛내며 / 조국 앞에 씩씩하게 나서는 명수작업반 //[36]

시에서는 김책제철소의 발전상을 첨단 과학기술로 뒷받침된 지식경제사회의 추세에 맞게 창의적 발상의 발명품이 연일 나오는 풍광 묘사로 환기한다. 반장, 전기공, 수리공 등 작업반 성원 모두가 증산, 공정 압축, 비용 절감을 위한 '발명의 명수'가 되어 외부의 도움이나 외제 수입품이 없어도 자력갱생으로 생산목표를 달성하는 메시지를 담고 있다. 서정적 자아는 '항일의 불길'로 형상된 항일무장투쟁의 전통과 '백만대군'으로 부풀려진 6·25전쟁의 전통도 떠올리되, 현실에선 생산비 절감과 생산량 증대를 위한 각종 아이디어를 갖춘 발명의 '명수 작업반'원을 두고, '과학기술 룡마에 닁큼 뛰여오'른 만리마기수로 이미지 메이킹한다.

조금은 추상적인 만리마기수 전형의 좀더 가시적인 이미지가 바로 '과학기술 룡마 탄' 노동자, 과학기술 룡마 기수이다. 이런 발상은 김남호의 장시, 「철의 대통로」(2019), 김정삼, 「과학기술 룡마 탄 우리 작업반」(2022), 박금실, 「김철의 용해공들 속에서」(2023) 등 여러 시편에 반복적으로 서정화된다.[37] "자력갱생 앞장선 작업반" 노동자들이 '과학기술

36 김남호, 「김철의 용해공들 속에서」, 『문학신문』 2023.1.7, 1면.

37 김남호, 「철의 대통로」(장시), 『문학신문』 2019.4.6, 2면; 김정삼, 「과학기술 룡마 탄 우리 작업반」(시), 『문학신문』 2022.3.26, 4면; 박금실, 「'김철의 용해공들 속에서'_

룡마 타고 씽씽 달리거'나. '과학기술 룡마 타고 더 높이 날자'고 하는 식이다.

> 내 사랑 무쇠철마야 / 농업전선의 주력 '땅크'답게 / 또 한해 본때있게 달려보자 / 보아라, 너의 발동소리에 / 눈이불 쓴 황해벌방이 버쩍 눈을 뜬다 //
>
> 우리 당의 웅대한 새시대 농촌혁명 / 세기의 리상이 꽃펴나는 그 기슭에로 / 오늘도 힘차게 달려가는 / 너는 대지의 장한 선구자 //
>
> (중략) 제 땅이 있고 / 대지의 주인들이 있고 / 무쇠철마가 있는 데야 / 땅이 꺼지게 쌀산을 쌓아올리지 못하랴 / 농민들의 가슴마다 / 신심과 열정의 피 펄펄 뛰게 하는 / 너는 자력갱생의 룡마[38]

「가자 무쇠철마야」(2023)란 농민시에선 첨단 개량형 트랙터를 보고 시인은 다양한 이미지를 동원한다. 처음에는 '무쇠철마'란 중세시대적 은유로 시작하여 '농업전선의 주력 땅크'란 근대적 표현을 더한 후, 결구에선 '자력갱생의 룡마'라는 최신 유행 이미지로 귀결짓는다. 시를 처음 대했을 때는 김정은 시대의 농업부문 정책을 대변하는 '새세대 농업혁명'의 문학적 상징이 기껏 '무쇠철마, 땅크'인가 싶어 실망스러웠다. CNC 시스템으로 ICBM 발사에 성공할 정도의 최첨단 과학기술을 자랑하는 2023년 현재까지도 시적 상상력은 중세적, 군대식의 낡은 수

룡마의 기수들, 쇠물과 용광로, 종합조종실에서, 출선풍경 한 토막, 원료장에 핀 꽃」, 『문학신문』 2023.1.7, 4면.

38 박정철, 「가자 무쇠철마야」(시), 『문학신문』 2023.1.21, 4면.

사법밖에 떠올리지 못하는 상상력 빈곤과 시대착오 사례로 생각하였다. 그러나 시를 다시 보니 아니었다. 외형상 무쇠로 만든 철마처럼 보이는 트랙터가 실은 농업혁명의 견인차, 탱크이면서 나아가 대륙을 오고가는 ICBM 미사일급의 '룡마'로 비견되는 순간, 시인의 상상력이 예사롭지 않다고 풀이할 수 있다.

가령 김정은 시대의 '새세대 농업혁명'을 가시화한 농촌소설 「향기」(2020)를 보자.[39] 이 단편 주인공은 흥평협동농장 총각 분조장 박태수이다. 그는 농경사회의 전통 지도자인 분조장 아바이의 연륜과 경험 대신 농업기술 혁신을 주장한다. 촌로의 오랜 경험에 주로 의존해온 종래의 전통 농법과 주체농법 대신 과학농법을 대안으로 모색하는 청년세대 사이의 갈등이 생긴다.

> 백 가지 농사일에 요구되는 것이 많았지만 제일 걸린 것은 비료였다. 곡식들이 날을 따라 자라는데 맞게 조절비료를 준 뒤여서 이제는 이삭비료를 생각해야 했다. 하지만 이삭비료가 절대적으로 모자랐다. 더우기 농장에서는 이삭비료를 농장 자체로 생산한 대용비료들로 충당하겠다고 경영위원회에 제기한터여서 화학비료 한줌 얻기가 조련치 않았다.
>
> (중략)"학동리 1작업반 2분조장을 만나서 이 기억기를 좀 전해주게. 농업대학에 다니는 우리 딸이 그한테 보내는 건데 그 안에 현대과학농법이 가득 들어있다는 거야."

39 박광, 「향기」(단편소설), 『조선문학』 2020.11, 64면.

(중략) 땅이란 화학비료만 주면 점점 진액이 빨리워 산성화될 수 밖에 없는데 자기들이 생산하는 대용비료들인 영양토, 분토, 소토들은 땅에도 유익하고 또 국가적 견지에서 봐도 유익한 것이다, 천연류황에 감탕을 혼합해도 좋은 비료가 된다는데 대하여, 자기 분조사람들이 참가하는 농업과학기술보급시간이 얼마나 좋은가에 대하여 긍지감을 가지고 이야기를 하는 처녀의 목소리를 듣는 나의 머리속에 우리 농장 뒤산에 깔린 린회토 생각이 불쑥 떠올랐다.[40]

소설의 서사적 갈등은 농사 반장의 화학비료 주장에 맞서지 못하고 린회토 대용비료를 포기했던 내게 최은순 분조장의 다음과 같은 충고였다. 분조원들과 함께 농사를 지으면서 느낀 것은 자기 땅을 사랑하고 자기 힘을 믿으면서 땅을 가꿔야 다수확을 할 수 있다는 신념이다. 짝사랑 대상인 다수확 분조장에게 비료 탓을 안 하면 몹쓸 땅은 하나도 없으며, 게으른 농민이나 땅 타발, 날씨 타발, 비료 타발을 한다는 핀잔을 듣는다.

이러한 농촌 서사의 갈등은, 거름과 화학비료에만 의존했던 전통농법과 달리 친환경 대용비료(혼합비료)를 새로 개발하여 지식경제형 과학농법이 다수확을 위한 새로운 대안으로 제시되는 것으로 문제가 해결된다. 작품에서 주목되는 대목은 '새세대 농업혁명'의 과학농법 정당성을 선전하는 과정에서 학동리 농장의 다수확을 자랑하는 분조장 최은순이 주인공 박태수에게 USB나 디스켓에 해당하는 '기억기'에 농업

---

40 박광, 「향기」(단편소설), 『조선문학』 2020.11, 66~69면.

대학 연구소의 최신식 대용비료 제조 및 사용법을 전달해주는 장면이다. 그 과정에서 평소 짝사랑했던 처녀 분조장이 알고보니 반장이 중신을 강요했던 바로 그 최은순이었다는 결말로 인해 독자들은 웃음을 지을 수 있다. 김정은 시대 문학의 새로움은 사랑하는 청춘남녀의 애정선을 줄거리 요약 서술이 아니라 영상과 향기 등 오감을 실감나게 자극하는 감각적 묘사로 장황하게 표현하는 문체적 새로움이다.[41]

김정은 시대 문학의 주인공은 이들처럼 생산과정 전반을 사전에 컴퓨터로 시뮬레이션한 후 생산 현장의 문제점을 미리 보완하는 CNC 기술을 발휘하는 과학기술의 첨병, '룡마 기수'이다. 이들은 사회주의 기초 건설기의 견인차였던 토건 노동영웅인 천리마기수의 후예이다. 하지만 그들과 뚜렷하게 차별화된 점이 중요하다. 수령에 대한 충실성과 혁명적 열정은 강한데 현장의 기술적 처리나 기계 조작 등 전문성이 모자랐던 노동영웅 천리마기수에서 진전된 캐릭터가 바로 1970~80년대 문학의 대표 캐릭터였던 '3대혁명소조원' 형상이었다. 그들은 생산분야의 기술적 전문교육을 받은 청년 기술자들이었다.[42]

---

41 가령 "처녀의 분조장 수첩에서는 땅냄새, 낟알향기가 풍기고 있었다. 처녀처럼 사랑과 정을 깡그리 기울여 살찌우고 기름지운 이 땅 가득히 구수한 낟알향기, 애국의 향기로 넘치게 할 때 비로소 나는 사랑을 안다고, 사랑을 한다고, 사랑을 받을 수 있다고 떳떳이 말하게 되리라는 생각으로 가슴이 높뛰였다." "처녀의 향기와 나의 향기가 하나로 될 때, 처녀의 땀과 나의 땀이 한줄기로 흐를 때 두 심장은 하나로 합쳐져 소중한 사랑의 열매를 맺게 되리라." 오감을 자극하는 감각적 묘사로 표현된 문장은 누가 읽어도 남녀의 운우지정을 쉽사리 상상케 하는 관능적 표현이라고 아니할 수 없다. 위의 글, 74면.

42 김성수, 「주체문학 전성기 『조선문학』(1968~94)의 매체전략과 '3대혁명소조원' 전형론」, 2018; 「'천리마기수' 전형론과 사회주의 건설의 문화정치」, 『상허학보』 62, 상허학회, 2021.6 참조.

김정은 시대 문학예술의 '과학기술 룡마 탄 기수' 형상의 기원은 원래 김정은 시대 초에 나온 '새세기 산업혁명의 척후병, 기수'[43]였다. 그 모델은 천리마기수보다 '3대혁명소조원' 형상에 가깝다. 3대혁명소조운동은 청년 대학 졸업생들을 정치사상적으로 견실하고 과학기술과 실무에 밝으며 사업 전개력과 실천력이 강하고 도덕적으로 준비된 간부로 키우겠다는 1970~80년대의 운동이었다. 1973년 2월에 사상, 기술, 문화 세 부문의 동시 혁명을 꾀한 3대혁명소조운동이 시작된 데는 천리마운동과 주체사상의 유일체계화 이후에 생산 현장의 노동계급 전반에서 전문성 부족으로 인한 한계가 확인되었기 때문이다. 당은 사상혁명, 기술혁명, 문화혁명을 통해 정치실무적으로 준비된 중간관료들과 과학기술로 무장한 청년 대학생들로 3대혁명소조 대열을 조직하였다.

1970~80년대도 그랬지만 2010년대 김정은 시대 들어서서 여전히 선군 투사 대신 3대혁명소조를 파견하는 목적은 새 세기 산업혁명을 위해서이다. 구체적 실행방법은 대졸 청년들을 생산 현장에 투입하여 실천 속에서 단련시켜 간부 후보를 키워내자는데 있다.[44]

2023년 현재 북한문학에서는, 공장, 농장, 어촌뿐만 아니라 제철, 금속 등 중공업 생산 현장까지 뛰어든 청년 노동자, 과학기술지식을 갖춘

43 채희원, 원충국, 『김정은 장군과 시대어 1』, 107면.

44 "새 세대 청년 대학 졸업생들은 인민경제 여러 부문에 파견하여 최첨단 돌파전으로 생산과 건설에서 끊임없는 앙양을 일으키도록 하며 들끓는 현실 속에서 혁명의 지휘성원으로서의 풍모와 자질을 훌륭히 갖춘 간부후비로 키우자는 여기에 3대혁명소조를 파견하는 당의 의도가 있다. 오늘 3대혁명소조의 기본임무는 파견단위에서 기술혁명을 틀어지고 새 세기 산업혁명을 다그치는데 주되는 힘을 넣으면서 사상혁명과 문화혁명을 적극 추진하는 것이다." 위의 책, 109면.

엘리트가 새로운 시대정신을 대표하는 전형으로 부각되었다. 가령 처녀 노동자 형상을 근육질 남성 못지않은 육체적 기술적 능력이 아니라 컴퓨터 제어 기술을 갖춘 청년 과학기술자로 묘사하였다. 그들은 '3대혁명소조원'처럼 컴퓨터로 CNC 기술을 발휘하는 과학기술교육을 받은데다가 '천리마기수'처럼 수령과 당에 대한 충성과 솔선수범, 주변의 부정적 인물까지 앞장서서 감화시키는 포용력까지 갖췄다. 그들 '과학기술 룡마 탄 기수'들은 천리마기수의 '정신'과 3대혁명소조원의 '기술'이 결합된 위에 컴퓨터 제어 같은 '최첨단과학' 지식까지 갖춘 전형적 인간형이다.

2016~17년 북한문학에 묘사된 만리마기수가 과학기술을 갖춘 노동영웅이라면, 그 가시적 구체화이자 진화형 이미지가 2019년 이후 '과학기술 룡마 탄 기수'가 되었다. 이들은 CNC 시스템을 유능하게 활용하는 첨단 과학기술지식을 갖춘 전문직이라고 하겠다. 2016,7년 문학의 만리마기수가 과학기술을 갖춘 노동영웅이라면, 그 가시적 구체화이자 진화된 이미지가 2019년 이후 최근까지 '과학기술 룡마 탄 기수'가 되었다.

5. '선군 투사'에서 '과학기술 룡마 기수'로 전형의 변모

지금까지 김정은 시대(2011.12~2023. 현재) 문학작품에 나타난 대표적인 전형적 캐릭터의 역사적 변모를 간략하게 살펴보았다. 김정은 시대 12년을 제7, 8차 당대회(2016, 2021)를 시기구분의 기준으로 삼아 1, 2, 3

기로 나눈 후, 각 시기 문학의 대표 전형을 '선군 투사, 만리마기수, 과학기술 룡마 기수' 순으로 정리하였다.

김정일이 집권한 선군 시대(1994~2011)에는 '고난의 행군'이란 체제 붕괴 위기를 벗어나기 위하여 인민의 식의주 생활 기반과 일상적 행복을 희생시키고 거기서 나온 물적 기반 총량을 군의 절대적 우위 정책에 오로지하였다. 그에 반해 3대 세습에 성공한 청년 지도자 김정은이 표방한 키워드는 '사회주의 문명국'이었다. 그가 혁명과 선군을 강조했던 부조와 달리 '인민생활 향상'(민생)과 과학기술을 중시한 점에서 세상이 달라진 것은 부인할 수 없다. 가령 려명거리 고층아파트를 비롯한 평양의 마천루 등 주거지의 현대화, 문수물놀이장, 미림승마장, 릉라인민유원지 등 각종 레저시설 덕에 평양 시민을 비롯한 북한 인민의 삶의 질은 이전보다 나아졌다고 해도 과언이 아니다. 이러한 긍정적 변화는 제7차 당대회(2016.5)를 통해 당 중심 정상국가를 지향하는 가운데 '핵 보유 강(소)국'이란 자부심이란 현실적 기반 위에서 작동되어 설득력이 없지 않다고 생각한다.

앞에서 분석한 대로 김정은 집권기의 시대정신을 구현한 대표 캐릭터, 문학 전형도 새롭게 창조되었다. 선군 시대 문학을 대표했던 '선군 투사' 형상이 초기에는 잔영을 보이다가 2016년을 고비로 쇠퇴, 소멸하였다. 대신 1960년대 노동 영웅인 '천리마기수' 캐릭터를 버전업한 2010년대형 과학기술 영웅인 '만리마기수' 형상이 김정은 시대 문학 전반을 대표하였다. 중장비 기사로 상징되는 '준마 기수'에서 컴퓨터제어에 능숙한 '과학기술 룡마 기수'로 형상이 진화한 것이다.

2012년부터 최근까지 『문학신문』, 『조선문학』, 『청년문학』 등 12년치의 문예지 미디어콘텐츠를 미시 분석한 결과, 북한사회가 밖으로는 핵무력을 통한 '사회주의 강(소)국'을 외치면서 안으로는 '사회주의 문명국' 실현을 어느 정도 자부하게 된 것을 확인할 수 있다. 이 시기 문학의 가장 큰 특징은 혁명과 선군에 복무하는 문학을 최우선으로 강조했던 선대와 달리 '인민생활 향상'으로 불리는 애민, 민생 담론이 부각된 점이다. 그에 따라 혁명 투사, 선군 투사보다 '과학기술 룡마 탄 기수'로 가시화된 청년 과학기술자의 캐릭터를 중시하고 그들의 애정과 감정선을 비롯한 일상성이 강화되었음을 알 수 있다. 현 시점에서 볼 때 김정은 시대 문학의 미래는 체제 보위를 위한 '선군'으로 퇴행하기보다는 북한 특유의 주체적 방식으로 민생을 위한 개혁개방의 길로 어떻게든 나설 것이라 조심스레 전망해 본다.

원문 출처

백두혈통의 권력 승계와 민생 명분 쌓기—3대 세습 정권 교체기 문학
「김정은 시대 초의 북한문학 동향」, 『민족문학사연구』 50, 민족문학사학회, 2012.12.

선군(先軍)과 민생 사이—김정은 시대 초 '사회주의 현실' 문학
「'선군(先軍)'과 '민생' 사이-김정은 시대 초(2012~2013) 북한의 '사회주의 현실' 문학 비판」, 『민족문학사연구』 53, 민족문학사학회, 2013.12.

청년 지도자의 신화 만들기—김정은 시대 초 수령형상문학
「청년 지도자의 신화 만들기-김정은 수령 형상 소설 비판」, 『대동문화연구』 86, 대동문화연구원, 2014.6.

'마식령속도'와 '사회주의적 부귀영화'—김정은 시대 초 속도전의 문화정치
「'단숨에' '마식령속도'로 건설한 '사회주의 문명국'-김정은 체제의 북한문학 담론 비판」, 『상허학보』 41, 상허학회, 2014.6.

선군문학 쇠퇴와 주체문학 복귀—당(黨)문학 전통과 7차 당대회(2016) 시기 문학
「당(黨)문학의 전통과 7차 당 대회 전후의 북한문학 비판」, 『상허학보』 49, 상허학회, 2017.2.

상상의 '사회주의 문명국' 공동체—김정은 시대 인민의 일상적 행복
「상상의 '사회주의 문명국' 공동체-김정은 시대(2012~18) 북한 인민의 꿈과 문학적 상상력」, 『21세기문학』 2018. 가을호.

「김정은 시대 북한 청년들의 사랑과 일상의 행복」, 『21세기문학』 2018. 겨울호.

청년 과학기술자의 사랑과 긍지—여성작가 작품의 (탈)냉전적 일상
「신진 여성작가 소설의 탈냉전적 일상과 김정은 시대 변화: 렴예성, 김향순 단편을 중심으로」, 『위기와 기회의 한반도, 다시 평화를 생각한다: 북한연구학회 2019년 동계 학술회의 발표문집』, 북한대학원대, 2019.12.20.

천리마에서 만리마로—만리마속도, 만리마기수의 문학적 형상

「천리마에서 만리마로: 김정은 시대 11년간의 문학」, 『반교어문연구』 62, 반교어문학회, 2022.12.

자력갱생 성장의 첨병 '과학기술 룡마' 기수—'5개년계획'과 8차 당대회 전후 문학

「8차 당대회 전후(2019-23) 북한문학 동향과 쟁점: 『조선문학』, 『문학신문』 매체 분석과 '과학기술 룡마' 기수 형상을 중심으로」, 『민족문학사연구』 82, 민족문학사연구소, 2023.8.

세균전에서 코로나19까지—김정은 시대 문학의 팬데믹 재현

「북한문학의 방역 재현 전통과 팬데믹」, 『국제한인문학연구』 35, 국제한인문학회, 2023.4.

'방역대전' 승리와 '붉은 보건전사'—코로나19 재현의 은폐된 진실

「코로나 팬데믹과 북한문학」, 『통일정책연구』 35-1, 통일연구원, 2023.6.

참고문헌

1. 자료

『로동신문』, 『문학신문』, 『조선문학』, 『청년문학』, 『조선어문』, 『조선예술』, 『천리마』

『조선대백과사전』, 『광명백과사전』

박영정 편, 『KCTI 북한문화동향(2012년 상반기~2013년 상반기)』 제7~9집, 한국문화관광연구원, 2012~13.

안창호 편, 『불의 약속』, 문학예술출판사, 2014.(증보판 2015)

오양열 편, 「북한 문화예술계의 성과와 동향」, 『북한문예연감』 2020, 2021, 2022, 한국문화예술위원회, 2021~23.

조현성 편, 『KCTI 북한문화동향(2013년 하반기~2022년 상반기)』 제10~27집, 한국문화관광연구원, 2014~23.

2. 북한 논저

김강민, 『절세의 애국자의 고귀한 정신적 유산, 김정일애국주의: 조선사회과학학술집 556 철학편』, 사회과학출판사, 2013.

김미란, 김기철, 『인민중시, 인민존중, 인민사랑의 새 전설』, 과학백과사전출판사, 2018.

김영범, 『인민사랑의 시대어』, 평양출판사, 2016.

김인옥, 『김정일 장군 선군정치리론』, 평양출판사, 2003.

김일성, 『김일성저작집』, 조선로동당출판사, 1980.

김정남, 김련옥, 『인민사랑의 정치가』, 평양출판사, 2016.

윤기덕, 『수령형상문학(주체적 문예리론연구 11)』, 문예출판사, 1991.

김정일, 『김정일선집』, 조선로동당출판사, 1986.

김철우, 『김정일 장군의 선군정치: 군사선행, 군을 주력군으로 하는 정치』, 평양출판사, 2000.

당력사연구소, 『조선로동당력사 1』, 조선로동당출판사, 2017.

당력사연구소, 『조선로동당력사 2』, 조선로동당출판사, 2018.

리광삼, 『경애하는 최고령도자 김정은 동지께서 밝히신 전민과학기술인재화에 관한 주체의 리론』, 사회과학출판사, 2017.

림이철, 『위민헌신으로 빛나는 성스러운 려정』, 평양출판사, 2023.

사회과학원 주체문학연구소 편, 『총대와 문학』, 사회과학출판사, 2004.

승창호, 『인민보건사업경험』, 사회과학출판사, 1986.

안함광 외, 『해방후 10년간의 조선문학』, 조선작가동맹출판사, 1955.

은종섭·김려숙, 『조선현대문학』, 김일성종합대학출판사, 2007(2015, 2판)

조선문학강좌, 『조선문학사』, 사회과학출판사, 2006.

채희원, 원충국, 『김정은 장군과 시대어 1』, 과학백과사전출판사, 2017.

최원철, 『김정일애국주의란 무엇인가』, 사회과학출판사, 2013.

평양출판사 편, 『위인과 강국시대』, 평양출판사, 2020.

한동윤, 『무료로 병을 고치며 오래 살 수 있는 세상』, 조선로동당출판사, 1960.

한설야 외, 『제2차 조선작가대회 문헌집』, 조선작가동맹출판사, 1956.

3. 한국 논저

강민정, 「김정은 체제 북한 시 분석과 전망」, 『통일인문학』 58, 건국대학교 인문학연구원, 2014.

강민정, 「김정은 체제 북한 시에 드러난 '사회주의문명국'의 함의」, 『인문학논총』 37, 경성대 인문과학연구소, 2015.

고유환, 「김정은 후계구축 논리와 징후」, 『통일문제연구』 22-2, 평화문제연구소, 2010.

고유환, 「김정은 후계구축과 북한 리더십 변화: 군에서 당으로 권력이동」, 『한국정치학회보』 45-5, 한국정치학회, 2011.

고자연, 「김정은 시대 문학에 나타난 여성 형상화 연구—『조선문학』(2016~2019) 수록 단편소설을 중심으로」, 『국제한인문학연구』 30, 국제한인문학회, 2021.

구갑우 김성수 외 공저, 『한(조선)반도 개념의 분단사: 문학예술편 1~8』, 사회평론아카데미, 2018~2021.

김민선, 「테크놀로지가 지배하는 어느 멋진 신세계의 풍경–'김정은 시대' 북한 과학환상소설 읽기」, 『동악어문학』 77, 동악어문학회, 2019.

김민선, 「국경을 넘나드는 텍스트의 욕망–'김정은 시대' 북한소설의 재외 과학자들」, 『국제한인문학연구』 30, 국제한인문학회, 2021.

김성수, 『미디어로 다시 보는 북한문학: 『조선문학』(1946~2019)의 문학·문화사』, 역락출판사, 2020.2.

김성수, 『북한문학비평사』, 역락출판사, 2022.

김성수, 「북한 '조선문학사'의 역사–탈정전 북한문학사 연구 서설」, 『민족문학사연구』 80, 민족문학사학회, 2022.12.

김은정, 「북한의 추리소설 『네덩이의 얼음』에 나타난 미적 용기–동아시아의 일본군 위안부 문제를 중심으로」, 『민족문학사연구』 68, 민족문학사학회, 2018.12.

김은정, 「김정은 시대 북한의 출판체계와 작가양성」, 『외국문학연구』 73, 한국외대 외국문학연구소, 2019.

김진환, 「김정은 시대 지배이데올로기의 특징과 전망: '김일성주의'에서 '김일성–김정일주의'로」, 『북한연구학회보』 17-2, 북한연구학회, 2013.12.

남북문학예술연구회, 『3대 세습과 청년 지도자의 발걸음—김정은 시대의 북한문학예술: 북한문학예술의 지형도 4』, 도서출판 경진, 2014.

남북문학예술연구회, 『감각의 갱신, 화장하는 인민–김정은 시대와 북한문학예술의 지평: 북한문학예술의 지형도 7』, 살림터, 2019.

마성은, 「김정은 시대 초기 북한아동문학의 동향」, 『우리어문연구』 48, 우리어문학회, 2014.

마성은, 「'우리 국가제일주의'와 북측 동시」, 『아동청소년문학연구』 26, 아동청소년문학학회, 2020.

민족문학사연구소 남북한문학사연구반, 『북한의 우리문학사 재인식』, 소명출판,

2014.

박주원, 「마르크스 사상에서 감성의 정치 혹은 문화정치의 가능성: 욕구(Bedürfnisse) 개념의 재해석을 통하여」, 『한국정치학회보』 45-5, 한국정치학회, 2011.

박태상, 「최근 북한소설에 나타난 '향토애·민족애' 주제의 특징: 2013년작 〈대지의 풍경〉·〈사랑〉·〈삶의 뿌리〉·〈달밤〉을 중심으로」, 『한성어문학』 32, 한성어문학회, 2013.

박태상, 「김정은 집권 3년, 북한소설문학의 특성-2012년 1월부터 2014년 12월까지 『조선문학』 발표작품을 대상으로」, 『국제한인문학연구』 16, 국제한인문학회, 2015.8.

박태상, 「북한 김정은의 선전선동 전략과 현상 연구」, 『국제한인문학연구』 23, 국제한인문학회, 2019.

북한연구학회 전미영 편저, 『김정은 시대의 문화』, 한울아카데미, 2015.

서동수, 「김정은 시대 북한 과학환상문학에 나타난 수난의 서사와 메시아니즘」, 『스토리앤이미지텔링』 19, 건국대 스토리앤이미지텔링연구소, 2020.5.

서동수, 「김정은 시대 북한 과학환상문학에 나타난 체제 문제와 두 개의 팔루스」, 『구보학보』 25, 구보학회, 2020.8.

서동수, 「김정은 시대 북한 과학환상문학의 특이점-가상의 현실화, 현실의 가상화」, 『현대소설연구』 77, 한국현대소설학회, 2020.

배영애, 「김정은 체제의 '청년중시' 정책에 관한 연구」, 『통일정책연구』 27-2, 통일연구원, 2018.12.

송현진, 「북한의 영웅정치 연구」, 이화여대 박사논문, 2019.

오삼언, 「김정은 시대 문학작품 속 생태담론 고찰」, 『통일과 평화』 11-2, 서울대 통일평화연구원, 2019.12.

오양열, 「2019년 북한 문화예술계의 성과와 동향」, 『북한문예연감(2020)』, 한국문화예술위원회, 2021.3.

오양열, 「2020년 북한 문화예술계의 성과와 동향」, 『북한문예연감(2021)』, 한국문화예술위원회, 2022.5.

오양열, 「김정은 시대 10년, 북한 문화의 흐름과 2021년도 북한 문화예술계」, 『북한문예연감(2022)』, 한국문화예술위원회, 2023.8.

오창은, 「김정일 사후 북한소설에 나타난 '통치와 안전'의 작동-인민의 자기통치를 위한 기억과 재현의 정치」, 『통일인문학논총』 57, 건국대 인문학연구원, 2014.

오창은, 「북한 자력갱생 담론과 인민의 삶 대응 양상 연구」, 『통일인문학』 80, 건국대학교 인문학연구원, 2019.12.

오창은, 「김정은 시대 북한소설에 나타난 평양 공간 재현 양상 연구—사회주의 평등과 사적 욕망의 갈등」, 『한민족문화연구』 71, 한민족문화학회, 2020.

오창은, 『친애하는, 인민들의 문학 생활』, 서해문집, 2020.

오태호, 「김정은 시대 북한 단편소설의 향방–'김정일 애국주의'의 추구와 '최첨단 시대'의 돌파」, 『국제한인문학연구』 12, 국제한인문학회, 2013.

오태호, 「북한 단편소설에 나타난 연애 담론 연구—2000년대 초반 단편소설을 중심으로」, 『국제어문』 58, 국제어문학회, 2013.

오태호, 「김정은 시대의 북한 단편소설에 나타난 서사적 특성 고찰–사회주의적 이상과 현실의 균열적 독해」, 『인문학연구』 38, 경희대 인문학연구원, 2018.12.

오태호, 「'탈북자' 소재를 활용한 '김정은 수령형상' 단편소설의 특성 고찰–김하늘의 「들꽃의 서정」론」, 『현대소설연구』 75, 한국현대소설학회, 2019.

오태호, 「김정은 시대 북한 소설의 징후적 변화 양상 고찰–7차 당대회(2016) 이후의 대표 소설을 중심으로」, 『어문학』 103, 어문학연구학회, 2020.3.

오태호, 「2019년 『조선문학』을 통해 본 북한문학의 당문학적 지향성 고찰–자력갱생의 정신, 세계 일등의 지향, 과학기술 강국의 욕망」, 『한민족문화연구』 71, 한민족문화학회, 2020.9.

오태호, 「최근 북한 시에 나타난 '자력갱생'의 다의적 함의 고찰–2018~19년 『조선문학』 1~12월호를 중심으로」, 『국어국문학』 193, 국어국문학회, 2020.12.

오태호, 『한반도의 평화문학을 상상하다: 21세기 북한문학의 현장』, 살림터, 2022.

오태호, 「김정은 시대 북한문학에 나타난 과학기술자 형상화 고찰–최근 『조선문학』(2020~2022)에 게재된 시와 단편소설을 중심으로」, 『북한연구학회보』 27-1, 북한연구학회, 2023.6.

유임하, 「'전승 60주년'과 북한문학의 표정」, 『돈암어문학』 26, 돈암어문학회, 2013.

이상숙, 「김정은 시대의 출발과 북한시의 추이」, 『한국시학연구』 38, 한국시학회, 2013.

이상숙, 「김정은 시대 북한시에 나타난 '어머니'의 이미지-『조선문학』(2012~2019)을 중심으로」, 『아시아문화연구』 55, 가천대 아시아문화연구소, 2021.

이예찬, 「소설로 보는 김정은 시대 '인민생활향상'의 의미-리희찬의 『단풍은 락엽이 아니다』를 중심으로」, 『한국현대문학연구』 66, 한국현대문학회, 2022.

이지순, 「북한 서사시의 김정은 후계 선전양상」, 『북한연구학보』 16-1, 북한연구학회, 2012.8.

이지순, 「김정은 시대 북한 시의 이미지 양상」, 『현대북한연구』 16-1, 북한대학원대학교 북한미시연구소, 2013.

이지순, 「김정은 시대의 애도와 구원의 코드」, 『어문논집』 69, 민족어문학회, 2013.

이지순, 「김정은 시대의 멘탈리티 위반의 서사-단편소설 「정든 곳」의 국가 윤리와 개인의 욕망 사이」, 『상허학보』 64, 상허학회, 2022.2.

이지순, 「감각에 사로잡힌 몸의 발견과 재현-북한 단편소설 렴예성의 「사랑하노라」를 중심으로」, 『한국예술연구』 40, 한국예술종합학교 한국예술연구소, 2023.4.

전미영, 「김정은 시대의 정치언어: 상징과 담론을 통해 본 김정은의 정치」, 『북한연구학회보』 17-1, 북한연구학회, 2013.

전미영 편, 『김정은 시대의 문화』, 한울아카데미, 2015.

정성장, 「김정은 후계체제의 공식화와 북한 권력체계 변화」, 『북한연구학회보』 14-2, 북한연구학회, 2010.

정영철, 「김정은 체제의 출범과 과제: 인격적 리더십의 구축과 인민생활 향상」, 『북한연구학회보』 16-1, 북한연구학회, 2012.8.

조정아·이지순·이희영, 『북한 여성의 일상생활과 젠더정치』, 통일연구원, 2019.

한승호·이수원, 「김정은 시대의 새로운 구호 '김정일애국주의' 의미와 정치적 의도」, 『국방정책연구』 100, 한국국방연구원, 2013.

홍민, 『김정은 정권의 통치 테크놀로지와 문화정치: 김정은 정권 5년 통치전략과 정책 실태』, 통일연구원, 2017.

황수환, 권재범, 『북한의 코로나19 대응과 국제사회의 대북협력』(KINU 연구총서 22-10), 통일연구원, 2022.12.

김성수 金成洙 Kim, Seong Su
성균관대학교 학부대학 글쓰기 교수, 문학평론가

주요 저서

『북한문학비평사』(2022), 『미디어로 다시 보는 북한문학: 『조선문학』(1946~2019)의 문학·문화사 연구』(2020), 『통일의 문학, 비평의 논리』(2001), 『프랑켄슈타인의 글쓰기』(2009), 『한국근대서간문화사연구』(2014), 『여간내기의 영화 교실』(1996 초판, 2003 제3판), 『영화 그리고 삶은 계속된다』(1998) 등의 개인 저서, 『카프 대표소설선』(1988), 『우리 문학과 사회주의 리얼리즘 논쟁』(1992), 『북한 『문학신문』 기사 목록: 사실주의비평사 자료집』(1994), 『교실에서 세상 읽기』(1994), 『우리 소설 토론해 봅시다』(1997) 등의 편저, 『삶을 위한 문학교육』(1987), 『북한문학의 지형도』(1~3)(2008~2012), 『3대세습과 청년지도자의 발걸음』(2014), 『북한의 우리문학사 재인식』(2014), 『김정은 시대의 문화』(2015), 『전쟁과 북한문학예술의 행방』(2018), 『전후 북한 문학예술의 미적 토대와 문화적 재편』(2018), 『감각의 갱신, 화장하는 인민』(2020), 『한(조선)반도 개념의 분단사: 문학예술 편』(2018~2021) 등의 공저가 있다.

김정은 시대 북한 문학사

초판1쇄 인쇄 2024년 1월 22일
초판1쇄 발행 2024년 1월 30일

지은이 김성수
펴낸이 이대현
편집 이태곤 권분옥 임애정 강윤경
디자인 안혜진 최선주 이경진
마케팅 박태훈

펴낸곳 도서출판 역락
출판등록 1999년 4월 19일 제303-2002-000014호
주소 서울시 서초구 동광로 46길 6-6 문창빌딩 2층 (우06589)
전화 02-3409-2060
팩스 02-3409-2059
홈페이지 www.youkrackbooks.com
이메일 youkrack@hanmail.net

ISBN 979-11-6742-674-1 93800

정가는 뒤표지에 있습니다.
잘못된 책은 바꿔드립니다.